FEUER IM ELYSIUM

Dieses Buch ist ein Roman. Handlungen und Personen basieren auf historischen Tatsachen, sind aber teilweise frei erfunden.

OLIVER BUSLAU

FEUER IM ELYSIUM

KRIMINALROMAN

emons:

Lust auf mehr? Laden Sie sich die »LChoice«-App runter, scannen Sie den QR-Code und bestellen Sie weitere Bücher direkt in Ihrer Buchhandlung.

Bibliografische Information der Deutschen Nationalbibliothek
Die Deutsche Nationalbibliothek verzeichnet diese Publikation in der Deutschen Nationalbibliografie; detaillierte bibliografische Daten sind im Internet über http://dnb.d-nb.de abrufbar.

© Emons Verlag GmbH
Alle Rechte vorbehalten
Umschlagmotiv: shutterstock.com/UGChannel
Umschlaggestaltung: Nina Schäfer
Gestaltung Innenteil: César Satz & Grafik GmbH, Köln
Lektorat: Marit Obsen
Druck und Bindung: CPI – Clausen & Bosse, Leck
Printed in Germany 2019
ISBN 978-3-7408-0616-3
Originalausgabe

Unser Newsletter informiert Sie
regelmäßig über Neues von emons:
Kostenlos bestellen unter
www.emons-verlag.de

Freude, schöner Götterfunken,
Tochter aus Elysium,
wir betreten feuertrunken,
Himmlische, dein Heiligtum.
Deine Zauber binden wieder,
was der Mode Schwert geteilt;
Bettler werden Fürstenbrüder,
wo dein sanfter Flügel weilt.

Beginn der Ode »An die Freude«
von Friedrich Schiller, erste Fassung

Hast du einen Freund hienieden,
trau ihm nicht zu dieser Stunde,
freundlich wohl mit Aug' und Munde,
sinnt er Krieg im tück'schen Frieden.

Aus: Joseph von Eichendorff,
»Zwielicht«

1

Mai 1874

Reiser schreckte hoch, als der Klang einer Violine durch das Schloss drang. Leere Quinten, Doppelgriffe, eine dazwischen aufblitzende virtuose Tonleiter.

War er eingenickt?

Ja, und offenbar hatten ihn die Geigentöne geweckt.

Jetzt begann der Spieler mit dem Solopart eines Konzerts. Eins dieser modernen Bravourstücke, nur darauf angelegt, den Solisten in bestem Licht dastehen zu lassen. Oberflächliches Zeug. Und doch erfüllte es Reiser mit Stolz, als er seinen Enkel da drüben so virtuos spielen hörte.

Er streckte seine müden Glieder. Die Gelenke schmerzten. Vor wenigen Wochen hatten sie seinen zweiundsiebzigsten Geburtstag gefeiert. Man war eben nicht mehr der Jüngste.

Die Tür ging leise auf, und Theresia erschien. Wie schön sie war – immer noch, nach all den Jahren. Im Dämmerlicht des Abends wirkte sie fast so anmutig wie damals, als er sie geheiratet hatte. Dabei war sie gerade mal fünf Jahre jünger als er.

»Stört dich der Franzl? Ich hab ihm gesagt, er soll nach dem Abendessen nicht mehr üben. Aber er kann's nicht abwarten, nach den Ferien dem Herrn Professor das Konzert vorzuspielen.«

Reiser rang ein Gähnen nieder. Ja, der Herr Professor Joachim. Der war eine Kapazität in Berlin.

Warum musste der Franz eigentlich in Berlin studieren? Wo man doch hier in Österreich war? Im Land der Musik?

»Ach, lass den Jungen nur.«

Sie deutete auf das Kaminfeuer. Die Holzscheite waren heruntergebrannt. »Möchtest du es wärmer haben? Ich kann einheizen lassen.«

Das Violinspiel war wieder verstummt. Und im nächsten Moment drückte sich Franz an seiner Großmutter vorbei ins

Zimmer, die rötlich glänzende Geige in der Hand. »Es tut mir leid, Großpapa, aber mir ging den ganzen Tag dieser Fingersatz durch den Kopf, und jetzt musste ich ihn einfach ausprobieren.«

Reiser setzte sich gerade hin. Es war ihm unangenehm, vor seinem Enkel wie ein Wrack im Sessel zu versinken.

Der Junge legte das Instrument vorsichtig auf Reisers Sekretär. »Ich wollte dich sprechen. Hast du einen Augenblick Zeit?«

»Um was geht es denn?«, fragte er. Dabei konnte er es sich denken. Und natürlich hatte er alle Zeit der Welt. Wenn er die Kleinigkeit außer Acht ließ, dass der Tod immer näher rückte.

Theresia hatte sich zurückgezogen. Franz setzte sich ordentlich auf den zweiten Sessel. »In Berlin wird zurzeit viel über die neunte Sinfonie von Beethoven geredet«, begann er.

Reiser hatte geglaubt, der Enkel brauche mal wieder Geld. Nun war es doch etwas anderes. Na gut.

»Das gehört sich auch so«, sagte er. »Ich hoffe, man studiert diese bedeutende Musik fleißig.«

»Papa meint, es gebe in der Familie ein gewisses Gerücht.« Er zögerte. »Es heißt, du hättest bei der ersten Aufführung der Sinfonie mitgespielt. Und hättest Beethoven sogar persönlich gekannt. Stimmt das?«

Reiser unterdrückte ein Seufzen. Oje, diese Geschichte... Na ja, kein Wunder, dass der Junge sich dafür interessierte. Als Musikstudent. »Wenn dein Vater es sagt.«

»Soll das heißen, es stimmt?«

»Nun... Vielleicht.«

»Vielleicht?« Franz hob die Augenbrauen. »Großpapa, wenn das wahr ist... Warum hast du es nie erwähnt? Ich möchte alles darüber erfahren. Du musst mir das erzählen, bevor...« Er brach ab.

Bevor du stirbst, dachte Reiser. Das hatte er sagen wollen. »Es ist nicht so einfach«, murmelte er, und ihm wurde klar, wie hilflos er klang.

»Schau, Großvater, die Musik bedeutet mir so viel. Da studiere ich Beethovens Kompositionen... die Sonaten, das

Violinkonzert. Und mein eigener Großvater hat das alles erlebt, doch ich weiß nichts davon.«

Reiser seufzte. Diese Geschichte war nichts, was man jemandem zwischen Tür und Angel erzählte. Seinem eigenen Sohn gegenüber, der ebenfalls Franz hieß, hatte er einst Andeutungen die Ereignisse betreffend gemacht. Aber der Filius hatte sich mehr für die Zahlen in Geschäftsbüchern interessiert als für Musik. Sein Enkel dagegen …

»Ich habe tatsächlich einiges von ihm gespielt, als ich so alt war wie du. Und deine Großmutter hat mich am Klavier begleitet. Hier im Schloss.«

»War Beethoven etwa auch hier auf Sonnberg?«

»Nein, nein.« Rasch winkte er ab. Nicht dass noch mehr Gerüchte aufkamen.

Franz wirkte enttäuscht. »Weißt du eigentlich«, sagte er, »dass es fast genau fünfzig Jahre her ist, dass die neunte Sinfonie zur Uraufführung kam?«

Reiser stutzte. Er rechnete nach. Aber ja. Das stimmte! An das Datum würde er sich ewig erinnern. Der 7. Mai 1824. Heute schrieben sie das Jahr 1874. Ostern war gerade vorbei. Es war die gleiche Zeit wie damals.

Als alles begonnen hatte.

Die Jahre verrannen wie Sekunden. Franz hatte recht. Es konnte morgen zu spät sein. Aber wenn er das alles schon erzählte, dann wollte er es auch richtig tun. Gründlich. »Wir werden Zeit brauchen«, sagte er. »Und Ruhe.« Ächzend schickte er sich an, aufzustehen.

»Brauchst du etwas?«, fragte Franz. »Ich hole es dir gern.«

»Nein, das mache ich schon selbst.« Er kämpfte gegen die Schmerzen an, erhob sich, schlurfte hinüber zum Schreibtisch und öffnete eines der Seitenfächer.

Nach einigem Suchen entnahm er ihm eine lederne Mappe, die er auf die Arbeitsfläche legte und aufschlug. Der Inhalt bestand aus einigen Papieren. Es waren beschriebene Blätter, außerdem handschriftliche Noten.

Franz war aufgestanden und betrachtete die Sachen. »Ist das etwa Beethovens Schrift? Und was ist das hier? Eine Romanze für Violine und Klavier. Auch von Beethoven?«

»Nein. Aber das hier, das ist von seiner Hand.«
Franz machte große Augen. »Das ist ein Brief an dich.«
Reiser nickte. Er überflog die Zeilen, und mit jedem Buchstaben wurde die Erinnerung deutlicher.

Mein lieber Reiser,
bitte verzeihen Sie mir meine Unbeherrschtheit. Was vorgefallen ist, bedauere ich. Ich weiß, Sie sind ganz und gar auf meiner Seite und setzen sich für mich und meine Kunst – was dasselbe ist – ein. Ich schätze das sehr, und ich möchte Sie nicht im Zweifel darüber lassen, dass ich Ihnen zu Dank verpflichtet bin. Bitte lassen Sie in diesem Bestreben nicht nach. Wir alle, die wir die Kunst und das, was sie in der Welt vermag, lieben – wir alle, die wir zu einer brüderlichen Gemeinschaft derjenigen gehören, die auf bessere Zeiten hoffen –, wir alle finden uns in der Kunst zusammen.
B.

»Das ist ja unglaublich«, rief Franz. »Großpapa, das …«
»Setz dich«, wies Reiser ihn an, und es klang strenger als beabsichtigt. Er griff nach der Glocke, die neben ihm auf dem Schreibtisch stand, und klingelte. Als der Diener erschien, bat er darum, das Kaminfeuer anzuheizen. Und er trug ihm auf, den anderen im Haus auszurichten, dass sie nicht gestört zu werden wünschten.

Mit der Mappe in der Hand ging er zu seinem Platz zurück. »Ich hätte dir die Geschichte schon längst erzählen sollen, Franz. Aber wie oft warst du hier bei uns auf Sonnberg, seit du studierst? Zwei Mal, wenn ich mich recht entsinne. Bitte sieh es mir nach, dass ich nicht daran gedacht habe. Ach ja, du kannst uns etwas von dem Wein dort drüben servieren, dann muss ich nicht noch mal nach dem Diener klingeln. Das habe ich ihm aufzutragen vergessen. Ich werde eben alt.«

Franz gehorchte schweigend. Kurz darauf saßen sie wieder in den Sesseln.

Reiser konzentrierte sich.

Fünfzig Jahre, dachte er.

Es war nicht nur die Zeitspanne, die ihn erschreckte. Es waren die Veränderungen. Heute fuhren Eisenbahnen durch das Land. Auf der Donau konnte man mit dem Dampfschiff reisen. Maschinen leisteten die Arbeit von Tausenden von Arbeitern. Und anstatt Bilder zu malen, stellte man neuerdings einen Holzkasten auf, der Motive in unfassbarer Genauigkeit einfing.

»Großvater, ist alles in Ordnung?«, erkundigte sich Franz besorgt.

Das Kaminfeuer knisterte. Eine Flamme schoss hell nach oben. Und das orangerote Licht wurde in Reiser zu einem Klang – zu einem wütend auffahrenden Akkord.

»Was? Ja, ja.«

Der Enkel wurde ungeduldig. »Wie hast du Beethoven denn nun getroffen? Wie war das mit der neunten Sinfonie? Stimmt es eigentlich, dass Beethoven das Werk selbst gar nicht hören konnte, weil er taub war?«

Reiser schüttelte widerwillig den Kopf. Er durfte die Geschichte nicht mit Beethoven beginnen. Auch nicht mit sich selbst. Es begann auch nicht in Wien. Sondern in Nürnberg.

»In Nürnberg?«, fragte Franz überrascht.

Offenbar hatte Reiser es laut ausgesprochen.

»Allerdings. Es begann mit einem Studenten. Er hieß Kreutz. Theodor Kreutz.«

»Was war mit ihm?«

Das Feuer knackte. Ab und zu gab es ein Fauchen von sich. Der Akkord in Reisers Gedanken war verklungen. In der Stille, die er hinterlassen hatte, wehte ihn eine andere Erinnerung an. Es war eine weihevolle, erhabene Melodie in der raunenden Klangfarbe der tiefen Streicher eines Orchesters. Ganz allein schwebte sie im Raum, ohne jede Begleitung, fast bescheiden und doch kraftvoll und angefüllt mit großer Verheißung.

Reiser lauschte den Tönen ein paar Atemzüge lang hinterher.

»Großvater?«, drängte Franz ungeduldig.

Und Reiser begann.

2

Samstag, 24. April 1824

Die Nürnberger Lorenzkirche läutete gerade zur sechsten Stunde, als Kreutz in die kleine Gasse hetzte, den Korb mit Brot, ein wenig Käse und Wurst an den Körper gepresst. Gut, dass er das noch ergattert hatte, bevor der Abend hereinbrach.

Er öffnete die Haustür und wollte gerade die erste Stufe der Stiege nehmen, da hörte er von oben Stimmen. Ein dunkler Bariton sagte etwas Unverständliches. Eine zweite, heller klingende Stimme antwortete.

Die Wirtin!

Kreutz erstarrte.

Vor einigen Wochen hatte er bei Wellendorf Unterschlupf gefunden, der die Dachkammer bewohnte. Eingenistet hatte er sich bei ihm, so hätte es eine böse Zunge formuliert.

Wellendorf erhielt hin und wieder Geld von seiner Familie und hatte eine Anstellung als Hauslehrer in Aussicht. Kreutz dagegen schlug sich so durch. Er träumte davon, sein Studium zu beenden. Dem stand allerdings einiges entgegen. Zum Beispiel, dass er auf einer gewissen Liste gesuchter Personen stand.

Es war besser, wenn ihn die Wirtin nicht sah.

Aber Kreutz hatte zu lange gewartet. Zwei Personen kamen die Treppe herunter. Die Wirtin mit ihrer schmutzigen Schürze ging voran, gefolgt von einem schweren, bärtigen Mann. Als sie Kreutz bemerkte, warf sie ihm einen bösen Blick zu.

»Ach, der Herr ist auch zugegen«, sagte sie. »Und oben stirbt der Freund. Was soll man davon halten?«

»Er stirbt?«, fragte Kreutz. Dabei wusste er, wie es um Wellendorf stand. Er war lungenkrank, spuckte hin und wieder Blut und hatte Fieber.

»Sind Sie ein Freund von Herrn Wellendorf?«, fragte der Herr, der offenbar ein Arzt war. Jetzt erst sah Kreutz die Tasche, die er bei sich trug.

»Freund, Mitbewohner und Ausnutzer«, kam es bissig von der Wirtin.

»Ich nehme an, ich kann Ihnen die Pflicht auferlegen, sich um das Nötigste zu kümmern, mein Herr«, sagte der Doktor. »Ihrem Freund geht es sehr schlecht. Frau Weisendorfer hat recht gehandelt, mich zu holen. Seine Not kann nur gelindert werden, indem Sie ihm Ruhe gönnen.« Er lüftete den Hut, nickte Kreutz und der Wirtin zu und trat hinaus auf die Gasse.

Kreutz drängte sich an der alten Frau vorbei, die ihm etwas hinterherkeifte, das wie »Schmarotzer, elender« klang.

In der winzigen Dachstube, die nur eine kleine Luke nach draußen besaß und in der es auch tagsüber immer dämmrig war, brannte eine Kerze. Wellendorf lag auf dem Bett, das Gesicht schweißglänzend und grau. Sein Körper zeichnete sich schmal unter der eng anliegenden Decke ab. Er hatte die Augen geschlossen, atmete rasselnd und pfeifend.

»Schau, was ich habe«, sagte Kreutz. Als er den Korb abstellte, fiel sein Blick auf die kleine Holzschatulle auf dem Regal. Der Deckel war hochgeklappt. Ein paar Münzen fehlten. Der Arzt hatte sich sein Honorar wohl einfach genommen.

Das Bettzeug raschelte. »Theo...dor«, brachte Wellendorf mit schwacher Stimme hervor. Seine Augäpfel rollten wild hin und her. Plötzlich bäumte er sich auf. Ein Hustenanfall beförderte einen Schwall Blut hervor. Kreutz konnte ihm gerade noch einen von den alten Stofffetzen hinhalten, die für solche Fälle neben dem Bett bereitlagen.

»Du musst dich ausruhen, sagte der Doktor.«

Wie lächerlich das klang. Wellendorf tat ja nichts anderes als liegen. Und gesund machte ihn das nicht.

»Willst du was essen?« Er zeigte auf den Korb. »Milch konnte ich leider nicht auftreiben, aber ich habe ...«

Wellendorfs Hand kroch unter der dünnen Bettdecke hervor. »Theo...dor. Hör ... mir zu.« Er deutete mühsam auf das Fußende des Bettes, wo ein kleines Schreibpult stand. Es war gerade groß genug, dass ein Bogen Papier darauf Platz hatte. Auf der groben Holzfläche lag ein Brief. »Den ... hat jemand ... abgegeben«, sagte Wellendorf.

So war das also gewesen. Die Wirtin hatte den Brief heraufgebracht, dabei Wellendorfs Zustand bemerkt und den Arzt geholt. Dass Kreutz in der Stube mit untergekrochen war, wusste sie natürlich schon länger.

Der Brief war an den Freund adressiert. Kein Absender. Ein rotes Siegel verschloss den zusammengefalteten Papierbogen.

»Was ist das?«

»Öffne …«, kam es vom Bett.

»Ist er von deinem Vater?«

Wellendorfs Eltern lebten bei Erlangen. Der Vater war Geistlicher, genau wie Kreutz' Onkel. Nach dem Tod seiner Eltern war Kreutz bei ihm aufgewachsen.

Nein, das war nicht die Schrift von Wellendorf senior. Der Brief kam woandersher. Er blickte wieder zum Bett. Sein Freund hatte die Augen geschlossen. Sein Atem rasselte noch.

Kreutz brach das Siegel, faltete das Papier auseinander und verzog überrascht das Gesicht. Es war gar kein richtiger Text. Es gab zwar Buchstaben, aber sie waren immer wieder durch andere Zeichen unterbrochen. Fünf Linien standen jeweils untereinander. Auf oder zwischen einer Linie gab es Punkte. Das waren Musiknoten.

Er stellte die Kerze auf das Pult und setzte sich auf den Schemel davor. Dann nahm er sich die Botschaft genau vor.

Die Buchstaben allein ergaben keinen Sinn.

IUNITRNRWRTNI!

Wellendorf wusste viel über Musik. Er hatte sogar in der Kirche seines Vaters Orgel gespielt. Kreutz dagegen konnte höchstens die verbotenen Burschenschaftslieder mitsingen. Und bei denen interessierten ihn weniger die Melodien, sondern eher die Texte.

Ob die fehlenden Buchstaben aus den Noten herzuleiten waren? Noten waren ja nach Buchstaben benannt. Wellendorf hatte ihm erklärt, wie man sie las. Wenn man den gebräuchlichen Violinschlüssel zur Grundlage nahm, dann befand sich auf der zweiten Linie von unten die Note G. Danach kam das A, das H, dann das C, das D, das E …

Kreutz versuchte es, und das Bild vervollständigte sich:

DIEUNICHTARENERWARTENDICH!

Aber das war noch nicht alles. Setzte man vor das H ein kleines B-Vorzeichen, erhielt man die Note B. Vor einem E ergab sich so die Note Es. Und diese beiden, B und Es, kamen in dem Text ebenfalls vor. Wobei man das Es an der entsprechenden Stelle natürlich als S schreiben musste.

DIEUNSICHTBARENERWARTENDICH!

»Wellendorf, das musst du dir ansehen!«, rief Kreutz, von Erregung gepackt. »Es heißt: Die Unsichtbaren erwarten dich!« Aber der Freund schlief, eine dicke Schweißschicht auf der Stirn.

Die Unsichtbaren …

Das klang wie die »Unbedingten«. Die Jenaer Studentenbewegung. Oder wie die Gießener »Schwarzen«. Oder der »Jünglingsbund«. Allesamt verboten und verfolgt. Die Mitglieder verstreut in alle Winde, seit Fürst Metternichs scharfer Verfolgung der Revolutionäre.

»Wer hat das gebracht?«, fragte er.

Wellendorf rührte sich nicht.

»Und warum hat er es *dir* gebracht?«, fragte Kreutz sich selbst. »Warum nicht mir?«

Weil man nicht wusste, wo er steckte. Er war ja auf der Flucht. Dass er hier untergetaucht war, konnten sie nicht wissen. Oder ahnten sie es und hatten den Brief deshalb zu Wellendorf gebracht? Dass das Gesetz ihn hier noch nicht gefunden hatte, lag wohl nur daran, dass die Mühlen der staatlichen Verfolgung gerade ganz woanders mahlten. Vielleicht da, wo sich diese Unsichtbaren trafen.

Wer waren sie? Wieder eine neue Bewegung?

Es gab so viele kleine, zersplitterte Gruppen. Jeder kochte nach den Kriegen gegen Napoleon und der Restauration der Adelsgesellschaft sein eigenes Süppchen. Nicht nur in den deutschen Ländern. In ganz Europa. Von Spanien bis nach Italien, von Frankreich bis nach Polen und weiter nach Russland. Kreutz klangen noch die Worte seines Gefährten Karl

Follen im Ohr. Dem Gründer der Unbedingten, dem charismatischen Redner. Dem Genie unter den Revolutionären.
Es wird der Tag kommen, da werden wir uns vereinigen. Wir werden alle Kräfte, die jetzt vereinzelt und schwach wie kleine Flammen im Kampf gegen einen Wasserfall sofort verlöschen, bündeln. Und es wird eine neue Revolution geben. Nicht in einem einzigen Land wie damals im französischen Königreich.
In ganz Europa diesmal.
Auf der ganzen Welt.
Kreutz erfasste der gleiche Schauer, mit dem er immer seinen Reden gelauscht hatte. Der Schauer, den man in einem Moment der Wahrheit empfand. Wenn man sich der Ewigkeit verbunden fühlte. Wo mochte Follen jetzt sein? Sicher versteckte er sich, genau wie Kreutz.
Er murmelte das geheime Bundeszeichen vor sich hin, mit dem sich Angehörige der Burschenschaften zu erkennen gaben.
»*Im Herzen Mut, Trotz unterm Hut, am Schwerte Blut, macht alles gut.*«
In schriftlichen Botschaften kürzten sie die Worte mit den Buchstaben M, H, B und G ab.
War in dem Brief etwas davon zu finden?
Neugierig machte er sich daran, den Rest zu entschlüsseln, denn es folgten noch ein paar Zeilen. Sie enthielten eine Ortsangabe: Regensburg. Kornmarkt. Dazu ein Datum und eine Uhrzeit: am 27. April zur Mittagsstunde.
Er blickte wieder zu Wellendorf hinüber. Wenn der ihm doch wenigstens etwas über den Überbringer der Nachricht sagen könnte. Der Atem des Freundes war schwächer geworden. Langsam hob und senkte sich seine Brust, begleitet von leisem Rasseln.

Kreutz verbrachte die Abendstunden in der engen Stube bei dem schlafenden Freund. Nachdenkend. Grübelnd.
Die Unsichtbaren. War es der Versuch, alle Gruppen zu vereinen, endlich eine große, eine starke Verbindung zu schaffen, die für die staatlichen Verfolger bis zuletzt nicht zu erkennen wäre? Für konservative Augen unsichtbar?

Gegen Mitternacht sank er erschöpft auf sein Lager in der anderen Ecke der Kammer, ohne zu einem Ergebnis gekommen zu sein. Nach wilden Träumen erwachte er bei Tagesanbruch. Die Morgenglocken der Stadt ließen ihr Geläut hören.

Es dauerte eine Weile, bis Kreutz auffiel, dass von Wellendorfs Bett kein Rasseln und Pfeifen mehr zu ihm herüberdrang. Die Augen des Freundes waren halb geöffnet und blickten starr ins Leere.

Wellendorf war tot.

3

Dienstag, 27. April 1824

Es war ein schöner Frühlingstag, etwas mehr als eine Woche nach dem Osterfest, und Reiser eilte, wie so oft in letzter Zeit, verstohlen die Schlossmauer entlang, hin zur hinteren Pforte. Die Rückseite des zweiflügeligen Schlosses – und damit von dort aus gesehen auch er – lag fast vollständig hinter hohen Eichen verborgen. Sollte jemand zufällig einen Blick aus dem Fenster werfen, würde er ihn nicht sehen.

Hinter der Mauer schlängelte sich ein Pfad durch ein kleines, verwunschenes Gehölz. Dann kam eine abschüssige Wiese, an deren Ende wie hingewürfelt ein Dutzend graue Felsbrocken lagen. Wenn man sich auskannte, wusste man, wie man auf direktem Wege durch das steinerne Labyrinth kam, woraufhin man an eine Felsnase gelangte, die einen weiten Blick über die Michelsklamm und die sich dahinter verlierenden Höhenzüge bot. Nur Wiesen und bewaldete Bergrücken waren hier zu sehen. Kein Haus. Außer der langen Holzbrücke über die Schlucht gab es nichts von Menschenhand Gebautes.

Der offizielle Spazierweg vom Schloss hierher war Reiser verwehrt, wenn er sich mit Theresia von Sonnberg traf, der neunzehnjährigen Tochter des Edlen. Was ihnen an gemeinsamer Zeit erlaubt war, beschränkte sich auf die wenigen Stunden pro Woche, die sie der Musik widmen durften. Wie es sich für eine höhere Tochter gehörte, spielte Theresia das Pianoforte. Reiser hatte in seiner Schulzeit in Wien das Violinspiel erlernt, und so musizierten sie zusammen, alle anderen Treffen mussten heimlich erfolgen.

Er setzte sich auf einen der Felsen und genoss den Anblick der Landschaft, die wie ein herrliches Gemälde vor ihm ausgebreitet lag.

Eigentlich durfte er sich solch romantische Stunden gar nicht erlauben. Als angehender Verwalter des Schlosses hatte er sich Tag für Tag mit Zahlen zu befassen. Erträge aus den

Besitztümern des Edlen, zu denen nicht nur die Ländereien rund um das Schloss, sondern auch einige Kohlegruben im Osten gehörten. Der Edle war der Ansicht, nicht dem Holz, sondern der Kohle gehöre die Zukunft. Womit er wohl recht hatte, wenn man moderne Erfindungen wie die Dampfschiffe und verschiedene andere Maschinen betrachtete. Eines Tages, so hatte der Edle schon oft prophezeit, werde die Kohle sogar die Pferde abschaffen und dafür sorgen, dass die Wagen mit Hilfe einer eingebauten Maschine von allein fuhren. Und nicht nur auf Schienen, wie es das schon jetzt in England gab, sondern überall. Auf Straßen und Wegen. Wer dann Kohle als Brennstoff liefern konnte, war in der besten geschäftlichen Situation.

Reiser war fasziniert von diesen Gedanken. Mehr noch reizte ihn aber die Musik.

Er war sehr gut in seiner Arbeit in der Verwaltung, doch er konnte auch die andere, die musische Seite in sich nicht unterdrücken. Während seiner Schulzeit in Wien hatte er eine Sonate des Komponisten Ludwig van Beethoven abgeschrieben. Die Druckausgabe hatte er sich nicht leisten können, daher hatte er sie sich ausgeliehen und mühevoll von Hand kopiert. Alle Welt sprach derzeit von diesem Tonkünstler, dessen Werke so eigenartig neu waren. Reiser hatte die Abschrift aufbewahrt und das Stück mit Theresia geübt. Es begann nicht wie üblich mit einer richtigen Melodie, sondern mit einem ungewohnten Triller – einer musikalischen Liebkosung, die wie ein klanggewordenes zärtliches Streichen über eine weiche Wange war, ein hingehauchter Kuss. Sie hatten nie darüber gesprochen, aber Theresia empfand die Musik genauso, da war er sicher. Manchmal errötete sie beim Spielen – wenn eine Stelle kam, an der sie gemeinsam eine Melodie in eine Steigerung führten und sich der Ausdruck nach und nach ins Leidenschaftliche veränderte.

Auch die Landschaft war Musik. Das leise Säuseln des Windes, verbunden mit dem Gezwitscher der Vögel, die sich im blauen Himmel des Frühlings tummelten. Das ferne Rauschen des Michelsbaches, der in den Tiefen der Klamm schäumte.

Etwas riss Reiser aus seinen Gedanken. Eine Bewegung

bei der Brücke, die als hellbraune horizontale Linie über dem dunklen Grün des Waldes schwebte. Für einen kurzen Moment glaubte er, zwischen den Tannen an der linken Seite eine Gestalt in ganz und gar dunkler Kleidung zu sehen. Ein Gesicht war nicht zu erkennen, nur ein dunkler Haarschopf. Die Erscheinung war wie ein Schatten, der sich aber sofort wieder in dem Dunkel zwischen den Stämmen aufzulösen schien. Reiser kniff die Augen zusammen. Vielleicht hatte er sich getäuscht.

»Sebastian«, sagte Theresia hinter ihm.

Er hatte sie gar nicht kommen gehört. Sie trug heute wieder ihr blassrosa Kleid, dazu den farblich passenden Hut und Schal. Ihr Vater hätte sie gerügt, hätte er gesehen, dass sie sich in diesem Aufzug auf die Felsen setzte.

Reiser stand auf und beugte den Oberkörper. Sie hielt ihm die rechte Hand hin, die in einem weißen Handschuh steckte, und er deutete einen Handkuss an. Ihr Lächeln zeigte, wie überflüssig sie diese formale Begrüßung fand.

Alles, was er seit seiner Ankunft hier empfunden hatte, verband sich in ihrer Gegenwart zu einem wunderbaren Glücksgefühl: der Eindruck der Natur, die Gedanken an die Musik. Theresias Nähe veredelte das alles zu einem wunderbaren Ganzen.

Dabei war sie noch nicht einmal hübsch. Jedenfalls nicht nach den Maßstäben der Zeit. Ihr Gesicht war ein wenig zu breit. Ihre Augen waren zu klein, um so kindlich naiv dreinzublicken, wie es das Schönheitsideal junger Damen verlangte. Und darüber hinaus tummelten sich in Theresias Gesicht Schwärme von Sommersprossen. Bis jetzt war jeder Versuch, sie mit Puder im Zaum zu halten, erfolglos gewesen.

Vielleicht war das der Grund, warum Theresia trotz ihrer neunzehn Jahre noch ledig war. Zwei Saisons hindurch hatte sie, wie es üblich war, Bälle besucht. Niemand hatte sie mehrmals zum Tanzen aufgefordert, was als Vorstufe zu einer Verlobung unerlässlich war. Eine dritte Saison zu besuchen und Gefahr zu laufen, wieder sitzen zu bleiben, wäre peinlich gewesen. Dabei hatte Theresia, einziges Kind des Edlen von Sonnberg, eine ordentliche Mitgift zu bieten.

Reiser wäre gern derjenige gewesen, der Theresia aus dem

ledigen Stand befreite. Doch diesen Gedanken auch nur zu denken, war schon ein Abenteuer.

»Mein Vater wird dir etwas mitteilen«, sagte sie. »Etwas Bedeutsames. Ich habe ihn darüber sprechen hören.«

»Und weißt du, was es ist?«, fragte er.

Trotz der Ständeschranken duzten sie sich, wenn sie allein waren.

»Es hat sich in letzter Zeit so viel verändert. Zum Guten. Ich denke daher, es wird etwas Günstiges sein.« Ihr Lächeln wurde hintergründig.

Sie hielt ein kleines Buch in den weiß behandschuhten Händen. Offiziell unternahm sie den Spaziergang vom Schloss hierher, um in der schönen Umgebung ein wenig zu lesen.

Sie schlug den schmalen Band auf und las vor: »Willst du schon geh'n? Der Tag ist ja noch fern …«

»Romeo und Julia«, sagte Reiser. Theresia nickte und zeigte ihm den Einband. Es war die Übersetzung des Dichters August Wilhelm von Schlegel, für die sich Theresia seit Jahren begeisterte. »Ist es ein Zufall«, fragte er, »dass du heute diese berühmte Liebesgeschichte liest?«

»Vielleicht«, sagte sie und senkte den Blick. »Vielleicht auch nicht. Es ist nicht an mir, diese Dinge zur Sprache zu bringen.«

Ja, dachte Reiser. Und wie schon viele Male zuvor gestattete er sich für einen Moment die Vorstellung von etwas eigentlich Unvorstellbarem. Er sah sich zu dem Edlen von Sonnberg gehen. Er sah sich das Arbeitszimmer seines Dienstherrn betreten und selbstbewusst das Wort an ihn richten. Hörte sich sagen, welche Gnade ihm, dem Lakaiensohn, zuteilgeworden sei, indem er, der Edle, ihm die Ausbildung auf dem Gymnasium und den Besuch der Universität ermöglicht habe. Während er ihm gleichzeitig immer wieder verdeutlichte, dass sein Fleiß und sein Talent so groß seien, dass er, Reiser, bald Verwalter der Güter werden könnte. Weshalb es doch nur natürlich und vernünftig sei, im Beiseiteschieben der Standesgrenzen nicht nur dem Ruf von Talent und Fleiß, sondern auch dem der Liebe zu folgen. Der unschuldigen, reinen und von Gott gegebenen Liebe zwischen zwei Menschen. Was ihn,

Reiser, zu der Entscheidung bringe, bei ihm, seinem gnädigen Dienstherrn, um Theresias Hand …

An dieser Stelle fielen seine Visionen mal so und mal so aus. In einer Fortsetzung der Szene trat ihm der Edle freundschaftlich entgegen, reichte ihm die Hand und erklärte, dass er einverstanden sei. Wenn auch Theresia ihn liebte. In einer anderen zeigte der Adlige ein so erzürntes Gesicht, wie man es nur sehr selten an ihm erlebte. Und was er sagte, machte deutlich, dass Reisers Ansinnen der Grund dafür war. Jahrelang habe er die Fürsorge seines Dienstherrn genossen, und nun wage er, der doch im Grunde ein Nichts war, sich zu erfrechen, etwas vorzubringen, das alles zunichtemache. Das Undankbarkeit beweise und, was das Schlimmste sei, den hohen Edlen von Sonnberg zutiefst enttäusche …

»Sei guten Mutes und hoffe auf morgen, mein Lieber«, sagte Theresia und erhob sich. »Meine Zeit ist leider um. Morgen werden wir auch wieder musizieren. Vielleicht können wir dann mit Beethovens Klängen etwas feiern, wovon wir jetzt noch nicht einmal zu träumen wagen.«

Reiser ließ Theresia vorausgehen. Wie kurz ihre Treffen doch immer waren. Und wie kostbar gerade deswegen.

Er wartete noch ein paar Minuten und blickte nachdenklich ins Tal hinab. Dann kehrte er über den Weg durch die Felsen und das Wäldchen ins Schloss zurück.

**

Kreutz saß eingeklemmt in der Kutsche auf dem Weg von Nürnberg nach Regensburg. Noch im Dunkeln war sie losgefahren – mit drei Reisenden und schwer beladen mit Gepäck. Kurz hinter Neumarkt hatten sie anhalten und eine gute Stunde warten müssen, weil ein Fuhrwerk in einem Hohlweg auf der Strecke zusammengebrochen war und ihnen den Weg versperrte.

Gegenüber saß ein dicker Kaufmann, der mehr als die Breite seines Platzes einnahm und so einen dünnen, bebrillten Geistlichen an die Seite drängte, der seinen Blick die ganze Zeit über in ein Brevier versenkte. Neben Kreutz hatte ein junger Mann

Platz genommen, dessen Kleidung zeigte, dass er aus besserem Hause stammte.

Am Morgen nach Wellendorfs Tod hatte Kreutz das restliche Geld aus der Schatulle genommen, sich einen Platz in der Kutsche besorgt und die Tage bis zur Abfahrt in einem Wirtshaus am anderen Ende der Stadt verbracht. Das Geld zu nehmen war ihm ein bisschen wie Leichenfledderei vorgekommen, doch es galt, höheren Zielen zu folgen. Und war denn alles seine Schuld? Was konnte er dafür, dass die adligen Palastbewohner das einfache Volk in feuchten, unwürdigen Behausungen dahinvegetieren ließen? Dass ein Großteil der Neugeborenen nicht das erste Lebensjahr vollendete? Dass ein ganzes Volk, niedergedrückt von Steuern, in Knechtschaft leben musste?

Die Aristokraten wollten nicht sehen, dass ihr eigener Stand seit der Revolution in Frankreich, seit Napoleons eigenmächtiger Selbsterhebung zum Kaiser und seinem von grausamen Kriegen begleiteten Niedergang nur noch ein Schatten seiner selbst war. Ein Konstrukt, das nicht von Gottes Gnaden stammte, sondern ein System der Ausbeutung darstellte. Wenn das Volk das doch begreifen würde!

Als Adam grub und Eva spann, wo war denn da der Edelmann?

Das alte Zitat, das wohl aus den Zeiten der Bauernkriege stammte, war heute so aktuell wie eh und je.

»Ein Christenmensch ist ein freier Herr über alle Dinge und niemandem untertan«, postulierte einst Martin Luther. Und als freie Christenmenschen hatten sie gegen Napoleon gekämpft und seine Herrschaft gebrochen. Es hatte der Anbeginn einer neuen Zeit sein sollen – mit einer Verfassung, mit freier Selbstbestimmung. Doch man hatte sie getäuscht. Statt einen Neuanfang zu machen, restaurierte die Aristokratie die alten vorrevolutionären Verhältnisse. Kreutz packte der Zorn, wenn er nur daran dachte.

Als sie endlich die Donau überquerten und quälend langsam nach Regensburg hineinfuhren, begann schon das Mittagsläuten. Zwölf Uhr. Jetzt hätte er eigentlich am Treffpunkt auf dem Kornmarkt sein sollen.

Sein Nebenmann erwachte, hob den Kopf und sah sich verwirrt um. Die Kutsche hatte das Stadttor durchquert. Es herrschte Gedränge, hier war kein Durchkommen. Das Gefährt hielt. Das Läuten war verklungen. Kreutz ergriff seine Ledertasche und erhob sich. Der dicke Herr blickte von seiner Zeitung auf, der Geistliche duckte sich vor Schreck, und der Mann neben ihm protestierte: »Mein Herr, was haben Sie vor?«

Kreutz sparte sich die Antwort, er quetschte sich an den Beinen seiner Reisegefährten vorbei, öffnete die Seitentür und verließ die Kutsche genau in dem Moment, in dem der Postillion, der von der ganzen Sache nichts mitbekommen hatte, wieder anziehen ließ. Kreutz hatte erst einen Fuß aufs Pflaster gesetzt und kam ins Straucheln. Er fing sich, erntete aber einen erschrockenen Aufschrei einer Gruppe von Marktweibern, die mit ihren Körben ebenfalls durchzukommen versuchten.

»Nichts geschehen«, rief Kreutz, rannte der Kutsche nach, sprang von hinten auf und löste seinen kleinen Ledersack aus dem zusammengeschnallten Gepäck. Dann drängte er sich durch die Frauen, die erneut erschrocken aufschrien, ihm aber Platz machten.

Endlich erreichte er die Mauer des Turmes am Kornmarkt. Auf dem Platz tummelten sich Markt- und Fuhrleute. Dunkel gekleidete Beamte mit unter den Arm geklemmten Akten, die festen Schrittes irgendwohin eilten.

Was sollte er nun tun? Gab es ein Erkennungszeichen?

Vielleicht war der Brief selbst das Zeichen. Er nahm das Papier aus der Tasche, ließ es aber zusammengefaltet. Er hielt es so, dass es zwei Fingerbreit aus seiner Faust herausschaute.

Nichts geschah. Kreutz sank der Mut. Hatten die wenigen Minuten, die die Kutsche länger gebraucht hatte, alles zunichtegemacht?

Er war zu der Erkenntnis gelangt, dass die Nachricht nicht für ihn, sondern für Wellendorf gedacht gewesen war, auch wenn der Freund sich von politischen Zusammenkünften der Studenten meist ferngehalten und lieber über seinen Büchern gebrütet hatte. Sonst hätte sich in dem verschlüsselten Text doch irgendein Hinweis finden müssen. Wenn sie aber Wellendorf eingeladen hatten, stellte sich die Frage, ob sie wussten, wie er aussah. In dem Fall würde sein Abenteuer hier ein vorzeitiges Ende finden.

Wie viel Zeit sollte er verstreichen lassen? Er drängte sich näher an die Mauer. Da traf ihn ein heftiger Stoß von hinten. Kreutz taumelte und bemerkte aus den Augenwinkeln eine Gestalt, die in Richtung des Domes davonlief.

Nach einem Moment des Schreckens stellte er fest: Seine Tasche war weg!

Jemand hatte sie ihm aus der Hand gerissen und war damit fortgelaufen.

Er packte seinen Sack und rannte dem Dieb hinterher, in Richtung des Domes.

Nach einer Abzweigung blieb er stehen. Die Tasche lag vor der Dommauer.

Keine Spur von dem Dieb. Wahrscheinlich hatte er nur das Geld genommen.

Kreutz legte seinen Sack ab und untersuchte das Innere der Tasche. Alles war da. Auch die Münzen.

Und ein weiteres Papier.

※※※

Nach Stunden über Büchern, Urkunden und juristischen Bestimmungen nahm Reiser in der Gesindeküche das Abendbrot ein und ging in seine Unterkunft, die sich in einem der beiden Seitenflügel des Schlosses befand. Er bewohnte zwei Zimmer mit seinem Vater, der bei den von Sonnbergs Hofmeister war. In langer Treue hatte er sich über viele Jahre hinweg vom einfachen Lakaien hinaufgearbeitet.

Der Edle von Sonnberg legte Wert darauf, dass seine wichtigsten Untergebenen nah bei ihm wohnten und immer verfügbar waren. Trotzdem war die ganze Architektur des Adelssitzes so gestaltet, dass sich die Wege der Untergebenen und der Herrschaft nur dann kreuzten, wenn es vom Dienstherrn gewünscht war.

Für die Dienstboten gab es eigene, schmale Treppen, eigene

Flure, eigene Ein- und Ausgänge. Die Welt, in der der Edle und seine Tochter Theresia lebten, war nah, oft nur durch eine ellenbreite Mauer von der ihren getrennt, und doch war sie gleichzeitig fast so fern wie ein anderer Kontinent. Reiser betrat die Räumlichkeiten nur, wenn es ihm gestattet war. Und er war noch privilegiert. Es dienten Küchenmägde und Fuhrleute auf Schloss Sonnberg, die den Salon der Herrschaft, das Musikzimmer und andere Gemächer der Edlen noch nie gesehen hatten.

In der Unterkunft fand er seinen Vater, noch in die dunkelrote Livree gekleidet, vor dem Stehpult. Das eine Bein gebeugt, den Fuß auf der Spitze, hielt er eine Feder in der Hand und malte langsam Buchstaben auf das Papier, setzte ab und tauchte die Feder in ein Tintenfass, neben dem eine Kerze stand.

»Sie schreiben, Herr Vater?«

Der alte Herr sah ihn überrascht an. Offenbar hatte Reiser ihn aus tiefen Gedanken geholt.

»Du weißt, dass ich es mir manchmal gönne, meine Gedanken festzuhalten«, entgegnete er. »Erinnerungen.«

»Ich werde Sie nicht dabei stören«, sagte Reiser, der ihm die kleine Freude gönnte. Sein Vater hatte, als er so alt gewesen war wie er, nicht lesen und schreiben können. Erst viel später, vor wenigen Jahren, hatte er es sich nach und nach angeeignet und schnell Fortschritte darin gemacht. »Ich werde schlafen gehen.« Reiser wollte sich an dem Stehpult vorbeidrängen.

»Warte«, sagte der Vater. »Sebastian, ich muss dich etwas fragen.« Seine Stimme klang streng.

Reiser blieb stehen.

»Du weißt, wie gnädig der Herr von Sonnberg mit uns ist.«

»Natürlich, Herr Vater.«

»Ich denke, dass deine Ausflüge mit dem Fräulein von Sonnberg nicht angemessen sind.«

»Wenn ich dort über der Klamm die Landschaft genieße, und Fräulein von Sonnberg kommt zufällig vorbei …«

»Zufällig?« Auf der Stirn des Vaters erschien eine steile Falte. »Willst du behaupten, eure Treffen seien zufällig? Halte mich nicht zum Narren, Sebastian.«

»Es geschieht in allen Ehren. Wir sprechen nur miteinander. Herr von Sonnberg erlaubt uns ja auch das gemeinsame Musizieren.«

»Und reicht das nicht? Muss man die Grenzen eigenmächtig ausdehnen? Dein Verhalten kann deinem Ansehen schaden. Es sorgt hier im Schloss für Gerede. Vor allem, wenn der gnädige Herr nicht zugegen ist. Was zum Beispiel morgen der Fall sein wird. Ich werde mit dem Herrn hinüber in die Wälder am Michelskogel fahren.«

»Ich werde es beherzigen.«

Der Vater sah ihn an, als wollte er mit seinem Blick das Gewissen des Sohnes erforschen. Schließlich nickte er.

»Ich wünsche Ihnen eine gute Nacht.«

Reiser nahm eine Kerze, entzündete sie an der auf dem Pult und ging hinüber. Als er die Tür schloss, sah er den Vater bereits wieder in seine Schreiberei versunken. Direkt hinter ihm stand das schmale Bett, auf dem er sich bald zur Ruhe begeben würde.

Kaum war Reiser hinter der geschlossenen Tür allein, stellte er das Licht auf den dicken Bohlen des Fußbodens ab, griff unter sein Bett und zog einen Holzkasten hervor. Darin stapelte sich ebenfalls Handgeschriebenes. Es war Reisers Notensammlung. Sie enthielt die Sonate, die er gelegentlich mit Theresia probierte, aber auch eigene musikalische Einfälle.

Manchmal, wenn er in seiner freien Zeit durch die Natur streifte, kam ihm die eine oder andere Melodie in den Sinn. Er spielte sie sich dann auf der Violine vor, schrieb sie auf und komponierte manches Mal sogar eine Klavierstimme dazu. Eine dieser Kompositionen, die er für besonders gelungen hielt, hatte er »Romanze« genannt. Es war eine einfache Weise in melancholischem Moll.

Während er die Partituren betrachtete, verlor er sich eine Weile in seinen Gedanken. Dann verstaute er alles wieder unter dem Bett, entkleidete sich bis auf sein Unterzeug, legte sich hin und löschte die Kerze. Unter der Tür war ein Lichtstreifen aus der Nebenkammer zu sehen. Der Vater stand also immer noch am Schreibpult.

Reiser wollte eben in den Schlaf hinübersinken, da traf ihn die Erkenntnis wie ein plötzlicher Schlag.

Der Edle von Sonnberg wollte morgen mit ihm sprechen! Vielleicht wollte er ihn ja wegen der Treffen mit seiner Tochter zur Rede stellen? Es gab Gerüchte im Schloss, hatte der Vater gesagt. Waren sie ihm zu Ohren gekommen?

Musste Reiser mit einer Rüge rechnen?

Die Frage beschäftigte ihn lange. Immer wieder stellte er sich Theresia vor, sah, wie sie ihm zulächelte.

Dann, endlich, kam der tröstende Schlaf.

4

Mittwoch, 28. April 1824

Wie immer wurde Reiser mit Tagesanbruch wach. Und wie immer klopfte er, nachdem er sich erhoben hatte, zuerst an die Kammertür, bevor er sie öffnete. Heute hatte der Vater die Unterkunft bereits verlassen. Auf dem Tisch in der Ecke stand frisches Wasser.

Er beugte sich über die kleine Schüssel, wusch sich und genoss es, durch die Kälte wach zu werden. Nachdem er sich angekleidet hatte, führte ihn sein erster Weg in die Schreibstube, die sich im selben Flügel des Schlosses befand, allerdings eine Etage höher.

Dort tauchte er in den Geruch von Staub und altem Papier ein. Auf seinem Pult fand Reiser eine Notiz des gnädigen Herrn. In knappen Worten wurde er darüber unterrichtet, dass der Edle von Sonnberg mit Reisers Vater eine Inspektionsfahrt unternehme und am späten Nachmittag zurück sein werde. Noch vor einem halben Jahr hätte der gnädige Herr ihn anstelle seines Vaters auf seine Inspektionsfahrt mitgenommen. Nun aber wusste er über alles Bescheid, und sein Platz war bei den Akten.

Es folgte eine Auflistung dessen, was bis dahin zu erledigen war. Es handelte sich um leichte Aufgaben, die kaum mehr als zwei Stunden seiner Zeit in Anspruch nehmen würden. Ein anderer hätte wahrscheinlich Tage damit zugebracht. Doch Reiser verfügte über eine besondere Begabung. Schon von Kindheit an hatte er die Fähigkeit, Schriftstücke mit wenigen Blicken als Ganzes zu erfassen und sich das, was darin festgehalten war, zu merken. Er musste noch nicht einmal alles gelesen haben. Es reichte, wenn er das Papier vor sich gehabt und sich darauf konzentriert hatte. In seiner Erinnerung konnte er dann in dem Gesehenen lesen wie in einem Buch, das in seinem Kopf gespeichert war.

Schon während Reisers Studium in Wien hatte der Edle Wert darauf gelegt, ihn in sämtliche Details der Güterverwaltung einzuweisen. Und das nicht nur durch genaue Kenntnis der Bücher und Dokumente, sondern auch durch die Begehung der Güter selbst. Auf ausgedehnten Fahrten hatte der Edle ihm alles gezeigt, was er besaß – bis hin zu den Kohlegruben im Osten, die sie im vergangenen September besucht hatten. Darüber hatte Reiser den ordentlichen Abschluss des Studiums verpasst, was den Edlen aber nicht störte. Im Gegenteil. Er hielt die Praxis für wichtiger als die in Kollegien und Bibliotheken vermittelte Theorie. Überhaupt sei nicht Stand, sondern Fleiß entscheidend. Dazu Ehrlichkeit und Strebsamkeit. Diese Tugenden seien mehr wert als jedes Diplom, auch als jeder Adel und jede gesellschaftliche Stellung.

»Wenn wir durch die Kriege gegen Napoleon etwas gelernt haben, dann das«, sagte der Edle gern. Vielleicht folgte er dieser Haltung deshalb, weil er selbst noch nicht lange zu den höheren Kreisen gehörte. Das Prädikat stammte aus der Zeit Kaiser Josephs, dem die Familie von Sonnberg in einer Weise, über die Reiser nichts Näheres wusste, nützlich gewesen war.

Der Edle war stolz, seine Güter als Erster unter Gleichen zu führen. Sein Glück wurde allerdings getrübt. Theresias Mutter war verstorben, als Theresia noch ein Kind gewesen war. Der Edle hatte sich kein zweites Mal vermählt. Reiser war ebenfalls Halbwaise. Manchmal fragte er sich, ob dieses Schicksal ihn mit der jungen Frau von Sonnberg irgendwie verband.

In der Gesindeküche nahm Reiser einen Kaffee zu sich. Die Wanduhr zeigte noch nicht einmal halb sieben. So blieb ihm noch Zeit für einen Gang durch die Natur, bevor er mit seinem Dienst begann.

Als er das Schloss durch den Dienstbotenausgang verließ und auf den hellen Kiesvorplatz trat, sah er weit hinten neben dem Portal den Edlen stehen. Er unterhielt sich mit Baron von Walseregg, einem Freund der Familie, der manchmal Gast auf Schloss Sonnberg war. Er verbrachte die meiste Zeit in seinem Gemach. Ein steifes Bein zwang ihn zum Hinken und gleichzeitig in eine gebückte Haltung, sodass er jedes Gegenüber mit in den Nacken gelegtem Kopf ansah.

Der Edle von Sonnberg, der den Baron an Körpergröße deutlich überragte, sprach, und der Baron hörte auf seinen

Stock gestützt zu. Ein Stück entfernt wartete der Zweisitzer, an dem sich noch der alte Kajetan, der Stallbursche, zu schaffen machte. Daneben stand Reisers Vater. Noch weiter hinten stand der Diener des Barons. Im Schloss nannten sie ihn nur den langen Anton, weil er sehr hager und groß war. In seiner hellblauen Livree mit den silbernen Litzen und den Schnallenschuhen wirkte er wie aus der Zeit gefallen.

Reiser folgte dem schmalen Weg durch die Buchsbaumhecken zur Rückseite des Schlosses, hielt sich abseits der ausladenden Terrasse und ging an der Mauer entlang zur hinteren Pforte. Der Gesang der Vögel schien das Licht der Sonne hinter dem Michelsberg zu begrüßen. Die Luft, erfüllt von Düften der Erde und des Waldes, kündigte die Milde eines sonnigen Tages an. Im Tal schlug eine Kirchturmuhr sieben.

Nach einer Viertelstunde erreichte er den Aussichtspunkt. Gerade wollte ihn erneut die Euphorie überwältigen, da wurde er durch ein Geräusch abgelenkt, das sich von den Hügeln her näherte. Pferdegetrappel, knirschende Räder, das typische Kollern von Holz und Metall auf Stein.

Dann erschien die Kutsche, in der Reisers Vater und der Edle von Sonnberg saßen. Der Vater hielt die Zügel, der gnädige Herr saß neben ihm. Auf dem holprigen Weg wurden die beiden Männer ordentlich durchgeschüttelt. Der Edle musste mit der einen Hand seinen Hut festhalten.

Der Weg vom Schloss bis zur Klammüberquerung war weit. Man musste vom Hauptportal erst die lange Allee zum Hauptweg nehmen, nach einer Abzweigung einige Serpentinen talwärts fahren und schließlich wieder hinauf. Auf dem letzten Stück des Weges lag ein kleines Wäldchen, in dem die Kutsche soeben verschwand. Ein paar Atemzüge lang war sie nicht mehr zu sehen, dann kam die braune Stute zwischen den Bäumen hervorgetrabt und hielt auf die Brücke zu. Unter der geraden hölzernen Linie konnte Reiser bis ins Tal schauen, wo die Sonne einen großen Lichtfleck auf die Futterwiesen malte.

Die Hufe der Stute trommelten auf den Bohlen. Reisers Vater, die Peitsche in der Hand, trieb das Pferd an. Da wandelte sich das Bild auf einmal in ein so unglaubliches Szenario, dass Reiser sich in einen Alptraum versetzt fühlte.

Das Wegstück, das die Kutsche bereits hinter sich gelassen hatte, schien sich vom Rest der Brücke abzutrennen. Das rechte hintere Rad griff ins Leere, das Gespann wurde nach hinten gerissen.

Die Stute wieherte erschrocken auf. Sie kämpfte um sicheren Stand und versuchte vergeblich, die Last, die sie unerbittlich nach hinten zog, zu halten. Reiser hörte das Trampeln der Hufe, dazu ein Kreischen wie von berstendem Holz, schließlich ein erschrockenes Schnauben. Im nächsten Moment war die Kutsche verschwunden. Das Pferd, unerbittlich im Geschirr gehalten, war noch kurz zu sehen, glitt dann aber rückwärts ins Bodenlose. Reste der Brücke brachen nach, es folgte ein hohles Gepolter, schließlich ein fernes Bersten.

Als Kind hatte Reiser gelegentlich in einem Buch mit Sagen des griechischen Altertums geblättert. Die Geschichte von Phaeton hatte sich besonders deutlich in sein Gedächtnis eingebrannt.

Phaeton war der Sohn des Helios, der den Sonnenwagen über den Himmel lenkte. Als er, voller jugendlicher Selbstüberschätzung, diese Pflicht eines Tages übernehmen wollte, kam es zu einer Katastrophe. Mitsamt dem Sonnenwagen stürzte er vom Himmel.

Diesen Moment hatte ein Zeichner auf einem Bild in dem Buch festgehalten. Der Schrecken der Erkenntnis, das Wissen um die Unausweichlichkeit der Katastrophe, stand mit verzerrten Zügen und weit aufgerissenen Augen nicht nur dem vermessenen Phaeton ins Gesicht geschrieben, sondern auch den Pferden.

In der Sage löste der Absturz eine Katastrophe kolossalen Ausmaßes aus. Die brennende Sonne landete auf dem afrikanischen Kontinent und verwandelte ihn in eine Flammenhölle. Ganze Landschaften trockneten zur Wüste aus.

Die Erinnerung an dieses Bild überlagerte sich vor Reisers innerem Auge mit dem gerade Erlebten, während er zurück zum Schloss rannte. Als Erstes traf er den alten Kajetan, der ihm erschrocken entgegenblickte.

»Zur Brücke, ein Unglück, schnell«, keuchte Reiser. Ohne

anzuhalten setzte er seinen Weg durch das Tor fort. Dann ging es auf die Straße. Reiser rannte und rannte, aber es dauerte eine gefühlte Ewigkeit, bis er die Unglücksstelle erreichte.

Er stoppte vor dem Abgrund, an dem noch der kürzere Teil der Brücke hing, beugte sich vor. Doch der Blick in die Klamm hinunter war durch Holzreste versperrt. Weit unten schäumte der Michelsbach. Kälte kam herauf. Zu seinen Füßen bröckelte Erde ab, Holz brach und rutschte hinunter.

Reiser fing sich im letzten Moment und riss den Schwerpunkt seines Körpers so heftig zurück, dass er taumelte. Als er ein weiteres Mal in die Tiefe sah, erkannte er die Reste der Kutsche. Ein Rad, das halb im Bach hing. Eine Deichsel. Dann die Umrisse des Pferdes.

Und die zweier Menschen.

5

Donnerstag, 29. April 1824

Ein weiteres Billett. Und etwas Geld.
 Nicht *irgendein* Billett. Ein Platz in der Eilpost. Mit dem Zentrum der Weltmacht als Ziel der Reise.
 Wien!
 Wieder wartete Kreutz in einem Gasthaus bis zur Abfahrt. Dann ging es los. Passau, Schärding, Linz ... Zwischen den Stationen schienen Wochen zu liegen, und je näher Kreutz seinem Ziel kam, desto langsamer schien es voranzugehen.
 Was würde ihn in der Kaiserstadt erwarten?
 Eine geheime Zusammenkunft. Natürlich!
 Wie mutig, sie noch einmal in der Kaiserstadt zu planen!
 Vor fast vier Jahren, kurz nach der Hinrichtung des Studenten Carl Ludwig Sand, hatte es in Wien schon einmal den Versuch gegeben, eine Burschenschaft zu gründen. Eine revolutionäre Zelle im Herzen des Reiches. Sie hatte nur wenige Tage bestanden. Metternich ließ alle Mitglieder, deren er habhaft werden konnte, verhaften. Die Namen einiger dieser Kameraden waren in Burschenschaftskreisen berüchtigt. Man sprach von ihnen voller Ehrerbietung. Sie waren Märtyrer, die leicht das Schicksal des seligen Sand hätte treffen können.
 Johann Senn.
 Georg Schuster.
 Benedict Zeisel.
 Von Zeisel hatte Kreutz sogar eine Wiener Adresse. Wobei er nicht glaubte, dass der inzwischen wieder Freigelassene dort noch wohnte. Trotzdem musste er versuchen, ihn zu finden. Vielleicht würde der wunderbare Follen ja auch kommen. Wenn er dabei war, würden sie erfolgreich sein. Der Misserfolg vor vier Jahren war vermutlich genau darauf zurückzuführen, dass sie nicht der richtige Anführer geleitet hatte.
 Kreutz' Herz schlug bei diesem Gedanken schneller, während die Landschaft in quälender Trägheit an der Kutsche

vorüberzog. In einer Kurve öffnete sich ihm der Blick nach Westen, wo die bereits tief stehende Sonne einen bewaldeten Höhenzug beleuchtete. Es war der Wienerwald, die letzte natürliche Barriere, die sie von der Hauptstadt trennte.

Kreutz war noch nie in Wien gewesen, er kannte es nur aus Erzählungen. Um den inneren Kern der Stadt lag die alte Stadtmauer – die mächtige Bastei, durchlöchert von den tunnelartigen Stadttoren und trotz ihrer Größe heute praktisch ohne militärische Bedeutung. Die Tore waren rund um die Uhr offen und boten jedem, der hineinwollte, den Durchgang auf die Esplanade oder, wie man die freie Fläche auch nannte, das Glacis.

Reisende priesen die Schönheit dieser ringförmigen, von Alleen und Grasflächen bedeckten Ebene, die Wien fast ganz umgab – nur im Nordosten nicht, wo die Bastei direkt an den Donauarm grenzte. Man nutzte sie als Spazierweg oder zur Durchfahrt in die Vorstädte, die wie voneinander getrennte kleine Siedlungen das Innere umgaben. Schutz erhielt Wien dieser Tage durch eine zweite, äußere Stadtmauer, die auch die Vorstädte umgab. Die sogenannte Linie.

Und diese Linie war es, die Kreutz nun wachsende Sorge bereitete. Er hatte gehört, dass an ihren Toren Gepäck und Papiere kontrolliert wurden. Verbotene Bücher durften nicht nach Wien eingeführt werden. Die Zensur war streng. Auch alles, was in der Stadt gedruckt, auf Bühnen gesprochen oder in Opernhäusern und Konzerten gesungen wurde, unterlag strengster Kontrolle. Sogar die Inschriften auf Grabsteinen und Häusern waren davon betroffen. Jeder einzelne geschriebene Buchstabe.

Kreutz besaß keine Papiere. Vielleicht würde man ihn gar nicht durch die Linie lassen. Was dann?

Die Kutsche fuhr langsamer, denn der Weg führte bergauf, und es wurde anstrengender für die Rösser. Wald zog an den Fenstern vorbei.

Was würde an der Linie geschehen?

Auf einmal kam Kreutz ein furchtbarer Gedanke. Was, wenn es eine Falle war? Ein Schachzug des allmächtigen Metternich, mit dem Zweck, sich ein für alle Mal seiner Feinde zu entledigen? Wie viele revolutionäre Studenten gab es in den deutschen Ländern? Konnte man sie alle nach Wien locken, um sie dann festzusetzen? Und jede revolutionäre Bestrebung im Keim zu ersticken? Dann würde diese Kutsche ihn geradewegs ins Gefängnis bringen! Wo Follen und die anderen vielleicht schon auf ihn warteten.

Dann hatte Wellendorf die Einladung erhalten, weil sie herausgefunden hatten, dass er bei Wellendorf wohnte. Weil sie wussten, dass der Freund todkrank war und Kreutz diese Einladung anstelle von Wellendorf annehmen würde.

Angst kroch in ihm hoch. Er musste diese Kutsche verlassen. Am besten sofort. Oder beim nächsten Halt. Gab es überhaupt noch einen vor dem Linientor? Wie lange waren sie schon im Wienerwald unterwegs?

Er hatte jegliches Zeitgefühl verloren. Hinter den Scheiben der Kutsche war es dunkel geworden. Nur ab und zu wanderte ein beleuchtetes Haus vorbei, wenn sie durch einen Marktflecken rumpelten.

Was konnte er tun? Übelkeit vortäuschen? Es war natürlich möglich, den Fuhrmann zum Anhalten zu bringen. Unwohlsein kam unter den Reisenden oft vor, und jeder hatte Verständnis dafür. Aber würde ihn das nicht erst recht verdächtig machen? Wahrscheinlich gehörte einer derjenigen, die hier im Dunkel mit ihm zusammensaßen, zu Metternichs Leuten. Ein vermeintlicher Mitreisender, der Kreutz beobachten sollte. Wenn er ausstieg, würde man ihn verfolgen.

Vielleicht konnte er im Schutz der Dunkelheit durch den Wald flüchten. Er war gut zu Fuß, und er würde sicher irgendwo einen Unterschlupf finden.

Er durfte nicht erst um das Anhalten bitten. Er musste es machen wie in Regensburg. Die Tasche schnappen und aus der Kutsche springen. Gut, das würde ihn auf jeden Fall verdächtig machen, und die Reisenden konnten ihn dann an der Linie oder bei einer Polizeistelle beschreiben. Aber dort kannten sie seinen Steckbrief ja sicher ohnehin.

Er versuchte zu erkennen, was hinter der Scheibe lag. Ein Licht erschien. Kreutz glaubte, es sei eine Laterne an einem Haus. Doch dann begann das Leuchten zu wandern, kam an die Kutsche heran und wurde immer heller. Der Wagen blieb stehen. Die Pferde schnaubten.

Das Gesicht des Postillions erschien hinter der Scheibe. Die Tür wurde geöffnet, und ein Schwall kalter, feuchter Nachtluft kam ins Innere. Sie brachte den Geruch von nassem Laub und Erde mit sich.

Hinter dem Postillion stand ein zweiter Mann. Seine untere Gesichtshälfte bedeckte ein dichter dunkler Bart. Dahinter konnte Kreutz einen weiteren Wagen erkennen, an dem eine brennende Lampe hing. Das war das Licht, das er gesehen hatte.

»Herr Wellendorf?«, rief der Mann in die Kutsche hinein.
Kreutz räusperte sich. »Ja?«, rief er nach draußen.
»Kommen Sie bitte heraus.«

Der bärtige Mann war nicht allein. Er hatte zwei Helfer dabei, die – ob mit Absicht oder nicht – Kreutz umstellten und ihm jeden Fluchtweg in den Wald versperrten.

»Mit wem habe ich denn das Vergnügen?«, fragte Kreutz.
»Mein Name tut nichts zur Sache. Daher bitte ich Sie, mich von der Pflicht, mich vorzustellen, zu entbinden.«

Die Eilkutsche fuhr weiter, man hatte seinen Sack mit dem Gepäck abgeladen. Wenn sie ihn wirklich ins Gefängnis stecken wollten, wäre dies die beste Möglichkeit, sich auf ihn zu stürzen, ihn zu binden und irgendwohin zu bringen, von wo er nie wieder zurückkehren würde.

Aber nichts davon geschah.

»Sie brauchen keine Angst zu haben, Herr Wellendorf«, sagte der Bärtige. »Kommen Sie bitte mit.«

In der kleineren Kutsche ging es ein Stück durch den nächtlichen Wald, dann einen steilen Berg hinauf. Als das Fahrzeug endlich hielt, fand sich Kreutz in einer Szenerie wieder, die ihn an einen der Ritterromane erinnerte, die manche seiner Kommilitonen so gern lasen.

Sie standen auf dem Vorplatz einer Burg. Der Eingang war durch eine schwere Gittertür geschützt, deren Flügel weit offen standen. Brennende Fackeln warfen ihr flackerndes Licht auf das Metall und brachten es zum Glänzen. Die Tür der

Kutsche ging auf. »Wir sind da, Herr Wellendorf«, sagte der Mann.

Kreutz stieg aus, die Ledertasche mit beiden Armen fest umschlungen. Einer der Männer hatte den Reisesack genommen und trug ihn durch das Tor ins Innere der Burg.

»Was ist das hier?«, fragte Kreutz mit vorgespielter Entschlossenheit. »Sollte es nicht nach Wien gehen?«

»Es ist der erste Versammlungsort.«

»Der Versammlungsort für wen? Und wieso der erste?«

»Ihr Gastgeber wird alles erklären.«

»Und wer soll das sein?«

»Später.«

Kreutz ging dem Mann nach. Sie erreichten einen kleinen, von hohen Mauern umschlossenen Burghof, an dessen Wänden Fackeln brannten. Hinter einem länglichen Fenster im oberen Stockwerk war ebenfalls Licht. Davor bewegten sich Schatten.

Es ging durch eine niedrige Pforte und eine schmale steinerne Wendeltreppe hinauf in einen Saal, in dem an einem rohen Holztisch ein paar junge Burschen saßen. Als sie eintraten, blickten ihnen sechs, sieben Gesichter neugierig entgegen. Alle waren etwa in Kreutz' Alter.

»Herr Wellendorf ist angekommen«, erklärte der Mann den Versammelten. Er wandte sich an Kreutz. »Machen Sie sich bitte selbst bekannt. Ich muss wieder fort.« Damit ging er.

Kreutz stand allein da, neben seinem Gepäck. Die anderen erhoben sich und begrüßten ihn mit einer Herzlichkeit, wie er sie aus den Zusammenkünften mit anderen Studenten kannte. Sie redeten auf Kreutz ein.

»Du heißt also Wellendorf?«

»Woher kommst du?«

»Wie ist dein Vorname?«

Die Angst vor einer Falle fiel von Kreutz ab. Beinahe hätte er die Frage nach seinem Vornamen wahrheitsgemäß beantwortet, aber dann erinnerte er sich daran, dass er den Platz seines toten Freundes einnahm.

»Julius«, sagte er. »Und ich stamme aus …«

Dass er wie Wellendorf aus Erlangen stammte, konnte er

nicht behaupten. Sein Akzent hätte ihn der Lüge überführt. Hier blieb er bei der Wahrheit.

»… aus der Gegend von Erfurt«, sagte er. Zum Glück schien niemand den echten Wellendorf zu kennen.

Bald zeigte sich, dass alle auf die gleiche geheimnisvolle Weise hergekommen waren. Mit einer Einladung, die eine Reise zu den Unsichtbaren versprach. Mit anonym überbrachten Billetts, mit Geld. Über die verschiedensten Routen. Wer auch immer ihr geheimnisvoller Gastgeber war – er hatte viel Aufwand betrieben, um sie hier zusammenzubringen.

»Wir alle dachten, dass es nach Wien geht«, sagte ein schmächtiger Jüngling, der sich als Friedrich Eberlin vorgestellt hatte und aus Heidelberg kam. Angeblich hatte er auch in Gießen und in Jena studiert. In diesen Städten hätte er Follen begegnen können. Kreutz hätte ihn gern sofort nach dem Gründer der Unbedingten befragt, doch er wagte es nicht. Konnte man hier offen sprechen? Wenn das, was auf der Einladung gestanden hatte, stimmte, befand er sich nun bei den in dem Brief erwähnten Unsichtbaren. Der Bewegung, die sich hier formierte. Oder wurden sie noch einmal fortgebracht? Gab es eine größere Verbindung, zu der sie gesammelt stoßen sollten?

Lieber abwarten, gemahnte er sich.

Alle schienen diesem Prinzip zu folgen. Niemand erwähnte die neue Gruppierung. Stattdessen erzählten sie sich, wer sie waren und woher sie kamen. Eberlin, so erfuhr Kreutz, war nicht nur Student der Theologie, er sah sich auch als Poeten, der davon träumte, ein zweiter Novalis zu werden. Auch brüstete er sich damit, in Berlin den jüngst verstorbenen Dichter und Musiker Ernst Theodor Amadeus Hoffmann getroffen zu haben. Was einen der anderen zur Einmischung veranlasste.

»Musiker?«, rief der Bursche höhnisch. Er war ein hagerer Hüne, bei dem sich trotz seiner jungen Jahre schon Haarausfall bemerkbar machte. Über der Stirn hatte er große Winkel in die Haarpracht gerissen, was seinen Schädel vergrößert erscheinen ließ. »Es gibt doch heute gar keine Musiker mehr«, behauptete er abschätzig und sah sich beifallheischend um.

Niemand wollte darauf eingehen, und Kreutz war klar, dass

der Bursche einer von denen war, die immer wieder gewagte Thesen in den Raum stellten und die Konfrontation suchten.

»Wie heißt du noch mal?«, fragte er.

»Konrad Kiepenkerl«, kam es mit scharfer Stimme schulmeisterlich zurück. »Aus Göttingen. Und ich habe bei dem ...«

»Ja doch, wir wissen Bescheid, Konrad«, rief ein anderer. »Du hast es uns mindestens hundertmal erzählt. Du hast bei Professor Forkel studiert, der über einen Komponisten, der seit mehr als siebzig Jahren tot ist, eine Biografie geschrieben hat.«

»Nicht irgendein Komponist!«, rief Kiepenkerl aufgebracht, nannte aber den Namen nicht. Offenbar war das hier eine Diskussion, die sie nicht zum ersten Mal führten. Er wandte sich wieder Eberlin zu. »Dein Hoffmann war kein Musiker. Da ihm mit dem Notenpapier nichts einfiel, hat er sich irgendwelchen unverständlichen Kram ausgedacht – von Sandmännern, Automaten, verzauberten goldenen Töpfen und Kinderspielzeug, das am Weihnachtsabend lebendig wird.«

»Aber dein Herr Forkel«, sagte Eberlin, »den niemand kennt, der hat etwas geleistet? Indem er über die Musik eines Toten schrieb und sie zum Maßstab aller Tonkunst ernannte?«

»Forkel wusste, dass er selbst kein Musikgenie war«, sagte Kiepenkerl. »Daher widmete er sein ganzes Leben der Kunst desjenigen, der eins war. Ein göttliches Genie. Der fünfte Evangelist, aber nicht in der Sprache der Bibel, sondern in der Sprache der Musik.«

»Wer soll das sein?«, fragte Kreutz, verwirrt darüber, dass hier so viel über Musik gesprochen wurde.

»Das, mein Freund, verrate ich dir gern: Johann Sebastian Bach. Ja, er ist schon lange tot. Er starb im Jahre des Herrn 1750, doch seine Musik wird ewig leben. Sollte uns bei diesem Abenteuer hier ein Klavier oder eine Orgel begegnen, werde ich es dir beweisen.«

»Bach gehört in ein ganz anderes Zeitalter«, sagte Eberlin abfällig. »Er ist tot und vergessen. Herr Hoffmann hat das erkannt. Auch wenn du es nicht glauben willst. Er sah eine Linie der Entwicklung, die von Bach ausgeht und sich in Mozart fortsetzt.« Er wandte sich Kreutz zu, als suchte er einen Verbündeten. »Eben deshalb hat sich Herr Hoffmann den dritten Namen ›Amadeus‹ zugelegt – aus Bewunderung für Mozart.«

Kiepenkerl lachte ungläubig auf. »Welch ungebührliche Vermessenheit! Mozart war sicher genial, und sich selbst mit so einem Kaliber zu vergleichen …« Er schüttelte den Kopf.

Eberlin beachtete ihn nicht. »Hoffmann sah außerdem einen Dritten in dieser Linie, über den er auch geschrieben hat. Den Meister der neuen Zeit, den Meister *unserer* Zeit …«

Kiepenkerl stöhnte auf. »Ja«, rief er. »Du meinst diesen Beethoven. Den Mann, der alle Gesetze der heiligen Harmonie niederriss und die Musik unverfroren einfach neu erfand. Und den niemand versteht.« Entnervt drehte er sich mit erhobener Hand zu den anderen um und ließ den Zeigefinger neben seiner Schläfe kreisen. »Kein Wunder, er ist ja auch verrückt. Und warum? Weil er taub ist. Da kann er ja nur Musik zusammenschreiben, die kein Mensch versteht, die alle Regeln dieser heiligen Kunst verhöhnt. Beethoven ist ein Verrückter! Ein Narr!«

»Ein Narr?«, rief Eberlin aufgebracht. »Hast du denn je die Musik dieses Mannes gehört? Weißt du überhaupt, wovon du sprichst?«

»Nicht nötig. Die Musik eines Tauben muss ich mir nicht anhören. Das muss niemand.«

»Dann lies wenigstens, was Herr Hoffmann darüber geschrieben hat!« Eberlin sprang auf und begann, wie ein Schauspieler auf einer Bühne zu rezitieren: »›In dem Gesange, wo die Poesie bestimmte Affekte durch Worte andeutet, wirkt die magische Kraft der Musik wie das wunderbare Elixier der Weisen, von dem etliche Tropfen jeden Trank köstlicher und herrlicher machen.‹«

»Geschwätz.« Kiepenkerl winkte ab. Die anderen beobachteten den Streit stumm und ohne sich einzumischen, die Bierhumpen vor sich.

Ja, dachte Kreutz. Sie haben das schon mehrmals erlebt und sind der Diskussion müde. Er kannte solche Situationen von den studentischen Zusammenkünften der Vergangenheit. Nur war es damals nicht um solche Haarspaltereien gegangen, sondern um wichtige Dinge.

»Verstehst du denn nicht?«, schrie Eberlin, das Gesicht gerötet und mit einer Verzweiflung, als wollte er gleich in Tränen ausbrechen. »Beethoven hat die reine Instrumentalmusik zu einer universalen Sprache der Gefühle gemacht. Jede Leidenschaft – Liebe, Hass, Zorn, Verzweiflung und so weiter – kleidet er in seine Musik. Es ist eine neue Welt, die uns diese Musik auftut. Und das ohne erklärende Worte, ohne Gesang oder begleitenden Text. Nur durch Klang. So heißt es bei Hoffmann wörtlich: ›So stark ist der Zauber der Musik, und immer mächtiger werdend, musste er jede Fessel einer andern Kunst zerreißen.‹«

Eberlin schaute versonnen drein, aber Kiepenkerl lachte höhnisch und zwang den verträumten Ausdruck nieder. »Wörter finden kann dein Herr Hoffmann, das gebe ich zu. Aber wenn es um das Universale geht, halte ich mich an meinen Bach. Er hat die Gesetze der ewigen Harmonien gekannt. Vor ihm war die Musik nichts. Und nach ihm wird sie ebenfalls nichts sein.«

Ein Moment der Stille entstand – aufgeladen mit unsichtbarer Wut. Kreutz erwartete, dass Eberlin nun auf seinen Widersacher losgehen würde, dass es zu einer Rauferei oder zu einem ordentlichen Duell käme. So war es in seinen Kreisen gewesen. Doch der Student stand nur da, sein Körper zitterte. Dann drehte er sich um und ging zur Treppe, wo er verschwand.

»Wenn man gute Argumente hat, gewinnt man eben jede Disputation«, rief Kiepenkerl ihm siegesgewiss nach. Auf dem Tisch stand eine Schüssel mit Würsten und Brot. Er griff hinein und begann selbstzufrieden zu essen. Die anderen taten es ihm nach.

Kreutz war enttäuscht. Er hatte erwartet, die Unsichtbaren seien eine Neuauflage der Gießener Schwarzen, der Unbedingten oder des Jünglingsbundes. Eine Gemeinschaft mit politischen Zielen. Doch jetzt wurde ihm klar, dass sie etwas anderes waren. Sie waren eine Gruppe von Musikern.

In die Erkenntnis mischte sich das trübe Gefühl von Niedergeschlagenheit.

6

Freitag, 30. April 1824

Zwei Tage war es her. Zwei Tage, die Reiser wie Jahre vorkamen. Auf dem Weg zum Friedhof verfolgten ihn die Bilder der Ereignisse.

Ein paar kräftige Kerle aus den Dörfern hatten sich an Seilen zu den Verunglückten hinuntergewagt. Einer von ihnen wäre dabei beinahe selbst abgestürzt.

Sie wussten, dass es zu spät war. Dass man nur noch Leichen bergen würde. Leichen, die der alte Kajetan dann am Nachmittag auf dem Fuhrwerk zum Schloss transportieren musste. Der Moment, in dem er schließlich in den Hof gefahren war, würde Reiser ewig in Erinnerung bleiben. Alle Bediensteten hatten sich draußen versammelt, um die schreckliche Fracht zu erwarten. Sie schwiegen, nur ab und zu war das unterdrückte Schluchzen eines der Küchenmädchen zu hören gewesen.

Durch die Tür des Schlosses kam Theresia und schritt langsam die steinernen Stufen hinab, gefolgt von Baron von Walseregg, der sich in gebührendem Abstand an seinem Stock quälte. Vor dem Fuhrwerk blieben sie stehen und blickten es mit versteinerten Mienen an. Wenige Momente nur. Dann machte Theresia kehrt und eilte, vom Schmerz übermannt, zurück ins Schloss. Von Walseregg nickte dem alten Kajetan zu und folgte ihr.

Die Toten hatte man in der kleinen Kapelle aufgebahrt, die ein paar Minuten Fußweg vom Schloss entfernt an dem dazugehörigen Friedhof stand. Hier befand sich auch die Familiengruft derer von Sonnberg, in der die meisten Plätze noch frei waren. Der Edle hatte das Schloss als neuen Familiensitz gekauft und renovieren lassen, nachdem die von Sonnbergs seit Generationen in Wien gelebt hatten. Nur die verstorbene Gemahlin des Edlen, Charlotte von Sonnberg, hatte hier ihre letzte Ruhe gefunden. Dass ihr Ehemann ihr eines Tages nachfolgen würde, wusste natürlich jeder. Aber dass es auf diese Weise geschehen würde ...

Gestern hatten die Bediensteten nach und nach von den aufgebahrten Dahingeschiedenen Abschied genommen. Auch Reiser kondolierte man. Irgendwann war der Pfarrer auf ihn zugetreten. Reiser ließ alles über sich ergehen, handelte automatisch, bewegte sich durch die Schar der Trauernden, als sei er von einer Glasglocke umgeben.

Mitten in den Vorbereitungen zu den Bestattungen war eine vom Wappen der Familie geschmückte Kutsche eingetroffen. Darin saß Leopold von Sonnberg. Der Cousin war dreißig Jahre jünger als der verstorbene Edle, ein Adliger von großem Reichtum, wie es hieß, was er einer günstigen Heirat verdankte. Er stieg aus der Kutsche, ohne die bereitstehenden Domestiken eines Blickes zu würdigen. Dafür betrachtete er mit hochgerecktem Kinn das Schloss und eilte, so schnell es sein korpulenter Körper zuließ, die Treppe hinauf, wo der Baron auf ihn wartete. Die beiden begrüßten sich kurz und verschwanden im Inneren.

Die Bediensteten hatten hilflose Blicke getauscht. Einige hoben die Schultern. Dann zerstreuten sie sich.

Auch die Zeremonie in der Kapelle und auf dem Friedhof erlebte Reiser, als sei die Welt auf seltsame Weise von ihm abgerückt. Als es geschafft war, kehrte er zum Schloss zurück und steuerte den Dienstboteneingang an. Es zog ihn in die Räume der Verwaltung – sein Reich der Ordnung, wo er am besten zu sich selbst kommen konnte.

Auf dem Stuhl an seinem Arbeitspult ließ er sich nieder und zwang sich, tief durchzuatmen. Da regte sich etwas in der Ecke neben einem der Schränke. Eine Gestalt erhob sich. Ein blasses Gesicht sah ihn an. Reisers Herz stolperte vor Schreck. Doch dann erkannte er, wer vor ihm stand.

»Theresia«, sagte er.

Seit ihrem letzten Treffen am Vorabend des Unfalls hatten sie kein Wort miteinander gewechselt. Bei den Beerdigungen hatte er sie nur aus der Ferne gesehen. In ihrer Trauerkleidung, die sie nun mindestens ein Jahr tragen würde, kam sie ihm fremd vor.

»Ich wollte dich nicht erschrecken«, hob sie an. »Ich wollte dir nur sagen ... Es tut mir genauso leid wie dir.« Sie schüttelte den Kopf. »Was sage ich da ... Kann man überhaupt darüber sprechen, wie furchtbar das alles ist?«

Reiser verspürte eine wachsende innere Unruhe. Jeden Moment konnte jemand den Raum betreten. Der neue Herr würde alles kennenlernen wollen. Vor allem den designierten Verwalter. Sicher war es nicht gut, wenn er diesen dann allein mit der edlen Dame im Dämmerlicht antraf.

»Ich weiß nicht, ob dir klar ist, was nun geschehen wird«, sagte Theresia.

»Was meinst du damit?«

»Vielleicht glaubst du, mein Onkel würde beabsichtigen, in Zukunft die gleiche Rolle einzunehmen wie mein Vater. Und dass er so wie er über die Geschäfte denkt.«

»Ehrlich gesagt, hatte ich das gehofft.«

»Nein, Sebastian. Nach allem, was ich weiß, bin ich mir in einem sehr sicher: Es wird sich viel verändern.«

»Bist du gekommen, um mir das zu sagen? Wäre es nicht besser, wenn ...«

Wenn wir uns gegenseitig etwas Trost spenden würden, hatte er sagen wollen, aber er traute sich nicht, es auszusprechen.

»Ich bin gekommen, um dich vorzubereiten. Mein Vater hat viel von dir gehalten.«

»Das weiß ich doch. Dein Vater hat mich gefördert, wo er konnte, und dafür werde ich ihm immer dankbar sein.«

»Sei selbstbewusst, wenn mein Onkel mit dir spricht. Stell dein Licht nicht unter den Scheffel. Sei dir klar darüber, wie wichtig du bist.«

In Reisers Magen machte sich ein flaues Gefühl bemerkbar. So hatte er sie noch nie erlebt. So ernst. So realistisch. So fern von all den Dingen, mit denen sie sich sonst befassten. Diesen ... ja, er musste es zugeben, diesen Schwärmereien. Jetzt war es auf einmal so, als habe ein Teil des Geistes ihres Vaters in Theresia Einzug gehalten. So als habe sein Verlust etwas davon in ihr geweckt.

»Ich muss nun gehen.« Sie lächelte ihm zu. »Ich nehme die Dienstbotentreppe.«

Am liebsten hätte Reiser einen Diener gemacht und sie wie sonst bei ihren Treffen mit einem Handkuss verabschiedet. Doch Theresia durchquerte schon den Raum. An der Tür blieb sie noch einmal stehen und wandte sich um – als schmale, dunkle Figur, deren Gesicht vom Licht, das durch das entfernte Fenster fiel, kaum noch erreicht wurde. Etwas schien ihr auf der Zunge zu liegen, sie suchte für einen Moment nach Worten. Auch Reiser wollte etwas sagen, aber eine beklemmende Enge drückte in seiner Kehle.

Und dann war sie verschwunden.

Eine Erinnerung schob sich aus dunklen Tiefen in sein Bewusstsein. Bevor er am Tag vor dem Unglück Theresia getroffen hatte … Die Beobachtung dort am Wald … Jemand war in der Nähe der Brücke gewesen.

Das Bild hatte die ganze Zeit irgendwo in ihm gelauert, aber er hatte dem Gedanken keinen Raum gegeben. Der Erkenntnis, dass das Unglück an der Brücke womöglich kein Unfall gewesen war. Dass jemand sich dort aufgehalten und etwas verändert, manipuliert hatte. An den Stützbalken zum Beispiel, die den Übergang sicherten. Aber nein, das konnte doch nicht sein. Wer sollte so etwas tun?

Es klopfte leise an der Tür. Zuerst nahm er es gar nicht wahr, doch dann wiederholte sich das Geräusch, und eines der blutjungen Küchenmädchen steckte den Kopf herein. Sie wagte es offenbar nicht, einzutreten.

»Komm ruhig«, sagte Reiser.

Folgsam schob sie sich durch den Spalt, blieb aber nur eine Handbreit von der Tür entfernt stehen. »Sie sitzen hier im Dunkeln?«, fragte sie angesichts des Offensichtlichen. »Haben Sie kein Licht angezündet?«

»Ich kann im Dunkeln besser nachdenken. Was gibt es denn?«

»Der gnädige Herr spricht mit den Bediensteten. Der neue gnädige Herr, wollte ich sagen. Und Sie sollen auch kommen. Jetzt gleich.«

Leopold von Sonnbergs rechter Ellbogen ruhte auf der Arbeitsfläche des Sekretärs, an dem der Edle immer gesessen hatte. Daneben schloss sich eine Kommode an, auf der einige gerahmte Bildnisse standen. Sorgfältig gemalte Miniaturen von Theresia als Zehnjähriger, von ihrer Mutter und weiteren Angehörigen der Verwandtschaft wie zum Beispiel dem Vater des verstorbenen Schlossherrn – dargestellt mit der typischen Perücke, die im vergangenen Jahrhundert üblich gewesen war.

»Sie sind also der junge Reiser?«

»Sebastian Reiser, ganz recht. Sohn des …«

»Er braucht mir nicht Seine Verwandtschaft zu erklären«, unterbrach ihn der Edle brüsk.

Reiser wunderte sich über die altmodische Er-Anrede, die längst nicht mehr üblich war und aus Zeiten stammte, als Lakaien noch so etwas wie Leibeigene gewesen waren.

»Sebastian Reiser, Sohn des Hofmeisters und gewesenen Lakaien, der ebenfalls bei dem Unfall um sein Leben kam. Ich versichere Ihm mein herzliches Beileid.«

Der letzte Satz klang alles andere als herzlich. Mehr wie eine leere Formel.

»Ich danke Ihnen«, sagte Reiser trotzdem.

»Über Seine Aufgaben hier im Schloss habe ich mich bereits erkundigt. Mein verstorbener Cousin hat Ihm ja viel zugetraut.«

»Es scheint so, Euer Hochwohlgeboren«, entgegnete Reiser, der sicherheitshalber auf die korrekte Anrede zurückgriff. Theresias Vater hatte darauf nicht den geringsten Wert gelegt.

»Es scheint nicht nur so, es ist eine Tatsache«, brummte Leopold von Sonnberg und nahm ein Blatt von einem Stapel Papiere. »Ich möchte hier nicht im Einzelnen vorlesen, was Er meinen Cousin gekostet hat. Es ist ein Vermögen. Glaubt Er, dass Er es einst zurückzahlen kann?«

»Ich verstehe nicht«, sagte Reiser. »Welches Vermögen denn?«

»Ich dachte, Er kann rechnen. Also gut … mein Herr Cousin hat Ihn aufs Gymnasium gehen lassen und das Schulgeld bezahlt. Danach das Studium. Die Juristerei. Jahrelang ließ Er sich ausbilden. So ist Er in den Genuss eines Vermögens gekommen. Eines Vermögens, wie es dem Sohn eines Lakaien selten, wenn nicht gar nie, zuteilwird. Nun? Beantworte Er meine Frage.«

Reiser brauchte einen Moment, um seine Gedanken zu ordnen. »Sein Hochwohlgeboren, der verstorbene Herr von Sonnberg, hat mir von Kindheit an sein Vertrauen geschenkt. Er beabsichtigte, mir eines Tages, nach meiner Volljährigkeit, eine Stellung in der Schlossverwaltung zu geben, da er in mir alle Talente erblickte, die dafür nötig sind. Also sorgte er folgerichtig für die passende Ausbildung. Ich habe das Studium, das, wie Euer Hochwohlgeboren ganz richtig feststellte, durch den gnädigen Herrn bezahlt wurde, beinahe beendet und wurde seit dem Herbst in die geschäftlichen Belange der Ländereien eingewiesen. Ich bin dem verstorbenen Herrn sehr dankbar für diese Gnade. Und natürlich stehe ich auch weiterhin zur Verfügung, alle geforderten Aufgaben zu übernehmen.«

Leopold von Sonnberg nickte, jedoch nicht beifällig, sondern eher überheblich. »Er hat es doch ganz gut verstanden, Reiser. *Auf*gaben will Er übernehmen. Aber keine *Aus*gaben.« Er lachte leise über sein Wortspiel. »Ich habe nichts anderes erwartet. Nun, es mag ja sein, dass der Verstorbene so manches mit Ihm vorhatte, aber Brief und Siegel hat er Ihm nicht gegeben.«

»Wie gesagt, es war nur noch eine Formalität. Der gnädige Herr hat immer wieder gesagt, dass er der langen Treue meines Vaters verpflichtet sei und dass er auch deswegen …«

»Es ist gut, dass Er Seinen Vater erwähnt«, fuhr ihm der Edle über den Mund. »Sein Vater ist verstorben, und seine Treue ging mit ihm dahin. Nun haben wir eine neue Zeit vor uns. Eine Zeit, in der wir Seine Hilfe nicht mehr brauchen.«

»Die Hilfe meines Vaters?«, fragte Reiser verwirrt. »Ja, sicher, aber …«

»*Seine* Hilfe, Reiser«, sagte von Sonnberg ungehalten. »Oder wie man heute sagt: *Ihre*. Er hat alles bekommen, was Er für ein gutes Leben braucht. Das ist genug. Er kann gehen und sich eine Stelle suchen, die Seinem Stand geziemt. Er ist alt genug, Sein Leben selbst in die Hand zu nehmen. Wie gesagt, ich brauche Ihn nicht mehr. Er ist entlassen. Gehe Er. Er schuldet mir nichts, und ich Ihm auch nicht.«

Von Sonnberg legte das Blatt auf den Stapel zurück. Dann sah er wieder zu Reiser, der steif dastand, als habe ihn der Blitz getroffen. »Hat Er nicht gehört? Ein paar Tage gebe ich Ihm, dann hat Er Seine Unterkunft geräumt zu haben. Nehme Er mit, was Ihm gehört. Er hat gesagt, Er stehe für die Aufgaben zur Verfügung, die man von Ihm erwartet. Nun, das sei Seine Aufgabe.«

Die Lähmung wich einem leichten Schwindel. »Gnädiger Herr, ich war, wie mein Vater, immer treu zu Diensten … Ich kann Ihnen nützlich sein, ich …«

»Nützlich sein?« Von Sonnbergs Stimme war eine Spur schärfer geworden. »War Er wirklich nützlich? Hat Er, als der Verwalter, der Er ist, auch nur ein einziges Mal daran gedacht, den Zustand der Klammbrücke zu prüfen? Ja, Er kann mir nützlich sein. Wenn Er verschwindet. Und ich befehle Ihm außerdem, dass Er sich von meiner Nichte fernhält. Meint Er, ich wüsste nicht, in welch skandalöser Weise Er sich ihr immer wieder genähert hat? Nun, Er wird dazu keine Gelegenheit mehr haben.«

»Es geschah in Ehren, gnädiger Herr!«, rief Reiser, dessen Stimme zu versagen drohte. Die Anschuldigung, er könnte durch ein Versäumnis an dem Unglück schuld gewesen sein, hatte ihn wie ein Schlag ins Gesicht getroffen. »Der gnädige Herr hat es erlaubt. Es war sein eigener Wunsch, dass wir zusammen musi…«

»Reiser!«, schrie Leopold von Sonnberg. »Will Er so unverschämt sein und mir sagen, was im Sinne des Hauses Sonnberg ist?« Schwer lehnte er sich in seinem Sessel zurück und sah Reiser abschätzig an. »Wo Er aber gerade von Seiner Musik spricht: Die Violine, die man Ihm zur Verfügung gestellt hat, lässt Er selbstverständlich hier. Sie gehört der Familie. Und nun geh Er endlich. Ich will Ihn nicht mehr sehen.«

So langsam, als hätte er Eisengewichte an den Beinen, ging Reiser hinaus und schloss die schwere, hohe Tür hinter sich. Auf dem Weg die breite Treppe hinunter musste er sich am Geländer festhalten.

Im Freien schlug ihm kalte Abendluft entgegen. Er hatte das drängende Bedürfnis, sich zu bewegen. An der Pforte drehte er sich um. Einige Fenster des Schlosses waren beleuchtet. Auch Theresias Gemächer im mittleren Stockwerk, das auf derselben Etage lag wie das Arbeitszimmer, in dem er gerade gewesen war, jedoch im anderen Flügel. Er wünschte sich, sie würde ans Fenster kommen. Aber es war kein Schatten hinter der Scheibe zu erkennen. Nur das milchige Licht, gedämpft von einem Vorhang.

Sie hatte gewusst, dass ihm das bevorstand. Deswegen war sie zu ihm gekommen. Sie hatte ihn beschworen, sein Licht nicht unter den Scheffel zu stellen. Doch er hatte sich abkanzeln lassen.

Aber hätte er denn eine Chance gehabt? Leopold von Sonnberg wollte seine Fähigkeiten nun einmal nicht nutzen. Der Herr befahl, der Untertan musste gehorchen. Theresia dachte nun wahrscheinlich, er habe nicht genug um seine Stellung gekämpft. Bestimmt hielt sie ihn für einen Versager. Dieser Gedanke fühlte sich an wie ein Messerstich.

Neben der Pforte verlief ein Graben, der einen Teil des Schlossgeländes umfasste. Er war durch ein kleines, verziertes Geländer abgesperrt. Reiser stützte sich auf die Metallstreben und blickte in das dunkle Wasser. Wie sich das Leben doch innerhalb weniger Tage vollkommen verändern konnte. Erst die tragischen Todesfälle, und nun verlor er seine Stellung. Er war der festen Überzeugung gewesen, viele Jahre, wenn nicht sogar sein ganzes Leben, in Diensten der von Sonnbergs zu sein. In einer angesehenen Stellung, die ihn viel Fleiß in der Schule und im Studium gekostet hatte. In den Jahren, als die Familie noch in Wien lebte, hatte er entweder lernend über seinen Büchern gesessen oder dem verstorbenen Herrn von Sonnberg zugehört. Reiser hatte keine Zeit gehabt, das Studentenleben, dem sich seine Kommilitonen so gern hingaben, zu genießen. Besuche in Bierhäusern, in Theatern, im Prater – all das war ihm entgangen, weil der gnädige Herr und auch sein Vater ihn stets zur Arbeit anhielten.

In Reisers Rücken ertönten unregelmäßige Schritte auf dem Kies. Baron von Walseregg kam vom Schloss her auf ihn zugehinkt. Offenbar machte er trotz seiner Behinderung einen kleinen Abendspaziergang.

»Guten Abend, Herr Baron«, grüßte Reiser, der sich vom Geländer gelöst und Haltung angenommen hatte. Er deutete eine Verbeugung an. »Entschuldigen Sie, ich werde Sie allein lassen.«

»Guten Abend, Herr Reiser«, gab von Walseregg zurück. »Dazu besteht kein Anlass. Um ehrlich zu sein, bin ich gekommen, um mit Ihnen zu sprechen.«

Werde ich jetzt die nächste Abfuhr bekommen?, dachte Reiser. Sein Bedarf an Unterhaltungen mit hohen Herren war für heute gedeckt.

»Ich weiß, was soeben geschehen ist«, sagte der Baron. »Und ich kann mir vorstellen, wie Ihnen zumute ist.«

Was sollten denn diese Floskeln? Gar nichts wusste der Baron. Schon gar nicht, wie es war, wenn man die Grundlage seiner Existenz verlor. Aber Reiser musste höflich bleiben. »Ich danke Ihnen für Ihr Verständnis, doch ich muss gehen. Man hat mir einiges aufgetragen.«

»Sie sollten mir besser zuhören, Herr Reiser. Bleiben Sie!«, ordnete von Walseregg mit strenger Stimme an. Er sammelte sich kurz, dann sprach er sanfter weiter. »Entschuldigen Sie bitte, Sie können es nicht wissen, denn wir hatten bisher wenig miteinander zu tun. Vermutlich glauben Sie mir nicht, dass ich mich in Ihre Lage versetzen kann, aber ich versichere Ihnen, es ist so. Ich möchte Ihnen einen Vorschlag machen. Lassen Sie uns ein Stück gehen. Aber bitte nicht so schnell. Manche Ärzte sagen, ich soll das Bein bewegen. Andere sind der Meinung, ich soll es schonen. Ach, bleiben wir doch besser stehen.« Er atmete tief durch. »Zunächst einmal möchte ich Ihnen mein Beileid aussprechen. Ich weiß, dass Ihr Vater eine große Stütze für meinen verstorbenen Freund war. Und dass Sie es ebenfalls waren.«

»Ich danke Ihnen«, sagte Reiser knapp.

»Dass das neue Familienoberhaupt die Entscheidung getroffen hat, auf Ihre Dienste zu verzichten, hat mich überrascht.«

»Könnten Sie etwas daran ändern?« Die Frage war Reiser herausgerutscht. »Entschuldigen Sie«, setzte er nach. »Es ist nur ...«

»Sie brauchen sich nicht zu entschuldigen. Wie gesagt, ich verstehe Sie. Doch es steht mir nicht zu, auf die Entscheidung Einfluss zu nehmen. Ich habe einen anderen Vorschlag. Ich werde morgen früh nach Wien zurückreisen. Und ich möchte Ihnen empfehlen, mich zu begleiten.«

Nach Wien. Morgen schon. Natürlich, dachte Reiser. Ich muss ja irgendwohin. Ein vernünftiger Gedanke. Und doch schnitt er ihm ins Herz.

»Sie haben doch in Wien gelebt, haben dort studiert. Das wäre das Beste für Sie. Zumal Sie als meine Begleitung keine Reisekosten hätten.«

Bis nach Wien fuhr man etwa sechs, sieben Stunden mit der Kutsche. Wäre es nicht besser, in eine andere Stadt zu gehen? Nach Linz zum Beispiel? Oder nach Graz? Linz wäre näher. Näher an Theresia. Aber nein, das war ja nun alles vorbei.

»Sie sind ja ganz stumm, Herr Reiser? Sagt Ihnen mein Angebot nicht zu?«

Er durfte sich nichts vormachen. Er würde Theresia nie wiedersehen. Auch wenn er nur zwei Meilen weiter sein Leben fristete, anstatt nach Wien zu gehen.

»Ich danke Ihnen, Herr Baron«, sagte Reiser niedergeschlagen. »Ich fürchte, ich muss Ihr Angebot annehmen.«

Von Walseregg lachte leise. »Sie fürchten? Seien Sie doch froh. Sie haben, wie man so schön sagt, Glück im Unglück. Ah, ich verstehe. Es geht für Sie alles sehr schnell. Aber so kann das Leben manchmal sein. Ein einziges Ereignis bringt alles aus den Fugen.«

»Ich werde mit Ihnen kommen. Danke, dass Sie mir helfen.«

»So ist es recht, mein junger Freund. Schauen Sie nach vorne, nicht zurück. Ich reise bei Tagesanbruch. Gute Nacht.«

7

In der Nacht und am nächsten Morgen hatte man weitere Neuankömmlinge auf die Burg gebracht, und Kreutz' Verdacht bestätigte sich. Einer hatte Stapel von Notenpapier dabei, ein anderer Bücher, in denen von nichts anderem als Musiktheorie die Rede war. Wieder ein anderer besaß sogar eine Mandoline, zu der er eigene Lieder sang, die Kreutz jedoch nicht gefielen.

Alle fragten sich, wie lange sie noch hierbleiben sollten. Der Mann, der sie hergeleitet hatte, gab keinem von ihnen eine Antwort auf diese Frage, und irgendwann zerstreute sich die Gruppe. Jeder der jungen Burschen – mittlerweile waren es zwölf – trieb sich irgendwo auf der Burg herum. Als hätte man es ihnen verboten, verließ jedoch niemand das Anwesen. Manche konnten nicht von ihren Diskussionen über Musik lassen. Einige, darunter Kreutz, fanden einen Weg hinauf auf den Bergfried. Von hier oben konnte man über die Donau schauen. Ein breiter Bergrücken versperrte die Sicht auf die Senke, in der die große Kaiserstadt lag.

Als es Abend wurde, glaubte Kreutz, ein schwaches milchiges Licht am Himmel zu sehen. Etwas schien die Dunstschicht, die das Firmament bedeckte, von hinten zum Leuchten zu bringen.

»Dort steht der Mond hinter den Wolken«, sagte Eberlin, der bei ihm saß. Er sah versonnen nach oben. »Schleier … Milchglas … drohendes Schwarz …«

»Was sagst du da?«, fragte Kreutz verwundert.

»Ich verwandele meine Eindrücke in Worte. Das ist das Wesen der Dichtung. Man muss lernen, die Welt zu lesen wie ein Buch. Narbengeflecht alter Mauern … Weisheit der Steine … Glanz … Schlaf der Welt in tiefer Ruhe …«

Kreutz hatte sich an Eberlin gehalten und versucht, die Sprache auf dessen Zeit in Jena zu bringen. Er war, soweit Kreutz herausfinden konnte, als Einziger der Burschen in dieser Stadt gewesen. »Ich war nur kurz in Jena«, hatte Eberlin jedoch behauptet. »Ich musste für meine Kollegien lernen und hatte wenig Gelegenheit, mich mit anderen herumzutreiben.«

Immer noch murmelte er Wörter vor sich hin. Manchmal wiederholte und variierte er sie, als sei er auf der Suche nach einem besonders gelungenen Vers. Wie ein Musiker, der aus einer nichtssagenden Tonfolge eine ansprechende Melodie zu machen versuchte, indem er sie stetig abwandelte. »Nacht der Welt ... Weisheit des Lichts ... Hauch des Unendlichen ...«

Aus dem Hof schallte Geklapper von Pferdehufen zu ihnen herauf. Eine Kutsche rasselte heran. Sie stiegen die Treppen zum Hauptversammlungsort hinunter und sahen durch die Fenster in den Innenhof hinab.

Diesmal brachte der unbekannte Kutschenführer keine neuen Studenten, sondern wurde von einem Mann in Reisekleidung begleitet, dem er durch die Pforte den Vortritt ließ. Schnelle Schritte hallten in dem kleinen Treppenhaus von den Wänden wider, dann kamen beide herein. Der bärtige Mann, den sie schon kannten, sprach als Erster. »Meine Herren, sind Sie vollzählig?«

Kiepenkerl und ein paar andere mussten erst noch aus den Zimmern geholt werden. Als sie alle an dem langen Tisch Platz genommen hatten, begann der Ankömmling zu sprechen.

»Meine Herren«, sagte er. »Ich möchte Sie alle herzlich willkommen heißen und hoffe, Ihre Reise und der bisherige Aufenthalt waren angenehm für Sie.« Er verstummte und sah einen Moment lang versonnen vor sich hin. Dann ließ er seinen Blick schweifen, sah jeden einzeln an. Er besaß eine sanfte Stimme. Und die typische Haltung eines Mannes, der es gewohnt war, dass man ihm zuhörte. Dem niemand widersprach und den niemand unterbrach. Es war eine Art, die Kreutz nicht gefiel. Die Art der Aristokraten.

Wie passte das zusammen? Ein Studententreffen, das von einem Adligen organisiert wurde? Auch wenn die Zusammenkunft unpolitisch zu sein schien, war sie trotzdem verboten. Weshalb sonst die Heimlichtuerei? Es gab allerdings durchaus Nobilitierte, die der Sache der Revolution aufgeschlossen gegenüberstanden. Und die gerade wegen ihres Standes einiges bewegen konnten. Hatten sie es mit so einem zu tun? Es konnte Kreutz vielleicht nutzen. Aber erst einmal musste er verstehen, worum es hier überhaupt ging.

»Ich weiß, Sie erwarten nun vor allem eines: Erklärungen. Für die geheimnisvolle Einladung. Für den Grund, aus dem ich Sie herbringen ließ. Bevor ich Ihnen darauf eine Antwort gebe, habe ich noch eine Bitte an Sie, die vielleicht eine Enttäuschung enthält. Erlassen Sie mir, dass ich mich Ihnen vorstelle. Auch wenn Sie sich miteinander bekannt gemacht haben, sollen Namen in diesem Kreis keine Rolle spielen. Das Sichtbare soll ohne Bedeutung sein. Das Einzige, was in dieser Runde zählt, ist das, was jeden Menschen auszeichnet. Jeden Menschen gleich, ob Student oder Fürst. Und dieses eine ist – Sie werden es wissen, und wenn Sie es nicht wissen, fühlen Sie es – die Seele. Unsichtbar und doch entscheidend für alles, was wir Menschen unternehmen. Der Urgrund unseres Seins, unserer Persönlichkeit, unseres Lebens, unseres Miteinanders.«

Kreutz las in einigen Gesichtern Unverständnis, teils auch Verwirrung. Aber niemand sagte etwas. Der Mann dort vorne besaß ohne Zweifel Charisma. Man hörte ihm zu.

»Wir leben in unsicheren Zeiten«, fuhr ihr Gastgeber fort. »Ich glaube, das wissen Sie am besten. Die Mächte, die uns beherrschen, tun dies zu Recht oder zu Unrecht, darüber wird viel gestritten. Und nun hat sich bei vielen gerade in Ihrer Generation Enttäuschung darüber ausgebreitet, wie die Machtverhältnisse sich entwickelt haben. Es gibt Mächte, die das Rad der Zeit zurückdrehen wollen. Die Jahre nach dem Kongress in Wien haben es gezeigt. Die Enttäuschung, die Sie verspüren, hat also ihre Berechtigung.«

Schau an, dachte Kreutz. Der Mann versteht uns.

Wie alt mochte er sein? Vielleicht Mitte dreißig. Alt genug, um sich an die Kriege zu erinnern, die über Europa hinweggefegt waren und Verhältnisse von über tausendjährigem Bestand vernichtet hatten. Jung genug, um die noch Jüngeren zu verstehen, die aus dieser Vernichtung die einzig richtige Konsequenz ziehen wollten: Freiheit. Mitbestimmung. Eine Verfassung. Und die bereit waren, das mit Hilfe einer Revolution gegen althergebrachte Widerstände durchzusetzen.

Kaum hatte Kreutz dies gedacht, kam der Mann darauf zu sprechen. Zumindest schien es so.

»Sie wurden eingeladen, weil ein entscheidendes Ereignis bevorsteht. Ein Ereignis, das eine Entwicklung auslösen soll. Es betrifft uns alle. Es betrifft die Menschheit. Ein Tor wird aufgestoßen. Ein Tor, das in eine neue Welt führen kann. Die so ist, wie Sie es sich erträumen. Mein Plan ist, Sie an diesem Ereignis teilhaben zu lassen. Weiteres werden Sie bald erfahren. Ich danke Ihnen.« Damit drehte er sich um und verschwand über die Treppe nach unten.

»Was meint er mit einem ›bevorstehenden Ereignis‹?«, fragte Eberlin. »Und wo findet es statt?«

»Warum sagt er uns nicht seinen Namen?«, wandte ein anderer unzufrieden ein. »Warum all diese Geheimnisse? Mir gefällt das nicht.«

Jetzt kamen die Einwürfe von allen Seiten.

»Es muss etwas Verbotenes sein.«

»Aber der Mann ist ein hoher Herr, warum sollte er sich gegen das Gesetz stellen?«

»In der Einladung stand, es seien die Unsichtbaren, die uns erwarten. Wo sind sie denn, diese Unsichtbaren?«

Jemand versuchte einen Witz: »Sie sind hier, aber wir können sie nicht sehen, weil sie ja unsichtbar sind.«

Niemand lachte.

Bei keinem von ihnen fiel das Wort »Revolution«, und Kreutz zog es vor, zu schweigen.

»Es ist tatsächlich etwas faul im Staate«, rief einer, und jetzt lachten doch einige.

»Kannst du nur mit deinem Shakespeare sprechen? Lass das Zitieren, sprich selbst.«

»Merkt ihr nicht, dass man uns hier in eine Art goldenen Käfig gesperrt hat? So als sollten wir gar nicht bei dem besonderen Ereignis dabei sein. Sondern von einem besonderen Ereignis *ferngehalten* werden.«

Kein schlechter Gedanke, dachte Kreutz. Darauf hätte er auch selbst kommen können. Mal angenommen, die Revolution wäre geplant und die vielen verschiedenen verbotenen Vereinigungen hätten endlich zu einer vereinten Kraft des

Widerstands zusammengefunden. Wäre es nicht ein genialer Schachzug, wenn Metternich alle unter dem Vorwand dieser Vereinigung getrennt an irgendwelche abgelegenen Orte bringen ließe?

Vielleicht gab es im ganzen Kaiserreich solche Gruppen wie die ihre. Zusammengebracht mit rätselhaften Einladungen. Überschaubare Anzahlen von wenigen, um die Kontrolle nicht zu verlieren. Eine solche Taktik wäre eines Metternich würdig. Sehr aufwendig, sehr teuer, ja, aber wenn es den hohen Herren an einem nicht fehlte, war es Geld. Und eine Revolution würde sie viel mehr kosten.

»Warum«, sagte Kiepenkerl, »hätte uns der Herr denn dann von dem bevorstehenden Ereignis berichten sollen? Ich finde, das ergibt keinen Sinn. In seinen Worten lag Wahrheit.«

»Welche Wahrheit?«, fragte ein anderer aufgebracht. »Meinst du sein Gerede von der Seele? Seine nebelhaften Worte von dem, was wir erleben sollen? Worauf er uns vorbereiten will? Wer sagt uns denn, dass das nicht alles Lügen waren?«

»Also gut, dann sind es eben Lügen. Aber auch die hätte es doch nicht gebraucht. Es hätte gereicht, wenn er uns hier auf die Burg gebracht, das Tor verschlossen hätte und basta.«

»Was, wenn er genau das getan hat?«, fragte Eberlin. »Gestern war das Tor noch offen, aber wie ist es jetzt?«

Kreutz hielt es auf einmal nicht mehr aus. Er hatte bei den Zusammenkünften immer wieder erlebt, dass nur geredet wurde, wo Handlung gefordert war. »Das können wir leicht herausfinden«, rief er in die Runde. »Verlassen wir das Schloss.«

»Jetzt, in der Nacht?« Eberlin klang so verschüchtert, dass die anderen lachten.

»Hast du Angst, Kleiner?«, rief Kiepenkerl. »Das musst du nicht. Wenn ein Gespenst kommt und dich holen will, rezitierst du einfach ein paar Verse von dem Hoffmann, und es wird Reißaus nehmen. Oder sag eigene auf. Das schlägt jeden in die Flucht.«

Eberlin machte ein gequältes Gesicht. Anscheinend traf ihn der Spott tief. Und Kiepenkerl setzte noch eins drauf: »Oder wir singen ihm etwas von deinem Beethoven vor. Das hält selbst das stärkste Gespenst nicht aus.« Er lachte in die Runde und hatte genau den Erfolg, den er sich wünschte. Die meisten brachen ebenfalls in Gelächter aus. Stühle wurden gerückt, alle standen auf und wandten sich der Tür zu. An der engen Wendeltreppe gab es Gedränge. Kreutz ging als Letzter.

Im Burghof flackerten die Fackeln. Vor dem Torhaus blieben sie stehen.

»Schaut nur!«, rief einer.

Das Metalltor stand weit offen. Als hätte er auf sie gewartet, kam ihnen aus der Dunkelheit der bärtige Mann entgegen. Er trug eine Lampe in der Hand und sah ihnen erstaunt entgegen.

»Sie sind schon bereit, meine Herren? Ich wollte Sie gerade abholen. Wo haben Sie Ihr Gepäck?«

»Bereit wofür?«, fragte Kiepenkerl.

»Für die Weiterreise. Hat man Ihnen das nicht gesagt? Es geht heute Nacht noch weiter.«

»Wohin reisen wir?«, fragte einer.

Der Mann schwieg.

»Bevor wir es nicht wissen, gehen wir keinen Schritt«, rief Kiepenkerl. »Und Sie können uns hier nicht festhalten.«

»Festhalten?«, sagte der Mann. »Niemand hält Sie fest. Sie sind Gäste. Keine Gefangenen. Haben Sie sich wie Gefangene gefühlt? Das täte mir leid. Was habe ich falsch gemacht?«

Einige der Burschen schauten betreten zu Boden. Sie waren einer Idee aufgesessen, die wie ein Strohfeuer in der Gruppe aufgeflammt war und nun rasch wieder verlosch.

»Ich glaube, was hier geschieht, birgt einigen von uns zu viel Geheimniskrämerei«, sagte Kreutz. »Wir alle möchten wissen, was uns bevorsteht.«

Der Mann nickte. »Das verstehe ich. Ich kann Ihnen versichern, dass Sie sich keine Sorgen zu machen brauchen, wenn Sie sich an das halten, was ich Ihnen sage.«

»Und was soll das sein?«, fragte Kreutz.

»Die Reise wird nicht ganz ungefährlich sein«, sagte der Mann. »Aber sie ist auch nicht besonders lang.«

»Sie sprechen erneut in Rätseln, mein Herr«, sagte Kiepenkerl.

»Ihr Ziel ist die Stadt Wien«, sagte der Bärtige. »Ich werde

Sie persönlich dorthin begleiten. Das ist der Ort, an dem man Sie erwartet.«

***

Im Schein einer Lampe legte Reiser auf dem Bett des Vaters zurecht, was er mitzunehmen gedachte. Seltsam, wie wenig er besaß. Seltsam auch, dass ihm das nie aufgefallen war.

Etwas Wäsche. Strümpfe. Ein Mantel, zwei Hosen, ein Rock, ein Hut. Ein paar Bücher. Seine Notenmappen.

Ein kleiner Kasten in der Ecke des Zimmers und ein alter Koffer unter dem Bett des Vaters enthielten dessen Kleidung. Sie passte Reiser nicht. Die anderen Domestiken sollten davon nehmen, was sie wollten.

Er ging noch ein paar nützliche Habseligkeiten durch, die er vielleicht gebrauchen konnte. Ein Rasiermesser. Zwei Taschentücher. Eine Tabakspfeife, die der Vater selten benutzt hatte, denn der Tabak war ihm zu teuer gewesen. Das Messer und die Tücher packte er ein.

Und da war der Geigenkoffer. Reiser öffnete ihn. Ein letztes Mal wollte er das Instrument, das ihn so viele Jahre begleitet hatte, in Händen halten. Die Violine gehörte der Familie von Sonnberg. Sie war nur eine Leihgabe gewesen. Sanft strich er über das rötliche Holz. Es schmerzte ihn, dass er sie für immer in den Kasten zurücklegen musste.

Er wandte sich dem Stehpult in der Stube seines Vaters zu. Es enthielt in einem Fach unter der Schreibfläche wichtige Dokumente. Zeugnisse der Universität zum Beispiel. Die würde er in Wien auf jeden Fall brauchen.

An der linken Seitenfläche gab es einige Schubladen, deren Tiefe über die gesamte Breite des Möbels reichte. Darin lagen ein paar Ersparnisse, in einem kleinen Lederbeutel aufbewahrt. Alles in allem etwa zehn Gulden. Der Vater hatte sicher lange daran gespart, doch sehr weit würde man in Wien damit nicht kommen. Einen halben Gulden kostete in einem Wirtshaus eine Mahlzeit. Für hundert Gulden konnte man ein Zimmer für ein Jahr mieten.

Aber es war wenigstens etwas.

Reiser hatte nun alles beisammen. Aber wo waren eigentlich die Schriftstücke seines Vaters? Das, was er abends geschrieben hatte? Bei der Durchforstung des Koffers, des Schrankes und des Stehpults war Reiser nichts davon in die Hände gefallen.

Das konnte nicht sein. Seit Wochen hatte der Vater fast jeden Abend etwas aufgeschrieben. Langsam und gewissenhaft. Viel würde es nicht sein, aber es musste irgendwo liegen.

Reiser wiederholte seine Untersuchung. Die Fächer des Stehpults, das Innere des Schranks und des Koffers. Mit der Lampe in der Hand sah er sogar unter dem Bett nach, tastete in alle Ecken.

Hatte der Vater die Schriftstücke versteckt?

Er setzte sich auf das Bett, das ihm ebenfalls nicht gehörte. Genau wie der Schrank und das Stehpult waren die Möbel Eigentum der von Sonnbergs. Nur eine vage Erinnerung würde ihm von seinem Vater bleiben, wenn er die Schriftstücke nicht fand. Es gab keine Bilder, noch nicht einmal einen Schattenriss. So etwas war viel zu teuer.

Umso wertvoller wären des Vaters Aufzeichnungen für ihn.

Reiser stand auf, riss noch mal die Schubladen des Stehpultes nach außen, klappte die Schreibfläche hoch. Überall herrschte blanke Leere. Er wandte sich dem Koffer zu, kniete sich hin und wühlte die Kleidungsstücke heraus. In den Taschen der Röcke und Hosen begegneten ihm noch ein paar Fünf-Kreuzer-Münzen.

Resigniert stopfte er alles zurück und schloss den Kofferdeckel. Als er sich erhob, fiel sein Blick auf die langen Querschubladen, die immer noch aus dem Stehpult herausragten. Es waren vier an der Zahl. Und da fiel Reiser etwas auf.

Die oberste besaß eine geringere Länge, als das Pult breit war.

Hatte er diese Lade nicht ganz herausgezogen? Er überprüfte es sofort, und es ging nicht. Da klemmte etwas. Mit der Hand tastete er in den Hohlraum und erspürte an der Oberseite ein schmales Metallstück, eine Art Zunge, an der sich das Holz der Lade verkantete. Wenn man sie nach oben drückte, war die Barriere beseitigt, und man konnte die Lade weiter herausziehen.

Ein sorgfältig durch ein Brettchen vom übrigen Stauraum abgetrenntes Geheimfach erschien. Und darin entdeckte Reiser ein Päckchen von zusammengefaltetem und mit einem Band verschnürtem Papier. Er löste den Knoten und faltete es auseinander.

Es handelte sich nur um ein einzelnes Blatt, bedeckt mit ungelenker Handschrift. Das war eindeutig das Werk seines Vaters. Darauf standen drei kurze Sätze, gefolgt von einem einzigen Wort.

Ich trage keine Schuld an dem, was Herrn Beethoven geschehen ist.
Auch Herr Dr. Scheiderbauer nicht.
Wir haben keine Schuld auf uns geladen.
Keine.

War das alles?
Der Vater hatte doch jeden Abend geschrieben. Da musste mehr sein.
Und was sollte das überhaupt bedeuten?
Schuld? Am Geschick eines Herrn Beethoven?
Einen Moment lang dachte Reiser noch an einen Zufall. Nicht daran, dass dieser Beethoven, den sein Vater erwähnte, der berühmte Komponist in Wien sein könnte.
Aber wie viele Menschen, die Beethoven hießen, gab es denn?
Hatte sein Vater etwa Ludwig van Beethoven gekannt?
Und wer war Dr. Scheiderbauer?
Der Vater hatte dieses Schriftstück sorgsam versteckt. Und das sicher nicht ohne Grund. Welcher das war, darauf konnte Reiser sich keinen Reim machen.
Wo waren denn nun seine anderen Niederschriften? Warum befanden sie sich nicht hier in der Kammer?
Reiser untersuchte das Stehpult nach weiteren Geheimfächern, aber es schien keine zu geben. Also steckte er alles wieder zusammen und schloss den Deckel des Pults. Dann setzte er sich in seiner Kammer auf sein Bett und betrachtete erneut das Blatt.

Das ergab doch keinen Sinn. Wenn der Vater Beethoven gekannt hatte – warum hatte er es ihm, seinem musikbegeisterten Sohn, gegenüber nie erwähnt? Wenn der Vater Beethoven getroffen hatte, musste das außerdem in Wien geschehen sein. Oder hatte sich der Komponist irgendwann einmal hier auf dem Schloss aufgehalten? Nein, davon wüsste Reiser.

Wann war sein Vater denn in Wien gewesen? Zur selben Zeit wie die Familie von Sonnberg, bis vor wenigen Jahren, vor der Übersiedlung ins Schloss.

Da hätte es natürlich Gelegenheiten gegeben, Herrn van Beethoven zu begegnen.

Aber was war dem Musiker denn *geschehen*?

Woran konnte man ihm gegenüber *schuld* sein?

Soweit Reiser wusste, schrieb Beethoven seit rund dreißig Jahren ein Werk nach dem anderen. Die einen riss er zu Begeisterungsstürmen hin, die anderen lehnten seine Werke ab, denn Beethoven ging musikalisch ziemlich ungewohnte Wege. Das merkte man auch an der Sonate, die Reiser geübt hatte. Wer kam schon auf die Idee, aus einem kurzen, primitiven Triller ein Hauptthema für ein so umfangreiches Werk zu machen? Und dann gab es noch die Sinfonie, die ein Kommilitone in Reisers Studienzeit auf einem Klavier angespielt hatte. Sie hatte fast nur aus einem einzigen Motiv aus vier dahingehämmerten Tönen bestanden. Alles kreiste um diese Töne, und etwas Barbarisches haftete der Musik an. Etwas Rohes, das einen aber nicht abstieß, sondern sofort mitriss. Es forderte dazu auf, einen Weg aus dem Gefängnis der vier Töne zu finden …

Oh Vater, seufzte er im Stillen. Warum hast du mir nicht von Beethoven erzählt?

Lag es an der vermeintlichen Schuld, von der der Vater schrieb? Oder lag es an ihm? Was, wenn Reiser nicht Verwalter, sondern Musiker geworden wäre? Dafür gab es in Wien viele Möglichkeiten. Man konnte in einem der vielen Orchester mitspielen, von der Tanzkapelle bis zum Opernorchester. Es war durchaus möglich, damit sein Auskommen zu finden.

Natürlich hätte der Vater das ebenso wenig zugelassen wie der Edle von Sonnberg. Und dem Edlen, dem verstorbenen Edlen wohlgemerkt, war Reiser von Kindesbeinen an verpflichtet gewesen. So hatte es für ihn nie etwas anderes gegeben, als dessen Willen zu folgen.

Dann, ohne die geringste Vorwarnung, war wieder der Gedanke an die Gestalt an der Brücke da.

Der Edle und sein Hofmeister kamen um. Ein neuer Familienchef erschien, warf alle Pläne des Verstorbenen über den Haufen. Welche Pläne? Ihr Vater, das hatte Theresia angekündigt, hatte Reiser etwas mitteilen wollen.

Konnte hinter dem Unfall eine Hinterlist stecken? Hatte jemand die Stützpfeiler der Brücke angesägt, damit sie für die Darüberfahrenden zur Falle wurde?

Jemand?

Derjenige, der am meisten davon hatte.

Reiser erschrak vor seinen eigenen Gedanken. Einen Adligen des Mordes zu beschuldigen ... Dazu durfte er sich nicht einmal in Gedanken hinreißen lassen.

Ich hätte gleich nach dem Unfall die Holzstreben untersuchen sollen, überlegte er. Wenn jemand die Stützen angesägt hatte, wäre das vielleicht noch zu sehen gewesen. Allerdings hatte es lange gedauert, bis Reiser, nachdem er Augenzeuge des Unglücks geworden war, die Absturzstelle erreicht hatte. Wer auch immer zuvor dort gewesen war, hätte nach dem Unfall genug Zeit gehabt, um eventuelle Spuren zu beseitigen.

Ach, es war ohnehin ein Hirngespinst. Und mit der eigenartigen Botschaft des Vaters hatte es auch nichts zu tun. Nur weil mehrere seltsame Dinge zur selben Zeit geschahen, mussten sie ja nicht miteinander verbunden sein.

Ihn überkam bleierne Müdigkeit. Er vergewisserte sich, dass alles für die Abreise bereitlag. Ein letzter Blick ging auf den Geigenkasten in der Ecke, der die Form eines kleinen Sarges besaß. Beethovens Trillerthema geisterte noch lange durch Reisers Gedanken, bevor er schließlich in den Schlaf fand.

***

Der bärtige Mann war mit einem Stellwagen gekommen, ein Gefährt, auf dem sie alle Platz hatten. Vier Pferde waren davorgespannt, um die große Last zu ziehen, und auf dem Kutschbock saß der Helfer, die Zügel in der Hand.

Sie kehrten in die Burg zurück, um das Gepäck zu holen. Einige rannten sogar. Die Skepsis war einer Aufbruchsstimmung gewichen. Der Mensch braucht Ziele, dachte Kreutz. Er lebt sowieso kaum in der Gegenwart, sondern beschäftigt sich die meiste Zeit damit, die Vergangenheit zu verarbeiten oder die Zukunft herbeizudenken. Nimmt man ihm diese Möglichkeit, wird er zum Gefangenen seiner selbst.

Endlich war alles verladen, und die Passagiere waren aufgestiegen. Bevor es losging, richtete der Bärtige, der vorne auf dem Kutschbock thronte, noch einmal das Wort an sie.

»Sie wissen, dass wir einen besonderen Weg nehmen müssen. Die Kontrollinstanzen zwingen uns dazu. Obwohl wir selbstverständlich keine unlauteren Absichten hegen. Unsere Pläne in Wien sind ohne Fehl und Tadel.«

Das kann er gut sagen, dachte Kreutz. Aus unserer Sicht ist das so. Aber fragen Sie doch den Reichskanzler. Oder den Kaiser. Oder nur einen der Grenzsoldaten an der Linie. Für sie wäre eine Gruppe Studenten, die nach Wien reiste, höchst verdächtig. Dass dem Bärtigen das klar war, verriet er mit seiner nächsten Aufforderung. »Ich muss Sie bitten, auf unserer Fahrt kein Aufsehen zu erregen. Bitte halten Sie Stille.«

Der Wagen setzte sich in Bewegung. Als sie den Vorplatz überquert hatten, führte der Weg den Berg hinunter. Kreutz saß neben Eberlin, der wieder Kaskaden von Wörtern rezitierte – sehr leise und fast nicht zu verstehen.

»Nachtfahrt ... Zaubernacht ... weite Nacht ...«

Über Eberlins Gemurmel hinaus hörte man, begleitet vom Gerassel des Wagens, noch das eine oder andere geflüsterte Wort, ansonsten hielten sich jedoch alle Burschen an das, was der Bärtige von ihnen erbeten hatte.

Das schwache milchige Licht des Mondes begleitete sie noch eine Weile, verschwand dann aber ganz. Der Himmel schien sich weiter zuzuziehen.

Unten im Tal duckten sich dunkle Gebilde. Bauernhäuser, aus deren Richtung Hundegebell erklang. In der Ferne tauchte eine Flamme auf, die rasch größer wurde und sich als

Fackel entpuppte, die von einem Mann gehalten wurde. Wenige Schritte von ihm entfernt war im lichten Schein ein langes Boot zu erkennen, das auf nachtschwarzem Wasser schwamm. Weitere Helfer hielten das Gefährt an Seilen fest. Der Wagen hielt. »Bitte beeilen Sie sich«, rief der Bärtige leise. »Wir werden auf der Donau weiterreisen.«

Zwei Männer sprangen vorne und hinten in das Boot, an dessen Seiten die Strömung ungeduldig vorbeistrich, und packten die Lenkruder. Die Burschen reichten ihnen zuerst ihre Gepäckstücke hinüber, dann folgten sie selbst nach. Es kostete die Männer Anstrengung, das Boot gerade zu halten. Dann legten sie ab, und es ging flussabwärts.

Die beiden waren erfahrene Schiffer, denn sie brachten das Gefährt sogleich geschickt in die Mitte des Stromes – dorthin, wo die Strömung am stärksten war. Hier kam man am schnellsten voran, allerdings war es auch am gefährlichsten. Kaum jemand wagte eine solche Reise auf dem Wasser bei Nacht.

In der Ferne glitten winzige gelbe Flammenpunkte an ihnen vorbei. Der Fluss beschrieb eine Kurve. Kreutz wusste, dass sich am Ufer Orte befanden. Klosterneuburg auf der rechten, Korneuburg auf der linken Donauseite. Ein kühler Wind strich vom Wienerwald herunter und brachte den Geruch von Laub und Blättern mit. Er rauschte in Kreutz' Ohren, vermischte sich mit dem leisen, aber stetigen Plätschern der Bugwelle.

»Schaut«, hieß es von vorne, wo Bewegung aufkam. Einige der Burschen reckten die Köpfe, versuchten aufzustehen. Das Boot kam ins Schwanken.

»Vorsicht, ich bitte Sie«, mahnte der Bärtige, als sich die Männer an den Rudern gegen die Holzstangen legen mussten.

In großer Entfernung, wie am Ende des Horizontes, war ein schimmerndes Gebilde aufgetaucht, das im freien Raum zu schweben schien. Die matte Helligkeit, die von vielen winzigen Lichtern ausging, weitete sich im Näherkommen zu verwaschenen Flächen, die aussahen, als bedeckten sie den unteren Bereich des Himmels.

Es war die ferne Ansicht der nächtlichen Hauptstadt. Das Licht war stark genug, um anhand von Umrissen zu erahnen, dass sie eine Stelle erreicht hatten, an der vom Hauptstrom der Donau ein Seitenarm abzweigte. Er war deutlich schmaler als der eigentliche Fluss, aber breit genug, um den offiziellen Schiffsverkehr in die Stadt hineinzuführen. Über diesen Arm kam man in der nördlichen Innenstadt an. Es wäre der kürzeste Weg über das Wasser gewesen.

Aber die Schiffer mieden den gewohnten Weg. Sie rissen das Boot aus der Strömung, die sie in den Seitenarm führen wollte, und wechselten in die stärkste Fahrrinne des Hauptstroms. Als hätte eine unsichtbare Hand einen schwarzen Vorhang gepackt und daran gezogen, schob sich Finsternis vor das Panorama in der Ferne.

»Fahren wir doch nicht nach Wien?«, flüsterte einer der Burschen neben Kreutz ängstlich.

»Sei unbesorgt«, flüsterte Kreutz zurück, »wir nehmen nur den sicheren Weg.«

»Du meinst wohl den gefährlicheren.«

Das Sausen und Plätschern der Bugwelle verklang. Die schwarze Wand, die sie umgab, war auf einmal von Leben erfüllt. Kreutz hörte heisere Schreie von Nachtvögeln. Das Platschen von Wasser. Schlagende Flügel im Geäst.

»Obacht«, rief der Mann, der hinten lenkte. »Duckts euch.«

Etwas schabte am Holz des Bootes entlang. Im nächsten Moment schlug etwas gegen Kreutz' Kopf. Gleichzeitig begann alles zu schaukeln. Er packte die Bank, auf der er saß, mit beiden Händen, um nicht das Gleichgewicht zu verlieren.

Sie waren an das wild bewachsene Ufer geraten. Der Mann am vorderen Ruder stieß sie mit der Stange zurück in die Mitte des Gewässers. Wieder kamen Warnungen, kurz und gezischt, aber deutlich.

Die Bootslenker gingen in die Hocke und senkten für eine Weile die Köpfe, während sie weitertrieben. Auch Kreutz und die anderen hielten den Kopf unten. Dann stießen sie mit einem Ruck an Land. Die Männer erhoben sich. Vorne gab es eine Bewegung. Offenbar war jemand hinausgesprungen.

»Wir sind da«, rief der Bärtige mit unterdrückter Stimme. »Bitte steigen Sie aus. Beeilen Sie sich. Um das Gepäck brauchen Sie sich nicht zu kümmern.«

Eine Lampe wanderte hinter Büschen heran. Als Kreutz das Boot verlassen hatte, sah er, dass sie zu einem weiteren Stellwagen gehörte, der hier auf sie gewartet hatte. Sonst war kaum etwas zu erkennen. Nur eine Fläche aus Gras, Büsche, die Umrisse von Bäumen. Pferde schnaubten. »Ich muss Sie noch einmal bitten, sich zu beeilen«, wiederholte der Bärtige, der sich nervös umsah.

Kaum waren sie losgefahren, wurde die Lampe gelöscht. Als sich Kreutz' Augen wieder an die Dunkelheit gewöhnt hatten, erkannte er schemenhaft, dass sie durch ein Waldgebiet fuhren. Der Weg verlief ebenerdig. Nach und nach trat die Wand aus Bäumen zurück und machte einer großen Grasfläche Platz, die bald einer Parklandschaft ähnelte. Bald kamen sie auch dicht an Häusern vorbei, in denen Licht brannte. Aus einem drang Musik. Geigenklänge, dazu eine Gitarre. Gesang.

Kreutz ahnte, wo sie sich befanden. Sie fuhren durch den berühmten Prater, der im Norden an die wilde Donaulandschaft angrenzte. Der Lohn für die Gefahren der Wasserfahrt war der, dass sie nun unbehelligt in die Innenstadt fahren konnten. Als wären sie eine harmlose Gesellschaft, die sich bis in die Abendstunden hier draußen vergnügt hatte.

Von einem großen, runden Platz führte eine schnurgerade, von Häuserzeilen gesäumte Straße in die Stadt hinein. Hier war alles hell von Laternen erleuchtet und von Passanten bevölkert, dazu gesellten sich weitere Kutschen und offene Wagen. Eine berittene Gruppe von Uniformierten kam ihnen entgegen. Kreutz vermutete, dass es eine Polizeipatrouille war. Die grauen Uniformen mit den grünen Aufschlägen wirkten viel schmuckloser als die vom Militär. Der Trupp passierte sie, ohne sie zu beachten.

Die Straße führte an einer Kirche vorbei, wurde enger, und als der Stellwagen um die nächste Ecke fuhr, lag vor ihnen eine Brücke, die den innerstädtischen Donauarm überspannte. Auf der gegenüberliegenden Seite erhoben sich wie eine gewaltige Festung die Mauern der Bastei. Oben auf der Krone flanierten Spaziergänger und blickten herunter.

Ein doppeltes Tor führte in die innere Stadt. Als der Stellwagen rasselnd hindurchfuhr, hallte das Klappern der Pferdehufe von den Wänden wider. Sie erreichten einen Platz, auf dem parallel zur Stadtmauer ein längliches Gebäude stand. Über dem Erdgeschoss lagen noch zwei weitere Etagen. Jede verfügte über eine schier endlose Anzahl von dunklen Fenstern. Auf dem kleinen Platz davor, der sich bis zur Bastei erstreckte, blieb der Stellwagen stehen.

Der Bärtige nickte ihnen zu. Sie waren am Ziel.

Über enge Treppen ging es hinauf ins oberste Stockwerk. Hier erwartete sie ein langer Gang, der sich nach Kreutz' Schätzung durch das gesamte Gebäude zog und an dem links und rechts ihre Quartiere lagen. Tür reihte sich an Tür. Hinter jeder gab es eine Kammer mit Bett, Stuhl, einem Tisch mit Talglichtern sowie einem Kasten. Letzteren hätte Kreutz in seiner thüringischen Sprache eher »Schrank« genannt. Aber er wusste, dass hier in Wien manche Dinge andere Bezeichnungen hatten. Dabei sind wir doch alle deutsche Menschen, dachte Kreutz. Und wir sollten alle dieselbe Sprache sprechen.

Als sie die ihnen zugewiesenen Unterkünfte bezogen hatten, rief der Bärtige sie noch einmal heraus. Nach und nach traten die Burschen aus ihren Kammern. Es war wie in einer Kaserne.

»Ihr Gastgeber wird Sie morgen Abend willkommen heißen«, sagte der Bärtige. »Ich nehme an, dass Sie nach der Reise müde sind. Ich empfehle Ihnen, sich auszuruhen und das Nachtessen zu genießen.«

Die Helfer verteilten in Papier eingewickelte Portionen von Wurst und Brot, dazu gab es für jeden eine Flasche Bier.

»Bitte bleiben Sie in Ihrer Unterkunft«, sagte der Bärtige. »Behandeln Sie Ihren Aufenthalt in Wien diskret. Ich wünsche Ihnen nun eine gute Nacht.«

Er nickte ihnen zu und verschwand über den Gang in die Richtung, aus der sie gekommen waren.

Bald begannen einige von den Burschen wieder, Fragen zu stellen.

»Hat jemand eine Vorstellung davon, was hier geschieht? Die Burg war wohl kein Gefängnis, wie man uns gesagt hat. Ist dieses Haus hier eines?«

»Warum sollte man uns nach Wien bringen, um uns in ein Haus einzusperren?«

»Das Haus ist groß«, meldete sich ein anderer. »Es muss einer einflussreichen Person gehören. War schon einmal jemand in Wien? Kennt es jemand?«

Alle schüttelten die Köpfe.

»He, Wellendorf«, rief Kiepenkerl. Kreutz, der es nicht gewohnt war, so angesprochen zu werden, reagierte erst nicht. »Wellendorf, träumst du?«

Kreutz sah sich um. »Was ist?«

»Auf der Burg hast du den Vorschlag gemacht, zu erkunden, ob wir unsere Unterkunft verlassen können. Sollten wir das nicht auch jetzt versuchen?«

»Ja«, bekräftigte Eberlin nickend.

Dann tut es doch, dachte Kreutz. Warum braucht ihr mich dazu? Er behielt seine Gedanken aber für sich. »Ich glaube, unser bärtiger Freund hat recht«, erwiderte er. »Selbst wenn es uns gelänge, das Haus zu verlassen: Was hätten wir davon?«

»Wir könnten Wien erkunden«, sagte Eberlin.

»Genau«, kam es von einem weiter hinten. »Die Stadt soll ja eine Reise wert sein.«

»Die Aufforderung zur Diskretion hatte ihren Sinn«, sagte Kreutz. »Euch ist doch klar, dass wir gegen die gesetzliche Ordnung die Stadtgrenze überquert haben? Was auch immer die Pläne unseres Gastgebers sind, wir sollten sie nicht gefährden, bevor wir sie kennen. Wenn wir uns aber in der Stadt herumtreiben, und eine Polizeistreife schöpft Verdacht, wird genau das geschehen. Dass unser Gastgeber nichts Übles mit uns vorhat, dürfte inzwischen bewiesen sein. Dazu müsste keine Obrigkeit einen solchen Aufwand betreiben.«

»Gut gesprochen«, sagte einer der Burschen. »Was mich betrifft, so werde ich ohnehin erst einmal die Vorzüge einer guten Matratze genießen.«

Dagegen mochte keiner etwas sagen, sie waren von der Reise erschöpft, und so zogen sie sich in die Zimmer zurück.

Auch Kreutz ging zuerst in sein Zimmer. Er wartete, bis alles still war. Das Talglicht flackerte. Es brannte schnell herunter.

Ihr Gastgeber hatte ihnen gerade ausreichend Beleuchtungsmaterial zur Verfügung gestellt, um in der Nacht im Haus zurechtzukommen. Es reichte nicht für größere Erkundungen. Er musste sich also beeilen.

Kreutz öffnete die Tür und lauschte. Von den anderen Burschen war nichts mehr zu hören. Aus einer der angrenzenden Kammern drang lautes Schnarchen.

Seine Stiefel hatte er ausgezogen. Ob es in dem Haus Wachen gab? Vielleicht hatte der Bärtige ja nur behauptet, dass er sie allein ließ, und in Wirklichkeit standen sie unter Beobachtung. Er musste es darauf ankommen lassen.

Am Ende des Flurs folgte er der schmalen Treppe abwärts. Der Eingang, über den sie das Haus betreten hatten, war verschlossen. Abseits der Treppe gab es noch eine Tür, über die man wohl die anderen Bereiche des Erdgeschosses erreichte. Kreutz drückte die Klinke nach unten. Auch hier kam er nicht weiter, das musste der Übergang vom Dienstbotenbereich zu den privaten Räumlichkeiten der Bewohner sein. In jedem Palais und jedem Schloss bewegten sich die Hausbediensteten über eigene Eingänge, Treppen und Flure, um mit ihrer Anwesenheit die Herrschaft nicht zu stören. So blieb ihm nur noch die erste Etage zur Erkundung.

Das Talglicht in seiner Hand flackerte stärker. Auf dem ersten Absatz beleuchtete die Flamme einen türlosen, oben abgerundeten Durchgang, an dem er eben achtlos vorbeigegangen war. Dahinter lag ein muffiger, enger Raum ohne Fenster, an dessen Wänden zwei Truhen Platz hatten. An der Seite gegenüber dem Zugang erkannte er die dunkle Silhouette einer weiteren Tür, die, wie er feststellte, ebenfalls verschlossen war. Sicher führte sie zu einer Bedienstetenwohnung.

Die Flamme flackerte immer heftiger. Er hatte sich verschätzt. Ihm blieben höchstens noch ein oder zwei Minuten. Wenn das Licht erst erloschen war, würde er in völliger Finsternis zurückfinden müssen. Zeug zum Feuermachen hatte der geheimnisvolle Gastgeber nicht bereitgelegt.

Die Truhen waren nicht verschlossen. In der ersten lagerte stapelweise alte Kleidung. Es gab Mäntel, Umhänge, Schals und Mützen. Eine dunkle, mit hellen Tressen geschmückte

Livree aus schwerem Filz. Ganz unten Stiefel und Schuhe. Alles verströmte beißenden Schimmelgeruch.

In der zweiten befand sich rostiges Werkzeug. Kreutz leuchtete mit dem letzten Rest des Talgs hinein und sah Eisenzeug, unter anderem einen Hammer und verschiedene Zangen. Als er einen schmutzigen Stoffbeutel herausholte, klirrte es darin. Er enthielt Nägel in verschiedenen Größen. Außerdem Reste von Pferdegeschirren. Spröde gewordene Lederriemen, Schnallen, alte Hufeisen.

Die Flamme wurde kleiner und kleiner und drohte jeden Moment zu sterben. Kreutz klemmte sich hastig einiges von dem Lederzeug unter den Arm, nahm das Licht und eilte zurück, die Treppe hinauf. Kurz bevor er seine Kammer erreichte, hauchte die Lampe ihr Leben aus. Er tastete sich den Rest des Weges an der Wand entlang in seine Kammer, dann zum Tisch, wo er die nutzlos gewordene Tonschale abstellte. Das Lederzeug brachte er in einer Ecke des Raumes unter.

In der Stadt schlug eine Uhr. Es war drei.

Wenige Stunden noch bis zum Sonnenaufgang.

Kreutz rief sich die entscheidenden Angaben ins Bewusstsein.

Johann Senn.
Georg Schuster.
Benedict Zeisel.
Schottenfeld. Fuhrmannsgasse.

Dort lebte Zeisels Familie. Dort würde er mit der Suche beginnen.

Die Müdigkeit drohte ihm die Sinne zu rauben.

Aber er musste wach bleiben.

8

Samstag, 1. Mai 1824

Immer wieder sah Reiser in schweren Träumen die Kutsche in den Abgrund stürzen, sah die verzweifelte, mitsamt der Last nach hinten gezogene Stute. Er hörte das Bersten des Holzes unten in der Klamm. Das Rauschen des Michelsbaches. Sah die Silhouetten der toten Männer unten auf den Felsen liegen, von denen die Kühle heraufwehte.

Mehrmals wurde er wach. Einmal war ihm, als sei der Vater in seiner Kammer nebenan. Durch den Türschlitz schien Licht. Der Vater schreibt noch, dachte er, und erst als er bereits wieder wegdämmerte, fiel ihm ein, dass das nicht sein konnte. Der Vater lag doch mit dem Edlen dort unten in der kalten Klamm.

Nein, er lag in seinem Grab. Also konnte er nicht gleichzeitig nebenan an dem Schreibpult stehen. Er sah noch einmal hin. Die Lichtleiste unter der Tür war weg.

Endlich graute der Morgen.

Reiser erhob und wusch sich und kleidete sich an.

Als er überprüfte, ob auch wirklich alles für die Reise bereitlag, durchfuhr ihn ein Schreck. Das Blatt, das er in dem Geheimfach entdeckt hatte, war verschwunden.

In größter Eile durchsuchte er noch einmal die beiden Kammern. Den Kasten, das Stehpult, den Koffer mit den Kleidern. Sogar in den Ecken unter dem Bett sah er nach.

Hatte er sich die Existenz des Schriftstücks nur eingebildet? Es nur erträumt? Doch das Geheimfach im Sekretär war genauso real wie die Erinnerung an das von seinem Vater beschriebene Blatt mit der eigenartigen Notiz, die an eine Beichte gemahnte. Und abgesehen davon fand er die anderen Aufzeichnungen immer noch nicht.

Auf dem groben Dielenboden, an den Fuß des Stehpultes gedrängt, lag ein Stück Schnur. Es war der Faden, mit dem das

Blatt zusammengebunden gewesen war. In der Nacht hatte er in der Verwirrung eines Traumes geglaubt, sein Vater habe sich in der Kammer nebenan aufgehalten. Er hatte das Licht unter der Tür gesehen. In Wirklichkeit war es ein Dieb gewesen. Derjenige, der das Blatt gestohlen hatte.

Reiser überprüfte sein Geld und seine Dokumente. Es war alles an seinem Platz. Darum war es dem Dieb also nicht gegangen. Aber was sollte das alles? Was war denn an dem Papier so wertvoll?

Es klopfte an der Tür. Reiser öffnete, und davor stand der alte Kajetan.

»Sie sind fertig zum Fahr'n«, sagte er. Er deutete auf Reisers Gepäck. »Soll i des nehmen?«

Reiser nickte. »Ich dank dir schön, Kajetan.«

Der Alte sah ihm fest in die Augen. »Es tut uns allen leid, dass du gehst, Sebastian. Aber wir wissen, an wem's gelegen hat.«

Die persönlichen Dinge und das Geld hatte Reiser in einer kleineren Tasche verstaut, die er selbst nahm. Er wollte sich am alten Kajetan vorbeischieben und loslaufen, aber der ließ das Gepäck los und stellte sich ihm in den Weg.

»Halt, wart noch«, sagte er. Umständlich machte er sich an den Taschen seiner verschlissenen Weste zu schaffen und förderte mit seiner rissigen Hand einen kleinen Umschlag zutage. Er hielt ihn Reiser hin. »Soll i dir geben.«

Sebastian, stand darauf. Es war Theresias Handschrift.

Reiser nickte, nahm den Brief und steckte ihn in die Innentasche seines Rocks. Er würde ihn lesen, wenn er allein war. In Wien.

An der Kutsche verstaute der lange Anton gerade die Gepäckstücke des Barons. Er trug Reisemantel und Stiefel. Er würde sie also nach Wien kutschieren. Als er fertig war, eilte er ins Schloss und kam kurz darauf mit dem Baron heraus. Reiser begrüßte ihn.

»Ich wünsche Ihnen ebenfalls einen guten Morgen, Reiser«, sagte von Walseregg. »Der Tag verheißt gutes Wetter. Ich denke, wir werden die Reise genießen.«

»Ich danke Ihnen noch mal herzlich, Herr Baron.«

»Lassen Sie nur. Den Vorschlag habe ich Ihnen nicht ganz ohne Eigennutz gemacht. Es gibt doch nichts Langweiligeres, als allein unterwegs zu sein. So danke ich *Ihnen*.«

Bevor Reiser die Kutsche bestieg, sah er zu Theresias Gemächern hinauf. Sicher schlief sie noch. In Gedanken schickte er ihr einen letzten Gruß. Leb wohl, dachte er. Vergiss mich nicht ganz.

***

Die Kammer lag im ersten, milchig grauen Licht des neuen Tages. Kreutz kam es vor, als sei es gerade noch stockdunkel gewesen. War er doch eingeschlafen?

Er erhob sich, stieg in seine Stiefel und sah aus dem Fenster. Die Häuserzeile auf der anderen Seite der schmalen Gasse war fast zum Greifen nah.

Er öffnete beide Fensterflügel. Draußen waren bereits die typischen Geräusche des Morgens zu hören. Rufe, das klirrende Mahlen von eisenbeschlagenen Rädern auf Pflastersteinen, Gepolter. Die kühle Luft, die in die Kammer floss, vertrieb den letzten Rest Müdigkeit.

Er sah zu den Lederriemen in der Ecke. Sollte er es wagen? Angesichts des Lärms da unten war sein Vorhaben doppelt riskant. Wenigstens lag das Fenster nach hinten hinaus, nicht zur Bastei hin, wo sie angekommen waren und von wo aus man ihn leicht beobachten konnte.

So schnell er konnte, knotete er die Lederstreifen fest aneinander und hatte bald eine Leine, die er um das Fensterkreuz legen konnte. Die Enden reichten sicher nicht bis ganz nach unten, aber sie würden ihn bis zu einem Punkt bringen, an dem er es wagen konnte, abzuspringen.

Als er alles befestigt hatte, stieg er auf das Fensterbrett. Die Kälte ließ ihn frösteln. Er packte die beiden Enden der Riemen und kletterte hinaus. Der erste Blick nach unten war ein Schock. Sein Herz begann wild zu trommeln. Trotz der kalten Luft brach Kreutz der Schweiß aus.

Er schloss die Augen und konzentrierte sich auf das, was er vorhatte. Er dachte an Follen, an dessen Lieder. An die Worte, die ihm Zuversicht gegeben hatten. Während er sie immer wieder vor sich hinsagte und in seinem Inneren die Melodie erklingen ließ, machte er sich an den Abstieg.

Brause, du Freiheitssang,
brause wie Wogendrang
aus Felsenbrust!
Feig bebt der Knechte Schwarm,
uns schlägt das Herz so warm,
uns zuckt der Jünglingsarm
voll Tatenlust.
Gott Vater, dir zum Ruhm
flammt Deutschlands Rittertum
in uns aufs Neu'.
Neu wird das alte Band,
wachsend wie Feuersbrand,
Gott, Freiheit, Vaterland
altdeutsche Treu'!

Mit den Stiefelsohlen vorsichtig an der Fassade tastend, wanderte er Stück für Stück hinab. Hin und wieder knirschten die alten Riemen gefährlich. Kreutz beeilte sich. Dabei glitt er mit dem Fuß ab und taumelte gegen die Fassade. Das Knirschen über ihm wurde lauter. Panik erfasste ihn. Und dann war auf einmal die Leine zu Ende.

Drei, vier Mannslängen unter ihm lag das dunkle Kopfsteinpflaster. Das Tageslicht hatte die schmale, schluchtartige Gasse noch nicht erreicht. Niemand war zu sehen. Der Lärm schien aus einer Parallelstraße zu kommen. Vorsichtig löste er die Stiefelsohlen von der Fassade. Nun hing er in der Luft.

Ohne die Unterstützung war die Last für die improvisierte Leine noch größer. Und für seine verschwitzen Handflächen erst recht. Sie schienen wie mit Öl geschmiert zu sein. Eines der beiden Lederenden rutschte weg, und einen erschrockenen Atemzug lang befand er sich im freien Fall. Dann schlug er seitlich auf dem Pflaster auf.

Kreutz biss die Zähne zusammen und erhob sich. Nichts war ihm geschehen, nur eine kleine Prellung. Noch immer war niemand zu sehen. Der Lederriemen war hinter ihm her auf die Straße gerutscht. Er nahm ihn und verstaute ihn hinter einem der Gitter, die die Fenster in der unteren Etage schützten.

Am Ende einer Seitengasse, die zur Vorderseite des Gebäudes an der Bastei führte, herrschte reges Treiben. Ein Markt wurde aufgebaut. Männer hämmerten Bretter aneinander, kritisch beäugt von den Marktweibern. Die groben Hände in die Seiten gestemmt, warteten sie darauf, dass die Marktstände fertig wurden. Fuhrwerke kämpften sich durch das Gewimmel, beladen mit Bottichen und Kisten, in denen es silbrig glänzte. Eine leichte Brise von der Donau her blies Kreutz einen markanten Geruch in die Nase. Die süßliche Note des Donauwassers, die er schon kannte, vermischt mit den Ausdünstungen von Pferdeäpfeln und Fischabfällen.

Eines der Marktweiber erklärte ihm umständlich in breitem Wienerisch, wo sich das Schottenfeld befand. Es lag nicht, wie man vielleicht hätte annehmen können, hinter dem Schottentor, sondern hinter dem Burgtor. Und dann weit draußen, hinter Neubau. Um zum Burgtor zu kommen, musste man außerdem einmal durch die ganze innere Stadt. Es lag genau auf der gegenüberliegenden Seite des Basteirings.

Kreutz machte sich auf den Weg. Er staunte über die Höhe der Häuser. Vier Stockwerke über dem Erdgeschoss – das wirkte erdrückend. Die meisten Gebäude beherbergten oben Wohnungen, zu ebener Erde dagegen Geschäfte. Die waren um diese Zeit natürlich noch geschlossen, priesen ihre Namen und Produkte aber in stolzen Lettern über den unteren Fenstern an. Es gab Juweliere, Modegeschäfte, Uhrmacher, Buch- und Kunsthandlungen und vieles mehr. Dazwischen lagen natürlich, ebenfalls noch nicht geöffnet, in regelmäßigen engen Abständen Kaffee- und Gasthäuser, Schenken und Garküchen.

Als er den Platz neben dem Stephansdom erreichte, begann eine Glocke zu läuten. Es war sechs Uhr. Im Vorbeigehen streifte sein Blick den berühmten »Stock im Eisen«, von dem er schon viel gehört hatte. Es war ein uralter, senkrecht stehender Holzknüppel von beträchtlicher Größe, der, von einem Eisenring umfangen, wie eine vertrocknete Reliquie in einer Nische an einer Fassadenecke ruhte. Generationen von

Handwerkern, die nach Wien kamen, hatten nach und nach so viele Nägel in ihn hineingetrieben, dass sie das Holz gleich einem glänzenden Metallpanzer bedeckten.

Kreutz spürte wachsendes Unbehagen, als er der kaiserlichen Burg näher kam. Immer wieder musste er Trupps von bunt uniformierten Soldaten ausweichen – manche waren zu Fuß, andere zu Pferd. Er gab sein Bestes, um unauffällig zu wirken. Senkte unterwürfig den Kopf vor der Obrigkeitsmacht, sprang zur Seite, nickte beifällig, und obwohl alles in ihm zur Eile drängte, zwang er sich zu einem eher langsamen, schlendernden Schritt.

Was sollte er sagen, wenn er gefragt wurde, wer er war und wo er hinwollte?

Er konnte behaupten, er sei ein Tagelöhner auf dem Weg zu seiner derzeitigen Arbeit. Es gab so manche Baustelle in der Stadt, er passierte mehrere Häuser, vor denen Fuhrwerke mit Steinen und Werkzeug standen und in deren Innerem gerade etwas erneuert wurde. Seine Kleidung war dementsprechend einfach. Was ihn dennoch als Fremden kennzeichnen würde, war seine Sprechweise. Aber er konnte ja auch den Wortkargen spielen.

Ein Stück hinter dem Graben zweigte eine Straße in Richtung der Burg ab. Hier sah sich Kreutz unerwartet einer Gruppe von seltsamen Gestalten gegenüber. Es waren kahl geschorene junge Menschen in zerlumpter Kleidung, die, in Ketten gelegt, mit Reisigbesen die Straße fegten. Ein grimmig dreinschauender Uniformierter überwachte sie. Erst als einige der Gestalten Kreutz etwas zuriefen, was er nicht verstand, und die anderen in Gelächter ausbrachen, wurde ihm klar, dass es Frauen waren. Manche sehr jung, keine sechzehn Jahre alt. Es waren Frauen aus einem Arbeitshaus. Wahrscheinlich Prostituierte, die mit dem Dienst für ihre Unmoral bestraft wurden.

Hinter der kaiserlichen Burg öffnete sich der Blick auf eine besonders große Baustelle. Hier entstand gerade ein neues Tor. Ein Holzgerüst umgab den Querbau, der – soweit Kreutz das durch das Gerüst erkennen konnte – mit Säulen geschmückt war und ein wenig an einen griechischen Tempel erinnerte.

Er drängte sich an den Arbeitern vorbei zum provisorischen Durchgang, den sie für den Verkehr frei gelassen hatten. Jetzt ließ er die Enge der Innenstadt hinter sich. Vor ihm erstreckte sich das freie Glacis, durchzogen von Alleen, die strahlenartig in verschiedene Richtungen von dem Tor wegstrebten und zu den Vorstädten führten. Die fernen Fassaden schienen wie eine Armee von Häusern am Ende des Panoramas aufmarschiert zu sein.

Er eilte einen der Wege entlang, und er war nicht der Einzige, der es eilig hatte. Offenbar waren die Vorstädte die Welt der einfacheren Leute, der Soldaten und sonstigen Untertanen, die pünktlich ihre Dienste verrichten mussten, ohne in der komfortablen Lage zu sein, eine Wohnung gleich neben der Dienststelle zu haben.

Er tauchte in die Vorstadt ein und folgte einer schnurgeraden Straße.

Da war die Fuhrmannsgasse. Ein Mann, der die Straße kehrte, kannte die Familie Zeisel und wies Kreutz den Weg. Es ging in einen Innenhof. Zwischen klapprigen Fuhrwerken waren barfüßige Kinder mit irgendeinem Spiel beschäftigt. Als sie Kreutz bemerkten, hielten sie wie auf Kommando inne und sahen ihn misstrauisch an.

Die Wohnungen in dem Gebäude waren über außen verlaufende Laubengänge erreichbar. Man musste über eine schmale Stiege mit schief getretenen Stufen nach oben gehen. Kaum war er auf der zweiten Ebene herausgekommen, sah er die Kinder unten im Hof wieder in ihr Spiel vertieft.

Über Kreutz auf dem Dach erklang heftiges Flügelschlagen. Tauben, die er wohl aufgeschreckt hatte, stoben davon. Das Geländer des Laubenganges trug ihre Hinterlassenschaften.

Er ging zu der Tür und klopfte, obwohl das gar nicht nötig gewesen wäre, denn die Fenster der Wohnung, die den Gang säumten, standen offen. Drinnen herrschte dämmriges Licht. Es stank nach altem Fett, Schimmel und vermoderndem Holz. Ein verhärmtes Gesicht erschien im Fenster am Gang. Es gehörte einer kleinen Frau. Sie hatte das graue Haar nachlässig zu einem Dutt gebunden. Ein paar Strähnen hingen herab. Ihre Arme und Hände waren voller Schmutz.

»Ja?« Sie sah ihn ebenso misstrauisch an wie die Kinder.
»Was wollen S'?«, setzte sie nach.
»Sind Sie Frau Zeisel?«, fragte Kreutz.
»Ja?«
»Sie haben doch einen Sohn. Benedict. Ist er zu Hause?« Ihre Züge verhärteten sich. »Sie san falsch.«
»Aber er hat hier gewohnt«, beharrte Kreutz. »Sind Sie nicht seine Mutter? Ich muss ihn sprechen. Benedict Zeisel.«
Die Frau sah sich nervös um. Auch in den unteren Wohnungen regten sich Menschen. Teller klapperten, Stimmen waren zu hören. Ein Säugling schrie.
»Wer sind Sie?«, fragte sie leise.
»Ein Bekannter ... von früher. Sagen Sie mir doch bitte, wo ...«
Die Frau wedelte abwehrend mit der Hand. »Net den Namen sagen ... Bitte.« Ihr Gesichtsausdruck wurde weich und verletzlich.
Kreutz beugte sich zu ihr hinunter und sprach nun ebenfalls leise. »Wo ist er? Ist er etwa gestorben?«
»Sie san Student, oder?« Ihr Blick wurde kalt und hasserfüllt. »*Sie* ham ihn umbracht«, sagte sie böse. »Sie ...«
»Es tut mir leid«, unterbrach Kreutz sie betroffen. »Wenn er tot ist ... Ich hatte nichts damit zu tun.«
»*Sie* ham ihn umbracht«, wiederholte sie. »Und Sie gehen jetzt.« Mit einer heftigen Bewegung schloss sie das Fenster, dass es nur so klirrte.
Nach und nach setzte sich das Geräusch über den Gang fort. Sie schloss alle Fenster, eins nach dem anderen.
Langsam ging Kreutz die Treppe hinunter. Im Hof spielten die Kinder, als wenn nichts gewesen wäre. Was hatte die Frau? Verwechselte sie ihn mit jemandem? Mit jemandem, der am Tod ihres Sohnes schuld war?
Die Zeisels waren ohne Frage arme Leute. Trotzdem war Benedict Student gewesen. Wahrscheinlich hatte er ein Stipendium erhalten. Oder ein Verwandter war für ihn aufgekommen. Oder ein Freund der Familie. Ein Freund eines Verwandten. Doch jetzt war der Sohn tot. Und mit ihm war die Hoffnung der ganzen Familie, es zu etwas Besserem zu bringen, gestorben.

Als er unten ankam, traf er einen Mann, der sich an den Fuhrwerken zu schaffen machte.
»Sie suchen den jungen Zeisel?«, rief der zu ihm herüber.
Kreutz blieb stehen. »Man sagte mir, er sei tot.«
»So reden die Leut«, meinte der Mann.
»Was soll das heißen? Ist er tot oder nicht?«
Der Mann nickte und suchte nach Worten. »Das ist es ja. Er ist net tot, verstehen S'?«
»Nein, das verstehe ich nicht«, sagte Kreutz.
»Er ist schlimmer alt tot.«
»Ist er im Gefängnis?« Das konnte doch nicht sein. Kreutz wusste, dass alle, die damals festgenommen worden waren, wieder frei waren. Oder hatte Zeisel sich noch etwas anderes zuschulden kommen lassen?
»Er ist im Guglhupf«, sagte der Mann.
Kreutz machte ein verständnisloses Gesicht. Der Mann grinste ihn an, verdrehte die Augen, deutete auf seine Schläfe und ließ den Finger kreisen.
»Im Guglhupf«, wiederholte er und wiederholte die Geste. »Verstehst?«
Was zum Teufel war der Guglhupf? Es dauerte eine Weile, bis er den Mann dazu bringen konnte, es ihm zu sagen.

**

»Ich hatte mir eigentlich einen gesprächigeren Reisegenossen gewünscht«, sagte der Baron.
Reiser, aus seinen Gedanken gerissen, hob den Kopf. Links und rechts zogen Wiesen vorbei, begrenzt von bewaldeten Höhen. Die Sonne stand jetzt in voller Pracht am Himmel.
»Sie sehen blass aus. Haben Sie schlecht geschlafen?«
»In der Tat«, sagte Reiser knapp. Natürlich erwartete von Walseregg nicht, dass er ihm seine persönlichen Befindlichkeiten schilderte. »Bitte verzeihen Sie meine Rücksichtslosigkeit«, fügte er hinzu.
Der Baron lächelte. »Aber lieber Herr Reiser, nicht so förmlich. Bitte verzeihen Sie *mir*, dass ich Sie nicht schon früher aus Ihren Gedanken geholt habe. Das viele Nachdenken ist

nicht gut für Sie. Grübeln nützt doch nichts. Sie sollten sich auf das konzentrieren, was vor Ihnen liegt. Nicht auf das, was Sie verloren haben. Und auch dabei sollten Sie nichts erzwingen.«
»Sicher«, sagte Reiser. »Danke für den Rat, Herr Baron.« Von Walseregg betrachtete Reiser prüfend. »Was wollen Sie denn nun in Wien anfangen? Haben Sie sich das überlegt?«
Wann hätte ich mir das überlegen sollen?, dachte Reiser. Ich habe ja erst gestern erfahren, dass ich dorthin gehen werde.
»Ich habe das Studium der Rechte leider nicht abgeschlossen. Mir fehlt das Diplom. Ich denke, es könnte sich trotzdem eine Stelle in der Verwaltung finden lassen.«
»Ein guter Plan. Wobei ein Abschluss natürlich eine bessere Voraussetzung wäre. Warum haben Sie das Studium eigentlich nicht beendet?«
»Der verstorbene gnädige Herr wollte mich rasch auf den Gütern einsetzen. Er meinte, Praxis sei besser als Theorie, die zudem auch noch Geld koste.«
»Er war ein Mann der Tat. Ich hoffe, das sind Sie auch. Es gibt einiges zu tun in diesen unsicheren Zeiten. Ich wünschte, es gäbe mehr junge Leute wie Sie.«
»Der verstorbene gnädige Herr hat immer gesagt, die Zeit der Kriege sei vorbei«, sagte Reiser. »Und dass nun Ruhe herrsche.«
»Wenn man es von einer bestimmten Seite aus betrachtet, sicher. Nur dass man dabei einen Großteil der Tatsachen außer Acht lässt. Verstehen Sie mich nicht falsch. Es liegt mir fern, den verstorbenen Freund zu kritisieren. Für ihn waren die Schwierigkeiten, die heute bestehen, nicht der Rede wert. Weil er sie bereits überwunden glaubte. Aber es war reiner Glaube. Keine Realität, verstehen Sie? So wie der Glaube an das Gute im Menschen nur eine Hoffnung ist.«
»Aber welche Schwierigkeiten meinen Sie?«, fragte Reiser.
»Viele beurteilen die Kriege gegen Frankreich als das Schlimmste, was unserem Kaiserreich geschehen konnte. Und wir haben ja auch wirklich großen Schaden davongetragen. Doch nun droht uns ein neuer Krieg. Dieser Krieg wird nicht auf Schlachtfeldern geführt. Seine Waffen sind die Ideen, die durch die Revolution in Frankreich explosionsartig hervor-

gebrochen sind und sich über Jahrzehnte hinweg verbreiten konnten. Es ist ein Krieg von innen.«

»Aber wir haben heute wieder ein Kaiserreich«, sagte Reiser verwundert. »Es herrschen Recht und Ordnung, und …«

»Sie sind vielleicht zu jung, um das zu sehen. Hatten Sie in der letzten Zeit Gelegenheit, die Lage Europas zu beobachten?«

»Ich habe es getan, so gut ich konnte«, antwortete Reiser. »Als ich noch in Wien studierte. Doch ich bin nur wenig zum Zeitunglesen gekommen.«

Zeitungen las man meist im Kaffeehaus. Um sich dort aufzuhalten, hatte Reiser nie genug Geld gehabt. Außerdem war allgemein bekannt, dass auch in den Blättern nur das abgedruckt wurde, was der Obrigkeit genehm war. Alles ging durch eine strenge Zensur. Darüber hatten sie in Studentenkreisen oft gesprochen. Manche von Reisers Kommilitonen hatten die Zensur sogar vehement abgelehnt und forderten die völlige Freiheit der Presse. Natürlich nur hinter vorgehaltener Hand.

Der Baron betrachtete nachdenklich die Landschaft, die hinter dem Seitenfenster der Kutsche vorbeizog. Doch Reiser war, als würde er die Aussicht nicht genießen. Er schien eher nach Worten zu suchen, um einen bestimmten Sachverhalt zu erklären. Nach einer Weile sah er Reiser wieder an. »Sie wissen doch, was vor neun Jahren geschehen ist?«, fragte er.

»Sie meinen das große Treffen der europäischen Fürsten und ihrer Gesandten. Den Wiener Kongress, dessen Regelungen der Welt Frieden gebracht haben, nachdem der selbst ernannte französische Kaiser Napoleon besiegt war. Besonders großen Anteil daran hatte unser Kanzler Fürst Metternich.«

»Sehr gut gelernt, Herr Reiser. Sie waren damals wie alt?«

»Dreizehn Jahre. Natürlich habe ich erst später begriffen, welcher Segen der Kongress für Europa war.«

»Sicher … Jedoch ist das nur die halbe Wahrheit. Und eine halbe Wahrheit ist letztlich keine. Folgendes ist nämlich außerdem passiert: Zur selben Zeit, in genau demselben Jahr 1815, versuchten auch andere – auf ihre Art –, neue Regeln für Europa und die Menschen zu finden. Und sie durchzusetzen. Die Ideen aus Frankreich sind ein Vierteljahrhundert nach

der Revolution wiederauferstanden. In den Reihen der sogenannten Liberalen, denen jedoch nur daran gelegen war, die alten Werte, auf die wir uns seit über tausend Jahren stützen, zu vernichten. Aus reinem Egoismus. Und dieser Gedanke, Herr Reiser, wuchert nun überall in unserem Land. Und auch in anderen Ländern.«
Natürlich hatte Reiser an der Universität auch davon gehört. Die Liberalen. Die Demagogen. Die Burschenschaftler. Er hatte aber stets einen großen Bogen um sie gemacht und das Weite gesucht, wenn die Sprache darauf gekommen war. Es war verboten. Und es gab nichts Gefährlicheres, als damit in Verbindung gebracht zu werden.
»Sie fordern eine Verfassung«, sagte der Baron. »Sie wollen so etwas wie Wahlen. Und alles auf den Kopf stellen. Das Volk soll über den Fürsten stehen. Die Welt soll wieder in die Hölle der Revolution stürzen. Vernichtung, Gräuel, Massenhinrichtungen, Blut, Tod und Chaos – das wollen sie.« Er sah hinaus auf die idyllischen grünen Hänge, als würde sich dort jeden Moment der Schrecken auftun, den er beschrieb. »In jenem Jahr, als Metternich Europa rettete, im Jahr 1815, gründete sich an der Universität in Jena die sogenannte ›Urburschenschaft‹. Die Zelle allen Übels. Sie war verbunden mit einer anderen Gruppe von Radikalen im hessischen Gießen. Man nannte sie die ›Gießener Schwarzen‹. Leider hatte an dieser Entwicklung auch der Landesfürst, der Großherzog von Sachsen-Weimar, Anteil. Bei allem Respekt vor seinem Rang muss ich sagen, dass er selbst nicht ganz frei von freigeistigen Verblendungen ist und glaubt, es sei gut, seinen Untertanen größere Freiheiten zu gewähren. Er hat einen Dichter zum Minister gemacht und sich für einen anderen eingesetzt, einen Freigeist namens Schiller, der seine Gedanken in Gedichten und Dramen zum Ausdruck brachte. In Schillers Theaterstücken werden Räuber und Revolutionäre zu Helden. Kein Wunder, dass die Studenten über die Stränge schlugen. Zwei Jahre später missbrauchten sie das dreihundertjährige Jubiläum von Luthers Thesenanschlag, indem sie auf die Wartburg zogen und in einer großen Feier ihnen unliebsame Schriften verbrannten, wie zum Beispiel Gesetzesbücher. Dazu hielten

sie verbotene Reden. Die Wartburg steht auf dem Territorium des Großherzogs, der nichts dagegen unternahm. Eine Schande für unseren Stand.«

Für einen Moment herrschte Schweigen in der Kutsche. Reiser wusste, wie der Dichter hieß, der am thüringischen Hofe Minister war. Es war Johann Wolfgang von Goethe. Theresia liebte dessen Gedichte.

»Herr Baron«, sagte er. »Es liegt mir fern, Ihnen zu widersprechen. Sie haben in allem recht. Doch was richten diese Reden, diese Versammlungen schon aus? Es sind nur Worte, wie sie seit der Revolution in Frankreich nun einmal in der Welt sind, und ...«

»*Nur Worte*, Herr Reiser?«, rief der Baron, der mit einem Mal aufgebracht wirkte, so als wäre Reiser einer der Studenten, die auf der Wartburg gewesen waren. »Entschuldigen Sie, aber sind denn Worte keine Waffen? Man kann mit ihnen kämpfen, man kann verletzen und sogar töten. Das Einzige, was fehlt, ist die Aufstellung von Armeen, die sich ehrbar auf einem Schlachtfeld begegnen. Denn das Schlachtfeld der Worte ist überall. Vielleicht fehlt Ihnen da der Zusammenhang. Hier ist er: Ein Rädelsführer namens Karl Follen, der in Gießen und in Jena in der Urburschenschaft für die ersten Zusammenkünfte der Radikalen sorgte, steckte seine Kommilitonen reihenweise mit seinen faulen Ideen an. 1819 ermordete daraufhin der verblendete Student Carl Ludwig Sand in Mannheim den staatstreuen Diplomaten und revolutionskritischen Schriftsteller August von Kotzebue. Natürlich reagierte unser guter Kanzler Metternich sofort. Er ordnete umfangreiche Untersuchungen im ganzen Reich an. Sand wurde der Prozess gemacht, und er starb 1820 in Mannheim auf dem Schafott. Aber hören Sie nun das Ungeheuerliche: Anstatt froh zu sein, dass die Welt von so einem Mörder befreit war, feierte das Volk Sand als Märtyrer. Bald entdeckten die Ordnungskräfte überall verbotene Studentengruppen. Und Sand war beileibe nicht der einzige Attentäter. 1819 gab es einen Anschlag auf den nassauischen Regierungspräsidenten Ibell. Zum Glück scheiterte er. Erfolgreich dagegen war ein Attentat in Frankreich 1820. Hier starb kein Diplomat, kein Beamter oder Dichter, sondern niemand

Geringeres als der französische Thronfolger, als er gerade vor dem Theater aus der Kutsche stieg. Liberale Kräfte versuchten danach mehrmals, in Paris Bomben zu zünden. Im vergangenen Jahr hat unser Fürst Metternich entdeckt, dass sich eine neue Gruppe gegründet hat, der sogenannte Jünglingsbund, hinter dem wahrscheinlich auch wieder Karl Follen steckt. Zum Glück konnten die staatlichen Kräfte den Bund zerschlagen und die Mitglieder, deren man habhaft werden konnte, verhaften. Follen leider noch nicht. Er ist auf der Flucht. Und das ist immer noch nicht alles. Überall in Europa verbinden sich gewissenlose Umstürzler zu verbotenen Gruppen. Hier sind es die Studenten und die toll gewordenen Jünglinge. In Frankreich gibt es die ›Conjuration des Égaux‹, die ›Verschwörung der Gleichen‹. In Italien treiben die sogenannten ›Carbonari‹ ihr Unwesen, um die althergebrachte Ordnung zu untergraben.« Er seufzte, als bestünde seine persönliche Aufgabe darin, gegen all diese Umtriebigen zu kämpfen. »Es ist wie bei diesem sagenhaften Ungeheuer, dessen viele Köpfe bei jeder Enthauptung nachwachsen. Man kann kaum genug unternehmen, um der Feinde Herr zu werden.«

Wieder sah der Baron aus dem Seitenfenster der Kutsche, ehe er sich erneut Reiser zuwandte. »Ich weiß, das sind viele Informationen, Herr Reiser. Aber worauf es mir ankommt, ist dies: Jeder, der sich zu Staat und Kaisertum bekennt, kann Ziel eines Attentats werden. Kein Angehöriger des Adels, kein Träger eines öffentlichen Amtes im Dienste der gottgegebenen Ordnung ist heute sicher vor diesen Gräueltaten.«

Reiser schwieg angesichts des unerwarteten Redeschwalls. Er fand dieses Thema, das von Walseregg offenbar sehr interessierte, anstrengend. Aber er konnte seinen Gönner ja schlecht bitten, über etwas anderes zu sprechen.

Die gute Laune des Barons hatte sich sichtlich verdüstert. Er schien sich zu einem Lächeln zwingen zu müssen. »Habe ich nicht vorhin selbst gesagt, man soll nicht ins Grübeln kommen? Sehen Sie, auch ich bin nicht davor gefeit. Aber eins ist klar: Sie wissen nun, welch gewaltige Aufgaben auf die junge Generation warten. Sprechen wir über Ihre Möglichkeiten in Wien. Wie gehen Sie vor?«

»Ich werde zu den Bewerbungsstellen gehen und sehen, welche Stelle man mir anbietet«, antwortete Reiser.

»Aber nein, das ist der falsche Weg. Man muss seine Verbindungen spielen lassen. Direkt an Personen herantreten, die man kennt. Vor allem in Ihrem Fall. Also?«

»Was meinen Sie, Herr Baron?«

»Wen kennen Sie in Wien? Sagen Sie es mir, dann werden wir schauen, ob wir daraus etwas machen können.«

»Sie meinen, Bekanntschaften in bestimmten Positionen?«

»Überlegen Sie. Ich stehe Ihnen gern hilfreich zur Seite. Lassen Sie sich Zeit. Wir haben ja noch genug.«

Sie kamen gerade durch ein Dorf. Zwei barfüßige Bauersfrauen mit Gemüsekörben in den Armen standen am Straßenrand und warteten, bis die Kutsche vorüber war. Hinter den geduckten Häusern ertönte das helle Mähen von Schafen. Auf einem grasigen Abhang kam eine riesige Herde in Sicht. Der Schatten eines Hütehundes rannte an den Rändern der wollenen Menge entlang.

Reiser überlegte. Zu wem hatte er engeren Kontakt knüpfen können? Da war Herr Piringer, sein Geigenlehrer. Er war kein hauptberuflicher Musiker, sondern arbeitete in der Registratur irgendeines Amtes. Hin und wieder hatte er erwähnt, wie langweilig die Arbeit sei. Und schlecht bezahlt obendrein. Weswegen er sein Salär mit Geigenstunden aufbessern musste.

Ein anderer Wiener Weggefährte erschien vor Reisers innerem Auge. Ein kleiner, dicker Glatzkopf, der ständig zu schwitzen schien. Ein Kommilitone. Mit seiner schnarrenden Stimme hatte er gern und oft kundgetan, dass er die besten Verbindungen in die Staatskanzlei besitze und ihm nach dem Diplom ein sofortiger Posten in dieser Behörde sicher sei. Vor allem angesichts der sehr guten Noten, die zu erhalten er schon vor dem Abschluss überzeugt gewesen war. Hinter vorgehaltener Hand hatten die Studenten gemunkelt, dass auch die nur durch seine Beziehungen zustande kommen würden. Soweit Reiser wusste, hatte er den gewünschten Posten bekommen.

»Ich könnte mich an einen ehemaligen Kommilitonen wenden«, sagte Reiser. »Er heißt Gregorius Hänsel.«

Als Reiser dem Baron in knappen Worten schilderte, wer

Hänsel war, brachte das ein Strahlen auf von Walsereggs Gesicht.

»Er hat einen Posten in der Staatskanzlei? Das ist Fürst Metternichs Behörde. Das sollten Sie nutzen. Stellen Sie Ihr Licht nicht unter den Scheffel. Dann wird sich etwas für Sie finden.«

Sein Licht nicht unter den Scheffel stellen ... Den Rat hatte ihm auch Theresia gegeben. Nur hatte sie gehofft, dass Reiser dadurch auf dem Schloss bleiben durfte.

Nun, dann würde er den Rat eben jetzt beherzigen. Was allerdings nicht so leicht war, wie der Baron vielleicht glaubte. Niemand von den Studenten hatte Hänsel gemocht. Und sie hatten es ihn spüren lassen. Wie würde er reagieren, wenn Reiser ihn jetzt um Hilfe bat?

Aber wenn es ihm gelänge, über Hänsel einen Posten zu erhalten, könnte das der Beginn einer soliden Laufbahn sein. Bestimmt war Hänsel einer von denen, die gegen die vom Baron erwähnten liberalen Kräfte kämpften. Wenn er ihm dabei half, könnte er auf diese Weise Verdienste erwerben ... Er rekapitulierte noch einmal, was der Baron ihm über die geschichtliche Entwicklung berichtet hatte. Es war gut, das zu wissen, wenn er mit Hänsel sprach.

Eine Formulierung des Barons kam ihm wieder in den Sinn und verband sich mit einem Gedanken, der etwas in Reiser verdüsterte. Er hatte heute noch nicht daran gedacht. Aber nun ...

»Eine Frage, Herr Baron ... Sie nannten die Aufrührer eben in Ihren Ausführungen ›Gießener Schwarze‹. Wie ist das gemeint? Warum schwarz?«

»Nun ... Die Gruppe um Karl Follen, die sich in Hessen gründete, die ›Gießener Schwarzen‹, trug schwarze Kleidung. Dunkle Samtmäntel, die an die Ritterzeit erinnern sollen. Die Studenten lieben es, sich in alte Zeiten zurückzuversetzen. Daran merkt man schon, wie verrückt diese jungen Leute sind. Einerseits wollen sie die Revolution, andererseits schwärmen sie für alles Altdeutsche.«

Reiser nickte nachdenklich. Die Gestalt an der Brücke hatte dunkle Kleidung getragen. Bei dem Unglück war ein Adliger umgekommen … Kein Angehöriger des hohen Adels, aber durchaus einer, der wegen seines Standes im Fadenkreuz der Studenten stehen konnte.

War er zu früh nach Wien aufgebrochen? Wäre es nicht besser gewesen, noch eine Weile auf dem Schloss zu bleiben? Und den seltsamen Dingen, die dort geschehen waren, auf den Grund zu gehen?

War Theresia in Gefahr?

Hätte er diesen Verdacht doch vorher gefasst! Er hätte sich in der Umgebung nach Unbekannten in schwarzer Kleidung umhören können. Aber der Baron hatte ihn erst jetzt darauf gebracht.

Wenn er den Geheimnissen auf Schloss Sonnberg nicht nachgehen konnte, würde er es eben in Wien versuchen. Er würde den Arzt aufsuchen, von dem in der verschwundenen Notiz die Rede gewesen war. Diesen Dr. Scheiderbauer.

Längst ging die Fahrt nicht mehr nur durch idyllische Landschaften. Die Orte wurden immer größer und folgten in kürzeren Abständen aufeinander. Der Baron schien das Interesse an einer Unterhaltung verloren zu haben. Er hielt die Augen geschlossen und döste. Als er sie dann doch wieder öffnete und sich reckte, passierten sie gerade ein weitläufiges, von hohen Zäunen umgebenes Areal. Hinter der Absperrung erhoben sich mehrere Gebäude. Das Ganze erinnerte an eine Kaserne, aber Reiser wusste, dass es sich um eine Fabrik handelte. Hier wurde Munition für das Militär hergestellt. Ganz in der Nähe verlief der Frachtkanal, der Wien und den sechs Meilen weiter südlich gelegenen Ort Wiener Neustadt verband.

»Ah, wir sind schon in Wöllersdorf«, sagte von Walseregg. »In einer guten Stunde sind wir in Baden. Und es wird mir ein Vergnügen sein, Sie zu einem kleinen Imbiss einzuladen.«

Reiser wollte sich bedanken, aber der Baron winkte ab. »Gedankt wird am Ende. Und ich hoffe, Sie haben die Zeit während meiner kleinen Ruhepause nicht wieder mit unnützen Grübeleien vertan.«

Es war früher Nachmittag, als es nach der Rast in Baden weiterging. Reiser kannte die Strecke noch aus seiner Kindheit.

Bald musste sich die Kutsche ein Stück einen Bergrücken hinaufquälen. Das war der Wienerberg, auf dessen höchster Erhebung sich eine reich verzierte Steinsäule haushoch in den Himmel reckte. Die Spinnerin am Kreuz, wie die Gedenkstätte im Volksmund hieß, war sagenumrankt und besaß eine makabre Ausstrahlung. Denn direkt daneben befand sich die alte Wiener Hinrichtungsstätte, an der viele Schwerverbrecher ihr Leben ausgehaucht hatten.

Von hier oben hatte man eine prächtige Aussicht. Weit hinten in nördlicher Richtung ballte sich am Horizont eine dunkle Masse von Bauwerken, aus der einzelne Türme emporragten und Rauchfahnen in den Himmel stiegen.

Eine Weile führte die Straße noch an weitläufigen Feldern und vereinzelten Bauernhäusern vorbei. Dann legte sich wie ein strenger Federstrich der Linienwall vor ihren Blick – eine Mauer mit einem Graben davor. Nur wenn zwei Mann übereinanderstanden, konnte der obere gerade so über die Mauerkrone schauen.

Langsam näherten sie sich dem Tor. Es war einer von elf Eingängen zur äußeren Stadt. Neben jedem befand sich eine Kapelle, in der die Reisenden ein Gebet verrichten und um den guten Ausgang ihrer Unternehmung bitten konnten. Hier, am Linientor von Matzleinsdorf, beteten auf ihrem Weg zur Spinnerin am Kreuz traditionell auch die Delinquenten, wenn sie ihren letzten Gang antraten.

Reiser wurde von Nervosität erfasst. Von Walseregg schien zu wissen, was in ihm vorging.

»Sie haben keinen Pass«, sagte er. »Lassen Sie mich alles regeln.«

Sie hielten. Sofort kamen Grenzwachen und klopften an den Wagen. Von Walseregg öffnete die Tür auf seiner Seite. Einer der Polizeisoldaten, dessen Uniform ein wenig bedeutsamer geschmückt war als die der anderen, kannte ihn. »Habe die Ehre, Herr Baron.«

»Ich wünsche einen guten Tag«, gab von Walseregg kühl zurück. »Sie kennen meine Person und die Person meines Dieners, der auf dem Kutschbock sitzt. Lassen Sie uns passieren.«

»Bitte untertänigst zu fragen«, entgegnete der Soldat, »wer

der junge Mann ist, der Euer Hochwohlgeboren gegenübersitzt?«

Als der Baron antwortete, erweckte er den Eindruck, als entledigte er sich einer lästigen Pflicht. »Ach ja. Sebastian Reiser, Jurist aus Wien, der auf Schloss Sonnberg Dienst tat und nun in die Stadt zurückkehrt, wo er in meine Dienste tritt. Vorher in Diensten des Edlen von Sonnberg, der jedoch verstorben ist. Reicht das?«

Ein jüngerer Soldat hielt einen Stapel Zettel und einen dicken Bleistift in der anderen Hand und schrieb eifrig mit. Dabei presste er konzentriert die Lippen zusammen, zwischen denen leicht seine Zungenspitze hervortrat.

»Belieben zu sagen, wo der junge Herr Reiser Unterkunft haben wird?«

Der Baron reagierte so ungehalten, wie Reiser ihn noch nie erlebt hatte. »Habe ich das nicht bereits gesagt, als ich erwähnte, er stünde in meinen Diensten? Natürlich wohnt er bei mir. Die Adresse ist Ihnen doch bekannt?«

»Kumpfgasse, gnädiger Herr?«

Von Walseregg nickte. Der Soldat machte eine Verbeugung. Es schien, als sei alles erledigt, aber nun ergriff der Protokollführer mit dem Schreibzeug das Wort. Seine Stimme war so hoch, dass Reiser glaubte, er habe den Stimmbruch noch vor sich. Der Mann war höchstens sechzehn.

»Führen Euer Hochwohlgeboren verbotene Bücher oder Schriften mit? Führen Euer Hochwohlgeboren oder der werte Herr Reiser *überhaupt* irgendwelche Bücher mit? Oder Schriften im Allgemeinen?«

Er erntete einen strengen Blick seines Vorgesetzten, der dem Baron mit einem Gesichtsausdruck zunickte, der nur eines bedeuten konnte: Er würde sich um die Ahndung der Unverschämtheit seines Untergebenen sogleich persönlich kümmern.

Von Walseregg schloss die Tür. Anton ließ die Pferde anziehen. Im Weiterfahren hörten sie, wie hinter ihnen der Soldat zu einer Standpauke anhob, die nach und nach leiser wurde.

»Man muss sich hier einiges gefallen lassen«, sagte von Walseregg verärgert.

»Der Soldat hat nur seine Pflicht getan«, meinte Reiser. »Er kannte uns nicht. Und es hätte ja sein können, dass ich einer der Männer bin, von denen, wie Sie heute Morgen erklärten, große Gefahr ausgeht.«

»Mag sein. Aber *ich* sitze in dieser Kutsche. Der Unteroffizier kennt mich. Das muss dem Soldaten reichen. Wenn er annimmt, dass ein Mann wie ich kriminelles Gesindel einschleppt, dann soll man ihm ein paar Stockschläge verabreichen, damit er seine Lektion lernt.«

Sie tauchten in die Vorstadt ein, trieben bald in einem bunten Gewimmel aus Fußgängern, Kutschen, Reitern, ärmlichen Gestalten mit Handwagen und gut gekleideten Flaneuren. Am Ende der Wiedner Hauptstraße erreichten sie das Glacis. Anton lenkte die Kutsche zum Seilertor. In den engen Gassen staute sich der Verkehr so sehr, dass sie langsamer vorankamen, als wenn sie zu Fuß gegangen wären.

»Ich muss Sie etwas fragen, Herr Baron«, sagte Reiser.

»Sie möchten wissen, ob ich ernst gemeint habe, was ich an der Linienmaut sagte, nicht wahr? Dass Sie in meinen Diensten stehen.«

»Ich glaube, Sie haben die Gabe, Gedanken zu lesen.«

»Glauben Sie mir, ein junger Mann wie Sie und vor allem mit Ihrer Gesinnung ist für mich ein offenes Buch. Sie brauchen eine Unterkunft. Sie brauchen Geld. Sie brauchen einen Posten. Sprechen wir von der Unterkunft. Ich bewohne eine eher bescheidene Wohnung, in der ich Sie nicht unterbringen kann. Ich empfehle Ihnen die Witwe Gruber in der Rotgasse. Sie vermietet Zimmer. Was das Geld betrifft, so werden Sie von mir eine kleine Starthilfe in Form von ein paar Gulden erhalten.«

»Herr Baron, aber …«

Er lächelte. »Wie gesagt, Sie dürfen sich später bedanken. Vielleicht morgen.«

»Warum morgen?«, fragte Reiser.

»Morgen, mein Freund, besuchen Sie mich. Es sollte das Erste sein, das Sie tun. Wir werden beraten, wie wir für Sie einen Posten finden.«

9

Ein Guglhupf war ein Kuchen, aber es war auch der Spitzname für einen Ort, den man nicht gern erwähnte. Die einen sagten »Tollhaus« dazu, die anderen »Irrenhaus« oder »Narrenturm«. Denn ein Turm war dieses Gebäude, wie Kreutz nun feststellte, und es befand sich gleich hinter dem Krankenhaus, abseits der normalen Kranken.

Auf der Straße vor dem Haupteingang des Spitals schleppten sich Hinkende voran. Träger brachten Patienten, die unfähig waren, auch nur einen Schritt zu tun. Daneben begann die Straße, die der Mann als Spitalgasse bezeichnet hatte. Er hatte Kreutz gesagt, er solle der Spitalgasse folgen, die an der Ecke des Gebäudes abzweigte. Als er ihr folgte, erschien am Ende der Fassade etwas zurückgesetzt der berüchtigte Turm. In seiner ausladenden Breite und Form ähnelte er tatsächlich einem runden Kuchen. Doch das war es auch schon mit den Gemeinsamkeiten. In jeder der fünf Etagen gab es eine Reihe von Fenstern. Die Öffnungen waren schlitzartige, hochkant liegende Löcher, fast so schmal wie Schießscharten. Sie verliehen dem Bau das Aussehen einer trostlosen Burg. Der Spitzname Guglhupf war wohl ein typisches Beispiel für die Wiener Mentalität, sich die Dinge schönzureden.

Das Gelände war von einer hohen Mauer umgeben. Ein einziges Tor bot Zutritt. Die beiden Flügel standen offen, aber ein Aufseher sorgte dafür, dass man erst einmal nicht hineinkam.

Mit Kreutz waren noch andere eingetroffen, die ebenfalls Besuche machen wollten. Eine verhärmte Frau mit zwei kleinen Mädchen an der Hand, die sich verängstigt umblickten. Ein gebeugter alter Mann, der sich müde an der Mauer abstützte. Zwei Frauen, zwischen denen ein Korb stand.

Sie wurden einzeln zu einem kleinen Gebäude vorgelassen, in dem ein offenes Fenster eine Pförtnerloge bildete. Dort sollte man angeben, wen man besuchen wollte und in welchem Verhältnis man zu dem Insassen stand. Die Frau mit den beiden Kindern besuchte ihren Vater, der alte Mann seine

»narrische« Ehefrau, wie er sagte. Die beiden jungen Frauen mit dem Korb wollten zu ihrem Bruder. Nach kurzer Rücksprache durften sie passieren und ihren Weg in Richtung des trutzigen Gebäudes fortsetzen.

Während Kreutz näher rückte, wehten ihn seltsame Geräusche an. Erst hatte er geglaubt, irgendwo schreie ein Säugling oder es jammerten Katzen, aber dann wurde ihm bewusst, dass es die Schreie von Menschen waren, die aus Richtung des Turms kamen.

Als Kreutz durch das Tor treten durfte, hatte er sich zurechtgelegt, was er angeben würde. Er blieb bei dem Namen Julius Wellendorf und behauptete, seinen Cousin besuchen zu wollen. Benedict Zeisel.

Hinter dem Fenster des Pförtnerhauses saß ein pausbäckiger Mann, der gerade mit sichtlich großem Genuss etwas Gelbes, Teigiges verspeiste, das Kreutz für eine Dampfnudel hielt.

»Der Zeisel hat einen Vetter?«, fragte er erstaunt. »Ah, deshalb die Art, wie S' reden.«

»Ich habe Benedict seit meiner Kindheit nicht gesehen. Ich wollte nur wissen, wie es ihm geht.«

Der Mann setzte bedächtig seine Mahlzeit fort. »Ist ja schön, dass mal einer kommt. Die Eltern vom Zeisel kommen nie. Es ist ihnen eine Schand, dass er hier ist.«

»Sicher freut er sich, wenn er Besuch bekommt«, setzte Kreutz nach.

Der Mann aß den Rest auf. Dann sah er aus der Loge heraus und vergewisserte sich, dass Kreutz im Moment der Letzte war, der Einlass begehrte. »Is scho recht«, sagte er.

Er verließ das Häuschen durch die schmale Tür neben dem Fenster. »Kommen S' nur. Der Zeisel ist einer von den Ruhigen. Manchmal lassen wir ihn sogar aus seiner Zelle. Dann kann er mithelfen. So wie die da.«

Auf dem Rasenstück, das bis zum Guglhupf selbst reichte, mühten sich zwei Gestalten in seltsamen Verrenkungen damit ab, Wäsche auf eine Leine zu hängen. Normalerweise hätte Kreutz sie ausgelacht, weil sie offenbar nur mit größten Schwierigkeiten zu so etwas Simplem in der Lage waren. Aber der verzweifelte und verbissene Gesichtsausdruck, mit dem sie ihrer Aufgabe nachgingen und versuchten, Laken, Hemden und andere Stücke über die Schnur zu legen, erschreckte ihn. Sie gehörten wohl zu denen, die schon als Narren oder »Wahnwitzige«, wie man auch sagte, und verkrümmt auf die Welt gekommen waren.

Während sie weitergingen, wurde Kreutz wieder die seltsame Geräuschmischung bewusst, die von dem Narrenturm ausging. Mit jedem Schritt wurde sie lauter. Die Schreie, die hohen Rufe und so etwas wie disharmonische Gesänge waren deutlich zu unterscheiden. Ständig wechselnd und immer wieder verstummend, um erneut laut hervorzubrechen. Darunter mischte sich seltsamerweise Gelächter. Eine tiefe Stimme schrie militärische Befehle, die immer wieder in dem verzweifelten Ruf »Alarm, der Franzos, Alarm der Franzos!« gipfelten. Eine Frau rief um Hilfe.

Der Mann, der Kreutz führte, schien davon gänzlich unbeeindruckt zu sein. Hören musste er es, denn er sah sich gezwungen, die Stimme zu erheben, als er jetzt begann, Kreutz über die Entstehung des Tollhauses zu belehren. Wahrscheinlich glaubte er, das einem Fremden schuldig zu sein.

»Gerad vierzig Jahr ist es her, dass unser guter Kaiser Joseph das Haus in seiner Weitsicht und Güte hat bauen lassen. Woanders werden die Verrückten in Massensäle und Keller gesperrt. Wir aber haben einzelne Behältnisse.«

»Behältnisse?«, fragte Kreutz.

»Zimmer. Achtundzwanzig an der Zahl in jedem Stockwerk.«

Sie durchschritten den Eingang und erreichten einen innen liegenden Hof, der seitlich und nach hinten von den runden Außenmauern begrenzt wurde. Geradeaus versperrte ein mitten durch den Turm verlaufender Gebäudetrakt die Sicht. Kreutz blickte an der Mauer hinauf. Oben zeigte sich ein halbrundes Stückchen Himmel. Hier drinnen schienen die Steinwände dem Chor der gequälten Stimmen so etwas wie einen zusätzlichen Resonanzraum zu bieten.

»Seine Majestät haben die modernsten Erkenntnisse umgesetzt, wie man mit Wahnwitzigen umzugehen hat«, führte der Mann weiter aus. »Wie man sie heilt.«

Auf dem Weg durch das Gebäude wurden sie nicht nur von dem vielstimmigen Jammern und Toben, von dem Jaulen und Schreien der Insassen begleitet, sondern auch von einem bestialischen Gestank nach Fäkalien. Er schien den Mann ebenfalls nicht zu stören.

Über eine Treppe stiegen sie hinauf in den obersten, den fünften Stock. Auf dem runden Gang ging es an einer Reihe schwerer Holztüren vorbei. In jeder gab es ein Fensterchen mit Metallgitter, durch das man in den dahinterliegenden Raum schauen konnte. Im Vorbeigehen bekam Kreutz durch diese Öffnungen die seltsamsten Variationen des Wahnwitzes zu sehen.

Halb nackte Gestalten, die dumpf vor sich hin brüteten, hockten im Licht, das durch die senkrechten Fensterschlitze fiel. Andere, in zerfetzten Kleidern, marschierten zwanghaft in ihrer Zelle von einer Wand zur anderen. Einige waren nackt, hatten starr die fahlen weißen Arme ausgebreitet und betrachteten die an ihrer Tür Vorbeigehenden schweigend. Manche waren angekettet.

»Einige muss man vor sich selbst schützen«, sagte der Mann. »Die sind imstand und rennen sich an der Wand den Kopf ein. Der Zeisel ist aber ein ganz Lieber. Der tut nichts. Außer zeichnen, den ganzen Tag. Da er zu den Ruhigen gehört, darf er auch im Haus arbeiten. Holz und Wasser holen. Sauber machen. Aber er ist zum Arbeiten nicht gemacht. Nur zum Zeichnen.«

Er schloss eine der schweren Türen auf. Zeisel saß auf dem Steinboden, obwohl es neben ihm eine schmale Pritsche gab. Ohne die Eintretenden zu beachten, führte er einen Kohlestift über einen Bogen Papier, den er auf ein Brett als Unterlage gelegt hatte. Andere Bögen lagen in der Zelle verstreut neben einigen weiteren Kohlestücken.

Wenn er bei dem Studententreffen 1820 dabei gewesen war, musste er mindestens Mitte zwanzig sein. Er wäre jedoch durchaus als zehn Jahre jünger durchgegangen. Noch nicht einmal ein Bart schien ihm zu wachsen.

»Schau, wer da ist«, sagte der Mann.

Zeisel blieb in seine Zeichnung vertieft.

»Schau her.« Der Mann machte einen Schritt auf den Jungen zu und bückte sich. Offenbar wollte er ihm die Zeichensachen wegnehmen.

»Lassen Sie ihn bitte«, sagte Kreutz. »Wenn er doch malen will.«

Der Mann drehte sich zu ihm um. »Er muss lernen, sich wie ein normaler Mensch zu benehmen«, sagte er. »Und dazu gehört, dass man seinen Verwandten grüßt.«

»Hab keinen Verwandten«, sagte Zeisel leise, ohne sein Zeichnen zu unterbrechen. Er verstärkte sogar noch den Druck des Stiftes, der auf dem Papier rieb.

»Kennst nicht den Julius?«, fragte der Mann.

Kreutz' Plan, als angeblicher Cousin aufzutreten, konnte jeden Moment auffliegen. Und wenn Zeisel wirklich so irre war, dass er nichts tat als zeichnen, dann hatte der Besuch hier ohnehin keinen Sinn. Es war vielleicht das Beste, den Rückzug anzutreten, bevor er sich verdächtig machte.

Der Mann richtete sich auf und zuckte die Achseln. Kreutz gab ihm ein Zeichen, mit ihm hinaus auf den Gang zu kommen. »Ich sehe ja, dass es ihm gut geht«, sagte er. »Das reicht mir. Vielleicht sollte ich einfach wieder gehen.«

»Der erkennt halt niemand«, sagte der Mann. »Letzte Woch war's genauso. Ein Jammer für das Bürscherl.«

»Letzte Woche?«, fragte Kreutz. »Ich dachte, die Eltern kommen nicht her? Wer war denn hier?«

»Ich kenn mich da nicht aus. Heute sind Sie hier, der Cousin, letzte Woche ein Onkel. Der war schon aus Wien. Man hat's ihm angehört.«

Na gut, dachte Kreutz, das kann ja sein. Ihn wehte dennoch eine Ahnung an. Es war vielleicht jemand von den anderen der 1820er-Gruppe auf die gleiche Idee gekommen.

»Julius ist da?«, kam Zeisels Stimme aus der Zelle. Er hatte aufgehört, den Kohlestift über das Papier zu reiben, und sah sie aufmerksam an.

»Ja«, sagte der Mann, der Kreutz hergeführt hatte, »schau, der Julius ist da.« Er schien sich zu freuen wie ein Vater, dessen Kind die ersten Worte sagt. »Der Julius!« Er wandte sich Kreutz zu. »Reden S' mit ihm. Es hilft ihm. Ich mach auch eine

Ausnahme und geh weg, damit ihr ungestört seid. Ich mach die Tür zu, schließ aber net ab. Ich bleib in der Nähe.«
Ehe Kreutz etwas sagen konnte, hatte der Mann Zeisel aufmunternd zugenickt und war hinausgegangen. Die Tür fiel zu. Der Geisterchor aus der Tiefe des Turmes verstummte. Kreutz überlegte, ob er sich auf die Pritsche setzen sollte, entschloss sich dann aber, vor Zeisel auf dem Boden Platz zu nehmen. Auf Augenhöhe.
»Du bist nicht Julius«, sagte Zeisel.
Lauschte der Wärter draußen auf dem Flur? Konnte Kreutz die Wahrheit sagen?
Ehe ihm etwas einfiel, was er antworten konnte, sprach Zeisel schon weiter. »Du bist nicht Julius. Ich bin nicht Zeisel.«
»Wer bist du dann?«, fragte Kreutz.
»Ich bin Plato. Ich bin Sokrates. Das heißt, das war ich. Jetzt bin ich Rembrandt.« Er machte eine unbestimmte Bewegung mit den Armen, die wohl darauf hinweisen sollte, dass sich seine Werke, die er als Rembrandt geschaffen hatte, in diesem Raum verstreut befanden.
»Ich spreche nicht mehr über das, was wichtig ist«, sagte Zeisel. »So hätten es Plato oder Sokrates getan. Ich zeichne es nun. Wie Rembrandt es tat.«
Zum ersten Mal kam Kreutz auf die Idee, sich Zeisels Zeichnungen anzusehen. Als die Zelle geöffnet worden war, hatte er gedacht, es könne sich bei den Bildern nur um Unsinn handeln, um Ergüsse eines in wahnhaftem Beschäftigungstrieb gefangenen Hirns. Bei anderen führte es dazu, dass der Patient andauernd von Mauer zu Mauer und wieder zurückwanderte. Und bei Zeisel eben dazu, dass er zwanghaft Kohlestriche auf einem Blatt Papier verteilte.
Es waren große, dicke Papierbögen von hellbrauner Farbe, die Zeisel benutzte. Was darauf zu sehen war, erstaunte Kreutz. Ein realistisches Motiv war nicht zu erkennen, aber ein klares Muster, in dem kräftige Striche von einem zentralen Punkt in der Mitte nach außen schossen. Man hätte glauben können, Zeisel male Sonnenstrahlen. Aber irgendetwas, was Kreutz nicht genau begründen konnte, störte diesen Eindruck. Er

hatte eher das Gefühl, der Gegenstand des Bildes sei eine Art Vernichtung, deren Ausgangspunkt und Ursache das klobige Etwas in der Mitte war. Im äußeren Bereich, wo die Strahlen endeten, gingen die Linien in gezackte Kanten über.

Als sich Kreutz die anderen Blätter besah, stellte er fest, dass Zeisel das Motiv nie änderte. Er hatte immer und immer wieder das gleiche Muster gezeichnet. Auch das Blatt, das er auf dem Schoß hielt, zeigte nichts anderes.

»Was soll das sein?«, fragte Kreutz.

»Etwas, an das ich dachte. Der da hat mich draufgebracht.« Er griff hinter sich und holte ein Blatt hervor, das sich von den anderen unterschied. Es war kleiner und zeigte das Gesicht eines Mannes.

»Hast du das auch gemacht?«, fragte Kreutz.

»Das hat mir der Onkel gebracht.«

Kreutz studierte das Bild, und ihm wurde klar, dass er diese Person schon einmal gesehen hatte. Der Mann lächelte dem Betrachter ein wenig spitzbübisch entgegen. Man konnte dem Gesichtsausdruck aber auch eine Portion Verschlagenheit entnehmen. Oder Schadenfreude. Überheblichkeit. Die markante lange Nase ragte in einen vornehmen Schnurrbart hinein. Auch das Kinn war von einem Bart bedeckt. Auf dem Kopf trug der Mann einen hohen Hut mit breiter Krempe.

War Kreutz der Person begegnet, oder hatte er nur das Bild schon einmal gesehen? Hut und Bart wirkten altmodisch, sie entsprachen aber nicht der mittelalterlichen Kluft, die man heute in den Studentengruppen trug. Kreutz vermutete, dass er nur das Bild kannte, das wohl von einer älteren Darstellung abgezeichnet worden war.

»Wer ist das?«, fragte Kreutz.

»Weiß ich nicht«, sagte Zeisel.

»Aber gegeben hat's dir der Onkel?«

Zeisel nickte.

»Du hast gesagt, der hier auf dem Bild hätte dich auf das gebracht, was du da zeichnest. Wie meinst du das?«

»Hab's vergessen.«

Falls der Mann, der Kreutz hergeführt hatte, draußen lauschte, dürfte er bisher nichts Ungebührliches vernommen haben. Und auch die Frage, die Kreutz jetzt stellte, war für einen Außenstehenden unverdächtig.

»Welcher Onkel hat dich denn besucht?«

Zeisel sah Kreutz streng an. »Warum willst du das wissen?«

»Ich will ihn vielleicht auch besuchen.«

Zeisel nahm den Rand des Blattes und drehte den Bogen um. Auf die Rückseite hatte er das gleiche Strahlenmotiv gezeichnet wie auf die Packpapierbögen, jedoch in einer kleineren Variante. Offenbar nutzte er jede Papierfläche, die er finden konnte.

»Und was hilft mir das jetzt?«, fragte Kreutz.

Zeisel lächelte. Er zeigte auf den unteren Rand des Papiers, wo in winziger Schrift etwas geschrieben stand.

Kreutz streckte die Hand nach dem Blatt aus. »Darf ich?« Als Zeisel nickte, nahm er es und versuchte, die Schrift zu entziffern.

Georg Schuster, stand da. Und eine Adresse. *Lichtental, Salzergasse.*

Kreutz faltete das Papier zusammen, steckte es in die Tasche und stand auf. Zeisel wandte sich wieder seiner Zeichenbeschäftigung zu. »Adieu, Julius«, sagte er, ohne aufzusehen.

* * *

Die Witwe Gruber gab Reiser unumwunden zu verstehen, sie nehme nur Mieter auf, die ihre solide Herkunft und ihr Auskommen belegen könnten. Wo er denn beschäftigt sei?

Reiser verwies auf die Empfehlung des Barons, was sie aber nicht besonders beeindruckte. Es gebe genug müßiggehende Adlige in der Stadt, deren Unterstützung keinen Pfifferling wert sei, solange sich andere nur damit brüsteten, ohne etwas in der Hand zu haben. Was man in der Hand habe, sei eben das, was zähle. Und darunter fielen Kreuzer, Gulden und Taler. Woraufhin sie einen Monatspreis von fünfzehn Gulden forderte, zu begleichen im Voraus.

Reiser zuckte innerlich zusammen. So viel Geld besaß er gar nicht. Doch er war klug genug, es die Wirtin nicht merken zu lassen. Er machte ihr einen Vorschlag. Er werde im ersten

Monat noch einen Gulden drauflegen, wenn sie dafür die Miete wöchentlich kassierte. Die Wirtin ging darauf ein, aber nur unter der Bedingung, dass Reiser in den nächsten Tagen eine Anstellung vorweisen könne.

Er bekam einen Schlüssel und konnte endlich sein Gepäck über die enge Stiege in die Kammer schleppen, die hinter einer schmalen Tür in der obersten Etage lag. Im Flur davor, in dem ihn schräge Balken zum Kopfeinziehen zwangen, musste er aufpassen, nicht anzustoßen. Eine zweite Person hätte hier keinen Platz mehr gehabt.

Das Zimmer war so klein, dass man es in drei Schritten durchqueren konnte. Als Reiser das einzige Fenster öffnen wollte, um den muffigen Geruch aus der Kammer zu vertreiben, klemmte es störrisch, bevor er es aufbekam. Der Blick ging auf einen schachtartigen Hof hinaus. Keine fünf Armlängen entfernt blockierte eine graue, von Vogelkot verschmutzte Mauer die Sicht.

An Möbeln gab es außer dem Bett nur noch einen kleinen Tisch in der Fensternische, einen Kasten und einen Stuhl. Auf dem abgeschabten Holzboden standen eine Waschschüssel und ein gefüllter Krug. Der Abtritt war wohl unten im Hof.

Reiser ließ sich auf das schmale Bett fallen, das schwer unter ihm ächzte. Auf dem Rücken liegend betrachtete er Theresias immer noch verschlossenen Brief. Dahinter war die einst weiß getünchte Decke sichtbar, von der an einigen Stellen der Putz abfiel. Für einen Moment schloss er die Augen. Dann öffnete er sie wieder und brach vorsichtig das Siegel.

Als er das zusammengefaltete Blatt Papier aus dem Umschlag zog, rutschte ihm eine kleine Locke von Theresias Haar entgegen. Ein feiner Duft haftete daran. Ein Duft, wie er ihn so deutlich noch nie wahrgenommen hatte. Denn er hatte noch niemals gewagt, Theresia so nahe zu kommen.

Der Brief enthielt nur wenige Zeilen.

Dein gutes Herz wird manchen Schmerz in diesen Grüften leiden; dann kehrt zurück der Liebe Glück und unnennbare Freude.

Die Worte waren ein Zitat aus der Oper »Fidelio« von Ludwig van Beethoven, die Theresia sehr schätzte. Gemeinsam hatten sie in dem Libretto gelesen. Gesehen hatten sie das Werk freilich nie. Trotzdem begeisterten sie sich dafür. In der Geschichte ging es darum, einen Tyrannen zu überwinden. Theresia gefiel besonders, dass es die Frau war, der das gelang. Sie befreite als couragierte Gattin ihren Ehemann aus der Gewalt des Despoten, der ihn in den Kerker gesteckt hatte.

Das Gefühl des Verlusts überwältigte Reiser. Die Reise hatte durch die Freundlichkeit des Barons von Walseregg kurzzeitig die Schatten beiseitegedrängt. Aber jetzt kehrten sie umso stärker zurück. Als hätten sie nur darauf gewartet, dass Reiser mit sich und seinem Schmerz allein war.

Er las den Brief noch einmal. Und nun verstand er, dass ihm Theresia auf gewisse Art ebenfalls half. Natürlich nicht wie die Heldin Leonore, sondern indem sie ihn an etwas erinnerte. An das, worüber er in der Kutsche nachgegrübelt hatte, während der Baron vor ihm in der Ecke döste. Wenn er auf Schloss Sonnberg den Geheimnissen nicht nachgehen konnte, würde er es eben in Wien tun. Das hatte er sich vorgenommen.

Ich bin nun in Wien, dachte er. Ich bin in der Stadt, die mit dem seltsamen Schreiben meines Vaters, mit dem darin erwähnten Dr. Scheiderbauer und mit Herrn van Beethoven zu tun hat.

Worauf warte ich noch?

Er stand auf, ging nach draußen, verschloss die Kammer und verließ das Haus.

* * *

Kreutz fragte den Wärter, wie er in die Salzergasse in der Vorstadt Lichtental käme. Man musste nur ein Stück den Alserbach entlanglaufen, den die angrenzenden Siedlungen als Abwasserkanal benutzten und der in den Donauarm mündete. Kreutz stieß auf eine Ansammlung von Häusern, vor denen die Menschen müde von der Wochenarbeit auf der Straße herumsaßen, die Männer in Schwaden von billigem Tabak eingehüllt. Er erkundigte sich nach der Familie Schuster und erfuhr, dass die Sippe über mehrere Häuser verteilt wohnte sowie dass es mehrere mit dem Vornamen Georg gab.

»Ich suche den ehemaligen Studenten Georg Schuster«, erklärte Kreutz einer Frau, die gerade mit zwei gefüllten Wassereimern an einem Hauseingang ankam.

»Ah, der Herr Student.« Sie setzte die Eimer ab, froh über die kleine Verschnaufpause. Dann folgte ein langer Redeschwall im Wiener Dialekt, den Kreutz nur zum Teil verstand. Immerhin erfasste er das Wesentliche: Der Georg sei ein Vetter von ihr. Er lebe jetzt in der Stadt und sei in Diensten.

»In was für Diensten?«

Kreutz verstand nur »Stein«, dann ging ihm auf, dass es wohl eine Gräfin von Stein war, bei der Schuster einen Posten gefunden hatte. Auf der Freyung. Das war ein Platz in der Innenstadt.

Zurück am Glacis beschloss Kreutz, über die Freifläche weiterzugehen und das westliche obere Stück der Innenstadt zu umrunden, anstatt sich dem Gedränge der engen Gassen auszusetzen. Er konnte besser nachdenken, wenn er nicht jede Sekunde darauf aufpassen musste, nicht mit irgendwem zusammenzustoßen.

Das wiederkehrende Motiv der Zeichnungen, der porträtierte lächelnde Mann ... Das hatte doch etwas zu bedeuten. Und konnte nicht der unbekannte Onkel jemand von damals sein, der über Zeisel den Kontakt zu den anderen hielt? War das altmodische Gewand auf dem Bild eine Tarnung? Zeisel war vielleicht so eine Art zentraler Informant.

Eine geniale Idee. Wer würde so etwas in einem Irrenhaus vermuten? Aber wenn dem so war, warum hatte ihm Zeisel nicht einfach alles gesagt, was er wissen musste?

Weil er ihm nicht restlos traute. Oder weil es irgendeine Geheimparole gab, die er nicht kannte.

Oder weil du dir das alles bloß einbildest, dachte Kreutz. Weil Zeisel einfach nur verrückt ist. Irgendwer gab ihm die Zeichnung von dem Mann als Zeichenmaterial, weil die Rückseite noch frei war. Schusters Adresse kannte Zeisel noch von früher. Und der Onkel war ein wirklicher Onkel. Es musste ja so einen Verwandten geben. Jemanden, der für das Studium aufgekommen war. Und der jetzt den Aufenthalt im Guglhupf bezahlte. Auch den konnten sich die Eltern sicher nicht leisten. Oder Schuster selbst war der sogenannte Onkel. Wenn er einer Herrschaft diente, hatte er es zu Geld gebracht. Und er hatte Zeisel besucht.

Die gewaltige Mauer der Bastei wanderte in der Ferne an Kreutz vorbei. Ein Tor wurde sichtbar – eine schwarze, halbrunde Höhle, die sich in dem Massiv abzeichnete. Die Türme und hohen Häuser, die dahinter emporragten, schienen ihn misstrauisch zu beobachten. Diese Szenerie mochte den Wienern, die dort oben gemütlich promenierten, eine gewisse Idylle bieten. Für Kreutz hatte sie etwas Bedrohliches.

Die Befestigung wirkte zwar einschüchternd, aber sie hatte Napoleons Truppen nicht standgehalten. Ein Teil war bei den heftigen Kanonaden, mit denen der französische Kaiser seine Eroberung der Stadt vorbereitet hatte, zerstört worden. Danach hatte es eine Phase des Wiederaufbaus gegeben. Nun wurden die Wiener wieder von ihrem engen Ring aus trutzigen Mauern geschützt.

Kreutz hatte noch nie eine Schlacht miterlebt. Für eines der Freikorps, in denen sich damals die Studenten gegen Napoleon mit seinen regulären Soldaten erhoben hatten, war er leider noch zu jung gewesen.

Wie das wohl war, eingekesselt von Kanonendonner mitten in dem Hagel der Geschütze zu stehen, wenn einen jeden Moment eine tödliche Kugel treffen oder ein Geschoss zerfetzen konnte?

Detonationen, Explosionen ... Auf einmal kam Kreutz ein Verdacht. Die Zeichnungen. Konnten das Detonationen sein? Der Kern in der Mitte – explodierte er und trieb seine tödlichen Kräfte mit Bombengewalt strahlenförmig nach außen? Ein Kern aus Sprengpulver im Moment der Zündung?

Hatte Zeisel so etwas schon einmal gesehen? Hatte er in einem Freikorps gedient? War das, was er da zeichnete, eine Erinnerung?

Aber er wirkte so jung, so unschuldig.

Der da hat mich draufgebracht, hatte Zeisel gesagt.

Der da. War das der Onkel?

Nein, das war der Mann auf dem Bild.

Der Mann, der Kreutz bekannt vorkam. Von dem Zeisel aber sagte, er wisse nicht, wer das sei.

Kreutz hatte, tief in Gedanken, seinen Schritt immer mehr verlangsamt. Er hatte den Donauarm fast erreicht. Zu seiner Rechten war in der Bastei ein weiteres, kleineres Tor aufgetaucht, das er durchqueren musste, um wieder zu dem Haus zu gelangen, aus dem er getürmt war. Während er sich dem Durchgang näherte, brach sich in seinem Inneren eine Erkenntnis Bahn.

Zeisel hielt auf seinen Bildern kein Erlebnis fest. Die Explosionen waren nicht etwas, was in der Vergangenheit lag.

Sie waren ein Ereignis in der Zukunft.

Ein Plan.

Der Plan eines Attentats.

Und der lächelnde Mann auf dem Bild, wer immer er auch war, hatte etwas damit zu tun.

10

Der beste Ort, um sich nach der Adresse von Dr. Scheiderbauer zu erkundigen, waren die Wirtshäuser. Hier traf man sich und redete viel. Etwas essen musste Reiser ohnehin. Das konnte er dann mit seinen Nachforschungen verbinden. Wien war ein einziges Gewimmel an Gelegenheiten zum Einkehren. Da gab es natürlich die traditionellen Kaffeehäuser. Hier bekam man jedoch kaum Speisen aufgetischt, höchstens Gefrorenes und morgens Frühstück, dazu aber Zeitungen und gestopfte Tabakspfeifen und die Möglichkeit zum Karten- oder Billardspiel bei Gesprächen über die letzte Opernaufführung oder die in den Theatern beliebten Possen um den Regenschirmmacher Staberl, der zur Belustigung des Publikums gegen die aberwitzigsten Intrigen seiner Frau, seiner Nachbarn oder Geschäftsfreunde kämpfen musste. Dann waren da die teureren Gasthäuser. Reiser mied sie, denn er musste ja auf sein Geld achten. So entschied er sich für einen der vielen Keller, in denen man den billigsten Wein und ein preiswertes Mahl kredenzte. Einer davon war der Heiligkreuzer Keller in der Schönlaterngasse, den man über eine steile, breite Treppe erreichte. Mit jedem Schritt, den Reiser zurücklegte, wurde die Luft alkoholgeschwängerter. Unten brannte ein Heer von Kerzen. Selbst zur Mittagszeit drang kein Tageslicht bis hierher vor.

Als er das Lokal betrat, waren die meisten blank gescheuerten Tische leer. Die Abendessenszeit begann gerade erst. Der Wirt, ein dicker Glatzkopf mit einem schwarzen Haarkranz um den blanken Schädel, kam, kaum dass er seiner ansichtig wurde, hinter dem Schanktisch hervor. Wie es in Wien üblich war, barst er vor Dienstbeflissenheit. »Wünschen der Herr einen Wein oder auch zu speisen?«, fragte er.

Reiser bestellte zum preiswertesten Hausgetränk eine Portion Würstel.

»Geht's denn nachher zum Feuerwerk in den Prater?«, fragte der Wirt. »Heute soll's ganz besonders farbig werden.«

Es war der 1. Mai – traditionell der Tag, an dem die Wiener nach der Winter- und Fastenpause den Prater wiederzuentdecken begannen. Man genoss dort nicht nur die Natur einer großen Parkfläche mit Wiesen und Wäldern, sondern auch Belustigungen, von den »Ringelspiel« genannten Karussells über dressierte Affen und Vorstellungen im »Circus Gymnasticus« bis hin zu Bootsfahrten auf dem See und Musik und Tanz. Eine der größten Attraktionen war jedoch das Feuerwerk. Es fand auf einem eigens dafür vorgesehenen Platz statt, auf dem man ein riesiges pyramidenförmiges Gerüst aufgebaut hatte. Der Feuerwerker Anton Struwer, der das Geschäft von seinen Vorfahren übernommen hatte, zauberte hier mit Hilfe bunter Leuchtraketen vor dem nächtlichen Himmel die herrlichsten Bilder, ganze Szenen aus Licht. Man glaubte, Landschaften zu sehen oder fahrende Schiffe, Inseln, Meeresküsten oder ausbrechende Vulkane.

»Vielleicht«, sagte Reiser.

»Sie werden's nicht bereuen«, antwortete der Wirt, als hätte er in Reiser einen Fremden vor sich, dem er die Schönheiten Wiens darlegen müsste.

In einer Ecke des Lokals entstand Unruhe. Ein bärtiger alter Mann war hereingekommen. Er schleppte etwas Schweres zur Ecke neben dem Schanktisch und schob ein paar Stühle weg. Es war eine Harfe. Als er sie richtig positioniert hatte, setzte er sich auf einen Schemel und legte das Instrument an die Schulter. Liebevoll tasteten seine Finger die Saiten ab, immer wieder prüfte er die Spannung, drehte vorsichtig an den Wirbeln, zupfte und horchte. Schließlich ließ er mit zufriedenem Gesicht einen hellen harmonischen Akkord über den ganzen Tonumfang hören.

Dann begann er zu spielen. Reiser erkannte eine Melodie von Mozart. Das Stück war aus einer Oper. Die Arie des Cherubino aus dem »Figaro«. Der Harfenist bewies große Virtuosität darin, das schlichte Thema zu begleiten. Er ersann Verzierungen und Akkorde, die die Hauptstimme in neuem Licht erscheinen ließen. Fast übergangslos stimmte er ein neues Stück an. Diesmal »Là ci darem la mano« aus Mozarts »Don Giovanni«.

Melodien, so schön, als seien sie vom Himmel gefallen, dachte Reiser. Nicht nur Beethoven, auch Mozart hatte er immer bewundert. Mehr als zehn Jahre vor Reisers Geburt war der Komponist hier in Wien recht jung gestorben. Viele aus der Kaiserstadt erinnerten sich noch an ihn und erzählten sich Unglaubliches. Angeblich konnte Mozart den Satz einer Sinfonie an einem einzigen Tag herunterschreiben. Eine Oper schaffte er in zwei, drei Wochen. Und es hieß, er sei stets in Eile gewesen, habe unter der Last ununterbrochener musikalischer Einfälle seine Werke fieberhaft zu Papier gebracht. Als habe er gewusst, dass ihm nicht viel Zeit blieb.

Reiser hörte ergriffen zu. Das Lokal füllte sich, und die sanften Harfentöne versanken im hallenden Lärm der Zecher, die dem einsamen Musikanten kaum Aufmerksamkeit schenkten.

Der Wirt kam mit dem Wein und den Würsteln zurück.

»Die Stärkung für den langen Abend, bitte sehr.«

Reiser bedankte sich und fragte ohne Umschweife nach Dr. Scheiderbauer.

Der Wirt kratzte sich nachdenklich am Kopf. »Soll das ein Arzt sein? Oder ein Gelehrter?«

»Das weiß ich leider auch nicht.«

»Wissen S' was?«, sagte der Wirt. »Man muss nichts wissen. Man muss nur wissen, wo's steht ...«

Forschen Schrittes ging er durch die Gaststube und verschwand in einem Hinterzimmer. Als er zurückkam, hatte er ein paar Bücher unter dem Arm. »Wenn er da nicht drinsteht, kennt ihn keiner.«

Reiser überflog die Titel. Einer davon war besonders lang und umständlich formuliert – wahrscheinlich, um möglichst großen Eindruck auf Käufer und Leser zu machen.

Gemeinnütziger und erheiternder Haus-Kalender für das österreichische Kaisertum, vorzüglich für Freunde des Vaterlandes, oder Geschäfts-, Unterhaltungs- und Lesebuch auf das Schaltjahr 1824, für alle Klassen des Adels, der Geistlichkeit, des Militärs, der Honoratioren und Bürger der gesamten österreichischen Monarchie. Mit einer astronomischen Darstellung des gesamten Weltgebäudes von Herrn J. J. Littrow, Direktor der K. K. Sternwarte.

Es gab darin Verzeichnisse von Angehörigen verschiedener Berufe mit deren Anschriften. Vier eng bedruckte Spalten nahmen die Ärzte Wiens in Anspruch – und darunter war tatsächlich ein Aloys Scheiderbauer aufgeführt, der seine Wohnung in der Vorstadt Weißgerber hatte.

Reiser blätterte weiter und entdeckte in einem anderen Buch, einer »Beschreibung von Wien«, in dem auch die Tonkünstler der Stadt aufgelistet waren, die Eintragung seines alten Lehrers Piringer. Der lebte immer noch im Schlossergässchen zwischen Stephansplatz und Graben, wo Reiser ihn früher zu den Geigenstunden immer besucht hatte.

Einer Eingebung folgend, suchte er in der Liste noch einen anderen Namen. Der Eintrag befand sich am Beginn der alphabetisch geordneten Liste.

Beethoven, Herr Ludwig v., berühmter Tonsetzer, wohnt in der Ungargasse Nr. 323.

Berühmter Tonsetzer, das konnte man wohl sagen.

Scheiderbauer und Beethoven – die Wohnungen der beiden Männer lagen nicht weit von hier entfernt. Reiser brauchte nur ein Stück die Gasse weiterzugehen, durch das Stubentor und dann über das Glacis, das hier recht schmal war. Die Vorstädte, in denen die beiden wohnten, waren benachbart. Oben, zum Donauarm hin, lag Weißgerber, direkt darunter die Vorstadt Landstraße.

Reiser stürzte den Wein hinunter, verdrückte die Würstel und ließ da, was zu bezahlen war. Er legte noch ein paar Kreuzer Trinkgeld drauf und gab auch dem Harfner eine Münze.

Auf der Gasse vertrieb die frische Luft den leichten Rausch, der ihn erfasst hatte. Gestärkt wandte er sich dem nahen Stubentor zu. Dahinter umfing ihn der Duft von Kastanien- und Akazienblüten. Die Bäume säumten die kreuz und quer verlaufenden Wege auf dem Glacis. Nur als Reiser den schmalen Wienfluss überquerte, überdeckte ein Geruch nach Kloake die Idylle. Die Wien floss parallel zur östlichen Bastei in Richtung Donau und nahm auf dem Weg dorthin so manchen Unrat aus der Stadt mit.

Ein kleines Stück weiter lag das eckig geformte Hafenbecken, an dem der Kanal endete, der Wien mit Wiener Neustadt und weiteren Orten verband. Träge schwankten die Frachtkähne vor der Mauer, während ein paar Arbeiter so kurz vor Feierabend noch mit Abladen beschäftigt waren.

Vom östlichen Himmel näherten sich bereits die Schatten der Nacht. Als Reiser in der Straßenschlucht der Vorstadt ankam, waren die Laternenanzünder unterwegs.

***

Kreutz wich dem Gedränge aus, schlug sich in die Parallelgassen und kam auf der Rückseite der Unterkunft an – genau an der Stelle, wo er mit seinem behelfsmäßigen Seil gelandet war. Er hatte den Riemen hinter den unteren Fenstergittern versteckt, und dort lag er noch.

In der Gasse herrschte viel mehr Trubel als heute Morgen, aber trotzdem gelang es ihm, einen Moment abzupassen, in dem er den Riemen unauffällig hervorholen konnte. Der Bärtige und sein geheimnisvoller Herr brauchten nicht zu wissen, wie ihm die Flucht gelungen war. Trotzdem würde er jetzt bei der Rückkehr natürlich eine Ausrede brauchen. Da gab es viele Möglichkeiten. Ein brennender Wunsch, die Kaiserstadt anzusehen, ein Liebchen im Prater ... Ihm würde schon etwas einfallen.

Als er sich auf die Vorderseite des Gebäudes begab, drangen vom Markt her Gerüche nach gebackenem und gekochtem Fisch in seine Nase. Offenbar wurde dort nicht nur Rohes verkauft, sondern es gab auch Garküchen. Auf einmal wurde sich Kreutz bewusst, dass er den ganzen Tag noch nichts gegessen hatte.

Er wandte sich dem Hauptportal zu. Dort stand der bärtige Mann, als wartete er auf ihn. »Wie schön, dass Sie wieder da sind, Herr Wellendorf«, sagte er.

Einen Moment lang befürchtete Kreutz irgendeine Art von Sanktion oder wenigstens Misstrauen. Aber davon war nicht das Geringste zu spüren. Im Gegenteil. Der Mann war so freundlich und geduldig wie sonst auch. »Ich darf Sie bitten, hereinzukommen«, sagte er.

Kreutz betrat das Haus und wandte sich der Treppe zu.
»Einen Moment bitte«, sagte der Mann, drängte sich an ihm vorbei und ging voraus. Kreutz hatte sich darauf eingestellt, dass sie in die obere Etage gehen würden – dorthin, wo die Zimmer der Burschen waren. Doch der Bärtige blieb unten gleich hinter dem Eingang stehen und öffnete eine Tür.
»Gehen wir nicht hinauf?«, fragte Kreutz.
»Später. Zuvor werden Sie hier erwartet.«
Sein massiger Körper verstellte den weiteren Weg über die Treppe. Kreutz blieb nichts anderes übrig, als in den Gang zu treten. Nur wenige Schritte, und sie gelangten an eine offen stehende Flügeltür, die in ein nobel ausgestattetes Arbeitszimmer führte. In der Mitte beherrschte ein Schreibtisch aus rötlichem Holz den Raum, an den Wänden drängten sich edel gerahmte Malereien. Landschaftsdarstellungen, Porträts und Jagdszenen. Hinter dem Schreibtisch erhob sich nun der Mann aus einem Sessel, den Kreutz schon kannte. Es war ihr unbekannter Gastgeber. Der Bärtige entfernte sich und schloss die Flügeltür von außen.

»Ich dachte mir, dass Sie ein freiheitsliebender Mensch sind, Herr Wellendorf. Aber es wäre besser gewesen, Sie hätten die Unterkunft nicht verlassen.«

»Sie sagten uns Freiheit in unseren Handlungen zu.«

»Aber ich riet auch zur Vorsicht.«

»Sie können uns viel raten, mein Herr«, gab Kreutz zurück. »Ich nehme keine Ratschläge von jemandem an, der sich mir noch nicht einmal vorgestellt hat.«

Der Mann nickte, kein bisschen beleidigt, und schien sogar ein paar Sekunden über das, was Kreutz gesagt hatte, nachzudenken. »Sie haben recht«, sagte er dann. »Was das betrifft, habe ich einen Fehler gemacht. Doch Sie werden ihn mir verzeihen, wenn ich Ihnen erst erläutert habe, um was es geht. Warum Sie hier sind. Sie alle, meine ich.«

»Weil irgendetwas bevorsteht, das mit Seelen zu tun hat«, sagte Kreutz in Anspielung auf die Rede des Mannes in der Burg.

»So ist es. Und ich hatte Sie gebeten, mir zu erlassen, dass ich mich vorstelle. Es würde nur Verwirrung stiften, wenn ich gezwungen wäre, Familiennamen und Stand vor mir herzutragen. Genau das möchte ich vermeiden. Wir sind brüderlich, und uns eint ein hohes Ziel. Für uns zählt nicht das Sichtbare. Sondern unsere Seelen, die unsichtbar sind wie die Töne, die uns leiten. Und so haben wir nur *einen* Namen, unter dem wir uns vereinen wollen. Wir sind die Unsichtbaren.«

»Die Unsichtbaren ... Ja, ein schöner Name für eine Gruppe von Gleichgesinnten. Aber Sie sagen nicht, was diese Gruppe genau verbindet.«

»Genau das sollen Sie heute erfahren«, sagte der Mann. »Vergessen Sie mich, vergessen Sie diese Umgebung, vergessen Sie auch Ihre Kameraden. Vergessen Sie die Vergangenheit. Was zählt, ist die Zukunft.«

»Und trotzdem darf ich nicht wissen, mit wem ich es zu tun habe?«

»Namen sind Schall und Rauch, mein Freund. Aber wenn Sie einen Namen brauchen ... Nun, dann sage ich Ihnen, wie Sie mich nennen können. Nennen Sie mich Maecenas.«

»Wie der berühmte Förderer der Künste, der den Dichter Horaz unterstützte?«

»Sind uns die Großen der Antike nicht stets gute Vorbilder gewesen? Und fühlen Sie sich nicht auch unterstützt?«

»Ich dachte, es geht hier um eine Gemeinschaft. Um etwas, das bevorsteht. Etwas, das uns verbinden soll.«

»Wie gesagt, Sie werden es erleben.«

Kreutz überlegte, ob sie nicht in die Hände eines Verrückten geraten waren. Adlige kamen nicht in den Narrenturm, wenn sie seltsame Dinge taten. Eigenartig, dachte er. Zeisel ist im Irrenhaus, aber sein Attentatsplan ist mir viel klarer als das diffuse Seelengerede von diesem noblen Herrn hier.

»Ich weiß, in Ihnen arbeiten gerade viele Ideen gegeneinander«, sagte der Mann. »In allen jungen Männern, die ich hergeholt habe, brennt eine bestimmte Leidenschaft, die sie für das, was Ihnen allen bevorsteht, empfänglich macht.« Er stand auf. »Kommen Sie.« In seinen Augen erschien ein enthusiastisches Leuchten. »Kommen Sie, Herr Wellendorf. Werden Sie einer von uns. Wir, die Unsichtbaren, erwarten Sie.« Und als

Kreutz zögerte, fügte er hinzu: »Wir müssen *alle* Unsichtbare werden.«

※※※

Die Vorstadt Weißgerber besaß den Charakter eines Dorfes. Die wenigen Häuser lagen zwischen ländlich anmutenden Gartenflächen. Nur die Kirchgasse, die den Vorort stadtauswärts durchzog, hatte eine Zeile von Gebäuden aufzuweisen, die entfernt an so etwas wie ein Stadtbild erinnerten.

An einem der Eingänge in der Nähe der Kirche fand Reiser ein Schild, das in verschnörkelter Schrift darauf hinwies, dass hier »Dr. med. Scheiderbauer« wohnte. Doch als Reiser klopfte, öffnete niemand.

»Wollen S' zum Doktor?«, fragte eine Stimme. Reiser sah nach oben, wo eine alte Frau den Kopf aus dem Fenster in der oberen Etage gestreckt hatte. »Da brauchen S' net zu klopfen. Der Doktor ist fort.«

»Wo ist er denn?«, fragte Reiser.

»Gerufen worden«, sagte die Frau. »Zur Praterstraßen.« Mit diesem knappen Hinweis schloss sie das Fenster.

Er ging das kurze Stück zurück bis zur Kirche, die an einen kleinen Platz grenzte. Dort stand eine Bank unter einer Linde gleich neben dem Kirchentor. Von hier aus konnte er die Gasse gut im Auge behalten. Er wusste nicht, wie Scheiderbauer aussah, aber er nahm sich vor, jede Person anzusprechen, die von der Stadt her vorüberging und wie ein Arzt wirkte. Wahrscheinlich war der Doktor auch gar nicht zu Fuß unterwegs, sondern nahm einen Fiaker. Den würde Reiser auf jeden Fall bemerken.

Die wenigen Menschen, die in der nächsten Zeit hier vorbeikamen, bewegten sich in die andere Richtung – zum nahen Donauarm hin und zur Ferdinandsbrücke, über die man den Prater erreichte. Reiser kam es so vor, als trüge der Wind den Lärm von dort drüben herüber – Gelächter und Geschrei, dazu ferne Musikfetzen.

Nach und nach versank die Umgebung in der Dämmerung.

Die Lichter hier in der Vorstadt waren spärlich, aber Reiser konnte erkennen, wenn jemand auf der Gasse vorüberging. Immer einsamer wurde es hier, immer klarer die Geräuschkulisse von drüben vom Prater. Auf einmal ertönte von jenseits der Donau ein Schuss – die erste Ankündigung des Feuerwerks. Es würden noch zwei weitere folgen, bevor es losging. Als Hinweis für die Besucher, dass sie sich auf ihre Plätze begeben sollten.

Reiser registrierte an der Ecke der Kirchgasse eine Bewegung, so als sei jemand auf den kleinen Platz getreten. Er stand auf und ging hinüber. Doch die Straße war leer. Weder zur Stadt hin noch in Richtung von Scheiderbauers Wohnung war jemand zu sehen. Vielleicht war derjenige, den er bemerkt hatte, in einem der Hauseingänge verschwunden.

Wäre es besser, wenn er dem Doktor einen Brief schrieb, ihn an dem Haus abgab und ihn an einem anderen Tag besuchte? Vielleicht kam der Arzt ja heute Abend gar nicht mehr nach Hause. Vielleicht ging er auch zu dem Feuerwerk.

Leider hatte er kein Schreibzeug dabei. Ob er die Alte in der Wohnung über Scheiderbauers Domizil danach fragen konnte?

Nachdenklich ging er zur Straße zurück, erreichte die Ecke der Gasse und wurde von jemandem angestoßen, der sie eiligen Schrittes entlanggelaufen kam.

»Verzeihung«, sagte der Mann, lüpfte den hohen Hut und wollte weiter.

»Verzeihen *Sie*«, sagte Reiser. Die Überraschung hatte ihn nur eine Sekunde zweifeln lassen. Jetzt, da er den Mann vor sich sah, wurde ihm klar, dass er der Gesuchte sein konnte. »Herr Dr. Scheiderbauer?«

»Der bin ich, junger Mann. Wünschen Sie etwas?«

Der Arzt war ein Herr in dunkler Kleidung. Jetzt bemerkte Reiser auch die für seinen Beruf typische Tasche, die er bei sich trug. Er besaß ein längliches, faltiges Gesicht, das teilweise von einem eisgrauen Bart bedeckt wurde. Reiser schätzte ihn auf mindestens siebzig Jahre. Ein Wunder, dass er noch so behände unterwegs war.

Der Doktor kniff die Augen zusammen und betrachtete

Reiser genauer. Schließlich nahm er ein Lorgnon zu Hilfe, das er aus seiner Rocktasche zog. »Kennen wir uns?«

»Nein«, sagte Reiser, »aber ...«

»Dann wünsche ich eine gute Nacht.«

»Bitte ... Ich habe auf Sie gewartet. Darf ich kurz mit Ihnen sprechen?«

Der Arzt war weitergegangen, blieb nun jedoch stehen und drehte sich um. »Mit wem habe ich denn das Vergnügen?«

»Sebastian Reiser. Ich bin ein Jurist und ...«

»Und was?«

Wie sollte er die Sache beginnen? Er suchte nach einer Verbindung zu seinem Vater, von der er nicht wusste, von welcher Art sie war. Und der Doktor würde sich bestimmt nicht einfach von ihm ausfragen lassen. So beschloss er, einfach die Fakten zu erklären.

»Mein Vater ist vor einigen Tagen gestorben«, begann er.

»Mein Beileid. War er mein Patient?«

»Ehrlich gesagt, ich weiß es nicht – aber wenn, dann vor vielen Jahren.«

»So ist das, was geschehen ist, zwar traurig, aber ich habe damit nichts zu tun. Was wünschen Sie dann?«

Reiser erklärte ihm, dass er auf eine Niederschrift seines Vaters gestoßen war, in der Dr. Scheiderbauer erwähnt wurde.

»Es kann sein, dass Ihr Herr Vater mein Patient war«, sagte der Doktor, »ich praktiziere schon sehr lange. Fast vierzig Jahre.«

Reiser versuchte, die Sache anders aufzuziehen. »Kennen Sie Herrn van Beethoven?«, fragte er.

Der Arzt hob die Augenbrauen. »Sie scherzen! Jeder kennt Herrn van Beethoven. Gerade jetzt spricht die ganze Stadt von ihm.«

»Gerade jetzt? Warum?«

»Sind Sie nicht aus Wien? Herr van Beethoven wird eine neue Sinfonie aufführen. In den nächsten Tagen schon. Alle sind gespannt darauf, sie zu hören. Sie soll eine Offenbarung sein. Seit der letzten sind zehn Jahre vergangen.«

»Ich verstehe«, sagte Reiser. »Aber was ich eigentlich fragen wollte ... War Herr van Beethoven jemals Ihr Patient?«

Der Doktor schwieg. Er schien nachzudenken. Dann sah er die Straße hinunter, als wollte er sich versichern, dass sie allein waren.
»Warum wollen Sie das wissen?«, fragte er.
»Es gibt, wie es scheint, eine Verbindung zwischen meinem Vater und Herrn van Beethoven.«
»Und da kommen Sie zu mir?«
»Die Verbindung reicht auch zu Ihnen. Mein Vater hat Ihren Namen erwähnt. Es ging um eine Schuld.«
»Schuld? Was für eine Schuld?«
»Ich weiß es nicht. Wie ich schon sagte, er hat es niedergeschrieben. In einer kurzen Bemerkung. Ich fand sie nach seinem Tod. Es kam mir vor wie eine Beichte.«
In Scheiderbauer schien sich etwas zu verändern. Sein Gesicht erstarrte. Dann legte er die Hand auf Reisers Oberarm und drängte ihn ein Stück von der Hauswand weg. Wieder sah er sich um. »Sind Sie der Einzige, der davon weiß?«, fragte er.
»Nein, ich glaube nicht«, sagte Reiser wahrheitsgemäß.
Diese Auskunft sorgte bei dem Doktor für einen Ausdruck größter Besorgnis. Nein, nicht der Besorgnis. Es war Angst. Vom Prater her peitschte das Geräusch des zweiten Schusses durch die Nacht. »Ich kann Ihnen nichts sagen. Nur, dass ich an nichts eine Schuld habe.«
»Das schrieb mein Vater auch. Aber woran sollen Sie denn schuld sein? Das frage ich mich. War nun Herr van Beethoven Ihr Patient oder nicht?«
»Dem Mann ist so viel Schlimmes widerfahren. Seit anderthalb Jahrzehnten versinkt er in seiner eigenen Welt. Einer Welt der Stille, der Einsamkeit. Herr van Beethoven ist taub. Ich nehme an, das wissen Sie.«
Ja, das wusste Reiser. Dieses tragische Schicksal war ein zusätzlicher Grund für Beethovens Berühmtheit. Dass er trotz dieser fundamentalen Einschränkung so gewaltige Musik schrieb, machte ihn noch beeindruckender, noch mehr zu einem Mythos. Und das schon zu Lebzeiten.
»Kennen Sie seine Musik?«, fragte der Arzt.
Reiser spürte, dass Ungeduld in ihm aufstieg. Warum antwortete Scheiderbauer nicht auf seine Frage? »Worauf wollen

Sie hinaus? Ja, ich kenne etwas von ihm. Ich spiele selbst die Violine und habe eine der Sonaten des Herrn van Beethoven einstudiert, doch ...«

»Und Sie schätzen sie?«, unterbrach ihn der Doktor.

»Ich bewundere sie zutiefst. Aber ...«

»Kommen Sie.« Wieder sah er sich um. Dann schritt er die Straße entlang. Reiser ging mit.

»Ist Ihnen schon einmal der Gedanke gekommen, dass Beethovens Musik nicht so gewaltig und unsterblich ist, *obwohl* der Komponist taub ist?«

»Wie meinen Sie das?«

»Ich meine, sie ist vielleicht gerade deswegen so gewaltig und einzigartig, *weil* der Meister diese Beeinträchtigung hat. Kommen Sie weiter.«

Ein kleines Stück nur, und sie traten auf das Glacis hinaus. Die Reihen der Gaslampen, deren Flammen in birnenförmigen Gläsern auf Masten brannten, beleuchteten die leere Fläche. Nur das rechteckige Hafenbecken lag einige Meter voraus dunkel da. Kein Mensch war zu sehen.

Da ertönte vom Prater her der dritte Schuss. Und nur ein paar Augenblicke später erfüllte ein Gemisch aus fernem Donner, Fauchen und Knistern die Luft. Dazu ertönten Musikfetzen, die der Wind von jenseits der Donau mitbrachte, und am Himmel über dem Prater war der Schein von flackernden Lichtern zu sehen, der an Wetterleuchten erinnerte.

Das Geräusch von Pferdegetrappel mischte sich in die Eindrücke, die vom Prater herüberwehten. Auf der anderen Seite der Wien ritt eine Eskorte Polizeisoldaten an der Bastei entlang und verschwand im hohen Portal des Stubentors, das für die Fuhrwerke und Reiter gedacht war, während die zwei kleinen Durchgänge den Fußgängern zum Übertritt auf die andere Seite der Bastei dienten.

Der Arzt blickte dem Reitertrupp nach. Sie hatten inzwischen das ummauerte Hafenbecken erreicht, auf der kleinen Brücke blieben sie stehen. Sie führte über den Durchbruch des Hafens zum Wienfluss hinweg.

»Herr van Beethoven ist durch seine Taubheit dem lärmenden Treiben der Welt entrückt«, sagte Scheiderbauer.

»Nichts lenkt ihn davon ab, die reine Musik zu erspüren, die aus der Quelle kommt, welche die wahre Quelle der Musik ist: die menschliche Seele. Er ist allein in einem Reich, in dem er Klänge vernimmt, die uns, die wir an der Oberfläche wandeln, verwehrt sind. Aus der Tiefe seiner Einsamkeit bringt er sie in unsere Welt herüber. Und muss gleichzeitig die Tragik erleiden, dass er die musikalischen Wunder, die er uns beschert, selbst nur in seiner Vorstellung erleben kann.«
Schön gesagt, dachte Reiser. Das klingt wie aus einem Buch. Das muss ich mir merken. Aber was hilft mir das? »Sie haben sicher recht«, sagte er. »Und doch ist es nicht das, was ich wissen möchte.«
»Denken Sie trotzdem darüber nach. Was ich Ihnen mitgeteilt habe, gehört zu den Dingen, die viele nicht verstehen. Wenn es Ihnen aber gelingt, meinen Worten ganz und gar auf den Grund zu gehen, werden Sie vielleicht begreifen, welchen Zusammenhang ...« Er verstummte und blickte an Reiser vorbei, als hätte er in dessen Rücken etwas Ungewöhnliches bemerkt. »Ich wünsche einen guten Abend«, sagte er schnell und ging davon.

Wieder bewies der Doktor, wie gut er trotz seines Alters zu Fuß war. Schon überquerte er die kleine Brücke und marschierte direkt auf das Stubentor zu. Reiser ließ ihn ziehen, doch dann wurde ihm klar, dass er die Möglichkeit, Scheiderbauer zu befragen, nicht aufgeben durfte. Eben verschwand der Arzt im rechten der Fußgängerportale.
Als Reiser ebenfalls dort ankam, war von Scheiderbauer nichts mehr zu sehen. Er dachte schon, er habe ihn verloren, da hörte er einen unterdrückten Schrei, gefolgt von einem seltsamen Gurgeln. Schnelle Schritte entfernten sich in Richtung der inneren Stadt. Die kurze Ahnung eines Schattens huschte am Mauerwerk entlang.
Der Doktor war in dem Durchgang an der Wand herabgerutscht. Reiser dachte erst, er sei gestürzt, doch als er ihn erreichte, traf das wenige Licht von den Gaslampen vor dem Tor auf den Rock des Daliegenden und offenbarte einen riesigen dunklen Fleck, aus dem der Griff eines Messers herausragte.

Die warme Nässe war Blut, und es wurde mit jedem Moment mehr. Reflexhaft zog Reiser das Messer aus Scheiderbauers Körper. Mit einem metallischen Klappern fiel es zu Boden. Wieder röchelte der Arzt grässlich.
»Herr Doktor!«, rief Reiser.
Die Hand des Verletzten krampfte sich um Reisers Arm. Während Reiser versuchte, sich loszumachen, wurde ihm klar, dass der Arzt ihm etwas sagen wollte.
»Warten ... Sie ...«, röchelte er und hielt Reiser fest, als hinge sein Überleben davon ab, ihn nicht gehen zu lassen.
»Lassen Sie mich doch los«, rief Reiser. »Ich hole Hilfe. Die Polizeisoldaten müssen noch in der Nähe sein.« Aber der Griff des Arztes war fest wie eine Eisenfessel.
»Es ist ... zu spät«, stöhnte der Doktor. »Hören Sie mir ... zu.« Er begann, etwas vor sich hin zu sagen. Reiser konnte es zuerst nicht verstehen, doch nach und nach schälten sich aus dem Gestammel Wörter heraus. Eine Zahl. »1796«, flüsterte Scheiderbauer. »1796 ... im Juni.«
Reiser gab es auf, gegen den harten Griff der Hand anzukämpfen. Eiskalter Schweiß brach ihm aus.
»17 ... Ein Mann kam ... Ich kannte ihn. Reiser.«
»Ja, Herr Doktor, ich bin hier und höre Ihnen zu.« Was wollte er ihm sagen?
»Reiser ...«
»Ja!
»Vater ... kam ... Beethoven ...«
Endlich verstand er, was der Doktor meinte. Er meinte nicht *ihn*. »Sie wollen damit sagen, mein Vater kam zu Ihnen ... im Juni jenes Jahres?«
Der Arzt versuchte, weitere Wörter zu formen. Zuerst kam nur ein Gurgeln, dann etwas in einer fremden Sprache. Es war Latein. Und es waren immer dieselben Wörter, die der Arzt mühsam zu artikulieren versuchte: »Spuma argenti ... Antimon.«
Was sollte das denn nun bedeuten? Phantasierte der Doktor bereits? Er wiederholte es immer wieder.
»Spuma argenti ... Antimon.«
»Was heißt das?«, fragte Reiser.

»Für … Beethoven … und … für …« Scheiderbauer presste die Lippen aufeinander, offenbar unter großen Schmerzen. Doch dann wurde Reiser klar, dass er versuchte, ein weiteres Wort herauszubringen. Ein Wort, das mit dem Buchstaben M begann. »Ma…«, stöhnte er mit verzerrtem Gesicht. »Ma…« Er brachte das Wort nicht heraus, konnte nur noch röcheln. »Wasser«, rief der Arzt mit einem Mal deutlich. »Was-ser!« Dann verließ ihn die Kraft. Der Kopf sackte auf seine Brust, die Hände ließen los. Reiser ertastete die Halsschlagader. Kein Puls.

Ein heftiger Würgereiz schoss in ihm hoch. Es gelang ihm, den Reflex niederzukämpfen. Als er sich erhob, rieb sein schweißgetränktes Unterzeug unangenehm auf der Haut. Er atmete schwer.

Durch den Tortunnel rannte er in die Stadt und wandte sich nach rechts – in der Hoffnung, dass die Polizeisoldaten wie vermutet in Richtung Prater unterwegs waren. Er nahm den Weg über den Fleischmarkt und umrundete das monströse Magistratsgebäude, das wie ein gewaltiger Block in dem Gassengewirr thronte. Als er endlich das Rotenturmtor mit seinem doppelten Durchgang erreichte, blieb er stehen und lauschte. Sein Herz raste. Die Musik und der Lärm vom Prater waren hier viel lauter. Dazu gesellte sich das hohle Klappern von Pferdehufen. War das die Patrouille?

Reiser wollte hinterher, doch im selben Moment riss ihn jemand nach hinten. Etwas traf ihn am Kopf, und er wurde in einen Hauseingang geschleppt. Als er sich wehren wollte, schlug ihn der Angreifer ins Gesicht. Reiser blieb der Atem weg, denn jemand legte eine Hand auf seinen Mund.

Erkennen konnte Reiser nichts, der Mann war hinter ihm, aber er spürte an seinem Ohr den Atem des Angreifers, der ihm nun mit heiserer Stimme etwas zuflüsterte. »Bleib weg …«, raunte er. »Bleib weg von den Unsichtbaren.«

Reiser überfiel Panik. Er wand sich, wollte schreien, aber der Griff hielt ihn gefangen.

»Bleib weg, lass dich nicht ein … mit den Unsichtbaren«, wiederholte der Mann.

Vergeblich nach Luft schnappend, versuchte Reiser, all seine

Kräfte zu mobilisieren. Die dunkle Mauer der Bastei schien sich ihm zuzuneigen. Es kam ihm so vor, als würde der Angreifer seine seltsamen Worte noch ein drittes Mal aussprechen. Dann schlug ihm Nässe entgegen, eine kalte Flüssigkeit. Spritzte ihm jemand Wasser ins Gesicht? Nein, da war der scharfe Geruch nach Alkohol. Schnaps. Neben ihm klirrte etwas. Es klang wie eine Flasche, die über das Pflaster rollte. Er spürte den Griff seines Angreifers nicht mehr. Benommen rutschte er in dem Hauseingang nach unten. Die Welt fühlte sich an wie ein Bett aus Watte. Er schien in einer Wolke zu schweben. Hinter ihm klappte eine Tür. Trotz seiner Schwäche nahm Reiser deutlich wahr, dass der Mann in dem lang gestreckten Haus verschwunden war, in dessen Eingang er ihn gezerrt hatte.

Zeit verging, in der Reiser langsam zu sich kam. Auf dem Pflaster waren Schritte zu hören. Dazu Männerstimmen. »Schaut den an, der hat's noch net mal bis zum Feuerwerk geschafft.« Männer lachten. Reiser schlug die Augen auf und sah, wie jemand eine Flasche wegtrat.

Er versuchte, sich zu erheben. Von irgendwoher erklang Musik. Nicht die Walzer und Volksmelodien, die man im Prater oder in den Wirtshäusern zum Besten gab. Akkorde. Dramatische Klänge. Wuchtige Dissonanzen türmten sich. Lösten sich wieder auf in reine Harmonien.

Irgendwo in dem Haus schien jemand Klavier zu spielen.

Er nahm seine ganze Kraft zusammen und stand auf. Mit wackligen Beinen machte er sich auf den Weg zurück zum Stubentor. Dabei war er sicher, dass Scheiderbauer niemand mehr helfen konnte.

Vor dem Durchgang hatte sich eine Menschenansammlung gebildet. Auch ein Uniformierter war dabei. Er hielt eine Lampe in der Hand. Vorhin war niemand da, dachte Reiser, und jetzt, wo es zu spät ist, kommen alle angelaufen. Ihm wurde bewusst, dass er nach Alkohol stank. Als er sich abtastete und prüfte, wie nass seine Kleidung war, fiel ihm das Blut auf, das seine Hand bedeckte.

Scheiderbauers Blut.

Da leuchtete ihm der Uniformierte ins Gesicht. Reiser hielt die Hand hinter seinen Rücken. Im selben Moment kam aus dem Tor eine berittene Patrouille. Der Uniformierte wandte sich ihr zu und leuchtete ihr entgegen. Die Männer saßen ab und drängten sich zu dem kleinen Fußgängerportal durch, in dem der Doktor wohl immer noch lag.
Reiser war unwillkürlich zurückgewichen. An der nächsten Ecke wandte er sich ab und ging davon – über die Wollzeile, dann die Rotgasse hinauf.
Bis zum Haus der Witwe Gruber.

11

Sonntag, 2. Mai 1824

Das Läuten der Glocken vom Stephansdom riss Reiser aus seinem unruhigen Schlaf, in den er erst am frühen Morgen endlich gesunken war. Es war eine Nacht der Grübeleien gewesen, der Selbstvorwürfe und der Angst.

Das alles hing doch zusammen, es konnte kein Zufall sein – das Unglück auf Schloss Sonnberg, Scheiderbauers Tod, der Angriff auf Reiser selbst. Aber was konnten die Ereignisse miteinander zu tun haben?

Vielleicht lag der Schlüssel in den seltsamen Worten, die der Doktor unter Anstrengung hervorgepresst hatte, während er sein Leben aushauchte. Was hatte er ihm sagen wollen? Es ging um ein Datum, um seinen Vater, der damals zu dem Arzt gekommen war. Und um diese seltsamen Dinge mit lateinischen Namen. Auch der Mörder hatte etwas gesagt. Etwas von »Unsichtbaren«.

Wer oder was aber sollten diese Unsichtbaren sein?

Reiser zweifelte nicht daran, dass derjenige, der ihn überfallen hatte, Scheiderbauers Mörder gewesen war. Er hatte ja versucht, auch ihn zu töten. Mit den bloßen Händen. Wahrscheinlich war es ihm nur deshalb nicht gelungen, weil er sein Messer nicht mehr gehabt hatte.

Als Reiser mit dem Baron von Walseregg nach Wien gereist war und unterwegs in der Kutsche dessen Schilderungen gelauscht hatte, war ihm der Verdacht gekommen, hinter dem Unglück an der Klamm könnte eine Studentengruppe stecken. Solche Gruppen gaben sich oft seltsame Namen. Warum nicht auch »die Unsichtbaren«?

Ein anderer Gedanke hatte sich spät in der Nacht vor diese Überlegungen geschoben – eine Frage, die Reisers Seele einen Stich versetzte.

Hätte er den Doktor retten können?

Nein, unmöglich, Scheiderbauer war dem Tode geweiht

gewesen. Der Unbekannte war voller Hinterlist zu Werke gegangen, hatte seinem Opfer aufgelauert und war bereits wieder verschwunden, kaum dass er ihm das Messer in die Brust gestoßen hatte. Sicher hatte er sie die ganze Zeit verfolgt. Da war doch jemand an der Ecke bei der Kirche gewesen. Kurz vor Scheiderbauers Auftauchen. Und dann hatte der Arzt überrascht irgendwohin geschaut, bevor er sich eilig empfahl.

Hatte Reiser einen Fehler gemacht, als er einfach weggelaufen war? Musste er seine Beobachtung nicht melden? Konnte er das jetzt noch tun?

Was würde dann geschehen? Würde er sich nicht selbst verdächtig machen?

Immer wieder hatte er sich das gefragt und sich zu keinem Entschluss durchringen können. Aber du deckst einen Mörder, hatte eine Stimme in ihm geschrien, während er sich auf seinem Lager herumwälzte.

Dann war ihm klar geworden, dass man ihn ja ohnehin in Begleitung des Doktors gesehen haben könnte. Dass man ihm womöglich bereits auf der Spur war, dass man ihn suchte, dass seine Beschreibung säuberlich niedergeschrieben in irgendwelchen Fahndungsakten stand.

Unter dem Läuten der Glocken, die die Gläubigen in den Sonntagsgottesdienst riefen, schmerzte Reisers Kopf, und er hatte einen widerlichen Geschmack im Mund. Als er sich erhob, bemerkte er, dass er noch immer seine Straßenkleidung trug. Nur die Stiefel hatte er ausgezogen.

In der Nacht hatte er kein Licht gehabt, um seine Kleidung auf Blutspuren zu überprüfen. Das holte er jetzt nach. Bis auf eine kleine dunkle Stelle am Hemdsärmel war nichts zu sehen. Sein Rock war in Ordnung, die Hose ebenfalls. Der Geruch nach Alkohol hatte sich fast verflüchtigt. Er hatte Glück gehabt.

Jemand hämmerte an die Tür.

Reiser zuckte vor Schreck zusammen. In dem Gedröhne des Läutens hatte er die Schritte auf der Stiege und dem schmalen Flur nicht gehört.

»Herr Reiser?«, rief eine Frauenstimme, die Reiser sofort

erkannte. Ein wimmerndes Heulen, das einem sogleich auf die Nerven ging. Es war die Witwe Gruber, seine Wirtin. Das Klopfen wiederholte sich. »Herr Reiser, san S' wach? Machen S' doch auf.«

Hatte sie die Polizei dabei?

»Machen S' doch auf, bitte.«

Er atmete tief durch und versuchte, sich zu beruhigen. Wenn es denn sein musste ... In ein, zwei Sekunden legte er sich etwas zurecht, das seine Begegnung mit dem Arzt erklären konnte, obwohl es ihm wegen des Hämmerns in seinem Kopf nicht leichtfiel.

Er würde sagen, er habe Scheiderbauer besuchen wollen, der ein Bekannter seines verstorbenen Vaters war. Sie seien am Abend ein wenig spazieren gegangen und hätten sich unterhalten. Doch der Arzt habe es eilig gehabt, er habe wohl noch jemand anderen treffen wollen. Er, Reiser, sei dann noch auf dem Glacis herumgegangen, während der Doktor den Weg zum Stubentor angetreten habe.

Die Geschichte passte nicht zu dem Faktum, dass er etwas später von der Stadtseite her am Stubentor aufgetaucht war. Dazu musste er noch etwas erfinden. Etwas über einen nächtlichen Spaziergang.

»Herr Reiser«, quengelte die Stimme.

Es ging nicht anders, er musste jetzt öffnen.

Das rote, fettige Gesicht der Witwe sah ihn an. Sie war allein. In der Hand hielt sie eine Kanne und eine Tasse.

»Möchten S' vor dem Kirchgang einen Kaffee? Ganz frisch.«

»Kirchgang?«

Die Witwe sah ihn streng an. »Der Christenmensch geht sonntags zur Kirch. Sie hoffentlich auch. Ich war schon in der Frühmess.« Sie hielt die Kanne höher. »Und?«

»Muss ich dafür extra bezahlen?«, fragte Reiser.

»Für vierzig Kreuzer extra im Monat komm ich jeden Morgen mit Kaffee.« Ohne weiter zu fragen, kam sie herein und stellte die Tasse auf den Tisch.

»Ich wünsche keinen Kaffee«, stellte Reiser klar. »Bitte lassen Sie mich allein.«

»Jessas, da ist ja Blut«, rief sie und deutete auf die Waschschüssel. Reiser biss sich auf die Lippe. Gestern Abend hatte er sich im Dunkeln die besudelte Hand abgewaschen. »Haben S' sich was getan?«

»Ein Betrunkener hat mich angerempelt«, sagte Reiser. »Er hatte sich mit einer Scherbe geschnitten und mich blutig gemacht.«

Die Witwe schnupperte. »Aber Sie haben wohl selbst auch recht gut zugelangt, Herr Reiser?«

Der Schnapsgeruch lag wohl immer noch in der Luft. Was hatte das mit dem Schnaps eigentlich zu bedeuten? Hatte der Mann ihn gar nicht töten wollen? Sollte Reiser den Eindruck eines Betrunkenen erwecken?

»Es war der 1. Mai«, sagte er zur Entschuldigung.

»Wenn S' Ihr Geld versaufen müssen, soll's mir recht sein. Aber jammern S' net, wenn S' dann Schwierigkeiten bekommen.«

Damit nahm sie die Tasse und wollte mitsamt der Kaffeekanne hinausgehen.

»Eines noch«, sagte er.

»Was?«

»Sie haben keinen Grund, sich über mich zu beklagen, Frau Gruber. Und bringen Sie mir bitte Kerzen und etwas zum Feuermachen. Wenn man abends nach Hause kommt, ist es ja stockdunkel.«

Die Wirtin sah ihn erschrocken an. Einen solchen Ton war sie offenbar nicht gewohnt. »Die Kerzen müssen S' aber zahlen. Drei Kreuzer das Stück.«

Damit ging sie.

***

Die Unsichtbaren.

Maecenas.

Kreutz lag auf dem Bett in seiner Kammer und blickte zur Decke, wo in einer der Ecken seit etwa einer Viertelstunde eine Spinne damit beschäftigt war, ein Netz zu bauen.

Die Enttäuschung nagte an ihm, aber gleichzeitig war ihm klar, dass noch nicht alles verloren war.

Die Nacht war lang gewesen. Man hatte den Burschen erklärt, wer die Unsichtbaren waren, was sie wollten und worauf das alles hinauslief. Dabei wurden zuerst eine Menge Geheimnisse aufgebaut, und am Ende zeigte sich, dass sich Kreutz falsche Vorstellungen gemacht hatte. So viele Mysterien, für nichts und wieder nichts.

Aber für Maecenas und die anderen war er immer noch Wellendorf. Und darin lag für ihn der Zugewinn.

Er war in Wien. Er konnte immer noch Georg Schuster suchen. Er konnte sich immer noch der Verbindung von 1820 anschließen.

Und genau das würde er jetzt tun.

Doch dazu musste man ihn aus dem Haus lassen.

Er stand auf und öffnete die Tür. Die anderen Burschen hielten sich teils allein, teils in Grüppchen in ihren Kammern auf. Eberlin und Kiepenkerl diskutierten wieder. Als ob die Welt nichts anderes nötig hätte als Musik.

Da lobte er sich den Burschenschaftsgesang, den ihn Follen gelehrt hatte. Die schwungvolle, mitreißende Melodie, die einen zu Taten antrieb – das war Musik, die er sich gefallen ließ.

Brause, du Freiheitssang, brause wie Wogendrang ...

Er folgte dem Gang und ging dann die Treppe hinunter. Mittlerweile kannte er sich hier recht gut aus. Die anderen Burschen hatten den geheimnisvollen Maecenas nicht besuchen dürfen. Sie hatten es ja auch nicht gewagt, das Haus zu verlassen. Sie blieben lieber geborgen im Schutz der ihnen zugewiesenen Kammern. Fragten nichts, wollten nichts. Mit solchen Leuten war kein Staat zu machen. Erst recht keine Revolution.

Der untere Ausgang war wie erwartet verschlossen. So viel dazu, dass man niemanden einsperren wollte. In der Nähe der Tür, die zu dem pompösen Arbeitszimmer führte, traf er auf den bärtigen Helfer.

»Herr Wellendorf«, sagte der Mann freundlich wie immer. »Haben Sie einen Wunsch?«

Kreutz versuchte, ebenso freundlich zu antworten, obwohl ihm das Getue auf die Nerven ging. »Es ist Sonntag«, sagte er.

»Ganz recht. Und?«

»Wie Sie wissen«, sagte Kreutz, »gehöre ich der, wie Sie sie nennen, Augsburgischen Konfession an. Daher wünsche ich, einen Gottesdienst zu besuchen, wie es nach meiner Konfession am Sonntag Christenpflicht ist.«
Kreutz erkannte sofort, dass man daran nicht gedacht hatte. Der Mann sah verwirrt drein. Aber natürlich konnte er Kreutz diesen Wunsch nicht abschlagen.
»Wir haben ein lutherisches Bethaus in Wien«, sagte er nach kurzem Überlegen. »In der Dorotheergasse.«
»Wunderbar. Um mein Seelenheil zu erreichen, möchte ich gern dorthin. Bitte schließen Sie die Tür auf.«
»Das kann ich so einfach nicht.«
»Unser Maecenas möchte niemanden einsperren«, fuhr Kreutz fort. »Das hat er mir selbst wortreich erklärt. Und er möchte auch bestimmt erst recht niemanden daran hindern, seiner Christenpflicht nachzukommen.«
»Sie haben sich schon gestern von hier entfernt. Ohne eine Begründung zu geben. Und obwohl wir darum gebeten hatten, das zu unterlassen.«
»Ich habe eingesehen, dass das falsch war. Ich habe mit Maecenas auch darüber gesprochen. Wissen Sie das nicht?«
Kreutz konnte dem Mann ansehen, in welcher Zwickmühle er war. Sie durften nicht hinaus. Aber über einen Kirchgang zu diskutieren, war ausgeschlossen.
»Warten Sie«, sagte der Mann schließlich.
Er verschwand in dem Trakt mit dem Arbeitszimmer. Ein paar Minuten lang wurde hinter geschlossener Tür gesprochen. Kreutz konnte kein Wort verstehen. Dann kam der Mann zurück.
»Es ist alles geregelt, Herr Wellendorf. Sie dürfen den Gottesdienst besuchen. Ich muss Sie aber bitten, sich noch ein wenig zu gedulden. Bis ich die Pferde eingespannt habe und die Kutsche bereitsteht.«
»Die Kutsche?«
»Selbstverständlich.«
»Soll ich mit der Kutsche fahren? Ich kann sehr gut zu Fuß gehen. Die Dorotheergasse ist sicher nicht weit, und ich bin überzeugt, dass Sie mir den Weg erklären können.«

»Nein, Herr Wellendorf. Ich fahre Sie zum Gottesdienst. Und ich bringe Sie auch wieder zurück.«

***

Reiser nahm den Weg über den Stephansplatz, wo er die Gemeinde im Inneren des Domes zur Orgel singen hörte. Der Himmel zeigte ein helles, weißliches Blau. Die farbigen Kleider der Damen und Herren, die jetzt, am Sonntagmorgen gegen halb zehn, durch die Stadt flanierten, gaben dem Frühlingstag etwas Festliches. Die Bilder der Nacht verblassten allmählich. Die Kumpfgasse, eine krumme und enge Straße, dämmerte noch in den letzten Schatten. Die Tür des Hauses, in dem der Baron wohnte, stand offen. Reiser stieg eine Holztreppe hinauf und fand an einer Tür im zweiten Stock auf einem Messingschild den Namen »J. von Walseregg«. Er betätigte mehrmals den Klopfer. Erst jetzt fiel ihm ein, dass er vielleicht zu früh dran war. Hatte der Baron eine Uhrzeit genannt? Reiser konnte sich nicht erinnern, aber er glaubte, dass der Baron gesagt hatte, der Besuch bei ihm solle das Erste sein, was Reiser an diesem Tag unternahm.

Die Tür ging auf, und der lange Anton stand vor ihm, in seine hellblaue Livree gekleidet. Stumm wie immer, bedeutete er Reiser, hereinzukommen.

Die Wohnung war größer, als Reiser vermutet hatte. Im Vestibül lagen dicke Teppiche auf dem Parkett, die die Schritte dämpften. An Vitrinen mit edlen Intarsien vorbei ging es in einen Salon, der zwar nur ein einziges Fenster besaß und daher wie die Gasse unten im Dämmerlicht lag, dafür aber riesig war. Die Wände waren über und über mit Gemälden bedeckt. Edle Sitzmöbel, um einen niedrigen Tisch herum platziert, bildeten einen eigenen Bereich vor einem ausladenden Kamin. An den Wänden reihten sich Vitrinen, Sekretäre, Kommoden aneinander. Hinter Glastüren stapelte sich kostbares Geschirr, auf jeder freien Fläche schien etwas zu stehen – Nippesfiguren, Lampen, alles Mögliche aus Porzellan. Es sah aus, als habe der Baron versucht, hier einen Hausstand unterzubringen, für den er ein Schloss gebraucht hätte.

Das Eigenartige war, dass ebendieser Umstand etwas Peinliches hatte. Der Baron versuchte, auf großem Fuß zu leben, besaß diese vielen Dinge, die das nach außen repräsentierten, aber ein Palais oder ein Schloss schien ihm zu fehlen.

»Sie sind früh, mein Freund.« Von Walseregg stand, in einen Hausrock gekleidet und auf seinen Stock gestützt, in einer Tür.

»Ich habe nichts anderes erwartet. Willkommen in meinem Reich.«

Reiser begrüßte den Baron ebenfalls. Von Walseregg bat ihn, auf einem Sofa Platz zu nehmen. Dann ließ er sich selbst vorsichtig in einem Sessel nieder. »Ich kann wegen meines kranken Beines nur hier sitzen«, sagte er und betätigte eine Glocke, die auf einem Tischchen bereitstand. »Ich habe mir gedacht, dass Sie noch nicht gefrühstückt haben werden, wenn Sie mich besuchen«, fuhr er fort. »So habe ich etwas vorbereiten lassen.«

Es verging kaum ein Atemzug, da kam Anton mit einem Tablett herein, auf dem sich ein Korb mit Semmeln, Butter, etwas Käse und Marmelade zusammen mit dem nötigen Geschirr befanden. Er stellte alles zurecht, ging fort und kam kurz darauf mit einer Kanne Kaffee, Milch und Zucker zurück. Dann entfernte er sich.

»Mit Verlaub«, sagte der Baron, »Sie sehen nicht gut aus, Herr Reiser. Haben Sie ein weiteres Mal schlecht geschlafen? Ah, ich weiß. Sie haben wohl noch ein wenig den 1. Mai genossen? Waren Sie beim Feuerwerk? Wie man hört, haben die Leuchtraketen das Bild einer Schifffahrt dargestellt. Ich frage mich, wie das vonstattengehen soll, aber ich hörte, es sei beeindruckend gewesen.« Er wies auf den Korb mit den Semmeln. »Greifen Sie zu.«

»Beim Feuerwerk war ich nicht. Ich denke, es ist jetzt wichtig, mein weniges Geld zusammenzuhalten. Es scheint aber, als hätten Sie es sich ebenfalls entgehen lassen.«

Von Walseregg hatte sich eine Tasse Kaffee eingegossen und sich damit in seinem Sessel zurückgelehnt. »Ich bin nicht in der Lage, solchen Dingen zu frönen.«

»Wegen Ihres Beines?«

»So ist es. Vielleicht habe ich wegen dieses Leidens auch

einen Diener ausgewählt, der ebenfalls mit einer Einschränkung leben muss. Anton ist stumm. Er hört und versteht alles, kann aber nicht sprechen. Warum, weiß niemand so genau, doch es soll mit einem Erlebnis in den Kriegen gegen den selbst ernannten Kaiser der Franzosen zusammenhängen. Mehr muss ich nicht wissen. Mir reicht seine Loyalität, die er oftmals bewiesen hat.« Mit der freien Hand deutete er auf eine Kommode in der hinteren Ecke des Salons. Dort stapelte sich Papier. Es waren Zeitungen, aber auch Manuskriptbögen. Briefe. Ledermappen.»Ich verbringe meine Zeit am liebsten mit Korrespondenz und der Lektüre über das Weltgeschehen. Ehrlich gesagt, bin ich gar nicht so gern unter Menschen. Schon gar nicht unter so oberflächlichen wie den Wienern.«

Reiser wunderte sich über die Offenheit des Barons. Er hätte gern gefragt, warum von Walseregg trotz dieser Abneigung in der Kaiserstadt lebte.»Haben Sie auch eine Verletzung im Krieg davongetragen?«, fragte er.»Ich meine, wegen Ihres Beines ...«

Der Baron setzte mit einem Klirren die Tasse ab und starrte vor sich hin.»Bitte halten Sie es so, wie ich mit Anton. Fragen Sie nicht weiter. Es ist nicht Ihre Sache.«

»Ich bitte vielmals um Verzeihung«, sagte Reiser.»Selbstverständlich.«

»Man muss hier in Wien ohnehin aufpassen, was man sagt. Kennen Sie den Ausdruck ›Die Wände haben Ohren‹? Sie können sich niemals und nirgends sicher sein, ob nicht jemand etwas hört, das nicht für ihn bestimmt ist und aus dem er dann seine eigene Geschichte macht. Aber nun zu Ihnen. Ich war so frei, mich mit Ihrem Studienkollegen, Herrn Hänsel, zu befassen.«

»Haben Sie mit ihm gesprochen?«, fragte Reiser verblüfft.

»Nein, das müssen Sie schon selbst tun. Aber ich habe Erkundigungen eingeholt. Auch wenn ich meine Tage eher zurückgezogen verbringe, habe ich eine Menge Verbindungen, die mir so manches ermöglichen. Also: Herr Hänsel ist eine wirklich gute Adresse für Sie. Er begann, wie Sie berichtet haben, nach seinem Studium als Hofkonzipist in der Hof-

und Staatskanzlei, also in der Behörde unseres guten Fürsten Metternich.«
»Er *begann* in dieser Position? Ist er befördert worden?«
»Das wäre zu viel gesagt. Aber er hat besondere Aufgaben übernommen, die auf genau das abzielen, worüber wir gesprochen haben. Über seine Tätigkeit für die Hof- und Staatskanzlei hinaus erfüllt er Dienste für die Polizeidirektion. Er scheint so eine Art Verbindungsmann zu sein.« Der Baron sah ihn enthusiastisch an. »Verstehen Sie, was das bedeutet? Herr Hänsel kann Ihnen Möglichkeiten eröffnen. Sie müssen mit ihm sprechen. Heute noch. Dieser Weg ist viel einfacher als die langwierige Prozedur über die Bewerbungsstellen.«
Ja, dachte Reiser, das klingt alles sehr leicht, wenn der Herr Baron es sagt. »Er kennt meine Fähigkeiten doch nicht«, widersprach er. »Für ihn bin ich nur ein ehemaliger Kommilitone, jünger als er und unerfahren.«
»Er wird Sie anhören.« Der Baron ergriff wieder die Glocke. Als der Diener erschien, befahl er, Schreibzeug zu bringen. Anton nahm Feder, Tintenfass und ein Blatt von einem der nahen Schreibsekretäre. »Da *ich* von Ihren Fähigkeiten überzeugt bin, wird es mir gelingen, diese Überzeugung auch anderen nahezubringen.« Der Baron schrieb ein paar Zeilen, setzte seine Unterschrift darunter und faltete das Blatt. Er hielt es Anton hin und befahl ihm, es zu versiegeln. »Damit gehen Sie zu Hänsel.«
»Er wohnt in der Wallnerstraße«, sagte Reiser.
»Das wissen Sie? So haben Sie sich auch informiert?«
»Ich habe es gestern in einem Adressbuch nachgeschlagen.«
Der Baron lächelte. »Ich kann es nur wiederholen: Sie besitzen genau die Strebsamkeit, die gebraucht wird. Und ebendas habe ich Ihnen nun schriftlich mit auf den Weg gegeben. Verlieren Sie keine Zeit. Es ist zwar Sonntag, doch das sollte keine Rolle spielen.«
»Wie kann ich Ihnen nur danken, Herr Baron?«
»Indem Sie Ihre Pflicht erfüllen, mein Freund.«
»Warum tun Sie das alles für mich?«
»Ich kenne Ihre Fähigkeiten, und ich weiß, was nötig ist. Wenn ich Ihnen allerdings etwas ankreiden soll, dann dies:

Stellen Sie Ihr Licht nun nicht weiter unter den Scheffel. Gehen Sie.«

∗∗∗

Der Helfer des Maecenas bewies großes Geschick darin, das Gefährt durch das Gedränge zu lenken, und es dauerte keine zwanzig Minuten, bis sie das Bethaus in der Dorotheergasse erreichten. Der Mann saß vom Kutschbock ab und öffnete Kreutz die Tür. »Sie haben Wort gehalten«, sagte er. »Sie hätten wieder flüchten können. Das wird Ihnen Maecenas anrechnen.«
Sie standen direkt vor dem Eingang. Der Gottesdienst hatte noch nicht begonnen. Gläubige kamen herbeigelaufen, begrüßten einander und standen in Gruppen herum.
»Ich glaube an unsere Mission«, sagte Kreutz. »An die Mission der Unsichtbaren. Maecenas hat sie mich gelehrt.« Die Lüge kam ihm leicht über die Lippen. »Und ich bedanke mich einmal mehr, dass Sie mir die Möglichkeit geben, meinen christlichen Pflichten nachzukommen. Auch wenn es die einer anderen Konfession sind und nicht die der in Wien verbreiteten.«
»Wie lange werden Ihre … christlichen Verrichtungen dauern?«, fragte der Mann. »Ich bin nicht vertraut mit den Riten der Lutheraner.«
»Der Sonntagsgottesdienst nimmt bei uns etwa zwei Stunden in Anspruch. Es hängt natürlich von der Predigt ab. Und deren Länge wiederum vom jeweiligen Prediger. Kommen Sie doch mit mir hinein … Hören Sie sich das an.«
»Gott bewahre«, sagte der Mann. »Ich werde hier auf Sie warten. In zwei Stunden kehren wir zurück.«

Kreutz mischte sich unter das Volk. Der Innenraum war bereits gut gefüllt. Kreutz prüfte, ob ihm der Mann nicht doch gefolgt war. Dann durchquerte er das Kirchenschiff, ging am Altar vorbei, über dem das heilige Kruzifix hing, und betrat die kleine Sakristei, in der der Pfarrer gerade dabei war, sich die Soutane anzulegen.

»Verzeihung«, sagte Kreutz und drängte sich an ihm vorbei. Sein Ziel war die kleine Tür, die von dem winzigen Raum hinaus auf die Gasse führte.

Seltsam, dass der Diener des Maecenas nicht darauf gekommen war, dass Kreutz über diesen Weg flüchten könnte. Wahrscheinlich hatte man wirklich Vertrauen zu ihm.

Nun blieben ihm zwei Stunden, um Georg Schuster zu finden und mit ihm zu sprechen.

12

Die Menge der Spaziergänger, die die Innenstadt bevölkerten, war viel größer geworden. Es herrschte ein fröhliches Gedränge von Passanten und Droschken. Ganze Familien waren im Sonntagsstaat unterwegs. Reiser kämpfte sich am »Stock im Eisen« vorbei in Richtung Wallnerstraße durch. Auf dem Graben mit der markanten Pestsäule waren selbst jetzt, am Sonntagvormittag, die käuflichen Damen unterwegs – wie das übrige Publikum trugen sie Feiertagskleidung, aber mit einer etwas größeren Portion bunter Bänder an den Röcken, mit gewagteren Schmuckaufbauten auf den Hüten und ein wenig grellerer Schminke.

Das Haus, in dem Hänsel wohnte, kannte Reiser seit seiner Kindheit wegen des auffälligen Wandgemäldes auf der Fassade. In einer naiven Darstellung war ein Wolf zu sehen. Schwarz gewandet stand er auf zwei Beinen in einer Art Kanzel, vor sich eine Schar Gänse auf der grünen Wiese, der er als Karikatur eines Geistlichen eine Predigt hielt. Reiser hatte sich als neugieriger Knabe von seinem Vater erklären lassen, dass das Bild an die Protestanten erinnern sollte, die einst in diesem Haus ihre geheimen Versammlungen abgehalten hatten. Jemand hatte das Gemälde als Warnung für alle guten Katholiken anbringen lassen. Die Botschaft war klar: Wer dem falschen Glauben angehörte, lief Gefahr, Predigten seiner Feinde zu glauben und ihnen so auf den Leim zu gehen.

Nachdem Reiser an Hänsels Wohnungstür geklopft hatte, vermittelte ihm ein verschüchtertes Hausmädchen, dass der Herr Konzipist mit der gnädigen Frau in der Kirche und anschließend zum sonntäglichen Spaziergang auf der Bastei sei. Auf welchem Abschnitt der Stadtmauer genau, wusste das Mädchen nicht. Immerhin erfuhr Reiser, dass die Hänsels ihren Gang stets in der Nähe der Burg begannen.

Während er die Treppe wieder hinuntereilte, überschlug er in Gedanken den kürzesten Weg zur Burgbastei. Am einfachsten war es, über die Herrengasse am Minoritenplatz vorbei und hinunter zur Löwelstraße zu gelangen, die parallel zur Mauer verlief und in der es eine der Rampen gab, über die man auf die Bastei gelangte.

Gerade hatte er die Einmündung zur Herrengasse erreicht, als ihn etwas innehalten ließ. Schräg gegenüber hatte sich ein Menschenauflauf gebildet. Erst dachte Reiser, vor dem dreistöckigen Haus mit dem großen verzierten Portal habe sich ein Leiermann oder ein anderer Straßenkünstler niedergelassen. Doch je näher er kam, desto klarer wurde ihm, dass etwas anderes die Menschen an diesem Platz festhielt.

Musik drang aus dem Gebäude. Orchesterklänge. Ein Gemisch aus Geigen, Violoncelli, Trompeten, Hörnern, Flöten und Fagotten. Manchmal ebbte der Klang ab, wurde so leise, dass er hinter den Mauern verschwand, dann tönte wieder vollkommen überraschend eine wahre Wucht nach draußen. Es klang alles andere als harmonisch. Die Menschen verfolgten das Geschehen kopfschüttelnd. Manche wirkten verwundert, andere belustigt. Einige lachten.

Dieses Gebäude beherbergte den sogenannten Landständischen Saal – Schauplatz großer Konzerte oder, wie man auch sagte, Akademien. Offenbar fand hier gerade eine solche Veranstaltung statt.

»Der Beethoven, der ist schon verrückt«, sagte ein Herr im vornehmen Gehrock. »Kein Wunder, er ist ja auch taub.«

Ein anderer mischte sich ein. »Proben müssen s' halt. Proben und üben. Bis es besser klingt …«

»Ja, proben müssen s'. Aber eine Musik, die keiner versteht … Da kann man so viel proben, wie man will. Das wird was werden mit der neuen Sinfonie …«

Reiser verstand. Hatte Dr. Scheiderbauer nicht erwähnt, dass Beethoven eine neue Sinfonie zur Uraufführung bringen wollte? Damit war alles klar. Was im Inneren des Landständischen Saals vor sich ging, war kein Konzert, sondern eine Probe. Beethovens Kompositionen waren so kompliziert und schwer, dass die Musiker viele Anläufe brauchten, um sich darin zurechtzufinden.

Gerade schrie das Orchester eine furchtbare Dissonanz

heraus – mit Paukenwirbel, schneidenden Fanfaren und dreinfahrenden Streicherläufen. Dann beruhigte sich das Getöse wieder und versank in einer eigenartigen, leisen Klangmasse aus tiefen, rumpelnden Tönen. Die Klänge erstarben. Manche der Umstehenden hatten schon das Interesse verloren und gingen weiter.

Reiser jedoch blieb wie gebannt stehen.

Herr van Beethoven war dort drin. Der Komponist würde sich eine Probe seines Werkes kaum entgehen lassen. Aber er hörte ja nichts … Brachte es ihm denn überhaupt etwas, in seinem tauben Zustand den Musikern beim Spielen zuzuschauen?

Da begann die Musik wieder. Diesmal waren es viel ruhigere Klänge. Eine Melodie zeichnete sich ab. Ein sehr einfaches Thema in gleichmäßigen Notenwerten. Es erinnerte Reiser nicht so sehr an den Grundgedanken für eine Sinfonie, eher an ein Volkslied. Eine Art Hymne. Fast banal war diese Tonfolge, aber sie zog Reiser sofort in ihren Bann.

Das muss man singen, dachte er. Das darf man nicht nur auf Instrumenten spielen. Kaum war ihm dieser Gedanke gekommen, setzten tatsächlich Gesangsstimmen ein. Zuerst nur eine einzige tiefe Männerstimme. Dann kamen zwei Frauen und ein Tenor hinzu. Reiser versuchte, den Text zu verstehen, konnte aber nur einzelne Wörter heraushören. Irgendetwas von »Göttern«, von »Elysium« und immer wieder das Wort »Freude«. Oder hieß es »Freunde«?

Mehrmals brach das Ganze ab. Offenbar hatten die Musiker Fehler gemacht. Dann wieder schien es so gut zu gehen, dass sie weiterkamen. Der schwungvolle Gesang steigerte sich.

Eine Sinfonie, in der ein Lied gesungen wurde. Das war etwas Besonderes. Normalerweise war eine Sinfonie eine Komposition, in der nur das Orchester zum Ausdruck brachte, was der Komponist sagen wollte.

Als die Musik wieder abbrach, blieb es still.

So begierig Reiser darauf war, den weiteren Proben beizuwohnen, er durfte hier nicht seine Zeit vertun. Das Gespräch mit Hänsel war wichtig. Als er sich jedoch umdrehte, um seinen Weg in Richtung Bastei fortzusetzen, erlebte er die nächste Überraschung. Auf der anderen Straßenseite, etwas abseits der Menschenansammlung, stand jemand und blickte zu ihm herüber.

Reiser erkannte den Mann sofort, obwohl der ständig schwitzende Glatzkopf von einem Hut bedeckt war. Außerdem hatte der ehemalige Kommilitone vom Gewicht her etwas zugelegt, und seine Kleidung wirkte vornehmer als in den Studienzeiten. Aber es war eindeutig Gregorius Hänsel. Am linken Arm hatte er eine Frau untergehakt. Mindestens einen Kopf größer als er, beobachtete sie mürrisch das Straßengeschehen. Jetzt sagte sie etwas zu ihrem Gatten. Die beiden wandten sich ab und tauchten in den Strom der Spaziergänger ein, die über die Vordere Schenkenstraße der Bastei zustrebten.

Eine Reihe von Fiakern drängte sich vorbei und bildete einen kleinen Stau, der Reiser den Durchgang versperrte. Als er endlich die Rampe an der Löwelstraße erreichte, sah er den Kopf von Hänsels Frau schon oben auf dem Wall aus der Menge herausragen. Im Zickzack eilte er durch den Pulk an Sonntagsspaziergängern hindurch.

Oben angekommen, war er wie früher sofort fasziniert von dem Blick über das Glacis und die Vorstädte. Hier, in der Nähe der Burg, bot die Bastei noch mehr als nur die viel gerühmte Aussicht über das Umland. Sie war so breit, dass Platz für einen kleinen Park war, einen Volksgarten, den der Kaiser seinen Untertanen zur Erholung anheimgestellt hatte. In der Mitte erhob sich, ein wenig hinter Bäumen versteckt und von Spazierwegen umgeben, die Nachbildung eines kleinen antiken Tempels. So wirkte das Areal, als habe jemand einen heiligen Hain aus dem fernen Griechenland hierher an den Rand der Donaumetropole verlegt.

Wer sich vom Gang durch diese arkadische Umgebung erholen wollte, spazierte zum Cortischen Kaffeehaus inmitten des benachbarten Paradeisgartls. Das Etablissement wirkte wie ein Miniaturpalast. Jetzt, im milden Frühling, waren die Fenstertüren geöffnet. Das Wetter erlaubte es, auch draußen Tische aufzustellen. Zum idyllischen Bild und zu den Blütendüften aus dem Park gesellte sich sanfte Musik. In einem kleinen Pavillon gleich neben der verzierten Fassade standen sechs Musiker und musizierten mit Oboen, Klarinetten und Fagotten.

Hänsel und seine Frau hatten das Kaffeehaus erreicht. Der Hofkonzipist sprach mit einem Kellner, der beflissen etwas aufschrieb. Alle Tische waren besetzt. Offenbar reservierte Hänsel Plätze für die Rückkehr nach dem Spaziergang und unterstrich sein Begehr mit einer Münze Trinkgeld, die er dem Kellner in die Hand drückte. Dann wandte er sich mit seiner Frau am Arm der Basteimauer zu, wo das Ehepaar die Aussicht genießend verweilte.

In diesem Moment kam Reiser dazu. »Grüß Gott, Herr Hänsel«, sagte er.

Der Angesprochene drehte sich zu ihm um, und Reiser war klar, dass er ihn erkannte. Aber der kaiserlich-königliche Hofkonzipist sah ihm nicht etwa freundlich entgegen, sondern eher misstrauisch, prüfend.

»Reiser«, sagte Hänsel mit seiner schneidenden Stimme. Er musste den Kopf in den Nacken legen, um seinem Gegenüber in die Augen zu schauen. »Sie hier? Ich dachte, Sie weilen auf den Gütern derer von Sonnberg? Hat man Ihnen Urlaub gegeben?«

Reiser machte einen Diener. Dann sah er die Frau an. »Die Frau Gemahlin, nehme ich an?« Auch sie bedachte er mit einer leichten Verbeugung. Der mürrische Gesichtsausdruck der Dame wich jedoch nicht. Eher widerwillig nahm sie den Gruß entgegen. Erst jetzt fiel Reiser der leicht gewölbte Bauch von Frau Hänsel auf. Die Dame war guter Hoffnung.

»Herr Reiser, ein ehemaliger Kommilitone an der Universität«, stellte Hänsel ihn vor. »Nun Verwalter auf den Gütern des Edlen von Sonnberg.« Er sah Reiser an. »Oder baldiger Verwalter? Wie ist denn Ihr Status derzeit, Herr Reiser?«

»Ich bin nicht mehr in Diensten derer von Sonnberg. Ich habe die Absicht, mein weiteres Fortkommen in Wien zu finden.«

Hänsel machte erst ein erstauntes Gesicht, dann schien er sich an etwas zu erinnern und nickte. »Der Edle von Sonnberg ist verstorben, nicht wahr?«

Das war also auch schon hier in Wien bekannt.

»Wenn die Herrschaft wechselt«, fügte Hänsel hinzu, »wechselt auch das Wohlwollen.« Ein gezwungenes, falsch wirkendes Lächeln huschte über sein Gesicht. »Dabei schienen Sie doch bei den von Sonnbergs so gut aufgehoben. Wie ...« Er suchte nach Worten. »Ja, wie ein Vogeljunges in seinem Nest. So kam es mir immer vor. Wie ein Vogeljunges, das man füttert und hegt und dem man sehr behutsam und mit viel Vorsicht das Fliegen beibringt. Stets darauf bedacht, dass es keinen tiefen Fall erleidet.«

»In der Tat sind veränderte Umstände eingetreten, die meine Dienste dort überflüssig machen«, sagte Reiser diplomatisch. »Aber ich hoffe, dass Wien ebendiese Dienste so gut brauchen kann wie der selige Edle von Sonnberg. Übrigens ist nicht nur er verstorben, sondern mein Vater kam leider ebenfalls um. Beide sind Opfer eines Unfalls geworden.«

»Das tut mir leid zu hören«, sagte Hänsel, aber es klang mechanisch. »Mein Beileid. Nun, dann wünsche ich Ihnen das Beste für Ihr Fortkommen. Und natürlich noch einen schönen Sonntag.« Er legte die Hand seiner Frau auf seinen Arm und wollte weitergehen.

»Ich danke Ihnen, und es ist ein Glück, dass ich Sie gerade treffe, Herr Hänsel«, sagte Reiser schnell. »Wenn ich ehrlich sein soll, war ich sogar auf der Suche nach Ihnen. Freilich hätte ich nicht geglaubt, dass der Zufall uns hier zusammenführt.«

Hänsel blieb stehen und wandte sich um. »Sie waren auf der Suche nach mir? Wenn Sie ehrlich sein sollen? Seien Sie ehrlich, Herr Reiser, und geben Sie zu, dass Sie nicht mich suchten, sondern gebannt der neuen Schöpfung des Herrn van Beethoven lauschten. Eine Fähigkeit, um die ich Sie übrigens beneide. Ich hätte dieses Lärmen keine Minute länger ertragen.« Er deutete zum Kaffeehaus hinüber. »Wie angenehm in den Ohren, wie wohltuend sind doch dagegen diese Melodien.«

Reiser war froh, dass es ihm gelungen war, Hänsel weiter im Gespräch zu halten. Nun galt es, zu seinem eigentlichen Anliegen zu kommen. »Ich war überrascht, als ich diese Klänge aus dem Landständischen Saal hörte. Ich hatte ja schon während des Studiums ein großes Faible für die Musik des Meisters. Auf Schloss Sonnberg habe ich oft mit Theresia, der Tochter des

Edlen, musiziert. Sie am Pianoforte, ich an der Violine. Daher auch mein Interesse an den Werken des Herrn van Beethoven.«
»Interessant«, sagte Hänsel, doch man sah ihm an, dass ihn das Thema im Grunde langweilte.
»Und sprechen wollte ich Sie, weil ich dachte ...«
»Was dachten Sie? Verzeihen Sie, aber es ist Sonntag, und wir möchten unseren gewohnten Spaziergang unternehmen.«
»Schauen Sie, ich habe dieses Schreiben ...« Mit einem raschen Griff holte Reiser das versiegelte Papier des Barons aus seiner Tasche und hielt es Hänsel hin. »Können Sie mir nicht helfen, eine Stellung zu finden, Herr Hänsel? Sie sehen, ich komme nicht ohne Empfehlung. Und ich bitte Sie.«
»Eine Bewerbung? Reichen Sie Ihre Papiere an der zuständigen Stelle ein, dann wird alles seinen Gang gehen. Allerdings ... Sie haben kein Diplom, soviel ich weiß.«
»Ich bitte Sie nur, sich das einmal anzuschauen.«
Hänsel sah ihn streng an, und Reiser fürchtete schon, er würde ihn einfach stehen lassen. Doch dann nahm er das Papier, brach das Siegel und überflog die Zeilen. »Eine Empfehlung von Herrn Baron von Walseregg.«
»So ist es.«
»Da steht, dass Sie ein Mann von guter Gesinnung sind, auf dessen Fähigkeiten man bauen kann. Freundlich gesagt.« Er gab Reiser das Blatt zurück. »Aber nutzlos.«
»Nutzlos?«, fragte Reiser. »Es ist eine Empfehlung. Vielleicht könnten wir zu einem anderen Zeitpunkt darüber sprechen. Nichts liegt mir ferner, als Sie in Ihrer Sonntagsruhe zu belästigen. Wie wäre es morgen? Der Herr Baron ist sicher, dass meine Fähigkeiten in Wien vonnöten sind. Vor allem in Zeiten wie diesen ...«
»In Zeiten wie diesen?«
»Ja, ich meine ...« Reiser fehlten die Worte. Die Ausführungen des Barons in der Kutsche auf der Herfahrt waren so klar und präzise gewesen. Und jetzt gelang es ihm nicht, das in aller gebotenen Kürze zu wiederholen.
»In Zeiten wie diesen«, sprach Hänsel weiter, »braucht es Ordnung. Es braucht ordentliche Bewerbungen. Mit ordentlichen Zeugnissen. In Zeiten wie diesen brauchen wir keine

Nutznießer von Protektionen, die sich aufgrund von Empfehlungen Vorteile versprechen. Wenn Sie keine Beurteilung von Schloss Sonnberg anbringen, kann ich nichts für Sie tun. Und selbst dann noch wenig. Weiß ich denn, welcher Delikte Sie sich auf Sonnberg schuldig gemacht haben? Weiß ich, ob ich Ihnen vertrauen kann?«

»Delikte?«, rief Reiser, und unwillkürlich hob er die Stimme, sodass andere Spaziergänger sich umdrehten. Er sprach leiser. »Sie können mir doch so etwas nicht vorwerfen. Der Herr Baron ist eine durch und durch ehrenwerte Person.«

»Weil er Ihnen nach Ihrem Rauswurf geholfen hat«, sagte Hänsel, »und Ihnen fürs Erste mit Geld über die Runden half? Schauen Sie mich nicht so an. Diese Dinge gehen immer nach dem gleichen Schema vonstatten. Er war nicht Ihr Dienstherr. Der Nachweis einer untadeligen Lebensführung durch den Dienstherrn muss her. Gerade in Zeiten wie diesen, um Sie noch einmal zu zitieren.«

»Also gut«, sagte Reiser. »Ich werde ein Zeugnis vom Schloss beschaffen. Ich bitte Sie, das Ganze dann genau zu prüfen. Ist es nicht so, dass Sie Staatsdiener brauchen, die etwas beizutragen haben?«

»Selbstverständlich. Das sage ich in aller Klarheit. Prüfen werden wir. Bitten können Sie. Nun bitte *ich* darum, uns in Ruhe den Sonntag genießen zu lassen. Einen guten Tag noch.«

Hänsel und seine Frau gingen in Richtung Burgbastei davon. Reiser blieb nichts anderes übrig, als sich zum Abschied kurz zu verbeugen. Nach ein paar Schritten blieb das Ehepaar jedoch erneut stehen.

»Eines noch«, sagte Hänsel, und nun sprach er so laut, dass es jeder in der unmittelbaren Umgebung hören konnte. »Wenn Sie Sorgen um Ihr Auskommen haben, ein Rat. Warum versuchen Sie sich nicht als Musikant? Da stehen in Wien viele Wege offen. Wenn Sie mit der Tochter eines Edlen musiziert haben, wird die Geige nicht zu schade sein, bei Herrn van Beethoven oder in einer Oper von Herrn Rossini mitzufiedeln.«

※※※

Glänzend gelaunte Passanten im Sonntagsstaat wiesen Kreutz den Weg zur Freyung, einem unregelmäßig geformten Platz, der von einer mächtigen, schräg stehenden Kirchenfassade beherrscht wurde. Vis-à-vis stand vor einem Stadthaus mit imposanten Säulen links und rechts des Eingangs eine Kutsche. Ein Bediensteter, der in seinem dicken grün-roten Livree-Mantel schwitzte, war damit beschäftigt, verschiedene Dinge in das Fahrzeug einzuladen – Körbe, Kisten, Säcke und vieles mehr, das aufgestapelt in einem schmalen Seiteneingang wartete.

»He, Kamerad«, sagte Kreutz. »Wo finde ich denn hier das Palais der Gräfin von Stein?«

»Bin ich dein Kamerad?« Der Mann wuchtete einen rechteckig geformten Korb auf die Ladefläche. Es klirrte. »Was willst du? Suchst du Arbeit?«

»Und wenn es so wäre?«, fragte Kreutz.

Der Bedienstete holte ein Tuch hervor und wischte sich damit über das Gesicht. »Wie wär's, wenn du mir hilfst? Das hier ist das Haus, das du suchst. Wenn du was taugst, kann ich bei der Gräfin ein gutes Wort für dich einlegen.« Er musterte Kreutz genauer. »Du bist doch Student, oder nicht? Keine Lust mehr auf Kollegien und Seminare? Keine Sorge, die Gräfin gibt ehemaligen Studiosi gern einen Posten.« Er grinste über das ganze Gesicht. »Vor allem, wenn man ihr abends etwas auf Latein vorliest. Die Liebespoesie des Ovidius zum Beispiel. Oder Catull.« Das Grinsen wurde breiter. »Da reagiert sie auf ganz eigene Weise.« Er ging zum Dienstboteneingang und sah Kreutz an. »Schau nicht so erstaunt drein. Warst wohl noch nie in adligen Diensten, was?«

»Eigentlich bin ich auf der Suche nach einem Georg Schuster«, sagte Kreutz.

»Den hast du gefunden. Was ist nun? Eben hast du gesagt, du suchst Arbeit. Hier, nimm die Kiste auf der anderen Seite. Dann spreche ich mit der Gräfin, und …«

Kreutz machte keine Anstalten zuzugreifen. »Können wir hier sprechen?« Er sah sich verstohlen um.

Schuster lachte. »Was soll die Frage? Du hältst mich von der Arbeit ab. Geh weiter, wenn du mir nicht helfen willst. Die

Gräfin wünscht ein Picknick im Prater. Sie wünscht Pünktlichkeit. Dabei wünscht sie sich im Grunde nur ein unbeschwertes Leben. Aber dafür müssen die Rädchen ineinandergreifen. Und sie darf nichts von den Rädchen sehen. Sonst ist ihr die ganze Illusion verdorben.«

Ja, das verstehe ich, dachte Kreutz. So ist diese ganze verkommene Adelsgesellschaft aufgebaut. Oben auf den Gipfeln liegt alles im hellen Sonnenschein. Doch damit wenige ihn genießen können, muss ein ganzes Land, muss die allergrößte Mehrheit der Menschen im ewigen Dunkel Sklavendienste verrichten. Und das auch noch am Sonntag. Damit der Adel einen ewigen Sonntag hat.

Er ging zum Eingang, wo die riesige Kiste stand. Sie war fast so lang, wie er groß war, und sie reichte Kreutz bis über das Knie. Er versuchte, sie anzuheben, aber sie war so schwer, dass es ihm nicht gelang.

»Das müssen wir schon zu zweit versuchen«, sagte Schuster. Mit vereinten Kräften gelang es ihnen, sie zum Wagen und auf die Ladefläche zu hieven.

»Was ist da drin?«, fragte Kreutz. »Eine Ladung Blei?«

»Ein Zelt. Wenn ich die Dinge, die noch am Haus stehen, eingeladen habe, darf ich losfahren und es im Prater aufbauen. Außerdem noch ein paar Möbel. Vielleicht willst du mir dabei auch helfen? Komm mit.«

»Und die Gräfin?«

»Sie kommt natürlich im leichten Fiaker nach. In zwei Stunden. Das Picknick ist für Mittag vorgesehen. Unterwegs hole ich noch ein paar Musikanten ab.«

»Ich fahre mit. Wir können uns auf der Fahrt unterhalten.«

Schuster sah auf einmal misstrauisch drein. »Aber worüber? Suchst du nun Arbeit oder nicht?«

»Ich möchte mit dir über etwas sprechen, das vor vier Jahren geschehen ist. Und über etwas, das vielleicht demnächst geschehen könnte.«

In Schusters Augen flackerte es. Der Schweiß stand ihm auf der Stirn und lief in feinen Bächen die Wangen hinunter. Es sah aus, als würde er weinen. »Was redest du da? Du bist nicht von hier, das hört man. Wie kommst du dazu …?«

Kreutz machte einen Schritt auf Schuster zu, der unwillkürlich zurückwich.
»Keine Angst«, sagte Kreutz. »Ich tu dir nichts.« Er griff in die Tasche seines Rocks und holte ein flaches Päckchen hervor. Es war in dickes Papier gewickelt. Vorsichtig und so verborgen, dass vorbeikommende Passanten es nicht sehen konnten, packte er es aus.
»Was soll das?«, fragte Schuster.
Kreutz enthüllte ein ehemals weißes Taschentuch, auf dem sich dunkle Flecken befanden. Schuster machte große Augen. Dann lachte er.
»Ist das Dreck?«, fragte er. »Soll ich dein versautes Schnupftuch betrachten? Du bist verrückt.« Er klopfte ihm auf die Schulter. »Schau, dass du weiterkommst. Hast mich lustig unterhalten, aber versuch das besser im Theater oder so. Ich muss jetzt ...«
»Es ist Blut«, sagte Kreutz leise.
»Blut«, wiederholte Schuster. »Warst du verletzt? Hast du dich damit verbunden?«
»Es ist so etwas wie eine Reliquie.«
»Aha ... Hast du sie aus einer Kirche gestohlen?«
Kreutz sprach leise, aber sehr langsam und deutlich. »Es ist das Blut von Carl Ludwig Sand. Ich habe es aufgetupft. Nachdem man ihn geköpft hatte. In Mannheim. Vor vier Jahren. 1820.«
»Bist du narrisch?«, zischte Schuster. »Mach, dass du wegkommst. Jetzt aber wirklich.«
»Du warst damals einer von denen, die Sand gefeiert haben. Die Ordnungsmacht kam dazwischen. Es wurden viele verhaftet. Auch du. Und Zeisel. Und ein gewisser Senn.«
»Ich sag's dir noch mal, lass mich in Ruh. Die Zeiten sind vorbei, verstehst? Weg, weg, weg ...« Er stieß Kreutz beiseite und wandte sich den Dingen zu, die aufgeladen werden mussten. Kreutz rührte sich nicht vom Fleck. »Du bist immer noch da? Willst du, dass ich dich der Polizei melde? Willst du ins Gefängnis?«
»Ich will wissen, was bevorsteht«, sagte Kreutz.
»Was bevorsteht? Ein Picknick steht bevor. Mein Raus-

schmiss steht bevor, wenn ich das nicht alles schnellstens zum Prater bring.«
»Weiß deine Gräfin, was du 1820 getrieben hast?«
»Das ist vorbei.« Er packte einen Korb und einen Sack, drängte sich an Kreutz vorbei und wuchtete beides hinauf.
»Was ist aus dir geworden, Schuster? Einst ein Revolutionär für Freiheit, Ehre und Vaterland. Und jetzt Lakai.«
»Lass mich endlich!«
»Fahr ruhig«, sagte Kreutz. »Dann geh ich da rein und sage, was ich weiß.«
»Bist du ein Verräter?«
»Ich kann auch Kutschen beladen. Ich kann auch Catull und Ovid vorlesen. Vielleicht gibt man mir ja deinen Posten.«
Schuster hielt inne. Einen Moment lang stand er wie erstarrt, dann ging er auf Kreutz los und packte ihn am Kragen. Sie standen etwas versteckt in der kleinen Gasse zwischen Haus und Kutsche, sodass vom Platz aus niemand den Angriff mitbekam. »Wer bist du?«, zischte er so heftig, dass Kreutz eine Speichelfontäne entgegenstob, gefolgt von einer Tirade wienerischer Schimpfwörter. »Huanbeidel! Deppada! Geh ma ned aum Oasch!«
Kreutz machte sich los. »Julius Wellendorf aus Erfurt bin ich. Ich habe mit Zeisel gesprochen. Es steht etwas bevor. Und ich will wissen, was. Um dabei zu sein. Ich bin ein Gefährte von Karl Follen. Und ich vermute, dass er ebenfalls in Wien ist.«
Schuster atmete schwer. Er wollte sich abwenden, doch Kreutz hielt ihn fest und holte Zeisels Zeichnung hervor. »Was ist das hier? Soll das eine Explosion sein? Was genau ist da geplant?«
Schuster schlug das Bild so heftig aus seinem Gesichtsfeld, dass das Blatt einen Riss bekam. »Der Zeisel ist verrückt«, zischte er. »Und der Follen ist weg.«
»Hast du Zeisel besucht? Bist du der angebliche Onkel, der sich um ihn kümmert?«
»Onkel, was für ein Onkel? Ja, ich hab ihn besucht, aber der Zeisel ist doch nicht bei Sinnen.« Schuster hob warnend die Hand. »Du irrst dich. Der Zeisel denkt auch, da wäre was

geplant, verstehst? Aber da ist nix. Gar nix. Es ist nur seine verrückte Phantasie, die das denkt. Der gibt jedem, der da hingeht, irgendwas. Als gäb's eine Verschwörung. Aber es sind nur seine komischen Ideen. Dir hat er halt das Bild gegeben.«
»Aber der Mann auf dem Bild ... Der Mann mit dem Schnurrbart. Ich kenne ihn. Ich weiß nur nicht, woher.«
»Du warst aber nicht dabei vor vier Jahren, oder?«
»Umso mehr wundert es mich, dass ich diesen Mann kenne. Ist es vielleicht Senn?«
Schuster schüttelte den Kopf. »Der Senn sieht nicht so aus. Auch nicht der, der bei ihm war. Bei dem er sich versteckt hat.«
»Jemand hat ihm Unterschlupf gewährt?«
»Ein Musikus. Einer, der die ganze Zeit Lieder schreibt.«
»Wie heißt er?«
»Weiß ich nicht mehr. Schubart oder Schubert, glaub ich. Ich weiß auch nicht, wo er wohnt.«
»Und Senn? Haben sie ihn nicht freigelassen? So wie dich?«
»Schon. Aber er wurde ausgewiesen. Nach Tirol. Und da lebt er jetzt. Unter Beobachtung.«
»Du bist sicher, dass er nicht in Wien ist?«
»Ganz sicher. Jetzt lass mich endlich.«
»Du hast gesagt, Zeisel gebe jedem irgendwas. Hat er dir was gegeben?«
»Das ist doch alles Spinnerei, Wellendorf. Gib nichts darauf. Geh weiter, lass das alles, geh dahin, wo's herkommen bist. Wir leben jetzt alle gut in Wien. Die Gräfin ist freundlich ... Und ich sag dir, sie ist hübsch. Wenn der Herr Graf auf seinen Gütern in Ungarn ist ... Wir haben viel Freud hier im Stadtpalais und im Prater.«
»Dein verkommenes Zeug interessiert mich nicht. Sag mir, was er dir gegeben hat. Auch eine Zeichnung?«
»Lässt du mich in Ruh, wenn ich es dir gebe?«
Kreutz schloss die Augen. Was Schuster angedeutet hatte, löste eine Flut von Bildern in ihm aus. Die Gräfin, in einem weißen, flatternden Kleid, mit kindischen Haschmich-Spielen beschäftigt. Auf grünem Rasen, dazu Mädchen, Schuster und andere Männer, die hinter ihnen herliefen. Musik. Glockenhelles Lachen unter blühenden Bäumen. Blauer Himmel. Die

Frauen verloren beim Laufen ihre Schuhe. Das Gerenne ließ den Stoff der Kleider obszön an den Beinen hochrutschen. Kreutz beschloss, die sündigen Phantasien hinwegzufegen. In seiner Vorstellung schickte er einen Feuerball vom Himmel, der die idyllische Landschaft in ein Inferno verwandelte, und kurz darauf lagen auf der verdorrten Wiese nur noch schwarz verkohlte Gestalten herum.

»Was hast?«, fragte Schuster.

Kreutz schlug die Augen auf. »Gib es mir. Ich verspreche, ich lass dich dann in Ruh.«

»Ist gut. Hier.« Schuster drängte sich an das Rad der Kutsche und griff in seine Hosentasche. Sie war so tief, dass sein Arm fast bis zum Ellenbogen darin verschwand. Schließlich förderte er etwas zutage und hielt es Kreutz hin.

Es war ein Stück Metall. Glänzend und ziemlich groß.

Ein Schlüssel.

»Komm nie wieder her«, sagte er.

13

Die weite Aussicht über Spittelberg, die Josefstadt und den Wienerwald hinter den Dächern und Türmen der Vorstädte hinweg konnte Reiser nicht über die erlittene Demütigung hinwegtrösten. Das Verhalten des Konzipisten ihm gegenüber war eine Unverschämtheit gewesen.

Reiser wusste, was hinter Hänsels Abneigung gegen ihn steckte. Eigentlich hätte ihm das schon früher klar sein müssen, aber die aufmunternden Worte des Barons hatten ihn verführt, es einfach nicht sehen zu wollen. Hänsel war neidisch auf ihn. Und zwar nicht erst seit Kurzem, sondern seit dem Studium.

Die Kommilitonen hatten natürlich gewusst, dass der Edle von Sonnberg Reisers Studium finanzierte, dass Reiser es in der Verwaltung der Güter des Edlen zu etwas bringen sollte. Sie kannten die moderne Gesinnung des Dienstherrn und hätten selbst auch gern so ein Leben geführt. Nun, da das alles für Reiser verloren war, schlug für die Neider die Stunde der Gerechtigkeit. Jetzt konnte Hänsel es ihm heimzahlen. Hoffentlich dachten nicht alle einflussreichen Leute in der Verwaltung so.

Er brauchte ein Zeugnis vom Schloss. Ohne ein solches Dokument half ihm die Protektion des Barons nicht weiter. Er würde dem neuen Familienoberhaupt schreiben müssen. Die Frage war nur, wie lange es dauerte, bis er eine Antwort erhielt. Ob sich Reiser überhaupt so lange in Wien über Wasser halten konnte. Falls er überhaupt jemals eine Antwort bekam.

Ein uniformierter Polizeisoldat ritt in flottem Trab vorbei. Ein Stück weit voraus verfiel er ins Schritttempo und saß ab. Dort flanierten die Hänsels. Der Soldat salutierte und meldete Hänsel etwas. Der Hofkonzipist stellte eine Gegenfrage. Der Soldat gab Auskunft, nickte, stieg wieder aufs Pferd und ritt davon. Hänsels Frau fragte etwas, doch ihr Ehemann wehrte ab. Er drehte den Kopf zur Seite, und sein Blick fiel auf Reiser, der dort, wo sie sich getrennt hatten, stehen geblieben war. Hänsel musterte Reiser so, als habe er ihn noch nie gesehen.

Er schien ihn auf irgendeine seltsame Weise zu überprüfen. Reiser erschrak vor diesem Blick so sehr, dass er sich nicht rührte. Inmitten der Spaziergänger, die um sie herumflanierten, standen sie da wie Felsen in einem Strom.

Ein schrecklicher Gedanke durchzuckte Reiser. Er wusste selbst nicht, wie er darauf kam. Aber auf einmal ergab alles einen Sinn. Hänsel war ja nicht nur in der Staatskanzlei, sondern auch in der Polizeibehörde beschäftigt. Und der berittene Polizist hatte über etwas Meldung gemacht, das besonders wichtig sein musste. Was war wichtiger für die Polizei als ein Mordfall, der sich in der letzten Nacht ereignet hatte?

Ein Arzt war durch einen Messerangriff ums Leben gekommen. So etwas geschah in Wien nicht oft. Ganz sicher war Hänsel mit diesem Fall befasst. Er hatte vermutlich schon in der Nacht oder spätestens am Morgen davon erfahren. Dass der Polizeisoldat nun Meldung machte, musste bedeuten, dass es eine neue Entwicklung in dem Fall gab. Eine neue Information. Einen jungen Mann, der den Arzt hatte besuchen wollen. Und Zeugen, die diesen jungen Mann beschreiben konnten. Zum Beispiel die Frau am Fenster des Hauses, in dem der Arzt gewohnt hatte …

Reiser wandte sich ab und ging davon. Deine Gedanken spielen verrückt, dachte er ermahnend. Du siehst Gespenster. Was er bei einer Befragung sagen würde, hatte er sich doch außerdem schon heute Morgen zurechtgelegt.

An der Rampe, die hinunter zur Löwelstraße führte, kam ihm ungebrochen der Strom der Spaziergänger entgegen. Reiser beschleunigte seine Schritte. Vielleicht konnte er noch etwas von der Probe hören. Doch als er an der Ecke zur Herrengasse ankam, drang keine Musik mehr aus dem Haus. Auch die Menschentraube vor dem Gebäudeeingang war verschwunden. Nur ein einzelner Fiaker stand wartend vor dem Eingangstor.

Mehrere Personen traten auf die Straße. Zwei Damen, einige Herren, darunter ein schmaler, blasser Brillenträger, der eine Menge Papiere unter dem Arm trug. Und neben ihm, in einen dunklen Mantel gekleidet, ein bulliger Mann mit einer schmutzig grauen, dicken Löwenmähne um den breiten Schädel. Mit großen Schritten und finsterem Blick ging er zwischen den anderen hin und her, den Mund zu einem mürrischen Bogen geformt.

Die Gesichtshaut des Mannes war eigenartig dunkel, wie im ständigen Schatten. Sogar von hier aus konnte Reiser erkennen, dass sie an den Wangen von kleinen kraterartigen Narben bedeckt war. Als die kleine Gruppe das Fahrzeug erreichte, blickte der Mann verwirrt auf und sah sich auf der Straße um, als sei er gerade aus tiefster Nachdenklichkeit erwacht.

Die Erkenntnis traf Reiser wie ein Blitz.

Das war Beethoven.

Der blasse Herr mit der Brille half allen beim Einsteigen, gesellte sich hinzu, und dann fuhr der Fiaker ab.

Unterdessen strömten weitere Personen aus dem Gebäude. Viele hielten Instrumentenkoffer in der Hand. Geigenkästen oder auch kleinere Behältnisse für Flöten, Trompeten oder Hörner. Auf der Straße verabschiedete man sich, schlug dann verschiedene Richtungen ein.

Ein schlanker, großer Mann von Mitte vierzig, dem man ansah, dass die Musikprobe bei ihm für Begeisterung gesorgt hatte, löste sich aus der Gruppe. Einen Geigenkasten in der Hand, blickte er fröhlich lächelnd in den blauen Himmel, als wollte er nach den Stunden im Saal den Frühlingstag begrüßen. Als er wieder auf die Straße sah, erkannte er Reiser, der ihm entgegengekommen war.

»Nein, der Sebastian!«, rief er freudig aus. »Was für eine Überraschung. Oh, Entschuldigung, bist ja jetzt großjährig. Da muss ich wohl ›Herr Reiser‹ sagen …« Er ließ Reiser gar nicht zu Wort kommen, klopfte ihm auf die Schulter, umarmte ihn und drückte Reisers Oberkörper nach hinten, um ihn erneut voller Erstaunen anzusehen, so als müsste er sich vergewissern, dass er es auch wirklich war. »Tatsächlich, der Sebastian. Der Herr Reiser, mein ich. Lass dich anschau'n. Du, Sie … bist ja ein richtiger Herr geworden …«

»Sie dürfen ruhig immer noch Sebastian zu mir sagen, Herr Piringer«, erklärte Reiser lächelnd. »Ich freue mich auch sehr, Sie zu sehen.«

»Was machst du in Wien? Du bist doch aufs Schloss gezogen. Gefällt's dir da nicht mehr? Oder bist geschäftlich hier?« Die rechte Hand auf Reisers Schulterblatt gelegt, drängte Piringer ihn in die Richtung, in die er selbst ging – die Herrengasse entlang zum Kohlmarkt hin.

Reiser berichtete, was auf dem Schloss geschehen war. Als Piringer vom Tod nicht nur des Edlen, sondern auch seines Vaters erfuhr, war er so entsetzt, dass er an der Ecke zum Kohlmarkt stehen blieb und sich mit einem festen Blick auf die gegenüberliegende Fassade der Michaelerkirche bekreuzigte.

»Dein armer Herr Vater. Er war so ein feiner Mensch. Und der Herr von Sonnberg auch. Und deinen Posten bist auch los?« Er schüttelte ungläubig den Kopf. »Na, ich kann mir vorstellen, wie's dir geht. Komm, geh'n wir weiter. Meine Frau wartet mit dem Essen. Ach, und du isst natürlich bei uns. Musst mir noch alles ganz genau erzählen ... Hast denn jetzt einen neuen Posten?«

Reiser erklärte, dass er auf der Suche nach einer Stellung in der Verwaltung sei. »Ich habe mich schon bemüht«, sagte er, »aber ich habe kein Zeugnis von Schloss Sonnberg. Und bis ich das nicht habe, wird's wohl nichts.«

Piringer nickte nachdenklich. »Beim Staat sind sie jetzt ganz streng. Sie wollen, dass nur verlässliche Leut in die Verwaltung kommen.« Wieder blieb er stehen und sah Reiser an wie seinen eigenen, prachtvoll geratenen Sohn, den er seit Jahren nicht gesehen hatte. »Aber du bist verlässlich, Sebastian, wirst schon was finden, wirst sehen. Gib die Hoffnung nicht auf. Spielst du denn eigentlich noch die Violine?«

Reiser berichtete von seinem Musizieren mit Theresia und erwähnte auch, dass er immer noch die Abschrift der Violinsonate von Beethoven besaß, die er damals in Wien angefertigt hatte.

»Ja, der Beethoven. Es ist schon eine seltsame Sach. Taub ist er. Stocktaub. Kann schon seit Jahren seine eigene Musik nicht mehr hören. Helfen tut ihm der Schindler. Der ist immer um ihn rum.«

»Wer ist Herr Schindler?«, fragte Reiser.

»Auch ein Jurist. Wie du. Und er spielt im Josefstädter Orchester. Der klammert sich an den armen Beethoven wie sonst was. Macht sich unentbehrlich. Was der Beethoven nicht hören kann, hört der Schindler. Und der Schindler schreibt ihm dann auf, wo wir falsch spielen und so weiter. Er schreibt ihm das immer in so ein Hefterl rein. Und er schaut die Noten durch, die der Gläser mühsam mit seinen Leuten abschreibt. Weißt, der Herr Beethoven hat eine sehr unleserliche Schrift, und es braucht schon einen Experten, der sich da auskennt …«

»Herr Gläser ist Kopist«, warf Reiser ein. Piringer unterbrach seinen Gedankengang, blickte verwirrt auf, weil Reiser seinen roten Faden abgeschnitten hatte. Dann nickte er. »Ja, der Kopist … Und dann hat Herr Beethoven noch den Neffen um sich herum, der bei ihm wohnt. Der Sohn vom verstorbenen Bruder. Der studiert noch an der Universität. Der hilft ihm auch, und der Beethoven behandelt ihn, als wenn er sein Vater wär. Weißt, die Schwägerin vom Beethoven, also die Mutter von dem Neffen, die hat sich lange gesträubt, dass der Neffe zum Beethoven kommt, aber angeblich ist das der letzte Wille vom Bruder gewesen, so ganz genau weiß das jedoch keiner. Der Beethoven ist sogar vor Gericht gegangen, um für seinen Neffen Karl sorgen zu können. Das hat ein ewiges Gewurschtel gegeben, das hat dem Meister ziemlich zugesetzt … Und dem armen Bub erst. Zum Glück führt der jetzt ein einigermaßen ordentliches Leben. Er studiert und lernt was …«

Reiser hatte längst den Faden verloren. Piringer neigte dazu, im Erzählen abzuschweifen. Man musste ihn manchmal bremsen, sonst ging das den ganzen Tag so weiter. Rasch lenkte Reiser das Gespräch wieder auf die interessanten Dinge. »Was ist das für eine Sinfonie, die Sie da spielen?«, fragte er. »Ich hab von draußen ein bisschen was gehört. Es sind auch Sänger dabei. Ist das denn überhaupt eine Sinfonie? Nicht eher eine Kantate oder ein Oratorium?«

»Es ist eben eine Sinfonie mit Gesang«, sagte Piringer. »Was kümmern den Beethoven Regeln? Vielleicht schreibt er demnächst auch eine Oper ohne Text … Aber wenn man's genau nimmt, sind seine bisherigen Sinfonien ja genau das. Darin erzählt er Geschichten ohne irgendwelche Worte, ohne Poesie.

Wie auch in den Klaviersonaten. Da kann jeder allein mit seinen Gefühlen alles rauslesen, ohne dass es Worte braucht.«
»Was für einen Text hat er denn für die Sinfonie genommen? Ich hörte etwas von ›Göttern‹ und ›Elysium‹.«
Piringer lachte. »Ja, da fragst du genau richtig. Was das angeht, hat er einen Mut bewiesen … unglaublich. Es ist ein Gedicht, in dem es um die Freude geht, aber nicht um irgendeine Freude am Leben oder an den schönen Dingen, sondern um die Freude an der Freiheit.«
»Freiheit?«
»Na ja, er sagt nicht ›Freiheit‹, er sagt ›Brüderlichkeit‹. ›Alle Menschen werden Brüder‹. Und wenn das so ist, dann sind doch auch alle Menschen frei. Manchmal denk ich, dass der Herr Beethoven es damit auch ein wenig weit treibt.« Piringer blieb stehen und senkte die Stimme. »Weißt, das Gedicht ist vom Friedrich Schiller.«
Schiller. Der Freiheitsdichter. Den hatte der Baron auch erwähnt.
»Es hat hier in Wien eine Zeit gegeben«, fuhr Piringer fort, »da war alles von Schiller verboten. Und die ist noch gar nicht so lange her. So recht lieben sie ihn freilich immer noch nicht. Der Beethoven und der Schindler haben sich deswegen jedenfalls einen Kampf mit dem Sedlnitzky geliefert.« Er sah Reiser an. »Weißt, wer der Sedlnitzky ist? Der Oberste von der Zensur. An dem geht keiner vorbei, der was drucken oder aufführen will. Hinzu kommt, dass wir nicht nur die Sinfonie spielen, sondern auch noch eine neue Messe vom Beethoven, und dass so was Sakrales in der Akademie anstatt in der Kirch gespielt werden darf – da braucht's dann auch noch eine Extra-Erlaubnis. Ich bewunder den Beethoven schon – wie schwer er es sich macht. Und keine Kompromisse. Niemals. Da darfst du nix an den Noten ändern, auch wenn's noch so schwer ist. Und die Musik … Wunderbar, sag ich dir, auch wenn wir noch gar nicht alles gespielt haben.«
»Wann soll denn die Uraufführung sein?«, fragte Reiser, der in Piringers Wortfluss bereits wieder unterzugehen drohte.
»Wenn man das wüsste. Die Sinfonie allein dauert über eine Stund. Hast du schon mal von so einer langen Sinfonie

gehört? Erst wollten s' die Akademie am Donnerstag geben. Jetzt haben s' alles auf Freitag verlegt. Ins Kärntnertortheater. Aber vielleicht kann bis dahin ja überhaupt niemand diese Musik spielen. Andauernd wird geprobt. So viel wie für keine andere Sinfonie. Mal hier und mal da. Wo man gerade einen Saal zur Verfügung hat.«

Inzwischen waren sie über den Kohlmarkt zum Graben gegangen und bogen in das Schlossergässchen ein.

»Aber was man davon versteht, ist überirdisch«, schwärmte Piringer. »Eben paradiesisch.« Er öffnete die Tür, und ein verführerischer Duft empfing sie. »Der Braten meiner Frau ist fast genauso gut. Komm, geh nur voran.«

Bei Piringers war es offenbar üblich, Bekannte zum Essen einzuladen. Die Frau des Geigenlehrers legte, ohne weiter zu fragen, einfach ein weiteres Gedeck auf. Neben Reiser saß noch ein junger Medizinstudent namens Clemens Meier – ein Kostgänger, wie Piringer erklärte, der regelmäßig gegen Entgelt bei ihnen aß. Als er kurz nach ihrer Ankunft eintraf, flüsterte der alte Geigenlehrer Reiser ins Ohr: »Der hat keinen Schimmer von Musik. Aber wir brauchen sein Kostgeld. Bin ich froh, dass du da bist ... Mit dir kann ich mich wenigstens unterhalten.«

So nahm Piringer Reisers Besuch denn auch sogleich zum Anlass, von den immensen Schwierigkeiten zu berichten, die mit der Vorbereitung von Beethovens Akademie verbunden waren. Er schilderte noch einmal in aller Ausführlichkeit, dass Beethoven die große Aufführung ganz allein mit Schindler und seinem Neffen plante. Als die Nachricht in Wien die Runde machte, hätten viele erstaunt reagiert – glaubte man doch jahrelang, es kämen von dem großen Meister keine neuen Kompositionen mehr. So mancher sei sogar der Ansicht gewesen, Beethoven sei schon gestorben. Andere hätten geglaubt, er sitze nur noch in einer seiner Wohnungen, die er immer wieder wechselte, und lebe still in seiner einsamen, tauben Welt vor sich hin.

Student Meier hörte schweigend zu und löffelte dabei seine Suppe.

Bevor der Braten serviert wurde, stand Piringer auf.»Komm, Sebastian, ich zeig dir was. Herr Meier, wir sind gleich zurück. Hier geht's um Musik, davon verstehen Sie ja nichts … Vielleicht gibt Ihnen meine Frau eine Zeitung, damit Sie sich nicht langweilen.«
Sie ließen den Medizinstudenten am Tisch sitzen und gingen hinüber in die Übekammer. Piringer holte ein Notenheft hervor, legte es auf das Pult, das den kleinen Raum beherrschte, und schlug es auf. Reiser erkannte sofort den charakteristischen Bratschenschlüssel.
»Ich dachte, Sie spielen die Violine im Orchester?«, fragte er. »Das hier ist für Viola.«
»Nein, ich hab mich zu den Bratschen gesetzt«, sagte Piringer.»Wir haben davon zu wenige. Wir müssen noch Mitspieler finden.«
Reiser hatte nur eine sehr vage Vorstellung davon, wie das, was hier vor ihm lag, klingen mochte. Schon das Schriftbild zeigte, dass es sich um eine ganz besondere Musik handelte. Insbesondere am Schluss des Werkes, im letzten Satz, wechselten die Vortragsbezeichnungen und Tempi immer wieder. Als wäre es gar kein einheitliches Stück, sondern eine Reihe von Variationen.
Die Melodie, die er auf der Straße vor dem Landständischen Saal vernommen hatte, kam ihm wieder in den Sinn, diese mitreißende Hymne, und er erinnerte sich auf einmal an die Schilderungen des Barons, der von Attentaten und Gefahren sprach. Freiheit, Brüderlichkeit … Waren das nicht die Schlagworte der aufrührerischen Studenten?
»Bist ja ganz versunken«, bemerkte Piringer neben ihm. »Ja, die Noten schwirren einem vor den Augen herum wie Mücken, was?« Er lachte.»Das ist was ganz anderes als die Musik von dem Italiener, diesem Rossini. Den wollen hier in Wien immer noch alle hören, seit er im Sechzehnerjahr mit seinem ›Tancredi‹ alle narrisch gemacht hat. Aber ich sag dir, die deutsche Musik ist auf dem Vormarsch. Im Herbst war der Herr von Weber hier … Ach, das hast du auf Schloss Sonnberg sicher nicht mitbekommen. Herr Weber hat in der ›Ungarischen Krone‹ gewohnt, in der Himmelpfortgasse. Da haben

wir schöne Abende verbracht, ja, ja ... Er war aber hier, um seine ›Euryanthe‹ aufzuführen. Das war was anderes als diese gelackten Kanarienvogelmelodien. Ein Triumph. Was wissen denn die Italiener schon von dem, was uns hier nahegeht? Die Natur, die Wälder, die Magie ... Verstehst, Sebastian, die Tiefe, die man nicht im Trallala der schönen Melodien findet, sondern in der Seele ... Kennst den ›Freischütz‹ vom Weber? Da find'st die Seele in der Musik ... die Seele im Klang ...« Piringer brach in Gelächter aus, schloss das Notenheft und legte es weg. »Komm, jetzt gibt's den Braten. Und danach bist du kräftig genug, um dich weiter mit Beethoven zu befassen.«

Als sie aus der Kammer traten, hörte Reiser, dass sich Meier mit jemandem unterhielt, der in der Zwischenzeit eingetroffen war. Ein älterer Herr, der bereits einen leichten Buckel hatte und dessen weißes Haar seinen Schädel wie ein Wattekranz umgab. Er schien die sechzig bereits überschritten zu haben, aber seine Augen wirkten jung und wach.

»Wie schön, der Herr von Rzehaczek«, rief Piringer. An Reiser gewandt, erklärte er: »Der Herr von Rzehaczek ist ein Mitstreiter bei der Akademie.«

»Sie spielen also auch mit?«, fragte Reiser.

Rzehaczek schüttelte den Kopf, und ehe er selbst etwas entgegnen konnte, sprach Piringer bereits weiter. »Der Herr von Rzehaczek sammelt Musikinstrumente, vor allem Geigen und Bratschen. Und er stellt sie uns leihweise zur Verfügung, damit alles noch schöner klingt als mit den Violinen von den Amateuren.«

»Ganz recht«, sagte Rzehaczek. »Wie geht's denn mit dem neuen Werk voran? Kann ich meine Sachen dafür hergeben?«

Am Tisch wurde es zu fünft etwas eng – vor allem, als die Bratenplatten serviert wurden, dazu Schüsseln mit Erdäpfeln und Gemüse. Reiser ließ es sich schmecken, denn Piringer berichtete nun alles, was er erzählt hatte, noch einmal. Immerhin ergänzte er seinen Vortrag um einige Details, die er auf dem Weg durch die Stadt noch nicht erwähnt hatte. Reiser erfuhr zum Beispiel, dass der dritte Satz der Sinfonie extrem schwer zu zählen war. Dass man bei den Wiederholungen ständig zurückblättern musste, und das so schnell, dass man überhaupt nicht hinterherkam. In der Probe hatte dieser Teil nicht ein einziges Mal gelingen wollen. Ähnliche Probleme gab es im großen Finale mit den Sängern, von denen sich einige beschwerten, dass viele Passagen sehr hoch lägen und es kaum Gelegenheit zum Atmen gebe.

»Das Fräulein Sontag hat gesagt, so was Schweres habe sie ihr Lebtag noch nicht gesungen, und die Unger stimmte ihr gleich zu«, sagte Piringer. »Sollen sie doch weiter ihren Rossini trällern. Man fragt sich, warum sie bei der Sache zugesagt haben.« Das brachte ihn auf sein Lieblingsthema – den Unterschied zwischen der deutschen und der italienischen Musik, und es folgten erneut die Ausführungen, inwiefern die deutsche Musik der italienischen überlegen sei.

An diesem Punkt winkte Rzehaczek ab. »Danke, Piringer. Das reicht mir. So werde ich Herrn van Beethoven sagen, dass er mit meiner Hilfe rechnen kann. Im Glauben an die gute Sache. Ich krieg ja eh nichts dafür außer Freikarten.« Er lächelte verschmitzt. »Der Herr Rossini würde mir für so einen Dienst noch was zahlen.«

»Der Herr Rossini«, sagte Piringer bitter, »lebt ja auch stinkreich in Paris und London und kann sich leisten, was er will. Du tust mit deiner Leihgabe ein gutes Werk, und die Menschheit wird dir ewig dafür dankbar sein. Dein Name wird in den Geschichtsbüchern stehen, wenn der Rossini längst vergessen ist.«

Rzehaczek schien eine Erwiderung auf der Zunge zu liegen, aber er nickte nur. Piringer, offenbar befriedigt, dass er das letzte Wort in der Sache gehabt hatte, widmete sich seinem Teller, der im Gegensatz zu den anderen noch voll war. Er speiste voller Genuss, als seien die Wunder und Schönheiten der Beethoven-Musik auf das Essen seiner Frau übergegangen.

»Vielen Dank«, sagte Rzehaczek, »auch ganz besonders Ihnen, Frau Piringer. Ich werde mich verabschieden. Ich will noch ein wenig den Tag genießen. Ist schad, dass man sich abends nun gar nicht mehr auf die Straße trauen mag. Nach dem, was da in der Nacht passiert ist.«

»Wie meinst denn das?«, fragte Piringer mit vollem Mund.

»Hast du's nicht gehört? Sie haben einen umbracht. Am Stubentor. Heut Nacht.«
»Umbracht?«
Rzehaczek nickte. »Mit einem Messer. Soweit man's weiß.«
Er schüttelte den Kopf. »Ich konnt's zuerst selbst nicht glauben. Da gehen schöne Dinge um in unserem Wien.«
»Und wer war's?«, fragte Meier, der zum ersten Mal etwas zur Unterhaltung beitrug.
»Weiß keiner«, sagte Rzehaczek. »Es heißt, sie suchen einen, der's gewesen sein könnt.«
»Nein«, wandte Meier ein, »ich meine, wer ist ermordet worden?«
Rzehaczek sah ihn an. »Sie studieren doch Medizin, oder nicht? Vielleicht kennen Sie ihn. Dr. Scheiderbauer. Ein Arzt.«
»Sagt mir nichts. Aber wer bringt denn einen Arzt um?«
Rzehaczek hob ratlos die Schultern. »Es heißt, vor der Tat sei ein junger Mann bei ihm gewesen, der ihn gesucht habe. Aber der Dr. Scheiderbauer war in der Stadt unterwegs, wo er einen Kranken behandelt hat. Auf dem Heimweg muss es passiert sein.«
Frau Piringer stand auf. »Wünschen die Herren vielleicht noch eine Kleinigkeit? Ein Glas Wein oder einen Likör?«
Rzehaczek lächelte. »Sie haben ganz recht, Frau Piringer. So eine Nachricht sorgt ja nur für einen schlechten Nachgeschmack. Und das nach dem herrlichen Essen. Den wollen wir besser gleich wieder loswerden. Ich nehm einen Likör, bitt schön.«
Reiser hatte seine zwei Bratenscheiben und das Gemüse verspeist und schweigend zugehört. Als Rzehaczek auf gestern Nacht zu sprechen gekommen war, hatte er das Gefühl gehabt, als sei ihm ein harter Klumpen im Bauch gewachsen.
Man hatte ihn also gesehen. Und man suchte ihn.
Plötzlich wurde ihm klar, dass Frau Piringer ihn ansprach. Sie hatte Gläser auf den Tisch gestellt und hielt eine Karaffe mit einer goldgelben Flüssigkeit darin in der Hand. »Sie auch, Herr Reiser?«, fragte sie.
Piringer lachte. »Der gute Sebastian ist immer noch abwesend. Das liegt an der Musik, die ich ihm gezeigt habe.« Er

wandte sich Rzehaczek zu. »Weißt, der Sebastian ist studierter Jurist, und er sucht in Wien einen Posten. Aber wenn ich ihn mir so anschau, dann denk ich, es ist mehr die Musik als die Juristerei, für die sein Herz schlägt.«

Sie tranken den Likör, und obwohl Reiser angesichts seiner Magenprobleme am liebsten gar nichts mehr zu sich genommen hätte, trank er mit. Als die Gläser geleert waren, brach Rzehaczek auf. Reiser schloss sich an. Auch Meier ging. Er bedankte sich für das Essen und kündigte an, noch ein wenig für das Anatomieseminar zu lernen.

»Besuchst mich aber bald wieder, Sebastian?«, sagte Piringer zum Abschied. »Mein Zuhause steht dir jederzeit offen. Komm doch morgen zum Mittag. Zwölf Uhr. Du bist herzlich eingeladen. Und das mit der Musik habe ich ernst gemeint. Darüber sprechen wir noch.«

Reiser brachte ein paar Dankesworte hervor, verabschiedete sich auch von Frau Piringer, machte dabei einen höflichen Diener und eilte die Treppe hinunter.

Unten auf der Straße sah er, wie Student Meier am Ende des Gässchens gerade den Graben erreichte. Offenbar hatte es der angehende Herr Medicus nicht besonders eilig. Das zeigte sich, als er ein Stück weiter eine der Grabennymphen ansprach. Die Absicht, für sein Kolleg zu lernen, hatte er entweder aufgegeben, oder er hatte sie nie gehabt.

Reiser ging auf ihn zu. »Herr Meier?«

Der Student wandte sich um, verärgert über die Störung.

»Haben Sie gleich einen Freund mitgebracht, mein Herr?«, gurrte das Mädchen. »Davon war aber nicht die Rede. Wofür halten Sie mich?« Reiser bemerkte amüsiert, dass sie versuchte, ihren Wiener Akzent mit einer Art Hochsprache zu kaschieren, so als sei sie eine Tochter aus höherem Hause. »Ein solcher Akkord akkommodiert nicht, mein Herr. Das ist kein Pläsier für eine Dame.« Sie klimperte mit den Augenlidern. Sogar in ihrer Entrüstung brachte sie es fertig, das Spiel der Verführung weiterzutreiben. Dann drehte sie kokett ihren Sonnenschirm und flanierte davon.

»›Akkord‹«, rief Meier ungehalten aus. »Müssen denn alle

nur noch von der Musik sprechen? Es ist ja nicht zum Aushalten. Ich zahle für das Essen, aber durch die Reden des Musikus ist der volle Bauch teuer erkauft. In anderen Häusern spricht man von den Neuigkeiten aus dem Prater, oder man kann ein wenig mit der Tochter des Hauses anbändeln, doch hier ...«
»Aber der Braten der Frau Piringer ist gut, oder nicht?«, fragte Reiser.
Meier sah der Nymphe nach, die ein Haus weiter schon einen neuen Kavalier gefunden hatte. »Ja, der ist gut«, antwortete er missmutig. »Um mir das zu sagen, kommen Sie mir hier in die Quere? Was wollen Sie denn?«
»Ah, jetzt verstehe ich«, sagte Reiser. »Sie studieren die Anatomie am lebenden Geschöpf. Vor allem die Anatomie der Frau. Wird dies heute in den Kollegien verlangt?«
»Noch einmal: Was wollen Sie von mir?«
»Nur eine medizinische Auskunft.«
»Sind Sie krank?«
»Das nicht. Ich habe nur ...« Reiser wurde bewusst, dass er eine gute Ausrede brauchte. »Es ist so«, sagte er. »Ich versuche, mich ein wenig weiterzubilden, und habe etwas in einem Buch gelesen, das ich nicht verstand. Etwas Medizinisches. Ich hoffte, Sie könnten mir helfen, es zu begreifen.«
»Wenn Sie nicht wieder anfangen, über die Musik zu schwadronieren, soll es mir recht sein. Ich verstehe nicht, wie man sich über all diese Walzer, Lieder und Tänzchen so viele Gedanken machen kann.« Meier flanierte weiter, vorbei an den Schaufenstern der Grabenzeile. »Also?«, fragte er, ohne Reiser, der mit ihm ging, anzusehen. Sein Interesse galt den ein wenig zu bunt gekleideten jungen Damen.
»Ich bin da auf einige Fremdwörter gestoßen, bei denen es sich um Bezeichnungen für Medizin zu handeln scheint. Spuma argenti und Antimon. Können Sie mir erklären, was das ist?«
»Spuma argenti ... Antimon ...« Meier schüttelte den Kopf. »Woher haben Sie das denn? Aus dem Theater? Oder aus einem Roman?« Er blieb stehen und sah Reiser misstrauisch an. »Oder wollen Sie einen Nebenbuhler ermorden?«
Reiser spürte, wie ihm die Hitze ins Gesicht stieg. Was sollte

das jetzt?»Ermorden? Wieso ermorden?« Seine Stimme klang auf einmal fremd, und er musste sich räuspern. »Ja«, sagte er dann. »Sie haben recht. Es war ein Roman. Aber nun sagen Sie mir doch ...«

»Also gut. Spuma argenti ... Das ist Bleiglätte. Ein Stoff, der Blei enthält, also ein Gift. Und Antimon ... Das ist ein Metall, das man in Verbindung mit Blei verwenden kann. Wissen Sie, in Medizinerkreisen, vor allem unter Studenten, wird über so etwas oft gesprochen, aber mehr im Scherz. Ähnlich wie über Arsen und Aqua Tofana, das berühmte Gift des Mittelalters. Angeblich haben es schon die berüchtigten Borgia benutzt, um Feinde aus dem Weg zu räumen. Jeder, der mit dem Medizinstudium beginnt, interessiert sich für so etwas. Aber selbstverständlich nicht, um Ernst damit zu machen.«

»Es handelt sich also um Gifte.«

Meier lächelte. »Auch. Paracelsus sagte ja schon, dass nicht das Mittel selbst, sondern dessen Dosis den Unterschied zwischen Heilmedikament und Gift ausmacht. In sehr kleinen Dosen kann es bei manchen Krankheiten helfen.«

»Was würde dieses Blei bewirken, wenn man es in gefährlicher Dosis einnähme?«

Meier hatte die Hände hinter dem Rücken verschränkt. Als er jetzt so dahinflanierte, wirkte er wie ein Professor. »So genau weiß ich das auch nicht. Aber über einen längeren Zeitraum oder auch in hoher Dosis ein-, zweimal eingenommen ... Ich denke, es wird Schädigungen des Systema nervosum geben. Durchaus in gravierender Form.«

»Systema was?«

»Eine Schädigung des Nervensystems. Die Zerstörung bestimmter Nerven, die für die Wahrnehmung zuständig sind. Auch Schädigungen im Gehirn.«

»Und was bedeutet das für den Patienten?«

»Sie wollen es aber genau wissen. Nun, das kann man nicht voraussagen. Wenn es den Sehnerv betrifft, könnte er blind werden. Oder im Falle des Hörnervs taub. Aber wer einem Menschen eine hohe Dosis eines solchen Gemischs verabreicht, hat wohl eher die Absicht, ihn zu töten.«

Reiser war der gleichen Meinung, und ihm wurde ganz flau

im Magen.«Wenn derjenige es dennoch überlebt, könnte es dann sein, dass Schädigungen der Nerven, wie Sie sie eben beschrieben haben, zurückbleiben?«
Meier nickte. »Ganz genau, Herr Reiser. Wenn er es überlebt. Aber er wird erst einmal sehr, sehr krank sein.« Sein Blick wurde prüfend. »Wenn Herr Rzehaczek nicht erwähnt hätte, dass der Arzt heute Nacht durch ein Messer umkam ... Man könnte Sie glatt verdächtigen, etwas damit zu tun zu haben.« Reiser erschrak, doch dann löste sich Meiers Misstrauen in einem Lächeln auf. »Es war nur ein Scherz, Herr Reiser. Ich habe es nicht ernst gemeint. Einen schönen Tag noch.«

14

Meier verschwand in dem Trubel. Reisers Gedanken schossen davon wie flüchtende Rehe, Hasen oder Hirsche, und er kam kaum hinterher.
Dr. Scheiderbauer hatte Beethoven mit giftiger Arznei behandelt.
Und Reisers Vater hatte davon gewusst, es vielleicht sogar unterstützt.
Stattgefunden hatte das alles 1796. Das hatte Scheiderbauer ihm kurz vor seinem Tod mitteilen wollen.
Wahrscheinlich hatte Reisers Vater als Domestik für Beethoven die Arznei bei dem Arzt geholt.
Warum hatte er das getan?
Hatte er denn damals in Beethovens Diensten gestanden?
Kaum. Sein Vater hatte gewusst, dass Reiser ein großer Bewunderer von Beethovens Musik war. Es wäre doch zur Sprache gekommen.
Jedoch nicht, wenn es niemand wissen durfte. Nicht, wenn damit etwas verbunden war, das geheim bleiben musste. Etwas, das mit Schuld zu tun hatte.
Ich trage keine Schuld an dem, was Herrn Beethoven geschehen ist.
Auch Herr Dr. Scheiderbauer nicht.
Wir haben keine Schuld auf uns geladen.
Keine.
Reiser sah das Schriftstück noch genau vor sich. Das Schriftstück, das jemand hatte verschwinden lassen. Damit niemand etwas davon erfuhr.
Scheiderbauer hatte die Menge der Arznei falsch berechnet, und Beethoven war dadurch nicht geheilt, sondern erst recht geschädigt worden. Er hatte sein Gehör verloren. Es war das Schlimmste, was man einem genialen Musiker antun konnte.
Warum traf denn Scheiderbauer keine Schuld? Er war doch als Arzt dafür verantwortlich gewesen, oder nicht? Wer maß

denn ab, wie viel von einem Medikament ein Patient erhalten sollte, wenn nicht der Arzt? War Beethoven die falsche Menge aus Versehen verabreicht worden? Oder war es Absicht gewesen? Hatte jemand Beethoven vergiften wollen? Aber warum? Hatte es jemanden gegeben, der für Beethoven die Kosten des Arztes und der Medizin übernahm? Ein Gönner, vielleicht ein Adliger? So etwas war durchaus möglich. Und Reisers Vater wäre in Diensten dieses Adligen gewesen. Auf sein Geheiß hätte er von Scheiderbauer das Medikament geholt. Doch jemand anders hätte die Menge verändert.
Auch wenn Reiser die Gründe nicht kannte – es ergab Sinn. Und es wäre eine Sensation.
Reiser hatte alles gelesen, was es über Beethoven zu lesen gab – beziehungsweise was er davon erreichen konnte. Es hatte in allen Schriften immer geheißen, dass sich niemand Beethovens rätselhafte Taubheit erklären konnte. Auch der Meister selbst nicht. Um 1802 oder 1803 waren die ersten Gerüchte aufgetreten, dass Beethoven Schwierigkeiten habe, Gesprächen zu folgen, oder in Proben und Konzerten bestimmte Feinheiten nicht wahrnehme. In den Jahren danach war die fortschreitende Schwerhörigkeit offenbar geworden. Seinen Ursprung hatte das alles in einem Ereignis, das bereits sechs, sieben Jahre früher stattgefunden hatte.
1796.
Zwischen Österreich und Frankreich herrschte Krieg. Damals war noch nicht Napoleon das Sinnbild des Feindes gewesen, sondern die Truppen der französischen Republik. Frankreich hatte mit der Revolution sieben weitere Jahre zuvor die Welt erschüttert. Jahrelang formierten sich immer wieder neue Koalitionen aus den Frankreich-Gegnern Österreich, Russland und England, die in immer mehr Schlachten zogen, ohne den Feind aus dem Westen wirklich zu besiegen.
Irgendwann am Ende des Jahrhunderts war dann Napoleon auf dem politischen Parkett aufgetaucht. Und er, der Herrscher der Franzosen, krönte sich nicht nur selbst zu deren Kaiser, er brachte auch das tausend Jahre alte römisch-deutsche Kai-

sergeschlecht dazu, sich selbst abzuschaffen. Er nahm eine Tochter des österreichischen Kaisers zur Frau, die dem Feind einen Sohn gebar – Napoleon Franz Joseph Karl Bonaparte, ein heute etwa dreizehnjähriger Knabe, der versteckt irgendwo im Reich lebte und dem man nach dem Sieg über seinen Vater, dessen Verbannung auf die ferne Insel St. Helena und dem Tod im Exil verschämt den Titel »König von Rom« zuerkannt hatte.

Reiser wurde klar, dass seine Gedanken abschweiften. Was hatte die Weltpolitik mit seinen Fragen zu tun? Nichts. Er musste sich auf die Personen konzentrieren, um die es ging.

1796 – wie alt war sein Vater damals gewesen?

Etwa dreißig Jahre.

In wessen Diensten mochte er damals gestanden haben?

Wenn Reiser das erfuhr, erfuhr er vielleicht, wer tatsächlich für Beethovens Taubheit verantwortlich war.

Und wer hinter dem vermeintlichen Unfall an der Brücke und hinter Scheiderbauers Tod steckte.

Und hinter den Unsichtbaren.

Reiser war in Gedanken versunken am Stephansdom vorbeispaziert und in die Schulerstraße eingebogen. Ein eisiger Schrecken durchfuhr ihn, als ihm klar wurde, dass die Gasse ja zum Stubentor führte – dem Ort des furchtbaren Geschehens der vergangenen Nacht. Diesen Ort wollte er eigentlich meiden.

Es blieb ihm keine Wahl. Er musste weitergehen und sich so normal wie möglich verhalten.

Aufgeregt hielt er die Luft an, als er den kurzen Tunnel durchquerte, der unter der Bastei hindurchführte. Er zwang sich sogar, genau diesen Durchgang zu wählen, obwohl es für Fußgänger noch einen zweiten gab. Doch auch dadurch konnte er sich von den Bildern dieser Nacht nicht frei machen. Als er auf der anderen Seite auf dem Glacis den schmalen Wienfluss überquerte und an das gemauerte Hafenbecken des Kanals gelangte, überkam Reiser eine Erinnerung.

Der sterbende Dr. Scheiderbauer hatte mehrere Dinge erwähnt. Die Medikamente, über die Reiser den Studenten Meier befragt hatte. Das Jahr 1796. Und Reisers Vater. Das war aber nicht alles gewesen. Als er starb, hatte er noch versucht, ein Wort zu sagen.

Ein Wort, das mit »Ma« begann.

Es war darum gegangen, für wen Reisers Vater damals die Medizin besorgt hatte. Für Beethoven und für ... Hatte Scheiderbauer noch einen Namen sagen wollen? Reiser blickte nachdenklich auf das grünlich graue Wasser des Hafens, in dem sich der Frühlingshimmel spiegelte. Weiter hinten flanierten Spaziergänger vorbei. Er versuchte, die sonntägliche Idylle abzustreifen, innerlich zur letzten Nacht zurückzukehren und sich immer und immer wieder Scheiderbauers Stimme in Erinnerung zu rufen. Er unterdrückte sogar den Widerwillen, ging wieder zurück zum Stubentor, wo er sich verstohlen die Stelle ansah, an der Scheiderbauer zusammengesunken war. Zu Reisers Entsetzen war auf dem gepflasterten Boden zwischen den Steinen immer noch eine dunkle Spur geronnenen Blutes zu sehen.

Dort drüben lag die Vorstadt Landstraße. Warum sollte er nicht einfach denjenigen befragen, überlegte Reiser, um den es letztlich ging? Er wohnte dort drüben, nur einen kleinen Spaziergang entfernt.

Der Gedanke sorgte für ein nervöses Kribbeln in seinem Bauch. Aber es musste sein. So machte er sich auf den Weg.

Das Haus mit dem Beinamen »Zur schönen Sklavin« war ein wuchtiges Eckgebäude. Über dem Erdgeschoss erhoben sich drei Stockwerke mit eng aneinandergereihten Fenstern, die grimmig über die Stadt zu schauen schienen. Für Reiser verband sich der Eindruck mit der Erinnerung an das mächtige Haupt des Komponisten, der ihm vor dem Landständischen Saal so unerbittlich und unnahbar erschienen war.

Durch das Tor ging es in einen Innenhof und dann zu den einzelnen Stiegen im Hinterhaus. Hier herrschte sonntägliche Stille.

Im ersten Stock wurde er fündig. An der Tür war ein Holzschild angebracht, auf dem in lateinischen Buchstaben der Name »Beethoven« aufgemalt war, darunter stand die Ziffer Zwölf. Die Nummer der Wohnung. Reiser betätigte den Türklopfer, aber in seiner Aufregung klopfte er zu leise, sodass er sofort noch einmal gegen die Metallscheibe hämmerte. Wie konnte Herr van Beethoven eigentlich hören, wenn jemand Einlass begehrte?

Da wurde die Tür geöffnet. Reiser hatte sich darauf eingestellt, gleich vor dem Komponisten selbst zu stehen. Doch es war ein junger Mann, höchstens achtzehn Jahre alt, der ihn anblickte. Der zusammengekniffene Mund sorgte für einen arroganten Ausdruck. Unter einer hohen, von dunklen Locken überwachsenen Stirn musterten Reiser zwei braune Augen. Er hatte auch zu dem Tross gehört, mit dem der Komponist den Probenraum verlassen hatte. Es musste sich um Beethovens Neffen handeln, den Piringer erwähnt hatte.

»Sie wünschen?«

Reiser bemerkte, dass der junge Mann ein Buch in der Hand hielt. Seine Finger waren von Tinte verschmiert.

»Mein Name ist Reiser. Ich hätte eine wichtige Nachricht für Herrn van Beethoven. Ist er zu Hause?«

Der junge Karl hob das Kinn ein wenig an. »Mein Onkel ist nicht da. Was denn für eine Nachricht?«

»Etwas ... Persönliches.«

Reiser konnte an dem jungen Mann vorbei in die Wohnung schauen. Vorne gab es ein kleines Vestibül mit einigen wenigen Möbeln, aufgereihten Schuhen und Stiefeln sowie einer Garderobe, an der Mäntel und Jacken hingen. Dahinter konnte man durch eine geöffnete Tür in ein großes Zimmer sehen, in dem ein mächtiger dunkelbrauner Flügel ins Blickfeld ragte. Die Fläche auf dem Instrument war mit Papierstapeln übersät, ein einziges Durcheinander. Auf dem Notenhalter standen Blätter mit den charakteristischen fünfzeiligen Systemen. Einige davon waren mit Noten gefüllt.

»Etwas Persönliches? Schreiben Sie doch auf, was Sie möchten. Sie können gern jemanden schicken, wenn Sie es fertig haben. Es hat keinen Sinn, persönlich herzukommen. Mein Onkel empfängt niemanden, auch nicht, wenn er zu Hause ist.« Er wollte die Tür schließen, doch Reiser drückte die Hand gegen das Türblatt.

»Bitte. Es ist wirklich wichtig.« Er räusperte sich. »Ich bin

Jurist. Und ich bin an Informationen gekommen, die Ihren Onkel ganz sicher interessieren.«

Der junge Beethoven hielt inne. »Hat es etwas mit meiner Mutter zu tun?« Er sah sich im Treppenhaus um. »Wir müssen das nicht im Stiegenhaus bereden.« Reiser durfte immerhin das Vestibül betreten. Damit bekam er auch das Arbeitszimmer des Meisters besser in den Blick. Dort entstanden also die gewaltigen Werke ...

»Sie sind Jurist?«, fragte der Neffe. »Sie scheinen ziemlich jung zu sein.«

»Ich war bis letztes Jahr Student an der Wiener Universität. Zwischenzeitlich war ich in Diensten auf einem Schloss. Als Verwalter.« Reiser deutete auf Beethovens tintenverschmierte Finger. »Wie ich sehe, sind Sie auch ein Studiosus?« In ihm keimte die Hoffnung, dass der Neffe ebenfalls die Rechte studierte. Dann könnte er ihn in ein Gespräch über gemeinsame Professoren verwickeln. Wie es aussah, bereitete er sich gerade auf eine Prüfung vor. Vielleicht konnte Reiser anbieten, ihm zu helfen.

Tatsächlich fing Karl van Beethoven an zu sprechen, aber Reiser verstand kein Wort von dem, was er sagte.

»Ik gihorta dat seggen, dat sih urhettun ænon muotin, hiltibrant enti hadubrant untar heriun tuem. Sunu fatarungo iro saro rihtun, garutun se iro gudhamun, gurtun sih iro suert ana, helidos, ubar hringa, do sie to dero hiltu ritun.«

»Was soll das bedeuten?«, fragte Reiser.

Das Kinn des Neffen wanderte noch ein wenig höher. »Das kennen Sie nicht. Natürlich nicht. Ich studiere Philologie. Die Wissenschaft von der Sprache und der Literatur. Und das gerade, mein Herr, war Althochdeutsch.«

»Althochdeutsch?«, fragte Reiser verwirrt.

»So sprach man im Jahre des Herrn 1000. Und was ich zitierte, war das Hildebrandslied.«

Reiser fragte sich, wozu man eine Sprache studierte, die seit achthundert Jahren nicht mehr gesprochen wurde. Aber andererseits lernte man ja auch Griechisch und Latein, und diese Sprachen waren noch älter.

»Weshalb ich hier bin ...«

»Was ist nun mit meiner Mutter?«

Reiser hatte die Bemerkung über die Mutter zuerst nicht verstanden, aber jetzt fiel ihm ein, was Piringer gesagt hatte. Beethoven hatte sich mit seiner Schwägerin juristisch um den Neffen gestritten. Vielleicht waren bestimmte Entscheidungen des Verfahrens noch in der Schwebe.

»Nein, ich muss gestehen, es geht um etwas anderes.«

»So haben Sie gelogen?«

»Ich habe ja nicht behauptet, dass es so ist. Der Grund meines Hierseins hat mit Ihrem Onkel zu tun. Ich glaube zu wissen, was der Grund für seine Taubheit ist. Wären Sie so freundlich, ihm das mitzuteilen? Ich komme zu gegebener Zeit wieder.«

Der junge Mann sah ihn verblüfft an. Nach ein paar Sekunden begann es in seinem Gesicht zu arbeiten. Dann brach er in Gelächter aus.

»Was ist so spaßig?«, fragte Reiser verärgert.

Karl van Beethoven hörte auf zu lachen und räusperte sich. »Was glauben Sie, wie viele Besucher hier klopfen und uns weismachen wollen, sie hätten in dieser Frage etwas beizutragen? So viele haben schon versucht, mit diesem Trick das Vertrauen meines Onkels zu gewinnen.« Er legte Reiser die Hand auf die Schulter. »Hören Sie … Sie machen auf mich einen freundlichen und harmlosen Eindruck. Deswegen will ich es Ihnen erklären. Mein Onkel ist ein berühmter Mann, wie Sie wissen. Jeder, der ihn bewundert, möchte ihn kennenlernen. Viele versuchen, sich hier einzuschleichen. Musikdilettanten. Möchtegernkomponisten. Sänger. Pianisten. Manche möchten, dass mein Onkel ihre Kompositionen begutachtet. So wie Sie reden, scheinen Sie aus Wien zu sein, aber es gibt auch welche, die regelrechte Pilgerfahrten hierher unternehmen. Meinen Sie, ich merke nicht, wie Sie an mir vorbei in das Arbeitszimmer schielen? Es gibt verschiedene Methoden, mit denen die Leute versuchen, die Bekanntschaft des berühmten Herrn van Beethoven zu machen. Die Behauptung, etwas über seine Taubheit zu wissen oder ihn sogar davon befreien zu können, ist besonders beliebt.«

»Ich habe nicht gesagt, dass ich die Taubheit heilen kann«,

sagte Reiser. »Ein Bewunderer Ihres Onkels bin ich, das gebe ich gern zu. Ich habe heute bei der Probe der neuen Sinfonie ein wenig zugehört, und ...«

»So, das haben Sie? Bitte lügen Sie mich nicht noch einmal an. Ich habe Sie dort nicht gesehen.«

In Reiser kochte Ärger hoch. Musste er sich von einem noch nicht mal volljährigen Studenten so behandeln lassen? Aber es hatte keinen Zweck. Der Meister war nicht zu Hause, wie es schien. Und solange Herr van Beethoven solche Aufpasser um sich hatte, nützte das alles nichts.

»Gehen Sie jetzt bitte. Mein Onkel hat keine Zeit für Sie. Er hat im Moment viel mit der bevorstehenden Akademie zu tun.«

»Ich weiß das«, sagte Reiser. »Ich habe mit Herrn Piringer gesprochen. Ich habe ihn von der Probe abgeholt und bei ihm zu Mittag gegessen.«

»Herr Piringer, schau an. Den kennen Sie?«

»Als ich etwa so alt war wie Sie, war er mein Geigenlehrer.«

»Und der Herr Piringer hat Sie darauf gebracht, warum mein Onkel taub geworden ist? Machen Sie sich nicht lächerlich.« Karl van Beethoven öffnete kopfschüttelnd die Tür. »Ich wünsche Ihnen einen guten Tag.«

»Sie missverstehen mich«, sagte Reiser.

»Ganz bestimmt. Das sagen sie alle.«

Einen Moment kämpfte er mit sich, doch dann fügte Reiser sich in das Unabwendbare und ging.

※※※

Kreutz lag wieder auf seinem Bett in der Unterkunft und starrte an die Decke. Das Spinnennetz war fertig. Die Spinne saß als fetter schwarzer Punkt bewegungslos mittendrin und wartete auf Beute.

Die anderen Burschen lärmten auf dem Gang herum. Nach seiner Rückkehr hatte es Mittagessen gegeben. Kreutz hatte sich zurückgehalten. Er wollte allein sein. Der Schlüssel, den Schuster ihm gegeben hatte, drückte in seiner Hosentasche.

Aus dem ehemaligen Studenten war nicht herauszubringen

gewesen, zu welchem Schloss er gehörte. Stattdessen hatte Schuster nur immer wieder darauf bestanden, dass Kreutz ihm doch versprochen habe, ihn nun endlich in Ruhe zu lassen.

Zeisel habe es Schuster angeblich nicht gesagt. Er sei nun mal verrückt. Hob irgendwelches Spielzeug auf und tat so, als sei im Stillen eine Revolution geplant. Am Ende hatte Schuster Kreutz einfach vor die Brust gestoßen und betont, dass er keine Lust habe, wieder in die Fänge der Polizei zu geraten. Die Zeiten seien in den letzten Jahren eher schlimmer statt besser geworden. In ganz Wien wimmele es von Agenten, selbst ernannten und offiziell angeheuerten, die die Menschen bespitzelten. Die aufschrieben, was sie in den Weingewölben und den Wirtshäusern sagten. Die daraus etwas zurechtreimten, um den Vorgesetzten einen Schmäh als große Verschwörung verkaufen zu können. Agent sei jeder, der es sein wolle: Fuhrmänner und Dienstmädchen, Hausmeister und Kellner, Kloakenreiniger und Wäscherinnen. Vielleicht gehöre er ja auch dazu und wolle ihn, Schuster, in eine Falle locken?

Nur die Kutsche hatte die beiden von der Freyung getrennt, auf der die Menschen am Sonntag spazieren gingen. Und wo ein aufgeschnapptes Wort von Verschwörung, Revolution oder anderen verdächtigen Umtrieben eine ganze Kettenreaktion hätte auslösen können.

Kreutz war zurück zur Kirche in der Dorotheergasse geschlendert und hatte sogar noch die zweite Hälfte des Gottesdienstes mitbekommen. Der Helfer des Maecenas, der draußen vor dem Portal wartete, hatte Erleichterung gezeigt, als Kreutz nach dem Ende des Gottesdienstes zusammen mit den anderen Besuchern auf die Straße getreten war. Dann hatte er ihn zurück in die Unterkunft gefahren.

Kreutz wandte den Blick von der Decke mit dem Spinnennetz ab und stand auf. Er holte den Schlüssel hervor und legte ihn auf das Bett. Dann platzierte er die Zeichnung von Zeisel daneben.

Der Mann mit dem altmodischen Hut und dem eigenartigen Schnurrbart schien ihn direkt anzusehen. Ein wenig spöttisch, mit einem Schuss Schadenfreude. Als machte er sich darüber lustig, dass der Betrachter ihn nicht erkannte.

Lächle du nur, dachte Kreutz. Ich werde schon herausfinden, wer du bist.

Der Schlüssel glänzte wie ein sorgfältig geschmiedetes Stück Silber. Er sah aus, als sei er für einen bestimmten wichtigen Zweck in Gebrauch. Das Schloss, zu dem er gehörte, musste etwas Wertvolles schützen.

Hatte es Sinn, noch einmal zu Zeisel zu gehen, um zu erfahren, welches Schloss man damit öffnen konnte? Nein, er traf erst einmal einen anderen Entschluss.

Er konzentrierte sich auf das Bild des Mannes mit dem Schnurrbart.

Kreutz kam eine Idee, wie er vielleicht dahinterkommen konnte, wer er war. Dass ihm das nicht schon früher eingefallen war!

Er war in Wien. In einer Stadt mit einer Universität. Und wo es eine Universität gab, gab es auch Bücher.

Ein angenehmes Gefühl der Befreiung breitete sich in ihm aus. Doch er mahnte sich zur Geduld. Er musste bis zum Abend warten.

***

Reiser kehrte in die Innenstadt zurück, indem er ein weiteres Mal das Stubentor durchschritt, und folgte wie in der Nacht den Gassen entlang der Bastei, bis er den zweiten rätselhaften Schauplatz seiner nächtlichen Erlebnisse erreichte.

Das lang gestreckte Gebäude neben dem Rotenturmtor.

Hier hatte ihn Scheiderbauers Mörder überfallen. Reiser war es so vorgekommen, als sei der Mann danach in diesem Gebäude verschwunden. Er hatte ganz deutlich eine Tür schlagen gehört.

Als er vor dem Haus stand, entschloss er sich, das Gebäude von der Höhe der Bastei aus zu betrachten. Vielleicht gab ihm das eine neue Perspektive.

Gleich neben dem Tor führte eine breite Rampe auf die Krone des Walls.

Die meisten Sonntagsspaziergänger wandten sich hier oben nicht der Stadt, sondern dem Donauarm und der Aussicht auf die Leopoldstadt zu. Reiser jedoch sah sich das Haus genau an.

Er befand sich etwa auf der Höhe des mittleren der drei Stockwerke. Die Fassade nahm in der Straße ungeheuren Raum ein. Sie war über hundert Schritte lang, und obgleich die vielen Fenster dort drüben fast zum Greifen nah waren, erkannte Reiser hinter den Scheiben nichts als Dunkelheit. Konnte es sein, dass dieses große Gebäude nicht bewohnt war?

Er kannte dieses Haus und überlegte, was er vom Hörensagen darüber wusste. Es war das Stadtpalais einer gräflichen Familie und wurde in Wien nur »Müllersches Gebäude« genannt. Warum eigentlich? Reiser wusste es nicht, und er hatte sich noch nie Gedanken darüber gemacht.

Noble Residenzen waren oft monatelang unbewohnt. Wenn der Sommer kam, verlegten die Besitzer ihr Domizil auf andere Güter, die weit weg von Wien liegen konnten – in Ungarn, Böhmen oder sonst wo. Es kam auch vor, dass man ein solches Haus in den warmen Monaten vermietete. Auch die Adelsfamilien mussten auf ihre Einkünfte achten.

Reiser dachte an das alte Domizil der Familie von Sonnberg. Bis das Schloss bezugsfertig gewesen war, hatte der Edle zwei Etagen in einem Haus des Grafen Palfy in der Augustinergasse gemietet. Es war ihm wichtig gewesen, dass die Familie im »richtigen« Teil von Wien lebte. Ein Stück weiter die Straße hinunter ging es zur Burg, ein kleines Stück in der anderen Richtung lag das prächtige Palais des Fürsten Lobkowitz. Mit der Wohnung zwischen diesen beiden Residenzen hatte von Sonnberg seinen noblen Anspruch geltend gemacht. Denn auch wenn er von solchen symbolischen Dingen selbst nichts hielt, war ihm doch klar, dass seine Zeitgenossen Wert darauf legten.

Reiser war langsam am Gebäude entlanggelaufen. Er hatte jetzt die Mitte der Fassade erreicht und blickte zum oberen Stockwerk hinauf – zur »Bel Etage«, die so hoch gesetzt war, dass man von hier aus über die Bastei hinwegblicken konnte. Es gab sogar eine Reihe von Balkons, die Reiser entgegenstrebten. Aber auch hier schien alles unbewohnt zu sein.

Dann – Reiser ahnte es mehr, als dass er es sah – bemerkte er in einem Fenster eine Bewegung. Er blieb stehen, ging näher an die Mauer heran, sah hinüber, suchte die Reihen der dunklen Scheiben ab.

Hatte er sich getäuscht? Selbst wenn dort drüben im Moment niemand wohnte, musste mindestens ein Hausverwalter oder ein Hausmeister da sein. Man ließ so ein großes Haus nicht einfach ohne Aufsicht.

Er spazierte die ganze Länge ab, blieb immer wieder stehen, sah hinüber, doch da war nichts als Verlassenheit. Reiser kehrte zur Rampe zurück, wo ihm ein Schwarm Kinder entgegengelaufen kam. Es waren ärmlich gekleidete Sprösslinge einfacher Familien. Einige von ihnen hatten nicht mal Schuhe an den Füßen und rannten barfuß herum.

Als Reiser unten angekommen war, ging er am Erdgeschoss entlang. Er kam an die Stelle, wo er gelegen hatte. Wo man den Schnaps über ihm ausgekippt hatte.

Es gab Gedränge, als sich eine Kutsche ihren Weg durch die schmale Gasse bahnte. Die Spaziergänger machten eilig Platz. Auch Reiser musste ausweichen. Im Gedränge wurde er an die Mauer der Bastei geschoben. Als die Kutsche vorbei war, gab es wieder Raum. Auf einmal spürte Reiser, wie etwas auf ihn herabrieselte. Er sah nach oben. Ein paar Köpfe verschwanden hinter der Brüstung des Walls. Helles Kindergelächter war zu hören.

Auch andere Personen waren aufmerksam geworden und schimpften zu den Kindern hinauf, die sich einen Spaß daraus gemacht hatten, die Passanten mit Kies von der Wallkrone zu bewerfen. Reiser entfernte sich ein paar Schritte von der Wand – und erschrak, als direkt neben ihm ein Gegenstand von der Größe eines Eis auf das Pflaster stürzte, weiterkollerte und ein Stück entfernt liegen blieb.

Der Streich mit dem Kies war schon schlimm genug, aber das hier war nun wirklich unerhört. Reiser wusste, dass es für Kinder ausgesprochen reizvoll war, den Leuten unten vor der alten Stadtmauer diesen Streich zu spielen. Natürlich war es streng verboten, und man musste aufpassen, dass niemand in der Nähe war, der einen sofort am Schlafittchen packte und einem womöglich Schläge verpasste. Man musste werfen und sofort weglaufen. Das Opfer hatte keine Möglichkeit, sich zu wehren. Bis man auf der Bastei war, hatten die Täter längst das Weite gesucht. Auch das Hinunterspucken war beliebt.

Reiser blickte zu dem Geschoss, das ihn beinahe getroffen hätte. Es war ein in Papier eingewickelter Stein. Was sollte das? Hatten die jungen Attentäter versucht, ihr Geschoss weich einzupacken, damit sie keinen Schaden anrichteten, wenn es auf einen Kopf traf?

Er hob den Brocken mit der Umhüllung auf. Der Blick auf das Papier ließ Hitze in ihm aufsteigen.

Reiser, stand in sorgfältig gemalten Großbuchstaben auf dem Papier.

Er sah nach oben, doch da war niemand zu sehen.

Auf der Rückseite des Blattes standen ein paar von Hand geschriebene Zeilen. Reiser sah sich noch einmal misstrauisch um. Niemand nahm Notiz von ihm. Trotzdem hatte er das Gefühl, dass man ihn beobachtete. Er steckte das Papier in die Tasche und warf den Stein in den Schatten unter der Basteimauer. Besser, er zog sich in den geschützten Raum seines Zimmers zurück. Das Haus der Witwe Gruber war nah. Er musste nur an dem langen Müllerschen Haus vorbei und dann nach links in Richtung Stadtmitte.

Er eilte im Stiegenhaus ganz nach oben, zog in letzter Sekunde den Kopf ein, damit er sich den Schädel nicht anstieß, schrammte aber am Holz entlang. Ein greller Schmerz flammte an seiner Schläfe auf. Reiser rieb ihn weg. Mit zitternden Fingern schloss er die Tür auf, sperrte hinter sich zu. Dann atmete er tief durch und faltete das Blatt auseinander.

Die Botschaft bestand aus drei kurzen Sätzen.

Kommen Sie heute um halb neun zum Rotenturmtor.
Es wird Ihnen nichts geschehen.
Sie werden etwas über die Unsichtbaren erfahren.

Reiser atmete auf. Wenn er das Ganze nüchtern betrachtete, war eigentlich klar, dass der Absender des Zettels nicht der Mörder war. Der hatte ihm ja geraten, sich von den ominösen Unsichtbaren fernzuhalten. Nein, es musste jemand sein, der ihm weiterhelfen wollte. Jemand, der vielleicht Scheiderbauer und die Lösung des Geheimnisses kannte, jedoch vermeiden musste, selbst in Erscheinung zu treten. Man konnte sich viele Gründe dafür vorstellen. Vielleicht waren nicht nur Reisers Vater und Scheiderbauer in die Sache verwickelt, die 1796 geschehen war, sondern noch andere. Oder sie wussten zumindest davon.

So eigenartig die Kontaktaufnahme in Form des mit Papier umwickelten Steines auch war – Reiser konnte sich kaum eine bessere Möglichkeit vorstellen, jemanden zu einem geheimen Treffen einzuladen, ohne eine Spur zu hinterlassen. Persönliches Abgeben eines Schreibens ging nicht. Persönliches Ansprechen auch nicht. Jede direkte Kontaktaufnahme war unmöglich.

Er wartete in seiner Kammer und lauschte auf die Turmuhren. Schließlich ertönten von irgendwoher die beiden Schläge, die anzeigten, dass die halbe Stunde angebrochen war. Reiser verließ das Haus, drückte sich durch das schmale Gässchen namens Auwinkel und gelangte auf den kleinen Platz vor dem Rotenturmtor.

Einzelne Spaziergänger, die wahrscheinlich den Tag draußen im Grünen verbracht hatten, kamen durch das Tor in die Stadt. Fuhrwerke rasselten heran. Obwohl die Zeit des Treffens gekommen war, sah er keine Person, die aussah, als würde sie ihn erwarten.

Wohin genau sollte er überhaupt gehen? Auf dem Zettel hatte gestanden, das Tor sei der Treffpunkt.

Obwohl er sicher war, wie die Botschaft gelautet hatte, hätte Reiser das Blatt jetzt am liebsten noch einmal hervorgeholt und nachgesehen. Aber er hatte es in seinem Zimmer gelassen. Immerhin war die Botschaft ein Beweisstück. Solange er nicht wusste, was hinter der Einladung steckte, war es besser, so etwas nicht bei sich zu tragen. Baron von Walseregg hatte ihm ja in aller Deutlichkeit klargemacht, welcher Geist in Wien herrschte. Man konnte leicht in Verdacht geraten, in etwas Verbotenes verwickelt zu sein.

Ich bin nur ein harmloser Spaziergänger, der den Abend genießt, dachte Reiser. Ich kam mit dem Baron von Schloss Sonnberg nach Wien und bemühe mich nun in der Kaiserstadt um einen Posten beim Staat. Vielleicht versuche ich auch als Musiker mein Glück. Morgen ist Montag, dann werde ich weiter daran arbeiten, meine Kontakte zu nutzen. Und bis dahin …
Von einer nahen Turmuhr waren drei Schläge zu hören.
Ein Paar kam durch das Tor in die Stadt hereinspaziert. Reiser sprach den Herrn, der seine Frau untergehakt hatte, an und fragte nach der Uhrzeit. Der Mann machte sich nicht einmal die Mühe, eine Taschenuhr herauszuziehen. »Haben Sie 's Läuten nicht gehört? Drei viertel neun.« Die beiden gingen weiter.
War das Treffen geplatzt? War dem Absender der Einladung etwas dazwischengekommen?
Es wurde später und später. Immer seltener waren Passanten zu sehen. Auch in den Häusern wurde es stiller. Hin und wieder hörte Reiser, wie ein Fenster geschlossen wurde.
Jetzt stand er allein auf dem Platz zwischen dem Tor und dem Müllerschen Gebäude.
Und um dieses Gebäude ging es doch, oder nicht?
Wurde er vielleicht gar nicht am Tor, sondern an dem Gebäude erwartet? Hatte der Absender der Einladung das Tor als Treffpunkt nur angegeben, um das Haus sicherheitshalber nicht zu erwähnen?
Wohin sollte er gehen? In der Mitte der Fensterreihe im Erdgeschoss gab es zwar eine Tür, aber die hatte nichts mit den pompösen Toren zu tun, die man sonst von adligen Stadthäusern kannte. Als Reiser die vergleichsweise bescheidene Eingangstür erreichte, probierte er die Klinke.
Die Tür war offen.
Dahinter lag ein dunkles Stiegenhaus.
Genau hier hatte er vergangene Nacht gelegen. Durch diese Tür war der Angreifer verschwunden. War sie immer geöffnet? Unmöglich! Ein verlassenes Palais – und es war nicht abgeschlossen?
Sollte er hineingehen? Es gab kein Licht. Und er hatte weder

eine Lampe dabei noch die Utensilien, um eine Lampe zu entzünden.

Er konnte hier aber auch nicht zwischen Tür und Angel weiter auf der Straße stehen. Damit würde er sich erst recht verdächtig machen. Jeden Moment konnte eine Polizeipatrouille vorbeikommen. Man würde ihn sehen. Und vielleicht unangenehme Fragen stellen. Offiziell hatte er hier nichts zu suchen.

Er betrat das Haus und zog die Tür hinter sich zu. Durch das Glas im Türblatt fiel ein milchiger Rest der Straßenbeleuchtung, sodass er sich ein wenig orientieren konnte.

Die Stiege, die vor ihm lag, führte im Abgang in ein Untergeschoss und im Aufgang zu den oberen Stockwerken. Links und rechts davon gab es Türen, durch die man in die ebenerdigen Gemächer des Erdgeschosses kam.

Klavierklänge drangen von fern an Reisers Ohr. Gleichzeitig erwachte in ihm eine weitere Erinnerung an die letzte Nacht.

Auch gestern hatte jemand im Haus Klavier gespielt.

Und es waren genauso seltsame Akkorde wie jetzt gewesen. War das überhaupt Musik? Man hätte glauben können, da sei ein unkundiges Kind am Werk, das aus Spaß zufällige Tasten drückte. Töne rieben aneinander, schwebten im Abseits jeglicher Tonart. Doch an der Art des Anschlags, der zupackend und klar war, hörte Reiser, dass jemand das Klavier bediente, der etwas davon verstand. Es war ein Tonchaos, aber es ging eine ungeheure Faszination davon aus.

Dadurch, dass er sich auf den Klang konzentrierte, wurden die Töne deutlicher, und er konnte zuordnen, aus welcher Richtung sie kamen.

Sie drangen aus dem Untergeschoss. Aus dem Keller.

Langsam begann er, Stufe um Stufe hinabzusteigen. Mit jedem Schritt wurde es dunkler um ihn herum. Die Töne schwebten buchstäblich aus der tiefsten Finsternis zu ihm herauf.

Immer wieder machte der Pianist kurze Pausen. Und in diesen Momenten hörte Reiser jemanden sprechen. Es war eine Männerstimme. Er konnte jedoch nicht verstehen, was gesagt wurde.

Die Treppe führte dreimal mit Absätzen um die Ecke. Instinktiv zählte er die Stufen. Vor jedem Absatz kam er auf zwanzig. Dann ging es nicht mehr weiter. Das Geländer, an dem er sich entlanggetastet hatte, war zu Ende, keine Stufe lag mehr vor ihm.

Das Klavierspiel setzte wieder ein und war nun viel deutlicher zu hören. Licht gab es immer noch nicht. Vor Reiser dehnte sich eine unbekannte Leere, angefüllt mit einer gewissen Kühle und dem typischen Geruch nach Keller und Moder.

Er wusste nicht, ob er, wenn er sich weiter durch den Raum bewegte, in der nächsten Sekunde gegen eine Wand laufen oder über irgendetwas stolpern würde. So streckte er die Hände aus und setzte vorsichtig einen Fuß vor den anderen. Gebrochene Akkorde im höchsten Diskant, irgendwo weiter hinten virtuos vorgetragen, begleiteten seine zögerlichen Schritte.

Nach etwa acht Metern ertasteten seine Fingerspitzen eine Oberfläche.

War das eine Wand?

Für Mauerwerk war die befühlte Stelle zu glatt und auch zu warm. Reiser spürte eine gewölbte Rundung, darunter links und rechts zwei Vertiefungen, in der Mitte ragte etwas hervor. Weiter unten zog sich das seltsame Etwas nach hinten zurück.

Fast schien es …

Reiser riss vor Schreck die Hände zurück. Er musste sich beherrschen, nicht panisch loszurennen.

Das war ein Gesicht!

Vor ihm im Dunkeln stand ein Mensch. Reiser bewegte sich und stieß wieder gegen etwas, eine weitere Person, wie es schien. Da ging ein Stöhnen durch den finsteren Raum. Reiser erstarrte. Sein Herz schlug wild, als wollte es seinen Brustkorb sprengen. Schließlich wurde ihm klar, dass er das Stöhnen selbst ausgestoßen hatte.

Aber vor ihm stand jemand!

Er zwang sich, die Luft anzuhalten.

Zu lauschen.

Das Blut sang in seinen Ohren, der Pianist spielte, und Reiser versuchte verzweifelt, durch diesen Geräuschvorhang hindurch zu hören, ob außer ihm jemand in dem dunklen Raum war.

»Ist da wer?«, flüsterte er in die Dunkelheit hinein.
Es kam keine Antwort.
Mühsam beruhigte er sich.
»Ist … da … wer?«, wiederholte er leise.
Stille. Reiser riss sich zusammen und streckte wieder die Arme aus, diesmal in eine andere Richtung. Zu den Klavierklängen hin. Dreißig Schritte ging er geradeaus, ohne gegen etwas oder jemanden zu stoßen. Ein-, zweimal streiften seine Finger grobes Mauerwerk, das sich rechts und links von ihm erstreckte. Anscheinend befand er sich in einem Kellergang.

Die Musik wurde immer lauter. Schließlich hatte er das Gefühl, nur noch durch eine dünne Wand von der Flut der Töne getrennt zu sein.

Reisers Fingerspitzen stießen auf eine Barriere aus rauem Stoff. Wie bei einem Theatervorhang gab es zwei Teile, die man auseinanderziehen konnte. Vorsichtig ertastete er die Lücke, und jetzt tönte ihm die Musik ungefiltert wie aus einem großen Raum entgegen. Wie weit sich das Zimmer oder der Saal oder was auch immer hinter dem Vorhang ausdehnte, konnte er nicht erkennen, denn auch dort herrschte tiefste Finsternis.

Es dauerte nicht lange, da brach die Musik ab, und er hörte wieder die Männerstimme. Ihr hallender Klang zeigte Reiser, dass der Saal ziemlich groß sein musste. Wahrscheinlich hatte er die Musik nur so deutlich gehört, weil das Instrument nahe dem Durchgang platziert war. Aber auch das konnte Reiser nur vermuten. Einzelne Wortfetzen der Rede des Mannes drangen an sein Ohr.

»Der Druck der Herrschenden wird größer. Sie haben Angst … Sie haben Angst vor einer neuen Revolution …«

Als hätte die erzwungene Blindheit Reiser mit einem neuen Wahrnehmungsorgan ausgestattet, wurde ihm noch etwas bewusst. Er konnte nicht sagen, warum, aber er spürte, dass der Raum mit vielen Menschen gefüllt war. Vielleicht war es der nicht mehr ganz so typische Kellergeruch, vermischt mit einem Aroma aus Schweiß und den Ausdünstungen, die entstanden, wenn viele Personen beieinander waren.

Das hier war eine Versammlung.
Die Versammlung der Unsichtbaren.

»Die Musik«, sagte der Redner, »ist kein Spiel mit Tönen mehr. Sie hält uns nicht mehr fest im ewig Gleichen. Nein, sie stößt neue Pforten auf. Sie führt uns in andere Welten. Sie erschafft die Vorstellung von dem, zu dessen Verwirklichung wir aufgerufen sind. Und sie führt uns in ein neues Zeitalter.« Das Klavierspiel begann wieder. Es schien die Worte des Mannes zu ergänzen, zu vertiefen, auf seine ihm eigene Weise zu kommentieren.

Jetzt war Reiser sicher, dass es eine große Komposition war, der er lauschte. Keine Improvisation. Ein Klangbild, das hier, in dieser Schwärze, ohne den geringsten ablenkenden Reiz, eine ungeheure Kraft entfaltete. Noch nie hatte er mit solcher Intensität Musik gehört. Ja, er hatte bis jetzt noch nicht einmal gewusst, dass es möglich war, Musik so intensiv zu hören. Und sie zu *verstehen*.

Entrückt, wie in einer anderen Welt, lauschte er und wurde auf einmal gewahr, dass sich etwas veränderte. Zuerst mischten sich leise, schnelle Schritte in die Klavierklänge. Dann riss jemand den Vorhang beiseite und drängte sich in der Dunkelheit an ihm vorbei. Dabei streifte er Reiser hart und stieß einen Laut der Überraschung aus.

Reiser ging zu Boden, erhob sich aber sofort wieder. Das Klavierspiel stoppte mitten in einer Tonfolge. Im Saal wurden Stimmen laut. Reiser hörte den Unbekannten in Richtung der Treppe laufen. Instinktiv folgte er ihm. Es waren dreißig Schritte gewesen. Innerlich zählte er mit.

Das Tappen dort hinten klang hohler, als der Unbekannte auf das Holz der Stiege gelangte. Reiser ging das Risiko ein und begann, im Dunkeln zu rennen. Er erreichte das Ende des Ganges. Hier war die Stelle, an der die stummen Gestalten im Dunkeln standen. Jetzt konnte er die Silhouetten der Figuren sogar deutlich sehen. Waren es Wächter? Warum unternahmen sie nichts?

Er eilte hinauf. Licht sickerte ihm entgegen. Immer mehr, je weiter er nach oben kam. Der Schein der Straßenbeleuchtung. Die Tür, durch die er das Gebäude betreten hatte, stand offen. Kaum hatte Reiser die Gasse erreicht, sah er gegenüber, am Fuße der Basteimauer, im Schein einer Laterne die flüchtende

Gestalt. Es war ein junger Mann, der sich kurz zu ihm umdrehte, Reiser direkt in die Augen blickte und dann in einem der Durchgänge des Rotenturmtors verschwand.

In dem tunnelartigen Gang überfiel Reiser erneut das Grauen, das er schon in der Nacht zuvor empfunden hatte. Würde er ein weiteres Mal einen Niedergestochenen in einem Tor finden?

Nein, der von den Mauern zurückgeworfene Klang der Schritte drang weiterhin an sein Ohr.

Auf der anderen Seite der Bastei empfing Reiser das nachtschwarze Wasser des Donauarms, über den die Ferdinandsbrücke führte. Der flüchtende Mann, anscheinend ein trainierter Läufer, war bereits auf der anderen Seite und bog in die Straße ein, die hinaus zum Prater führte.

Reiser blieb schwer atmend stehen. Gierig sog er die milde Luft, in die sich die süßlichen Gerüche des Donauwassers mischten, in seine Lungen. Neben ihm erhob sich wie eine Drohung die gewaltige Bastei. Er gab die Verfolgung auf und drehte um. Als er wieder an dem Gebäude ankam, war niemand zu sehen.

Und doch hatte sich etwas verändert.

Vor der Tür stand eine dunkle Kutsche, in die gerade jemand eingestiegen sein musste. Die Tür klappte. Sofort setzte sich das Gefährt in Bewegung. In letzter Sekunde konnte Reiser ein mit Goldlack aufgemaltes Wappen ausmachen, das im Schein der Straßenbeleuchtung glänzte. Bevor er das Motiv jedoch ganz erfassen konnte, verschwand die Kutsche um die nächste Ecke. Das Geräusch der Hufe auf dem Pflaster wurde leiser und leiser, bis es schließlich verschwand.

Reiser erreichte die niedrige Eingangstür. Er drückte die Klinke nieder. Das Haus war verschlossen.

Alle Fenster waren dunkel.

15

Montag, 3. Mai 1824

Um kurz nach acht verließ Reiser das Haus. Wien bot ein anderes Straßenbild als am Sonntag. Beamte, Handwerker, Lehrlinge, Dienstboten und Küchenmädchen eilten durch die Gassen. Dazwischen sah man immer wieder Gruppen von bunt uniformierten Soldaten. Je näher er dem Dominikanerplatz kam, desto mehr mischten sich halbwüchsige junge Männer unter das Volk. Ihr Ziel war dasselbe wie Reisers: die Universität, ein fast würfelförmiger, frei stehender Bau.
Wie viel Zeit hatte er hier verbracht? Unzählige Stunden mit Vorlesungen und Kollegien – vor allem bei dem strengen Professor von Prosky.
War es eigentlich Zufall, dass alles, was mit den jüngsten Geschehnissen zusammenhing, so nah an die Universität grenzte? Von hier bis zum Stubentor war es nur ein Katzensprung. Auch das Müllersche Gebäude war gleich um die Ecke.
Er war schon zu lange von der Universität fort, als dass er von den Studenten noch jemanden kennen könnte. Und es war ihm auch lieber, nicht in ein Gespräch über alte Zeiten verwickelt zu werden. Die Begegnung mit Hänsel hatte ihm gereicht. Mit den Dozenten verhielt es sich anders. Was würde geschehen, wenn er Professor von Prosky traf, der wahrscheinlich auch schon von seinem erzwungenen Fortgang von den Sonnberg'schen Gütern wusste?
Die Bibliothek war in einem eigenen Gebäude hinter dem Haupthaus untergebracht, das sich von einem winzigen dreieckigen Platz wegdrängte. Reiser eilte die Stufen zum Eingang hinauf. Am Ende einer dämmrigen, fensterlosen Halle führte eine offen stehende Flügeltür in den großen Lesesaal, wo sich dem Besucher in deckenhohen Regalen eine riesige Menge an ledernen Buchrücken präsentierte. Achtzigtausend Bände aus allen Wissensbereichen, hervorgegangen aus der berühmten Büchersammlung der Jesuiten, Jahr für Jahr um

die wichtigsten Veröffentlichungen des menschlichen Wissens ergänzt.

Links und rechts des Hauptsaals standen die Tische der Kustoden und Skriptoren. An den Wänden die Hocker der einfachen Bibliotheksdiener, meist ehemalige Soldaten. Einen von ihnen kannte Reiser noch. Es war der alte Haffner, unverwechselbar wegen der roten Haare, die unter dem dunklen Käppi hervorlugten. Er nickte jedem, der zur Tür hereinspazierte, freundlich zu.

Auch Reiser wurde diese Ehre zuteil, als er die Bibliothek betrat. Er wusste nicht, ob der alte Haffner ihn wiedererkannte oder ihn einfach begrüßte wie jedermann. Sprechen durfte er mit ihm ohnehin nicht. Im Inneren dieses Heiligtums der Bücher herrschte strenge Pflicht zum Silentium.

Mit dem typischen Geruch nach Papier, Leder, Staub und dem alten Holz der Möbel schlug Reiser eine deutliche Erinnerung an seine Studienzeit entgegen. Er sah sich selbst weit hinten in der rechtswissenschaftlichen Abteilung nach den Standardwerken über römisches und griechisches Recht suchen, immer ein Wörterbuch parat, um die schwierigsten Begriffe aus Titeln und Inhaltsverzeichnissen gleich an Ort und Stelle nachzuschlagen.

Heute waren aber nicht die juristischen Fachbücher sein Ziel. Er suchte Werke über die Stadt Wien, über ihre Geschichte und ihre Häuser.

Reiser dachte daran, dass auch Karl van Beethoven heute Vormittag an der Universität war, um Althochdeutsch zu lernen. Umso besser. Wenn Reiser die Informationen fand, die er brauchte, würde er erneut in Beethovens Wohnung vorstellig werden müssen. Da wäre es gut, wenn der Neffe nicht dort war, um ihn abzuwimmeln. Allerdings wusste er nicht, wie lange Karl van Beethovens Kurs ging. Er sollte sich also besser beeilen.

In einem Buch über Wien für Fremde, in dem in blumigen Worten nicht nur die wichtigsten Sehenswürdigkeiten beschrieben waren, wurde Reiser fündig. Der Autor schilderte laut Inhaltsverzeichnis auch einen Rundgang auf der Bastei und schlug Ausflüge in die Umgebung vor – zum Beispiel in den Wienerwald. Reiser nahm das Buch mit zu einem Platz im Lesesaal und ließ sich an einem der beiden Holztische nieder. Die Pulte waren immer zu zweien zusammengeschoben, sodass man sich gegenübersaß. Es waren jedoch so wenige Leser da, dass man sich nicht in die Quere kam. Er musste nicht lange blättern, bis er fand, was er suchte.

Das Müllersche Gebäude gehörte zum Besitz der weitverzweigten Grafenfamilie von Deym. Ein gewisser Joseph Graf von Deym hatte das Haus vor über fünfzig Jahren gekauft, als es noch ein städtisches Mautgebäude gewesen war. Er hatte es umbauen lassen und eine Kunstgalerie daraus gemacht. Reiser musste lächeln. Da stand, dass die Gattin des Grafen den Namen Josephine getragen hatte. Joseph und Josephine – das passte. Sein Interesse wuchs, als er las, dass der Herr Graf auch eine dunkle Seite hatte.

Er war in eine Duellgeschichte verwickelt gewesen, wurde dafür vom Kaiser gerügt und musste Wien für eine Weile verlassen. Er hielt sich jedoch nicht daran und kehrte unter dem unscheinbaren Namen Joseph Müller zurück. So kam das Gebäude zu seinem Namen.

Reiser blätterte noch ein wenig, fand aber nichts Interessantes mehr. Schließlich schlug er das Buch zu und fragte sich, ob es zwischen der abenteuerlichen Geschichte des Grafen und den Unsichtbaren und vielleicht sogar den Vorfällen auf Schloss Sonnberg einen Zusammenhang geben konnte. Immerhin war Joseph von Deym ein Freund der Künste gewesen.

Gewesen?

Reiser kehrte zu den Regalen in der Bibliothek zurück und suchte Nachschlagewerke über die Wiener Adelsfamilien. Hier fand er in einem riesigen dicken Band einen Eintrag, dem zufolge der Graf 1804 in Prag gestorben war. Einige Zeit zuvor hatte man ihn rehabilitiert. Und er hatte sogar ein Hofamt bekleidet. Er war kaiserlicher und königlicher Hofstatuar gewesen.

Hofstatuar? Das musste wohl etwas mit der Herstellung und Verwaltung von Statuen zu tun haben.

Er las weiter und erfuhr, dass von Deym ein Meister darin gewesen war, berühmte Persönlichkeiten täuschend echt in

Wachs nachzubilden. Diese Figuren stellte er in seinem Haus aus. Das Wachsfigurenkabinett des Grafen hatte lange Zeit zu den berühmtesten Wiener Sehenswürdigkeiten gehört.

Reiser dachte an die Gestalten, die er im Keller des Hauses berührt hatte. Waren das solche Puppen gewesen? Das würde bedeuten, dass das Gebäude immer noch im Besitz der Familie war. Oder hatte jemand anders das Haus samt Inventar übernommen?

Ein drittes Mal suchte Reiser in den Regalen – diesmal nach einer Liste der Häuser Wiens. Er blätterte in dem dicken Band, überflog die langen Tabellen, geriet ein paar hundert Nummern zu weit, schlug die Seiten um und fand das Müllersche Gebäude schließlich unter der Nummer 648. Als Besitzer war ein Friedrich Graf von Deym angegeben. Sicherlich ein Nachfahr des Statuars und Duellanten, ein Sohn oder Neffe vielleicht.

Jemand trat an das benachbarte Regal. Aus Reisers Perspektive war die Person nur von hinten zu sehen, doch die Kleidung löste in ihm eine Erinnerung aus. Als der andere sich bückte, einen Band herauszog und sich dem Lesesaal zuwandte, zeigte er kurz sein Gesicht von der Seite. Gelocktes Haar, eine breite, auffällig gewölbte Stirn, die den Kopf besonders hoch erscheinen ließ.

Das war der Mann, der letzte Nacht aus dem Müllerschen Gebäude geflohen war.

Er hatte Reiser nicht bemerkt. Mit dem Buch unter dem Arm ging er in den Lesesaal, ließ sich an einem der Pulte nieder und schlug den Band auf. Dann holte er einen Zettel und einen Bleistift aus der Tasche, um sich Notizen zu machen.

Reiser steckte das Häuserverzeichnis ins Regal zurück und ging hinüber. Er musste mit dem jungen Mann sprechen. Aber das konnte er natürlich nicht hier in der Bibliothek tun. Draußen zu warten, erschien ihm zu langwierig. Es konnte sein, dass der Student den ganzen Vormittag hier in der Bibliothek verbrachte. So lange konnte Reiser nicht warten.

Er setzte sich dem jungen Mann gegenüber, der völlig in sein Buch versunken war. Obwohl es für Reiser auf dem Kopf stand, erkannte er, dass es sich um einen prächtigen Band mit

Kupferstichen handelte. Ziemlich alt, bestimmt über hundert Jahre.

Ohne seine Umgebung wahrzunehmen, blätterte der Student in dem dicken Buch. Irgendwann stieß er auf eine Seite mit großen Bildern. Hier hielt er inne und betrachtete lange eine Abbildung, auf der eine Person zu sehen war. Dann zog er ein Blatt aus der Tasche, faltete es auseinander und legte es auf die andere Buchseite, auf der sehr viel Text stand.

Auch auf diesem Blatt gab es eine Zeichnung, und Reiser konnte erkennen, dass sich die Bilder stark ähnelten. Beide zeigten einen Mann in altertümlicher Tracht, der dem Betrachter entgegenlächelte. Besonders markant war der Schnurrbart, der das Gesicht des Mannes zierte. Sein Gesichtsausdruck wirkte verschlagen und hinterhältig.

Der Student nickte beifällig, als hätte er gefunden, was er suchte. Dann konzentrierte er sich auf den Text neben dem Bild. Bevor er sich jedoch ans Lesen machte, sah er sich im Raum um. Erst jetzt bemerkte er, dass ihm jemand gegenübersaß.

Einen Moment lang trafen sich ihre Blicke, und es war deutlich zu sehen, dass Reisers Gegenüber ihn ebenfalls erkannte. Dann hatte der Unbekannte auch schon mit einer einzigen Bewegung das gezeichnete Blatt gepackt, das Buch mit einem lauten Knall zugeschlagen und war aufgesprungen.

»He, Silentium«, kam es mahnend aus einer anderen Ecke.

Der Mann rannte davon. Reiser folgte ihm. Bevor er das Vestibül erreichte, prallte der Verfolgte gegen den alten Haffner, der mit einigen schweren Bänden unter dem Arm vor dem Ausgang stand. Dem Bibliotheksdiener rutschte alles aus der Hand, und der Flüchtende musste den Bänden auf dem Boden ausweichen. Für einen Moment konnte Reiser ihn packen, aber der andere machte sich los, taumelte und rutschte auf den Büchern am Boden aus. Reiser hörte Papier reißen. Er erhielt einen Schlag, der ihn gegen den alten Haffner katapultierte. Fast wären beide gestürzt, aber Reiser konnte gerade noch das Gleichgewicht halten und den alten Mann stützen. Ein Blick auf den Boden zeigte, dass einige der Bücher böse Schäden davongetragen hatten.

Als Reiser den Ausgang erreichte, war der junge Mann verschwunden. Von dem kleinen Platz an der Bibliothek gingen mehrere Gassen ab. In jede davon konnte er geflüchtet sein.

»So ein Flegel«, sagte der alte Haffner, der Reiser gefolgt war.

»Alles in Ordnung?«, fragte Reiser. »Haben Sie sich wehgetan?«

Der alte Mann machte eine abwiegelnde Geste. »Nix geschehen ... Nur die Bücher ...« Mit den beschädigten Bänden im Arm blickte er auf den Platz, als sei der junge Mann noch dort, und hob drohend die Faust. »Aber der Saulump ...«

»Wissen Sie, wie er heißt?«, wollte Reiser wissen.

»Wenn i des wüsst ...«

»Das heißt, Sie kennen ihn nicht?«

Der alte Haffner schüttelte den Kopf.

»War er denn schon einmal hier?«, fragte Reiser.

Das Kopfschütteln hielt an. »Noch nie war der hier. I kenn den net.«

Reiser kehrte in den Lesesaal zurück, wo wieder Ruhe herrschte. An dem verwaisten Platz lag noch der dicke alte Band, in dem der Student gelesen hatte.

Aber war er überhaupt ein Student? Reiser hatte seine Zweifel. Wenn der alte Haffner ihn noch nie gesehen hatte, war das unwahrscheinlich. Oder er war neu. Offiziell stand die Büchersammlung jedem offen.

Auf dem Holzboden vor dem Leseplatz lag ein Zettelchen, das bei der Flucht des Mannes vom Tisch geweht worden war. Er hatte, als er aufgesprungen war, nur die Zeichnung eingesteckt, die er mit dem Bild im Buch verglichen hatte. Reiser bückte sich und hob das Papier auf. Es enthielt nur wenige Wörter. Wahrscheinlich Stichpunkte. Notizen, wonach der Student in der Bibliothek suchen wollte.

Wöllersdorf
Kaserne Rennweg

Der Name Wöllersdorf sagte Reiser etwas. Das war ein Ort, ein Stück weit von Wien entfernt. Auf der Fahrt von Schloss

Sonnberg war er mit dem Baron daran vorbeigefahren. Dort wurde Munition für das Militär hergestellt.
Die Kaserne am Rennweg kannte Reiser ebenfalls. Sie lag im Osten der Vorstadt, gleich vor dem Linientor, durch das man in Richtung Ungarn reisen konnte.
Sie beherbergte Artillerieeinheiten. Dort gab es Kanonen, für die das Pulver aus Wöllersdorf gebraucht wurde.
Was hatte das denn zu bedeuten? Wieso interessierte sich der junge Mann für diese militärischen Dinge?
Reiser schlug das Buch auf. Es behandelte die Geschichte des englischen Königreiches im 16. und 17. Jahrhundert. Eine Epoche, über die er kaum etwas wusste. Nur einige Stichworte kamen ihm in den Sinn. Zum Beispiel hatte der berühmte Dramatiker William Shakespeare in dieser Epoche gelebt.
Ebenso fremd wie die englische Geschichte war Reiser die englische Sprache, in der das Buch geschrieben war. Aber er konnte sich an den Bildern orientieren. So fand er die Seite mit dem Bild des grinsenden Mannes nach kurzem Suchen wieder. Um den Text zu verstehen, besorgte er sich in den Tiefen der Bibliotheksregale ein Wörterbuch. Allerdings war für ihn auch mit fleißigem Nachschlagen nur ansatzweise zu verstehen, was da stand, denn die Sprache war ziemlich altertümlich.
Immerhin erfuhr er den Namen des lächelnden Schnurrbartträgers.
Er hieß Guido Fawkes. In dem Buch war sein Porträt zu sehen, außerdem war er auf einem Bild, das ihn im Kreise mehrerer Männern zeigte, die alle altmodische Tracht trugen. Sie hießen Robert Winter, Christopher Wright, Kohn Wright, Thomas Percy, Robert Catesby und Thomas Winter.
Was hatten diese Männer gemeinsam?
Reiser schlug Wörter nach.
Plot, Conspiracy, Gunpowder.
Komplott, Verschwörung, Schießpulver.
Fawkes und seine Mitstreiter hatten im Jahr 1605 ein Attentat auf den englischen König und seine Getreuen geplant. Ihre Methode war für die damalige Zeit aufsehenerregend gewesen. Sie platzierten sechsunddreißig Fässer mit Schießpulver im Keller des Palastes von Westminster, wo sich der König mit

seinem Parlament zu versammeln pflegte. Mit der Zündung des Pulvers sollten alle in einer gewaltigen Explosion den Tod finden. Das Attentat scheiterte. Die Verschwörer wurden hingerichtet.

Reiser schlug nachdenklich das Buch zu.

Las der junge Mann nur so zum Spaß diese alten Geschichten nach? Und beschäftigte sich gleichzeitig damit, wie im heutigen Wien Schießpulver in die Stadt kam und wo es gelagert wurde? Hatte Baron von Walseregg in seinem Vortrag über die Gefahren der revolutionären Umtriebe nicht Attentate mit Sprengstoff erwähnt? Sie hatten in Paris stattgefunden. Aber ob Paris, London oder Wien – hatte der Baron nicht auch gesagt, dass ein Anschlag auf den Adel überall stattfinden konnte?

Reiser kroch kaltes Grauen den Rücken hinauf.

Was sollte er tun? Den jungen Mann, über den er nichts wusste, anzeigen? Er würde erklären müssen, warum er es verdächtig fand, dass der Unbekannte sich mit diesen Dingen befasste. Weil er bei den Unsichtbaren gewesen war, die Reiser aufgrund eines Mordes und einer anonymen Nachricht gefunden hatte. Sollte er das den Ordnungskräften erzählen? Einem Mann wie Hänsel zum Beispiel?

Wenn er nur mehr Beweise hätte!

Dann könnte er den Konzipisten damit vielleicht beeindrucken. So sehr, dass der ihm einen Posten gab ...

Der Notizzettel war alles, was er hatte. Darauf standen aber für sich gesehen nur völlig unverdächtige Stichworte. Er war also wertlos. Dass jemand in einem alten Buch über englische Geschichte blätterte, das auch noch in einer öffentlichen Bibliothek stand, konnte man ebenfalls niemandem ankreiden.

Und die Unsichtbaren? Gehörte der junge Mann zu ihnen?

Oder war er wie Reiser selbst nur ein eingeschlichener Beobachter gewesen? Aber was taten diese Unsichtbaren denn schon? Sie trafen sich im Hause einer angesehenen Grafenfamilie, und das unter der Obhut eines Adligen. Das Wappen auf der Kutsche, das Reiser gesehen hatte, deutete ja wohl darauf hin. Er konnte sich an das genaue Aussehen des Wappens nicht erinnern. Vermutlich war es das der Familie von Deym gewesen. Und ansonsten machten die sogenannten Unsichtbaren ja nur Musik.

Wien war so voll davon, dass man sich fast schon angewöhnte, wegzuhören. Walzer, Lieder, hier und da ertönte ein Klavier, eine Harfe, oder man vernahm Geigen. Das Durcheinander passte musikalisch natürlich überhaupt nicht zusammen, aber es schien eine Aura zu bilden, die sich wie eine Glocke über die Stadt legte. Wie der typische Essensgeruch, der aus den Häusern in die Gassen drang, wie die Rufe der Marktweiber, Wasserträger oder Kloakenreiniger, Scherenschleifer und Lumpensammler, die den ganzen Tag die typische Geräuschkulisse der Stadt ausmachten.

Und doch ...

Der Mann im Dunkeln hatte gewisse Reden geführt. Von einer »neuen Zeit« gesprochen.

War die Musik für die Unsichtbaren eine Tarnung?

Aber warum spielten sie dann nicht harmlose Walzer oder kleine Liedchen? Warum lauschten sie dieser schwierigen, modernen und unverständlichen Musik?

Von wem war diese Musik überhaupt?

Reiser war es im Grunde schon die ganze Zeit klar gewesen. So komponierte in Wien, ja auf der ganzen Welt nur ein Einziger. So rücksichtslos. So neu. Als wollte er mit jedem seiner Werke die Musik neu erfinden.

Wenn sie aber Musik von ihm spielten, dann bedeutete das, dass er etwas mit den Unsichtbaren zu tun hatte. Dass er vielleicht sogar einer von ihnen war.

Er steckte den Notizzettel ein und ging zum Ausgang. Zwanzig Minuten später klopfte er erneut an die Tür im Haus »Zur schönen Sklavin«.

Schon als er die Treppe heraufgekommen war, hatte er bemerkt, dass jemand in der Wohnung sein musste. Es waren Stimmen zu hören. Eine Person sprach sehr laut. Eine andere ging beschwichtigend dazwischen. »Es hat geklopft«, rief derjenige, dann hörte Reiser Schritte.

Als geöffnet wurde, stand der schmale, blasse Mann vor

ihm, den er am Landständischen Saal in Beethovens Tross gesehen hatte. Piringer hatte erwähnt, wie der Mann hieß. Ein, zwei Sekunden musste Reiser überlegen. Dann fiel es ihm ein.

»Grüß Gott, Herr Schindler«, sagte er.

»Grüß Gott, der Herr. Kommen Sie von Herrn Gläser? Mit leeren Händen? Sie haben nichts dabei, wie ich sehe. Was soll das? Wir warten!«

»Wer kommt?«, brüllte drinnen eine raue Stimme. Der, zu dem sie gehörte, saß im Arbeitszimmer an einem Tisch. Die Löwenmähne war unverkennbar.

Schindler rief nach hinten: »Gleich!« Dann sah er wieder Reiser an. »Und?«, setzte er nach.

»Entschuldigen Sie«, sagte Reiser, »ich komme nicht von Herrn Gläser ... Ich weiß, das ist der Herr Kopist, der für die neue Sinfonie arbeitet ...«

Beethoven erschien in der Arbeitszimmertür, die er mit seiner wuchtigen Gestalt beinahe ausfüllte. Dort blieb er stehen, von Schindler unbemerkt, und sah Reiser an. Aber nicht arrogant wie Karl van Beethoven gestern und auch nicht abschätzig musternd wie sein Sekretär. Eher offen und freundlich. Jedoch ohne etwas zu sagen. Er überließ es Schindler, zu klären, was los war.

»Mein Name ist Reiser. Ich bin Jurist und habe Herrn van Beethoven etwas mitzuteilen.«

»Das ist unmöglich, mein Herr«, sagte Schindler. »Herr van Beethoven hat sehr viel zu tun. Worum geht es denn? Sie sind Jurist, sagen Sie? Hat es etwa mit den Auseinandersetzungen mit Herrn van Beethovens Schwägerin zu tun? Kommen Sie von der Kanzlei eines Rechtsanwalts? Sie müssen wissen, ich bin Herrn van Beethovens Sekretär. Es wäre also besser, wenn Sie die Mitteilung mir übergeben oder Herrn Dr. Bach direkt aufsuchen.«

»Darum geht es nicht.« Reiser sah an Schindler vorbei zu Beethoven, der immer noch keine Anstalten machte, ihn selbst zu begrüßen. Schindler bemerkte, dass sich hinter seinem Rücken etwas tat, und drehte sich um. In diesem Moment machte Beethoven eine Bewegung mit der Hand, die für Schindler wohl die Aufforderung darstellte, ihn hereinzubitten.

»Kommen Sie bitte«, sagte der Sekretär mit einem Anflug von Resignation in der Stimme.

Als Schindler die Wohnungstür geschlossen hatte, trat Beethoven vor und hielt Reiser seine riesige Hand hin. Reiser ergriff sie und nannte seinen Namen.

»Herr van Beethoven kann Sie nicht verstehen«, sagte Schindler. »Wie Sie sicher wissen, ist er taub.«

»Ich weiß es natürlich«, sagte Reiser und griff in die Tasche seines Rocks. Diesmal war er besser vorbereitet. Er holte einige zusammengefaltete Zettel heraus, die er heute Morgen vor dem Aufbruch in seiner Kammer beschrieben hatte. Das erste Blättchen war eine provisorische Visitenkarte. Sie trug Reisers Namen, dahinter die Berufsbezeichnung »Jurist«. Außerdem hatte er noch das Wort »Amateurgeiger« hinzugesetzt.

Er hielt Beethoven das Zettelchen hin. Der Komponist las es, nickte und bekam es augenblicklich von Schindler aus der Hand genommen, der es ebenfalls genauestens studierte.

»Ein Kollege«, sagte der Sekretär. »Ich bin selbst Jurist und als Violinspieler Mitglied des Josephstädter Theaterorchesters. Was führt Sie denn nun zu uns? Wie ich schon sagte, hat Herr van Beethoven sehr wenig Zeit. Er ist damit beschäftigt, seine Akademie vorzubereiten.«

»Dann möchte ich Ihnen nicht zur Last fallen«, sagte Reiser. »Erlauben Sie, dass ich ihm noch ein Schreiben überreiche.«

Schindler streckte die Hand aus. »Geben Sie es mir, dann ...«

»Entschuldigen Sie, aber das geht nicht.« Reiser schob sich an Schindler vorbei und folgte Beethoven in das Arbeitszimmer. Der Komponist hatte an einem Tisch Platz genommen, der etwas abseitsstand und wie der dunkelbraune Flügel so dicht mit Stapeln handgeschriebener Noten bedeckt war, dass man von der Tischplatte nichts mehr sah.

Reiser erkannte auf den ersten Blick, dass es sich um einzelne Stimmen zu der neuen Sinfonie handelte. Auf einigen Deckblättern war von Kopistenhand sauber vermerkt, welche Parts es waren: erste oder zweite Violine, Posaunen, Violoncelli.

Schindler kam ihnen nach. Reiser blieb kurz Zeit, das zweite Zettelchen aus der Tasche zu ziehen. Der Sekretär blieb stehen und beobachtete schweigend, wie Beethoven das Blatt entgegennahm, es auseinanderfaltete und las. Ihm den Brief abzunehmen, wagte er nicht.

Der Komponist ließ den Inhalt auf sich wirken. Schindler hatte wohl das Gefühl, etwas sagen zu müssen, das seine Rolle weiter unterstrich. Um als Aufpasser des Komponisten und unentbehrlicher Helfer Beethovens nicht seine Autorität zu verlieren.

»Schauen Sie sich das ruhig an«, sagte er und deutete auf die Notenstapel. »Ich glaube, dann können Sie ermessen, welche Arbeit wir noch zu erledigen haben. Das Scherzo aus der Sinfonie ist so lang, dass wir in den Parts Markierungen anbringen müssen. Damit jeder Musiker weiß, wie er bei den Wiederholungen zurückblättern muss. Das muss in der Aufführung alles sehr schnell gehen. Die meisten haben ja keine Ahnung, was es bedeutet, die Aufführung einer Sinfonie von über einer Stunde Dauer vorzubereiten. Es geht ja nicht nur darum, ein solches Werk zu komponieren. Man muss auch das Material für die Musiker herstellen.«

Schindler schien völlig vergessen zu haben, dass Reiser sich ebenfalls als Musiker vorgestellt hatte. Reiser sagte jedoch nichts dazu. Er betrachtete den Topf mit Leim, der auf einem kleinen Beistelltischchen stand. Dazu gab es Unmengen kleiner Zettelchen, die Beethoven zusammen mit seinem Helfer als markierende Reiter an die Seiten klebte. Wenn man an eine Wiederholungsstelle kam, musste man nur den Reiter packen und kam automatisch an die Stelle, an der es von vorne losging.

Beethoven griff zu einem Bleistift, der auf dem Tisch lag, und notierte etwas auf einer freien Stelle des Papiers. Dann faltete er das Blatt und hielt Reiser den Zettel hin. Schindler wollte ihn nehmen, doch Reiser war schneller.

»Entschuldigen Sie, aber ich glaube, das ist für mich.«

Beethoven nickte seinem Sekretär zu und blickte dann wieder auf die Unmengen von Noten vor ihm.

»Ich darf Sie jetzt bitten, zu gehen«, sagte Schindler. »Sie sehen, wir haben zu tun. Ich habe das System, das ein schnelleres Umblättern der Noten ermöglicht, übrigens selbst entwickelt.«

Reiser steckte den Zettel ein.

»Worum ging es denn nun?«, fragte Schindler, als er die Wohnungstür geöffnet hatte. »Ich muss über alles informiert sein. Jemand muss Herrn van Beethoven ja durchs Leben bringen. Auf ihn achten. Also?«
»Fragen Sie Herrn van Beethoven selbst«, sagte Reiser. »Ich wünsche noch einen schönen Tag.«
Schindler bedachte ihn mit einem stechenden Blick, murmelte ebenfalls einen Abschiedsgruß und schloss die Tür.
Als Reiser über den Hof schritt, kam es ihm vor, als spürte er in den Fenstern über ihm tausend stechende Augen in seinem Rücken. Als er auf der Ungargasse angekommen war, holte er die Nachricht heraus.
Was er selbst geschrieben hatte, war eine kurze Zusammenfassung dessen, was er Beethovens Neffen bereits mitzuteilen versucht hatte. In schnörkelloser Weise versicherte er, dass er etwas über den Ursprung der Taubheit des Meisters wisse und dass er ohne eigennützigen Gedanken dem Meister mitzuteilen wünsche, was das war. Anders als viele andere, die Herrn van Beethoven besuchten, habe er kein Verfahren parat, um die furchtbare Krankheit zu heilen, die den Komponisten plagte. Und er hege auch sonst keine Absicht, aus der Sache Kapital zu schlagen. Es gehe ihm nur um die Wahrheit, und um diese genauer darzulegen, wünsche er die Möglichkeit einer kurzen privaten Unterhaltung.
Unten auf dem Papier waren zwei Fingerbreit Platz geblieben. Und dorthin hatte Beethoven in unwirschen Zügen seine Antwort gekritzelt.
Warten Sie um halb drei auf der Gasse!

Um kurz nach zwölf klopfte Reiser an Piringers Wohnungstür. Im ganzen Haus roch es nach Mittagessen, und überall hörte man das Klappern von Töpfen und Geschirr. Piringers Frau öffnete, begrüßte Reiser herzlich und bat ihn, schon mal am Esstisch Platz zu nehmen. »Mein Mann ist noch nicht zu Hause«, fügte sie hinzu. »Manchmal schafft er's nicht, pünktlich zu sein. Wenn er jemanden trifft, gerät er leicht ins Plaudern.«
»Grüß Gott«, sagte der Medizinstudent Meier, der bereits

am Tisch saß. Er ließ die Zeitung sinken, in die er sich vertieft hatte. »Sie interessieren sich doch für Mordgeschichten?« Er hielt Reiser die Zeitung hin. »Das hier ist dann was für Sie.« Reiser nahm das Blatt und las mit unbewegter Miene. Der Vorfall am Stubentor wurde in einer spaltenlangen Meldung gewürdigt. In umständlichem Bürokratendeutsch wurde die Bevölkerung aufgerufen, verdächtige Beobachtungen zu melden.

Reiser spürte, wie sich seine Nackenhaare aufstellten, als er, den Artikel überfliegend, einen Hinweis darauf suchte, ob man vor der Tat jemanden mit dem Doktor gesehen hatte, der als Täter in Frage kam. Aber nirgends wurde erwähnt, dass Scheiderbauer nicht allein gewesen war, bevor er das Stubentor durchschritt. Und davon, dass sich jemand in der Weißgerber-Vorstadt nach Scheiderbauer erkundigt hatte, stand in dem Artikel auch nichts. Dabei hatte Rzehaczek gestern erwähnt, dass ein junger Mann nach dem Arzt gesucht haben sollte. Woher hatte er es gewusst? Wahrscheinlich über die in Wien wichtigste und schnellste Informationsquelle: das Gerede.

Stattdessen stand in der Zeitung, dass der Arzt am Abend seines Todes noch eine Schnittwunde behandelt hatte, die sich jemand bei einer Rangelei in einem Bierhaus in der Leopoldstadt zugezogen hatte. Es war ein Streit unter Betrunkenen gewesen, wie er manchmal, gerade im Vorfeld des Feuerwerks im Prater, vorkam. Außerdem ging man auf Scheiderbauers Lebenslauf ein. Er war zweiundsiebzig Jahre alt geworden und hatte zeit seines Lebens einen guten Ruf als Mediziner genossen.

Reiser sah auf, bemerkte, dass Meier ihn beobachtete, faltete die Zeitung zusammen und gab sie dem Studenten zurück. »Und?«, fragte er. »Haben Sie denn gestern noch Anschluss gefunden?«

Meier machte ein Gesicht, als hätte er auf eine Zitrone gebissen, und ging auf das Thema nicht ein. Stattdessen deutete er auf den Artikel. »So was passiert in Wien nicht sehr oft. Umso wichtiger, dass der Unhold gefasst wird. Haben Sie denn etwas gesehen? Ich selbst war zu dieser Zeit im Prater. Wie wahrscheinlich halb Wien.« Er sah Reiser prüfend an. »Sie auch?«

Reiser ging die Fragerei auf die Nerven, und er hätte am liebsten noch eine Bemerkung über Meier und die Damen vom Graben losgelassen. Sollte Frau Piringer das jedoch mitbekommen, wäre der Student seine Koststelle vielleicht los.
»Ich bin erst am Samstagabend nach Wien gekommen«, sagte er. »Mit Herrn Baron von Walseregg. Er ist ein Freund der Familie von Sonnberg, auf deren Schloss ich die letzten Monate verbracht habe. Die lange Fahrt hatte mich müde gemacht. Ich besuchte noch kurz ein Lokal in der Schönlaterngasse, um etwas zu essen, und bin dann früh schlafen gegangen.«
Im selben Moment, da er das sagte, wurde ihm klar, dass er sich um Kopf und Kragen redete. Natürlich wollte Meier ihn nicht ernsthaft fragen, ob er etwas mit dem Mord zu tun hatte, sondern nur ein wenig Konversation machen. Und er hatte geantwortet, als säße er einem Polizeikommissär gegenüber. Zumal er, wenn es jemals dazu kommen sollte, dass Reiser eine Aussage bei den Behörden machen musste, sich jetzt schon selbst widersprochen hatte. Er hatte ja eigentlich ehrlich angeben wollen, dass er Scheiderbauer getroffen hatte, weil der seinen Vater gekannt hatte. Weil er auf der Suche nach einem Posten gewesen war. Und nun tat er so, als hätte er den Doktor gar nicht gekannt.
Zum Glück ging endlich die Haustür, und Piringer kam nach Hause. Meier begrüßte er nur kurz, Reiser dagegen klopfte er freundschaftlich auf die Schulter und drückte ihm die Hand. »Schön, dass du da bist, Sebastian«, sagte er. »Ich hab schon gedacht, der Bub geht heut zum Amt, zeigt seine Zeugnisse, und dann sieht man ihn monatelang nicht.«
Piringer hatte augenscheinlich vergessen, dass Reiser keine Zeugnisse von Sonnberg und keinen Abschluss vorweisen konnte, weshalb derartige Bewerbungen erst einmal nichts brachten. Bevor Reiser etwas dazu sagen konnte, entdeckte der alte Lehrer jedoch Reisers Mappe auf einem der leeren Stühle.
»Was hast denn da?«, rief er erstaunt. »Papiere? Hast du doch einen Posten ergattert?«
»Das hier ist was anderes«, sagte Reiser. Er holte die Noten heraus. Eigentlich hätte er damit bis nach dem Essen warten

wollen, aber Piringer war so neugierig, und außerdem hoffte er, dass er Meiers Gesprächsthema damit ein für alle Mal unter den Teppich kehren konnte.

Piringer nahm die Notenblätter entgegen, als enthielten sie etwas Heiliges. So verhielt er sich immer. Noten waren für ihn nicht einfach nur Zeichen auf Papier. Sie waren verheißungsvolle Symbole jener wunderbaren Erscheinung, die man Musik nannte. Genau das hatte er Reiser in der ersten Geigenstunde erklärt.

»Eine Romanze«, sagte er. Und ebenfalls wie immer, wenn er etwas Neues in die Finger bekam, las er langsam die Melodie, während er sie fast unhörbar leise vor sich hin pfiff. »Wunderbar. Von wem ist das?« Er blickte zu Reiser hin, der Hitze auf den Wangen spürte. »Sag nicht, dass das von dir ...« Er blickte wieder auf die Noten, dann auf Reiser, dann wieder auf die Noten. »Martha!«, rief er in Richtung Küche. »Martha, schau dir das an. Unser Sebastian komponiert.«

In diesem Moment kam Piringers Frau mit einer Suppenschüssel in das Esszimmer, die sie mit Hilfe eines dicken Tuches festhielt. Rücksichtslos schob sie sich an ihrem Mann vorbei. »Das hat Zeit«, sagte sie, ohne ihn oder die Noten weiter zu beachten. »Jetzt wird gegessen, sonst wird's kalt.«

»Martha hat recht«, sagte Piringer. »Das schau'n wir uns dann später an.«

Das heutige Mittagessen war nicht so opulent wie gestern, denn es war ja Werktag. Frau Piringer hatte einen Erdäpfeleintopf mit Fisolen gemacht, den es in Wien in vielen Varianten gab und den man »Einbrennter Hund« nannte. Als Reiser der herrliche Duft in die Nase stieg, meldete sich sein Magen mit einem unüberhörbaren Knurren.

»Unser Sebastian ist hungrig«, sagte Piringer lachend. »Oder knurrt da der Hund? Komm, Sebastian, kriegst die erste Portion.«

Während des Essens brachte Piringer es wieder fertig, gleichzeitig den Eintopf zu sich zu nehmen und verschiedene Neuigkeiten zu erzählen. Zum Glück nichts über den Mordfall, sondern über Musikalisches.

»Am Freitag ist nun die Akademie im Theater am Kärntnertor«, erklärte er. »Das ist wohl endgültig. Aber morgen geben sie dort noch einen Rossini.« Er schüttelte den Kopf, als sei es eine Unverschämtheit, Rossini und Beethoven überhaupt in ein und demselben Theater zur Aufführung zu bringen.
»Eine Oper?«, fragte Meier.
»Natürlich, was sonst? Sonst kann der Rossini doch nix. Das ist wieder so eine Geschicht, die in irgendeinem Reich spielt. Da ist eine junge Prinzessin. Und da ist ein junger Feldherr. Und die Prinzessin liebt den Feldherrn. Heimlich, denn der König will, dass sie einen andern nimmt. Dann kommt heraus, dass sie aber eben den Feldherrn liebt. Der König will beide bestrafen. Und just in dem Moment rücken Feinde an, der junge Feldherr rettet das Reich, und der König kann ihm nun die Prinzessin nicht mehr verwehren, weil er ja jetzt ein Held ist.« Piringer seufzte. »Das alles präsentiert sich mit viel Getösmusik und Trällerei. Mit Kulisse und Glanz. Man darf auch mal in einen Thronsaal schauen und dem König beim Regieren zusehen … Das mögen die Leut. Sie kommen aus dem Theater und glauben, dass sie auch so edel wie ein König sind. Und die Edlen in ihren Logen, die freuen sich über sich selbst.«

»Aber ist denn ein solches Heldentum nicht wert, auf der Bühne gezeigt zu werden?«, wandte Meier ein. »Ich versteh ja nicht viel davon. Wenn ich allerdings die Gespräche, die hier über Musik und das Theater geführt wurden, richtig verstanden habe, ist das doch ein edler Stoff, den Herr Rossini da auf die Bühne bringt. Es sind alle großen menschlichen Gefühle darin. Liebe. Heldentum. Die Liebe zum Vaterland. Die Bereitschaft, es sogar dann zu verteidigen, wenn sich der Herrscher gegen einen gestellt hat. Das scheint mir eine hohe Tugend zu sein.«

»Sie haben so recht, Herr Meier«, sagte Piringer, aber in seiner Stimme lauerte etwas, das das genaue Gegenteil seiner Worte auszudrücken schien. »Wenn Sie noch ein Billett ergattern, können Sie ja hingehen. Das Ding heißt ›Eduard und Christina‹ – oder auf Italienisch ›Edoardo e Cristina‹. Dass die italienisch singen, gibt allen erst recht ein gutes Gefühl. Man

ist ja so gebildet, wenn man das alles versteht. Oder so tut, als ob.«
»Sie meinen, ich habe recht?«, sagte Meier verwirrt. »Sie meinen, ich habe den Wert dieser Oper von Rossini erkannt und Sie überzeugt?« Anscheinend war das noch nie vorgekommen, und deswegen konnte er es nicht fassen.
»Sie haben recht mit dem, was Sie zuerst gesagt haben.«
»Was hab ich denn zuerst gesagt?«
»Dass Sie nichts davon verstehen.« Piringer schien vor unterdrücktem Lachen fast zu platzen.
»Ferdinand!«, ermahnte ihn seine Frau streng. Meier verfiel in dumpfes Schmollen.
Nach einer weiteren Phase der Nahrungsaufnahme schlug Piringer dem Studenten auf die Schulter. »Nehmen Sie mir's nicht übel, Herr Meier. Wissen S' was? Ich besorg Ihnen ein Billett für den Rossini. Ich hab da Verbindungen. Oder wollen Sie lieber in die Akademie vom Beethoven am Freitag?« Er sah ihn auffordernd an. »Na?«
Meier blickte nun noch verwirrter drein. Er hatte offenbar das Gefühl, man wollte ihn testen. Er sah sogar zu Reiser hin, als könnte der ihm helfen. Reiser versuchte derweil, so ausdruckslos wie möglich auf seinen Teller zu starren.
»Also gut, Herr Piringer. Wenn Sie mir für den Rossini ...«
»Falsch! Falsche Entscheidung«, rief Piringer. »Aber wie Sie wollen. Gemacht, ich bring's Ihnen morgen mit.« Er sah Reiser an, der seinen zweiten Teller Eintopf gerade leer gegessen hatte. »Und du, Sebastian, willst die neue Sinfonie vom Beethoven hören? Ja, sicher willst du. Komm mit.« Ein kurzer Blick zu seiner Frau. »Wir sind doch fertig, oder?«
Sie nickte. Er stand auf, verabschiedete sich von Meier und ging nach nebenan.

Als Reiser in das enge Zimmer kam, hielt Piringer schon die Geige und den Bogen in der Hand. Er holte eine Stimmgabel hervor und stimmte schnell durch. Dann besann er sich einen Moment auf das, was vor ihm auf dem hölzernen Pult lag, und begann zu spielen. Reisers Melodie. Seine Romanze. Piringer spielte sie einmal ganz durch.

»Schade, dass wir kein Klavier haben«, sagte er, als er am Ende angekommen war. »Aber wie die Begleitung klingt, kann ich mir vorstellen. Das hast du schön gemacht. Aus dir wird noch was, da bin ich sicher.«

»Ich danke Ihnen schön, Herr Piringer«, sagte Reiser leise und sah zu Boden. Auf dem Weg hierher hatte er sich gefragt, ob er seinem Lehrer von dem Besuch bei Beethoven und der bevorstehenden Verabredung berichten sollte. Aber dann hätte er auch erklären müssen, warum er den Komponisten sprechen wollte, und das ging auf keinen Fall. Doch jetzt, wo Piringer ihn so sehr lobte und wie einen Sohn behandelte, kam ihm das ein bisschen wie Verrat vor.

»Bist wieder in Gedanken, Sebastian? Dann schau ich mal, wie ich dich daraus aufwecken kann.«

Piringer wandte sich der schmalen Wand zu, die als einzige nicht von Schränken verdeckt war. Hier standen verschiedene Instrumentenkoffer nebeneinander. Er öffnete einen davon und hielt Reiser etwas hin, was dieser im ersten Moment für eine Geige hielt. Als er sie in die Hand nahm, bemerkte er seinen Irrtum. Das Instrument war ein wenig größer als eine Violine. Reiser zupfte prüfend die Saiten. Sie waren tiefer gestimmt. »Eine Bratsche«, sagte er überrascht.

Piringer zwinkerte ihm zu. »Probier mal das hier.«

Er griff in eines der Regale neben sich und holte einen dicken Stapel Noten hervor. Sorgfältig legte er sie auf das Pult, überblätterte das Deckblatt, sodass gleich die erste Notenseite zu sehen war. Es war ein ordentlich geschriebener Bratschenpart eines Orchesterwerks. Ganz oben stand »Sinfonia« und darunter die Instrumentenangabe »Viola«.

»Meinst du, du kannst das?«, fragte Piringer. »Den Bratschenschlüssel kennst doch noch, oder nicht?«

Reiser hatte früher gelegentlich Bratsche gespielt, um seinen Lehrer im Duo zu begleiten. Der spezielle Schlüssel, in dem die Noten geschrieben waren, war ihm geläufig. Er setzte das Instrument an, das ja genauso wie eine Geige gehalten und gespielt wurde, und begann.

Der Anfang war seltsam. Die Stimme bestand aus eigenartigen Quint- und Quartsprüngen, die keine Melodie ergaben. Nach ein paar Takten ging alles in einen dramatischen d-Moll-Akkord über, dessen Töne wie in einem Ausdruck wütender Gewalt in kantigem Rhythmus nach unten stürzten. Erst nach und nach kämpften sich einzelne Motive heraus, die von fern an so etwas wie Thementeile oder Melodien erinnerten, unterbrochen von scheinbar beziehungslos eingeworfenen Tonleiterketten.

»Es klingt komisch, ich weiß«, sagte Piringer. »Es ergibt erst mit allen zusammen einen Sinn. Mach einfach weiter.«

Reiser gehorchte und mühte sich noch eine Seite lang ab. Es wurde aber nicht besser. Alles klang furchtbar und zusammenhanglos.

»Ja«, sagte Piringer, der Reisers Verwirrung gar nicht wahrzunehmen schien, schließlich weihevoll. »Davon spricht bald ganz Wien. Diese Musik wird den Rossini und all die Walzer, die man hier so gern hört, verstummen lassen. Am kommenden Freitag. Das Datum wird in den Geschichtsbüchern stehen. Eines Tages. Hast dich wacker geschlagen, Sebastian. Aber wir spielen ja nicht nur das hier. Es gibt auch noch eine Ouvertüre und Teile aus einer neuen Messe von Herrn van Beethoven. Sozusagen als Vorspiel zu der neuen Sinfonie ...«

»Warum lassen Sie mich das spielen, Herr Piringer?«, fragte Reiser. »Und warum auf einer Bratsche?«

Piringer sah ihn an und lächelte verschmitzt. »Ach, das hab ich dir noch nicht gesagt. Weißt, der Herr Beethoven und der Herr Schindler ... Sie haben mich doch gebeten, Mitspieler zu finden. Natürlich haben wir die Musiker aus dem Theaterorchester, aber die reichen für das Riesending hier nicht. Es müssen noch mehr dazukommen. Vor allem bei den Streichern. Und da wieder vor allem bei den Bratschen. Da haben wir noch viel zu wenig. Das hab ich aber doch gestern schon erwähnt, oder nicht?« Er verstummte und sah Reiser auffordernd an.

»Soll das heißen ...?«

»Das soll heißen, dass du mitspielen sollst. Nach dem, was du da eben gezeigt hast, glaub ich, dass du's packst.«

Reiser spürte, wie ihm das Herz bis zum Hals schlug. »Aber ... aber es ist zu spät«, stammelte er. »Die wichtigsten Proben sind ja schon vorbei. Am Freitag ist die Aufführung.«

»Die wichtigsten Proben kommen noch«, sagte Piringer ruhig. »Bisher hatten wir nur Versuche mit einem Teil des Orchesters und den Solisten. Da müssen sich andere auch noch reinschicken, glaub mir. Ich helf dir natürlich. Jetzt gleich. Wir gehen die schwierigen Stellen durch. Dann bist du präpariert. Und kannst gleich in die nächste Probe kommen.«
Reiser stand immer noch da, die Bratsche in der Hand. »Und das geht wirklich in Ordnung?«, fragte er. »Ich meine ...«
»Ich bin derjenige, der die Leut zusammensucht. Was du natürlich nicht bekommst, ist Geld. Es geht um die Ehre. Die Ehre, an einer Aufführung mitzuwirken, von der man noch mindestens hundert Jahre sprechen wird.«

Piringer legte die Noten zurecht. Zuerst gingen sie die neue Sinfonie nach Stellen durch, an denen Reiser die verschiedensten Klippen zu umschiffen hatte: Tonleitern in unbequemen Tonarten, im zweiten Satz endlose Ketten von Noten, die sich über viele Zeilen hinzogen, bis sie einem vor den Augen flimmerten und man leicht in die falsche Zeile geraten konnte, weil alles gleich aussah. In einem Adagio erwartete die Bratschen dann endlich so etwas wie ein richtiges Thema.

Schließlich kam das Finale. Genau diese Musik hatte Reiser auf der Straße vor dem Landständischen Saal gehört. Und jetzt konnte er hier in der kleinen Übestube auch noch einmal die Melodie erleben, die ihm dort bereits aufgefallen war. Die einfache und doch so berührende Hymne. Sie war gar nicht schwer zu spielen, und Reiser genoss es, sie voller Hingabe auf dem Instrument in seiner tiefen, melancholischen Färbung auszusingen. Doch dann gingen die Schwierigkeiten wieder los. Rabiate Doppel- und Tripelgriffe, Sechzehntelketten, alles in rasender Geschwindigkeit. Reiser setzte erschöpft das Instrument ab.

»Ich glaube, ich schaff das nicht, Herr Piringer. Es tut mir sehr leid, aber ...«

»Hab ich dich überanstrengt? Also gut, machen wir erst mal Schluss für heut.« Er legte die Noten weg und sah Reiser an. »Denk drüber nach. Morgen ist Probe nur fürs Orchester vom Kärntnertortheater. Damit haben wir nichts zu tun. Da können die sich erst mal allein die Zähne ausbeißen. Am Mittwoch

sind wir wieder dabei. Um neun im großen Redoutensaal. Bis dahin ist Zeit zum Üben.«
»Ich hab doch gar keine Bratsche«, sagte Reiser.
Piringer biss sich nachdenklich auf die Lippe. »Die hier brauch ich. Weißt was? Komm morgen wieder her, dann üben wir noch mal. Und am Mittwoch bring ich dir eine vom Rzehaczek in die Probe mit. Oder noch besser: Komm doch heut Abend hier unten ins Bierhaus. Zum Haidvogel. Da trifft sich die Ludlamshöhle.«
»Die was?«, fragte Reiser. Er glaubte, nicht recht verstanden zu haben.
»Die Ludlamshöhle.« Piringer zwinkerte wieder. Er senkte die Stimme, als er weitersprach. »Unsere geheime Zusammenkunft der Musiker in Wien. Ganz was Besonderes!«
Geheime Zusammenkunft? Hier im Schlossergässchen? Was sollte das denn wieder bedeuten? Wie viele geheime Gruppen von Musikern gab es denn noch in Wien? Bevor er weiter darüber nachdenken konnte, fiel Reiser siedend heiß etwas ein.
»Wie spät ist es eigentlich?«, fragte er.
»Es wird gleich halb sein«, sagte Piringer, der die Bratsche mit einem Tuch abwischte.
»Halb zwei?«
»Halb drei. Die Musik vom Herrn Beethoven lässt einen die Zeit vergessen, was? Ja, ja, das habe ich schon oft erlebt …«

16

Reiser verabschiedete sich so höflich und ausgiebig, wie es in der Eile möglich war. Unter Piringers Mahnung, dass er das Treffen am Abend nicht vergessen solle und am nächsten Mittag auf jeden Fall wieder herzlich willkommen sei, verließ er die Wohnung und lief die Treppe hinunter.

Eine heiße Flamme des Ärgers stieg in ihm auf. Ärger über sich selbst. Er würde vielleicht zu spät kommen. Und er musste einen Fiaker nehmen, was teuer war. Zum Glück war er mitten in der Stadt, und am Dom warteten immer Kutscher auf Kundschaft.

»Ich muss es bis halb drei schaffen«, rief Reiser dem ersten von ihnen zu, nachdem er sein Ziel genannt hatte.

»Nur die Ruh, der Herr«, kam es von oben. »Jetzt nach Mittag wird's wohl gehen.«

Viel zu gemächlich setzte sich das Gefährt in Bewegung, während Reiser wie auf Nadeln saß. Kurz darauf erreichten sie das Stubentor.

Schon wieder, dachte Reiser. Das Stubentor scheint mein Schicksal zu sein. Er wollte gar nicht aus dem kleinen Fensterchen blicken. Draußen zogen die Schauplätze vorbei, die er jetzt schon sehr gut kannte. Der Wienfluss, der Kanal, der Hafen.

Wenigstens erhöhte der Kutscher auf dem Glacis endlich das Tempo. Als sie am Invalidenhaus vorbeikamen, dessen prächtige Fassade die Vorstadt begrenzte und wie ein Palais in Richtung Innenstadt blickte, schlug irgendwo eine Kirchturmuhr. Der Mann auf dem Kutschbock schien es gehört zu haben und brachte seine Pferde in schnelleren Trab.

Als sie ankamen, spazierte Beethovens massige Gestalt gerade aus dem Tor des Hauses »Zur schönen Sklavin«. Mit langen Schritten, einen hellen Bambusstock schwingend, trat er auf die Gasse und sah sich um. Er sah Reiser aus der Kutsche steigen und kam auf ihn zu. Trotz der frühlingshaften Wärme trug der Komponist einen Mantel, als befürchtete er, sich zu erkälten.

»Herr Reiser«, schrie er in einer Lautstärke, die geeignet war, um sich mit jemandem auf der anderen Straßenseite zu unterhalten. »Sehr gut, Sie haben die Kutsche gleich mitgebracht!«
»Wünscht der Herr auch eine Fahrt?«, fragte der Kutscher geschäftig und steckte Reisers Kreuzer ein. Beethoven runzelte die Stirn und nickte. Er mochte nicht gehört haben, was der Mann wollte, aber er hatte es trotzdem begriffen.
»Zur Währinger Linie«, schrie er nach oben. Dann wandte er sich an Reiser. »Fahren Sie mit. Wir unterhalten uns im Wagen.« Er stieg von der anderen Seite ein und setzte sich neben ihn.
Als sie losfuhren, holte Reiser einen kleinen Packen Papier und einen Bleistift hervor. Er hatte die Utensilien zusammen mit seiner Notenmappe vor dem Besuch bei Piringer aus seinem Zimmer bei der Witwe Gruber geholt. Er schrieb etwas auf, das er Beethoven zeigte. Reiser hatte vor, Beethoven ein paar Fragen zu stellen. Es war aber sicher nicht angebracht, wenn der Komponist die Antworten in die Gegend schrie.
Herr van Beethoven, bitte sprechen Sie leiser.
Der Komponist lächelte verlegen und nickte. Offenbar kannte er das Problem schon und nahm hin, dass die Leute ihn bremsten, weil er als Ertaubter die Lautstärke seiner eigenen Rede nicht einschätzen konnte.
»Ist es so recht?«, fragte er mit gesenkter Stimme.
Reiser nickte.
»Sie sagen, Sie wüssten etwas über meine Taubheit? Mit Verlaub, das kann ich kaum glauben. Sie ist für alle Ärzte, die ich bis jetzt befragte, ein Rätsel. Viele haben versucht, sie zu erklären.«
In möglichst knappen Sätzen schrieb Reiser nieder, was in der Nähe von Schloss Sonnberg geschehen war, als er in Diensten des Edlen stand, und fügte hinzu, dass er im Nachlass des Vaters eine Notiz gefunden habe, in der es um Beethovens Taubheit ging. Das entsprach nicht der Wahrheit. Doch Reiser musste sie sich zurechtbiegen, denn er wollte Scheiderbauer erst einmal aus dem Spiel lassen.
Mein Vater muss 1796 in Diensten von jemandem gewesen

sein, der Ihnen irgendein Gift gegeben hat. Oder eine Medizin. Vielleicht in falscher Dosierung. Können Sie sich an so etwas erinnern?

Beethoven las, und dabei veränderten sich seine Züge. Reiser wurde klar, dass der Komponist innerlich in die Vergangenheit blickte.

»1796«, sagte Beethoven nachdenklich. »Das war eine ganz andere Zeit. Ich war noch nicht lange in Wien. Aber ich wurde gefeiert. Ich spielte in den Salons Klavier. Man bewunderte meine Fähigkeiten der Improvisation. Die Musik floss mir nur so aus den Fingern. Ganz von selbst. Ich brauchte mich nur hinzusetzen und zu spielen. Wie wunderbar war das ... Doch bald kam die Zeit, in der ich nach Höherem strebte, mühsam konstruieren musste, um jede Kleinigkeit kämpfte.«

Reiser wurde beim Zuhören ein fremdartiger Akzent in Beethovens Sprechweise bewusst. Der Komponist stammte aus Bonn. Es war wohl sein rheinischer Dialekt.

»In wessen Diensten war Ihr Vater denn damals?«, fragte Beethoven.

Das ist es gerade, was ich noch herausfinden muss. Ich dachte, Sie hätten meinen Vater vielleicht gekannt. Können Sie sich trotz der langen Zeit daran erinnern, wem Sie im Jahre 1796 begegnet sind? Oder an ein besonderes damaliges Ereignis?

Wieder schwieg Beethoven eine Weile, um nachzudenken, und blickte aus dem Fensterchen der Seitentür. Ihr Ziel lag auf der entgegengesetzten Seite Wiens. Der Kutscher mied die Enge der Gassen und folgte dem Rund des Glacis. So wanderte auf der einen Seite die mächtige Mauer der Bastei vorbei, auf der anderen die Fassaden der Vorstädte. Gerade näherten sie sich der Wieden. Die von zwei Säulen flankierte Kuppel der Karlskirche ragte wie ein Wächter in den Himmel.

»1796 war ich zumeist mit Fürst Lichnowsky unterwegs«, sagte Beethoven. »Ich meine den alten Fürsten, der schon zehn Jahre tot ist. Als ich nach Wien kam, hat er mich behandelt wie einen eigenen Sohn. Die Fürstin, seine Gattin, ebenfalls. Ich durfte bei ihnen wohnen. Ich spielte, wenn sie Gäste hatten. Und ging mit ihnen auf Reisen. In jenem Jahr waren wir in

Prag, in Dresden und in Berlin. Überall gab ich Konzerte, und ich traf viele Menschen. Im Sommer kehrten wir nach Wien zurück. Da wurde ich plötzlich krank.« Reiser nahm das Schreibzeug. *Das passt doch*, schrieb er. *Wenn Sie krank waren, haben Sie doch sicher Medizin erhalten. Was für eine Krankheit war es?* »Ich weiß es nicht. Vielleicht Typhus. Oder eine Art Grippe. Wäre der Doktor nicht gewesen ...« *Sie waren bei einem Doktor? Wie hieß er?* »Warum wollen Sie das wissen?« Beethovens Wohlwollen schien einen Riss bekommen zu haben. Reiser zögerte, bevor er weiterschrieb. *Was mein Vater zu wissen glaubte, hängt mit der Krankheit zusammen. Und ich muss mit jedem sprechen, der von dieser Krankheit weiß. Dieser Doktor könnte etwas wissen.* »Aber was bezwecken Sie damit?«, fragte Beethoven. Dann schien er zu begreifen. »Meinen Sie ...« Er brach ab. *Mein Verdacht ist der, dass Ihre Taubheit in jener Krankheit von damals ihren Ursprung hat. Ich glaubte, das wäre deutlich geworden.*

Beethoven las es, sah Reiser kopfschüttelnd an und wandte sich ab. »Nein«, sagte er.

Reiser schrieb weiter. *Ich fürchte, es könnte sogar sein, dass man Ihnen das willentlich zugefügt hat. Dass die Krankheit kein Zufall war. Dass man versucht hat, Sie zu vergiften. Sie haben sich davon erholt, aber um den Preis Ihres Gehörs.*

Beethoven las die Zeilen schnell, starrte dann schweigend aus dem Fenster. Sie befanden sich jetzt am unteren Ende der Stadt, genau gegenüber dem Burgtor, das im Moment eine Baustelle war, aber nach Fertigstellung sicher den prächtigsten Durchgang der Bastei abgeben würde. Der Komponist fasste es ins Auge, als würde er sich für die besondere, von antiken Tempeln inspirierte Architektur interessieren. »Das wäre ein furchtbarer Verdacht. Das geht zu weit.«

Oder man hat Ihnen helfen wollen und eine Arznei falsch dosiert. Mein Vater war darin verwickelt. Er könnte die Arznei von dem Arzt geholt oder ihm den Auftrag gebracht haben.

»Sie wollen also die Ehre Ihres Vaters retten? Verstehe ich das richtig?«
Es geht nicht nur um die Ehre meines Vaters.
Reiser erklärte mit rasch hingeschriebenen Worten, dass das Dokument, welches sein Vater hinterließ, verschwunden war.
In der Nacht war jemand in meiner Unterkunft, und dann war die Notiz weg.
Beethoven schwieg nun eine ganze Weile. Reiser ließ ihn in Ruhe nachdenken.
»Wissen Sie, es gehen seltsame Dinge vor«, sagte der Komponist schließlich. »Und was Sie mir da aufgeschrieben haben, beschäftigt mich selbst schon lange. Nicht nur Ihr Herr Vater und der mir unbekannte Edle von Sonnberg sind kürzlich umgekommen. Sondern noch jemand.«
»Noch jemand?«, fragte Reiser. Beethoven las es von seinen Lippen.
»Der Arzt, der mich damals behandelt hat. Ich hatte seinen Namen schon vergessen. Doch nun stand er in der Zeitung. Ich habe mich sofort erinnert. Dr. Scheiderbauer. Er wurde ermordet. So heißt es in den Zeitungen. Und nun fragen Sie nach ihm.«
Reiser versuchte, überrascht zu wirken. Er musste das Spiel weiterspielen. Er nickte langsam und schrieb wieder.
Das war Ihr Arzt?
»Er hat mich damals behandelt. 1796. Ein Gönner hatte ihn bestellt und bezahlt.«
Ein Gönner? Fürst Lichnowsky?
Beethoven winkte ab. »Damals waren viele Menschen ganz begierig, mir zu helfen. Weil sie mich bewunderten. Es kann auch sein, dass der Doktor von sich aus kam. Ach, das ist so lange her. Doch dass er ermordet wurde … Und das gerade jetzt, kurz vor der neuen Sinfonie …«
Dass dies alles ausgerechnet jetzt, vor der Premiere der neuen Sinfonie geschieht – halten Sie das für einen Zufall?
Beethoven sah gar nicht auf das Blatt, er sprach einfach weiter. »Es hat schon lange keine Akademie mit neuen Werken von mir gegeben. In Wien denkt man, ich sei ausgeschrieben, von mir

komme nichts mehr. Ich sei ein tauber Krüppel, der nicht mehr komponieren könne. Dabei habe ich das Gefühl, dass ich's jetzt, da ich nichts mehr höre, viel besser vermag. Je stärker man sich auf sein Inneres, auf sich selbst konzentrieren kann, desto besser geht's. Es ist, als würde man ein fremdes Land entdecken.« Er sah Reiser an. »Sind Sie eigentlich auch musikalisch? Ja, das sind Sie. Sie haben sich ja als Violinist vorgestellt. Da müssten Sie sich mit Herrn Schindler gut verstehen.«
Ich kenne Herrn Piringer sehr gut. Er war mein Violinlehrer. Als ich heute bei ihm war, hat er mich ermuntert, als Bratschist in Ihrer Akademie mitzuwirken.
»Wirklich?« Beethovens braune Augen schienen auf einmal zu leuchten. »Wenn der gute Piringer Ihr Lehrer war ... Meinen Segen haben Sie.«
Ich hoffe, dass ich es schaffe. Der Part ist nicht leicht. Herr Piringer ist aber zuversichtlich.
»Wissen Sie, ich habe selbst auch Bratsche gespielt. In meiner Jugend. In der Bonner Hofkapelle. Da war ich viel jünger als Sie. Und wir mussten innerhalb weniger Tage ganze Opern einüben.« Versonnen gab er sich einen Moment seinen Erinnerungen hin. Dann legte sich erneut ein Schatten auf seine Miene. »Ich danke Ihnen jedenfalls für Ihre Bemühungen, Herr Reiser. Ihren Vater habe ich wohl nicht gekannt. Was jedoch nichts heißen muss. Wenn er ein Lakai war, kann ich mich kaum an ihn erinnern, sollte er mir damals eine Medizin oder etwas anderes gebracht haben. Ich war ja krank, und es gingen stets Boten ein und aus. Ich hatte zu der Zeit viele Schüler. Der Grund für meine Taubheit ist eines der großen Rätsel meines Lebens. Kein Arzt hat es bisher ergründet. Wenn es Ihnen gelänge, eine Antwort zu finden, wäre ich Ihnen dankbar. Mein Gehör habe ich verloren. Doch mit diesem Verlust habe ich andere Fähigkeiten gewonnen.«

Reiser schrieb nicht, sondern machte ein fragendes Gesicht.

»Wenn Sie die Menschen nicht mehr sprechen hören, verschwindet die Fassade, das, was sie vorgeben. Ich kann in Gesichtern lesen. Ich kann erkennen, was in den anderen vorgeht. So habe ich, als ich Sie da heute Morgen vor meiner Wohnung stehen sah, gleich erkannt, woran ich bei Ihnen bin.«

Ich helfe Ihnen gern. Ich bewundere Ihre Musik sehr, und es ist mir eine Ehre.
Sie hatten nun einen Großteil der Stadt umrundet. Links tauchte die Alservorstadt mit dem großen Krankenhauskomplex auf. Schließlich bog der Kutscher in die Währinger Gasse ein.
Reiser scheute sich zu fragen, wo Beethoven hinwollte. Es ging ihn ja nichts an. Wahrscheinlich machte er einen Besuch. Vielleicht bei einem Solisten der Akademie. Oder er wollte zum Kopisten Gläser. Seltsam allerdings, dass Schindler nicht dabei war.
Bis zur Linie war es nicht mehr weit. Nur noch wenige Minuten würde Reiser mit Beethoven auf engstem Raum verbringen. Jetzt oder nie, dachte er. Beethoven ist dir wohlgesinnt. Warum kann er dir nicht auch einen kleinen Gefallen tun? Er schrieb zwei Sätze auf.
Darf ich Sie um etwas bitten? Würden Sie sich etwas ansehen?
Eigentlich hatte Reiser erwartet, auf spontanes Entgegenkommen zu stoßen. Schon aus Höflichkeit. Doch Beethoven zog misstrauisch seine markanten dunklen Augenbrauen in die Höhe. Natürlich. Sicher hatte er schon oft gehört, dass man ihm »etwas zeigen« wolle. Reiser spürte, wie sein Herz ein Stockwerk nach unten sank.
Er hatte einen Fehler gemacht. Er saß neben dem Titanen der Musik, verstand sich gut mit ihm. Und nun belästigte er ihn mit seinen kindischen Anwandlungen. Aber er konnte nicht mehr zurück. Entschlossen holte er seine Romanze aus der Mappe und hielt sie Beethoven hin. »Das ist von mir«, sagte er. Er war sicher, dass Beethoven ihn verstand.
Immerhin, der Meister sah es sich an. Es ging sehr schnell und wirkte fast oberflächlich. Als Beethoven fertig war, hielt er die Hand auf. Was wollte er? Reiser begriff. Er verlangte nach dem Bleistift.
Die Notenblätter auf den Knien, schrieb Beethoven Korrekturen in das Manuskript. Dabei rief er immer wieder Kommentare. Dass er leise sprechen wollte, hatte er wohl wieder vergessen.

»Ganz hübsch, aber auch ganz langweilig. Und was soll dieses Gepolter im Klavier?« Mit einem entschlossenen Strich fiel eine raffinierte Begleitfigur dem Stift zum Opfer. »Hier fällt Ihnen nichts anderes ein, als sich dauernd zu wiederholen. Schreiben Sie nie zweimal genau das Gleiche. Variieren Sie. Lassen Sie das Zweite wie einen Kommentar zum Ersten erscheinen.« Er blätterte zum Ende. »Und hier ist es schon vorbei? Wenn es nach mir ginge, wäre das erst der Anfang. Haben Sie daran gedacht, es um einen Mittelteil zu ergänzen? Oder machen Sie Variationen daraus. Wenn Sie sich das zutrauen.«

Reiser machte wohl ein sehr erschrockenes Gesicht. Beethoven sah es und lächelte. »Ich habe Sie erschreckt«, sagte er nun wieder leiser. »Aber nur mit ehrlicher Strenge kommt man weiter. Ganz talentlos sind Sie nicht. In erster Linie fehlen Ihnen aber theoretische Grundlagen. Ich kann Ihnen ein gutes Lehrbuch empfehlen. Arbeiten Sie das gründlich durch, dann sehen wir weiter.«

Reiser nahm die Noten und wollte seinen Ohren nicht trauen. Ludwig van Beethoven, der Inbegriff der musikalischen Grenzüberschreitung, der Mann, der sich an keine Regel hielt, der die kompliziertesten Stücke schrieb und harmonische und rhythmische Grobheiten in seinen Partituren unterbrachte, die jeden braven Musikus der alten Schule entsetzten – dieser Mann empfahl *ein Lehrbuch*?

»Albrechtsbergers Kompositionslehre«, sagte Beethoven.

Johann Georg Albrechtsberger. Reiser hatte dessen Buch schon einmal durchgesehen. Es war eine einzige Ansammlung von Regeln, mit Intervalltabellen und Erklärungen für jede noch so kleine musikalische Wendung. Wenn man nur ein paar Minuten darin gelesen hatte, verging einem die Lust am Musizieren.

»Ich war selbst Herrn Albrechtsbergers Schüler.«

»Tatsächlich?«, entfuhr es Reiser, und Beethoven sah ihm das Erstaunen an.

»Glauben Sie, ich hätte nichts lernen müssen? Aber natürlich bin ich bei diesen Studien nicht stehen geblieben. Ich habe alles gelernt und dann absichtlich wieder vergessen. Machen Sie es genauso. Lernen Sie. Und dann lauschen Sie in die Welt.

Sehen Sie sich die herrliche Natur an. Betrachten Sie große Kunstwerke. Lesen Sie bedeutende Dramen. Lassen Sie die Welt Ihre Lehrerin sein. Das ist das Geheimnis. Was glauben Sie, wie oft ich durch die Natur streife, um mich von dem inspirieren zu lassen, was der größte aller Schöpfer uns geschenkt hat? Wer weiß … Vielleicht kommt mir angesichts des herrlichen Frühlingstages heute der entscheidende Gedanke für eine neue Sinfonie … Was die Welt am Freitag zu hören bekommt, ist meine neunte. Aber ich arbeite bereits an einer zehnten.«

Die Kutsche wurde langsamer und blieb schließlich stehen. Beethoven drückte ungeduldig die Tür auf. »Um was ich Sie gebeten habe, gilt«, sagte er. »Besuchen Sie mich wieder, wenn Sie Näheres wissen. Adieu für heute.«

Damit stieg er aus und ging nach vorne zum Kutscher, der behände herabgesprungen war und das Geld entgegennahm.

Vor der Schranke des Linientores lag ein kleiner staubiger Platz. Etwas abseits erstreckte sich eine Mauer, hinter der Berge von Lehm und Schutt emporragten. Dazwischen stießen Schornsteine in den Himmel, aus denen es grau qualmte. Ein erdiger, aber scharfer Geruch lag in der Luft. Hier draußen wurden Ziegel gebrannt. Es war das Baumaterial, mit dem man in den stetig wachsenden Vorstädten schnell billige Häuser hochzog.

»Soll's in die Stadt zurückgehen?«, fragte der Kutscher. Reiser lehnte dankend ab. Das Geld sparte er sich. Er konnte ebenso gut zu Fuß gehen. Während der Fiaker wendete, sah er Beethoven nach, der, leicht vornübergebeugt und seinen Spazierstock schwingend, in Richtung Tor marschierte. Dabei ließ er ein eigenartiges rhythmisches Brummen hören. Wahrscheinlich war ihm eine musikalische Idee gekommen, die er jetzt innerlich durcharbeitete. Dass er dabei Töne wie von einem Bären ausstieß, war ihm bestimmt nicht bewusst. Oder es war ihm egal.

Die Soldaten am Tor schienen ihn zu kennen. Er brauchte nur ein paar Worte zu sagen, und sie ließen ihn mit höflichen Bücklingen passieren. Reiser dagegen sahen sie prüfend an.

»Möchten S' auch zum Friedhof?«, fragte einer der Uniformierten. »Sie sind doch mit dem Herrn Kapellmeister gekommen. Da ist auch gleich noch eine Beerdigung.« Reiser wusste, dass ein Stück hinter der Linie der Währinger Friedhof lag. »Geh'n S' ruhig durch, wenn Sie auch hinwollen«, sagte der Soldat. »Sie brauchen keinen Pass ... Ich merk mir halt Ihr Gesicht.« Reiser hörte das Rattern von Rädern auf dem Kopfsteinpflaster in seinem Rücken. Von der Stadt her kam ein dunkler Wagen, flankiert von einer Schar schwarz gekleideter Menschen, auf das Tor zugefahren. Auf der Ladefläche lag ein Sarg. Die Prozession war so langsam unterwegs, dass es noch eine Weile dauern würde, bis sie das Tor erreichte.

Reiser ging durch die Absperrung und folgte dem Komponisten. Links der Landstraße lag wie eine Insel inmitten der Felder das Friedhofsareal.

Als er dort ankam, war Beethoven längst durch das Portal verschwunden. Gleich in der ersten Reihe gähnte das frisch ausgehobene Grab. Am nächsten Baum saßen zwei Totengräber und warteten. Reiser hatte sich kaum sehen lassen, da sprangen sie schon auf. Sie hielten ihn wohl für den Ersten der Trauergemeinde.

Beethoven war nicht hier stehen geblieben, sein Ziel war eine Grabstelle, die weiter hinten lag und an die rückwärtige Mauer grenzte. Auf den Bambusstock gestützt, betrachtete er das Viereck zu seinen Füßen und schien ganz und gar in sich versunken zu sein.

Unterdessen näherte sich der schwarze Wagen. Reiser hörte schon das Schnauben eines Pferdes und das gemächliche Klappern der Hufe. Ehe der Zug herangekommen war, verließ Reiser den Friedhof. Draußen folgte er der Mauer an der Feldseite entlang und fand neben Büschen einen übrig gebliebenen Mauerstein. Hier konnte er sich hinsetzen und war von der Umgrenzung verborgen.

Was hatte ihn bewogen, hinter Beethoven herzugehen? Die Tatsache, dass der ausnahmsweise ohne Schindler unterwegs war? Nein, einfach nur Neugierde.

Er lauschte den Vögeln, die weit hinten über die Felder schossen. Zwischen den Büschen taumelte ein Segelfalter heran, ließ sich auf einer Wiesenblume nieder und bewegte zuckend die Flügel. Dazu konnte Reiser den Geistlichen vernehmen, der vor dem offenen Grab seine Litaneien aufsagte, untermalt von gelegentlichen Ausrufen der Gemeinde. Musikalische Inspiration gab ihm das nicht. Stattdessen wurde ihm der bizarre Kontrast bewusst. Auf der einen Seite die aufbrechende Natur des Frühlings. Blühende Bäume, Vogelkonzert und Schmetterlinge. Und mittendrin der Tod, der in der Idylle seinen Platz fand.

Reiser erinnerte sich, dass Beethoven aus dem Eindruck der herrlichen Natur Musik gemacht hatte – und zwar mit seiner Sinfonie, die den Beinamen »Pastorale« trug. Sie beschrieb die Empfindungen eines Wanderers in einer frühlingshaften oder sommerlichen Landschaft, ließ aber auch ihre Schrecken nicht aus. Der Hörer wurde durch die Darstellung eines gewaltigen Gewittersturms getrieben, bevor das Finale einen großen Dankgesang darüber anstimmte, dass man noch einmal lebend davongekommen war.

Reiser hätte diese Sinfonie gern einmal gehört. Leider kannte er das Werk nur aus Berichten.

Er erhob sich und sah zu der Zeremonie hinüber. Der Geistliche schwenkte ein Weihrauchfass über dem Grab hin und her. Die Trauernden sprachen ein gemeinsames Gebet.

Beethoven stand noch immer an derselben Stelle und nahm von der Beerdigung im vorderen Bereich des Friedhofs keine Notiz. Vielleicht bemerkte er sie in seiner stillen Welt noch nicht einmal.

Reiser spürte Unbehagen darüber, dass er dem Meister nachspionierte. Wo er doch gerade dessen Vertrauen errungen hatte. Er hatte einen Hinweis erhalten, wie er seine kompositorischen Fähigkeiten verbessern konnte. Der Meister sah es gern, dass Reiser in dessen Akademie mitspielte. Und er sollte das größte Geheimnis von Beethovens Schicksal ergründen! Wenn Reiser so etwas vor wenigen Wochen prophezeit worden wäre, er hätte es nie im Leben geglaubt.

Er setzte sich wieder auf den Stein an der Mauer und wartete, bis die Beerdigung vorüber war. Zu groß war die Gefahr, dass Beethoven ihn hier entdeckte. Irgendwann wagte Reiser, erneut hinüberzuschauen. Die Kutsche setzte sich eben in Bewegung und rumpelte ohne Sarg zurück in Richtung Linie – diesmal in höherem Tempo. Die Trauergäste folgten ihr und zerstreuten sich dabei langsam.

Reiser schloss sich ihnen an, und als er sich auf halber Strecke umblickte, sah er die Gestalt des Komponisten am Horizont in Richtung Wienerwald spazieren.

Kurz entschlossen ging er zurück – durch das Portal auf das Friedhofsgelände und vorbei an den Totengräbern, die mit Schaufeln ihren Dienst verrichteten. Dann erreichte er die Ruhestätte, an der Beethoven gestanden hatte. Ein einfaches Kreuz zierte die Kopfseite. Es war kein Name darauf eingeschnitzt oder aufgemalt. Keine Lebensdaten. Nichts.

Hier ruhte wohl jemand, den Beethoven gekannt hatte. Sicher war es keine höhergestellte Person. Die fanden ihre letzte Ruhe nicht auf diesem einfachen Friedhof, sondern hatten meist Familiengrabstätten mit Mausoleen. Die beiden sehr unterschiedlichen Begräbnisse, deren Zeuge er vor Kurzem gewesen war, fielen Reiser ein. Wieder schmerzte der Verlust. Und auf einmal überrollte ihn der Gedanke an Theresia. Würde er sie jemals wiedersehen? Wohl kaum. Sie war für ihn verloren. Für immer. So wie die Menschen hier auf dem Friedhof ...

Er wollte sich wieder dem Ausgang zuwenden, da bemerkte er etwas an dem Kreuz. Da, wo sich die beiden Balken trafen, war das Holz heller. Vor langer Zeit hatte dort etwas gestanden. Ein Buchstabe. Die Farbe war durch Regen fast abgewaschen worden, aber eine Spur war davon noch zu erkennen.

Er sah aus wie ein großes J.

J ...

Die Abkürzung eines Namens.

In Österreich wimmelte es nur so von Johanns und Johannas, von Josephs, Josephas und Josephines.

Reiser fragte die Totengräber, wer in dem Grab lag, aber sie wussten es nicht. Allerdings hatten sie den Herrn Kapellmeister schon sehr oft dort stehen sehen.

Als er ihnen das verwitterte J zeigte, staunten sie selbst darüber. Es war ihnen noch nicht aufgefallen. Sie staunten noch mehr, als Reiser ihnen zu verstehen gab, dass dieses das einzige Grab auf dem ganzen Friedhof war, das keinen Namen trug. Auch das schien ihnen noch nicht aufgefallen zu sein. Mit einem »Habe die Ehre« gingen sie davon.

Reiser blieb zurück, während er in Gedanken immer noch Namen mit dem Anfangsbuchstaben J durchging. Bei einem, den er gerade erst gelesen hatte, blieb er hängen.

Joseph.
Graf Joseph von Deym.

17

Kreutz lief auf dem Glacis an der Vorstadt Landstraße entlang und ärgerte sich über sich selbst. Er hatte falsch reagiert. Die Flucht aus der Bibliothek hatte ihn erst recht verdächtig gemacht. Aber der Anblick des Mannes, der ihn am Abend zuvor beobachtet hatte, war wie ein Schock gewesen.

Er war gerannt und gerannt. Bald war die Bastei vor ihm aufgetaucht. Diese verdammte Bastei, die wie eine Wand die Häuser und Menschen in der inneren Stadt einkesselte. Natürlich waren die Tore offen, aber sie waren kümmerliche kleine Tunnels im Vergleich zu den Festungsmauern. Das Bild symbolisierte prächtig die politische Situation in den Ländern des Kaiserreichs. Man hielt die Bürger in einem Gefängnis, ließ ihnen jedoch winzige Freiheiten, eng wie Mauselöcher. Wer durch sie hinauswollte, dem wurde die eigene Winzigkeit erst recht bewusst.

Stolz auf diesen Gedanken, der eines Follen würdig gewesen wäre, war er an der Innenseite der Mauer entlanggelaufen. Als ihm ein Trupp Stadtsoldaten entgegengekommen war, hatte er in den normalen Flanierschritt gewechselt. Wer rannte, der rannte vor etwas davon. Und wer vor etwas davonrannte, machte sich verdächtig. Wer hingegen flanierte, war mit sich und der Welt im Reinen.

Ein, zwei Blicke nach hinten hatten ihm gezeigt, dass ihn niemand verfolgte. Niemand von der Universität und erst recht nicht dieser blasse Mann.

War das Zusammentreffen ein Zufall gewesen?

Das Haus, in dem die Unsichtbaren sie untergebracht hatten, war von der Universität nicht weit entfernt. Warum sollte er also nicht ein und dieselbe Person am Rotenturmtor und in der Bibliothek treffen?

Aber der Mann war in dem Keller gewesen. Er hatte die Unsichtbaren belauscht.

War er ein Helfer? Wie der Mann, der sie kutschiert und mit dem Boot über die Donau gefahren hatte?

War er ein Agent?
Es war nutzlos, weiter darüber nachzudenken. Der Mann wusste nicht, wer er war, und Kreutz war ihm entkommen. Basta.
Viel wichtiger war doch, was er in der Bibliothek herausgefunden hatte.
Zeisels Zeichnungen waren keine Hirngespinste.
Die bevorstehende Aktion – es gab sie.
Und sie hatte ein historisches Vorbild.
Guido Fawkes.
Von vielen Kommilitonen, auch von Follen, war dieser Mann erwähnt worden. In diesem Zusammenhang hatte Kreutz das Bild auch schon zu Gesicht bekommen.
Dass Fawkes vor über zweihundert Jahren und in einem anderen Land gewirkt hatte, spielte keine Rolle.
Was zählte, war die Methode. Sie war genial. Sie konnte man übernehmen.
Das Glacis war vom Wienfluss durchzogen, der weiter oben in den Donauarm mündete. Vorher speiste er den Kanal, der hier zu einem kleinen Hafen ausgebaut worden war. Dort verkehrten die Lastkähne. Sie erreichten den Hafen, nachdem sie an der östlichen Linie nur einen Steinwurf entfernt an der Artilleriekaserne vorbeigekommen waren. Auch Wöllersdorf lag an dieser künstlichen Wasserverbindung, über die der Sprengstoff in großen Fässern hergebracht wurde.
Angenommen, man lud diese Fässer oder einige von ihnen an der Kaserne nicht aus. Angenommen, man ließ sie auf dem Kahn, bis dieser den Hafen erreichte. Dann hatte man das Pulver in der Stadt.
Wer plante so etwas? Wer steckte dahinter? Wem konnte man so etwas zutrauen? Kreutz brauchte keine Sekunde darüber nachzudenken, um auf die Antwort zu kommen. Es mussten eben doch noch welche von den 1820ern übrig sein.
Zeisel saß nicht einfach nur im Guglhupf und malte Bilder. Er zog Fäden von einer Stelle aus, an der man es nicht vermuten würde. Was gab es denn für ein besseres Versteck als ein Irrenhaus?
Kreutz hörte innerlich Follens Stimme, der ihnen einge-

bläut hatte, dass Fürst Metternich, der oberste Verfolger der radikalen Studenten, in Mainz und Frankfurt geheime Zentralbüros eingerichtet hatte. Emsige Beamte sammelten dort jede Information, die sie bekommen konnten. Und das natürlich in direktem Austausch mit Wien. Sie öffneten Briefe, kopierten sie und versiegelten sie wieder, sodass die Betreffenden von dieser Überwachung nichts ahnten.

Zeisel betrieb so ein Zentralbüro der Gegenseite. Und er drückte seine Gedanken nicht in Worten aus, die man leicht zensieren konnte, sondern in Bildern, die für die Irrenhaus-Wärter nichts anderes als wirres Geschmier waren.

Wo kam das Pulver hin, wenn es erst einmal in der Stadt oder zumindest in der Nähe war? Welches Ziel konnte man damit ansteuern, ohne aufzufliegen?

Es musste ein großes Ziel sein. Größer als dieser spionierende Diplomat Kotzebue. Sands Tat war aller Ehren wert, aber natürlich hatte er damals in Mannheim nicht ganz den Richtigen getroffen. Kotzebue war bestenfalls eine Randfigur gewesen. Hier in Wien gab es ganz andere Möglichkeiten.

Die kaiserliche Burg?

Fürst Metternichs Amtssitz, die Staatskanzlei am Ballhausplatz?

Kreutz tastete in seine Hosentasche. Seine Finger umfassten hartes, kühles Metall.

In welches Schloss gehörte dieser Schlüssel?

Welche Tür öffnete er?

Er musste zurück zu Zeisel.

* * *

Es war fast halb sechs am frühen Abend, als Reiser an die Tür des Barons in der Kumpfgasse klopfte. Wie bei seinem Besuch am gestrigen Morgen öffnete ihm der lange Anton. Diesmal machte von Walsereggs Diener allerdings keine Anstalten, Reiser hereinzubitten. Im Gegenteil – er hob die Hand und bedeutete ihm, zu warten. Dann drückte er die Tür wieder ins Schloss.

Es vergingen Minuten, in denen Reiser von fern die Stimme des Barons zu hören glaubte. Schließlich näherten sich unre-

gelmäßige Schritte. Die Eingangstür ging wieder auf, und vor Reiser stand von Walseregg.
»Herr Reiser? Welche Überraschung. Guten Abend.«
»Guten Abend, Herr Baron. Ich hoffe, ich störe Sie nicht. Es täte mir sehr leid, wenn …«
»Ehrlich gesagt«, warf von Walseregg ein, »kommt mir Ihr Besuch tatsächlich gerade nicht gelegen. Aber … Na gut, ein paar Minuten kann ich doch erübrigen. Kommen Sie.«
Sie durchquerten das Vestibül und betraten den mit allerhand Wertvollem vielfältig angefüllten Salon, den Reiser schon kannte. »Ich habe Ihnen ja schließlich versprochen, Ihnen unter die Arme zu greifen. Bitte nehmen Sie Platz.«
Im Raum hatte sich etwas verändert. Überall auf den Tischen lagen ausgebreitete Zeitungsblätter und aufgeschlagene Bücher, einige von ihnen wild übereinandergeschichtet. Vereinzelt sah Reiser topografische Karten.
»Planen Sie eine Reise?«, fragte er. »Oh, entschuldigen Sie, das geht mich natürlich nichts an.«
»Eine Reise?« Von Walseregg nahm in seinem Sessel Platz und lehnte den Stock an der Seite an. Er lachte kurz auf. »Ja, in gewisser Weise schon. Aber nur eine Reise durch die Zeit. Wie Sie wissen, interessiere ich mich für die geschichtlichen Entwicklungen unseres Reiches, insbesondere die der letzten Jahrzehnte.«
»Das ist sicher sehr interessant«, sagte Reiser, bemüht, den kleinen Fauxpas geradezubiegen. »Und es erklärt auch, warum Sie so viel über die politischen Zusammenhänge der heutigen Zeit wissen. Sie waren ja so freundlich, mir auf unserer Fahrt nach Wien einiges dazu zu erklären. Umso mehr tut es mir leid, dass ich Sie in Ihren Studien gestört habe.« Wie konnte er jetzt am elegantesten auf den Grund seines Besuchs kommen? Ihm war auf dem Rückweg vom Währinger Friedhof in die Stadt eingefallen, dass der Baron die Familie Sonnberg gut kannte. Wenn der Vater vorher in anderen Diensten gewesen war, wusste er es vielleicht.
»Ich habe Sie hereingebeten, mein junger Freund, und nun sind Sie da«, sagte von Walseregg. »Kein Grund, sich zu entschuldigen. Ich hoffe nur, Sie tun es mir nach. Wer die Ver-

gangenheit nicht kennt, der versteht die Gegenwart nicht. Das sollte eines jeden vernünftigen Menschen Leitspruch sein. Ich habe dazu noch das Glück, dass ich gewissermaßen ein äußerst symbolträchtiges Geburtsdatum habe. Oder zumindest Geburtsjahr. Als mir das klar wurde, hat mich das darauf gebracht, mich dem Studium der neueren Geschichte zu widmen. Wobei ... Ich glaube, da habe ich etwas Falsches gesagt. Von ›Glück‹ kann man eigentlich nicht sprechen.«

Sicher war es gut, dem Baron erst einmal zuzuhören und Interesse an seinen Ausführungen über die Bedeutung der Geschichte zu zeigen. Reiser fiel auf, dass der Baron etwas mit Piringer gemeinsam hatte. Beide redeten gern. Und sie hatten ihre Lieblingsthemen.

»Was für ein Geburtsjahr?«, fragte Reiser.

Von Walseregg räusperte sich. »Es gab in der jüngeren Vergangenheit Momente, in denen man den Eindruck haben konnte, dass die Welt ihre Grundpfeiler verliert. Und nun häufen sich solche Szenarien in rascher Folge. Es ist geradezu beängstigend. So ein Jahr war zum Beispiel 1804, als unser Kaiser die fast unendlich in die Vergangenheit zurückreichende Geschichte der Kaiser des Heiligen Römischen Reichs Deutscher Nation mit einem Federstrich hinwegfegte. Stellen Sie sich das vor! Von heute auf morgen wurde aus unserem von Kurfürsten gewählten Kaiser Franz II. ein erblicher Monarch von Österreich in einem völlig neuen, eigenen Kaisertum. Und das nur, um dem Emporkömmling aus Frankreich, der sich wiederum selbst zum französischen Kaiser gemacht hatte, die Stirn zu bieten. Wo soll denn die Weltgeschichte hinzielen, wenn alle Traditionen, alle Lehensversprechen an die Fürsten vernichtet werden und sich jeder in seinem eigenen Reich Kaiser nennt? Warum nicht auch ein Kaiser, sagen wir ... von Preußen? Noch herrscht dort nur ein König, aber vielleicht gefällt ihm dieser Titel bald nicht mehr. Oder Spanien. Oder denken Sie an die neuen Reiche im fernen Südamerika. Könnten dort auch Kaiserreiche entstehen? Ohne dass ein zentraler Herrscher der zivilisierten Welt im Zentrum steht, von Gottes Gnaden und vom Papst gekrönt? Da sehen Sie es. Unsere Welt zerbricht. Sie zerbricht zu vielen bunten Splittern ...«

»Entschuldigen Sie«, warf Reiser ein. »Sie erwähnten das Jahr 1804. Wenn das Ihr Geburtsjahr wäre, dann wären Sie jünger als ich.«

Von Walseregg lächelte. »Selbstverständlich. Aber bitte erinnern Sie sich, ich sprach davon, dass es *mehrere* solcher Daten gibt. 1804 ist das eine. Ein anderes liegt anderthalb Jahrzehnte weiter in der Vergangenheit. Und das ist mein Geburtsjahr.«

»1789.«

»Ganz recht. Ich kam zur Welt, kurz nachdem das erste Feuer dieses Weltenbrandes aufgeflackert ist – und sich seitdem kaum noch löschen lässt. Auch wenn wir noch so sehr versuchen, die Brandherde zu beseitigen, die immer wieder auflodern, manchmal sogar unsichtbar wie ein Torfbrand, der sich unterirdisch in einem gefährlichen Sumpf ausbreitet. Es ist wohl mein Schicksal, mein Leben lang Zeuge dieser Entwicklung zu sein. Meine Augen haben nie eine andere Welt gesehen als die der Kämpfe und Katastrophen. Wie harmonisch und fest gefügt war sie doch in den Epochen davor. Wie sicher hatte jeder Mensch seinen angestammten Platz in einer uralten Ordnung!« Er deutete auf die Bücher, Karten und Zeitungsartikel. »Daher meine Verpflichtung, Schritt zu halten und alles darüber zu wissen.«

»1789«, wiederholte Reiser. »Der Sturm auf die Pariser Bastille. Der Beginn der Revolution.«

»Nennen Sie es eine Marotte, nennen Sie es ein Steckenpferd. Nennen Sie es Zeitvertreib … Mir ist daran gelegen, zu erforschen, wie die Welt war, die wir verloren. Die mir und Ihnen und vielen anderen vorenthalten wurde.«

»Ich verstehe«, sagte Reiser. »Ich bewundere Ihre Geduld.« Damit sagte er die Wahrheit. Trotzdem regte sich Widerspruch gegen die Thesen des Barons in ihm, den er natürlich für sich behielt.

»Nun«, sagte von Walseregg, »ich würde mich an diesem noch langen Abend gern weiter meiner Leidenschaft hingeben. Verlieren wir daher keine Zeit. Ich sehe, Sie haben eine Mappe dabei. Sie sehen aus wie ein Mann, der seinen Posten gefunden hat. Darf ich also davon ausgehen, dass das Gespräch mit Herrn Hänsel ein Erfolg war? Ich gratuliere!«

»Nun ja ...«, begann Reiser vorsichtig. »Ich habe tatsächlich mit Herrn Hänsel gesprochen.«

»Und? Welche Stelle besetzen Sie jetzt?«

»Herr Hänsel ist wie Sie der Ansicht, dass Menschen meines Schlages vom Staat gebraucht werden. Und dass Gefahren drohen. Gefahren, die abgewendet werden müssen. Genau wie Sie es auch umrissen haben, Herr Baron. Jedoch ...«

»Höre ich da einen Wermutstropfen heraus?«

»Leider kann er erst etwas für mich tun, wenn ich ein Zeugnis von Herrn von Sonnberg vorlege. Das habe ich nicht.«

»Aber das kann doch nur eine Formalie sein.«

»Durchaus nicht. Herr Hänsel hat betont, dass gerade in diesen Zeiten ein lückenloser Nachweis der Tätigkeiten und eine Beurteilung vorgesetzter Stellen vonnöten sind. Ehrlich gesagt hat er sogar vermutet, dass ...«

»Was hat er vermutet?«

»Er hat es nicht vermutet ... Ich habe mich falsch ausgedrückt. Er sagte, es müsse für die Obrigkeit klar sein ... Also ohne dass er mich selbst verdächtigt ...«

»Bitte drücken Sie sich klarer aus.«

»Ich muss durch das Zeugnis von Herrn von Sonnberg beweisen, dass ich nicht selbst zu den Umtrieben gehöre, gegen die Herr Hänsel als treuer Diener des Staates kämpft. Es reicht nicht aus, dass er persönlich viel von mir hält. Es muss alles schriftlich niedergelegt und belegt sein. Könnten Sie nicht an Herrn von Sonnbergs Stelle etwas schreiben?«

»Das habe ich bereits getan.«

»Ich meine etwas Ausführlicheres. Etwas, das nicht nur Ihre Sicht auf meinen Charakter schildert, sondern auch das, was ich auf dem Schloss geleistet habe. Aus dem hervorgeht, dass ich das Vertrauen des Edlen von Sonnberg genoss.«

»Ich war nicht Ihr Dienstherr, Herr Reiser. Wenden Sie sich an Herrn von Sonnberg.« Er sah Reiser prüfend an. »Ich hoffe für Sie, dass Sie das bereits getan haben.«

»Ich habe es noch nicht getan.«

»Aber warum nicht? Das wäre doch das Erste gewesen ... Sie vertun Ihre Zeit, Herr Reiser.«

»Streng genommen war er ja ebenfalls nicht mein Dienstherr, er weiß also wenig über mich, meine Tätigkeit und mein Verhältnis zum seligen Edlen.«

»Selbstverständlich wird Ihnen Herr von Sonnberg das Zeugnis schreiben. Und es wird ein gerechtes Zeugnis sein. Alle Menschen erhalten Gerechtigkeit. Auch die der unteren Klassen. Aber Sie müssen den Edlen natürlich darum bitten, diese gerechte Beurteilung zu erhalten. Wenn Sie das unterlassen, ist Ihnen nicht zu helfen. Glauben Sie, ein hoher Herr kommt von selbst auf Sie zu?«

Sie sind ja auch von selbst auf mich zugekommen, dachte Reiser, schwieg aber betreten.

»Bitte gehen Sie jetzt, ich habe zu tun.« Der Baron erhob sich mühsam mit Hilfe seines Stockes.

Reiser stand ebenfalls auf. »Ich danke Ihnen«, sagte er und wunderte sich über sich selbst. Wofür bedankte er sich denn? Dafür, dass ihn der Baron daran erinnert hatte, dass er zu einer unteren Menschenklasse gehörte? Er musste sich zusammenreißen. Schließlich war er aus einem bestimmten Grund hier. Wenn er die Sache jetzt nicht ansprach, kam er vielleicht nicht mehr dazu. »Entschuldigen Sie meine Aufdringlichkeit, aber ich hätte noch eine Frage an Sie.«

Der Baron, der sich bereits zur Tür gewandt hatte, drehte sich um. »Eine Frage?«

»Sie kennen doch den Komponisten Herrn van Beethoven?«

Von Walseregg nickte. »Ganz Wien kennt ihn. Warum fragen Sie?«

»Was ich jetzt sage, mag Ihnen seltsam vorkommen … Aber könnte es sein, dass mein Vater Herrn van Beethoven kannte? Wissen Sie, ich habe in seinem Nachlass ein paar Zeilen entdeckt, etwas, das er sich notiert hat. Mein Vater lernte ja erst recht spät das Schreiben, daher sind sie etwas fragmentarisch. Aber er schrieb gelegentlich über Erlebnisse aus seinem Leben. Könnte es sein, dass mein Vater früher in anderen Diensten war? So um 1796? Vielleicht bei einem von Herrn van Beethovens Gönnern?«

»Vor so langer Zeit? Dazu kann ich Ihnen nichts sagen. Ich war damals selbst noch ein Kind. Aber soviel ich weiß, war Ihr Herr Vater immer in den Diensten der Familie von Sonnberg.«

Er öffnete die Tür.
»Ich wünsche Ihnen einen angenehmen Abend.«
Damit war Reiser entlassen.

Auf der Gasse spürte er, dass er vor innerer Erregung zitterte. Die Reden des Barons tobten wie Messer in seinem Inneren. Vor 1789 sollte eine glückliche Zeit geherrscht haben? In der jeder Mensch seinen Platz in einer gottgewollten Ordnung gehabt hatte? Warum war es denn dann überhaupt zur Revolution gekommen? Nicht vielleicht deswegen, weil man das Volk buchstäblich mit Füßen getreten hatte? Und weil die Oberschicht, abgeschottet in den edelsten Schlössern, vor lauter Reichtum gar nichts mehr von diesem Volk gewusst hatte? Legendär war doch das Zitat der französischen Königin, die auf die Nachricht, dass die Menschen hungerten, weil sie kein Brot mehr hatten, sagte: »Dann sollen sie doch Kuchen essen!«

Für den Baron war mit dem Revolutionsjahr, in dem er das Licht der Welt erblickte, das Böse über diese Welt gekommen. Und vorher hatte nach von Walsereggs Ansicht ein goldenes Arkadien geherrscht. Aber natürlich nur, wenn man mindestens ein Baron war.

»Wer die Vergangenheit nicht kennt, der versteht die Gegenwart nicht.« Wandte man diesen Satz einmal nicht auf das derzeitige Jahr 1824, sondern auf das Jahr 1789 an, wäre man gezwungen, sich über die Ursprünge der Revolution Gedanken zu machen. Aber genau das vermied der Baron. Er widersprach damit seinem eigenen Grundsatz.

Reiser war die Kumpfgasse hinuntergespaziert und hatte sich dem Gewirr der Gassen hingegeben. So war er über die Wollzeile in die Gegend zwischen Hoher Markt und Petersplatz geraten. Viele Wiener trugen schon Abendgarderobe – bereit, in einem der vielen Theater Unterhaltung zu finden.

Er gelangte durch die kurze, schmale Jungferngasse zum Graben und wandte sich dem linken der beiden Brunnen zu, in denen unablässig klares Wasser in eine große steinerne Umfassung plätscherte und die eine angenehme Frische ausstrahlten. Hier geriet er in eine Gruppe von Dienstmädchen, die damit beschäftigt waren, Krüge zu füllen. Als Reiser näher kam, senkten sie verschämt die Lider. Wahrscheinlich kam es gelegentlich vor, dass junge Herren am Brunnen die Gelegenheit ergriffen, eine von ihnen anzusprechen. Vielleicht, weil ihnen die verlebten Nymphen, die eher an den Rändern des Platzes herumflanierten, nicht so gut gefielen. Und weil man die Nymphen bezahlen musste. Er lehnte sich an die Einfassung und betrachtete das Wasser.

Auf einmal fiel ihm ein, dass er ja heute Abend noch Piringer treffen sollte. Ihn und irgendeine seltsame Höhle.

»Herr Reiser?«, fragte eine hohe Stimme, und Reiser wandte das Gesicht in ihre Richtung.

Neben ihm stand eine junge Frau in Dienstbotentracht. Reiser sah in ein glattes Gesicht unter einer weißen Haube. Dunkle, ausdrucksvolle Augen. Sie war anderthalb Köpfe kleiner als er und musste den Kopf in den Nacken legen, um zu ihm aufzublicken. Reiser schätzte sie auf nicht älter als sechzehn.

»Ich habe Ihnen etwas abzugeben«, sagte sie und wandte sich ab. »Bitte drehen Sie sich dem Brunnen zu.«

»Aber warum ...«, begann er.

»Bitte«, wiederholte die Frau.

Reiser gehorchte verwirrt. Jetzt bemerkte er, dass sie wie die anderen Frauen einen Krug dabeihatte und Wasser schöpfte. Während sie mit der rechten Hand das Gefäß füllte, steckte sie ihm unauffällig mit der linken etwas zu.

»Ich bin Ihnen gefolgt«, sagte sie, ohne ihn anzusehen. »Aber ich hatte bisher keine Gelegenheit, Sie anzusprechen.«

Sie nahm den Krug und trug ihn, ohne noch etwas zu sagen, fort.

Reiser spürte ein zusammengefaltetes Papier in der Hand. Schon wieder. Wien hatte Ohren, und wenn sie nichts hören sollten, musste man eben schreiben. Auf Zettel oder in Hefte wie bei Herrn van Beethoven.

All seine Gespräche werden zur Hälfte zu schriftlichen Dokumenten, dachte Reiser. Er muss darauf gut aufpassen.

Er steckte die Hand mit dem Blatt in die Tasche und flanierte weiter über den Kohlmarkt bis zur Freyung. Dann wandte er sich der Herrengasse zu, wo er es endlich wagte, verstohlen die Botschaft zu lesen. Wie die letzte enthielt auch diese Nachricht nur wenige handgeschriebene Zeilen. Aber sie waren nicht von dem mysteriösen Absender, der ihn in das Müllersche Gebäude gelockt hatte.

Reiser kannte die Handschrift.

Sie stammte von Theresia.

***

»Heut können S' net zu Ihrem Herrn Vetter! Wirklich net!«
Kreutz war mit dem Lederriemen ein weiteres Mal die Flucht gelungen. Diesmal hatte er den kleinen Ledersack mit seinen wenigen Habseligkeiten mitgenommen. So wirkte er wie ein Handwerksbursche auf der Wanderschaft. Am Guglhupf jedoch hatte er es gar nicht erst bis zum Pförtnerhaus geschafft. Das eiserne Tor am Narrenturm war verschlossen. Außer ihm war niemand gekommen, der hineinwollte. Zum Glück war irgendwann der Mann im Inneren des Areals aufgetaucht. Aber nun ließ er ihn nicht hinein.

»Heut net«, wiederholte er und hob bedauernd die Arme.

»Aber ich muss unbedingt zu Benedict. Es ist wichtig.«

»Montag ist kein Besuchstag.«

»Können Sie es nicht ausnahmsweise doch erlauben? Ich will mich nur kurz von ihm verabschieden, Herr ...« Kreutz kannte den Namen des Mannes nicht, aber er hatte gehört, dass die Wiener es mochten, wenn man sie mit ihrer Dienstposition ansprach. In der Kaiserstadt gehörte es zum System der Unterdrückung, dass man jedem das Gefühl gab, ein wichtiges Rädchen im riesigen Getriebe des Ganzen zu sein. »Herr Oberpförtner«, sagte er. Das war erfunden, aber es erfüllte seinen Zweck. »Wissen Sie, ich werde doch meinen Cousin nie wiedersehen.«

»Kommen S' halt morgen«, sagte der Mann, dessen Miene sich bei der schmeichelhaft übertriebenen Berufsbezeichnung tatsächlich kurz aufgehellt hatte. »Kommen S' morgen um achte in der Früh. Ich lass Sie gleich vor.«

»Ich reise um vier Uhr ab«, sagte Kreutz. »Um acht bin ich längst auf dem Weg Richtung Salzburg.«
Kreutz erntete ein erstauntes Heben der Augenbrauen.
»Salzburg? Was wollen S' da?«
»Von da aus geht's weiter nach Innsbruck.«
»Innsbruck?« Die Augenbrauen hoben sich noch mehr.
»Ja, und dann nach Bozen.«
»Bozen?«
»Zur Infanterie. Es geht gegen die Untergrundbewegungen der Italiener. Die Carbonari.«
Als der Name der italienischen Umstürzler fiel, zuckte der Wärter zusammen, als habe er einen Schlag erhalten.
»Infanterie? San S' Soldat?«
»Bald«, sagte Kreutz. »Und wie gesagt, um vier in der Früh geht's los, nun habe ich keinen größeren Wunsch, als meinen Cousin ein letztes Mal in die Arme zu schließen …« Er bemühte sich, ein verzweifeltes Gesicht zu machen.
Der Mann sah ihn an, blickte nachdenklich vor sich hin und kratzte sich am Kopf.
»Dann sind Sie praktisch schon beim Militär«, überlegte er laut. »Die Soldaten sollen wir unterstützen. Sogar der Kaiser hat's befohlen. Und wenn's der Kaiser befiehlt … Also kommen S'.«

Wieder gingen sie über den Vorplatz zu dem Turm. Diesmal herrschte eine ganz andere Atmosphäre als bei Kreutz' erstem Besuch. Die eigenartige Geräuschkulisse fehlte. Das seltsame Singen. Die Stimmen, die militärische Befehle riefen. Das Geschrei, das an das Quengeln von Neugeborenen erinnerte. Nichts davon war heute zu hören.
Ganz still war es trotzdem nicht. Im Inneren vernahm Kreutz Gewimmer von jenseits der dicken Holztüren. Leise und verloren drang es auf den Gang.
Lag es daran, dass heute kein Besuchstag war? Kannten die geistig Verwirrten die Wochentage und wussten, dass sie heute mit ihrem Geschrei niemanden beeindrucken konnten? Und waren an den anderen Tagen ruhiger und ausgeglichener?
Ruhig und ausgeglichen?

Nein, dachte Kreutz, während sie weitergingen. Sie sind nicht *ruhig*. Sie sind *verzweifelt*. Etwas drückt sie nieder. Etwas, das heute hier stattfindet. Und das niemand zu sehen bekommt, weil niemand von außen herkommen darf.

Sie wandten sich der Stiege zu und hatten die erste Stufe noch nicht betreten, da erfüllte unmenschliches Gebrüll die Luft. Der Schall warf sich zwischen den runden Mauern hin und her, als suchte er vergeblich und in allergrößter Verzweiflung einen Ausweg. Kreutz stellten sich die Nackenhaare auf. Es war nicht zu unterscheiden, ob es ein Mann oder eine Frau war. Eindeutig aber war, dass er oder sie gefoltert wurde. Der Klang riss in ihm Visionen von Ereignissen auf, über die er gelesen hatte. Verbrennungen bei lebendigem Leibe, Häutung, Rädern, Vierteilungen. Hinrichtungen, gegen die Sands schnelles Ende mit einem Schwert auf dem Schafott geradezu harmlos wirkte.

Mühsam zwang er sein Grauen nieder.

»Kommen S'«, sagte der Wärter. »Nur weiter. Es klingt grauslich. Aber es hilft. Es hilft allen. Drum san sie heut auch so ruhig. Versteh'n S'? Es ist die Wissenschaft.«

Welche Wissenschaft?, dachte Kreutz. Aber er schwieg, während sie das grauenhafte Geschrei nach und nach irgendwo hinter sich in der Tiefe des Turmes ließen und die Etage erreichten, auf der sich Zeisels Zelle befand.

»Bleiben S' net so lang«, sagte der Wärter und schloss rasselnd auf. »I wart hier.«

Kreutz sah in das Innere der Zelle, aber Zeisel war nicht zu entdecken. Nur ein paar der Papierbögen, die er manisch bemalte, lagen verloren auf den Steinfliesen.

»Nur a paar Minuten«, schärfte der Wärter Kreutz noch einmal ein. Dann fiel die Tür zu.

Jetzt regte sich etwas unter der Pritsche. Zeisel schaute aus dem Dunkel hervor. »Julius«, sagte er erstaunt. »Du kommst heute?« Er sah sich vorsichtig um. Überzeugte sich, dass Kreutz allein war. Dann arbeitete er sich aus der Enge zwischen dem Brett, das ihm als Lager diente, und dem Fußboden hervor und stand auf.

Kreutz beschloss, alles auf eine Karte zu setzen. Entweder

war diese Zelle die Zentrale für den Plan oder nicht. »Sie lassen mich nicht so lange bleiben wie letztes Mal«, sagte er. »Ich habe nur wenig Zeit.«

»Weil heute Montag ist«, sagte Zeisel.

»Ja, aber ich habe es trotzdem geschafft. Ich weiß alles. Das heißt ... fast. Schau.« Er griff in die Tasche, kramte den Schlüssel hervor und zeigte ihn Zeisel. »Wofür ist der?«, fragte er.

Zeisel schwieg.

»Du hast ihn Schuster gegeben, von ihm habe ich ihn.« Zeisel reagierte, indem er Kreutz erschrocken ansah und den Zeigefinger auf die Lippen legte. »Der Onkel war wieder da«, sagte er dann ziemlich laut, so als sollte nicht nur Kreutz es hören. Der Wärter belauschte sie. Sie mussten unverdächtig klingen.

»Das ist schön«, sagte Kreutz ebenso laut. »Hör zu. Ich werde nicht mehr herkommen können. Ich muss fort.« Beim letzten Satz rollte er mit den Augen und versuchte Zeisel klarzumachen, dass es eine Lüge war. »Das war der Grund, warum sie mich zu dir gelassen haben. Damit ich mich von dir verabschieden kann.«

Zeisel ging auf das Spiel ein. »Wie schade, Julius. Dann leb wohl. Aber was ich dir noch sagen wollte ... Der Onkel hat auch wieder etwas gebracht.«

»Wieder ein Bild für dich?«, fragte Kreutz. »Ein Bild, das du abmalen kannst?«

Zeisel nickte. »Ein Bild. Ganz recht. Er will noch mehr Bilder bringen. Bilder von unserem schönen Wien. Wien ist ja so schön, gerade jetzt im Frühling. Da ich es nicht sehen kann, hat er mir ein Bild gebracht.« Er ging einen Schritt auf Kreutz zu, umfasste dessen Hand, die den Schlüssel hielt, und führte sie in Kreutz' Hosentasche.

»Wer ist der Onkel?«, fragte Kreutz so leise wie möglich. »Wo finde ich ihn?«

Zeisel schüttelte den Kopf. »Kann ich nicht sagen.«

»Kannst du es nicht sagen, oder weißt du es selbst nicht?«, hauchte Kreutz.

»Ich weiß es selbst nicht.«

Er hatte richtig vermutet. Diesmal war alles wirklich perfekt vorbereitet. Sie folgten einer guten Strategie. Jeder in der Organisation kannte nur eine oder zwei Personen. Niemand kannte alle. Treffen aller Mitglieder gab es nicht. Das war schmerzhaft, denn man wollte sich ja an den gemeinsamen Zielen erfreuen, wollte zusammen singen und die gemeinsamen Ideen zelebrieren. Aber genau das ergab die entscheidende Schwachstelle, an der man verwundbar war. Eine große Versammlung konnte verraten, konnte aufgelöst werden. Und dann war alles dahin.

»Dann zeig mir doch das Bild«, raunte er.

Zeisel trat einen Schritt zurück und machte eine Bewegung, als wollte er sich bücken. In diesem Moment wurde es draußen laut. Mit einem Knall flog die Tür auf. Mehrere Männer stürmten herein und drängten Kreutz beiseite. Der Wärter, der Kreutz hereingelassen hatte, war nicht dabei.

Zeisel riss erschrocken die Augen auf. Sie packten ihn. »Nein«, schrie er verzweifelt.»Nein ... bitte!«

Sie wollten ihn auf den Gang hinausziehen, aber Zeisel wehrte sich heftig. Er packte die Pritsche, die mit Eisenhaken und Ketten in der Wand verankert war.

»Was macht ihr mit ihm?«, rief Kreutz.»Lasst ihn los!«

Er wollte dazwischengehen, aber in dem Gemenge traf ihn der Ellbogen einer der vierschrötigen Gestalten. Die Wucht des Schlags ließ ihn taumeln. Als er sich wieder gefangen hatte, war Zeisels Gegenwehr gebrochen, und sie schleppten ihn nach draußen. Dort verhallten seine Schreie.»Nein!«, rief er immer wieder.»Heute nicht. Bitte ... Heute nicht!«

Kreutz wollte gerade hinterher, da kam der Pförtner herein. »Länger ging's nicht«, sagte er.»Tut mir leid, Herr Infanterist. Zeisel hat heut Behandlung. Ich dacht, sie wär später, aber ... Haben Sie sich was getan?«

Kreutz rieb sich die Rippe.»Ihre Leute sind ja nicht gerade zimperlich. Was soll das denn alles? Wohin bringen sie Benedict?«

»Wie gesagt, Behandlung. Sie müssen jetzt gehen.« Er kam auf ihn zu und wollte ihn sanft nach draußen schieben. Kreutz tastete an seiner Tasche herum.»Warten Sie«, sagte er.»Ich glaub, ich hab was verloren.«

»Verloren? Was denn?«
Kreutz spürte den Schlüssel, und der brachte ihn auf die Idee. »Den Schlüssel zu meinem Zimmer«, behauptete er.
»Ich helf Ihnen schnell suchen.«
Das Ganze war lächerlich, denn die Zelle bestand ja aus nichts anderem als blankem Steinboden und der Pritsche. Ehe der Mann widersprechen konnte, hatte sich Kreutz zu Boden begeben, die einzelnen herumliegenden Blätter überprüft und sich dann das Versteck unter der Pritsche vorgenommen. Wie er vermutet hatte, stapelten sich auch dort die Papierbögen. Zeisels Bilder. Dazwischen lagen Stifte herum. Und es gab eine Menge Staub. Kreutz schob sich in den Zwischenraum.
»Da unten soll Ihr Schlüssel sein?«, rief der Mann.
»Ist schon gut«, sagte Kreutz. »Hier hinten ist er.« So schnell er konnte, ging er die Blätter durch. Im Dämmerlicht waren sie schlecht zu erkennen. Er sah immer das gleiche Motiv. Die eigenartige Explosion. Wo war das Bild, das der Onkel gebracht hatte? Wenn er Zeisel richtig verstanden hatte, zeigte es ein Motiv von Wien.
»Mir pressiert's«, rief der Pförtner. »Nun kommen S' schon.«
Kreutz blätterte weiter. Aus der Ferne drang wieder dieses furchtbare Schreien an sein Ohr. Die Kälte des Bodens, der Geruch nach feuchtem Stein, nach Staub wie in einer Gruft, dazu die Enge und dann auch noch dieses Geschrei. Kreutz fühlte sich, als würde ihn eine riesige eiskalte Klaue packen und lähmen.
»Herr Soldat ... Ich krieg Schwierigkeiten. Kommen S'. Bitt schön.«
Kreutz blätterte weiter. Da! Es war das unterste Blatt. Wie das Porträt von Fawkes besaß es ein anderes Format als Zeisels Zeichnungen. Kreutz konnte schemenhaft erkennen, dass ein Gebäude dargestellt war. In Windeseile faltete er das Papier zusammen und stopfte es in die Innentasche seiner Jacke.
»Ich hab ihn«, rief er, schob sich unter der Pritsche hervor und klopfte sich den Staub von der Kleidung.
»Jessasmariaundjosef. Kommen S' jetzt.«
Kreutz folgte dem Wärter, der einen anderen Weg nahm

als den, auf dem sie gekommen waren. Es war eine andere, viel schmalere Stiege, an deren Beginn sie jetzt standen. Eine Wendeltreppe, die in einem engen Treppenhaus nach unten führte.

»Wo gehen wir hin?«, fragte Kreutz.

»Sehen Sie gleich.«

Wie leicht es doch wäre, hier jemanden in eine Falle zu locken. Man brachte ihn in irgendeinen abgelegenen Raum, schloss ihn ein und erklärte ihn kurzerhand für verrückt. Er konnte behaupten, was er wollte, man würde ihn nicht mehr hinauslassen. Der eine hielt sich eben für Platon oder Jesus Christus, der andere für den Studenten Kreutz aus Thüringen. Wo doch jeder wusste, dass er in Wirklichkeit Wellendorf hieß. Denn das hatte er am Eingang schließlich selbst gesagt, oder nicht?

Auch in dem engen, dämmrigen Schacht der Wendeltreppe war das grässliche Schreien zu hören. Und es wurde immer lauter, je näher sie dem Erdgeschoss kamen.

Sie erreichten einen Durchgang zum Innenhof. Hier war das Schreien auf einmal so nah wie nie zuvor. Kreutz ließ den Pförtner allein weiter in Richtung Ausgang eilen. Er wich vom Weg ab, kam an eine Tür. Nur sie trennte ihn jetzt noch von der gequälten Kreatur.

Er brauchte nur die Klinke nach unten zu drücken ...

Das Schreien ging in ein Gurgeln über. Dann kam ein platschendes Geräusch, als würde aus großen Eimern oder Bottichen Wasser auf den Boden gegossen. Und wieder ein Schrei, in den höchsten Tönen, in denen ein Mensch zu schreien fähig war, dazu ein Quietschen wie von einer Maschine. Das Schreien war nicht gleichmäßig, es schien sich zu entfernen und wieder zurückzukehren. Dann kam wieder das Platschen, dazu ein Gurgeln.

Kreutz riss die Tür auf. Das Bild, das er sah, würde sich auf ewig in sein Gedächtnis einbrennen.

Er sah die Kreatur. Völlig nackt war sie in einen Mechanismus eingespannt, der an ein Karussell erinnerte, an ein riesiges liegendes Rad. Mit den Füßen nach innen und dem Kopf nach außen liegend, wurde der Körper in rasendem Tempo von kräftigen Männern herumgeschwungen. Jedes Mal, wenn er eine bestimmte Stelle passierte, wurde er mit Wasser übergossen. Das Kreiseln wurde schneller und schneller. Erst nach Sekunden erkannte Kreutz in dem Gesicht des Opfers Zeisel.

Jemand zog ihn grob von der Tür weg, schloss sie mit einem Knall und trieb Kreutz vor sich her in Richtung Ausgang.
»Sie haben hier nichts mehr zu suchen, Herr Soldat«, rief der Pförtner verärgert. »Und ich hab gesagt, es pressiert.«
Sie kamen an das Tor. Kreutz wurde nach draußen gestoßen. Ein metallisches Geräusch ertönte, und das Tor schloss sich.

Zeisels Schreie waren immer noch in Kreutz' Kopf, dazu die Bilder von dem Höllenkarussell, als er sein Bündel schulterte und sich mit raschen Schritten entfernte.

18

Vor der Ungarischen Krone.
Sonnenuntergang.
Th.

So knapp diese Botschaft war, so sehr versetzte sie Reiser in Aufregung. Bedeuteten die Zeilen, dass Theresia in Wien war? War sie von zu Hause ausgerissen? Auf Reiser stürmten romantische Phantasien ein. Er dachte wieder an Beethovens Oper »Fidelio« und an das Zitat, das Theresia ihm vor seiner Abreise geschickt hatte.
Dein gutes Herz wird manchen Schmerz in diesen Grüften leiden; dann kehrt zurück der Liebe Glück und unnennbare Freude.
War sie ihm wie Leonore in der Oper zu Hilfe geeilt? Wollte sie ihn treffen, damit sie »unnennbare Freude« erleben konnten? Seine Gedanken spielten eine Weile verrückt, doch dann gelang es ihm, sich zur Ordnung zu rufen.

Die »Ungarische Krone« kannte er. Der Name war auch bei Piringer gefallen. Carl Maria von Weber hatte hier gewohnt, als er in Wien gewesen war. Das Gasthaus befand sich in der Himmelpfortgasse zwischen dem Seilerstädter Tor und dem Neuen Markt.

Die Zeit bis Sonnenuntergang verbrachte er voller Unruhe. Schließlich fand er sich vor dem stattlichen Gebäude ein, das über eine Toreinfahrt und drei hohe Etagen über dem Erdgeschoss verfügte. Er bezog auf der gegenüberliegenden Straßenseite Position, wo er den Gästen, die das Gasthaus verließen oder betraten, nicht in die Quere kam. Ganz zu schweigen von den Fuhrwerken, die immer wieder vor dem Eingang hielten.

War Theresia hier abgestiegen? Sollte er einfach hineingehen und nach ihr fragen? Nein, in ihrer Nachricht stand ganz klar, dass er *vor* dem Gasthaus warten sollte. Und sein Gefühl sagte ihm, dass er die Anweisungen genau befolgen musste. Weil Theresia sich offiziell nicht mit ihm treffen durfte.

Und ich befehle Ihm außerdem, dass Er sich von meiner Nichte fernhält. Die Worte des neuen Schlossherrn Leopold von Sonnberg hatte Reiser noch gut im Ohr. So kämpfte er innerlich um Geduld und sah dem Betrieb auf der Straße zu. Einmal kam ein kleiner, bebrillter Mann im braunen Rock vorbei. Tief in Gedanken versunken, hatte er nur den Gehsteig vor sich im Blick. Er trug eine lederne Mappe, genau wie Reiser es getan hatte, als er auf dem Weg zu Piringer und zu Beethoven gewesen war. Und das war nicht die einzige Übereinstimmung. Irrte er sich, oder lugte da ein Notenblatt aus dem Leder hervor? Ehe er genauer hinsehen konnte, war der Mann am Eingang vorbei. Er blieb stehen, schüttelte den Kopf, als wunderte er sich über die eigene Gedankenlosigkeit, kehrte zurück und betrat die »Ungarische Krone«.

Ein städtischer Bediensteter kam die Straße entlang, eine kurze Leiter auf der Schulter. An jeder der Lampen aus weißem Glas, die abwechselnd links und rechts an Eisengestängen von den Häusern ragten, stellte er sie ab, stieg hinauf und entzündete das Licht. Sonnenuntergang war vorbei. Die verabredete Zeit war gekommen.

Da erschien das Mädchen, das Reiser am Brunnen auf dem Graben die Nachricht gebracht hatte, in der Toreinfahrt. Es sah zu Reiser herüber und hob fast unmerklich den Unterarm, als wollte es ihm zuwinken. Er ging über die Straße. Eine Gruppe junger Leute kam ihm in die Quere und verstellte den Blick auf die Einfahrt. Als sie vorbei waren, gähnte ihm das Tor leer entgegen.

Er vermutete, dass er in den Innenhof kommen sollte. Hier brannten keine Lampen. Rechts gab es einen Unterstand, in dem einige Kutschen untergebracht waren. Dorthin wandte er sich, und aus dem Dämmer zwischen den Fahrzeugen trat das Mädchen auf ihn zu.

»Kommen S'«, sagte sie und verschwand im Dunkel. Nur der helle Schein ihres Rocks und ihrer Haube war noch zu erkennen.

Wohnte Theresia nun in der »Ungarischen Krone« oder nicht? Und wenn nicht, hielt sie sich dann etwa in einem Abstellraum für Fahrzeuge auf?

Das Mädchen wartete, bis Reiser nachgekommen war. Der stechende Geruch nach Pferden umgab sie. Ihm fiel ein, dass es hier in der Nähe einen Warteplatz für die sogenannten Stellwagen gab, größere Kutschen für Reisen über das Stadtgebiet hinaus.

Es wurde immer dunkler. Eine Tür wurde geöffnet, und sie gingen hindurch. Schließlich traten sie in einen kleinen Innenhof, in den aus den angrenzenden Fenstern etwas Licht sickerte. Und nicht nur das. Reiser hörte Musik. Jemand spielte Klavier.

»Bitte warten S'«, sagte das Mädchen leise. »Kommen S' noch net nach.« Damit verschwand sie in einem halbrunden Durchgang, der in ein Stiegenhaus zu münden schien. Es gehörte nicht mehr zur »Ungarischen Krone«, sondern zu einem Nachbargebäude.

Er blieb ruhig stehen und lauschte der Musik. Von hier konnte er in ein Fenster mit geriffeltem grün-rotem Glas blicken. Die schuppige Oberfläche verhinderte, dass er genau sah, was in dem spärlich erleuchteten Raum vor sich ging. Doch er glaubte, dahinter den kleinen Mann zu erkennen, den er auf der Straße gesehen hatte. Seine Silhouette war fast nur ein Schatten und sein Gesicht ganz verwaschen, doch Reiser erkannte die Kopfform und die Brille.

Nach ein paar Tönen, die der Musiker der Tastatur entlockte, begann er ein eigenartiges Stück zu spielen. Keinen Tanz, kein Wiener Lied. Eine ruhige Melodie, die kaum vom Fleck zu kommen schien. Als würde sie sich gegen irgendetwas sperren. Als kreiste sie um sich selbst. Als würde sie einen Ausweg suchen, indem sie jeden Ton wieder und wieder abtastete. Wie ein Gefangener, der die Wände seines Kerkers untersucht, doch kein Weg führt hinaus ...

Jeder Ton war ein Sichversenken. Reiser hatte so etwas noch nie gehört. Diese Musik war nicht dafür gemacht, einem großen Publikum vorgespielt zu werden. Es war ein Klang der Einsamkeit.

Da kam das Mädchen zurück. »Bitte kommen S' jetzt.«

Nun durfte er in das Stiegenhaus gehen, und sie betraten einen anderen Hof, der deutlich größer war. Die Musik ver-

sank im leisen Plätschern eines Brunnens, dessen halbrundes Auffangbecken aus einer Wand herausragte. Das Licht war hier ebenfalls spärlich, aber immerhin gab es einen schwachen Schein aus Fenstern in den oberen Stockwerken, hinter denen Reiser prächtige Tapeten, Möbel und Bilder erahnen konnte.
Wo war er hier? Auf dem Gelände eines Stadtpalais? Er rief sich den Plan der Wiener Innenstadt ins Gedächtnis. Welche Residenzen gab es im direkten Umkreis der Himmelpfortgasse? Ihm fiel nichts ein.
Das Mädchen war verschwunden. Nun löste sich eine dunkle Gestalt aus der Schwärze an der gegenüberliegenden Mauer und kam langsam auf Reiser zu. Sie war nicht nur dunkel wie ein Schatten, die Person war auch vollkommen in schwarzen Stoff gehüllt. Selbst das Gesicht war verdeckt. Als sie nur noch wenige Schritte von Reiser entfernt war, blieb sie stehen und hob den Schleier.
»Theresia«, brachte er heiser hervor.
Sie nickte und hielt ihm ihre Hand hin, er nahm sie. Warum sagte sie nichts? Reiser trat einen Schritt auf sie zu, und da sah er auf ihrem Gesicht Tränen. Theresia wischte sich mit ihrem schwarzen Handschuh über Augen und Wangen. »Ich hätte nicht gedacht, dass wir uns jemals wiedersehen«, sagte sie leise.
»Ich auch nicht«, brachte Reiser hervor. »Dabei hast du mir mit deinem Brief Mut gemacht.«
Sie lachte leise, aber es war nicht fröhlich, sondern bitter.
»Die echte Leonore hätte dir wirklich helfen können.«
»Du bist in Wien …«
»Es war nicht leicht, dich zu finden. Aber ich dachte mir, irgendwann wirst du an der Wohnung des Barons von Walseregg auftauchen. Und so schickte ich gestern und heute bei jeder Gelegenheit, die sich bot, die Johanna, meine Zofe, um dich dort abzupassen. Glücklicherweise ließest du nicht lange auf dich warten. Du hast meinen Brief also gelesen?«
»Ob ich … Natürlich habe ich ihn gelesen«, sagte Reiser. »Das habe ich doch gesagt. Du hast mir so viel Hoffnung gegeben.«
So froh Reiser auch war, die Begegnung sorgte für einen glühenden Schmerz in seinem Inneren. Das hier war nicht mehr

die Theresia, die er vom Schloss kannte. Sie wirkte reserviert. Oder ängstlich?

»Hat der Baron dir geholfen, einen Posten zu finden?«, fragte sie.

»Ja, das heißt ...« War das denn jetzt wichtig? Es gab doch ganz andere Fragen. »Bist du nur kurz in der Stadt? Und wo sind wir hier?«

»Sebastian, es ist wichtig, dass du einen ordentlichen Posten in Wien findest. Bitte sag mir, was bei deinen Bemühungen herausgekommen ist.«

»Ja ... natürlich. Ich versuche es, aber ...«

»Ich muss dir etwas Wichtiges erklären.« Sie deutete hinter sich, wo die Fenster der prächtigen Wohnungen lagen. »Das hier ist das Savoyensche Damenstift. Hier lebe ich jetzt. Mein neuer Vormund ...«

»Leopold von Sonnberg«, warf Reiser ein.

»Er hat mir befohlen, hier zu leben. Es ist eigens für ledige adlige Damen eingerichtet worden.«

Ja, so war es üblich. Wenn man als adlige Frau verwaist war und unverheiratet, ging man ins Damenstift. Man lebte dort mit Bediensteten und allem Luxus, genoss alle Vorzüge und konnte – wenn man doch noch einen Bewerber fand – auch heiraten. Aber im Grunde war der Umzug ins Stift das Eingeständnis, dass man eben sitzen geblieben war. Ohne Ehe, ohne seiner Pflicht zu genügen, für Nachkommen zu sorgen.

»Wir haben uns standesgemäß zu verhalten«, sagte Theresia. »Zum Glück drückt aber der Wirt der ›Ungarischen Krone‹ ein Auge zu. So können wir den Weg durch das Nachbarhaus nutzen, und ... Na ja, du weißt schon. Man kann hier das eine oder andere Stelldichein arrangieren. Du und ich ... wir dürfen uns eigentlich nicht sehen. Schon gar nicht in der Öffentlichkeit. Noch nicht. Aber ich hab die Johanna. Sie hilft mir. Außerdem habe ich hier eine Freundin gefunden, die Comtesse von Schernberg. Sie kannte meine Mutter zu der Zeit, als wir in Wien lebten. Sie ist hier nun meine engste Vertraute.«

»Du sagst, *noch* nicht? Heißt das, irgendwann schon?«

»Bald sogar. Und nicht nur das.« Sie machte eine bedeutungsvolle Pause. »Sebastian, hör mir jetzt genau zu. Du kannst um meine Hand anhalten.«

Reiser glaubte, er habe nicht richtig gehört. »Wie bitte? Du meinst ...?«

»Du hast schon verstanden.«

In ihm begann sich etwas zu lösen. Eine Enge, deren er sich erst jetzt, da sie nachließ, bewusst wurde.

»Ich erkläre es dir. Mein Vater hat am Beginn des Jahres sein Testament erneuert. Eine wesentliche Änderung bestand darin, dass er verfügt hat, dass ich deine Gemahlin werden soll. Wie du weißt, haben ihn Standesschranken nie sonderlich interessiert. Ihm ging es immer um menschliche Tugenden. Kurz bevor er umkam, wollte er dir doch etwas mitteilen. Ich bin sicher, dass es genau dies war.«

Reiser konnte es nicht fassen. »Theresia, das ist ja ... wunderbar. Wir können also sofort ...«

»Bitte sprich leise. Nein, eben nicht sofort. Es gibt Bedingungen.«

»Aber die kann ich doch sicher erfüllen. Dein Vater kannte mich. Wenn er mich als deinen Bräutigam wollte ...«

»Ja, mein Vater hat verfügt, dass du mich nach einer angemessenen Trauerfrist heiraten darfst.«

»Und die Bedingungen?«

»Die erste Bedingung ist, dass du dir nichts zuschulden kommen lässt. Da du nicht von Adel bist, ist die zweite, dass du finanziell abgesichert sein musst. Aber dafür war gesorgt. Mein Vater hatte ja vor, dich zum Verwalter auf Lebenszeit zu ernennen. So wären dir der Posten, den sein Testament fordert, sicher gewesen und die Bedingungen automatisch erfüllt. Leider ist er nicht mehr dazu gekommen, die Ernennung auszusprechen. Umso wichtiger ist nun, dass du hier in Wien etwas findest. Etwas Sicheres. Am besten beim Staat. Nur dann wird mein Onkel den anderen Bewerber ablehnen müssen.«

»Den anderen Bewerber?«

»Es gibt noch jemanden, der um meine Hand anhalten will. Jemand, den mein Onkel vorgeschlagen hat. Im Moment kommt er nicht zum Zuge, weil wir die Trauerzeit abwarten müssen.«

Reiser brauchte einen Moment, um das alles zu verarbeiten. Eine ordentliche Anstellung. Nichts zuschulden kommen lassen. Mehr brauchte er nicht. Dann war Theresia sein. Das musste doch zu schaffen sein.

»Es gibt noch mehr. Im Testament ist festgelegt, dass du nicht nur meine Hand bekommst, sondern meinen Vater mit unserer Vermählung auch ordentlich und ganz und gar beerbst. Meine Mutter ist tot, Geschwister habe ich nicht. Er hielt das für die vernünftigste Lösung.«

»Woher weißt du das eigentlich alles? Hat dir dein neuer Vormund das mitgeteilt?«

Sie schüttelte den Kopf. »Ich bin doch nur eine rechtlose Tochter. Mir erklärt man gar nichts. Trotzdem weiß ich, dass der Notar im Schloss war und das Testament eröffnet hat.« Jetzt erkannte Reiser trotz der Dunkelheit ein Lächeln auf ihrem Gesicht. »Die Bediensteten haben Ohren. Sie haben alles mitbekommen. So habe ich es erfahren.«

»Wer ist dieser andere?«

»Das weiß ich nicht. Noch nicht. Man wird ihn mir aber bald vorstellen.«

Reiser holte tief Luft. »Ich setze alles daran, einen Posten zu finden. Leopold von Sonnberg muss mir ein Zeugnis schreiben. Ich brauche es, um zu beweisen, in wessen Diensten ich in den letzten Jahren war und wie ich mich geführt habe. Ich werde sofort einen Brief an ihn senden.«

»Nein, Sebastian.«

»Nein? Aber ...«

»Du kannst dir das Schreiben sparen. Er wird dir kein Zeugnis geben.«

»Aber ohne es geht es nicht. Das wurde mir unmissverständlich verdeutlicht. Selbst Baron von Walseregg, der mir ja sehr geholfen hat, sagt das.«

»Verstehst du nicht? Leopold von Sonnberg will nicht, dass das Testament zum Tragen kommt. Er ist dein Feind. Er hat mich dem anderen versprochen. Er wird dir so viele Steine in den Weg legen, wie er kann.«

»Dann werde ich etwas ohne dieses Papier finden. Es *muss* einfach gehen. Ich könnte ja mein Studium beenden, den Abschluss nachholen. Dann hätte ich mehr Möglichkeiten.«

»Wirst du das bis zum Ende der Trauerzeit schaffen? Sie dauert ein halbes Jahr.«

Nein, dachte Reiser. Natürlich nicht. Er würde länger brauchen. Die nächsten Prüfungen, an denen er teilnehmen konnte, fanden erst nächstes Jahr statt.

Sie schwiegen. Das Ganze stand wie ein großer Felsbrocken zwischen ihnen.

»Wie viel Zeit haben wir?«, fragte er.

»Wie meinst du das?«

»Jetzt, hier, meine ich. Ich muss dir auch etwas erzählen. Von Dingen, die mir widerfahren sind. Ich möchte wissen, wie du darüber denkst.«

»Die anderen Damen sind im Theater«, sagte sie. »Wir sind allein. Komm hier herüber.«

Sie ging ein paar Schritte zu der Wand gegenüber dem Brunnen. Dort ragte eine steinerne Sitzbank aus der Mauer. Sie nahmen darauf Platz. Und Reiser berichtete Theresia alles – von seiner Beobachtung an der Brücke über den Diebstahl der Aufzeichnung seines Vaters bis hin zu Dr. Scheiderbauers Ermordung. Er erläuterte, welchen Zusammenhang er zwischen den letzten Worten des Arztes und der Taubheit von Herrn van Beethoven sah. Dann berichtete er von der eigenartigen Einladung und den sogenannten Unsichtbaren, die sich im Müllerschen Gebäude trafen. Auch den geheimnisvollen jungen Mann, den er dort und in der Universitätsbibliothek gesehen hatte, ließ er nicht aus. Es gelang ihm sogar, das Wiedersehen mit Piringer und die Aussicht, in der Sinfonie mitzuspielen, unterzubringen. Unter anderen Umständen hätte Theresia gerade das erfreut. Doch nun stand es im Schatten der furchtbaren Ereignisse.

»Du warst Zeuge eines …« Sie senkte die Stimme und unterbrach sich, unfähig, das schreckliche Wort zu sagen. »Eines …«

»Ja, eines Mordes«, sagte Reiser.

»Und fast wärst du selbst Opfer dieses Mannes geworden. Bist du sicher, dass er aus dem Müllerschen Gebäude kam?«

»Ich denke schon. Jedenfalls ist er dorthin zurückgekehrt.«

»Könnte der junge Mann, den du gesehen hast, derjenige sein, der den Doktor …?«

»Das weiß ich nicht. Als ich mit Dr. Scheiderbauer am Stubentor war, konnte ich den, der ihm auflauerte, nicht sehen. Auch später nicht, als er mich angriff.«

»Dass der junge Bursche derjenige war, der dir die Nachricht schrieb, ist unwahrscheinlich. Warum sollte er dich zuerst dorthin bestellen, dann aber weglaufen und wieder flüchten, wenn du ihn zufällig in der Bibliothek siehst?« Sie legte eine nachdenkliche Pause ein. »Und was hat das alles mit dem Schreiben deines Vaters zu tun? Du glaubst doch an einen Zusammenhang, oder nicht?«

»An einen Zusammenhang mit dem Schreiben und mit dem Tod unserer Väter. Da gibt es nämlich noch etwas ...« Er erklärte Theresia, was er von Baron von Walseregg über die Burschenschaften wusste.

»Politische Umtriebe«, sagte Theresia. »Dass es so etwas in Wien geben soll, habe ich auch gehört. Aber nur hinter vorgehaltener Hand. Das sind Dinge, über die Frauen sich nicht unterhalten sollen. Wenn da etwas dran ist ...«

Reiser nickte. »Stellen wir uns vor, eine verbotene Gruppe trifft sich im Müllerschen Gebäude. Sie tarnen sich als Liebhaber der Musik. In Wirklichkeit wollen sie dem Staat und der Ordnung Schaden zufügen. Mit Gewalt. Daher das Interesse an diesem Attentäter aus England. Ob sie nur davon träumen oder ob sie diese Dinge auch wahrmachen, ist freilich zweierlei. Allerdings sind in den letzten Tagen drei Menschen getötet worden. Scheiderbauer. Mein Vater. Und dein Vater, ein Adliger. Er war vielleicht das eigentliche Ziel, und mein Vater war eben bei ihm.«

Theresia schien erst jetzt die gesamte Tragweite dessen, was er ihr erzählt hatte, zu begreifen. Sie schwieg einen Moment. Reiser konnte ihr Gesicht nicht gut erkennen, aber es schien sich große Bestürzung darin abzuzeichnen. »Wie furchtbar ... Jemand hat ihn ... Und du meinst wirklich, dass der Einsturz der Brücke kein Unfall war?«

»Es muss eine Verbindung geben, Theresia. Zwischen Scheiderbauer, Beethoven und meinem und deinem Vater. Scheiderbauer wollte mir etwas sagen. Ein Wort, das mit dem Buchstaben M beginnt.« Er starrte lange in den dunklen Hof. »Und wenn es umgekehrt war?«, überlegte er laut. »Es könnte ja auch sein, dass der Anschlag am Schloss eigentlich meinem Vater galt. Es war sein Schreiben, das in meiner letzten Nacht im Schloss gestohlen wurde. Die anderen Blätter hatten sie sicher schon vorher entwendet, aber dieses eine war im Geheimfach versteckt.« Er sah Theresia an. »Es kommt mir so vor, als würde jemand seinen Kontakt zu Herrn van Beethoven und die Geschichte seiner eigenartigen Vergiftung unter den Tisch kehren wollen.«

»Und das rätselhafte Ereignis von 1796 soll der Grund sein?«

»Kannst du herausfinden, in wessen Diensten mein Vater zu dieser Zeit war? Es könnte jemanden aus der Zeit in Wien geben, der das weiß. Oder auf dem Schloss.«

»Ich kann es versuchen. Hast du Herrn von Walseregg danach gefragt?«

»Er wusste es nicht. Und zu dieser Zeit kannte er deine Familie noch nicht. Er war noch zu jung.«

»Ja«, sagte Theresia. »Er hatte es schwer als Kind. Das hat man mir immer erzählt. Seine Mutter stammte aus Frankreich. Sie starb während der Revolution. Irgendwie kam er nach Österreich. Sein Vater kämpfte in den Schlachten gegen Napoleon – aus Rache an den Franzosen, weil sie ihm seine Frau genommen hatten. Mein Vater sagte immer, das sei das Schrecklichste am Krieg. Dass sich politische Staatsräson mit persönlichen Motiven vermischt. Was die Menschen zu bestimmten Taten bewegt, steckt in der Seele. Und wenn man die Seele von kranken Einflüssen heilen könnte, wäre das wertvoller als jede andere Heilkunst.«

»Was ist aus dem Vater des Barons geworden?«

»Er starb, als der Baron noch ein Kind war. Jemand aus unserer weitläufigen Verwandtschaft hat sich dann um ihn gekümmert, soviel ich weiß.«

Wieder schwiegen sie. Diesmal war es Theresia, die das Schweigen brach. »Du solltest Herrn Hänsel noch einmal treffen. Was du über die Unsichtbaren herausgefunden hast, reicht doch, um ihn zu beeindrucken. Stell dir vor, dir wäre es zu verdanken, dass gefährliche Revolutionäre mitten in Wien von ihren Plänen abgehalten werden. Als ordentlicher Bürger ist es ohnehin deine Pflicht, es zu melden.«

Natürlich, dachte Reiser. Wäre da nicht ein Gedanke, den er bisher nicht ausgesprochen hatte. »Nur müsste ich Herrn Hänsel erklären, wie ich auf die Unsichtbaren gekommen bin. Und ich habe dort unten im Keller des Müllerschen Gebäudes Musik von Herrn van Beethoven gehört. Was wäre, wenn er etwas damit zu tun hat? Was, wenn aufgrund meiner Anzeige die Akademie verboten wird? Piringer sagte, Herr van Beethoven habe bei den Zensurbehörden um diese Akademie kämpfen müssen.«

»Glaubst du wirklich, Herr van Beethoven unterstützt Menschen, die Pulver anzünden wollen, um damit etwas zu zerstören? Er ist einer der angesehensten Männer in Wien. Was kann er dafür, wenn diese Elemente seine Musik spielen, während sie ihr Komplott planen? Und selbst wenn es so wäre. Was Recht ist, muss Recht bleiben. Und wir beide ...« Sie seufzte. »Denk an uns. Wir gehören zusammen, Sebastian. Bitte unternimm alles, damit wahr wird, was wir uns wünschen. Weil es für uns das Richtige ist. Unsere Herzen wissen es.«

»Kann ich dich wieder treffen?«, fragte er.

»Vielleicht. Schreib aber nicht an mich. Schreib an Frau von Schernberg. Du erhältst dann Nachricht.«

Er nickte nachdenklich, und einen Atemzug später, nach einem ganz kurzen Zögern, beugte sie sich zu ihm. Dann spürte er ihre warmen Lippen auf seinem Mund. Der Kuss mischte sich mit den salzigen Tränen von ihren Wangen.

***

Wie ein Palais oder eine andere fürstliche Liegenschaft sah das Gebäude nicht aus. Auch nicht wie ein Kloster. Und ein normales Wohngebäude war es schon gar nicht. Mit ein paar Strichen und Schraffuren hatte der Zeichner angedeutet, dass es eine kleine überdachte Brücke gab, die von der Krone einer hohen Mauer in das obere Stockwerk führte. Die Mauer war sicher die Bastei. Und nach einer längeren Wanderung an der Innenseite der Stadtbegrenzung entlang wurde Kreutz endlich fündig.

Das Haus, das er suchte, war ein Theater. Es lag direkt

neben dem Kärntnertor, dessen höhlenartigen Durchgang der Zeichner weggelassen hatte.

Als er jetzt davorstand, waren alle Fenster hell erleuchtet. Wie von fern drang aus dem Inneren der Klang eines Orchesters an Kreutz' Ohr. Ab und zu mischte sich Gesang darunter. Abgesehen von den kernigen Gesängen der Burschenschaften und Kirchenliedern gefiel Kreutz kaum etwas von dem, wofür die Menschen in Wien derzeit eine Menge Geld hinlegten, um es zu hören. Vor allem das affektierte Getue in den Opernhäusern war ihm ein Gräuel. An so einem Ort wurden die Krankheiten der Zeit besonders deutlich, er besaß geradezu symbolische Bedeutung. Was dem dumpf allen Moden folgenden Volk natürlich nicht auffiel.

Kreutz hatte sich von einem Kommilitonen erklären lassen, was eine Oper war. Viele hielten sie für den Gipfel des Musikgenusses. In Wirklichkeit war sie der schändlichste Ausdruck des von Verschwendung, Prunksucht und Eitelkeit geprägten Feudalsystems, den man sich vorstellen konnte. Seit Jahrhunderten verprassten die Fürsten Unmengen von Geld mit diesen immens teuren und monströsen Veranstaltungen, in denen sie sich sonnen konnten. Und das, während das Volk hungerte oder zumindest unter der Last der Steuern, die diesen Luxus finanzierten, zusammenbrach.

Je mehr Kreutz darüber nachdachte, desto klarer wurde ihm, was der Plan war. Und desto mehr bewunderte er die ihm nach wie vor Unbekannten, die ihn ausgeheckt hatten. Ja, so ein Opernhaus gehörte in die Luft gesprengt. Schon aus Prinzip.

Schmerzlich war nur, dass er in diesem Plan keine Aufgabe zu erfüllen hatte. Er war zu spät nach Wien gekommen. Er konnte nur noch zusehen. Aber er konnte lernen. Er konnte sich ansehen, was geschah, und er konnte sein Wissen woandershin mitnehmen. Vielleicht nach Paris, wo man ja nach wie vor auf eine zweite Revolution hoffte. Follen war immer der Ansicht gewesen, dass es keine fünf Jahre dauern würde, bis es an der Seine wieder losging. Je stärker die Fürsten ihre Völker in die alte Ordnung pressten, desto stärker wurde der Drang, sich zu befreien.

Kreutz spazierte über den Platz vor dem Theater und

näherte sich dem Eingang. Rechts davon lag zwischen dem Theater und der Stadtmauer eine schmale Gasse. Sie wurde von der kleinen Brücke überspannt, einem geschlossenen Gang mit Dach und Fenstern. Es war wohl der Zugang für höhergestellte Persönlichkeiten, die so in ihre Logen gelangen konnten, ohne mit dem gemeinen Volk in Berührung zu kommen.

Um ein wirklich erfolgreiches Attentat zu verüben, dachte Kreutz, müsste man diesen Brückengang zerstören, wenn sich die kaiserliche Familie gerade auf dem Weg hindurch befindet. Er konnte sich nicht vorstellen, dass jemand so einen Anschlag plante, ohne es auf kaiserliche Opfer abgesehen zu haben. Weniger durfte es nicht sein. Am besten, man nahm noch andere der Fürstenbrut mit. Metternich zum Beispiel.

Das Vorbild von Fawkes zeigte, wie es ging. Es musste irgendwo Pulver versteckt sein. Vielleicht doch nicht an der Brücke, sondern unter der kaiserlichen Loge. Oder unter dem Zuschauerraum. Oder es war noch nicht versteckt, und die Sache wurde noch vorbereitet.

Auf der anderen Seite des Theaters standen einige Fiaker, die darauf warteten, dass die Vorstellung zu Ende ging.

Wie bekam man heraus, welche Theatervorstellungen der Kaiser und Metternich besuchten und welche nicht? Die Wiener, das hatte Kreutz schon mehrfach gehört, wussten so etwas genau. Sollte er mit einem der Kutscher sprechen, die auf den Fiakern saßen und vor sich hin dösten? Das wäre vielleicht eine Möglichkeit. Oder man hörte sich in Wirtshäusern um. Doch dort wollte sich Kreutz nicht so gern sehen lassen.

Vorher musste er noch sichergehen, dass er sich nicht täuschte. Dass das, was er sich zusammengereimt hatte, stimmte.

Er schlenderte am Haupteingang vorüber. Eine gute Gelegenheit, sich die Schlüssellöcher anzusehen.

Sie waren zu groß.

Nun schlug er ein zweites Mal den Weg in die schmale Gasse neben der Stadtmauer ein. Unter der Brücke, direkt unter der Stelle, an der sie auf die Fassade traf, gab es eine Nebentür.

Durch sie konnten die hohen Herrschaften das Haus betreten oder verlassen, falls sie nicht geruhten, über die Bastei zu gehen.
Kreutz sah sich um. Niemand beobachtete ihn. Er drückte die Klinke nach unten. Die Tür war verschlossen.
Im Inneren des Hauses steigerte sich gerade eine Arie zu einem fulminanten Höhepunkt. Eine Sopranistin erklomm höchste Höhen. Das Publikum brach angesichts dieser Leistung, die Kreutz eher an Geschrei einer Gebärenden erinnerte, in tosenden Applaus aus.
Rasch holte Kreutz den Schlüssel aus der Tasche, steckte ihn ins Schloss und drehte ihn.
Er passte.
Die Tür ging auf.

※※※

Bacchus war ein hässlicher alter Mann mit Bart, Bauch und Falten. Den Betrachter frech angrinsend, ritt er auf einem Weinfass, ein gefülltes Glas in der Hand.
Das Bild, das die Wand über dem Eingang zum Bierhaus des Wirtes Haidvogel im Schlossergässchen zierte, war ziemlich gewagt. Vor allem hier, mitten in Wien und nur einen Steinwurf vom Stephansdom entfernt. Reiser wollte gerade hineingehen, da ging die Tür von innen auf, und einige angetrunkene Männer drängten sich grob an ihm vorbei. Mit ihnen drang ein Geruchsgemisch aus Tabaksrauch, Alkoholdunst und Schweiß auf die Gasse.
Reiser trat ein und fand sich inmitten des Miefs und in der üblichen Lärmwolke wieder, die in gut besuchten Wirtshäusern herrschte. Piringer konnte er nirgends entdecken.
»Wen suchen S' denn?«, fragte der Wirt im Vorbeigehen. In beiden Händen trug er Bierkrüge, die er auf einem voll besetzten runden Tisch abstellte.
»Herrn Piringer. Er trifft sich hier mit Freunden.«
Der Wirt wischte sich die Hände an seiner Schürze ab. »Was wollen S' denn von ihm?«
Nanu, dachte Reiser. Was geht das den Wirt an?

»Ich soll ihn hier treffen«, beharrte er. »Ihn und diese ...« Wie hieß das noch? »Höhle.« Er hatte den Namen vergessen. »Höhle« schien als Stichwort aber ausreichend gewesen zu sein.
»Warten S' bitte hier.« Der Wirt bahnte sich seinen Weg zu einem Durchgang.
Reiser blieb am Schanktisch stehen und betrachtete das Treiben. Alle Tische waren besetzt. An einigen wurde gesungen und gelacht. Niemand nahm Notiz von ihm. Nüchtern, wie er war, kam er sich inmitten der ausgelassenen Meute wie ein Aussätziger vor.
Kurz streifte ihn die Erinnerung an die Musik des kleinen Mannes in der »Ungarischen Krone«. Diese Klänge, die in so einer Umgebung eigentlich fehl am Platze waren. Die aber trotzdem genau das zum Ausdruck gebracht hatten, was Reiser gerade empfand. Das Zurückziehen in sich selbst. Weg vom Trubel der Menschen.
Diese Ausgelassenheit – hatte sie nicht auch etwas Verzweifeltes? Sprach aus den roten Augen der Betrunkenen nicht die Angst vor der Einsamkeit, die Angst vor dem Ausgeliefertsein? Davor, in die eigene schäbige Unterkunft zurückzukehren? Und sich am nächsten Tag wieder in das Mühlrad einer Behörde, einer Fabrik oder eines anderen Geschäftes zwingen zu lassen?
»Gehen S' aufi zum Stüberl.« Der Wirt deutete auf den Durchgang.
Reiser dankte, schlug den angezeigten Weg ein und stieß jenseits des Schankraumes auf eine enge Wendeltreppe. Je weiter er hinaufstieg, desto leiser wurde der Lärm von unten und desto deutlicher vernahm er einen vielstimmigen Gesang, dem er entgegenging. Männer gaben, vom Alkohol mehr als angeheitert, einen kruden Kanon in eigenartigen Melodiesprüngen zum Besten. Der Text schien nur aus einem einzigen Wort zu bestehen, das Reiser erst verstand, als er nach mehreren Umdrehungen der Treppe auf dem Absatz angekommen war.
»Dumm, dumm, dumm ... Dumm, dumm, dumm ...«
Jetzt kamen noch andere Wörter hinzu: »Dummheit, Dummheit, Dummheit.«
»Dummheit, die wir ehren.«

»Dummheit, der wir frönen.«
»Dummheit, große Dummheit ...«
Die Männerstimmen kamen aus einem Raum hinter einer Tür. Auf der Tür stand in großen grünen Buchstaben: *LUDLAMSHÖHLE.* Und darunter, etwas kleiner: *Nur die Dummen haben Eintritt.* Und noch ein Stück weiter unten: *Obacht! Die Dummheit des Eintretenden wird geprüft. Sei dir deiner Dummheit sicher, ehe du es wagst!*
Reiser wartete. Der Gesang nahm kein Ende. So öffnete er schließlich die Tür.

Inmitten von dichtem Tabaksrauch saßen ein halbes Dutzend singende Männer an einem Tisch in einer engen Stube. Da es hinter dem einzigen Fenster ja längst dunkel war, hatte ihnen der Wirt eine funzelige Lampe auf den Tisch gestellt, der sich vor Flaschen und Gläsern bog. Einige der Herren hatten sich ihrer Röcke entledigt, die unordentlich über den Stuhllehnen hingen.

Piringer saß an der gegenüberliegenden Seite. Er bemerkte Reiser, hob die Arme wie ein Dirigent und gab mit dem Stiel einer rauchenden Tabakspfeife den Takt vor. Unter seinen Gesten endete der Gesang feierlich auf der letzten Silbe des Wortes »Dummheit« in einem grässlich schiefen Akkord, so als ob jeder der Sänger absichtlich alles daransetzte, einen anderen Ton zu erwischen als der Nebenmann und einer schönen Harmonie mit Gewalt auszuweichen.

Als die Dissonanz verklungen war, wollte Reiser einen Gruß sagen, aber er kam nicht dazu, denn nun rief einer der Männer in gespielter Angst: »Oh weh, ein Schatten! Seht, dort! Ein Schatten! Ein Schatten!« Er deutete auf Reiser, den nun alle ansahen. »Ein Schatten«, riefen sie alle zusammen, »ein Schatten! Oh weh, er will uns Böses!«

Piringer stand auf, wobei er seinen Stuhl umwarf. »Wir müssen ihn fangen«, schrie er, als wollte er eine Armee mobilisieren. »Wir müssen ihn zu einem der Unsrigen machen. Zu einem Menschen.«

Er kam heran, drückte hinter Reiser die Tür zu und drängte ihn an den Tisch. Jacken und Röcke wurden von einem Stuhl genommen, auf den er sich setzen musste. Ein anderer Herr suchte aus dem Sammelsurium auf dem Tisch ein Schnapsglas heraus, das er mit etwas Hochprozentigem aus einer Flasche füllte und Reiser hinschob. Im normalen Leben hätte er mit seinem in Ehren ergrauten Haar und der Brille eine Respektsperson abgegeben. Nun aber, mit roter Nase, dümmlich grinsend und Reiser zuprostend, litt dieser Eindruck.

»Willkommen in der Ludlamshöhle«, schrie Piringer. Alle wiederholten den Gruß, hoben ihre Gläser und prosteten Reiser zu. Ihm blieb nichts anderes übrig, als seinen Schnaps hinunterzukippen. Im selben Moment wurde ihm bewusst, dass er heute Abend noch nichts gegessen hatte. Sein Magen begann sofort zu rebellieren.

»Das ist mein Schüler«, rief Piringer seinen Kumpanen zu. »Er spielt großartig die Violine und die Bratsche, er komponiert wunderbare Werke, und er wird in der baldigen Akademie unseres hochverehrten Herrn van Beethoven mitwirken. Er verdient es, ein Mensch zu werden.«

Reiser freute sich, dass endlich jemand ansatzweise etwas Vernünftiges von sich gab. »Der Herr Piringer übertreibt«, sagte er und stellte sein Glas hin. »Aber danke, dass ...«

»Der Herr Piringer?«, schrie sein alter Lehrer aufgebracht. »Welcher Herr Piringer?« Er sah in die Runde, als habe ihn Panik ergriffen. »Der Schatten ... Er spricht die Sprache der Schatten ... Oh weh ...«

Die anderen fielen ein. »Der Schatten! Wir hätten es wissen müssen. Er kann ja nur in der Sprache der Schatten sprechen ...«

Piringer wandte sich wieder Reiser zu. »Höre, oh Schatten, der du bald ein Mensch sein wirst: In der Ludlamshöhle ist mein Name Diddelkamp, der Abgesandte.« Mit dem Stiel seiner Tabakspfeife deutete er der Reihe nach auf die anderen Herren. »Das hier ist Domwiesel, der Eiltrichter. Das hier Bocko, der Hühnerschicker. Hier haben wir Tasto, den Kälberfuß. Saphokles, den Istrianer. Und zu guter Letzt den hohen Herrn Greif von am Katzendarm. Das sind unsere Namen als Menschen. Da draußen, wo du herkommst, leben nur die Schatten.«

»Wieso bin ich ein Schatten?«, fragte Reiser. Der Schnaps brannte in seinem Bauch. »Und bin ich nicht auch in dieser Ludlamshöhle? Was ist das hier?« Am liebsten hätte er gelacht. Ihm war klar, dass das hier ein Spaß war. Aber es kam ja bekanntlich vor, dass Spaßmacher ihre Einfälle so ernst nahmen, dass man sie nicht auslachen durfte. Also war er vorsichtig.

»Du bist ein Schatten, denn du kommst aus der Welt der Schatten. Wir sind Menschen, weil wir die Prüfung der Dummheit bestanden haben. Der Dümmste unter uns ist unser König. Und jeder, der zu uns gehören will, muss seine Dummheit in einer Prüfung beweisen.«

Der Mann, der hier in der Höhle den umständlichen Namen Greif von am Katzendarm führte, schenkte Reiser lächelnd nach und nickte ihm auffordernd zu.

»Trink«, sagte Piringer alias Diddelkamp, der Abgesandte, »und beweise uns deine Dummheit. Auf dass du ein Mensch wirst.«

Da ihn alle anstarrten, stürzte Reiser das zweite Glas hinunter. Einige, auch der selbst ernannte Diddelkamp, tranken mit. Was wollten sie von ihm? Was sollte er tun? Seine Dummheit beweisen? Wie sollte das gehen? Was für ein Unsinn.

Sie grinsten ihn an und stimmten wieder ihren eigenartigen Kanon an.

»Dumm, dumm, dumm … Dumm, dumm, dumm …«
»Dummheit, Dummheit, Dummheit.«
»Dummheit, die wir ehren.«
»Dummheit, der wir frönen.«
»Dummheit, große Dummheit …«

Verblüfft merkte Reiser, dass das nicht einfach ein zufälliges Gesinge war. So falsch das alles klang, so genau waren es die gleichen Töne wie vorhin, als er die Treppe heraufgekommen war. Das Stück war in seiner komischen, verqueren Art so komponiert worden. Es stand auf einem Notenblatt, man hatte es sorgsam einstudiert. Dabei war alles daran falsch. Sechs Männer sangen, und es erklangen sechs Tonarten gleichzeitig. Ein Ding der Unmöglichkeit! Und wenn am Ende alle auf der letzten Silbe des Wortes »Dummheit« zusammenfanden, bestand der Akkord tatsächlich aus sechs verschiedenen Tönen.

Es war akkurat geprobt, aber es hörte sich an wie das Geschrei einer Armee von Katzen.

Reiser fand ein weiteres gefülltes Glas vor sich, trank es aus und musste plötzlich lachen.

Was hätte dieser Albrechtsberger mit seinem Kompositionslehrbuch dazu gesagt?

Was würde *Beethoven* sagen?

Ludlamshöhle – woher kam eigentlich dieser seltsame Name? Hatte es etwas mit dem Höhlengleichnis von Plato zu tun? Ging es da nicht auch um Schatten – Schatten der Welt, die der Mensch nie in ihrer Gesamtheit erfassen konnte? Laut Plato war der Mensch dazu verdammt, niemals die wirklichen Dinge zu sehen, sondern eben nur die Schatten.

In Reiser schien sich etwas zu lösen. Er lachte weiter, während die anderen ihn aufmunternd ansahen und unablässig sangen. Wieder ein Glas Schnaps. Das wievielte war es? Das schräge Sextett endete wieder auf der grässlichen Kakofonie. In Reiser surrten die Gedanken – über Musik, Musiktheorie und alles, was er bis jetzt darüber gehört hatte.

»Nun?«, fragte ihn Domwiesel, der Eiltrichter, und Tasto, der Kälberfuß – Reiser glaubte, dass er es war, er hatte die Namen vergessen und lief Gefahr, sie durcheinanderzubringen –, nickte. »Wie könnt Ihr uns Eure Dummheit beweisen?«

»Er lacht«, rief Diddelkamp, der Abgesandte. »Wie wir wissen, ist das der erste Schritt auf dem Weg zur größten Dummheit. Und auf dem Weg vom Schatten zum Menschen.«

Reiser musste aufstoßen. Er wollte etwas sagen, aber seine Zunge gehorchte ihm nicht. »... zu sechst«, brachte er mühsam hervor.

»Ja, wir sind zu sechst«, sagte der ... wer war es? Ach ja, Saphokles, der Istrianer. Der hatte ihn mit besonders wachen Augen die ganze Zeit im Blick gehabt. »Mit Ihnen sind wir sieben. Zählen können Sie, aber das ist kein Ausdruck von Dummheit.«

Diddelkamp sah enttäuscht drein. Reiser war aber noch klar genug, dass er verstand, woher die Enttäuschung kam. Piringer, also Diddelkamp, hatte Reiser sicher, wie es seine Art war, großspurig angekündigt.

»Ja, zählen … Aber die größte Dummheit …« Reiser musste durchatmen, bevor er weitersprechen konnte. Die schlechte Luft hier drin ließ ihn husten. »Gibt's hier ein Klavier?«, fragte er, nach Atem ringend.
»Die Dummheit am Klavier beweisen?«, rief der Mann mit dem Katzendarm im Namen. »Wir sind gespannt!«
»Klavier?«, fragte Reiser noch einmal. »Ich zeige die Dummheit … die Musik … am Klavier.«
Eine vage Idee war ihm gekommen. Etwas, das er den Herren vorführen konnte. Eine Idee, die er auch in nüchternem Zustand schon einmal gehabt hatte. Die aber so verrückt war, dass man sie nicht ernst nehmen konnte. Und die jetzt mit etwas verschmolz, das Herr van Beethoven gesagt hatte. *Nichts wiederholen. Keinen einzigen Ton.*
Es lärmte wie ein Donnergrollen, als die Stühle über den Holzboden rückten. Alles drängte aneinander vorbei. Reiser wurde mitgezogen, nach draußen, zu dem Treppenabsatz in einen kleinen Flur und dann in ein Zimmer gleich nebenan. Hier drängten sich ein Sofa und ein kleines Pianoforte. An der Wand hingen Bilder. Was war das hier? Haidvogels Privatgemach? Durfte man es denn betreten? Sollten die anderen die Verantwortung übernehmen. Sie kamen hinterher, füllten fast den kleinen Raum, während man ihn an die Tastatur schob.
Reiser wurde am Rande bewusst, dass er ja gar nicht Klavier spielen konnte. Aber für das, was er vorhatte, reichte es.
»Nun denn«, rief Diddelkamp. »Werde zum Menschen.«
Reiser holte tief Luft und legte die Finger auf die Tastatur. Er runzelte die Stirn, starrte und überlegte. Er musste sich konzentrieren, und das war angesichts der genossenen Schnäpse nicht einfach. Die anderen verstummten erwartungsvoll. Schließlich begann er, mit dem Zeigefinger eine Melodie zu spielen – ohne bestimmten Rhythmus, eigentlich war es nur eine Tonfolge.
»Das klingt dumm«, rief Diddelkamp. »In der Tat.«
Die Vorführung dauerte gerade mal ein paar Sekunden. Reiser glaubte, alles richtig gemacht zu haben, drehte sich auf dem Klavierhocker um und grinste in die Runde.
»Was war das?«, fragte der Herr von am Katzendarm.

Reiser versuchte es noch einmal. Er begann diesmal mit einem anderen Ton. Wieder entstand eine Tonfolge, die seltsamer war als alles, was man bisher gehört hatte. Oder nicht? Er drehte sich um. Das mussten die Herren doch trotz ihres Alkoholpegels erkennen!

»Die Musik der Zukunft«, rief er.

Diddelkamp schien auf einmal nüchtern geworden zu sein.

»Genial. Die Dummheit in der Musik! Er komponiert unsingbare Melodien.«

Der Herr Greif von am Katzendarm schaltete sich ein. Er beugte sich über die Tastatur und rückte seine Brille zurecht.

»Er hat alle Töne benutzt, die es innerhalb einer Oktave gibt.« Er sah die Anwesenden an wie ein Professor, der gerade ein Fossil oder eine seltene Pflanze begutachtet und dabei eine besondere Entdeckung gemacht hat.

»Ja, alle Töne«, sagte Reiser. »Alle zwölf. Und die ... Re...« Er musste erneut aufstoßen. »Die Regel ist, dass jeder Ton erst wieder vorkommen darf, wenn die anderen elf gebraucht wurden. Keiner darf wiederholt werden, bevor alle anderen dran waren. Ich bin darauf gekommen, weil Sie ... zu sechst sind. Wären wir zu zwölft, könnten wir sogar einen zwölftönigen Akkord singen. Mit einer Zwölftonmelodie.«

»Eine Musik ohne Tonart also!«, rief der von und zu Katzendarm. »Und doch voller Regeln, die eine sparsame und gerechte Verwendung der einzelnen Töne garantieren. Jeder Ton ist gleichberechtigt – eine Musikrepublik.«

»Wenn das nicht die größte Dummheit ist«, fiel Diddelkamp ein.

Alle lachten dröhnend, und unter erneutem Absingen ihres Kanons auf die Dummheit kehrten die Bewohner der Ludlamshöhle in die kleine Stube zurück, in der sie keine Schatten, sondern Menschen waren.

Zusammen mit Duodecimus, dem Reisenden durch die zwölf Töne, wie der ehemalige Schatten namens Reiser nun hieß.

***

Kreutz erwachte. War da ein Geräusch gewesen? Er hob schlaftrunken den Kopf.

Der Raum war nahezu vollkommen dunkel. Nur durch die vergitterten Oberlichter sickerte ein wenig Licht herein. Doch die meisten Lampen der Straßenbeleuchtung waren bereits ausgegangen. Nach und nach erkannte er die unregelmäßigen Konturen der Dinge, die hier unten im Keller standen.

Er hatte gewartet, bis die Vorstellung vorüber war. Hatte die Kutscher so harmlos wie möglich über die Kaiserfamilie ausgehorcht. Wen auch immer er gefragt hatte – alle waren der Ansicht, dass der Kaiser weder heute Abend noch an den nächsten Abenden eine Theatervorstellung besuchen würde. Der Hofstaat bereitete eine Reise nach Prag vor. Schon am nächsten Tag sollte es losgehen. Das wusste in Wien jeder.

So hatte sich Kreutz wieder in Richtung Kärntnertor begeben und lange nachgedacht.

Das Theater musste aber doch irgendeine Rolle spielen! Es war schließlich das Ziel des Anschlags, oder nicht?

Als die Vorstellung längst vorbei gewesen war, hatte er die Seitentür aufgeschlossen und sich hier unten zum Schlafen hingelegt. Zu den Unsichtbaren und ihren eigenartigen musikalischen Ritualen würde er nicht zurückkehren, und als Versteck war das hier gar nicht schlecht.

Da war das Knacken und Knirschen wieder – sehr leise, so als gebe sich jemand Mühe, nicht gehört zu werden. Das Geräusch kam aus Richtung der Tür.

Jemand kam zu Kreutz herunter!

Wer machte denn in einem Theater spät in der Nacht noch einen Rundgang? Natürlich gab es einen Hausmeister, aber von dem hätte Kreutz erwartet, dass er in seiner Wohnung oben unter dem Dach selig schnarchte.

Kreutz riss die Augen noch weiter auf. Leise schlüpfte er in seine Stiefel. Wer auch immer auf der Treppe war, hatte sicher eine Lampe. Der Schein würde zu sehen sein. Aber es blieb dunkel.

Jetzt klangen die Schritte so nah, als habe der Unbekannte den Kellerraum längst betreten, als befinde er sich direkt hier neben ihm.

Da wurde Kreutz klar, dass derjenige, der da umherschlich, nicht *neben* ihm, sondern *über* ihm sein musste. Nur ein, zwei Armlängen entfernt, jenseits der niedrigen Decke. Er war oben im Zuschauerraum.

Kreutz tastete sich weiter vor. Er musste höllisch aufpassen, dass er nichts umwarf, und versuchte, sich in Erinnerung zu rufen, was er gestern im letzten Licht der von außen hereinscheinenden Straßenlaternen gesehen hatte.

Die Kleider und Stoffe, auf denen er übernachtet hatte, waren Kostüme. Irgendwelche Phantasieuniformen, Bauerntrachten. Daneben lagerte hier allerlei von dem, was man im Theater so brauchte. Nicht nur Kostüme, sondern auch Requisiten und Teile von Bühnenbildern. Holzteile, Bretter, ausrangierte Notenpulte. Matt leuchtend stand in einer Ecke ein hoher, mit Goldfarbe angestrichener Stuhl, der wahrscheinlich einen Thron für einen auf der Bühne auftretenden König abgeben sollte. Daneben, auf einem Haufen, Metallteile. Eine Krone und eine Anzahl von Waffen waren darunter. Degen, Schwerter, ein paar Dolche. Aus der Nähe billig, auf der Bühne würde der Eindruck bei der richtigen Beleuchtung sicher überzeugender sein. Kreutz hatte sich, einer Laune folgend, gestern Abend auf diesen Stuhl gesetzt, die Krone genommen und sie sich auf den Kopf gedrückt. Ich bin König Theodor I. vom Kärntnertor, hatte er gedacht. Und ich darf hier die Mäuse regieren.

Jetzt näherte er sich dem Thron – aber nicht, um das Spiel von gestern Abend zu wiederholen. Sein Ziel waren die Bühnenwaffen. Er hatte sie gestern untersucht. Es waren keine Attrappen. Sie waren alle echt, wenn auch nicht besonders gut geschliffen. Auf der Bühne ging es ja nur darum, dass das Metall ordentlich blitzte und dass es in einem inszenierten Degenkampf überzeugend schepperte, wenn die Klingen aufeinanderstießen. Um sich jetzt notfalls zu verteidigen, würden sie ausreichen.

Er erstarrte. Da oben hatte es wieder geknackst. Die Tritte auf den Holzbrettern wurden lauter, schneller.

Sollte er warten, bis derjenige, der da herumschlich, auf seinem Rundgang in den Keller kam? Dann saß er hier in der

Falle. Oder sollte er nach oben gehen und denjenigen selbst beobachten?

Ein Gefühl sagte Kreutz, dass es nicht der Hausmeister war, der da oben herumschlich. Auch kein Wächter, der vielleicht mitbekommen hatte, dass sich jemand widerrechtlich hier im Haus aufhielt, und ihn suchte. Es war jemand, der hier nichts zu suchen hatte. Genau wie er selbst.

Er nahm einen der Bühnendolche und ging zu der Tür, die in einen Gang führte. Von dort kam man in das seitliche Stiegenhaus und in den Zuschauerbereich. Und zum Ausgang, zu dem Kreutz den Schlüssel hatte. Er konnte das Theater nur durch die eine Tür verlassen, durch die er es auch betreten hatte. Wenn man ihm den Weg abschnitt, saß er in der Falle.

So leise es ging, zog er die Tür auf. Ein feines Quietschen der verrosteten Angeln ließ sich nicht vermeiden. Er huschte weiter, die wenigen Stufen hinauf. Ein Lichtschein fiel auf den Gang. Er kam von oben und bewegte sich. Jetzt hörte Kreutz die Schritte wieder. Sie kamen aus dem Parkettbereich des Zuschauerraumes und bewegten sich direkt auf ihn zu. Er hatte keine Zeit mehr, zur Tür zu eilen und sie aufzuschließen. So folgte er der Stiege aufwärts in den oberen Logenbereich.

Oben öffnete sich ein kleines Vestibül mit einer zweiten Tür, die nicht zum Zuschauerraum führte, sondern in die andere Richtung. Wahrscheinlich zu der kleinen Brücke, über die man auf die Bastei gelangte. Sie wäre ein guter Fluchtweg. Kreutz drückte die Klinke. Die Tür war verschlossen. Rasch kramte Kreutz den Schlüssel aus der Tasche und steckte ihn ins Schlüsselloch. Er passte nicht. Seine Finger zitterten. Das Metallstück entglitt ihm und fiel mit einem lauten Klingeln zu Boden.

Nach einer schier endlosen Sekunde, in der er starr vor Schreck verharrte, tönte von unten eine verhaltene Stimme herauf. »Hallo? Ist da wer?«

Kreutz blieb nichts anderes übrig, als ins Innere des Theaters zu fliehen. Er war hier eine Etage über dem Parkett. Ein schmaler, gerundeter Gang zweigte von dem Vestibül ab. Er führte in einen tiefen, dunklen Raum hinein. Nach zwei Schritten stieß Kreutz an einen Stuhl. Als er ihn mit der Hand berührte, spürte er, dass er reich gepolstert war.

Er suchte sich einen Weg zwischen den Möbeln hindurch, stolperte über ein, zwei Stufen, die abwärtsführten, und konnte sich gerade noch an einem Geländer festhalten. Von jenseits der Barriere traf Kreutz der Geruch nach ausgebrannten Lampen, Staub und Holz. Vor sich spürte er eine gewaltige Leere. Dort lag der riesige, finstere Theatersaal. Und Kreutz befand sich in der kaiserlichen Loge.

Für einen Moment überwältigte ihn der Gedanke, an genau der Stelle zu stehen, an der die Menschen, die sich für die allerhöchsten Persönlichkeiten hielten, den Vorstellungen lauschten. Dort, wo sie als Letzte eintraten und vor Öffnung des Vorhangs die Ehrung der Zuschauer entgegennahmen. Wo sie sich feiern ließen, indem alle aufstanden. Das Orchester stimmte dann die Hymne an, die der Komponist Joseph Haydn eigens für den Kaiser geschrieben hatte, und alle sangen den Text: »Gott erhalte Franz, den Kaiser ...«

Er war selbst überrascht, wie sehr ihn die Vorstellung berauschte. Doch der Zustand hielt nicht lange an. Ein Lichtschein kam durch die Tür, beleuchtete die Loge und machte einen Teil des weiten Theaterraums sichtbar. Kreutz drehte sich um. In der Tür stand ein Unbekannter, eine Lampe in der Hand.

Kreutz fiel ein, dass er ja einen Dolch dabeihatte. Das Herz schlug ihm bis zum Hals, als er die Waffe drohend emporhob. Der Mann, der hereingekommen war, stand im Licht seiner Lampe und war nun gut zu erkennen. Kreutz konnte ihn genauer betrachten. War das der Hausmeister? Nein, dazu war er zu jung. Viel zu jung. Kreutz ging auf, dass derjenige vor ihm wahrscheinlich Student war wie er selbst. Und er sah, dass er vermutlich das Gleiche dachte.

»Ich tu dir nichts«, sagte sein Gegenüber. Er streckte den Rücken durch. »Im Herzen Mut, Trotz unterm Hut, am Schwerte Blut ...«

»... macht alles gut«, ergänzte Kreutz.

19

Dienstag, 4. Mai 1824

Jemand hämmerte an die Tür.
 Schon wieder die Wirtin mit ihrem Kaffee, dachte Reiser. Als er sich bewegte, fuhr ein gleißend heller, stechender Schmerz durch seinen Kopf. So furchtbar, dass er ihm ein Stöhnen entlockte. Wieder donnerte es an der Tür, und das Geräusch hallte in Reisers Kopf nach wie in einer Glocke.
 »Herr Reiser. Öffnen! Sofort!«
 Es war eine raue Männerstimme.
 Mühsam erhob er sich. »Ja, ja«, krächzte er.
 Wie war er nach Hause gekommen? Hatten sie ihn hergebracht? Ja, er glaubte, sich daran zu erinnern. Es war sehr spät gewesen. Die Laternen in den Straßen waren längst heruntergebrannt.
 Wieder das Hämmern.
 So schnell er konnte, stieg er in seine Hose, ging zur Tür, drehte den Schlüssel im Schloss und öffnete.
 Draußen standen zwei Männer in den grauen Uniformen der Polizeisoldaten.
 »Herr Sebastian Reiser?«, fragte der eine.
 Reiser nickte.
 »Kommen S' mit uns«, sagte der andere Polizist.
 »Wohin?«, fragte Reiser. »Was ist geschehen?«
 Hinter den beiden Männern stand die Wirtin auf dem Gang und sah böse und grimmig drein. Der eine Uniformierte drehte sich um. Er schien die Wirtin zuvor nicht bemerkt zu haben.
 »Gehen S' weg, Frau«, sagte er.
 »Ich hab's gewusst, dass mit dem da was nicht stimmt«, keifte sie. »Ich hab's gewusst.« Weiter vor sich hin schimpfend verzog sie sich in Richtung Stiege.
 »Kommen S'«, wiederholte der Polizist.
 »Wohin?«
 »Das sehen S' dann.«

Er konnte nichts anderes tun, als sich fertig anzukleiden und mitzukommen. Immerhin gaben sie ihm noch Zeit, den Abtritt zu besuchen. Während Reiser darin beschäftigt war, wartete einer der Uniformierten vor der Tür.

Auf der Gasse legten sie einen Schritt zu und nahmen ihn in die Mitte. Die Passanten schauten kurz zu ihm hin, senkten die Blicke und sahen zu, dass sie weiterkamen.

»Ich komm ja mit«, sagte Reiser. »Aber müssen Sie mich wie einen Verbrecher abführen?«

»Befehl«, sagte der eine nur.

Der Himmel war heute bewölkt. Es war kälter geworden. Die laue Frühlingsluft, die in den letzten Tagen alle erfreut hatte, war verschwunden. Reiser fröstelte.

Es konnte nur einen Grund geben, warum man ihn so behandelte. Das Furchtbare war eingetreten. Man hatte herausgefunden, dass er kurz vor der Ermordung von Dr. Scheiderbauer nach dem Arzt gefragt hatte und mit ihm über das Glacis gegangen war. In Reisers Kopf dröhnte es. Der gestrige Abend hing ihm noch nach. Mühsam ordnete er seine Gedanken und dachte, dass er sich doch für diesen Fall eine Geschichte zurechtgelegt hatte.

Es ging zum Salzgries, wo sich gegenüber einer Kaserne das k. k. Polizeihaus befand, das Reiser wie alle Wiener kannte – wenn er es auch wie die meisten noch nie von innen gesehen hatte. Hier wurden die Verdächtigen untergebracht, bis über ihre Bestrafung entschieden wurde. Danach kamen sie dann in ein richtiges Gefängnis.

So, wie sie ihn behandelt hatten, ging es nicht einfach nur um eine Befragung. Man hatte ihn abgeführt wie einen, dessen Schuld schon bewiesen war. Reisers Knie wurden weich. Was habe ich denn verbrochen?, fragte er sich. Ich bin doch unschuldig. Ich habe niemandem etwas getan. Im Gegenteil, ich will dem Staat und dem Kaiser dienen, wenn man mich lässt.

Die Erinnerung an das Gespräch mit Theresia kam zurück. Die Bestimmungen des Testaments. Er hatte ihr zum Abschied versprochen, alles zu tun, um sie zu erfüllen. Und nun war er im Visier der Polizei. Er war kein unbescholtener Bürger mehr.

Sie führten ihn eine Treppe hinauf. Das war nicht der Weg zu den Zellen. Die befanden sich, wie jeder in Wien wusste, im Keller. Wo es feucht und finster war. Sie erreichten einen hellen Raum. Verwaiste Schreibpulte, geschwungene Stühle, Regale. Ein Fenster sah über die Bastei hinweg hinüber zur Leopoldstadt.

Hier ließ man ihn allein. Er wagte nicht, sich hinzusetzen. So stand er nur da und starrte auf das Fenster. In der Ecke tickte leise eine Standuhr. Sie zeigte fast drei viertel neun.

Es dauerte nicht lange, da öffnete sich eine andere Tür, und jemand trat ein.

»Da sind Sie schon, Herr Reiser. Guten Morgen. Sehr schön, sehr schön. Setzen Sie sich doch.«

»Herr Hänsel«, sagte Reiser verblüfft und ließ sich nieder.

»Herr Konzipist, bitte.« Er holte ein paar Papiere von einem der Pulte, kam zum Tisch und nahm ebenfalls Platz.

»Sie ließen mich durch zwei Polizisten herbringen?«

Hänsel überflog die Zeilen auf dem Papier und sah Reiser dann zum ersten Mal an. »Hätten Sie gern eine größere Eskorte gehabt? Oder war es Ihr Wunsch, dass ich Sie selbst abhole? Die Ehre musste ich Ihnen versagen. Dafür fehlt mir die Zeit.« Als wollte er unterstreichen, wie anstrengend sein Leben war, holte er ein Tuch aus der Tasche und wischte damit über seine Glatze.

»Es kam mir so vor, als wollten Sie … Ich meine, die Polizeisoldaten … Als wollten sie mich verhaften.«

Hänsel lächelte und steckte das Tuch ein. »Gibt es denn einen Grund dafür? Sie zu verhaften?«

»Natürlich nicht.«

»Natürlich?«

»Ja, natürlich. Was soll ich hier?«

»Ich dachte, Sie wollten sich mit mir noch einmal über Ihre beruflichen Pläne unterhalten.«

Reiser war verblüfft. Ja, genau das hatte er vorgehabt. Aber nicht nach einem Gang durch die Stadt, flankiert von zwei Beamten, die ihn behandelten wie einen Verbrecher. Was sollte das alles? In Reisers Kopf flammte wieder der dumpfe Schmerz auf. Er hielt sich die Hand an die Schläfe. Vielleicht hatte er ja irgendetwas Wichtiges nicht mitbekommen, weil er noch so unausgeschlafen war?

»Die Nächte in der Ludlamshöhle sind anstrengend, nicht wahr?« Hänsel hatte sich zurückgelehnt und sah selbstzufrieden zu ihm herüber.

Reiser versuchte, sich sein Erstaunen darüber, dass Hänsel wusste, wo er gestern Abend gewesen war, nicht anmerken zu lassen. »Ist es verboten, den Haidvogel zu besuchen?«

»Es kommt darauf an, was man dort treibt. Aber ich sage Ihnen gern, was verboten ist – oder was zumindest verdächtig wirkt. Und was uns hier zu denken gegeben hat. Sodass wir uns veranlasst sahen, uns ein wenig um Sie zu kümmern.«

Nach und nach gelang es Reiser, den Nebel des Schmerzes und der Müdigkeit zu durchdringen. Ihm wurde klar, dass Hänsel mit »kümmern« nicht nur meinte, dass man ihn hergebracht hatte. Sie hatten ihn gestern und vielleicht sogar schon davor beobachtet. Und verfolgt. Woher sollte Hänsel sonst wissen, dass er im Gasthaus Haidvogel gewesen war?

»Ich kenne Ihre Gedanken, Herr Reiser. Es gehört zu meinen Aufgaben, viel zu wissen. Was uns zunächst einmal staunen ließ, war das Faktum, dass Sie nach Wien eingereist sind, ohne einen Pass zu besitzen. Dabei sehen die Vorschriften ein genaues Prozedere vor. Fremde haben ihren Pass an der Linie zu zeigen und abzugeben. Sie erhalten einen Schein, der sie zum Aufenthalt in der Stadt berechtigt. Später ist der Pass auf der Polizeidirektion abzuholen.«

»Ich bin in Diensten des Barons von Walseregg. Er ist kein Fremder. Wussten Sie *das* etwa nicht?«

»Zügeln Sie Ihren Sarkasmus.« Hänsel wiegte nachdenklich den Kopf. »In Diensten des Barons von Walseregg ... Das sind Sie eindeutig nicht. Er hat einen Bediensteten, einen gewissen Anton Sperger. Und Sie wohnen auch nicht in seiner Residenz in der Kumpfgasse, wie angegeben wurde. Sondern bei der Witwe Gruber, wo wir Sie ja heute Morgen auch angetroffen haben.«

Residenz, dachte Reiser. Wie das klingt! Es war nur eine

Etage eines schmalen Hauses. Wenn ein Baron dort wohnte, war es gleich eine Residenz.

»Nun gut, das sollten wir vielleicht wirklich nicht allzu genau nehmen«, fuhr Hänsel fort. »Sie sind in Wien aufgewachsen und besuchten bis vor einiger Zeit die hiesige Universität ... Sprechen wir über etwas anderes. Sprechen wir über Herrn Dr. Scheiderbauer.«

»Der Arzt, der am Stubentor umgekommen ist?« Reiser hatte es schnell dahingesagt.

»Was wissen Sie darüber?«

»Was in der Zeitung stand.«

»Sie lesen also Zeitung?«

Was sollte diese Bemerkung?

»Ich habe meinen alten Geigenlehrer, Herrn Piringer, besucht. Er hat mich zum Mittagstisch eingeladen, und bei dieser Gelegenheit haben wir darüber gesprochen. Er hatte auch die Zeitung.«

Der Konzipist runzelte die Stirn und machte ein betroffenes Gesicht, das aber deutlich gekünstelt wirkte. »Das ist ja auch ein schlimmer Fall. So schlimm, dass ganz Wien darüber spricht. Tagtäglich kommen die Leute zu uns und wollen etwas gesehen haben. Nur einer kommt nicht. Einer, der uns wirklich weiterhelfen könnte ...«

Reiser spürte, wie sich in seinem Mund Speichel sammelte. Er musste schlucken.

»Warum haben Sie uns nicht gesagt, dass Sie sich an dem Abend mit dem Herrn Doktor trafen? Sie haben sich nach ihm erkundigt, draußen in der Weißgerber-Vorstadt. Und jemand, der genauso aussah wie Sie, saß danach auf der Bank bei der Margarethenkirche, wo er auf den Herrn Doktor wartete und mit ihm in Richtung Stadt ging. Kurz bevor der selige Doktor umkam. Ich denke mir, dass Sie es waren, oder nicht?«

»Ich habe nicht gewusst, dass das wichtig ist«, sagte Reiser. Jetzt war sein Mund wie ausgetrocknet, und er musste sich räuspern.

»So ... Nicht wichtig. Aber wissen Sie ... So wie wir entscheiden, wer verhaftet ist und wer nicht, so entscheiden wir auch, was wichtig ist. Nun, wir können uns ja jetzt unterhalten.

Warum haben Sie Herrn Dr. Scheiderbauer aufgesucht? Waren Sie krank?«

Reiser schoss das Blut ins Gesicht. Seine Wangen wurden heiß. Die Version der Geschichte, die er sich zurechtgelegt hatte, stand glasklar vor ihm. Er musste sie nur abspulen. So erklärte er, dass Dr. Scheiderbauer ein alter Bekannter seines Vaters gewesen war.

»Deshalb haben Sie ihn besucht?«, fragte Hänsel.

»Wie Sie wissen, bin ich auf der Suche nach einem Posten. Ich habe alle Verbindungen genutzt. Mit Ihnen habe ich ja auch gesprochen.«

»Sie suchen Verbindungen? Das ist interessant. Ist Herr van Beethoven auch so eine Verbindung?«

»Mein Vater hat manchmal von ihm erzählt. Er kannte ihn. Früher hat die Familie von Sonnberg ja in Wien gewohnt.«

»Soso ... er hat erzählt ...«

»So ist es, und ich bewundere Herrn van Beethoven. Ich meine, ich bewundere seine Musik.«

Hänsel sah ihn nachdenklich an. »Seine Musik ... ich verstehe.« Er holte erneut das Tuch aus der Tasche, tupfte sich über den Kopf, steckte das Tuch wieder ein. »Wann haben Sie sich von dem Doktor getrennt?«

»Die Uhrzeit kann ich nicht sagen. Es war auf dem Glacis. Das Feuerwerk hatte gerade begonnen. Ich habe die Schüsse gehört, als wir uns unterhielten.« Reiser wich Hänsels prüfendem Blick aus. Er musste jetzt lügen. Es war die einzige Möglichkeit, das hier ungeschoren zu überstehen. Er musste lügen, weil er nicht Scheiderbauers Mörder war. Er musste lügen, damit sie ihn nicht länger verdächtigten. Damit sie den wahren Mörder fanden. Es war also in Ordnung, wenn er log.

»Er sagte, er könne weiter nichts für mich tun. Wir waren gerade am Hafen. Er verabschiedete sich. Dann ging er hinüber zum Stubentor und verschwand in einem der Fußgängerdurchgänge. Dann habe ich ihn nicht mehr gesehen.«

»In welchem Durchgang verschwand er?«, fragte Hänsel.

Reiser sah das Bild genau vor sich. Es war von der Außenseite der Bastei aus das rechte gewesen. »Ich weiß es nicht mehr«, sagte er stattdessen.

»Und Sie haben niemanden gesehen, der als Mörder in Frage kommt?«
»Natürlich nicht. Wenn dem so wäre, hätte ich mich doch gemeldet! Herr Hänsel, mein inniger Wunsch ist es, einen Posten im Staatsdienst zu bekommen. Das wissen Sie doch. Und wenn ich eine Möglichkeit gesehen hätte, bei der Aufklärung dieses Verbrechens zu helfen … Ich wusste in jenem Moment doch noch nicht einmal, dass ein Verbrechen geschehen war.«
»Was haben Sie danach getan? Nach dem Treffen?«
»Ich habe nachgedacht.«
»Worüber?«
»Darüber, wen ich in Wien außerdem kenne. Am nächsten Tag habe ich Sie aufgesucht, und …«
Hänsel winkte ab. »Und weiter?«
»Nichts weiter. Ich bin in Gedanken bis rauf an die Donau gegangen. Dann kehrte ich nach Hause zurück, also in das Haus der Witwe Gruber. Durch das Rotenturmtor.«
»Und das war alles?«
»Das war alles.«
Der Konzipist stand auf. Die Befragung schien vorbei zu sein. Ein Glück, dachte Reiser. Er wollte sich ebenfalls erheben.
»Bleiben Sie bitte noch«, sagte Hänsel und verließ das Zimmer.

Diesmal musste Reiser länger warten. Leise tickte die Uhr in der Ecke. Es ging nun schon auf halb zehn zu. Immer wieder rekapitulierte Reiser das Gespräch. Immer wieder kam er zu dem Ergebnis, dass es für ihn einen guten Verlauf genommen hatte.
Hänsel kam zurück. Er hatte einen Stoß Papier dabei und legte ihn auf eines der Pulte. Reisers Herz machte einen Satz, als er den Stapel erkannte.
»Das ist doch Ihre Handschrift, oder nicht?« Hänsel hielt ihm eines der Blätter hin. »Das können Sie nicht leugnen.«
»Wo haben Sie das her?«, fragte Reiser.
»Aus Ihrem Zimmer bei der Witwe. Während wir uns hier unterhalten haben, sind meine Beamten es durchgegangen.

Sie haben mit Herrn van Beethoven eine interessante Unterhaltung geführt. Halb schriftlich. Wie der Herr Musikus es nur noch kann.«
In Reisers Magen schien sich etwas abzusenken. »Wenn Sie es gelesen haben«, sagte er heiser, »dann verstehen Sie ja jetzt, was mich in den letzten Tagen beschäftigt hat.«
»Eine aberwitzige Idee! Auf Herrn van Beethoven soll ein Attentat verübt worden sein? Vor fast dreißig Jahren? Der Tod des Edlen von Sonnberg und Ihres Vaters soll auch damit zu tun haben? Und der von Herrn Dr. Scheiderbauer? Oder war das alles nur eine phantastische Geschichte, die Ihnen helfen sollte, Kontakt zu Herrn van Beethoven zu bekommen? Um seine Neugier zu wecken? Sicher ist der Herr Musikus daran interessiert, zu erfahren, wie seine Taubheit entstand.«
»Ich glaube tatsächlich, dass in diesen Ereignissen der Grund für Herrn van Beethovens Gehörleiden liegen könnte.«
»So? Und wie kommen Sie darauf?«
Reiser schwieg. Was sollte er sagen? Wenn er jetzt zugab, dass der sterbende Doktor ihm den Hinweis auf das Gift gegeben hatte ...
Hänsel machte eine Weile stumm sein nachdenkliches Gesicht. Dann erfolgte wieder das kleine Ritual mit dem Tuch. »Ich habe Sie unterschätzt. Sie machen sich weitreichende Gedanken. Seltsam. Was soll das bringen? Was vor fast dreißig Jahren geschehen ist, entzieht sich unserer behördlichen Erreichbarkeit. Es war eine ganz andere Zeit. Aber eine Notiz, die Sie Herrn van Beethoven schrieben, interessiert uns besonders.« Er blätterte in den Zetteln und fand die Stelle. »Sie fragten ihn: ›Dass dies alles ausgerechnet jetzt, vor der Premiere der neuen Sinfonie, geschieht – halten Sie das für einen Zufall?‹ Was hat er darauf geantwortet?«
»Ich weiß es nicht mehr ... Ich glaube, er hat darauf keine Antwort gegeben.«
Hänsel stand auf und begann, im Zimmer herumzuwandern. »Es geschehen Dinge in Wien ... Dinge in den Kreisen der Musiker. In denen der unausrottbaren Demagogen ... Studenten ... Und in den Kreisen von denen, die so denken wie sie.«

»Ich verstehe nicht, Herr Hänsel. Diese Dinge sollen mit der Akademie zu tun haben? Es ist doch nur Musik … nur eine Sinfonie …«

»*Nur* eine Sinfonie? *Nur?* Denken Sie mal daran, welche Poesie dort zum Tragen kommt. Dieser Schiller, dessen Ode man dazu singt, war bis 1808 in Wien verboten. Der Mann war ein Aufrührer. Ein Attentäter, der zwar nicht mit einer richtigen Waffe, aber mit der Feder focht. Er entzog sich dem Dienst bei seinem Souverän durch Fahnenflucht, missachtete das von höchster Stelle auferlegte Schreibverbot und brachte Werke auf die Bühne, in denen das Verbrechen als Heldentat gefeiert wird. Hier in Wien durfte zu Recht niemand auch nur eine Zeile von ihm drucken, öffentlich aussprechen oder singen. Nun versammelt Herr van Beethoven über hundert Sänger, Fiedler, Trompeter und weiß der Herrgott was sonst noch, um ihn monumental zu feiern. Auch wenn Herr van Beethoven die Unterstützung des Adels genießt und sogar unser gnädiger Kaiser seine Musik zu schätzen geruht, auch wenn er Werke zur Preisung des Reiches geschrieben hat … Man weiß bei diesem Beethoven nie, woran man ist. Ich sage Ihnen offen, dass die Akademie am Freitag allen rechtschaffenen Menschen ein Stachel im Fleische sein sollte. Sicher, der oberste Wächter der ehrwürdigen Zensur, Graf Sedlnitzky, hat alles genehmigt, aber …«

Er machte eine bedeutungsvolle Pause.

»Aber?«, fragte Reiser.

»Ich denke, dass dieses Ereignis viele von den Elementen anlocken wird, die wir hier in Wien eigentlich nicht haben wollen. Und so hat das Ganze sein Gutes.«

»Sein Gutes?«

»Verstehen Sie denn nicht? Diese eigenartige Freiheitssinfonie wird all jene Menschen anziehen, gegen die wir seit Jahren mühsam kämpfen. Uns obliegt es nun, sie zu erkennen – sie aus der Masse der harmlosen Mitläufer auszusieben. Sie können überall sein. Nicht nur unter den Zuschauern, sondern auch unter den Musikern, unter deren Freunden. Sicher sammeln sie sich bereits …«

Langsam verstand Reiser, worauf Hänsel hinauswollte.

Obwohl ihm der Gedanke, dass von einer Sinfonie eine echte politische Gefahr ausgehen sollte, nicht so ganz einleuchtete.

»Wir brauchen jemanden, der sich in diesen Kreisen bewegt und uns berichtet«, sprach Hänsel weiter. »Es muss jemand sein, der dabei sein wird. Der die Mitwirkenden kennt. Der aber selbst keine so große Rolle spielt. Der eben nur *dabei* ist. Und dem wir vertrauen können. Wir brauchen einen Vertrauten. Einen Konfidenten. Sie wissen, was das ist?«

Reiser wusste es. Diese Vertrauten oder Konfidenten waren Zivilpersonen, die Beobachtungen anstellten und diese meldeten. »Ich verstehe, was Sie meinen«, sagte er.

»Dann ist Ihnen auch sicher klar, an wen wir in diesem Fall denken? Haben Sie nicht gesagt, Sie wünschen einen Posten? Sie wünschen, dem Kaiser und dem Staat zu dienen? Nun haben Sie die Gelegenheit. Ihr Wunsch kann sich leicht erfüllen. Ihr Wunsch, der ja sogar eine Pflicht ist.«

»Aber …«

»Nun?«

»Ich habe das gesagt, Herr Hänsel, da haben Sie recht. Doch ich habe es anders gemeint. Ich wollte wie Sie, Herr Piringer oder viele andere gegen Salär auf ein Amt gehen und dort Dienst tun. Anerkannt auf einem Posten. Nicht im Geheimen.«

Der Konzipist nahm wieder Platz und lehnte sich zurück. »Sie machen sich falsche Vorstellungen vom Konfidentenwesen. Ich weiß, darum ranken sich viele Geschichten. Von Dienstboten, die ihre Herrschaft verraten. Von Knechten, die Papiere durchforsten … Sie sollen nichts weiter tun, als die Augen offen halten und Menschen, die verdächtige Reden führen, melden. Oder andere Verdächtige. Sie erhalten Bezahlung. Sie sind in ordentlichen, wenn auch geheimen Diensten. Was bedeutet, dass Sie mit niemandem darüber sprechen dürfen. Das ist schon alles, was daran geheim ist.«

Reiser schwieg. War das nun ein richtiger Staatsdienst oder nicht? Hänsel hatte von Bezahlung gesprochen. Und die Erinnerung daran, dass er von Polizeisoldaten abgeführt worden war, war während ihrer Unterhaltung verblasst. Welchen Sinn hatte das gehabt? Hätte Hänsel ihn nicht einfach auf normale Weise das einem Gespräch bitten können?

»Wollen Sie nachdenken?«, fragte Hänsel. »Ich lasse Sie noch einmal allein.«

»Nein, warten Sie«, sagte Reiser. »Was, wenn ich das ablehne? Wenn ich das nicht tun will?«

»Warum sollten Sie? Sie wirken in der Akademie mit. Sie sind einer der Musiker. Sie waren gestern in der Ludlamshöhle. Die wir übrigens als harmlos einstufen. Nun bieten wir Ihnen an, einen Posten beim Staat mit Ihrer Leidenschaft für die Musik zu verbinden. Warum also sollten Sie ablehnen?«

»Wenn ich mich bewähre«, sagte Reiser, »wäre dann ein richtiger Posten für mich verfügbar? Ich meine, wenn die Akademie vorbei ist? Wenn ich einen guten Dienst erwiesen habe?«

»Dem steht vom Grundsatz her nichts im Wege. Wenn Sie jedoch ablehnen, wäre es freilich nicht leicht, Sie unterzubringen. Ich berichte über die Konfidenten an höchster Stelle. Und das ist übrigens nicht alles, Herr Reiser.«

»Nicht alles?«

»Wenn Sie ablehnen ... Nun, dann werden Sie vielleicht noch mehr von dem erleben, was Sie heute Morgen erleben mussten.«

»Ich habe mir nichts zuschulden kommen lassen. Ich bin ganz und gar auf Ihrer Seite.«

»Ja, Herr Reiser, das glaube ich Ihnen. Andererseits ...« Er stand auf und stellte sich vor Reiser hin. »Sie sagen, Sie haben mit dem Tod des Herrn Dr. Scheiderbauer nichts zu tun. Sie sagen, Sie waren nicht am Stubentor. Mein Gefühl sagt mir etwas anderes. Und wenn ich das, was ich weiß und durch Zeugen belegen kann, einem Richter gebe, besteht die Möglichkeit, dass er das ebenfalls ganz anders sieht.«

»Aber ...«

»Informationen zurückhalten können wir auch. Doch wenn wir es für nötig halten, werden wir das, was wir wissen, einsetzen. Wir wissen immer mehr, als die anderen glauben. Das ist das Prinzip unserer Arbeit. Stehen Sie auf.«

Reiser gehorchte. Und er erschrak, als Hänsel seine Hand nahm. Sie fühlte sich kalt und nass an. Offenbar schwitzte der Konzipist nicht nur auf seiner Glatze.

»Willkommen bei uns.« Hänsel ließ die Hand los, stand auf und öffnete die Tür. »Kommen Sie mit.«

Vor dem Polizeihaus wartete ein Fiaker. Ohne dass Hänsel ein Ziel angab, fuhren sie los. Reiser traute sich nicht, zu fragen, wo es hinging. Der erzwungene Handschlag des Hofkonzipisten hing ihm nach. Er war ihm unangenehm gewesen. Aber ich sollte wohl zufrieden sein, dachte er. Ich habe doch nun, was ich wollte.

Ja, auf der einen Seite war es richtig, dass er Hänsel und seiner Behörde half, die verdächtigen Elemente, die das Staatswesen gefährdeten, zu finden.

Und doch ...

Was richtig war, müsste sich doch eigentlich auch richtig anfühlen.

Hänsels Drohung verursachte ihm Unbehagen. Die Art, wie man ihn bei der Witwe Gruber abgeholt hatte. Die Andeutungen darüber, was man noch alles zu wissen vorgab ... Gehörte dieses Spiel zu den Methoden der Polizei? Wahrscheinlich. Aber je länger Reiser darüber nachdachte, desto klarer wurde ihm, dass sein Unbehagen auch mit seiner Bewunderung für Herrn van Beethoven zusammenhing. Dass der verehrte Meister in irgendeiner Beziehung zu den gefährlichen Elementen stehen könnte, sorgte für einen schmerzhaften Stich. Er konnte sich noch so oft sagen, dass diese Kriminellen die Wirkung von Beethovens Musik nur für ihre eigenen Zwecke ausnutzten und der Meister selbst unschuldig war.

Was hatte der Mann im Keller des Müllerschen Gebäudes noch gesagt? *Die Musik ist kein Spiel mit Tönen mehr. Sie hält uns nicht mehr fest im ewig Gleichen. Nein, sie stößt neue Pforten auf. Sie führt uns in andere Welten.*

Das betraf auch geistige Welten. Ideen. Verbotene Ideen. Und wenn das so war, dann war vielleicht nicht nur der schuldig, der sich durch sie zu verbotenen Taten angeregt sah. Sondern auch der, der sie als Erster gedacht und in seiner Sprache niedergelegt hatte. Selbst wenn es die Sprache der Musik war.

»Sind Sie gar nicht neugierig, wohin wir fahren?«, unterbrach Hänsel seine Gedanken.

Reiser sah hinaus auf die Straße. Die Kutsche bog gerade in die Herrengasse ein.
Der Konzipist machte ein besorgtes Gesicht. »Sie sehen blass aus. Na ja, kein Wunder. Sie haben noch nicht gefrühstückt. Und das nach der durchzechten Nacht. Wenn wir angekommen sind, haben wir eine gute Stunde zu tun. Dann dürfen Sie etwas zu sich nehmen.«
Alle finden, dass ich blass aussehe, dachte Reiser. Auch dem Baron ist es aufgefallen.
Die Kutsche erreichte den Ballhausplatz, der auf der einen Seite von der massiven Mauer der Löwelbastei begrenzt wurde. Gleich neben der Stadtmauer ragte pompös das Gebäude der k. k. Geheimen Haus-, Hof- und Staatskanzlei auf den Platz hinaus, die Behörde des Staatskanzlers Fürst Metternich. Hier schlug das Herz der staatlichen Sicherheit. Im Erdgeschoss arbeitete sich ein Heer von Beamten durch Berichte, abgefangene Briefe und jede noch so kleine Information. Der Fürst selbst übte in prunkvollen Büros im oberen Stockwerk seine Macht aus. Die Etage unter dem Dach war seiner Familie als Wohnbereich überlassen.
Neben dieser Stadtresidenz verfügte Metternich noch über ein in einem malerischen Park gelegenes Anwesen am Rennweg in der Vorstadt Landstraße. Dort war er angeblich selten. Jeder – ob persönlich mit ihm bekannt oder nicht – lobte den unermüdlichen Fleiß des Staatskanzlers, dem man die Organisation des berühmten Kongresses von 1814 und 1815 und damit die heutige Ordnung Europas zu verdanken hatte. Rund um die Uhr schrieb er Briefe und Memoranden, Analysen und Berichte. Er galt neben dem Kaiser als wichtigster Mann im Staate. Dabei war er selbst gar kein Österreicher. Metternich war im fernen Rheinland geboren, in der Stadt Koblenz, eine Tagesreise von Bonn entfernt, der Geburtsstadt Ludwig van Beethovens.
Der Fiaker fuhr am Haupteingang vorbei und quetschte sich durch die enge, dunkle Gasse an der zur Stadtmauer hin gelegenen Gebäudeseite. Hier zeigte sich, dass die Kanzlei ein lang gezogener Häuserkomplex war. Vor einem Nebeneingang standen zwei uniformierte Wachen. Sie ließen Hänsel und Reiser unbehelligt durch.

In einem Flur reihten sich die Türen von Schreibstuben aneinander. Dazwischen standen Regale, in denen sich Papiere stapelten. Reiser sah im Vorbeigehen Beamte, die Schriftstücke durchgingen oder etwas schrieben. Vorgebeugt und in ihre Arbeit vertieft.

»Hier steht alles offen«, bemerkte Reiser verwundert.

»Nur so kann man überwachen, was in den Büros geschieht«, sagte Hänsel.

Sie erreichten einen etwas größeren Raum an der Stirnseite des Ganges. Hier gab es ein einziges Fenster. Die Wände waren mit Regalen bedeckt. In der Mitte hatte man einige Tische zusammengeschoben, um eine große Fläche zu erhalten. Darauf stapelten sich handgeschriebene Dokumente und eine Fülle an Gedrucktem. Reiser las die Titel von Zeitungen – aus Wien und Österreich, aber auch aus Städten der deutschen Länder wie Berlin, Hamburg, Leipzig, München und Köln. Sogar ausländische Blätter waren darunter. In englischer, französischer und italienischer Sprache.

Angesichts dieses Materials fühlte sich Reiser an den Salon des Barons von Walseregg erinnert. Aber hier in der Staatskanzlei wirkte alles viel spartanischer, zielgerichteter. Es gab keine Bilder an den Wänden und als Sitzgelegenheiten nur einfache Holzstühle. Das Einzige, was für ein wenig Wohnlichkeit sorgte, war ein Ofen in der Ecke.

Hänsel ging zu den Regalen und öffnete ein Fach. Er entnahm ihm eine dicke, mit Papieren gefüllte Mappe. Dann suchte er vergeblich eine freie Stelle auf den zusammengeschobenen Tischen, um sie abzulegen. Kurzerhand hielt er sie Reiser hin. »Nehmen Sie das.« Er begann, einige der Stapel auf dem Tisch zusammenzulegen. »Es wird einfach zu viel. Zeitungen aus dem ganzen Reich und darüber hinaus. Berichte. Dokumente. Dazu Bücher und Pamphlete.«

Unter dem Material befanden sich sogar Musiknoten. Es waren Lieder. Der Konzipist räumte alles zusammen, bevor Reiser den Text genauer lesen konnte. Er erkannte jedoch deutlich die Wörter »Fürsten« und »Freiheit«.

Schließlich war genug Platz vorhanden. Hänsel nahm Reiser die Mappe aus der Hand, legte sie hin und schob zwei Stühle

heran. Dann griff er zum Taschentuch, um seine Glatze zu behandeln, und schlug den Pappdeckel auf.
»Wir wären hier längst in der Unordnung versunken«, sagte er, »wenn ich nicht in einer langen Nacht all jene Elemente zusammengetragen hätte, die wir besonders stark im Auge behalten müssen.«
»Elemente?«, wiederholte Reiser.
»Elemente. Personen. Menschen. Schauen Sie.« Er deutete auf das Blatt, das zuoberst lag. Es war ein Bericht der Behörde über ein Vorkommnis aus dem Jahre 1820. Die Jahreszahl stand groß und verschnörkelt ganz oben. Unter einer Textnotiz reihte sich eine Kolonne von Namen. »Wie Sie vielleicht wissen, wurde im Jahre 1820 in Mannheim der Attentäter des unglücklichen Herrn von Kotzebue seiner rechtmäßigen Strafe auf dem Schafott zugeführt.«
»Carl Ludwig Sand«, sagte Reiser. Das Gespräch mit dem Baron in der Kutsche hatte er noch sehr gut in Erinnerung.
»Sie sind im Bilde. Nun hat die Bestrafung des Attentäters leider nicht den Effekt der Abschreckung erzeugt, den man sich erhoffte. Sand ist zu einem Märtyrer geworden. Schon am Ort der Vollstreckung tupften einige seiner Bewunderer, und das waren nicht wenige, sein Blut auf oder sicherten sich Holzsplitter des Schafotts, auf dem er zum Tode kam.« Hänsel seufzte. »Ja, es ist die reinste Blasphemie. Auch hier in Wien hatte Sand Anhänger. Nach der Vollstreckung versammelten sich einige Studenten in einem eigens gemieteten Raum. Dort hängten sie ein Bild des Attentäters auf und sangen Burschenlieder. Einige von ihnen wurden verhaftet, jedoch mittlerweile wieder freigelassen. Auch wenn das bereits vier Jahre her ist – ich bin überzeugt, die Gefahr, die von dieser Gruppe ausgeht, besteht weiterhin. Gerade angesichts der Ereignisse der letzten Zeit.«
»Ich weiß, welche Ereignisse Sie meinen«, sagte Reiser. »Sie meinen den Jünglingsbund. Und den Rädelsführer Karl Follen, auf den die Gründung des Jünglingsbundes zurückgeht. Sie meinen sicher auch die verschiedenen Attentate – unter anderem in Frankreich.«
»Sehr gut, Herr Reiser! Sie haben Kenntnisse und Fähig-

keiten. Ich sehe jetzt schon, dass Sie aus der Menge der anderen Konfidenten herausstechen werden. Also weiter. Karl Follen ist auf der Flucht. Es wäre ein wirklicher Triumph, wenn wir ihn fassen könnten. Er wird aber nicht so dumm sein, selbst nach Wien zu reisen. Gehen wir also davon aus, dass es seine Gefolgsleute sind, die sich in Wien aufhalten.« Er deutete auf die Liste. »Das sind die Burschen, die sich 1820 strafbar gemacht haben. Wir haben sie alle im Auge behalten. Drei Beispiele. Johann Senn. Er ist nach Tirol ausgewiesen worden, wo er jetzt lebt. Dann Georg Schuster. Er hat sein Studium abgebrochen und eine Anstellung bei der Gräfin Stein gefunden. Und schließlich gibt es noch diesen hier.« Hänsel deutete auf das untere Ende der Liste, die alphabetisch geordnet war. Da stand der Name Zeisel. Benedict Zeisel. »Bei ihm hat die Anwendung der irdischen Gerechtigkeit dazu geführt, dass er krank wurde.«

»Irdische Gerechtigkeit?«

»Er war ein halbes Jahr in strenger Haft. Kerker. Dann mussten sich Ärzte um ihn kümmern. Er hatte übrigens das Bild von Sand gemalt, das die Studenten in ihrem Versammlungsraum aufgehängt haben.«

Reiser nickte nachdenklich. Zeisels Schicksal und die an ihm durchgeführte »irdische Gerechtigkeit« wollte er sich lieber nicht ausmalen. »Was soll ich nun tun?«, fragte er. »Bin ich nur hergebracht worden, damit Sie mir berichten, was in Wien vor sich geht?«

Hänsel macht ein erstauntes Gesicht. »Ich dachte, wir hätten uns verstanden. Sie werden weiter im Kreis der Musiker um Herrn van Beethoven agieren und uns verdächtige Personen melden. Natürlich kennen und überwachen wir ohnehin viele von ihnen. Aber die Menge der verdächtigen Elemente ändert sich stets und ist gerade betreffend die neue Sinfonie ungewöhnlich groß. Achten Sie also darauf, was gesagt wird. Achten Sie darauf, wer sich verdächtig verhält. Achten Sie auf alles. Vor allem achten Sie darauf, ob jemand den Namen Follen erwähnt. Auch wenn er selbst nicht hier ist, wird er Verbindungsleute haben.«

»Ich habe verstanden.« Reiser fiel ein, wie er vielleicht

schnell hier herauskam.«»Dann sollte ich mich jetzt auf den Weg zu Herrn Piringer machen. Er erwartet mich gegen Mittag, damit wir den Bratschenpart einstudieren können.« Er stand auf.

»Aber nicht doch. Bleiben Sie!«

»Was denn noch?«, fragte Reiser.

»Ehe Sie für uns arbeiten können, müssen Sie erst einmal eine Menge lesen und anschauen.«

Hänsel bedeutete ihm wieder, ihm zu folgen, und sie gingen über den Flur in einen anderen Raum. Er war kleiner, und es gab keine Tische. Nur tiefe Schränke an den Wänden, aus denen man schmale Schubkästen herausziehen konnte. Hänsel zeigte Reiser, dass sie ganze Packen von säuberlich beschrifteten Zetteln enthielten. Auf jedem von ihnen stand der Name einer Person, dazu deren Beschreibung und weitere Bemerkungen. Hier mussten Hunderte, vielleicht sogar Tausende dieser Zettel lagern.

»Sie müssen die Verdächtigen kennen«, sagte Hänsel. »Damit Sie sie wiedererkennen, wenn Sie ihnen begegnen.«

Reiser überflog ein paar der Karteiblätter. Die Beschreibungen der Personen waren zumeist vage. Haarfarbe, Augenfarbe, Größe, Gesichtsform. Dazu Bemerkungen wie »studierte in Jena bis 1821, wurde ein Jahr danach im Hessischen gesehen, in einem Gasthof in Wetzlar«.

»Ich soll diese Informationen auswendig lernen? Das können Sie nicht ernst meinen.«

»Nicht alle. Nur diese.« Er zog ganz links einen Kasten heraus, auf dem ein Schild mit der Aufschrift »Wien 1824« klebte. Der Packen Zettel, der darin steckte, war deutlich schmaler. »Hier habe ich schon einige Verdächtige zusammengetragen, die in Frage kommen. Ich bin dabei nach zwei Kriterien vorgegangen. Erstens: verdächtige Personen mit Beziehungen nach Wien, sei es persönlich, sei es über andere wie zum Beispiel Familienangehörige oder Freunde. Zweitens: Personen, die im ganzen Reich gesucht werden und zum direkten Umfeld von Karl Follen gehören. Der gefährliche Kern. Lesen Sie die Beschreibungen. Prägen Sie sie sich ein. Nutzen Sie sie später bei Ihren Beobachtungen.«

Reiser sah sich den Stapel Zettel an. Dann ließ er den Blick über die Schränke wandern. Welche Mengen an Informationen hier zusammenkamen! Er kannte die Geschichten, die man sich über Metternichs Behörde erzählte. Geschichten von sogenannten »Schwarzen Kabinetten«, die sich an den wichtigen Knotenpunkten der Poststationen befanden. Geheime Hinterzimmer, in denen Mitarbeiter der Staatskanzlei verdächtige Briefe öffneten, lasen, Exzerpte oder Abschriften anfertigten und die Briefe wieder verschlossen, damit sie – so als ob nichts gewesen wäre – ihren Bestimmungsort erreichten. Unterdessen wurde das herausgefilterte Material weiter abgeschrieben, an verschiedene Stellen in Europa verschickt, mit anderen Dokumenten verglichen, zu Berichten zusammengefasst, aus denen sich weitere Verdachtsmomente ergaben ... Und einiges davon landete natürlich auch hier in Wien, wo sich Leute wie Hänsel darum kümmerten. Beamte, die nach außen hin den einfachen, eigentlich nichtssagenden Titel »Konzipist« trugen, die aber in Wirklichkeit ...

»Sie haben doch die Gabe, Schriftstücke, die Sie einmal gesehen haben, lange zu memorieren, habe ich recht?«

Reiser sah auf. »Woher wissen Sie das?« Dass er ein »abmalendes Gedächtnis« hatte, wie er es nannte, war nur sehr wenigen bekannt. Sein Vater hatte davon gewusst, außerdem Theresia und natürlich der Edle von Sonnberg.

Hänsel lächelte. »Es ist für uns wichtig, alles zu wissen. Sagte ich das nicht? Woher wir es wissen, braucht Sie nicht zu interessieren. Es nützt uns. Und es bedeutet, dass Sie genau der Richtige für diese Aufgabe sind. Ich lasse Sie nun allein. Schauen Sie sich alles an. Memorieren Sie. Nutzen Sie Ihre Gabe. Ich bin nebenan. Melden Sie sich, wenn Sie fertig sind.«

Damit ging Hänsel hinaus. Reiser beschloss, sich der unangenehmen Aufgabe schnell zu entledigen. Wenn sie schon von seiner Fähigkeit wussten, konnte er auch das Wunderkind spielen und rasch fertig werden. Er würde sowieso keine Verdächtigen in den Reihen der Musiker finden. Weil er nicht beabsichtigte, welche zu suchen. Er war nicht nach Wien gekommen, um einen der größten Momente für den Komponisten Ludwig van Beethoven zu verhindern. Und es konnte ihm niemand verübeln, wenn es am Ende seiner Konfidententätigkeit nun mal leider keine Hinweise auf irgendwelche revolutionären Elemente im Umkreis der Sinfonie gab.

Er blätterte die Notizen durch. Anhand dieser Beschreibungen konnte man die Personen, um die es ging, ohnehin nicht wiedererkennen. Es hätte schon Zeichnungen gebraucht, um zu verdeutlichen, wie der oder die Betreffende aussah. Es waren auch Frauen dabei. Sogar Angehörige des Adels. Metternich machte auch vor der Bespitzelung der höheren Gesellschaft nicht halt.

Zum Beispiel die Gräfin Stein, die nun den ehemaligen Sand-Bewunderer Georg Schuster beschäftigte. Was auch der Grund war, warum sie in der Kartei war, denn genau so stand es auf dem Papier.

Beschäftigt den verdächtigen Georg Schuster. Siehe dort.

»Siehe dort« sollte heißen, dass Schuster ein eigenes Blatt besaß. Und nicht nur er. Auch Herr van Beethoven war unter den beobachteten Wienern. Den Notizen zufolge hatte er sich verdient gemacht, indem er mit staatstragenden Kompositionen große Ereignisse feierte. So hatte er zum Beispiel mit einer aufsehenerregenden Tondichtung die Schlacht bei Vittoria gegen Napoleon gefeiert, und er hatte mit einer feierlichen Kantate zur Kongresseröffnung 1814 beigetragen. In seinen jüngeren Jahren – die Notizen reichten lange Zeit zurück – hatte das noch anders ausgesehen. Beethoven hatte sich damals auf die Seite der Revolutionäre geschlagen. Bei gesellschaftlichen Anlässen hielt er freie Reden, und das in den Salons seiner Gönner. Er war ein Verehrer Napoleons gewesen. Eine seiner Sinfonien, die er selbst die »heroische« nannte, hatte er ihm sogar widmen wollen. Er zog die Widmung aber zurück, als sich der so Verehrte selbst die französische Kaiserkrone aufs Haupt setzte.

Ein Beamter hatte neben die Erwähnung dieses Vorgangs eine Bemerkung geschrieben. *Ist er gegen das Kaisertum per se oder nur gegen den Kaiser der Franzosen?*

Nach dem Packen mit den Personen aus Wien kamen die reichsweit Gesuchten. Besonders umfangreich war das Blatt des besagten Karl Follen. Die Textmenge war so groß, dass sie auf keines der kleinen Blätter passte. Was Reiser herauszog, war ein zusammengefalteter großer Papierbogen. Darauf stand im Wesentlichen das, was Reiser schon von Baron von Walseregg gehört hatte: Follens Bedeutung für die »Gießener Schwarzen« und die anderen verbotenen Gruppen. Seine Rolle als Rädelsführer, als oberster Demagoge. Dann folgten wieder Zettel über Follens Mitstreiter. Und auf einem stieß Reiser auf eine Beschreibung, die ihm bekannt vorkam.

Gelocktes Haar. Besonders auffällig rund gewölbte, sehr hohe Stirn.

Eine Verwechslung war natürlich möglich. Reiser glaubte trotzdem, dass er ihn gesehen hatte. Das war der Mann aus der Bibliothek.

Sollte er Hänsel darüber berichten? Er brauchte ja das Müllersche Gebäude und das, was damit in Zusammenhang stand, nicht zu erwähnen.

Er nahm das Blatt und ging nach nebenan, wo Hänsel an einem Pult saß und Papiere durchsah.

»Diesen Mann habe ich gesehen«, sagte Reiser.

»Theodor Kreutz«, las Hänsel. »Der Name ist mir bekannt. Er wird in Franken vermutet. Aber die Behörden haben schon ein halbes Jahr nichts mehr von ihm gehört.«

»Ich habe ihn gesehen«, wiederholte Reiser.

»Was?«

»Hier in Wien. In der Universitätsbibliothek.«

»Als Sie noch studiert haben? Ich meine, als *wir beide* noch studiert haben?«

»Aber nein.« Warum reagierte Hänsel so ablehnend? Hätte er sich nicht über die Beobachtung freuen müssen? »Es war gestern.«

»Was haben Sie denn gestern in der Universitätsbibliothek gemacht?«

»Ist das wichtig? Ich habe mir ein paar Adressen herausgesucht. Für meine Bewerbungen und Anträge.«

»Und Sie glauben, ihn dort gesehen zu haben?«

»Die Beschreibung passt genau. Ich sah ihn am Tisch sitzen und lesen. Ich wollte ihn etwas fragen, da sprang er auf einmal auf und rannte weg.«

Hänsel seufzte. »Ja, die Beschreibung mag passen. Doch sie passt auch auf viele andere. Das ist leider eine Schwachstelle in unserem System. Die Verwechslungsgefahr durch ungenauen Sprachgebrauch. Und falsche Meldungen binden zu viele unserer Kräfte.«
»Sie wollten, dass ich die Beschreibungen durchsehe, und das habe ich getan. Jetzt komme ich mit einem Ergebnis, und Sie glauben mir nicht.«
Hänsel hatte sich wieder seiner Arbeit zugewandt und sah Reiser gar nicht an, als er weitersprach. »Sie haben noch wenig Erfahrung. Mit Verlaub. Wir kennen diesen Effekt bereits.«
»Welchen Effekt?«
»Ein Konfident studiert Hinweise. Er ist mit Elan bei der Sache. Sofort beginnt er, in seinem Umfeld das zu sehen, was er vorher gelesen hat. Auf einmal sind alle um ihn herum verdächtig. Doch es ist ein Trugschluss. Dass so ein gefährlicher Mann wie Theodor Kreutz hier in Wien herumspaziert und sich in eine Bibliothek setzt, glaube ich nicht. Sie wissen, was Sie zu tun haben. Ihr Ziel ist das Umfeld von Herrn van Beethoven. Behalten Sie einen kühlen Kopf. Achten Sie darauf, ob Ihnen der Mann im Rahmen der Vorbereitungen auf die Akademie noch einmal über den Weg läuft. Dann könnte es für uns interessant werden.«

Reiser ging zurück und ordnete das Blatt ein. Dabei versuchte er, den Ärger, der in ihm aufgekeimt war, zu verdrängen. Er nahm sich vor, seine Sache so gut wie möglich zu machen. So unterzog er sich der Mühe, die anderen Karten ein weiteres Mal durchzusehen. Dabei stieß er durch die Verweise auf einen Musiker, der den Behörden aufgefallen war. Er war dabei gewesen, als man Johann Senn vor vier Jahren verhaftet hatte. Zwar konnte er selbst nicht mit den Burschenschaften in Verbindung gebracht werden, doch er gehörte zu Senns Freunden. Man beschrieb ihn als klein, und er war Brillenträger. Der Sohn eines Schulmeisters aus der Vorstadt Lichtental.

Als Reiser diese Beschreibung las, stieg ein Bild in ihm auf. Auch diesen Mann hatte er gesehen. Gestern Abend in der »Ungarischen Krone«. Dort hatte er in einem Hinterzimmer Klavier gespielt.

Hatte Hänsel doch recht? Bildete er sich das nur ein? Auf einmal glaubte er, überall Verdächtige zu entdecken.

Er sah auf den Namen: Franz Schubert.

Reiser steckte das Blatt zurück, schob den Kasten in den Schrank und ging wieder nach nebenan. Hänsel saß nicht mehr auf seinem Platz. Der Raum war leer.

Einfach weggehen konnte er nicht. Er musste auf den Konzipisten warten.

So blieb er neben dem Pult stehen. Darauf lag noch die Mappe, an der Hänsel gearbeitet hatte. An der Seite hing etwas unordentlich ein Zettel heraus.

Als er genauer hinsah, sprang Reiser etwas ins Auge. Sein eigener Name. Er stand auf dem heraushängenden Blatt. Nur der erste Buchstabe war verdeckt.

…eiser.

Hänsel hatte über ihn eine Aktennotiz angefertigt. War es ein Bericht über seine Einstellung als neuer Konfident?

Zu gern hätte er gelesen, was dort stand. Er lauschte. Aus den anderen Schreibstuben drangen kaum Geräusche herüber. Der Raum war vom Gang her einsehbar, aber er lag fast am Ende des Flurs. Wenn sich jemand näherte, würde er sich durch Geräusche auf dem Holzboden ankündigen.

Reiser nahm seinen Mut zusammen und schlug den Aktendeckel zur Seite. Konzentriert betrachtete er das Blatt, das vor ihm lag, und erfasste es mit einem einzigen Blick. Es war ein handschriftlicher Bericht. Es kamen Wörter darin vor, die Reiser erschreckten. »Stubentor«, »Hafen« und »Scheiderbauer«. Er atmete tief durch, schloss die Augen und sah das Schriftbild nun innerlich vor sich.

Reiser schlug das Blatt um und betrachtete das nächste auf die gleiche Weise. Eine andere Handschrift. Eine Adresse. Notizen für Befehle. Orte. Wieder starrte Reiser, atmete tief, verinnerlichte, was er sah, schloss die Augen.

Schritte kamen heran. Mit einer schnellen Bewegung schloss Reiser die Mappe und entfernte sich leise von dem Pult. Als Hänsel den Raum betrat, stand er neben der Tür.

Der Konzipist wischte sich wieder über die Glatze und nickte Reiser zu. »Sie wissen, was Sie zu tun haben«, sagte er.

»Sie sind für heute entlassen.« Hänsel hielt ein Ledersäckchen in der Hand. Er ging zu seinem Pult, legte es darauf ab und holte unter einem Stapel von Schriftstücken eine vorbereitete Quittung hervor. »Drei Gulden fürs Erste«, sagte er. »Bitte unterzeichnen Sie hier.«

Reiser gehorchte, nahm das Geld entgegen und bedankte sich.

»Adieu, Herr Reiser«, sagte Hänsel. »Gehen Sie. Und seien Sie aufmerksam.«

20

In einem Beisel im Gassengewirr zwischen Graben und Hohem Markt nahm Reiser einen Imbiss zu sich. In der Rotgasse fing ihn die Witwe Gruber schon im Stiegenhaus ab. Sofort keifte sie los.
»Ein Skandal ist das! Die Polizei im Haus ... Ein Skandal. Von Anfang an sind S' mir komisch vorgekommen. Von Anfang an ...« Sie sprach so schnell, dass sie nach Luft schnappen musste.
Reiser drängte sich an ihr vorbei und machte sich an den Aufstieg zu seinem Zimmer.
»Nun bleiben S' steh'n. Die Polizei ... Das ist hier im Haus noch nie vorgekommen. Hören S'? Bleiben S' steh'n!«
Reiser blieb ruhig. »Von einem Skandal kann keine Rede sein. Die Polizei wollte nur mit mir sprechen, Frau Gruber. Man hat mich nicht verhaftet.«
»Und warum wollten S' mit Ihnen reden? Weil S' was zu verbergen haben. Sie sind ein ... ein Element. Ja, ein Element sind Sie!«
»Die Polizei befragt jeden, Frau Gruber. Man will einen Mord aufklären. Sie wissen das ja sicher, der Mord an Herrn Dr. Scheiderbauer ...«
Das Gekeife der Wirtin ging in Geschrei über. »Wegen dem Mord war'n S' bei der Polizei? Mord? Mord?« Ihre Stimme wurde immer höher.
»Sie haben mich nicht verhaftet. Sonst wäre ich ja nicht hier.« Er ging weiter.
»Leute wie Sie ... Elemente ... Die gehören nicht in mein Haus. Nicht in mein Haus.« Langsam wurde die Stimme der Wirtin, die ihre vier letzten Worte aufgebracht noch mehrfach wiederholte, leiser. »Nicht in mein Haus ... Nicht in mein ...«
Reiser kam an den schrägen Balken vor seinem Zimmer vorbei, schloss auf und betrat die Kammer. Man sah, dass sie durchsucht worden war. Immerhin hatten sie nichts zerstört.

Seine übrigen Dokumente und die Noten lagen auf dem kleinen Tisch – nicht ordentlich, aber wenigstens auf einem Stapel. Auch an seinem Gepäck waren sie gewesen. Einzelne Wäschestücke lagen auf dem Bett verteilt.

Er räumte die Matratze frei, legte sich auf den Rücken und schloss die Augen. Wenn er sich konzentrierte, verschwand die Schwärze, und die Dokumente, die er in Hänsels Mappe gesehen hatte, erschienen vor seinem inneren Auge.

Er hatte diese Gabe zum ersten Mal bemerkt, als er in der Schule Lesen lernte. Am Anfang war ihm das gar nicht als etwas Besonderes vorgekommen. Bis ihm irgendwann klar wurde, dass seine Mitschüler sich nicht auf diese Weise erinnern konnten und sowieso anders lernten als er. Sie mussten zuerst verstehen, was in einem Buch stand, und merkten sich dann den Inhalt. Bei ihm war es genau umgekehrt. Er speicherte die Buchseite ab, ohne zu erfassen, worum es ging. Sie wanderte in eine innere Bibliothek, die ihm jederzeit zur Verfügung stand. Bei vielem, was er gesehen hatte, konnte er die Erinnerung daran auch noch nach Jahren abrufen – vorausgesetzt, er hatte das jeweilige Schriftstück wenigstens ein paar Sekunden lang sehr konzentriert betrachtet. Dabei musste Ruhe herrschen, und man durfte ihn nicht ablenken.

In der kurzen Zeit, die er in Hänsels Schreibstube allein gewesen war, hatte er nur wenige Wörter bewusst wahrgenommen. Jetzt, da er die Seiten vor seinem inneren Auge sah, las er, was darauf geschrieben stand. Und ihm wurde bewusst, dass es sich dabei um zwei verschiedene Dokumente handelte.

Das erste Blatt war ein Bericht über Reisers Aktivitäten am Samstagabend. Der Verfasser schilderte, wie Reiser Scheiderbauer getroffen hatte. Wie Scheiderbauer am Hafen von Reiser weggegangen war.

Und dann ...

... ging der Betreffende dem erwähnten Doktor nach, und er ging wie dieser durch das Stubentor. Genau an der Stelle, an der später der erwähnte unglückliche Doktor ermordet aufgefunden wurde ...

Reiser schien ein eisiger Schauer ins Herz zu fahren. Hänsel besaß einen schriftlichen Bericht von jemandem, der ihn und den Doktor beobachtet hatte! Hänsel wusste, dass er gelogen hatte!

Von wem kam das? Reiser war niemand aufgefallen, der das gesehen haben konnte.

Wieder schloss er die Augen, holte sich das Schriftstück zurück.

Es war nicht unterschrieben. Es stammte also nicht von einem Konfidenten, der Hänsel namentlich bekannt war. Schmälerte das in den Augen des Konzipisten die Glaubwürdigkeit dieser Behauptung? Er konnte es nur hoffen.

Reiser zwang sich, seine Erregung niederzudrücken, konzentrierte sich und prüfte das zweite Dokument.

Es war in einer anderen, amtlich wirkenden Handschrift verfasst.

Zuerst die Überschrift in großen Buchstaben: *BERICHT*.

Dann eine Adresse: *Kanalgasse. Vorstadt Mariahilf.*

Und Namen. Eine ganze Liste.

Seitz, Grammer, Schneider, Stücker, Riedbauer.

Darunter kam ein Erläuterungstext.

… haben im Jahre 1820 Sands Bildnis aufgehängt und Burschenlieder gesungen. Wurden weiter beobachtet, und es konnten zuletzt verschiedene Gespräche mitgehört werden. Es steht zu vermuten, dass sie wieder, unbelehrbar, ein neues Beisammensein planen, und zwar in Bälde in der erwähnten Adresse.

Der Bericht war mit einem Kürzel und einem Datum unterzeichnet. Er stammte von letzter Woche, als Reiser noch nicht in Wien und seine Welt eine andere gewesen war. Unten, ganz am Ende, standen eine in einer anderen Handschrift notierte Hausbezeichnung in der Kanalgasse der Vorstadt Mariahilf und dann, sehr klein und fast bescheiden, ein Befehl: *Sind bei nächster Gelegenheit zu verhaften.*

Reiser öffnete die Augen und entspannte sich. Dann stand er auf und ging hinüber zum Tisch, wo er zwei Nachrichten schrieb.

Die erste ging an Piringer. Er schrieb den Brief für den Fall, dass der alte Geigenlehrer nicht zu Hause war und Reiser ihm nicht selbst sagen konnte, dass er heute Mittag aufgrund eines glücklicherweise gefundenen Postens leider verhindert sei, den Bratschenpart zu proben. Dass er sich aber morgen im Redoutensaal einfinden werde und darum bitte, ihm ein Instrument zu reservieren.

Als Nächstes verfasste er eine Bitte an die Comtesse von Schernberg. Hoffentlich konnte sie ihm helfen.

Euer Hochwohlgeboren, ich erlaube mir ergebenst, über Sie um die Möglichkeit eines Gesprächs mit Frau von Sonnberg zu ersuchen. Ich bitte hiermit darum und erwarte höflichst Ihre direkte Antwort.
Sebastian Reiser

Bei Piringer öffnete ein Hausmädchen, das Reiser bei seinen letzten Besuchen gar nicht gesehen hatte. Vielleicht kam es nur an manchen Tagen. Er erfuhr, dass der gnädige Herr auf dem Amt sei und die gnädige Frau auf dem Markt auf der Sailerstätte, um Spargel zu kaufen. Reiser gab den Brief ab und schärfte dem Mädchen ein, ihn sofort zu übergeben. Dann machte er sich auf den Weg zum Savoyenschen Damenstift in der Johannesgasse.

Der Eingang war ein großer dunkler Torbogen, links und rechts von Säulen geschmückt. Oben auf der Rundung hielten zwei Löwen unter einer gewaltigen Krone ein vergoldetes Wappen. Die Raubtiere bestanden ebenso wie die Krone aus Stein.

Reiser betätigte den Türklopfer, und nach einer Weile schwang einer der beiden Flügel nach innen auf. Eine dunkel gekleidete Frauengestalt war zu erahnen. »Ein Schreiben für die Comtesse von Schernberg«, sagte er und übergab das zusammengefaltete Blatt. »Ich soll auf Antwort warten.«

Ohne dass drinnen etwas gesagt wurde, ging die Tür zu. Reiser wartete fast zwanzig Minuten. Weil er nicht genau wusste, ob er sich nicht schon allein dadurch kompromittierend verhielt, ging er vorsichtshalber hinüber zur anderen Straßenseite. Theresia hatte ihm erklärt, dass es keine Verbindung zwischen ihnen geben durfte. Wenn er sich nun hier vor dem Tor herumdrückte und man ihn sah, konnte das gefährlich sein.

Er beobachtete den Strom von Lastenträgern, Spaziergängern, Flaneuren und Reitern, der sich an ihm vorbei durch die enge Gasse wälzte. Niemand schien ihn zu beachten. Schließlich ging die Tür wieder auf, und als er hinüberlief, wurde ihm aus dem Dunkel eine Hand mit seinem Schreiben entgegengestreckt. Er nahm es, bedankte sich und ging bis zur Kapuzinerkirche, wo er das Blatt auseinanderfaltete und las. Unter seine Nachricht hatte jemand ein paar Wörter geschrieben. In schöner Handschrift, aber in großer Eile, wie es schien.
Warte Er um halb eins an der schönen Wienerin.

Er spazierte zum Neuen Markt, dann die Spitalgasse hinauf und bezog Posten vor der hölzernen, mit Unmengen von eingeschlagenen Nägeln bedeckten Keule, dem »Stock im Eisen«, einem der Wahrzeichen Wiens.

Gegenüber befand sich eine Galanterie-Boutique mit einem ebenerdigen Fenster, das den Blick in einen kleinen Raum freigab. Darin stand eine lebensgroße Dame aus Wachs. Täglich wechselte sie mit Hilfe der besten Wiener Modisten ihre Kleider und sandte den Vorübergehenden ihr täuschend echtes Lächeln zu. Die »schöne Wienerin«, wie man die Figur nannte, war Anziehungspunkt für jede Dame, die auf die neueste Mode Wert legte. Und das waren in der Kaiserstadt eine Menge, sodass vor dem Fenster immer reger Betrieb herrschte.

Reiser konnte sich die ständig wechselnden Vorgaben von Farben, Schnitten der Ärmel und Rocklängen, der Muster auf Bändern und Häubchen oder Stoffarten von Baumwolle bis Seide nicht merken. Er war auch nicht in der Lage, den feinen Veränderungen zu folgen, die in Modejournalen in Form von aufwendigen farbigen Zeichnungen veröffentlicht wurden. Aber die »schöne Wienerin« war ihm natürlich ein Begriff.

Keine zwei Minuten nachdem es halb geschlagen hatte, näherte sich eine Kutsche der Hausecke und blieb nur wenige Schritte von dem Schaufenster entfernt stehen. Eine Dame stieg aus. Reiser kannte sie nicht, aber sie trug die dunkle Kleidung der Stiftsdamen. Kaum hatte sie die Kutsche verlassen und sich in die kleine Gruppe von Menschen vor dem Fenster eingereiht, ging das Seitenfenster auf, und Reiser konnte kurz Theresias Gesicht sehen. Sofort schloss sich die Öffnung wieder.

Vom »Stock im Eisen« ging er langsam über die schmale Südseite des Platzes. Als er die Kutsche erreichte, ging die Seitentür auf, und Reiser stieg ein. Sofort setzte sich das Fahrzeug in Bewegung. Noch bevor ein Wort fiel, schob Theresia die kleinen Vorhänge zu. Die Helligkeit verwandelte sich in eine graue Dämmerung, in der er ihre Gestalt nur noch vage wahrnahm. Aber er roch ihren feinen Duft nach Seife, hörte das Rascheln ihres schwarzen Kleides. Sie streckte ihm die kleine helle Hand entgegen. Er nahm sie und drückte einen Kuss darauf.

»Da bist du«, sagte sie. Ihre Stimme klang weich.

Er spürte, wie sein Herzschlag stärker wurde.

»War die Dame, die eben ausgestiegen ist, die Comtesse?«

Reiser erahnte ein Nicken. »Sie wird ein wenig durch die Innenstadt spazieren. Das ist ohnehin eine ihrer Vorlieben. Wir fahren einen Bogen und holen sie wieder ab. Nun sag, was gibt es Neues?«

Während hinter den Vorhängen in der ruckelnden Kutsche für sie unsichtbar die Gassen Wiens vorüberzogen, berichtete Reiser, was geschehen war. Dass er von der Polizei geholt worden war. Dass er es nun zu einem Konfidenten gebracht hatte.

»So schlecht klingt das nicht«, sagte Theresia nachdenklich.

»Ich hoffe, dass mir dieser Posten dazu dient, es weiter zu bringen. Eine Bezahlung habe ich auch schon erhalten. Dennoch ...« Er stockte.

»Dennoch was?«, fragte Theresia.

Reiser suchte nach Worten. »Es bleibt ein ungutes Gefühl.«

»Aber Sebastian. Du hast eine Aufgabe an der Seite der Beschützer dieses Staates. Wie kannst du da ein ungutes Gefühl haben?«

Reiser seufzte. »Konzipist Hänsel besitzt ein Schreiben, in dem jemand behauptet, mich mit dem Doktor kurz vor dessen Tod gesehen zu haben. Jemand hat es anonym der Polizei geschickt. Ich fand es zufällig, und ...« Ihm kam ein eigenartiger Gedanke. Ob er das Blatt wirklich so zufällig gefunden hatte, wie er dachte?

»Du hast nichts mit dem Mord zu tun«, sagte Theresia fest. »Du bist unschuldig. Also wird man dir auch nichts vorwerfen können.«

»Das Schreiben lag im Grunde so da, dass ich es finden musste. Vielleicht absichtlich.« Er lachte bitter auf. »Verstehst du? Es ist ein Intrigenspiel des Herrn Konzipisten. Er signalisiert mir, was er weiß, ohne dass ich mich darauf berufen kann. Er könnte das Schreiben ernst nehmen oder nicht. Er kann es nutzen oder verschwinden lassen. Wenn es ihm passt, hat es den Schrieb nie gegeben. Wenn ich ihm nicht passe, dreht er mir einen Strick daraus. Auf diese Weise macht er deutlich, dass er dazu in der Lage wäre. Um mich lenken zu können. Wie eine Marionette. Ich habe ihnen ja gesagt, ich sei Scheiderbauer nicht ins Stubentor gefolgt. Und ich hätte nichts von dem Mord mitbekommen. Das heißt, er hat etwas gegen mich in der Hand, mit dem er zeigen kann, dass ich die Polizei belogen habe. Jetzt verstehe ich, was Baron von Walseregg meinte, als er mich vor Wien warnte. Wenn es nicht so ernst wäre, könnte man glauben, man sei in einer Komödie.«

»Er warnte dich? Wovor?«

»Er sagte, man könne sich hier niemals sicher sein, dass nicht jemand etwas hört, das nicht für ihn bestimmt ist, und es dann für seine eigenen Zwecke benutzt. Ich hatte gedacht, er meint den üblichen Tratsch und die Gerüchtespinnerei. Er meinte aber etwas anderes, nämlich dass hier jeder jeden irgendwie bespitzelt und beaufsichtigt – und wenn es gerade passt, auch verdächtigt.« Er hielt einen Moment inne. »Gleichzeitig sind alle so fröhlich, singen beim Heurigen, tanzen den Walzer ...« Wieder entfuhr ihm dieses bittere Lachen.

»Sebastian, so kenne ich dich gar nicht. Schau, solange Herr Hänsel deine Dienste benötigt, wird er das Dokument nicht verwenden. Dass er dich trotz der Anschuldigung darin angestellt hat, zeigt doch, dass er dir vertraut.«

»Wahrscheinlich hast du recht«, lenkte Reiser ein. Er war nicht überzeugt. Aber er wollte Theresia durch seine schmerzlichen Gedanken nicht noch mehr betrüben. »Hast du etwas darüber in Erfahrung bringen können, wo mein Vater früher in Diensten war?«

»Noch nicht. Ich habe einige Briefe an Verwandte geschrieben und so getan, als hätte ich Interesse an der Familiengeschichte. Jetzt, wo ich Waise bin. So schnell geht es mit den Antworten leider nicht. Aber Sebastian, ich muss dir noch etwas anderes sagen. Etwas, das dich freuen wird.«

»Ja?«

»Ich werde die Akademie von Herrn van Beethoven besuchen. Ich lasse ein Billett vormerken. Ich werde also miterleben, wie du zum ersten Mal in einem Orchester spielst. Ist das nicht wunderbar?«

Ihre Begeisterung sorgte bei Reiser für ein warmes Gefühl, das sein Herz wohlig umhüllte. Sie war stolz auf ihn. Sie liebte ihn.

Die Kutsche wurde langsamer und hielt.

»Muss ich dich schon verlassen?«, fragte er. »Wo sind wir?«

»Wir sind wieder an der ›schönen Wienerin‹. Die Comtesse steigt hier zu. Aber bleib noch. Ich habe ihr erzählt, dass du Herrn van Beethoven auf dem Währinger Friedhof gesehen hast. Sie kennt sich sehr gut in den Wiener Geschichten aus und kann dir vielleicht einen Hinweis geben.«

»Du meinst, sie könnte wissen, was der Buchstabe J auf dem Grab bedeutet?«

»Vielleicht.«

Neben Reiser öffnete sich die Tür. Helles Tageslicht fiel herein, doch es wurde sofort von der Gestalt der Comtesse von Schernberg verdeckt. In dem kurzen Moment, den es dauerte, bis sie die Tür wieder schloss, erkannte Reiser das schmale Gesicht einer älteren Dame. Wo die Haube den Kopf nicht ganz verdeckte, zeigte sich hellgraues Haar.

Reiser rückte zur Seite, als die Comtesse neben ihm Platz nahm.

»Grüß Gott, Herr Reiser«, sagte sie.

»Es ist mir eine Ehre, Euer Hochwohlgeboren. Auch wenn die Umstände …«

»Für die Umstände, lieber Herr Reiser, müssen Sie sich

nicht entschuldigen. Sie sind so, wie man sie uns aufzwingt. Wissen Sie, ich bin selbst in das Leben im Stift gezwungen worden. Es ist ein trauriges Leben, vor dem ich meine liebe Freundin Theresia gern bewahren möchte. So stabil die Zeiten im Moment sein mögen, so eng und kleinlich sind sie. Sprechen wir aber von Ihnen, denn uns bleibt nicht viel Zeit. Haben Sie einen Posten gefunden? Wird es vorangehen mit Ihrem Erbe? Ich kann Ihnen versichern, auch wenn ich nur eine Frau bin, werde ich Ihnen alle Hilfe angedeihen lassen, damit Sie die Zukunft antreten können, die sich der selige Edle von Sonnberg für Sie beide vorgestellt hat.« Sie lächelte Theresia zu.

Reiser bedankte sich höflich. Dann erklärte er der Comtesse, dass er nun Konfident sei. Bei der Adligen stieß er damit jedoch auf wenig Begeisterung.

»Das ist aber doch kein Posten für Sie, lieber Herr Reiser. Das ist überhaupt kein Posten. Für niemanden. Nennen Sie das Kind doch beim Namen. Konfident heißt Spitzel, nichts anderes. Solche Personen haben nie Ehre ernten können. Nutzen Sie den Einfluss, den Sie bei diesem Konzipisten Hänsel offenbar haben, um an etwas Besseres zu kommen.«

»Ich werde tun, was ich kann«, sagte er. »Vielen Dank.«

Nun schaltete sich Theresia ein. »Comtesse, Sie hatten sich doch bereit erklärt, etwas über Herrn van Beethoven und das Grab auf dem Währinger Friedhof zu berichten ...«

Frau von Schernberg räusperte sich. »Nun ja, das kann ich tun. Obwohl es nur ein Gerücht ist ... Aber was ist in Wien kein Gerücht?«

»Sie machen es spannend«, entfuhr es Reiser.

Die Comtesse lachte. »Was hat man schon von Gerüchten, wenn man sie nicht interessant erzählen kann? Ich glaube aber, darauf kommt es Ihnen nicht an. Sie wollen etwas herausfinden. Etwas Wahres. Und ob ein Gerücht da dienlich ist ...?«

»Ich würde mich freuen, wenn Sie es mir erzählten.«

»Nun gut ... In dem Grab, das Herr van Beethoven gelegentlich besucht, liegt eine Dame, die einst seine Klavierschülerin war. Manche sagen, sie war auch mehr. Sie verstehen, was ich meine.«

292

Das hätte sich Reiser denken können. Es ging also um eine Liebesgeschichte. Wie man sie sich von vielen Musikern in Wien erzählte.

»Sie glauben vielleicht, das sei nichts Besonderes. Aber in diesem Fall handelt es sich um eine Gräfin.«

»Eine Gräfin liegt in einem schmucklosen Grab?«, warf Theresia ein.

»Ich weiß, das ist nicht üblich. Aber, nun ja. Sie hatte sich mit ihrer Familie überworfen. Einer der Gründe war wohl, dass sie die Geliebte von Herrn van Beethoven wurde. Die Sache begann, nachdem im Jahre 1804 ihr Mann verstorben war. Es konnte natürlich nichts daraus werden. Wäre es zu einer Heirat gekommen, hätte sie alle Adelsprivilegien verloren und ebenso das für sie verwaltete Vermögen. Es ist nicht jeder so liberal wie der selige Edle von Sonnberg. Die Dame, die in dem Grab an der Währinger Linie liegt, starb jedenfalls vor drei Jahren. Die angebliche Liebesgeschichte mit Herrn van Beethoven ereignete sich viel früher.«

»Aber sie hat ihn nicht geheiratet«, sagte Theresia. »Sie hat auf ihn verzichtet und ist, nachdem sie verwitwet war, allein geblieben …«

»Wer spricht von ›allein‹?«, erwiderte die Comtesse. »Josephine von Brunsvick war danach noch ein zweites Mal verheiratet. Der erste Mann starb, wie gesagt. Der zweite, ein gewisser Baron von Stackelberg, brachte sie um ihr Geld und behandelte sie schlecht, sodass sie sich von ihm trennte. Vielleicht liebte sie Herrn van Beethoven wirklich, und eine zweite Ehe mit ihm wäre glücklicher gewesen. Aber sie hatte zum Zeitpunkt der angeblichen Affäre mehrere Kinder, für die sie sorgen musste, weshalb dieser Gedanke völlig ausgeschlossen war. Hätte sie Beethoven geheiratet, hätte sie die Vormundschaft verloren.« Sie wandte sich wieder Reiser zu. »Wissen Sie, in unserem Stand hat eine Frau nicht viel. Der Schmuck, den sie trägt, gehört nicht ihr, sondern ihrem Mann. Das Schloss oder das Palais, in dem sie lebt, gehört ihr ebenfalls nicht. Das Geld, von dem sie lebt, verwalten andere für sie. Für die Kinder darf sie sorgen. Wenn es zur Trennung kommt, verliert sie diese aber auch noch. Vier Kinder hatte die Gräfin mit ihrem ersten Mann, zwei, eins davon unehelich, von ihrem zweiten. Und dann kam noch ein weiteres ...«

»Das siebte Kind«, sagte Theresia. »Also hatte sie drei von ihrem zweiten Mann?«

»Eben nicht«, sagte die Comtesse. »Es kam zwar während der Ehe mit Baron Stackelberg zur Welt.« Sie senkte die Stimme, die nun verschwörerisch klang. »Doch in der Zeit, in der es gezeugt worden sein muss, war der Herr Baron nachweislich auf seinen Gütern im Osten. Und die Gerüchte besagen ... Ich will es nicht aussprechen. Sie ahnen, welches Gerücht man sich darüber erzählt. Und so wandte sich die Familie schließlich von ihr ab. Das sagt man jedenfalls so in Wien.«

Theresia schwieg, und so beschränkte sich auch Reiser darauf, das Ungesagte nur zu denken. Herr van Beethoven war Vater eines unehelichen Kindes.

»Die eigentliche Tragik war der Verlust ihres ersten Mannes«, sagte die Comtesse. »Nach anfänglichen Schwierigkeiten lebten sie zufrieden hier in Wien. Der Graf hatte ein Haus an der Bastei für sie auf besondere Weise umbauen lassen. Ein besonders großes Haus, ganz anders als andere Residenzen. Lang gestreckt und so entworfen, dass sich nicht wie sonst üblich die Hierarchie in der Architektur widerspiegelte. Dort hatten sie viel Platz, um Gesellschaften zu geben. Natürlich mit Musik. Herr van Beethoven hat dort oft gespielt, als er noch gut genug hörte, um als Pianist auftreten zu können. Ich bin selbst einige Male dabei gewesen. Er war ein wahrer Feuerkopf, der viele meines Standes durchaus brüskierte, weil er sich offen für die Ideale der Revolution aussprach. Und wenn er Musik machte ... Ach was, er *machte* sie nicht, er *zauberte* sie. Er konnte seine Ideale mit Tönen darstellen. Er war so etwas wie ein komponierender Revolutionär. Statt Reden zu halten, riss er uns mit seinen Klängen mit.«

»Wie muss man sich das genau vorstellen?«, fragte Reiser, der an die Notizen über Beethoven in Metternichs Archiv denken musste. »Die Ideen der Revolution in Musik?«

»Man kann es nicht mit Worten sagen. Er malte mit seinen Klängen den Kampf der gesellschaftlichen Schichten nach. Er rief dabei gar nicht zum Kampf auf. Er wusste die Konflikte auch zu schlichten. Am Ende seiner Sonaten und Improvisationen waren wir immer ganz ergriffen. Es war ein Blick in die menschliche Seele, die er uns erlaubte. Nicht in seine eigene, sondern in eine edle Seele, wie sie sein sollte.«

Reiser dachte über die Worte nach. »Sie haben gesagt, Frau von Brunsvick lebte mit ihrer Familie in einem besonderen Haus an der Bastei.«

»Ganz recht. Im Deym'schen Palais. Graf Deym hat dort seine Statuen gesammelt. Manche nennen es auch das Müllersche Gebäude, weil …«

»Graf Deym?«, unterbrach Reiser die Comtesse verblüfft. »Graf Joseph von Deym? Sie meinen, er war der erste Gatte von Frau von Brunsvick?«

Die Comtesse ließ die Ungehörigkeit durchgehen. »Was überrascht sie daran? Sie heirateten, kurz nachdem Josephine von den ungarischen Gütern nach Wien gekommen war. Es muss 1799 gewesen sein. Damals lernte sie auch Beethoven kennen, der ihr Klavierlehrer wurde.«

»Ich kenne das Haus«, sagte Reiser. »Ich habe mich mit dessen Geschichte beschäftigt.« Er wechselte einen raschen Blick mit Theresia.

»Wissen Sie, wer heute dort wohnt?«, fragte diese.

»Das entzieht sich meiner Kenntnis. Die Familie Deym nutzt es wohl nicht mehr. Aber lassen wir nun die Liebesgeschichten. Denken Sie an meinen Rat, Herr Reiser: Konfident ist kein Posten für Sie. Jetzt müssen Sie uns leider verlassen. Wir sind auf dem Weg zu einer Freundin, und dort können wir leider nicht mit Ihnen in der Kutsche eintreffen.«

Reiser fiel auf, dass sie stehen geblieben waren. Theresia flüsterte ihm ein leises »Ich hoffe auf uns« zu. Dann gab ihm die Comtesse das Zeichen, die Tür zu öffnen.

Er stieg aus und fand sich weitab von der Innenstadt wieder – am oberen Ende der Jägerzeile, am Praterstern. Von dem runden Platz gingen strahlenförmig wie von einer Sonne mehrere Wege ab. Einige führten in die Leopoldstadt und zum angrenzenden Augarten, andere in den Prater, zu den Wirts- und Kaffeehäusern, zum Feuerwerksplatz, zu den Karussells.

Normalerweise war dieses Rund am Ende der Vorstadt ein Ort der Vorfreude. Hier schickte man sich an, die letzte Schwelle zu den Attraktionen und der weitläufigen Natur zu überschreiten. Doch Reiser hatte anderes zu tun, als in den Prater zu gehen.
Ein weiter Weg lag vor ihm.
Bis auf die andere Seite der Stadt.
Nach Mariahilf.

21

Ein Stück von der Mariahilfer Hauptstraße nach hinten versetzt lag die Pfarrkirche. Hinter dem Gotteshaus führte eine schmale Gasse zu einem kleinen Platz, der auf der rechten Seite von einer mehr als mannshohen Mauer gesäumt wurde. Bäume und hohe Büsche strebten dahinter empor. Das Gelände auf der anderen Seite gehörte der Fürstenfamilie Esterházy, die ein Stück weiter auch ein Palais besaß.

Die Kanalgasse, ein eher enger, schmutziger Durchgang, führte in Richtung Wienfluss. Kaum war Reiser eingebogen, drangen ihm aus der Senke die feuchten, leicht fauligen Gerüche entgegen. Er schritt über glitschiges Kopfsteinpflaster – vorbei an Fassaden, von denen der Putz abblätterte und in denen verzogene, schmutzige Fenster nach draußen starrten. Es war kaum zu glauben, dass man nur ein, zwei Steinwürfe von einem fürstlichen Anwesen entfernt war.

Reisers Ziel entpuppte sich als ein schmales Haus, das im Erdgeschoss wohl einmal einen Bierausschank oder ein Beisel beherbergt hatte. Über dem Eingang hing ein Brett, auf dem der Name des Etablissements aufgemalt gewesen war. Doch das Holz war so verblasst, dass man ihn nicht mehr lesen konnte.

Hier wohnt doch niemand, dachte Reiser, klopfte aber – wenn auch unschlüssig. Er blickte an der Fassade hinauf. Das Haus war schmal, aber hoch. Von hier unten sah die Mauer schief aus. Sie schien sich zur Straße zu neigen, so als würde sie gleich auf Reiser niederstürzen.

»Was wollen S'?«, rief eine Männerstimme. Am Nachbargebäude war im ersten Stock ein Fenster geöffnet worden. Jemand sah heraus. »San Sie der Herr Grammer?«

Reiser rekapitulierte die Namen, die er bei Hänsel gelesen hatte. *Seitz, Grammer, Schneider, Stücker, Riedbauer.*

Warum eigentlich nicht, dachte Reiser. Er nickte und deutete auf die Tür.

»I komm«, sagte der Mann.

Kurz darauf trat er aus der Nachbartür, einen Schlüssel in der Hand. Als er vor Reiser stand, blieb er stehen und sah ihn misstrauisch an.

»Sie san zu früh. Angesagt war fünfe. Sie san doch der Herr Grammer?« Er kniff die Augen zusammen.

»Ja, sicher«, sagte Reiser. »Es ist schon alles recht.«

Der Mann wartete noch ein, zwei Atemzüge, dann schien er sein Misstrauen überwunden zu haben und machte sich an der Tür zu schaffen. »Zahlt ham S' eh.« Er hatte aufgeschlossen, musste aber noch an dem verklemmten Holz ruckeln, bevor er den Eingang aufbekam. »Ganz aufi. Und wie i g'sagt hab. I geb die Stuben für Sie zum Wohnen her. Sonst für nix. Und i woaß nix.«

Reiser nickte und ging hinein.

Ihn erwartete ein Stiegenhaus, das ähnlich eng war wie das bei der Witwe Gruber. Doch es war viel schmutziger und verkommener. Es stank nach Schimmel.

»Geh'n S' nur«, sagte der Mann. »Hier bleibt offen. I bin nebenan.«

Während Reiser den Stufen nach oben folgte, spürte er, wie unter ihm das Holz nachgab. Das verkratzte Geländer war alles andere als eine Stütze. Der Handlauf bewegte sich knirschend hin und her. Immerhin ließen die schmutzigen Fenster so viel Helligkeit durch, dass man keine Lampe brauchte. Reiser prüfte die Türen zu den einzelnen Etagen. Sie waren alle verschlossen.

Oben auf dem Dachboden erwartete ihn am Ende der Treppe ein türloser Zugang zu einem leeren Raum, in dem sich leicht zehn oder zwölf Personen versammeln konnten. Reiser schritt über knirschende Dielen. Auf der gegenüberliegenden Seite schloss sich hinter einer Art primitiver Stalltür mit einem Türblatt voller Astlöcher eine Kammer an, die um die dunkle steinerne Säule des Kamins herumgebaut und mit Möbeln vollgestellt war. Er stieg über Stühle, einen Sessel, auseinandergebaute Tische und zusammengerollte Teppiche. Die Luft war abgestanden, und alles war von Staub und Spinnweben überzogen. Hinter dem Gerümpel gab es ein Fenster. Als er hinausblickte, sah er hinter einer Kaskade aus Dächern die blühenden Blumenrabatten und kiesbestreuten Wege des Esterházyparks.

Fast zwei Stunden dauerte es, bis sich im Haus etwas regte. Die Stimmen von jungen Männern waren das Erste, was Reiser hörte. Dann kamen sich nähernde trampelnde Schritte hinzu. Als die Burschen den Dachboden betraten, vibrierten die Dielen.

»Nicht gerade ein Palast, aber zum Aushalten«, rief einer von ihnen. »Seltsam, dass der Alte sagt, der Grammer sei schon da. So ein Unsinn.«

»Vielleicht ist er da gewesen und wieder weg. Wird schon kommen. Holt vielleicht Bier.«

Im nächsten Moment ließ ein Knall alles erbeben. Dazu vernahm Reiser ein Klirren. Einer von ihnen hatte einen riesigen Sack auf den Boden geworfen. Ein anderer öffnete ihn und nahm etwas heraus. Durch die Löcher in der Tür konnte Reiser sehen, dass es Waffen waren. Säbel, Degen und ein paar Dolche.

»Der Boden hier wäre gut für eine zünftige Mensur«, sagte der, der den Sack hingeworfen hatte.

»Die Zeiten, in denen wir uns geübt haben, sind vorbei«, wandte ein anderer ein. »Sollen wir uns immer nur selbst verletzen? Verletzen wir die, die es verdient haben. Ehre!«

»Ehre«, riefen die anderen.

»Freiheit!«

»Freiheit«, echoten sie.

»Vaterland«, tönten alle zusammen.

»Pass auf, dass kein Fenster offen steht«, sagte der mit den Waffen etwas leiser. »Man hört uns.«

»Keine Bedenken«, entgegnete ein anderer. »Ein leeres Haus. Keine Fenster.«

»Und was ist das hier?«

Schritte näherten sich. Einer ging auf die Kammer zu. Reiser rutschte am Kamin vorbei hinter einen schmutzigen Sessel und kauerte sich hin. Da ging die Tür auf. Jemand kam herein. Reiser konnte ihn nicht sehen.

»Ein Fenster ist hier«, rief der Student. »Aber es ist geschlossen. Und es gibt mehr Dreck als im größten Fürstenscheißhaus. Das ist ein Ort für Ratten.« Die anderen lachten, und er knallte die Tür wieder zu.

Reiser blieb in seinem Versteck. Sein Herz klopfte, als wollte es aus seinem Brustkorb springen. Er hatte ursprünglich vorgehabt, einfach auf die jungen Kerle zuzugehen, ihnen zu erklären, dass ihnen von ihm keine Gefahr drohte, und sie zu bitten, ihm zu sagen, ob sie Theodor Kreutz kannten und wussten, wo er ihn finden konnte. Wie dumm war er gewesen! Das war kein Debattierclub. Sie hatten Waffen. Und dazu schwang eine Aggressivität in ihren Stimmen mit, wie Reiser es noch nie erlebt hatte. Diese scharfkantige Art zu sprechen, die ihn in jeder Faser seines Körpers schmerzte. Die Parolen. Diese Sätze, zwischen die kein Staubkorn passte.

»Ehre! Freiheit! Vaterland!«, kam es jetzt wieder vielstimmig von drüben. Gleichzeitig war ein Rumpeln zu hören. Reiser suchte sich leise eine Position, in der er hinüberspähen konnte.

Sie hatten ein Bild an die Wand gelehnt. Es zeigte das Gesicht eines jungen, entschlossen dreinblickenden Mannes mit schulterlangem Haar. Er sah nicht den Betrachter an, sondern auf einen Punkt in weiter Ferne. Der Ausdruck hatte etwas Arrogantes. Als sei sein imaginäres Gegenüber dem jungen Mann gar nicht wert, beachtet zu werden. Als stehe ihm der Sinn nach Höherem.

»Sand ist bei uns«, sagte einer der Burschen, und dabei senkte er demütig die Stimme.

»So, wie er in unseren Herzen ist«, sagte ein anderer von der entfernteren Seite her, der wohl gerade die Stiege heraufkam.

»Grammer, da bist du. Der Alte sagte, du seist schon da. Aber wir haben dich nicht gesehen.«

Reiser brach der Schweiß aus. Wenn sie jetzt misstrauisch wurden. Wenn ihnen jetzt aufging, dass da was nicht stimmte.

Doch Grammer schien nicht richtig verstanden zu haben. Oder er ging über die Bemerkung einfach hinweg. »Wir haben noch einen für unseren Bund«, erklärte er. »Ihr glaubt es nicht. Ein Freund von Follen.«

»Follen?«, fragte einer, den Reiser durch das Loch in der Tür nicht sehen konnte, weil er abseitsstand. »Wo ist er? Ist er nicht geflüchtet? Es hieß, in die Schweiz.«
»Es ist nicht Follen selbst. Aber er kannte ihn gut.«
»Das sagen viele.«
»Ich glaube ihm. Er war am Treffpunkt und kannte die Parole. Er hatte einen Schlüssel. Er kann über Follen berichten. Wahre Dinge.«
»Wo ist er?«
»Ich bitte ihn rauf, wenn ihr wollt«, sagte Grammer. »Aber erst, wenn dieser verdammte Gestank nachlässt. Gibt's denn hier kein Fenster zum Lüften?«
Er näherte sich mit schweren Schritten der Kammer. Wieder musste sich Reiser hinter dem Sessel verstecken. Er hielt den Atem an, als Grammer beinahe direkt neben ihm über die Möbel hinweg zum Fenster kletterte, es öffnete und wieder zu den anderen Burschen zurückkehrte.
»Lassen wir die Tür auf, damit wir Luft kriegen.«
»Und wenn man uns hört?«, fragte einer.
»Dann hört man uns eben. In Wien ist viel zu hören. Viel Musik. Unsere fällt da gar nicht auf. Und woher sind wir denn? Thüringen. Sachsen. Die verstehen uns doch gar nicht.«
Reiser lugte um die Sessellehne. Die Tür war offen geblieben. Er konnte jetzt nicht mehr zu seinem Beobachtungsposten zurück, ohne bemerkt zu werden.
»Und hier ist der Neue«, sagte Grammer. »Er heißt Julius Wellendorf.«
Man hörte Schritte von der Treppe. »Ich grüße euch«, sagte eine Stimme.
Die Studenten redeten durcheinander. Reiser konnte nicht alles verstehen. Aber besagter Wellendorf war seinen Äußerungen zufolge sehr von dem Bild beeindruckt, das die anderen aufgestellt hatten.
»Was hast du da?«, rief Grammer plötzlich.
Anscheinend hatte Wellendorf etwas mitgebracht. Vielleicht eine besondere Waffe? Aufpassen, ermahnte Reiser sich. Auch wenn ich mich aus meinem Versteck nicht hervortrauen kann, erfahre ich doch wenigstens wertvolle Dinge für Hänsel.

»Es ist sein Blut«, sagte Wellendorf nebenan. »Ich habe es aus Mannheim mitgebracht.«

Ein Raunen ging durch die Studentenschar.

»Das Blut von Sand.«

Jetzt verstand Reiser, worum es ging. Hänsel und der Baron von Walseregg hatten nicht übertrieben. Das war ja die reinste Blasphemie! Sie verehrten nicht nur Sands Bild. Sie hielten ihn für den Messias persönlich. Und behandelten die Überbleibsel seiner irdischen Existenz wie sakrale Reliquien.

Jetzt begann einer von nebenan, mit klarem Bariton zu singen. Reiser vermutete, dass es dieser Wellendorf war. Nach wenigen Tönen fielen die anderen mit ein.

Brause, du Freiheitssang,
brause wie Wogendrang
aus Felsenbrust!
Feig bebt der Knechte Schwarm,
uns schlägt das Herz so warm,
uns zuckt der Jünglingsarm
voll Tatenlust.
Gott Vater, dir zum Ruhm
flammt Deutschlands Rittertum
in uns aufs Neu'.
Neu wird das alte Band,
wachsend wie Feuersbrand.
Gott, Freiheit, Vaterland,
altdeutsche Treu'!
Stolz, keusch und heilig sei,
gläubig und deutsch und frei
Herrmanns Geschlecht!
Zwingherrnschaft, Zwingherrnwitz
malmt Gottes Racheblitz,
euch sei der Herrschersitz
Freiheit und Recht!
Freiheit, in uns erwacht
ist deine Geistesmacht;
Heil dieser Stund'!
Glühend für Wissenschaft,

blühend in Jugendkraft
sei Deutschlands Jüngerschaft
ein Bruderbund.
Schalle, du Liederklang
Schalle, du Hochgesang
aus deutscher Brust!
Ein Herz, ein Leben ganz,
stehn wir wie Wall und Schanz',
Bürger des Vaterlands
voll Tatenlust.

Reiser kannte die Melodie. Es war die Hymne »Heil dir im Siegerkranz«, die aus Preußen stammte. Die Studenten hatten den Text verändert.

Aber sosehr er Ekel darüber empfand, Zeuge einer durch und durch verbotenen Zusammenkunft zu sein, so sehr musste er sich eingestehen, dass er die jungen Männer für ihren Mut und die Entschlossenheit, mit der sie ihre Gedanken zum Ausdruck brachten, bewunderte. Wenn er doch auch nur die Kraft hätte, so rücksichtslos um das zu kämpfen, was er wollte. Was er nicht nur wollte, sondern was ihm sogar zustand.

Er hatte sich noch gar nicht richtig ausgemalt, was es für ihn bedeuten würde, die Nachfolge des Edlen von Sonnberg anzutreten. Eigenartig, dass es ausgerechnet diese mitreißende Melodie der Studenten war, die Bilder in ihm lebendig werden ließ, die genau diese Zukunft zeigten.

»Wir sollten uns nicht in weiteren Ritualen verlieren«, sagte Grammer nach dem Lied. »Diesen Fehler haben wir in den letzten Jahren zu oft gemacht. Seitz, lies vor, was uns im Innersten bewegt. Es gilt, die Grundsätze des Jünglingsbundes, wie Follen sie erdacht hat, aufrechtzuerhalten. Sie auswendig zu wissen, ohne sie aufzuschreiben. Dieses Papier wird nach Verlesung und Memorierung vernichtet. Wir alle tragen dann die Grundsätze in unserem Gedächtnis.«

Papier raschelte. Seitz begann vorzulesen.

»Der Zweck des Bundes: Umsturz der bestehenden Ordnung. Das Ziel ist ein Zustand, in dem das Volk sich selbst durch selbst gewählte Vertreter eine bessere Verfassung geben soll.«

Seitz verstummte, und die anderen sprachen die Worte im Chor nach. Zuerst schleppend, dann wie aus einem Mund.

»Der Bund muss so eingerichtet sein, dass jedem Mitglied nur wenige andere Mitglieder bekannt sind.«

Wieder sagten die anderen nach, was er gesprochen hatte. So ging es immer weiter.

»Jedes Mitglied soll sich Waffen anschaffen und damit üben. Es darf nichts Schriftliches über die Verbindung vorhanden sein. Jedes Mitglied soll einen Eid schwören, von den Geheimnissen der Verbindung nichts zu verraten. Verräter treffe der Tod – wie auch nach und nach alle Feinde der Verbindung, die sich ihren Zielen und Grundsätzen nicht anschließen wollen.«

Die Stimmen verhallten. Es gab unverständliches Gemurmel. Nun ließ sich der Neuankömmling Wellendorf vernehmen.

Er sagte einen Text auf, den Reiser zuerst als Gedicht auffasste. Aber die Worte beinhalteten mehr. Sie waren eine Art Gebet oder ein Glaubensbekenntnis. Schon fielen die anderen mit ein, als feierten sie auf dem Dachboden nebenan eine verdrehte Form der Liturgie. Eine unheilige Messe, in der es nicht darum ging, den Glauben an Jesus den Erlöser zu bekennen, sondern um Revolutionsgedanken.

Horcht auf, ihr Fürsten! Du Volk, horch auf!
Freiheit und Rach' in vollem Lauf,
Gottes Wetter ziehen blutig herauf!
Auf, dass in Weltbrands Stunden
Ihr nicht schlafend werdet gefunden!
Reiß aus dem Schlummer dich, träges Gewürme
Am Himmel, schau auf, in Gewitterspracht
Hell aufgegangen dein Todesgestirne!
Es erwacht,
Es erwacht,
Tief aus der sonnenschwangeren Nacht
In blutflammender Morgenwonne,
Der Sonnen Sonne
Die Volkesmacht!

Reiser hätte sich am liebsten die Ohren zugehalten. Aber er musste einfach zuhören. Was für ein Mut steckte doch dahinter, mitten in Wien so etwas zu wagen.

Und während er den eigenartigen, beschwörenden Worten zuhörte, an denen sich die Burschen zu berauschen schienen und die sie immer wieder von vorne begannen, drängte sich auf einmal ein anderes Geräusch dazwischen. Ein Klappern von Hufen in der engen Gasse unter dem Fenster. Von den hohen Fassaden widerhallend, näherte es sich.

Reiser zog sich vorsichtig an dem Fenstersims hinauf und spähte hinaus. Der Grund der Häuserschlucht war von hier oben nicht zu erkennen, doch es drangen Männerstimmen herauf, Befehle wurden gerufen. Ein Pferd wieherte. Reiser glaubte, den Alten von nebenan zu hören, der irgendetwas beteuerte.

Das Trampeln von Stiefeln im Stiegenhaus. Sogar hier hinten in der Kammer spürte Reiser die Vibration schwerer Schritte. Die Studenten waren so in ihren Beschwörungen gefangen, dass sie es viel zu spät bemerkten. Sie brachen erst ab, als Leute in den Raum polterten.

»Verrat!«, rief einer.

Metall klirrte. Einer der Burschen hatte zu den Waffen gegriffen. Ein Handgemenge entstand, und jemand stürmte in die Kammer. Dunkle Kleidung. Kein Polizeisoldat. Also einer von den Burschen. Der Student sprang zwischen den Möbeln in Deckung und stieß Reiser zur Seite. Sie knallten aneinander. Reiser konnte einen Überraschungsschrei unterdrücken, als er den anderen erkannte.

Es war Kreutz.

Reiser legte den Finger auf die Lippen. Der andere nickte nur. Gemeinsam blieben sie im Versteck.

Nebenan hatte sich der Tumult gelegt. Eine strenge Stimme rief Namen auf.

Seitz, Grammer, Schneider, Stücker, Riedbauer.

Kreutz wurde nicht aufgerufen. Hieß Kreutz überhaupt Kreutz? Nein, er musste der besagte Wellendorf sein. Kreutz hatte sich als jemand anders ausgegeben. So war es ihm gelungen, nach Wien zu gelangen. Mit einem falschen Pass.

Nebenan ging etwas zu Bruch. Glas splitterte. Die Polizeisoldaten lachten hässlich. Kreutz, keine Fingerlänge von Reiser entfernt, schloss die Augen wie unter dem Eindruck eines plötzlichen Schmerzes. Reiser verstand, was geschehen war. Sie hatten das gerahmte Bild von Carl Ludwig Sand zerstört.

Bewegung kam in Kreutz. Reiser dachte schon, er wolle einen Angriff auf die Beamten nebenan beginnen. Aber er holte nur ein Taschentuch hervor. Es war mit schwärzlichen Flecken bedeckt. Geronnenes Blut. Er starrte es eine Weile an – und presste dann andächtig seine Lippen darauf. In Reiser stieg Übelkeit auf.

»Und was ist hier?«, rief eine Stimme direkt in die Kammer hinein. Ein Polizeisoldat begann ohne Umschweife damit, das Gerümpel beiseitezuräumen. Es dauerte keine drei Sekunden, bis Reiser und Kreutz in sein Blickfeld gerieten. »Oha, noch mehr. Ein ganzes Nest.«

Reiser erhob sich zitternd und mit weichen Knien. Kreutz dagegen schnellte nach oben und warf sich dem Uniformierten entgegen. Der Beamte zog seinen Säbel und schloss mit einem Tritt die Tür. Kreutz, der wohl an ihm vorbei hatte hinausstürmen wollen, blieb stehen. Sie saßen in der Falle. Reiser, den eine Lähmung erfasst zu haben schien, stand nur da und sah, wie der Polizist ausholte. Ein Hieb, und …

Da fühlte Reiser einen Schwall von Kraft. Er stürzte nach vorne und stieß den Beamten zur Seite. Der Säbel traf nicht Kreutz, sondern einen Holzbalken. Der Polizist verlor das Gleichgewicht und brachte einen Stapel alter Stühle zu Fall, die zusammen mit ihm polternd auf dem Boden aufschlugen.

Kreutz riss die Tür auf. Gemeinsam stürzten sie in den Dachbodenraum. Er war leer. Offenbar hatte man die anderen schon abgeführt. Aus der Kammer hinter ihnen kam Getöse. Der Soldat rappelte sich auf. Schon erschien er in der Tür.

Reiser und Kreutz stürmten die Treppe hinunter. Von oben schrie der Beamte ihnen nach. »Aufhalten!« Das Holz der Stiege zitterte. Teile brachen ab und polterten mit ihnen hinunter.

An der Haustür versperrte eine große geschlossene Kutsche den Weg, in die man gerade die festgenommenen Studenten verfrachtete. Kreutz blieb so abrupt stehen, dass Reiser fast über ihn gestolpert wäre. Von oben näherte sich der Verfolger. Kreutz schlug einen Haken und rannte durch die enge Lücke, dann mitten durch den Pulk der anderen Soldaten.

Reiser hastete hinterher. Die Kanalstraße hinauf. Zum kleinen Platz hinter der Kirche. Er sah sich um. Schritte waren zu hören, aber noch war kein Soldat zu sehen. »Zur Mauer!«, rief er und deutete nach vorne.

Sie sprangen an den gemauerten Steinen hoch, erreichten die Krone und ließen sich auf der anderen Seite einfach fallen. Äste von dichtem Buschwerk zerrten an Reisers Kleidung. Dann schlug er auf der weichen Erde auf. Er kroch ein Stück weiter – dorthin, wo Kreutz gelandet war.

Drüben auf der Gasse riefen sich Männer etwas zu. Die Stimmen bewegten sich von der Mauer weg und verklangen in der Ferne.

Reiser und Kreutz krochen weiter durch die Büsche des Esterházyparks. Endlich fanden sie eine Lücke zum Verschnaufen.

»Ich weiß nicht, wer du bist«, sagte Kreutz. »Aber du gehörst nicht zu uns.«

Reiser entgegnete nichts.

»Bist du stumm?«, fragte Kreutz.

»Nein«, sagte Reiser. »Ich bin nicht stumm.«

Er lauschte. Die Verfolger schienen aufgegeben zu haben. Auf die Idee, dass sie sich verbotenerweise in dem Park des Fürsten versteckten, waren sie gar nicht gekommen. Hier waren sie also wohl erst einmal sicher. Wenn sie nicht von einem übereifrigen Parkwächter bemerkt wurden.

»Was wolltest du dort oben?« Kreutz blickte Reiser an. Furchtlos und klar. Nicht die geringste Sorge war in seinen Zügen zu erkennen, nicht die kleinste Unsicherheit, geschweige denn Angst. Seine Überzeugung ließ ihn alle Gefahren vergessen.

»Ich bin dort gewesen, weil ich dich gesucht habe«, sagte Reiser.

»Du hast mich vor dem Hieb des Staatsknechts gerettet. Dafür danke ich dir. Aber warum hast du mich gesucht? Anscheinend nicht, um alles zu verraten. Wie heißt du?«

»Sebastian Reiser.«
»Student?«
»Studierter Jurist. Bis vor Kurzem in Diensten des Edlen von ...«
»Ein Knecht bist du also?«
»Kein Knecht. Mein Herr war ein freier und gerechter Mann.«
Kreutz hob die Augenbrauen. »War?«
»Er ist tot. Der Edle von Sonnberg.«
»Der gerechte Herr ist tot? Ja, es trifft immer die Falschen. Aber wenigstens hat er auf einem sonnigen Berg gewohnt.« Es klang höhnisch.
»Es traf ohne jeden Zweifel den Falschen«, sagte Reiser. »Er war ein guter Herr. Er wollte mir sogar seine Tochter zur Frau geben. Sie war mir schon versprochen, aber nun wohnt sie im Savoyenschen Damenstift ...« Er brach ab. Warum erzählte er Kreutz das alles?
»Der neue Herr hat dich verjagt. Und dir die Tochter des Verblichenen genommen. Schon ist es aus mit Freiheit und Gerechtigkeit.«
»Woher ...«
»Weil du sonst nicht hier wärst. Du bist ein Spielzeug. Ein Spielzeug der Fürsten. Wie wir alle. Die Großen da oben sind gerecht und gewähren Freiheiten. Manchmal. Wenn es ihnen passt. Wenn es ihnen nicht passt, nicht. Keiner zwingt sie. Das heißt, nicht keiner. *Wir* werden sie zwingen. Dafür kämpfe ich. Du allerdings kämpfst nicht, das sieht man.«
Reiser verspürte Empörung. Was wusste dieser selbst ernannte Revolutionär schon? Was ging es ihn überhaupt an? Doch der Ärger sorgte nicht dafür, dass Reiser sich gleichwertig oder gar überlegen fühlte. Im Gegenteil. Er erkannte, dass Kreutz recht hatte.
»Ich will mit dir nicht über meine Schwierigkeiten diskutieren«, sagte er.
»Es sind unser aller Schwierigkeiten, Reiser.«
»Ich will etwas wissen. Was geschieht in dem Müllerschen Gebäude?«
»Das Müllersche Gebäude?«

»Das Haus, in dem wir uns neulich Nacht begegnet sind. Am Rotenturmtor. Als du aus der Zusammenkunft gelaufen kamst. Ist das der Treffpunkt der Unsichtbaren? Gehören die anderen auch zu ihnen?«

»Die Unsichtbaren …«

Irrte sich Reiser, oder sprach Kreutz den Namen mit einem Schuss Verachtung aus?

»Die Unsichtbaren interessieren mich nicht mehr.«

»Wer sind sie denn, diese Unsichtbaren?«

»Sie sind jedenfalls keine, die nach den Grundsätzen leben wollen, die wir uns gegeben haben. Sie kämpfen nicht.«

»Meinst du die Grundsätze des Jünglingsbundes, die ihr vorhin verlesen habt? Die ihr mit Gewalt durchsetzen wollt?«

Kreutz' Augen verengten sich. »Du verstehst es nicht. Seit Jahrtausenden leben wir unter der Knute der Herren. Nun sind die Herren dran. Wir wollen gleiches Recht für alle. Und wenn wir das Recht nicht bekommen, nutzen wir Gewalt.«

Kreutz richtete sich auf. Blätter raschelten. Er lauschte. »Alles ruhig«, sagte er. »Sie sind weg. Es wird Zeit.«

»Warte«, sagte Reiser. »Geh nicht …«

Kreutz betrachtete ihn spöttisch. »Hat dir gefallen, was wir da oben gesagt und gesungen haben? Ja, damit werden wir siegen.«

Reiser klopfte sich den Schmutz von der Kleidung. »Siegen? Sie haben deine Freunde verhaftet. Eure Bewegung ist zerstört.«

Kreutz lachte. »Hast du nicht zugehört? Jedem sind nur wenige andere bekannt. Von uns gibt es noch viele mehr. Wien ist groß. Das Reich noch größer. Und noch größer ist die ganze Welt.«

Er zog sich an der Mauer hoch und sah auf Reiser herab. »Warum interessierst du dich für die Unsichtbaren?«, fragte er. »Du sagst, du bist Jurist. Bist du auch Musiker?«

»Das bin ich.«

»Was ist das reinste Intervall?«, fragte Kreutz, als wäre er Professor in einem Kollegium. »Das Intervall, das einen Ton auf höherer Stufe wiederholt und daher fast wie ein perfekter Einklang klingt. Wie nennt man es?«

»Was soll das?«
»Frag nicht. Sag es.«
»Es ist die Oktave.«
»Richtig, die Oktave. Acht Töne. Die Acht als göttliche Zahl der Grundharmonie ...«
»Warum fragst du mich das? Was soll das überhaupt?«
»Werde einer von uns. Überleg's dir. Wenn du genug überlegt hast, musst du wissen, wo du mich finden kannst. Und das ist da, wo die Oktave Raum wird. Sie wird zu einem kaiserlichen, göttlichen Zimmer ... Musik wird Raum. Das müsste dir doch gefallen, oder nicht? Ein Raum wie eine Sinfonie. Adieu.«

Damit verschwand er auf der anderen Seite. Als Reiser ebenfalls die Mauer erklommen hatte, sah er Kreutz gerade noch um die Ecke der Kirchengasse biegen.

22

Mittwoch, 5. Mai 1824

Vor dem Redoutensaal am Josephsplatz, gleich hinter dem Kaiserdenkmal, hatte sich eine große Menschenmenge eingefunden. Und es kamen immer noch mehr an – Herren, Damen, viele zu Fuß, andere stiegen aus Kutschen. Etliche der Heranströmenden trugen Instrumentenkoffer. Einige hatten Noten in der Hand, manche aufgeschlagen, und deuteten, in kleinen Gruppen zusammenstehend, auf Stellen in den Heften, über die sie lautstark diskutierten.

Reiser war früh aufgestanden und hatte einen Teil seines bei Hänsel verdienten Geldes in ein vernünftiges Frühstück investiert. Jetzt bahnte er sich einen Weg zum Eingang und ging die Stufen zu dem prächtigen Saal hinauf, der zu den Festräumen führte, die zu den schönsten der Kaiserstadt zählten. Kein Wunder, waren sie doch architektonisch Teil des großen Gebäudekomplexes der Burg. Man befand sich also nah an den Gemächern der Kaiserfamilie, den Herrschern des riesigen Habsburgerreiches.

Das Innere war ein großes, von Logenrängen an den Langseiten gesäumtes Viereck. Die blendend weißen Wände vergrößerten es als optischen Eindruck noch, dazu kamen die hochgezogenen Fenster, durch die jetzt die Morgensonne strahlte und sich in den golden bemalten Kanten und Schmuckgirlanden brach.

Auf dem Podium standen eine Unmenge Stühle und Pulte bereit, im Vordergrund ragte ein besonders großer Notenständer mit der Partitur auf. Hinter den Plätzen für die Instrumentalisten hatte man Raum für den Chor gelassen. Einzelne Violoncelli und Kontrabässe waren schon auf den Stühlen abgelegt. Hinter ihnen stand eine große Trommel, auf den Sitzplätzen lagen Becken und Triangel.

Piringer sprach gerade mit einem korpulenten Herrn, dessen Körper wie eine Kugel auf zwei Beinen war und der eine

Geige hielt. In seinen wulstigen Händen wirkte sie wie ein Kinderspielzeug.

»Sebastian, da bist ja«, rief Reisers alter Geigenlehrer. »Das ist Herr Schuppanzigh, unser Konzertmeister«, sagte er. »Und das ist Sebastian Reiser. Er spielt mit mir die Viola.«

Ignaz Schuppanzigh! Er war einer der bedeutendsten Geiger Wiens. Er dirigierte auch und galt als wichtiger Mann im Musikleben. Sich mit Reiser zu befassen, war wohl unter seiner Würde, denn er erwiderte dessen Gruß nicht. »Kann er was?«, fragte er Piringer stattdessen.

»Er ist mein bester Schüler. Und wir sind den Part genauestens durchgegangen. Es wird alles gut gehen, Herr Schuppanzigh.«

»Wir werden es hören.« Er musterte Reiser kurz und ging dann zu einem schmalen, dunkelhaarigen Herrn, der am Dirigentenpult stand und in der Partitur blätterte.

»Mach dir nichts aus dem«, sagte Piringer. »Der hält nichts davon, wenn Amateure mitspielen. Dabei ist der Herr van Beethoven auf uns angewiesen. Ohne uns würden seine Sinfonien in der Schublade bleiben. Die Theaterorchester hier in Wien sind viel zu klein und zu teuer. Brauchst vor dem keine Angst zu haben.«

»Hab ich nicht«, sagte Reiser, obwohl er spürte, wie ihn Nervosität ergriff. Aber nicht wegen Schuppanzigh, sondern weil Piringer geflunkert hatte, was Reisers Vorbereitung betraf.

»Der Herr Umlauf ist eh auf unserer Seite. Und er hat das Sagen, nicht der Schuppanzigh. Hier, schau ... die Viola für dich.«

Das Instrument bestand aus hellem Holz und lag in einem ledernen Kasten, eingehüllt von einem dunkelgrünen Samtfutteral. Reiser nahm es vorsichtig heraus. »Wer ist der Herr Umlauf?«, fragte er.

Piringer wies mit einem Kopfnicken auf den Herrn, der immer noch in die Partitur vertieft war. »Na, der Kapellmeister vom Kärntnertortheater. Er wird dirigieren.«

Während sie zum Podium gingen, unterdrückte Reiser mühsam seine wachsende Unruhe. Er wurde in den Reihen der Streicher nickend von allen Seiten begrüßt, grüßte kurz zurück. Einige kannten seinen Namen. Piringer hatte wohl über ihn berichtet.

Zum Glück saßen sie nicht an einem der vorderen Pulte, sondern hinten.

Ehrfurcht überkam Reiser. So eine gigantische Besetzung, solche Massen an Musikern auf einem Haufen hatte er noch nie gesehen. Er zählte vierundzwanzig Geigen, dazu acht Bratschen, genauso viele Violoncelli und sechs Kontrabässe. Hinzu kam eine riesige Bläserbesetzung. Das Holz war vierfach besetzt, fünf Hörner waren dabei und sogar drei Posaunen. Ein Musiker, der bei den Holzbläsern saß, hielt eine schmale braune Holzröhre in seinen Händen, die in unglaublicher Länge in Richtung der stuckverzierten Decke aufragte. Das Instrument war ein Kontrafagott – ein äußerst seltenes Mitglied der Holzbläserfamilie, das in riesigen Orchesterbesetzungen den Bass verstärkte. Reiser hatte darüber gelesen, aber noch nie eines zu Gesicht bekommen.

»Bist ein Tausendsassa, Sebastian«, sagte Piringer. »Und wie du in der Ludlamshöhle diese neue Art von Musik entdeckt hast … Das war wirklich geistreich. Chapeau!«

»Ja, die Ludlamshöhle«, sagte Reiser. »Was ist das denn eigentlich für ein komischer Name?«

»Ha, ha, das war so eine Schnapsidee. Da gab's mal ein Theaterstück, das hieß ›Ludlam's Höhle‹. Und das ist so grässlich durchgefallen, dass uns der Dichter Oehlenschläger leidgetan hat. Da haben wir uns eben so benannt. Weil wir ein Zeichen setzen wollten für die Erfolglosen und alle, die die Dummheit der Welt ertragen müssen …«

Der Kammerton A der ersten Oboe durchdrang das Stimmengewirr, das sich nun langsam legte. Schuppanzigh, der ganz vorne bei den ersten Geigen saß, erhob sich, stimmte sein Instrument ein und gab den Ton weiter. Als alles bereit war, sprach Herr Umlauf von seinem Pult ein kurzes Wort der Begrüßung. Er freue sich, dass sich nun zum ersten Mal alle Beteiligten eingefunden hätten, um das schwere Akademieprogramm zu meistern. Und mit Gottes Hilfe werde das auch gelingen.

»Seltsam, dass Beethoven und Schindler noch fehlen«, flüsterte Piringer neben Reiser. »Na ja, immerhin sind die Solisten schon da.«

Reiser hatte sie schon bemerkt. Auf den ansonsten verwaisten Stuhlreihen saßen zwei Herren, neben ihnen zwei Damen. »Kennst sie?«, fragte Piringer. »Die Frau Sontag zur Linken und Frau Unger daneben, dann Herr Haitzinger und der Herr Bassi. Der ist aber nur zur Probe da. Eigentlich soll der Herr Seipelt singen, aber der ist wohl noch verhindert. Geht alles ein bisserl durcheinander bei so einer großen Sach.«

Herr Umlauf erklärte, man wolle mit dem Finale der Sinfonie beginnen. Piringer schlug die richtige Seite auf, und auch Reiser machte sich bereit. Der Dirigent hob den Taktstock.

Der Einsatz kam – und im nächsten Moment donnerte in ohrenbetäubender Lautstärke ein Schreckensakkord durch den Saal, eine grässliche Dissonanz, ein infernalischer Lärm. Der Boden des Podiums zitterte. Reiser befürchtete, der Stuck könnte von der Decke fallen. Die Vibration, verstärkt durch einen grimmigen Paukenwirbel im Fortissimo, erinnerte ihn an die Stiefeltritte der Polizeisoldaten gestern Abend auf dem Dachboden in Mariahilf.

Am liebsten hätte er laut aufgelacht. Offenbar war hier doch etwas gewaltig schiefgegangen. Hatten sich die Kopisten mit den Noten vertan? Verspielten sich alle Bläser gleichzeitig? Die Ludlamshöhle kam Reiser in den Sinn, die schiefen Töne und falschen Akkorde.

Doch Herr Umlauf machte keine Anstalten, abzubrechen. Im Gegenteil. Alle spielten weiter. Der Dirigent führte den Bläsersatz durch eine martialische Attacke von gestoßenen Noten in seine seltsam schiefe Fanfare. Ohne jegliche Begleitung, ganz allein, stimmten die Celli und Kontrabässe in der tiefsten Region etwas Neues an. Es war keine Melodie, sondern eine seltsam ungeformte Tonfolge ohne klaren Takt – grob, raunend und in Reisers Ohren musikalisch ebenfalls völlig unsinnig. Auch dieses eigenartige Tongebilde erinnerte Reiser an den gestrigen Abend. Erinnerungsfetzen zogen vor seinem inneren Auge vorbei, das seltsame Gedicht, das Kreutz aufgesagt hatte. Die beschwörende Art der Deklamation war hier ähnlich. Die Bässe machten keine Musik – sie *sprachen*. Hinter der Musik lag etwas, das gesagt werden *musste*. Das *gerade in dieser Zeit* gesagt werden musste. Etwas Neues, etwas nie Gehörtes, nie Dagewesenes …

Und da begann es. Aus der Tiefe schwang sich diese einfache, klare Melodie empor, die Reiser schon kannte. Zuerst ohne Begleitung, schlicht, dann von den anderen Stimmen wie in wachsendem Entzücken aufgegriffen, mit Nebenmelodien versponnen. Es war, als würden nach und nach alle Stimmen von der einfachen Schönheit dieser Weise angesteckt. Sie wanderte in den Registern hinauf, wobei die Musik immer weiter und weiter wuchs, einer gewaltigen Steigerung entgegen. Doch dann geriet wieder alles aus den Fugen, die Instrumente schienen vor lauter Schwung das Maß zu verlieren, und schon dröhnte wieder der Schreckensakkord.

Nun trat eine wirklich menschliche Stimme auf den Plan. Herr Bassi, der mittlerweile das Podium betreten hatte, sang Worte der Mahnung: »Oh Freunde, nicht diese Töne! Sondern lasst uns angenehmere anstimmen und freudenvollere.«

Woraufhin der Chor der Aufforderung folgte und nach ihm das Gedicht von Schiller anstimmte.

Freude, schöner Götterfunken.

Reiser folgte, so gut er es vermochte. Immer wieder gab es Stellen, die er nicht verstand, oft konnte er nicht folgen, und den anderen schien es genauso zu gehen. Vieles klang schief, der Chor musste unglaubliche Höhen erklimmen, der Sopran kam sogar ins Kreischen. Mehrmals gerieten sie so durcheinander, dass Umlauf nichts anderes übrig blieb, als nun wirklich abzubrechen und neu zu beginnen.

Weiter hinten im Satz, wo der Tenor einen mitreißenden Marsch anstimmte, begleitet von Trommel, Becken und Triangel, hatten die Streichinstrumente eine längere Pause. Reiser wagte einen Blick in den Saal. Dort hatte sich etwas verändert. Zum einen standen die Solisten nun neben dem Dirigenten auf dem Podium. Aber nicht nur waren die vormals besetzten Stuhlreihen verlassen, seitlich am Eingang standen auch mehrere Männer und blickten herüber. Schindler. Beethovens Neffe Karl. Und, in einen gewaltigen Mantel gehüllt und mit der ehrfurchtgebietenden Löwenmähne, Beethoven selbst.

Er kann es nicht hören, dachte Reiser. Diese wahnsinnige Musik lebt für ihn nur in seiner tiefsten Seele. Von dort hat er sie uns gebracht. Was mag jetzt in ihm vorgehen? Weiß er, welche Stelle gerade erklingt? Klingt die Sinfonie *in* ihm?

Reiser musste sich konzentrieren, denn jetzt kam eine schnelle Passage, in stürmischen, dramatischen Triolen. Das ganze Orchester schien in eine gewaltige Raserei auszubrechen, in ein wahres Schlachtengetümmel, hinter dem der Chor den Atem anhielt.

Alles sank erschöpft zusammen. Was blieb, war ein Oktavsprung, die Musik wollte nicht weitergehen, schien festzuklemmen. Ein schwaches, weiches Signal der beiden Hörner nahm den Rhythmus auf, und nun war es, als sei alle Kraft erloschen. Auch diese Töne standen im Abstand einer Oktave. Fast ein Gleichklang, und doch ein Abstand mit viel Raum dazwischen.

Eine Welt, die gefüllt werden wollte.

Eine Oktave.

Kreutz ist dort, wo die Musik Raum wird, dachte Reiser. Die Oktave ...

Er hatte das Instrument gesenkt. Für einen Moment verließ ihn die Konzentration. »Aufpassen«, flüsterte Piringer.

Jetzt kam der nächste Einsatz. Ein leiser Ton. Noch einer. Dann der dritte. Er wuchs rasend schnell vom Pianissimo in die höchste Lautstärke, mit einem Crescendo des ganzen Orchesters, das nun wieder Kraft geschöpft zu haben schien.

Um die Masse an Musikern auf dieses eine gemeinsame Ziel zu bringen, vollführte Umlauf eine Geste, als wollte er innerhalb einer einzigen Sekunde einen gewaltigen Baum ausreißen. Er hob die Arme, genau in diesem Moment erreichte der Ton seine ganze Wucht, und es löste sich alles im befreienden Feuerwerk der mitreißenden Hymne. »Freude, schöner Götterfunken, Tochter aus Elysium«, sang der Chor, untermalt von den dahinrasenden Streichern, anfeuernden Holzbläsern, schmetternden Trompetenfanfaren und Paukengedonner, die in ihrer jubelnden Gewalt den ehrwürdigen Redoutensaal zum Erzittern brachten.

Nach drei Stunden ließ es der Kapellmeister endlich gut sein.

Reisers Arme schmerzten, sein Rücken war verkrampft, und im Kopf spürte er ein unangenehmes Stechen.

Sie hatten alle drei Teile des Programms geprobt. Neben der gesamten viersätzigen Sinfonie die Teile der Messe, die ebenfalls in der Akademie erklingen sollten. Dazu kam die Ouvertüre – ein brillantes, geradezu glänzendes und festliches Orchesterbravourstück, das aber gegen die anderen Werke beinahe leicht erschien.

Reiser hatte es irgendwann aufgegeben, die Musik geistig erfassen zu wollen. Zu fremd und neu, zu wildwüchsig und unübersichtlich und oft genug unverständlich war sie. An vielen Stellen hatte er wieder an Fehler des Kopisten geglaubt, hatte kurz innegehalten, aber als Piringer neben ihm all das Verquere, was da stand, tatsächlich zum Erklingen brachte, hatte er einfach mitgemacht, hatte sich darauf beschränkt, zu reagieren, das Geschriebene umzusetzen.

Doch ein Kern hallte in ihm nach. Die Idee hinter der Musik. Sie hatte er, zumindest ansatzweise, erfasst.

»Hast es gut gemeistert, Sebastian«, sagte Piringer, den das Ganze ebenfalls sichtlich angestrengt hatte. »Morgen noch mal eine Probe, wieder hier um neune, und dann wird's am Freitag ernst.« Er zog eine Taschenuhr heraus und betrachtete sie stirnrunzelnd. »Drei viertel eins. Kommst wieder mit mir zum Mittagessen?«

»Danke, Herr Piringer«, sagte Reiser. »Auch für das Lob.« Er blickte hinüber zum Ausgang, wo Beethoven in einer Gruppe von Männern stand. Auch Schuppanzigh war dabei, der ungeduldig etwas in eines der Hefte kritzelte, die der Komponist bei sich trug. »Leider kann ich nicht mitkommen.«

»Hast einen Posten gefunden?«

»Ich denke schon. Ich habe einen ehemaligen Studienkollegen getroffen, der mir weiterhilft.«

»Und wo?«

»Ich kann noch nicht darüber sprechen. Wenn es so weit ist, erfahren Sie es als Erster.«

Sie waren aufgestanden und zu den Sitzen im Saal gegangen, wo ihre Instrumentenkoffer lagen. Piringers Gesicht verdüs-

terte sich. Das war ein Ausdruck, den Reiser nicht von ihm kannte. »Du machst aber keinen Fehler, Sebastian?«, fragte er, während er seine Bratsche sorgfältig abwischte. Das Kolophonium, mit dem man den Bogen einrieb, damit er die Saiten besser zum Schwingen brachte, hatte seine Spuren in Form von feinem Staub auf dem Holz hinterlassen.
»Was meinen Sie damit?«
»Staatsdienst ist nicht gleich Staatsdienst.«
»Aber ...«
»Wir sprechen ein anderes Mal darüber.«
In Reiser regte sich ein unangenehmes Gefühl, dem er jedoch keinen Raum geben wollte. Konfidenten waren schlecht angesehen, das war ihm inzwischen klar. Ahnte der alte Geigenlehrer, in welcher Art Dienst er stand?
»Das tun wir«, sagte er, als ob nichts wäre, fragte nicht weiter nach und packte sein Instrument ein. »Ich hätte eine Bitte«, sagte er dann. »Meine Wirtin erlaubt mir sicher nicht, dass ich in meiner Kammer übe. Wären Sie so freundlich, die Bratsche mitzunehmen? Und sie bei der nächsten Probe wieder mitzubringen?«
»Kannst bei mir üben, das weißt doch«, sagte Piringer. Der dunkle Moment schien überwunden zu sein. Er verabschiedete sich, lächelte Reiser noch einmal zu, nahm beide Koffer und ging.

Beethoven stand wie ein Fels in einer Brandung aus Menschen, die alle durcheinandersprachen. Umlauf diskutierte mit Schindler. Der Neffe mit Schuppanzigh. Andere aus dem Orchester mit den Solisten. Einer der Posaunisten hatte seine Noten in der Hand, wollte offenbar eine Frage stellen, kam aber nicht zum Zuge. Ein Kontrabassspieler schaltete sich in das Gespräch zwischen Umlauf und Schindler ein. Frau Sontag beklagte sich bei Umlauf. »So was gibt's nicht mal in einer Rossini-Oper. Ich brauche auf jeden Fall noch Klavierproben.« Umlauf, hin- und hergerissen zwischen den Dingen, die auf ihn einstürmten, nickte geduldig und erklärte, er könne sich am Nachmittag für einen weiteren Durchgang freimachen.
Reiser wartete am Ausgang. Immer wieder drängten sich

Musiker an ihm vorbei nach draußen. Einer rempelte ihn so hart an, dass er ein Stück aus dem Saal hinausgeriet.

»Folgen Sie mir.«

Es war Hänsel, der jetzt hinaus auf den Josephsplatz trat und zwischen den Musikern verschwand, die dort noch in kleinen Gruppen beieinanderstanden, plauderten und sich verabschiedeten. Pferde schnaubten. Das Geratter der Kutschenräder vermischte sich mit dem Stimmengewirr.

Als Reiser sich zwischen ihnen durchgekämpft hatte, sah er Hänsel in der Torduchfahrt verschwinden, durch die es zum Michaelerplatz ging. Er folgte ihm und holte den Konzipisten vor dem Kirchenportal ein.

»Ich muss Sie loben, Herr Reiser«, sagte Hänsel ohne weitere Begrüßung. »Es ist Ihnen nicht nur gelungen, mit den Personen um den Herrn Komponisten Bekanntschaft zu schließen. Sie wirken nicht nur selbst in der Akademie mit. Sie sind im Zentrum des Geschehens.«

Reiser räusperte sich. »Danke, Herr Hänsel, aber …«

»Unterhalten wir uns«, sagte er. »Jedoch nicht hier. Kommen Sie. Und schweigen Sie.«

Es ging den Kohlmarkt hinauf und dann weiter über die Tuchlauben. Stand Reiser wieder das öde Studium von Karteizetteln bevor? Und was war eigentlich mit dem Polizeieinsatz gestern Abend gegen die Studenten? Reiser hatte in der Nacht eine Weile wach gelegen und überlegt, was daraus werden mochte, dass ihn der Polizeisoldat gesehen hatte. Er hatte ihn sicher nicht als Reiser erkannt, aber es gab jetzt womöglich eine Beschreibung von ihm, die in irgendwelchen Akten darauf wartete, von Hänsel gelesen zu werden. Bisher hatte der Konzipist aber keinen Zusammenhang hergestellt, denn dann hätte er ihn ja kaum gelobt. Reiser redete sich ein, dass er sich keine Sorgen zu machen brauchte.

Sie erreichten den Hohen Markt. Er wurde vom sogenannten Vermählungsbrunnen beherrscht, der zwischen den Marktständen aufragte – ein fast haushohes Bauwerk in der Platzmitte, bestehend aus vier imposanten Säulen und einer Dreiergruppe aus Marmorfiguren. Wie auf einer Bühne war hier die Trauung der heiligen Maria und des heiligen Joseph zu sehen, umringt von vier wachenden Engeln. Zwischen dem Paar stand der Hohepriester; in der Höhe über den Säulen, die ein reich verziertes Dach trugen, schwebte der Heilige Geist als vergoldete Taube.

Doch am Platz gab es auch die »Schranne« – das Criminal-Gerichtshaus, das sich am Beginn der Gasse mit dem Namen Lichtensteg befand. Mit Arrestzellen, von denen man sich in Wien Schreckensgeschichten erzählte. Gefangene wurden dort angeblich zwischen feuchten Mauern auf schmutzigem Stroh festgehalten. Zu essen und zu trinken gab es nur ungesalzenes Brot und einen Krug Wasser am Tag. Manche winkten ab, wenn sie solche Geschichten hörten. »Die Zeiten sind doch vorbei«, hieß es dann. »Wir haben einen guten und gerechten Kaiser, der seine Wiener nicht auf diese Weise quält.«

Hänsel steuerte das viergeschossige Eckhaus an. Gleichzeitig geschah etwas Seltsames. Ein Mann in dunkler Kleidung überholte sie. Hänsel streckte, ohne hinzusehen, für einen kleinen Moment die Hand aus, nahm etwas entgegen und steckte es in die Tasche, ohne mit dem Mann zu sprechen.

Der Konzipist verlangsamte seine Schritte. »Wir haben Zuwachs in der Schranne bekommen«, sagte er in einem Ton, als wollte er eine alltägliche kleine Unterhaltung beginnen.

»Zuwachs? Sie meinen, im Gefängnis?«

»Mehrere Festnahmen gestern Abend. Studenten, die wie vor vier Jahren diesen elenden Verbrecher Sand verehren. Ich lag richtig mit meiner Vermutung. In Wien bahnt sich etwas an. Und wenn wir jetzt noch mehr Hinweise finden, Beweise, unwiderlegbare Belege … Es wäre ein großer Schritt getan. Ein Schritt, den auch unser gnädiger Reichskanzler zu schätzen wüsste.«

»Meine Gratulation«, sagte Reiser. »Leider geschah das nicht mit meiner Hilfe.« Er tat so, als fiele ihm gerade etwas ein. »Oder doch? War dieser Kreutz unter ihnen?«

»Das wissen wir nicht, denn zwei sind uns entwischt. Einer könnte nach der Beschreibung meiner Beamten Kreutz gewesen sein. Da hatten Sie mit Ihrer Beobachtung vermutlich recht. Der andere hat ihm geholfen, als einer der Polizeisoldaten ihn festnehmen wollte. Er überraschte den Beamten.

Er hatte sich versteckt und schlug aus dem Hinterhalt zu. Feige, wie es die Art dieses Gesindels ist. Leider gab es keine Gelegenheit, diesen anderen so genau zu sehen, dass man ihn beschreiben könnte …«

Vor dem Criminal-Gerichtshaus ragte ein hölzernes Gerüst mit Eisenringen empor. Hin und wieder kam es vor, dass verurteilte Delinquenten hier am Pranger stehen mussten – dem Spott der Bevölkerung preisgegeben.

»Das war Pech«, sagte Hänsel. »Aber es wird sich nicht wiederholen.« Er fasste den Pranger ins Auge, als habe er ihn noch nie gesehen. »Und genau darüber sprechen wir jetzt.«

Reiser schlug das Herz bis zum Hals. Erkannt hatte ihn die Polizei also nicht. Dennoch blieb ein kleiner Rest Unsicherheit, dass Hänsel auch dieses Mal mehr Informationen haben könnte, als er ihn wissen ließ. Er wandte sich dem Eingang zu.

»Wohin wollen Sie?«, rief Hänsel. »Unser Ziel ist woanders. Hier entlang.«

Der Konzipist ging an der Hausecke vorbei und verschwand im Durchgang zum Fischerhof, einer düsteren Gasse, in der es nach Feuchtigkeit roch und die so eng war, dass man sich von einem Fenster zum anderen fast die Hand reichen konnte. Auf halber Länge blieb Hänsel vor einem Eingang stehen. Es war ein kleines Gasthaus. Sofort kam der Wirt heraus, wischte sich die Hände an seiner Schürze ab und begrüßte sie. Nach einem Weg über enge Stiegen betraten sie einen Raum, in dem nur ein einziger Tisch mit vier Stühlen Platz hatte. Es war für zwei Personen gedeckt. Aus einer Schüssel dampfte es.

Hänsel nahm ohne Umschweife Platz, füllte die Teller mit Rindfleischsuppe und hielt Reiser den Brotkorb hin. »Hier sind wir ungestört«, sagte er. »Nehmen Sie.«

Reiser murmelte einen Dank, nahm aber nur eine Scheibe Brot, während Hänsel sich über die Suppe hermachte.

»Ich begrüße Ihren Einsatz. Sagen wir, ich begrüße die Absicht. Aber haben Sie Ergebnisse?«

»Ich fange ja gerade erst an, und …«

»Ist jemand unter den Musikern, der einem der Delinquenten aus der Kartei ähnelt?«

Reiser legte den Löffel hin und räusperte sich. »Nun …

Ich weiß es nicht. Sie sagten selbst, man könne von den Beschreibungen nicht so exakt auf Personen schließen, wie es wünschenswert wäre.«

»Sicher. Aber was haben die Leute gesagt? Wie stehen sie dazu, dass sie an einem Lied mit dem Gedicht dieses Schiller teilnehmen? Lassen sie sich von den darin verborgenen Ideen anstecken?« Hänsel löffelte weiter.

»Es wurde kaum gesprochen. Wir hatten genug damit zu tun, diese Musik zu spielen. Sie ist sehr schwer.«

»Schwer?«, fragte Hänsel.

»Oh ja.«

»Ich dachte, wenn man Musik machen kann, kann man es. Der eine errichtet Mauern, der Nächste pflanzt Blumen. Ein Musiker macht Musik. Wenn er es nicht kann, soll er es lassen.«

»Wir haben jedenfalls nicht gesprochen«, sagte Reiser.

Und auf einmal ging ihm auf, dass man ja auch gar nicht über die Musik sprechen musste, um die Botschaft, die darin steckte, zu verstehen. Sie diskutierten, aber sie diskutierten eben *nicht* mit Worten, wie es die Studenten und andere Revolutionäre taten. Sie machten die Musik, und deren Botschaft entstand von selbst.

Das Prinzip war genial. Versammlungen waren verboten. Politische Versammlungen allemal. Aber nur solche Versammlungen, auf denen jemand sprach oder etwas vorlas.

Ein Konzert, eine Akademie dagegen war etwas anderes. Und wenn es jemandem wie Beethoven gelang, in einem Konzert eine Sinfonie aufzuführen, die eine Botschaft vermittelte – dann war dieses Konzert eine Versammlung, gegen die niemand von der Regierung etwas unternehmen konnte. Die Musik senkte sich als ganz eigene Kraft in die feinen Windungen der menschlichen Seele. Fern aller Sprache. Aber deutlicher als sie. Und daher mächtiger.

Wie sollte er das Hänsel erklären? Sollte er es überhaupt versuchen?

Es klopfte an der Tür, und sie schwang auf. Ein Mann in Zivil kam herein, legte ein zusammengefaltetes Blatt Papier auf den Tisch und ging wieder.

Hänsel nahm den Zettel, holte dazu auch den anderen aus

der Tasche, den er draußen auf dem Platz erhalten hatte, und betrachtete beide stirnrunzelnd. Dann folgte wieder die Geste, die Reiser schon kannte: Er holte ein Tuch heraus und wischte sich damit über den Kopf.

»Sehr gut«, sagte er nachdenklich wie zu sich selbst. »Sehr, sehr gut … Aber wir müssen schnell handeln.« Er wandte sich an Reiser. »Beenden Sie Ihr Mahl, Herr Reiser. Wir müssen gehen. Es pressiert.«

Über die enge Stiege ging es nach unten, dann hinaus auf die Gasse und über den Lichtensteg hinüber zum Haarmarkt. Hier versperrte eine Kutsche die Straße. Offenbar stand sie aber auf Befehl von Hänsel hier. Der Konzipist stieg ohne Umschweife ein und drängte Reiser, es ihm nachzutun. Sofort setzte sich das Gefährt in Bewegung.

»Wohin fahren wir?«, fragte Reiser.

Hänsel hielt den Blick nach draußen gerichtet. Die Fassade wanderte dicht an dem Seitenfenster vorbei. »Wir haben nicht mehr viel Zeit«, sagte er. »Zwei Tage. Vielleicht mehr. Aber nur, wenn wir Glück haben.«

»Zeit wofür?«

Er sah Reiser an. »Hören Sie, ich dachte, Sie hätten das verstanden. Die Festnahmen gestern zeigen, welche Gefahr droht. Aber uns fehlt die Verbindung, verstehen Sie?«

»Die Verbindung zu was?«

»Denken Sie darüber nach. Vielleicht kommen Sie darauf, wenn Sie beachten, wohin wir fahren.«

Was sollte dieses Rätselspiel? Sie waren in der Wollzeile, und es ging Richtung Stubentor.

Das Stubentor. Schon wieder.

Sie durchquerten es, folgten dem Weg über das Glacis am Kanalhafen vorbei. Breit lag vor ihnen der Beginn des Weges in die Vorstadt Landstraße. An der ersten Ecke hielt die Kutsche an. Hänsel öffnete die Tür. Reiser wunderte sich schon gar nicht mehr, als ihm hier wieder ein Mann einen Zettel reichte.

»Wissen Sie, wo wir sind?«, fragte der Konzipist.

»Wir sind in der Nähe der Wohnung von Herrn van Beethoven.«

»Der gerade in seinem Stammlokal ›Goldene Birne‹ sitzt und zu Mittag speist. Herr Schindler leistet ihm Gesellschaft. Sie sprechen über die heutige Probe seiner Musik. Außerdem essen dort ein paar Musiker, die Herrn van Beethoven und Herrn Schindler kennen. Sie werden die beiden in immer neue Gespräche verwickeln. Wir haben darüber hinaus Vorkehrungen getroffen, dass die Kellner nicht so schnell arbeiten wie sonst.«

»Was wollen Sie mir damit sagen?«, fragte Reiser. »Dass Sie Herrn van Beethoven überwachen? Aber was tun wir hier?«

»Habe ich Sie doch überschätzt? Also gut. Ein paar Fakten, die für Sie so etwas wie Mosaiksteine sein sollen. Setzen Sie sie zusammen. Europa sitzt auf einem Pulverfass. Anschläge auf die herrschende Klasse sind an der Tagesordnung. In den deutschen Ländern treiben Verschwörer aus den Reihen der Studenten die geplante Rebellion voran. Wir haben gestern Abend einige dieser Studenten festgenommen. Sie planten etwas Verbotenes. Was, wissen wir noch nicht. Wir sind zudem sicher, dass wir längst nicht alle gefasst haben. Zwei sind geflohen. Darunter vielleicht dieser Kreutz, den Sie ja selbst gesehen haben. Wir haben Schriftmaterial sichergestellt, aus dem hervorgeht, dass die Studenten eine neue Strategie verfolgen, was die Geheimhaltung ihres Tuns betrifft. Eines ihrer Prinzipien besteht darin, dass niemand alle Personen der Verschwörung kennt. Es gibt also viele, vielleicht und wahrscheinlich sogar sehr viele Zellen mit nur wenigen Berührungspunkten. Wir haben bestenfalls eine enttarnt. Wie viele gibt es noch? Wer gehört dazu? Verstehen Sie? Wir brauchen eine Verbindung. Und am Freitag soll eine Sinfonie erklingen, die verbotenes Gedankengut verbreitet.«

»Aber die Sinfonie ist nicht verboten.«

»Herr van Beethoven hat es nur mit Hilfe seiner engen Verbindungen zu einigen sehr liberalen Angehörigen des Adels geschafft, diese Akademie genehmigt zu bekommen. Sie mag legal sein. Gefährlich ist sie allemal.«

»Sie suchen also den Zusammenhang zwischen Herrn van Beethoven und den Umtriebigen, die Sie gestern Abend festgenommen haben«, schlussfolgerte Reiser.

»Ich wusste, Sie würden darauf kommen.«

»Also gut, ich habe verstanden. Meine Aufgabe ist es, im Umfeld von Herrn van Beethoven nach solchen Zusammenhängen zu suchen. Aber ehrlich gesagt ... Ich glaube nicht an eine solche Verbindung. Nicht was Herrn van Beethoven selbst betrifft.«

»Wir sind hier nicht in der heiligen Messe, Herr Reiser. Es geht nicht darum, was wir glauben. Wir müssen es ausschließen oder nachweisen. Ich habe Ihnen erklärt, dass Herr van Beethoven auf absehbare Zeit nicht nach Hause kommen wird. Seine Wohnung ist leer. Es ist die passende Gelegenheit, sie zu durchsuchen.«

»Mit Polizisten?«

»Das wäre zu auffällig. Ich dachte eher an eine Zivilperson. Ich dachte an Sie.«

Reiser schluckte. »Ich soll in die Wohnung gehen und sie durchsuchen? Es könnte trotzdem jemand zu Hause sein. Herrn van Beethovens Neffe wohnt doch auch dort. Und wie soll ich überhaupt hineinkommen?«

»Einen Schlüssel haben wir. Karl van Beethoven sollte eigentlich gerade im Kollegium für Althochdeutsch in der Universität sitzen. Wie wir wissen, spielt er aber stattdessen im Kaffeehaus Losert Billard und hat schon so manchen Kreuzer verloren. Bis vor wenigen Tagen hatte Herr van Beethoven noch eine Haushälterin. Wir haben dafür gesorgt, dass sie gekündigt hat. Derzeit sucht er eine neue, hat aber noch keine gefunden. Niemand ist dort. Es ist alles bereit, Herr Reiser.«

»Aber ... Das geht doch nicht. Ich kann doch Herrn van Beethovens Vertrauen nicht missbrauchen.«

Hänsel lachte höhnisch. »Sein Vertrauen? Ist es von der gleichen Art wie das Vertrauen, das der Mörder von Herrn Dr. Scheiderbauer in Sie setzt? Den Sie bei dem Mord wahrscheinlich sahen, ohne es uns zu melden?«

Reiser schoss die Hitze ins Gesicht. »Das ... das ist nicht wahr.«

»Wir wissen beide, dass es wahr ist. Und Sie wissen, dass Sie jemand gesehen hat. Der uns, wie es seine Pflicht war, einen Bericht schickte. Die Wahrheit kommt ans Licht, Reiser.«

»Die Wahrheit ist, dass ich den Mörder eben *nicht* gesehen habe, sonst würde ich Ihnen mehr sagen.« Er biss sich auf die Lippen. »Und auch das wissen wir beide, Herr Hänsel.«
Der Konzipist sah ihn streng an. »Tun wir das? Wie auch immer, Sie haben eine Pflicht zu erfüllen. Hinauf in die Wohnung mit Ihnen. Sie sind bestens geeignet. Sie haben das besondere Gedächtnis. Sie waren schon dort, sind also unverdächtig, wenn Sie jemand auf der Stiege sieht. Sie dürfen sich nur nicht erwischen lassen, wenn Sie die Wohnung betreten oder verlassen.«
Reiser schwieg nachdenklich. »Wird Herr van Beethoven davon erfahren?«, fragte er dann.
»Selbstverständlich nicht. Das würde uns doch überhaupt nichts nützen. Wir wollen ja, dass Sie weiter für uns tätig sein können. Wie gesagt, ich halte Sie grundsätzlich für einen sehr fähigen Mitarbeiter. Dass Sie Kreutz erkannten, rechne ich Ihnen an. Aber ich habe nun den Eindruck, dass Ihnen die richtige Moral fehlt.«
Reiser überlegte. Was hielt ihn denn davon ab, nur kurz in das Treppenhaus zu gehen und die Durchsuchung vorzutäuschen? Er könnte einfach behaupten, nichts gefunden zu haben.
»Ich weiß, woran Sie jetzt denken«, sagte Hänsel. »Ich arbeite ja schon eine Weile mit Konfidenten zusammen. Mir bleibt nichts verborgen. Wir kennen Herrn van Beethovens Wohnung. Sie werden uns nachher beweisen müssen, dass Sie wirklich alles durchsucht haben. Sie werden uns berichten. Welche Papiere Sie gesehen haben. Wie seine Schreibtischschublade von innen aussieht. Die Farbe seines Teppichs. Wir werden wissen, ob Sie den Auftrag ausgeführt haben oder nicht.«

23

Hänsel gab ihm einen Schlüssel. Dazu erhielt er einige Instruktionen. Er sollte so schnell es ging nach verdächtigen Schriften in Beethovens Wohnung suchen. Damit waren vor allem Pamphlete der Studenten gemeint. Aufstellungen von Forderungen an die Regierung und Ähnliches. Aber auch bildliche Darstellungen konnten verdächtig sein, wie zum Beispiel ein Bild des Attentäters Sand. Hänsel beschrieb Reiser den Studenten, der den Dichter und Diplomaten Kotzebue ermordet hatte, bis ins Kleinste. Er ahnte ja nicht, dass Reiser das Bild gestern Abend gesehen hatte.

Niemand begegnete ihm auf seinem Weg über den Hof zum hinteren Eingang. Ein paar Schritte über die breite Stiege, und er stand vor der Tür mit der Nummer zwölf und dem Namensschild.

Im Haus waren nur die üblichen Geräusche aus den anderen Wohnungen zu hören. Das Geschrei eines Säuglings. Das Klappern von Geschirr. Ferne Stimmen. Tritte auf ächzendem Holz.

Er war allein auf der Treppe.

Er wagte es.

Seine Hand zitterte, als er den Schlüssel drehte. Die Tür ging auf, und Sekunden später stand Reiser in der Wohnung. Schnell machte er hinter sich zu.

Polizeilich hätte er wohl keine Folgen zu erwarten, falls man ihn erwischte. Darum würde sich hoffentlich Hänsel kümmern. Aber was würde Beethoven sagen? Und Piringer? Die Sache würde sich rasend schnell in Wien herumsprechen. Reiser könnte sich nirgends mehr blicken lassen. Als Musiker oder zumindest als musizierender Amateur hätte er dann alles verspielt. Theresia wäre auf immer von ihm getrennt. Diese Gedanken sorgten für eine kurzzeitige Lähmung, aus der sich Reiser mit Anstrengung befreien musste. Dazu kam ein Gefühl von Ekel. Oder eher Scham. Er hasste sich schon jetzt für das, was er hier tat.

Er überwand sich. Vorbei an den aufgereihten Schuhen und Stiefeln und der Garderobe mit den Mänteln und Jacken ging er hindurch in das große Arbeitszimmer des Komponisten.

Die Holzdielen knarrten. Reiser erstarrte. Das Geräusch war natürlich in der unteren Etage zu hören. Ob man dort wusste, dass die Wohnung eigentlich gerade leer sein müsste?

Links ragte der riesige Flügel in den Raum. Ihm fiel ein, dass er irgendwo etwas über das Instrument gelesen hatte. Es stammte aus England und war angeblich das lauteste Klavier der Welt. Man hatte es eigens angefertigt, um dem mit Taubheit geschlagenen Komponisten wenigstens eine geringe Möglichkeit zu geben, noch etwas von seiner Musik zu hören.

Auf der anderen Seite, am Fenster, stand ein weiteres großes Möbelstück. Es war Beethovens Schreibtisch. Davor das Tischchen, an dem sich Beethoven und Schindler mit den Parts der neuen Sinfonie beschäftigt hatten. Von den Notenbergen war nichts mehr zu sehen. Jetzt, da die entscheidenden Proben stattfanden, hatten die Musiker das Material an sich genommen. Er selbst hatte eine der Abschriften erhalten. Trotzdem war der Raum alles andere als aufgeräumt. Berge von Noten, handschriftliche und gedruckte, türmten sich auf dem Flügel. Dazwischen lagen eigenartige Gebilde aus Messing, die Reiser zuerst für Hörner oder Trompeten hielt. Doch dann erkannte er, dass es Hörrohre waren. Sie schienen ihren Dienst nicht mehr zu erfüllen. Beethovens Taubheit hatte sich so sehr verschlimmert, dass er sie nicht mehr benutzte.

Auch auf dem Notenhalter des Klaviers drängten sich Hefte, Manuskripte und aufgeschlagene Bücher. Reiser stellte sich vor die offene Tastatur, beugte sich leicht nach vorne und betrachtete ein Notenblatt, an dem Beethoven wohl gerade arbeitete. Die Schrift war nahezu unleserlich. Das Ganze wirkte wie eine eilig hingeworfene Notiz, nicht ordentlich gestaltet oder konstruiert, sondern ungestüm herausgeschleudert. Aus der einsamen, stillen Welt des Meisters direkt auf das Notenpapier.

So unleserlich die Musik geschrieben war, so sehr faszinierte Reiser die Handschrift.

Ohne sich dessen bewusst zu sein, begann er in den Seiten zu blättern. Auf den großen Bögen hatte Beethoven viele

Fetzen von Musik festgehalten – unzusammenhängend mal diese, mal jene Stelle des Papiers ausnutzend. Manchmal waren es nur zwei, drei Noten, dann ein einziger Akkord oder eine hingeworfene Notenkette. Bruchstücke, die man kaum als Ideen bezeichnen konnte. Vieles war mehrmals hintereinander notiert, dann wütend durchgestrichen, um gleich noch einmal aufgeschrieben zu werden. Als hätte sich der Meister bei der Arbeit nach dem wütenden Tilgen eines Einfalls entschlossen, es doch noch mal damit zu versuchen. Hin und wieder trugen diese Fragmente auch Vortragsangaben. Allegro, Andante, Scherzo, Presto ... Als seien es fertige Stücke, die nur noch nicht vollständig zu Papier gebracht worden waren. Wegweiser, Fäden, denen man folgen musste, um durch das große Labyrinth einer geplanten Sonate, einer Sinfonie oder eines Konzerts zu finden.

Was war das für eine Art, zu komponieren? War Musik nicht Ordnung? Schrieb man nicht normalerweise eine Note nach der anderen, nachdem man im Geist sorgfältig abgewogen hatte, welche passte und welche nicht? Diese Motive und Notenkonstellationen dagegen mussten in Beethovens Geist wie Blitze aufgetaucht sein. Oder wie Botschaften.

Botschaften aus einer anderen Welt, die den Komponisten zum raschen Hinkritzeln zwangen.

Reiser hatte sich noch nie Gedanken darüber gemacht, dass die Art und Weise, wie ein Musikwerk aufgeschrieben wurde, etwas über die Gefühle aussagen könnte, die ein Komponist im Moment der Erfindung der Musik empfunden hatte. Aber genau das war hier abzulesen. Bei Beethoven schienen diese Momente Augenblicke der Überwältigung zu sein. Überwältigung, verbunden mit dem Zwang, etwas aufzuschreiben, das von irgendwoher auf ihn eingestürmt war. Als spreche etwas Höheres aus dem Komponisten. Etwas, das sich gleichzeitig in ihm selbst befand. In den Tiefen seiner Seele.

Auf einmal spürte Reiser, dass man ihn beobachtete. Der Schreck fuhr durch seine Glieder. Er drehte sich um. Ein älterer Mann hatte seinen Blick auf ihn gerichtet. Seine Augen dominierten das wie nackt wirkende, perfekt rasierte Gesicht, das Reiser aus der dunkelbraunen Masse eines Hausanzugs und einer Mütze entgegensah. Seine Hand wies auf ein paar Notenblätter, die vor ihm auf einem Tisch lagen.

Reisers Atem beruhigte sich. Der Herr mit dem strengen Blick war nur gemalt. Das Bild hing seitlich des Schreibtischs an der Wand. Unten auf dem Rahmen war ein Namenszug zu lesen: *Louis van Beethoven*.

Wahrscheinlich ein Verwandter, dachte Reiser.

Nun wandte er sich dem Schreibtisch zu.

Sein Blick fiel auf einen Bilderrahmen, der, ihm zugewandt, auf dem Tisch stand. Hinter dem Glas steckte ein Blatt Papier mit einem ordentlich geschriebenen Text.

Ich bin, was ist. Ich bin alles, was ist, was war, was sein wird; kein sterblicher Mensch hat meinen Schleier aufgehoben. Er ist einzig und von ihm selbst, und diesem Einzigen sind alle Dinge ihr Dasein schuldig.

Unter diese eigenartigen Worte hatte jemand mit Bleistift einen Namen gekritzelt. Den Namen des Dichters, von dem diese Zeilen stammten. *F. Schiller*, stand da.

Tatsächlich. Der einst verbotene Dichter. Beethoven ehrte ihn, indem er dessen Motto bei der Arbeit stets vor Augen hatte. Was waren das für Worte? Wer sprach sie aus? Wer war »ich«? Beethoven selbst? Oder Gott? Reiser kam wieder in den Sinn, wie Kreutz das Taschentuch mit Sands Blut geküsst hatte. Machte sich auch Beethoven der Blasphemie schuldig?

Der Schreibtisch besaß unter der Arbeitsfläche eine Schublade. Ein paar Atemzüge lang zögerte Reiser, sie zu öffnen. Dann gab er sich einen Ruck und zog sie auf. Sie war voller Papiere. Um Zeit zu sparen, nahm er den ganzen Stapel, dessen Höhe etwa eine halbe Handbreit betrug, heraus.

Er überflog die Zeilen, suchte nach bestimmten Wörtern, wie es ihm aufgetragen worden war.

Studenten, Follen, Wien, Rebellion …

Keines davon tauchte auf.

Die Zeit, jedes Schriftstück nach seiner Art zu memorieren, hatte er nicht. Hänsel bildete sich wahrscheinlich ein, dass Reiser sich mit seinem abmalenden Gedächtnis alles sofort merken konnte, wenn er es nur einmal sah. Aber dem war ja nicht so.

Bei den Dokumenten in der Schublade handelte es sich um Briefe von verschiedenen Absendern. Sie zeigten, dass Beethoven andere Sorgen hatte, als sich um die verbotenen Umtriebe der Studenten zu kümmern. Es ging nicht um Politik. Es ging vor allem um Geld. Um Honorare, um entgangenes Geld bei ungenehmigten Nachdrucken, um Fehler in gedruckten Partituren. Oft legten die Schreiber einen beschwichtigenden Ton an den Tag. Als antworteten sie auf Briefe, in denen Beethoven sehr harsche Vorwürfe erhoben hatte.

Gerade wollte er den Stapel wieder zurücklegen, da bemerkte er einen weiteren Brief, der etwas nach hinten gerutscht war. Er bestand aus mehreren Blättern.

am 6ten Juli
Morgends
Mein Engel, mein alles, mein Ich. – nur einige Worte heute, und zwar mit Bleystift (mit deinem) ...

Was sollte das sein? Ein Liebesbrief?

Ein Liebesbrief an den Komponisten?

Von wem war er?

Reiser überflog die ersten beiden Seiten und fand den Absender.

dein treuer ludwig

Reiser ging hinüber zum Flügel und verglich die Handschrift mit den hingeworfenen Vortragsangaben auf den Noten. Der Brief stammte von Beethoven selbst. Er hatte ihn wohl nie abgesandt, sonst läge er ja nicht hier in der Schublade.

An wen war er gerichtet? An die Gräfin, von der die Comtesse berichtet hatte? Beethoven nannte in der Anrede keinen Namen, nur diese verliebten Vergleiche.

Engel.
Alles.

Reisers Inneres sperrte sich, die Worte genauer zu lesen. So beließ er es dabei, den Brief zu überfliegen. Immerhin konnte er die Existenz dieses Schreibens Hänsel gegenüber erwähnen und damit einen Beweis liefern, dass er hier gewesen war. Die Frage war, ob Hänsel ihm glaubte. Traute man Beethoven diese Zeilen zu?

Sein Blick streifte Bemerkungen über eine Reise, vermischt mit Gedanken über die Menschen, die Götter, die Liebe, über Treue und Güte. Das Ganze höchst schwärmerisch.

… Kann unsre Liebe anders bestehn als durch Aufopferungen, durch nicht alles verlangen, kannst du es ändern, daß du nicht ganz mein, ich nicht ganz dein bin …

… die Liebe fordert alles und gantz mit Recht, so ist es mir mit dir, dir mit mir …

… sej ruhig, nur durch Ruhiges beschauen unsres Dasejns können wir unsern Zweck zusamen zu leben erreichen …

… sej ruhig – liebe mich – heute – gestern – Welche Sehnsucht mit Thränen nach dir – dir – dir – mein Leben – mein alles – leb wohl – o liebe mich fort – verken nie das treuste Herz
deines Geliebten
L.

Am Ende stand ein inniger Treuesschwur.

ewig dein
ewig mein
ewig unß

Nirgendwo stand, wer diese Geliebte war. Als hätte Beethoven bewusst vermieden, den Namen zu nennen. Als habe er alles darangesetzt, dass diese Liebe geheim blieb. Aber hätte er dann den Brief nicht einfach vernichten können? Was bedeutete er ihm? Er hatte es noch nicht einmal gewagt, ihn abzusenden.

Oder hatte man ihn an Beethoven zurückgesandt? Hatte man seine Liebe abgewiesen?

Es musste ja kein Brief an diese eine Gräfin sein. Sicher kamen da auch noch andere Frauen in Frage.

Reiser packte alles wieder zurück. Was sollte er hier noch tun? Vielleicht den Stapel Papiere durchsehen, der sich auf dem Klavier befand?

Also gut. Er würde einen Blick darauf werfen und gehen. Das musste reichen, entschied er. So machte er einen lustlosen Versuch, ohne die Unordnung, die hier herrschte, zu sehr zu verändern. Für einen Außenstehenden sah das alles wie das reinste Chaos aus, aber Beethoven würde vielleicht doch merken, wenn hier etwas verschoben wurde.

Unter einem Stapel handschriftlicher Noten, der fast abzurutschen drohte, klemmte ein Buch. Es schien recht alt zu sein. Ein Zettel steckte darin, sicherlich ein Lesezeichen. Es handelte sich um einen zu einem Band vereinten Jahrgang einer Zeitschrift namens »Thalia«.

Reiser schlug die bezeichnete Stelle auf. Die Worte erkannte er sofort wieder.

Freude, schöner Götterfunken,
Tochter aus Elysium,
wir betreten feuertrunken,
Himmlische, dein Heiligtum.
Deine Zauber binden wieder,
was der Mode Schwert geteilt.
Bettler werden Fürstenbrüder,
wo dein sanfter Flügel weilt.

Das war der Text, der in der Sinfonie gesungen wurde. Aber nicht ganz.

Der Beginn war gleich, doch dann wichen die Worte ab.

Hier hieß es: *Was der Mode Schwert geteilt.*

In der Sinfonie: *Was die Mode streng geteilt.*

Hier stand: *Bettler werden Fürstenbrüder.*

In Beethovens Vertonung sang man: *Alle Menschen werden Brüder.*

Genau an den Abweichungen hatte Beethoven mit dem Bleistift Markierungen eingetragen.

Nur weniges war anders, aber was ergab das für einen gewaltigen Unterschied! Die »Mode«, die mit dem Schwert etwas teilte – das war natürlich die alte Ordnung, die unnachgiebige Trennung der Menschen in Adel und Nichtadel, in Edelmann und einfaches Volk. Entzweigeschlagen mit dem »Schwert«, dem Symbol von Unterdrückung und Gewalt. Das ja nur Adlige tragen durften. So stand die »Mode« als das eitle, künstliche Menschenwerk wider die Natur, die eigentlich nach dem göttlichen Plan die brüderliche Gleichheit aller Menschen vorsah. Dabei beriefen sich doch gerade Kaiser und Fürsten immer wieder auf den angeblichen göttlichen Willen, dem sie das hohe Amt, die hohen Würden und die damit verbundene Macht zu verdanken hatten. Nicht umsonst waren sie Kaiser und Könige »von Gottes Gnaden«, wie es immer wieder hieß.

In der neuen Fassung war daraus eine allgemeine »strenge« Teilung geworden. Das Schwert, das mit Gewalt und Grausamkeit diese Teilung erzwang, wurde nicht mehr erwähnt. Die neue Formulierung klang bei Weitem nicht so radikal.

Aber die zweite Änderung wog noch viel schwerer.

Dass »Bettler« zu »Fürstenbrüdern« werden sollten, war ein klarer Affront gegen die Herrschenden. Kein Fürst würde es dulden, dass so ein Bild in einem Gedicht heraufbeschworen wurde. Der schlimmste Abschaum, schmutzig und verlaust, mit den höchsten Fürsten Hand in Hand in Brüderlichkeit vereint? Unmöglich. Schon die Erwähnung beider in einer einzigen Gedichtzeile war eine Beleidigung.

Die Formulierung »Alle Menschen werden Brüder« sagte zwar das Gleiche aus, doch auch dieses Bild war schwächer, es war mehr eine Idee als ein bildlich vorstellbares Szenario.

Die Ausgabe, die Reiser hier in den Händen hielt, stammte aus dem Jahr 1786. Drei Jahre vor der Revolution. Vielleicht hatte Schiller seine Hymne selbst noch einmal umgeschrieben? Als er sah, welche Schrecken die Revolution mit sich brachte? Oder hatte Beethoven für die versöhnlichere Fassung gesorgt? Damit sein Werk vor der Zensur bestand? Die alte Fassung wäre in Wien niemals genehmigt worden.

War das der Hinweis, den Hänsel suchte? War es verdächtig, wenn sich Herr van Beethoven mit dieser radikalen, drei Jahre vor der großen Revolution in Frankreich entstandenen Version dieser Ode beschäftigte? Oder sprach die Textveränderung gerade für ihn?

Was der Text und auch die Musik nun sagten, war doch dieses: Frieden. Ohne Kampf. Ohne Revolution. Nur durch ein Gefühl. Durch ein vereinendes Gefühl der Freude.

War das etwas Verbotenes? Im Gegenteil!

Auf einmal tönte Musik in ihm. Eine triumphierende Chorstelle aus der Sinfonie, die zum Ende hin auftauchte. *Alle Menschen werden Brüder*, sang der Chor. Dann spalteten sich die beiden ersten Wörter ab, und alle verfielen in eine trunkene, nicht enden wollende Begeisterung ob der wie im Taumel immer wieder aufs Neue wiederholten großen Botschaft des Werkes: *alle Menschen, alle Menschen, alle Menschen, alle Menschen …*

Alle Menschen.

Ob Fürst, ob Knecht, ob Kaiser oder Student, ob Bettler, Priester oder Prinz …

Reiser erwachte aus seinen Gedanken. Von draußen im Hof drangen Stimmen in die Wohnung. Lautes Gerede zweier Männer. Der eine schrie den anderen an. Das Geschrei wurde von den Fassaden, die den Hof begrenzten, zurückgeworfen. Für einen Moment glaubte Reiser, dass da unten ein Streit ausgebrochen war. Doch als der Name Schindler fiel, wurde Reiser klar, was vor sich ging.

Beethoven und sein Sekretär waren zurückgekehrt. Sie konnten jeden Moment die Wohnung betreten.

Ohne darauf zu achten, leise zu sein, eilte Reiser ins Vestibül, öffnete die Wohnungstür und schlüpfte hinaus ins Treppenhaus. Es gelang ihm gerade noch, hinter sich abzuschließen und den Schlüssel einzustecken, als schwere Schritte heraufkamen. Gleich darauf wurde Beethovens Löwenmähne sichtbar. Der Komponist war allein. Er hatte Schindler wohl draußen verabschiedet, das war die lautstarke Unterhaltung gewesen, die er in der Wohnung gehört hatte.

Beethoven sah, dass jemand vor seiner Tür wartete, doch es dauerte einen Moment, bis er Reiser erkannte. In dieser kurzen Zeit trug Beethovens Gesicht einen Ausdruck der Abwehr, als bereitete er sich darauf vor, einen unerwünschten Gast abzuwimmeln. Dann lösten sich seine Züge. Das von tiefen Stirnfalten begleitete grimmige Aussehen verschwand, und er lächelte.

»Reiser«, schrie er freudig. »Warten Sie auf mich? Sie haben Glück. Das Warten hat sich gelohnt. Ich habe Zeit. Kommen Sie.« Er kramte in den Taschen seines Mantels, der für die Jahreszeit viel zu warm war, und förderte seinen Schlüssel zutage, mit dem er umständlich aufschloss. Als er vorging, zog er eine Fahne nach Rauch, Restaurantmief und altem Schweiß hinter sich her. Als sie im Vestibül standen, entledigte er sich ungeduldig des Mantels und warf ihn einfach auf einen der Stühle. »Leider kann ich Ihnen nichts anbieten«, brüllte er. »Meine Haushälterin hat mich einfach verlassen. Diese Dienstboten ... alle unzuverlässig, faul und diebisch.«

Reiser hatte ja von Hänsel gehört, dass die Geheimpolizei ihre Finger im Spiel gehabt hatte. War die Haushälterin auch eine Konfidentin gewesen? Hatte sie vielleicht sogar den Schlüssel besorgt?

Beethoven führte ihn zu dem kleinen Tisch, der im Arbeitszimmer stand und an dem er und Schindler die Orchesterstimmen vorbereitet hatten. »Setzen Sie sich. Oh, ich spreche zu laut?«

Reiser nickte.

»Ist es so besser? Also gut ... Ja, das Maß geht mir verloren.« Er räusperte sich und holte sein Heft heraus, in das seine Gesprächspartner eintrugen, was sie dem Komponisten sagen wollten. »Unterhalten wir uns«, sagte er in normaler Lautstärke. »Sie haben heute mitgespielt, ich habe Sie gesehen. Es war das erste Mal, dass Sie dabei waren. Wie hat Ihnen die Sinfonie gefallen?«

Er schob Reiser das Heft hin und legte einen unregelmäßig mit dem Messer zugespitzten Bleistiftstummel daneben.

Wie sollte sich Reiser über das Werk äußern? Schließlich nahm er den Stift und schrieb.

Es war nicht leicht. Ich musste mich anstrengen, um alles akkurat zu spielen.

Beethoven schlug auf den Tisch, lachte dröhnend und schickte Reiser dabei eine Alkoholfahne herüber. Natürlich hatten er und Schindler ihr Mahl nach der Probe mit dem Genuss von Wein gekrönt. »Ich habe selbst einst die Bratsche gespielt. Wussten Sie das?«

Reiser nickte.

»Ich weiß genau, welche Schwierigkeiten ich in den Part geschrieben habe. Aber was schwer ist, ist auch schön, gut und groß.« Wieder brach er in Gelächter aus. »Sie werden es schon meistern.«

Danke, schrieb Reiser in das Heft. *Leider komme ich vorher kaum mehr zum Üben. Meine Wirtin erlaubt es nicht, und ich habe wenig Zeit.*

»Sie erlaubt es nicht?«, schrie Beethoven. Diesmal lag die Lautstärke nicht an seiner Taubheit, sondern an seiner Empörung. »Sie will keine Musik in ihrem Haus? Oh, das kenne ich! Wie vernagelt sind die Menschen oft, wenn es um die Kunst geht. Aber wenn man ihnen dann am Abend im Schanigarten diese Walzer vorklimpert, dann leuchten ihre Augen. Welche Dumpfheit herrscht bei den Wienern. Es ist nicht zum Aushalten.« Er sah schweigend vor sich hin, schien an etwas anderes zu denken und erwachte schließlich wie aus einer Art Tagtraum. »Sie haben mir noch nicht geantwortet. Wie finden Sie das Werk? Dass es schwer ist, weiß ich selbst.«

Warum sollte er nicht die Wahrheit schreiben? Vor ihm saß ein Mann, den er verehrte. Von dem er lernte. Vielleicht nicht, ein ebenso großer Komponist zu werden, aber etwas über das Wesen der Musik. Der Kunst. Der Menschen. Und das konnte er auch zum Ausdruck bringen.

Er überlegte, wobei sein Blick auf das Gemälde des alten Herrn fiel, das hinter dem Komponisten an der Wand hing. Beethoven bemerkte es.

»Das ist mein Großvater«, sagte er. »Nach ihm bin ich benannt. Er starb, als ich ein kleines Kind war. Ich kannte ihn kaum, aber ich halte sein Andenken in Ehren. Er kam aus den Niederlanden ins Rheinland und war als Kapellmeister in Bonn ein hochgeachteter Mann. Aber es geht hier nicht um meine Familie. Bitte äußern Sie sich.«

Die Sinfonie ist sehr neu, schrieb Reiser. *Es ist eine Art von Musik, wie ich sie noch nie gehört habe. Sie möchten der Menschheit eine Botschaft senden. Eine Botschaft, die man nicht nur verstehen, sondern zuallererst empfinden soll. Das Gedicht ist nur der Anlass, die Musik ist das Wesentliche. Sie wird vielleicht allen Zwist und Streit, der heute in der Welt ist, aufheben. Sie versuchen mit Ihrer Musik sehr viel. Ich hoffe, es wird Ihnen gelingen. Wenn Musik zu so etwas imstande ist, dann die Ihrige.*

Beethoven starrte ausdruckslos auf die Wörter. War er verärgert? War er erfreut? Hatte Reiser irgendetwas missverstanden? Oder etwas falsch gemacht? Reiser begann eben, nervös zu werden, da sah der Komponist ihn an.

»Ja, so wird es sein«, sagte Beethoven. »Sie haben viel erkannt. Und Sie wissen, dass mir das auch Feinde gemacht hat in Wien? Bei denen, die lieber Kampf, Gewalt und Blutvergießen wollen? Egal, ob auf der Seite von Metternich oder auf der Seite der Revolutionäre.«

Die Sinfonie wird zur Aufführung kommen, schrieb Reiser. *Das ist ein Sieg, den Sie errungen haben.*

»Aber noch will man sie verhindern«, rief Beethoven, und in seine Stimme mischte sich Verzweiflung. »Noch ist nicht alles gewonnen. Auch jetzt noch, zwei Tage vor der Akademie und trotz aller Genehmigungen.«

Ich hörte davon.

»Wenn nur ganz Wien aus so getreuen Menschen bestehen würde, wie Sie einer sind.«

Warum haben Sie nur so viel Vertrauen in mich?

»Sagte ich das nicht bereits? Meine Taubheit hat mich Dinge gelehrt, die ich anderen voraushabe. Ich kann Menschen sehr gut einschätzen. Weil ich eher *spüre*, was sie sagen, anstatt es wirklich zu *hören*. Ich lese es aus ihrem Verhalten. Die Stimme, die zur Verstellung neigt, nehme ich ja nicht wahr. Ich blicke durch die Lügen der Fassaden hindurch.«

In diesem Moment war Reiser klar, dass er sich ganz und gar für Beethoven entschieden hatte. Hänsel sollte nach Verdächtigungen suchen, so viel er wollte. Reiser würde ihn hinhalten. Aber er musste dem Konzipisten etwas sagen, damit Hänsel glaubte, er habe in Reiser einen guten Mitarbeiter.

Wie sind Sie eigentlich auf das Gedicht von Schiller gekommen?

»Oh, das beschäftigt mich schon lange«, sagte Beethoven. »Gleich als ich nach Wien kam, fasste ich den Plan, es zu vertonen. Ich schrieb damals eine andere Fassung, die ich in einem Salon vorstellte …« Er lachte wieder. »So kurz nach der Revolution war kaum jemand davon begeistert. Eigentlich war es ein Affront. Fast wäre er zum handfesten Skandal geworden. Ich habe die alte Vertonung vernichtet und mir vorgenommen, eines Tages einen großen, gewaltigen Chor diese Worte singen zu lassen. Nun ist es endlich so weit. Und ich kann es leider nicht hören. Aber in mir klingt alles, wie es soll.«

Eine Weile sah er wieder sinnend vor sich hin.

»Aber mein Freund«, fuhr er dann fort. »Wir sitzen hier und sprechen über die Akademie. Dabei sollte es um das gehen, worüber wir uns auf unserer Fahrt in der Kutsche unterhalten haben. Das ist doch sicher der eigentliche Grund, warum Sie hier sind. Oder nicht? Haben Sie einen Hinweis darauf gefunden, wer an meiner Krankheit schuld sein könnte? Sie waren doch recht nahe dran. Sie sagten, es habe etwas mit der Herrschaft zu tun, der Ihr Vater damals diente.«

Ich habe Erkundigungen eingeholt, konnte aber noch keine Antwort bekommen.

»Das ist alles?«

Nein, es gibt einen Verdacht, dem ich nachgehen muss.

Reiser war auf einmal eingefallen, wie er Beethoven gegenüber sein Kommen rechtfertigen konnte. *Ich glaube, dass Sie mir dabei helfen können. Deshalb bin ich hier.*

»Tatsächlich? Nun – ich bin gespannt.«

Reiser musste kurz überlegen. Wie sollte er das Thema angehen? Es war ja durchaus delikat.

Als Sie nach Wien kamen, haben Sie viele Kontakte geknüpft. In den Salons. Bei Gönnern.

»Natürlich. Das war wichtig. Wissen Sie, in früheren Zeiten hielten sich die Grafen, Barone, Fürsten und Herzöge noch

Hofkapellen. Orchester zu ihrem eigenen Vergnügen. Das habe ich ja auch in Bonn noch erlebt. In den Zeiten nach der Revolution gab es das nicht mehr. Die Adligen brauchten ihr Geld für den Krieg gegen Frankreich.«
Und Sie hatten viele Schüler.
Beethoven las und brach wieder in Gelächter aus. »Natürlich. Aber wie klingt denn das – Schüler! Es waren vor allem junge Damen. Hübsche junge Damen sogar. Aus den ersten Häusern. Und ich war ein junger Feuersporn mit dunklem Haar und dunklen Augen. Ich habe natürlich gesehen, welchen Eindruck ich auf meine Schülerinnern machte.«
Gut, dass er selbst darauf gekommen ist, dachte Reiser.
Könnte es sein, dass jemand eifersüchtig auf Sie war?
»Nun ja. Sicher – ich war mit den Familien der Damen bestens vertraut. Soll heißen, man vertraute mir.« Er räusperte sich. »Aber es geschah alles in Ehren. Ich habe eben nur einen kleinen Spaß gemacht. Da müssen Sie schon etwas anderes finden, Herr Reiser. Eine Eifersuchtsgeschichte soll einen solchen Anschlag ausgelöst haben? Daran glaube ich nicht. Das ist ein wenig enttäuschend. So etwas gehört in eine Komödie. Oder in eine Rossini-Oper.« Er sah Reiser an, und auf einmal war eine Spur Kälte in seinem Blick. »Sollte ich mich in Ihnen geirrt haben?«
Ich sehe das anders, schrieb Reiser.
»Was? Aber was wissen Sie denn schon?«, rief Beethoven ärgerlich.
Ich denke, dass es einen entsprechenden Verdacht gibt. Besser gesagt: ein Gerücht.
»Wollen Sie mich verleumden? Herr Reiser, sehen Sie sich vor.« Beethoven sprach gepresst. Seine gute Laune war verschwunden. Reiser sah ihn an und bemerkte, dass ihm Zorn entgegenschlug. Er beeilte sich, seine Worte zu ergänzen.
Es gibt durchaus Anlass zu diesem Verdacht, schrieb er schnell. *Sie haben doch Beziehungen gehabt, die in den jeweiligen Familien ...*
Er stockte. Was war es doch für ein Unterschied, ob man etwas einfach nur sagte oder es aufschrieb. Was er hier notiert hatte, war ja falsch! Es waren nicht *mehrere* Beziehungen ge-

wesen, sondern nur eine einzige. Was hatte sie denn in der Familie der Gräfin ausgelöst? Streit? Missgunst? Reiser konnte es nicht genau benennen. Das musste er aber, wenn er es niederschreiben wollte.

»Was behaupten Sie da?«, empörte sich Beethoven weiter. »Was erdreisten Sie sich?«

Reiser strich hektisch die letzten Worte durch und setzte neu an.

Sie sagten, Sie hätten Vertrauen zu mir. Bitte stehen Sie jetzt auch dazu. Ich erinnere an Frau von Stackelberg, verwitwete Deym. Man sagt, Sie liebten sie. Egal, was die Leute in Wien sagen – die daraus entstehenden Konflikte wären geeignet gewesen, um ...

Mehr konnte er nicht schreiben, denn Beethoven riss ihm das Heft weg.

»Sie unterstehen sich, diesen Namen zu nennen! Sie unterstehen sich ...« Beethovens dunkle Augen sandten Höllenblitze. »Hinaus!«, herrschte er Reiser an, während er das Heft zerrupfte. »Sofort hinaus.« Schon kam er auf ihn zu, drängte mit seiner massigen Gestalt gegen den Stuhl. »Los, los! Haben Sie nicht gehört? Sind Sie etwa ebenso taub wie ich?«

»Aber ... entschuldigen Sie«, rief Reiser und versuchte vergeblich, sich des Tobenden zu erwehren, der ihn in Richtung des Vestibüls schob. »Ich mache Ihnen doch keinen Vorwurf. Ich will nur allen Hinweisen nachgehen. Sie haben doch selbst ...« Beethoven verstand ihn natürlich nicht und drängte ihn mit seinem massigen Körper weiter.

Schließlich hatten sie den Ausgang erreicht. Reiser wurde unsanft ins Stiegenhaus gestoßen. Die Tür knallte zu. Ein paar geschriene Worte, grimmig herausgeschleudert, drangen noch aus der Wohnung. Dazu schwere Schritte, die sich entfernten. Fernes Gemurmel wie das Brummen eines Bären. Dann war es still.

Reiser hatte das Gefühl, den dunklen Blick des Türklopfers mit der Löwenmähne im Rücken zu spüren. Es war, als trieben ihn diese Augen die Treppe hinunter und durch den Hof. Sein Herz raste.

Als er auf der Ungargasse in den hellen Sonnenschein trat, kam ihm die Szene, die er gerade erlebt hatte, wie ein Alptraum vor. Noch immer spürte er den Druck des massigen Körpers, der ihn in Richtung Wohnungstür gedrückt hatte. Er dachte gar nicht darüber nach, in welche Richtung er ging. Als er sich auf der Allee am Kanal wiederfand, näherte sich von hinten eine Kutsche und drosselte das Tempo.

»Nun?«, ertönte durch das Gerassel der Räder eine schneidende Stimme.

Auf Hänsel hatte Reiser im Moment überhaupt keine Lust. Er ging einfach weiter.

»Herr Reiser? Sie haben mir zu melden, was Sie herausgefunden haben.«

»Der Herr ist überraschend nach Hause gekommen«, rief Reiser. »Ich konnte mit knapper Not aus der Wohnung entkommen, doch er hat mich gesehen. Ich dachte, Sie passen auf?«

»Wir können nicht alles vorhersehen. Warnen konnte ich Sie auch nicht. Geben Sie Bericht. Steigen Sie ein.«

Als Reiser immer noch keine Anstalten machte, zu gehorchen, gab Hänsel dem Kutscher einen Wink. Das Fahrzeug beschleunigte, stellte sich quer und schnitt Reiser mitten auf der Allee den Weg ab. Andere Spaziergänger, die in der Nähe waren, schauten neugierig herüber.

»Kein Aufsehen«, zischte Hänsel aus dem offenen Fenster.

Reiser konnte sich keine Auseinandersetzung mit dem Konzipisten leisten. Vor allem, wenn er ihn irgendwie hinhalten wollte. So stieg er auf der anderen Seite in die Kutsche, die sofort weiterfuhr.

»So ist es recht«, sagte Hänsel, der das Fenster wieder verschlossen hatte. »Eigentlich müsste ich Sie ja rügen, weil Sie in Gegenwart des Kutschers Details Ihres Auftrages genannt haben. So etwas geht natürlich nicht. Aber in diesem Fall ist kein Schaden entstanden. Der Mann auf dem Kutschbock ist fast so taub wie der Herr Komponist.« Er lachte.

Reiser fragte sich, was daran lustig sein sollte.

»Nun?«, fragte Hänsel wieder.

»Ich habe Ihre Befehle befolgt. Soweit ich Zeit dazu hatte,

da Herr van Beethoven überraschend nach Hause kam. Viel konnte ich deshalb nicht tun. Zum Glück hörte ich, wie er sich im Hof von Herrn Schindler verabschiedete, und so ...«

Hänsel machte eine abwehrende Bewegung. »Mich interessiert nur, was Sie gefunden haben. Ich hoffe für Sie, es gibt Ergebnisse.«

»Briefe«, sagte Reiser. »Doch darin war keine Rede von dem, was Sie vermuten. Herr van Beethoven hat vor allem mit seinen Verlegern und anderen Musikern korrespondiert. Hauptsächlich geht es um Geld.«

»Hauptsächlich. Also auch um etwas anderes?«

»Nur um Geld«, korrigierte sich Reiser. »Abgesehen von Grüßen und irgendwelchen Details über seine Musik.«

»Das ist uns alles bereits bekannt. Sie wissen doch, dass wir etliche Korrespondenzen öffnen und überprüfen. Hunderte, jeden Tag. Ich hoffe für Sie, Sie haben sich nicht nur auf die Schriftstücke konzentriert, die durch die Post übermittelt wurden. Oder etwa doch?«

»Nein, nein«, sagte Reiser schnell. »Ich habe auch andere Schriftstücke gefunden.«

»Zum Beispiel?«

»Zum Beispiel einen Brief an eine Frau.«

»An eine Frau? Ein Brief, an dem er noch schreibt? An wen ist er gerichtet?«

»Das weiß ich nicht. Er hat keinen Namen genannt.«

»Keine Anrede?«

»Doch, schon, aber ...«

»Nun reden Sie schon, Reiser. Ist von Verbotenem die Rede?«

»Nein.«

»Wie heißt sie?«

»Mein Engel, mein Alles, mein Ich.«

»Mein ...« Hänsel blieb vor Erstaunen der Mund offen stehen. »Mein *Alles*?«

»Es ist ein Liebesbrief, Herr Hofkonzipist. Ich weiß nicht, an wen er gerichtet ist. Er lag ganz unten in der Schublade seines Schreibtischs. Wahrscheinlich entstand er schon vor längerer Zeit, und Herr van Beethoven hat ihn nie abgesandt.«

»Ein Liebesbrief. Soso. Und sonst haben Sie nichts zu bieten? Schade, Herr Reiser. Ich dachte, Sie hätten sich mehr angestrengt.«

Doch, das habe ich, dachte Reiser. Wahrscheinlich war jetzt der richtige Moment, mit der einen Sache herauszurücken, die Beethoven sogar entlasten würde. »Ich habe etwas über das Gedicht herausgefunden. Das Gedicht, das in der Sinfonie gesungen wird.«

Hänsels Miene erhellte sich. »Von dem verbotenen Schiller? Was gibt es denn da herauszufinden? Wir kennen das Gedicht. Und leider hat Seine Majestät ja schon vor Jahren beschlossen, diesen Schiller nicht mehr zu verbieten.«

Reiser fasste zusammen, was er entdeckt hatte. Dass Beethoven eine neuere, mildere Version dieser Hymne an die Brüderlichkeit verwendete. »In der alten Fassung heißt es ›Bettler werden Fürstenbrüder‹«, erklärte er, »aber in der Sinfonie wird gesungen: ›Alle Menschen werden Brüder‹.«

Hänsel entwich ein schnaubendes Geräusch. Ein Lachen. »Und was soll das nun bedeuten?«, rief er.

»Das ist doch ein Unterschied.«

»Finden Sie?«

»Aber ja. Und er zeigt, dass Herr van Beethoven mit den Umtrieben, denen Sie auf der Spur sind, nichts zu tun hat. Es geht ihm nicht um den politischen Kampf, sondern nur um menschliche Verbrüderung. Ich glaube nicht, dass die Akademie am Freitag geeignet ist, die Menschen aufzurühren, die Fronten zu verhärten oder was auch immer Sie befürchten. Im Gegenteil.«

Als Hänsel keine Zustimmung oder auch nur Interesse zeigte, ließ sich Reiser zu einem weiteren Argument verleiten, das seiner Phantasie entsprang. Er musste Beethoven einfach in Schutz nehmen.

»Ich glaube sogar«, sagte er, »dass Herr Beethoven nicht einfach nur eine andere Fassung verwendet, sondern das Gedicht selbst abgemildert hat. Er hat es für seine Sinfonie verändert. So passt es besser zur Musik.«

Hänsel schüttelte den Kopf.

»Die Sinfonie«, fuhr Reiser fort, »drückt die Überwindung

aller Grenzen zwischen den Menschen aus. Keinen Kampf, keine Niederlage, keinen Sieg. Sondern die Überwindung der Feindschaft durch Brüderlichkeit. Im Moment der größten Verwirrung tritt einer der Solosänger auf. Es wirkt, als wolle er das Ganze unterbrechen, und dann sagt er – natürlich singend –, dass man nicht mehr diese Töne wolle, sondern ...«

»Nicht mehr diese Töne?«, unterbrach Hänsel.

»Nicht mehr den Kampf, das Chaos, die Gewalt. Man will das, was trennt, überwinden, und ...«

»Da haben Sie es doch. Nicht mehr *diese Töne*. Also nicht mehr *diese* Welt, *diese* Ordnung. Nicht mehr *diesen* Staat. Und keine Grenzen zwischen den Menschen mehr? Was soll das? Wollen Sie, dass sich jeder Bettler mit der höchsten kaiserlichen Majestät gemeinmacht? So etwas sagt die Sinfonie?«

»Aber nein. Sie müssten die Musik nur hören, vielleicht würden Sie dann ...«

»Das reicht jetzt. Ich konstatiere, dass Sie sich gerade zum Advokaten der gegnerischen Sache machen. Auf welcher Seite stehen Sie eigentlich?«

Reiser presste die Lippen zusammen und starrte hinaus. Die Kutsche fuhr an der äußeren Seite der Bastei entlang. Die dicken Wälle, die an ihnen vorbeiwanderten, waren zum Greifen nah. Reiser hatte den Eindruck, auf düstere Gefängnismauern zu starren.

»Ein guter Rat, Herr Reiser: Sehen Sie zu, dass Sie uns nützen und nicht zum Träumer werden. Was diese Demagogen verbreiten, ist ein schleichendes Gift, das aber keiner verstandesmäßigen Überprüfung standhält. Und die Musik ... Wie Schatten gaukelt sie uns Empfindungen vor, die wir im Moment des Musikgenusses wahrnehmen. Doch kaum ist der letzte Ton verklungen, kaum ist man aus dem Konzertsaal ins Freie gelangt, zerfällt alles wie ein Traum.«

Oh nein, dachte Reiser. So ist es nicht. Im Gegenteil. Es spricht Wahrheit aus der Musik. Und wenn die Aufführung vorbei ist, behält man diese Wahrheit in sich.

»Kehren wir in die Wirklichkeit zurück«, sagte Hänsel. »Ist dies nun alles, was Sie über Ihren Ausflug in das Haus in der Ungargasse zu berichten haben?«

»Ja, es ist alles.«

»Nun, wir werden sehen, ob Sie beim nächsten Mal mehr zustande bekommen. Sie haben ja noch Möglichkeiten. Morgen werden Sie wieder bei der Musik mitmachen. Ich zähle auf Sie.«

Ja, dachte Reiser. Zählen Sie nur auf mich. Aber wird mich Herr van Beethoven überhaupt mitspielen lassen, nach dem Rauswurf eben?

»Und wie können Sie uns noch weiter nützlich sein?«, fragte Hänsel. »Was glauben Sie?«

»Ich dachte, Sie geben die Befehle?«, sagte Reiser.

»Ich schätze Mitarbeiter, die selbst über die Möglichkeiten ihres Nutzens nachdenken.«

»Ich werde morgen in der Probe aufmerksam sein«, sagte Reiser.

Vielleicht konnte er Beethoven einen Brief schreiben, in dem er ihn um Verzeihung bat? Und in dem er dem Komponisten erklärte, wie wichtig ihm die Mitwirkung in der Akademie war? Vielleicht konnte Piringer ein gutes Wort für ihn einlegen?

»Was ist mit dem Studenten Kreutz?«, fragte Hänsel weiter.

»Kreutz …«, wiederholte Reiser.

»Sie haben ihn erkannt. Ich war ja erst skeptisch. Aber einer der Beamten gibt Ihnen recht.« Hänsel lächelte, als wäre ihm gerade eine phantastische Idee gekommen. »Suchen Sie ihn. Und seinen Mitstreiter. Stellen Sie sich vor, dieser Unbekannte, der ihm half, hätte Verbindungen zu den Musikern. Zu Beethoven selbst sogar … Es wäre ein wahres Fest. Ein Tag des Triumphes.«

»Ein Fest?«, fragte Reiser verwundert.

Hänsels Augen glänzten. Sein Gedanke schien ihn zu erregen. »Ich würde zu unserem Kanzler gehen«, sagte er. »Und wir wären die Akademie, all diese Musik, diese neue Art der Revolution und alle, die uns schaden, ein für alle Mal los.«

Die Fahrt ging durch das Gassengewirr bis zum Criminal-Haus am Hohen Markt. Hier durfte sich Reiser endlich entfernen, musste aber noch den Hinweis mit auf den Weg nehmen, dass Hänsel ihn morgen nach der Probe erneut konsultieren werde.

Es war eine Wohltat, wieder die Beine gebrauchen zu dürfen. Das Gehen half Reiser beim Denken. Und Denken war unbedingt nötig.

Nach wie vor gab es nur zwei Möglichkeiten, um Licht in die Sache zu bringen. Die eine bestand darin, Kreutz zu finden. Schon allein, um Hänsel zufriedenzustellen.

Wo mochte der Student sein?

Da, wo die Oktave Raum wird. Sie wird zu einem kaiserlichen, göttlichen Zimmer ...

Die Oktave ... War das die Oktave aus der Musik? Das Intervall?

Musik wird Raum. Ein Raum wie eine Sinfonie ...

Was konnte das bedeuten? Reiser hatte keine Ahnung.

Und die zweite Möglichkeit?

Theresia. Hatte sie endlich etwas über den alten Dienstherrn seines Vaters erfahren? Wahrscheinlich nicht, sonst hätte sie sich bei ihm gemeldet.

Ob die Comtesse etwas mit Kreutz' eigenartiger Ortsangabe anfangen konnte?

Reiser wurde bewusst, dass er instinktiv den richtigen Weg gegangen war – über den Petersplatz, den Graben und dann die Spiegelgasse überquerend zum Neuen Markt. Nun stand er an der Einmündung, durch die es zum Savoyenschen Damenstift ging. Er trat in einen Hauseingang, zog einen Zettel und einen Bleistift heraus und schrieb ein paar Zeilen, indem er das Papier an die Mauer legte.

Kurz darauf stand er wieder an dem riesigen Tor des Stifts und klopfte. Wie bei seinem letzten Besuch dauerte es nicht lange, bis geöffnet wurde. Die Gestalt einer dunkel gekleideten Frau erschien, nahm sein Billett, das er wie letztes Mal an die Comtesse von Schernberg gerichtet hatte. Wieder erklärte er, dass er auf Antwort warte. Wieder wurde die Tür kommentarlos geschlossen.

Es war beinahe alles wie beim letzten Mal – mit dem Unterschied, dass die Antwort diesmal sehr schnell kam. Reiser hatte höchstens zwei Minuten gewartet, da erhielt er das Blatt zurück – mit einem in sichtlicher Eile hingeworfenen Vermerk.

Bitte entfernen Sie sich! Rasch!

Drohte ihm hier Gefahr? Aber woher? Und wo sollte er hin?

Reiser sah sich um, bemerkte jedoch nichts als den üblichen Strom der Passanten, der hier noch nicht einmal besonders stark war. In der Johannesgasse gab es kaum Geschäfte, die besucht wurden oder beliefert werden mussten. Das eine Ende reichte bis an die Sailerstätte heran, wo die Bastei den Weg versperrte. Auch als Durchgangsstrecke von einem der Tore in die Stadt war die Gasse nicht geeignet. Da gab es kürzere Wege.

Er verstaute die Nachricht in seiner Tasche und wollte der Anweisung eben Folge leisten, als sich helles Hufschlagen näherte. Eine Kutsche kam aus der Richtung der Kärntnerstraße heran. Das Rasseln und Getrappel wurde lauter und füllte schnell die ganze Häuserschlucht. Das Fahrzeug legte ein ordentliches Tempo an den Tag. Der Mann auf dem Bock nahm keine Rücksicht auf die Fußgänger, von denen manche erschrocken aus dem Weg springen mussten. Reiser drückte sich an die Wand, um das Gefährt vorbeizulassen.

Im Abstand einer knappen Armlänge rollten auf seiner Augenhöhe die Seitenfenster vorbei. Der Blick auf die Fahrgäste, der sich Reiser für den Bruchteil einer Sekunde bot, ließ ihn ächzen.

Einen davon kannte er. Es war Leopold von Sonnberg.

Zum Glück hatte der Edle gerade seinen Blick abgewandt, er war mit der Person im Gespräch, die ihm gegenübersaß.

Dann blieb die Kutsche vor dem Tor des Damenstifts stehen. Leopold von Sonnbergs Begleiter war ein Offizier, der nach dem Aussteigen seinen geschmückten Hut aufsetzte und Haltung annahm. Die Tür des Damenstifts wurde geöffnet. Und anders als Reiser, der sich immer mit Heimlichkeit dem Stift nähern musste und sich auch jetzt verstohlen in einen Hauseingang drückte, um nicht gesehen zu werden, betraten die beiden das Haus so selbstverständlich, als wären sie auf Staatsbesuch. Zum ersten Mal konnte Reiser die Hausdame richtig erkennen. Im nächsten Moment schloss sich die Tür wieder. Die Kutsche fuhr ab, und die Gasse lag da, als wäre nichts gewesen.

Reiser war genug Zeit geblieben, die blau-rote Uniform des Soldaten anzusehen, die von Tressen und einem Emblem geschmückt wurde – ein runder Ball mit einem in Sternen stilisierten gelben Feuersymbol. Reiser kannte sich nur schlecht mit militärischen Abzeichen aus, aber er vermutete, dass der Offizier zu einer Artillerieeinheit gehörte. Er war schätzungsweise vierzig Jahre alt – ein Mann in den besten Jahren also.

Reiser brauchte sich nicht zu fragen, was der Edle mit dem Soldaten bei Theresia wollte. Es gab auf diese Frage nur eine Antwort. Der Offizier musste der Bräutigam sein, den man für sie ausgesucht hatte.

24

In Reiser verhärtete sich etwas zu heftiger Übelkeit. Als hätte man ihm einen Schlag in den Bauch versetzt, spie sein Magen sauren Sud nach oben. Als er wieder Luft bekam und genug Kraft hatte, bestieg er an der Sailerstätte die Bastei. Den Blick auf das zusammengedrängte Häusermeer mit seinen herausragenden Türmen gerichtet, dachte er an Theresia, die gerade ihrem zukünftigen Gemahl vorgestellt wurde.

Das hatte sich der Edle von Sonnberg schön ausgedacht. Wie sollte er es mit einem Offizier aufnehmen?

Aber Recht musste Recht bleiben. Sein Erbe stand ihm schließlich zu. Leopold von Sonnbergs Vorgänger hatte es so gewollt.

Doch recht haben und recht bekommen war zweierlei.

Ein kühler Wind erklomm die Bastei und fegte über den Sand auf den Spazierwegen. Im ersten Frösteln wandte sich Reiser ab.

Es gab ja immer noch Menschen in Wien, die ihm helfen konnten.

Piringer. Ein freundlicher, sogar liebenswerter und auf jeden Fall großzügiger Mensch. Aber half das? Er konnte Reiser bestenfalls unterstützen, wenn es um eine Anstellung als Musiker ging. War das eine gesicherte Position im Sinne des Testaments?

Und von Walseregg? Bei seinem letzten Besuch war es Reiser so vorgekommen, als hätte er die Hilfe des Adligen über Gebühr beansprucht.

Was, wenn er ihm einen Brief schrieb? Und sich darin unterwürfig zeigte? Nein, Unterwürfigkeit schien der Baron nicht zu mögen. Er setzte auf Eigeninitiative und auf die Kraft gesunden Selbstbewusstseins. Leider zeigte er einem nicht, wie man es wiederbekam, wenn es einem abhandengekommen war.

Reisers Blick ging hinaus auf die Vorstadt, aus der sich auf der linken Seite, gleich am Ende der Freifläche, die Kuppel der

Karlskirche erhob. Weiter rechts zog sich der breite Weg über das Glacis hinaus. In der Verlängerung, weit hinter der Stadt, noch hinter den letzten fernen Dächern und Kirchturmspitzen, stand ein feiner Strich am Horizont. Im schwindenden Licht des Tages war er nur zu erahnen, und Reiser wusste nicht, ob er sich einbildete, sie zu sehen: die Spinnerin am Kreuz. Das Wahrzeichen des Ortes, an dem Verbrecher ihren letzten Atemzug taten. Wo Reiser die Mörder seines Vaters, des Edlen von Sonnberg und des Herrn Dr. Scheiderbauer hinwünschte.

Weit hinter der Spinnerin lag Schloss Sonnberg. Ein riesiges Gut, das auf Reiser wartete. Wenn er sich nichts zuschulden kommen ließ. Das Bild, das sich hier vor ihm ausbreitete, hatte eine geradezu symbolische Bedeutung. Um an Theresia und sein Erbe zu gelangen, musste er das Rätsel um die genannten Todesfälle lösen. Die Spinnerin, der alte Hinrichtungsplatz, stand zwischen ihm und seinen Wünschen. Erst wenn die Gerechtigkeit siegte, würde alles so, wie es sich der verstorbene Edle gedacht hatte.

Von fern drang Musik an sein Ohr. Grobe, einfache Walzerklänge, wahrscheinlich aus einem der vielen Wirtshäuser, die sich unter dem Dächermeer der inneren Stadt befanden.

Nachdenklich und einsam, als gehörte er gar nicht zu der Stadt, in der er doch aufgewachsen war, ging Reiser auf der Stadtmauer wieder zurück bis zur Ecke an der Biberbastei, wo die Befestigung fast den Donauarm berührte. Dort nahm er die nächste Rampe hinunter und hatte nach einem kurzen Weg durch das Rotenturmtor das Müllersche Gebäude vor sich. Verlassen und dunkel lag es da.

Er musste sich mit Herrn van Beethoven versöhnen. Er würde ihm einen Brief schreiben, in dem er eine ausführliche Entschuldigung formulierte.

Dann würde er sich doch an den Baron wenden. Wenn er ihm schrieb, welche Aufgaben er bei Hänsel übernommen hatte, wie sehr er sich bemühte, ganz in von Walsereggs Sinne Staatsfeinde zu verfolgen, würde das Eindruck machen. Aber konnte er das einfach so einem Papier anvertrauen? Na gut, er konnte es andeuten. Warum sollte er den Baron eigentlich nicht um Unterstützung bitten, sein rechtmäßiges Erbe anzutreten?

Es war der Wunsch des Edlen gewesen. Das Testament gab es. Es zeigte, dass er im Recht war. Und der Baron hielt sich doch für einen gerechten Mann.

Während sich Reiser der Rotgasse näherte, nahmen die Worte, die er schreiben wollte, in seinem Kopf Gestalt an. Die beiden geplanten Briefe mischten sich. Satzfetzen an den Baron vermengten sich mit der Bitte um Vergebung an Herrn van Beethoven. Den Entschuldigungsbrief gab er am besten heute noch in der Ungargasse ab. Und morgen früh würde er in der Probe sehen, wie es weiterging.

Reiser erfasste Ungeduld. Inzwischen war es dämmrig geworden. Hoffentlich hatte die Wirtin ihm ein Licht bereitgestellt …

Er eilte durch die Haustür in den Flur, dann die engen Stiegen hinauf. Im oberen schmalen Gang war es dunkel. Reiser wusste jedoch mittlerweile genau, wo die Querbalken waren, und wich im richtigen Moment aus.

Vor seiner Kammer blieb er stehen, holte den Schlüssel heraus und wollte aufschließen. Im selben Moment wurde von innen die Tür geöffnet.

»Da ist er ja, der feine Herr«, sagte ein Mann, der in der Tür stand und Reiser so wuchtig und brutal vorkam wie ein Bär.

»Was machen Sie denn in meinem Zimmer?«, rief Reiser verdutzt. Er dachte, die Polizeisoldaten seien wieder da, aber der Mann trug keine Uniform, sondern ein offenes Hemd und eine schmutzige Hose. Seine Hände glänzten vor Nässe, und in der Hand hielt er ein Tuch. Auch aus seinen schwarzen, wirren Haaren lief Wasser. Er war wohl gerade dabei gewesen, sich zu waschen.

»Dein Zimmer?«, entgegnete der Mann und rieb sich mit dem Tuch die Haare trocken. »Gewesen. Hier …« Er wandte sich um und ging ein paar Schritte in die Kammer. Immer noch das Handtuch in der Hand, drehte er sich um, als Reiser ihm folgte, holte aus und verpasste ihm einen Faustschlag auf die Brust. »Draußen bleibst«, rief er. »Hier. Du kriegst noch, was dir gehört.«

Reiser rang nach Luft. »Was machen Sie hier?«, rief er. Er wollte sich ins Zimmer drängen, aber da warf ihm der Bullige ein klobiges Hindernis entgegen. Mit einem Knall landete es auf den Dielenbrettern, kippte zur Seite und schlug dumpf auf. Es war Reisers Koffer.

»Und das da«, sagte der Mann, »gehört nun mir.« Mit einer schnellen Bewegung griff er zu und nahm Reiser den Schlüssel ab. Die Tür fiel zu, von innen wurde abgeschlossen.

Reiser drängte sich an dem Koffer vorbei, der den Gang versperrte, und hämmerte gegen das Holz. »Das ist meine Kammer! Ich habe sie gemietet.«

Von drinnen kam keine Reaktion.

»Wer sind Sie überhaupt?« Reiser hämmerte weiter.

»Das ist der Geselle Moosleitner«, rief hinter ihm die Witwe Gruber. Ohne dass er es gehört hatte, war sie heraufgekommen. Ihre Stimme troff vor Selbstzufriedenheit. »Der Herr Moosleitner hat einen Posten am Burgtor. Einen ordentlichen, verstehen S'? Anders als Sie.«

Reiser war perplex. »Was hat er? Am Burgtor?«

»Auf der Baustell. Ich hab Ihnen gesagt, ich nehm nur ordentliche Leut. Hab ich's gesagt oder nicht?«

Reiser konnte es nicht fassen.

»Gehen S'«, rief sie. »Sonst sag ich's dem Moosleitner da drinnen. Der hilft Ihnen dann.«

»Aber Sie können doch nicht ...«

Die Tür ging auf, der Bär erschien wieder. Ein Schlag, und Reiser fiel über den Koffer. »Hörst, was die Frau Wirtin sagt? Geh weg.« Wieder knallte die Tür zu.

Als sich Reiser erhoben hatte, war die Wirtin über den Gang die Stiege hinunter in Richtung ihrer Wohnung verschwunden. Mühsam schleppte er den Koffer nach unten. Unglaublich, dass dieser Arbeiter das schwere Ding so einfach hatte hinauswerfen können. Während er sich abmühte, war er sicher, dass die Alte hinter der Wohnungstür lauschte und sich innerlich über seine Misere freute.

Endlich stand er auf der Gasse. Der Abend war endgültig hereingebrochen. Im ersten Reflex wollte Reiser überprüfen, ob dieser Geselle und die Wirtin auch wirklich alles in seinen Koffer gepackt hatten, was er besaß, oder ob sie ihn am

Ende noch bestohlen hatten ... Aber das konnte er hier auf der Straße nicht machen. Einen ungestörteren Platz gab es vielleicht jenseits der Stadtmauer, am Schanzel, dem Ufer des Donauarms.

Es waren an die zweihundert Schritte, die er zurücklegen musste. Immer wieder setzte er den Koffer ab, neugierig beäugt von den Passanten, die sich wahrscheinlich fragten, warum er sich keine Kutsche leistete.

Hinter dem Schanzeltor besaß Wien ein anderes Gesicht. Lang gestreckte hölzerne Lastkähne lagen am befestigten Ufer. Dem Wasser des Flusses entstieg ein modriger Geruch, der sich mit den typischen Aromen nach Teer, Holz und nassem Stein mischte. Auf einigen der Boote wurde zwischen blakenden Laternen noch gearbeitet. Und auch hier gab es die typischen Wiener Flaneure, die das Herumgehen genossen und dem einfachen Volk dabei zusahen, wie Fässer und Kisten entladen, Netze geflickt und Boote geschrubbt wurden. Reiser hatte es sich einsamer vorgestellt.

Er fand einen Zufluchtsort neben einer kleinen hölzernen Lagerbaracke. Der steinerne Sockel bildete in einer Ausbuchtung eine Art Bank, die wahrscheinlich für die Hafenarbeiter gedacht war. Nun war sie für ihn eine Gelegenheit, den Koffer abzustellen und zu öffnen.

Sie hatten alles in den Lederbehälter gestopft und dabei nicht gerade Ordnung oder Vorsicht walten lassen. Die Manuskripte hatten gelitten. Sie waren zerknickt, aber es fehlte nichts. Er strich seine Noten glatt. Die Violinsonate von Herrn van Beethoven.

Was nun? Er würde sich ein Zimmer nehmen müssen. Vielleicht in der »Ungarischen Krone«? Dort war er Theresia nah, er würde sich leicht mit ihr treffen können. Was dort wohl ein Zimmer kostete? Er würde hingehen und fragen müssen. Ob er es schaffte, den Koffer so weit zu tragen?

Reiser hatte gerade den Entschluss gefasst, da bemerkte er eine kleine Gestalt, die keine fünf Schritte von ihm entfernt stand und versonnen zu den Booten hinaussah. Der braune Rock war unverkennbar. Es war der Mann, den er in der

»Ungarischen Krone« gesehen hatte. Jetzt drehte er sich um, musterte Reiser durch die runden Brillengläser und bemerkte dann die Noten, die Reiser immer noch in der Hand hielt.

»Ah, der Herr Bratschist.« Er kam näher. »Gestatten Sie?« Er deutete auf die freie Seite der Sitzgelegenheit.

Reiser nickte. »Kennen wir uns? Ich meine, persönlich?«, fragte er.

»Sie sind doch im Orchester von Herrn van Beethovens Akademie.«

»Spielen Sie auch dort?«, fragte Reiser. »Ich habe Sie nicht gesehen.«

»Das nicht. Aber ich gehe gern zu den Proben. Mein Name ist Schubert.« Er lächelte. »Mich übersieht so mancher. Es ist wohl mein Schicksal, mehr im Stillen zu wirken. Sie jedoch fielen mir neben Herrn Piringer sofort ins Auge, Herr …«

Reiser stellte sich ebenfalls vor.

Schubert hatte eine hintergründige Art zu lächeln, die als Spott aufgefasst werden konnte. Reiser deutete sie eher als ein Ausstrecken seiner Fühler, um mit dem Gegenüber in Kontakt zu treten. Als würde die Seele Schwingungen versenden, die Schubert wie eines dieser modernen Messinstrumente aufnahm. Als läge dieses neuartige Phänomen der Elektrizität in der Luft.

»Sie sind doch auch Musiker«, sagte Reiser. »Ich sah Sie neulich zufällig in der ›Ungarischen Krone‹. Sie waren ganz versunken in Ihr wunderbares Klavierspiel.«

»Ja, der Flügel dort in dem Hinterzimmer ist ganz gut. Und ich kann mir leider kein eigenes Klavier leisten.«

Reiser wechselte das Thema. »Ich habe auch so meine Schwierigkeiten«, sagte er. »Mir hat meine Wirtin gekündigt. Auf unfreundliche Weise. Wenigstens hat sie meine Habe in meinen Koffer gepackt, ich habe gerade nachgesehen, ob etwas fehlt.«

Schubert begutachtete das Gepäckstück mit dem Blick eines Lehrers, der eine Pflanze oder einen Stein am Wegesrand studiert. Dann wurde Reiser jedoch klar, dass Schubert nicht den Koffer inspizierte, sondern die Romanze, die Reiser gerade glatt gestrichen hatte.

»Ist das von Ihnen?«, fragte er. »Darf ich?«
Er wartete die Erlaubnis nicht ab, streckte die Hand aus und nahm das Blatt. Reiser dachte an die Musik, die Herr Schubert im Hinterzimmer der »Ungarischen Krone« gemacht hatte. Musik, die so ganz anders gewesen war als die von Herrn van Beethoven.
»Ja, es ist von mir. Ich habe das Stück sogar Herrn van Beethoven gezeigt«, sagte Reiser. »Schauen Sie, er hat ein paar Anmerkungen hineingeschrieben.«
»Das haben Sie gewagt?«, fragte Schubert, ohne den Blick von den Noten zu nehmen. »Ich gratuliere. Mich hielt bisher die Schüchternheit ab, mich diesem Meister zu nähern. Vielleicht kann ich von Ihnen noch etwas lernen.«
»Es gibt nichts zu gratulieren. Es hat ihm nicht gefallen. Er sagt, ich wiederhole zu viel. Und er hat mir das Lehrbuch von Albrechtsberger empfohlen.«
Schubert lächelte, würdigte das Blatt eines letzten Blickes und sah Reiser an. »Wiederholung ... Veränderung ... Was heißt das schon? Es gab doch diesen griechischen Philosophen, der sagte, man könne nicht zweimal in denselben Fluss steigen.«
»*Panta rhei* – alles fließt. Ist auch die Musik damit gemeint? Das wusste ich nicht.«
»Wenn sich eine Sache wiederholt, ist sie niemals dieselbe – vor allem nicht, wenn sich anderes dazwischen ereignet. So erscheint das Gleiche in anderem Licht. Das gilt für alles, also auch für die Musik.«
Das leuchtet ein, dachte Reiser verwundert. Er hatte nach Beethovens Kritik dem großen Meister recht gegeben. Und nun kam dieser kleine Mann daher, sagte etwas anderes, und es stimmte genauso. Was Schubert da formulierte, war wie eine Erklärung der Musik, die er neulich Abend gespielt hatte. Diese Klänge des Kreisens, des Sichversenkens, des Nachbohrens und Forschens ...
Ein seltsamer Mann, dieser Schubert, dachte Reiser. Wie unbefangen er auf jemanden zugeht und einfach zu philosophieren beginnt. Er erinnerte sich an das Gesicht hinter der bunten Scheibe der »Ungarischen Krone«, die es fast geisterhaft wirken ließ. Auch jetzt hatten die Züge des kleinen Man-

nes etwas Künstliches. Als sei seine Haut von Puder bedeckt. Reiser wurde überrascht klar, dass das nicht nur ein Eindruck war. Der kleine Mann kaschierte irgendeine Unreinheit der Haut oder Narben damit. Und nicht nur das. Von ihm ging ein eigenartiger, übler Geruch aus. Reiser hatte ihn dem Hafenwasser zugeschrieben. Doch es war Schubert, der diesen leicht fauligen Dunst verströmte.

»Etwas zu wiederholen kann auch dazu führen, ihm mehr Kraft zu geben, Herr Reiser. Und Raum zu schaffen. Musik braucht Raum, verstehen Sie? Und Zeit.« Er suchte nach Worten. »Die Zeit verläuft nach eigenen Regeln, wenn Musik erklingt. Sie wird von der Musik geordnet, aber die Musik kann die Zeit auch dehnen. Eben wie ein Raum.« Schubert schüttelte den Kopf. »Es ist schwer zu erklären, vor allem den Wienern. Die sind ja froh, wenn sie ihren Walzer haben, dazu Wurst und Bier …«

Raum, Zeit …

»Kennen Sie einen Ort in Wien, wo Musik Raum wird?«, fragte Reiser. »Es hat etwas mit der Oktave zu tun. Ich weiß, es klingt eigenartig.« Wie sollte man aus dem, was er da sagte, schlau werden? »Verstehen Sie?«

Schubert runzelte die Stirn. »Ich glaube nicht. Was meinen Sie damit?«

»Sie sprachen gerade von Raum. Und von der Zeit, die die Musik in Anspruch nimmt. Jemand hat mir gegenüber erwähnt, es gebe in Wien einen Ort, wo Raum und Musik eins werden.«

Schuberts Augen hinter den Brillengläsern wurden schmal. »Wer soll das gewesen sein?«

Reiser sah sich um. Viel war auf dem Schanzel nicht mehr los. Trotzdem war das hier nicht der richtige Ort, so etwas zu besprechen. Die Sache hatte mit Kreutz zu tun, und es gab laut Hänsels Kartei Verbindungen zwischen Schubert und den Revolutionären von 1820, also galt es, vorsichtig zu sein.

»Ich werde es Ihnen gern sagen. Aber vielleicht besser nicht hier.«

Schubert nickte langsam und nachdenklich. Dabei sah er Reiser prüfend an. »Sagen Sie mir dann auch, *warum* es Sie interessiert?«

»Natürlich.«
»Haben Sie Geld für einen Fiaker?«
»Wohin wollen Sie denn?«, fragte Reiser. »Können wir nicht zu Fuß irgendwohin gehen?«
»Es ist nicht weit, aber den Koffer können wir dort nicht hintragen.«

Reiser nickte. Ihm war natürlich klar, dass er für diese Nacht noch eine Unterkunft brauchte. Aber das Gespräch mit Schubert war jetzt erst einmal wichtiger.

Es sah ein wenig lächerlich aus, als sie gemeinsam den Koffer durch das Schanzeltor schleppten.

»Kennen Sie dieses Haus dort?«, fragte Reiser, als das Müllersche Gebäude in Sicht kam.

»Das kennt jeder in Wien. Es ist das Deym'sche Palais.«

Reiser tat so, als würde er es zum ersten Mal betrachten, und blickte an der dunklen Fassade hoch. »So ein schönes Haus, und es steht wohl leer.«

Schubert lächelte. »Darin zu wohnen wäre sicher angenehm. Aber die Familie Deym hält sich ab Mai gewöhnlich auf dem Land auf. Sie besitzen Güter in Böhmen. Es heißt, Fürst Lichnowsky würde es gelegentlich anmieten. Für Freunde und Gäste. Viele dieser Gäste sollen Musiker sein. Der Fürst liebt die Musik. Leider habe ich es bisher versäumt, seine Bekanntschaft zu machen. Ich gehe einen Fiaker holen. Bleiben Sie solange bei Ihrem Koffer.«

Mit kurzen, schnellen Schritten verschwand er in Richtung Innenstadt. Die braunen Rockschöße flatterten hinter ihm her. Reiser überlegte, wo er den Namen Lichnowsky gehört hatte. Es war im Gespräch mit Herrn van Beethoven gewesen. Damals, 1796, hatte Fürst Lichnowsky den Komponisten gefördert. Nach Beethovens Worten war der Fürst wie ein Vater zu ihm gewesen. Seine Frau, die Fürstin, wie eine Mutter.

Aber der alte Fürst lebte nicht mehr. Auch das hatte Beethoven gesagt. Schubert meinte wohl dessen Sohn.

War es Zufall, dass sich Schubert gerade hier herumtrieb? Hatte er auch etwas mit den Unsichtbaren zu tun?

Ein Fiaker näherte sich. Der Kutscher half, den Koffer aufzuladen. Sie stiegen ein. Dann machte das Fahrzeug auf dem engen Platz kehrt und blieb auf den Gassen, die im Inneren der Stadt an der Befestigung entlang verliefen. Es ging an der Dominikanerkirche vorbei, dann erschien links das Stubentor, und kurz darauf ließ Schubert anhalten.

»Ich wohne bei einem Freund«, sagte er, »Joseph Huber. Er hat mir seine Wohnung vorübergehend überlassen. Sie haben ja keinen Wirt im Moment. Sie können gern auch hier übernachten.«

»Ich will niemandem zur Last fallen. Ich kann mir nachher auch ein Zimmer in einem Gasthaus nehmen.«

»Sie fallen nicht zur Last. Huber hat keine Familie und ist ohnehin nicht zu Hause. Er arbeitet im Kriegsministerium und musste für ein paar Tage nach Linz. Kommen Sie nur.« Er lächelte. »Das Trockenwohnen hat er als staatlicher Beamter nicht nötig.«

Reiser wusste, was er meinte. Familien, die es sich sonst nicht leisten konnten, zogen in neue Häuser, in denen die Räume noch feucht waren. Das war das »Trockenwohnen«. Es wurde kaum darüber gesprochen, aber jeder wusste, dass das für die Gesundheit nicht gerade förderlich war und wahrscheinlich zumindest zum Teil die vielen Fälle von Schwindsucht auslöste.

Die Wohnung befand sich gleich über dem Mezzanin, sodass sie der Last des Koffers schnell entledigt waren. Als Schubert Licht angezündet hatte, offenbarte sich eine wahre Kompositionswerkstatt. Das Durcheinander ähnelte dem in Beethovens Wohnung, doch hier war alles enger, gedrängter. Neben dem Flügel mit aufgeklappter Tastatur, der allein die Hälfte des Raumes einnahm, hatte sich Schubert ein Tischchen hingestellt, auf dem eine angefangene Partitur neben Tinte und Feder auf Weiterarbeit wartete. Auf dem Notenhalter des Flügels stapelten sich etliche handbeschriebene Blätter. Unter den wie bei Beethoven rasch hingeworfenen, aber viel lesbareren Noten standen poetische Worte.

»Sie komponieren Lieder«, stellte Reiser fest.

»Immer, wenn ich ein Gedicht lese, steigt Musik in mir auf. Das färbt dann aber auch auf andere Werke ab. Schauen Sie hier ...« Er holte ein anderes Manuskript, das in einem einfach gezimmerten Seitenregal lag. »Das hier ist ein Streichquartett. Und doch habe ich einem Satz davon ein Lied zugrunde gelegt. Kennen Sie es? Oder das Gedicht? Es heißt ›Der Tod und das Mädchen‹.« Er registrierte Reisers Gesichtsausdruck. »Ah, Sie kennen es nicht.« Für einen kurzen Moment flackerte Enttäuschung über seine Miene.

»Das mag sein«, sagte Reiser schnell. »Aber die Idee, Musik mit Poesie zu verbinden, die Idee, dass man Musik etwas sagen lassen kann, das als Text nicht gesagt werden kann ... Das kenne ich. Es ist wie ...«

»Wie in der neuen Sinfonie von Herrn van Beethoven?«

»Oh ja. Ich habe das jetzt erst verstanden, als ich ins Orchester kam und das Werk hörte.«

»Aber wenn etwas mit Worten gesagt werden *kann*«, wandte Schubert ein und legte die Partitur des Streichquartetts weg, »dann muss es die Musik nicht wiederholen. Es wäre ein schlechter Komponist am Werk, wenn es ihm nicht gelänge, den Sinn der Worte zu vertiefen, sie mit der Musik ganz und gar in die Seele zu versenken. Sie haben sicher Hunger«, fügte er übergangslos hinzu.

In der Ecke des Zimmers, die der Flügel gerade eben so frei ließ, stand ein kleiner Tisch, daneben drängte sich eine Liege an die Wand. Darüber befand sich ein in die Wand eingelassenes Fach, so etwas wie ein winziges Kämmerchen. Schubert musste sich recken, um es öffnen zu können. Er holte zwei Teller heraus, dazu einen angeschnittenen Laib Brot und Wurst. Auf dem Tisch stand schon eine angebrochene Flasche Rotwein. »Es ist wenig, aber Sie sind herzlich eingeladen.«

Reiser nickte nur abwesend.

»Was beschäftigt Sie?«, fragte Schubert. »Immer noch die Fragen von Zeit und Raum?«

»Wenn Musik etwas tiefer und deutlicher ausdrücken kann als ein Gedicht. Und wenn es um Ideen, Texte oder Meinungen geht, die offiziell verboten sind ...«

Schubert setzte sich. »Von Metternichs Bande, meinen Sie?« Er sah Reisers erschrockenen Blick. »Keine Angst. In der Nachbarwohnung ist derzeit niemand, und hier sage ich, was ich denke. Ich bin ja nun mal ein denkender Mensch. Und ein Künstler. Sie sind auch einer, das habe ich Ihrer Romanze angesehen.«

»Was«, sagte Reiser, »wenn man die Musik all das aussprechen ließe, was man nicht aussprechen darf? Wenn der Text nur eine allgemeine Vorlage, eine Richtung gibt, aber so milde daherkommt, dass die Zensur ihn erlaubt ...? Wogegen die wahre, harte Bedeutung nur in der Musik hörbar wäre? Nicht sichtbar, nicht im Text lesbar, nur *empfindbar* ...« Er stockte.

Was hatte er da gesagt?

Nicht sichtbar. Unsichtbar. *Die Unsichtbaren.*

Schubert, dessen gepudertes Gesicht im Schein der Kerze bleich wirkte, hatte sich Wein in ein Glas gegossen, prostete Reiser zu und trank einen Schluck. »Was für Gedanken. Ja, Sie sind auf dem richtigen Weg. Ich kann Ihnen versprechen, diese Lektion, die Sie gerade gelernt haben ... Sie ist viel mehr wert als jede Übung aus dem staubtrockenen Buch von Herrn Albrechtsberger.«

»Aber das ist es nicht allein«, sagte Reiser.

Schubert biss ein Stück Wurst ab. »Nicht allein?«, fragte er kauend. »Wie meinen Sie das?«

»Herr Schubert, Sie sagen, ich kann es wagen. Ich habe so etwas wie Vertrauen aus Ihren Worten herausgehört. Also spreche ich jetzt deutlich. Ich war bei den Studenten. Ich habe an einem Treffen teilgenommen. Ich wurde von Polizeisoldaten verfolgt, nachdem das Treffen gesprengt worden war. Es kam zu einem Kampf ...«

Schuberts Augen wurden mit jedem Wort größer. »Verfolgt?«, rief er aus. »Wann? Heute? Auch vorhin?«

»Nein, nein, haben Sie keine Angst. Ich blieb unbehelligt. Und unerkannt. Ich weiß, dass Sie Senn kannten. Senn, der verhaftet wurde und jetzt in Tirol ist.«

»Das ist Jahre her.«

»Ich erwähne es nur, um Ihnen zu zeigen, dass Sie mir vertrauen können. Ich will einen von ihnen finden. Wir sind gemeinsam geflohen. Er heißt Theodor Kreutz. Kennen Sie ihn?«

»Der Name sagt mir nichts. Was wollen Sie denn von ihm?«

»Das ist eine lange Geschichte. Ich glaube, dass er etwas weiß. Über das Schicksal meines Vaters.«
Schubert sah ihn aufmerksam an. »Ihres Vaters. Das hat dann aber wohl nichts mit den Studenten zu tun?«
»Ich weiß es nicht. Mein Vater war Hofmeister auf einem kleinen Schloss in Niederösterreich. Er kam kürzlich bei einem Unfall ums Leben.«
»Mein Beileid. Und weiter? Sie sagten, die Geschichte sei lang.«
Reiser überlegte. Er konnte und wollte Schubert nicht die ganze Geschichte erzählen. Schon gar nicht die von Beethoven und dem mysteriösen Ereignis aus dem Jahr 1796. Er musste einen Zusammenhang erfinden. »Ich habe den Verdacht«, sagte er, »dass mein Vater gewisse Verbindungen hatte. Vor fast dreißig Jahren. In den Kriegen, verstehen Sie? Und nun denke ich, dass sein Unfall gar kein Unfall war ...«
»Warum das?«
»Das ist verwickelt. Aber dieser Kreutz kennt vielleicht Leute, die mir helfen könnten, das Geheimnis zu lüften. Es quält mich. Und ich habe aufgrund des Todes meines Vaters die Anstellung am Schloss verloren ...«
»Das tut mir leid. Aber wie kommen Sie darauf? Ich meine, auf den Verdacht, den Sie da hegen? Na gut, ich verstehe schon, Sie wollen das meiste für sich behalten. Aber das ist Stoff für einen Roman, den Sie mir hier schildern, Herr Reiser.« Er lächelte wieder. »Wie soll ich Ihnen helfen? Senn – der war mein Freund, das stimmt. Er hat sich nicht beirren lassen, hat die Polizisten noch beschimpft, als sie ihn schon gestellt hatten. Ich bin viel ängstlicher als er. Ich wage es noch nicht mal, ihm zu schreiben. Ich habe keine Verbindungen mehr zu den Leuten, die wahrscheinlich mit diesem Kreutz verkehren.«
»Hat er Ihnen denn geschrieben?«
»Das weiß ich nicht. Jeder weiß doch, dass die Briefe abgefangen werden. Gelesen werden sie auf jeden Fall, vielleicht auch einbehalten.« Er seufzte. »Mir bleibt nur die Kunst, in die ich mich zurückziehen kann ... Aber darin bin ich dann doch wie Senn. Ich lasse mir nicht reinreden. Dafür bleibt mir eben auch nur das hier. Unterschlupf bei Freunden und ein

karges Mahl. Das ich aber gern teile. Greifen Sie zu. Wissen Sie, Freundschaft ist wichtiger als die Politik. Vor allem, wenn sie von wirklicher Brüderlichkeit durchdrungen ist. *Alle Menschen werden Brüder.*« Er lächelte.

Reiser sah das wenige Essen und die fast schon leere Flasche Wein. Er war so sehr mit seinen Fragen beschäftigt gewesen, dass er das Naheliegende noch gar nicht bemerkt hatte. Schubert war arm. Und er aß ihm noch seine Mahlzeit weg.

»Haben Sie keine Anstellung als Kapellmeister?«, fragte Reiser. »Oder in einem Orchester?«

»Dazu habe ich es noch nicht gebracht. Vor sechs Jahren war ich mal einen Sommer lang Klaviermeister bei zwei Comtessen in Ungarn. Wenn ich Glück habe, darf ich dieses Jahr wieder hin. Letztes Jahr habe ich versucht, mit einer Oper groß rauszukommen. Es wurde nichts. Die bringen immer nur Rossini. Hin und wieder mach ich ein paar Walzer, deshalb füttern mich die Verleger einigermaßen über den nächsten Monat. Aber auch da ist ein anderer berühmter als ich. Der Johann Strauß. Und dann drängen mich wieder die Lieder. Doch die will keiner hören. Die kauft mir keiner ab.«

So sah also die Existenz eines Musikers in Wien aus, wenn er nicht so erfolgreich war wie die Großen. Wie ein Beethoven oder dieser Walzerspieler Strauß. Die Kämpfe, die auf dem Gebiet der Oper ausgefochten wurden, hatte ihm ja schon Piringer geschildert.

»Und letztes Jahr wurde ich krank«, fuhr Schubert fort. »Sehr krank sogar. Ich war eine Weile im Spital im Alsergrund.«

»Etwas Schlimmes?«

»Ja. Aber ich möchte nicht darüber sprechen.«

»Doch jetzt geht's Ihnen besser?«

»Ganz los werde ich das wohl nicht mehr. Aber ich komm zurecht. Jedenfalls kann ich ja den Namen Theodor Kreutz im Gedächtnis behalten. Sollte ich von ihm hören, gebe ich Ihnen Bescheid. Allerdings bezweifle ich, dass es so kommt. Wie gesagt, ich halte mich von diesen Elementen fern.«

»Wissen Sie, als Kreutz sich verabschiedete, sagte er etwas Seltsames.«

»Sie haben mit ihm gesprochen?«

»Ja, gleich nach unserer Flucht vor der Polizei, bevor unsere Wege sich wieder trennten. Aber er ließ mich nicht zum Zuge kommen, was die Sache mit meinem Vater betrifft. Als er ging, sagte er mir, wo er sich verbirgt.«

»Wirklich? Aber dann wissen Sie es ja.«

»Eben nicht. Er stellte mir ein Rätsel. Er sagte, er befinde sich dort, wo die Oktave Raum wird. Sie wird zu einem kaiserlichen, göttlichen Zimmer. Musik wird Raum. Und dass es ein Raum wie eine Sinfonie sei.«

»Ach, daher haben Sie das. Ist denn dieser Kreutz auch Musiker?«

»Ich glaube nicht.

»Umso eigenartiger. Als Sie das vorhin am Schanzel erwähnten, dachte ich, es sei so ein Geheimspruch, den sich Verbindungen ausdenken, um sich Gleichgesinnten gegenüber zu erkennen zu geben.«

Auf diese Idee war Reiser noch gar nicht gekommen. »Vielleicht ist es das ja auch.«

»Aber es muss trotzdem einen Sinn darin geben. Warum zum Beispiel gerade die Oktave?« Schubert lehnte sich zurück. »Überlegen wir einmal. Sie ist der perfekte harmonische Zusammenklang. Obwohl sie aus zwei verschiedenen Tönen besteht, klingt sie rein und klar wie ein einziger, stärkerer Ton. Das nächste Intervall in der Abfolge der Reinheit ist die Quinte. Sie klingt harmonisch, doch jeder Ton ist einzeln erkennbar, und so steckt in ihr das Symbol einer möglichen Spaltung und der Zwietracht. Ist Ihnen übrigens aufgefallen, dass die neue Sinfonie von Herrn van Beethoven mit leeren Quinten beginnt? Die Oktave jedenfalls umfasst den Abstand von acht Tönen. Vielleicht hat die Zahl Acht noch eine andere Bedeutung? Vielleicht besteht die Gruppe aus acht Mitgliedern?« Schubert griff nach seinem Glas und trank es aus.

»Oder sie treffen sich in einem Haus mit acht Zimmern? Es war ja von einem Raum die Rede.«

»Waren Sie deswegen am Müllerschen Gebäude interessiert? Darin gibt's aber bestimmt mehr.«

»Sind Sie jemals darin gewesen?«

Schubert lächelte Reiser an. »Ich? Nein. Aber das Rätseln macht Spaß. Ich stelle mir gerade vor, was passieren würde, sollten die Leute von Metternich von dem Spruch erfahren. Sie würden sich wie wild den Kopf zerbrechen. Genau wie wir. Und dann würden sie darüber verrückt werden.« Er lachte. »Der Metternich würde sie dann alle ins Irrenhaus sperren müssen …« Das Lachen steigerte sich zu einem wahren Ausbruch. Schubert nahm die Brille ab und rieb sich die Tränen aus den Augen. »Dann wären wir die alle los … Endlich.«

Reiser lachte mit. Gleich darauf wurde Schubert wieder ernst.

»Da fällt mir was ein«, sagte er. »Was, wenn Ihr Herr Kreutz ein Versteck gefunden hat, das keine acht *Zimmer* hat, sondern acht *Wände*?«

»Sie meinen ein achteckiges Haus?«

»So etwas gibt es in Wien.« Schubert stand auf und ging hinüber zu dem Tischchen in der Ecke, um einen Bleistift und einen Bogen Papier zu holen. »Aber ich sag Ihnen gleich: Was mir gerade durch den Kopf geht, könnte die Lösung sein. Doch es wird Ihnen nicht gefallen.« Er legte das Papier hin und begann zu zeichnen. Reiser sah zu, wie die Skizze eines Gebäudes entstand, das wie ein Turm aussah. Schwarze Schraffuren markierten Fenster in mehreren Etagen, die an Schießscharten erinnerten. »Ich weiß nicht, ob Sie in Wien aufgewachsen sind. Wenn dem so ist, müssten Sie das hier kennen.«

»Natürlich«, sagte Reiser. »Das ist der Narrenturm. Das Irrenhaus. Der Guglhupf.«

»So bin ich drauf gekommen. Er steht gleich hinter dem Spital, in dem ich war. Als es mir besser ging, bin ich manchmal da spazieren gegangen. Man hört die Schreie der Verrückten noch hinter der Mauer.«

»Und was hat der Narrenturm mit Kreutz zu tun?«

Schubert zeichnete weiter. »Hier auf dem Dach steht eine kleine hölzerne Hütte«, erklärte er. »Das wissen die wenigsten. Einer der Pfleger hat es mir erzählt.«

»Auf dem Narrenturm steht oben noch ein weiteres Gebäude?«

»Nur ein ganz kleines. So eine Art Beobachtungsposten.

Es stammt noch aus der Zeit von Kaiser Joseph. Er hat selbst manchmal dringesessen. Und es hat acht Ecken. Es ist ein sogenanntes Oktogon. Es macht die perfekte Harmonie der Oktave räumlich.«

»Der Kaiser? In dieser kleinen Hütte? Bei den Irren?«, wiederholte Reiser ungläubig. »Sie meinen, die Majestät ist zwischen den Verrückten hindurchgegangen und hat sich da hingesetzt? Das kann nicht sein. Und was wollte er denn dort?«

Schubert legte den Stift hin. »Die Lösung eines Rätsels gebiert das nächste. Man weiß es nicht. Aber genau das ist es ja. Manche sagen, er habe den Himmel beobachtet. Die Sterne. Und aus ihrem Lauf tiefere Erkenntnisse über das Schicksal der Welt erfahren wollen. Und dass der Raum achteckig sei, habe ihm dazu verholfen. Als wäre die Geometrie dabei von Bedeutung. Wie der Klang einer Oktave eine Harmonie beruhigen kann, so soll es auch dieser Raum können.«

»Eine eigenartige Idee«, fand Reiser.

»Vielleicht hat er sich aber auch nur an der Aussicht über seine Hauptstadt ergötzt«, sagte Schubert. »Sie soll von dort aus wirklich großartig sein. Und er ist natürlich nicht zwischen den Irren herumgegangen. Er hatte eine eigene Stiege, um nach oben zu gelangen. Sie war über einen unterirdischen Gang mit einem nahe gelegenen Grundstück verbunden. So bemerkte ihn niemand, wenn er ging oder kam. Das wird jedenfalls gesagt. Es ist lange her.«

»Und Kreutz ...«

»Er hat sich mit Ihnen einen Scherz erlaubt, nehme ich an. Vielleicht wollte er mit der Bemerkung nur darauf aufmerksam machen, dass Metternich die Studenten und Demagogen am liebsten im Irrenhaus sähe. Es sind die unterschiedlichsten Leute dort. Zum Beispiel auch der alte Kapellmeister Salieri. Wussten Sie, dass er in seinem Wahn behauptet, Mozart ermordet zu haben?«

»Meinen Sie, das stimmt?«

»Ich denke, er ist einfach nur alt und verwirrt. Ich habe einst bei ihm Unterricht gehabt, und damals hat er mir berichtet, er habe sich mit Mozart sehr gut verstanden.«

Reiser nickte schweigend. Kreutz in dem Narrenturm zu suchen, war sinnlos. Und wahrscheinlich ohnehin unmöglich. Durfte man dort überhaupt hinein? Auf einmal erfasste ihn eine große Müdigkeit. Wie spät war es eigentlich?

»Möchten Sie sich niederlegen?«, fragte Schubert, dem Reisers verstecktes Gähnen nicht entgangen war. »Nebenan gibt es ein Bett für Sie.«

»Und Sie?«

»Ich würde gern noch ein wenig komponieren. Mir geht da ein Lied im Kopf herum, mit dem ich aber nicht zurande komme. Bei manchen Gedichten geht es nicht so leicht. Und ich würde Sie bitten, auch noch etwas Musik spielen zu dürfen, wenn es Sie nicht stört.«

»Aber nein, es stört mich nicht. Und ich bin doch in Ihrer Schuld. Hätten Sie vielleicht Schreibzeug für mich? Ich muss auch noch etwas schreiben. Keine Musik. Briefe.«

Schubert brachte ihm Papier, Feder und ein kleines Tintenfass. Im Nachbarzimmer standen nur ein Bett und ein Waschtisch, kein Pult. So setzte sich Reiser, nachdem er Schubert eine gute Nacht gewünscht hatte, einfach mit dem Licht auf den Boden.

Während von nebenan zarte Klaviertöne erklangen, begann er den Brief an den Baron. Zunächst beschrieb er seine Arbeit bei Hänsel. Als er auf das Testament des verstorbenen Edlen zu sprechen kommen wollte, ging es nicht weiter. Wie sollte er denn begründen, dass er davon wusste? Durfte er zugeben, dass er mit Theresia gesprochen hatte? Konnte er in dem Schreiben einfach ankündigen, sein Recht erkämpfen zu wollen, obgleich er keinen Beweis für dessen Existenz hatte? Unmöglich. Aus der Sicht des Barons nähme er Ungeheures in Anspruch. Die Hand einer Edlen und dazu noch ein großes Landgut. Wie würde ein Mann wie von Walseregg darauf reagieren? Natürlich mit Ablehnung. Im besten Fall würde er das Schreiben einfach ignorieren.

Reiser zerriss das Blatt. Wenn er sein Anliegen vortragen wollte, musste er es persönlich tun. Mit einem Brief ging das nicht.

Blieb die Entschuldigung an Herrn van Beethoven. Hier kamen die Worte leicht. Vielleicht wurden sie auch von Schuberts Musik inspiriert.

Reiser hörte bei seiner Schreibarbeit zwar nur mit halbem Ohr hin. Doch irgendwann wurde ihm bewusst, dass der Komponist nebenan etwas improvisierte und dazu mit klarer, hoher Stimme sang. Die Worte kannte er. Theresia hatte ihm von dem Roman vorgeschwärmt, aus dem das Gedicht stammte. Der Titel wollte Reiser erst nach einigem Überlegen einfallen. »Ahnung und Gegenwart«, geschrieben von dem preußischen Baron von Eichendorff.

Reiser lauschte auf die Worte.

Hast du einen Freund hienieden,
trau ihm nicht zu dieser Stunde,
freundlich wohl mit Aug' und Munde,
sinnt er Krieg im tück'schen Frieden.
Was heut müde gehet unter,
hebt sich morgen neu geboren.
Manches bleibt in Nacht verloren –
hüte dich, bleib wach und munter!

***

»Jetzt bist du der Kaiser«, sagte Zeisel leise hinter Kreutz.

Gemeinsam blickten sie durch eines der Fenster über das Dächermeer der Stadt. Die Konturen der Häuser waren jetzt, in der Nacht, nur zu erahnen. Sie bildeten klobige Schatten zwischen den Gassen aus Licht, in denen die Laternen brannten.

Der Guglhupf war natürlich nicht das höchste Gebäude Wiens, doch hier im Alsergrund machte ihm kein anderes Bauwerk seinen Rang streitig. Die acht Wände der kleinen Rotunde auf dem flachen Dach verfügten über je einen Ausguck und boten wie in einem Panoptikum acht verschiedene Aussichten über die Kaiserstadt und das Umland.

Der Kaiser, dachte Kreutz. Ja, wie der Kaiser konnte er sich hier zumindest fühlen. Der alte Kaiser Joseph, der angeblich vor der großen Revolution immer wieder hier gesessen hatte, als hätte er beim weiten Universum über ihm Rat gesucht, wie den Zeitläufen zu begegnen sei. In dieser seltsamen Stube, die nur vier, fünf Schritte im Querschnitt maß, aber über eine kleine Bank verfügte, auf der man sitzen und sich auch bequem hinlegen konnte.

Schloss man den Zugang hinter sich, drangen auch keine der schrecklichen Geräusche aus der Tiefe herauf. Man war mit sich, dem großen Wien und dem noch viel größeren Himmel über der Stadt allein.

Kaum jemand erinnerte sich noch an die geheime Kaiserstiege. Studenten hatten einen Hinweis darauf in einem alten Plan in der Universitätsbibliothek entdeckt und sie dann tatsächlich gefunden. Man erreichte sie von einem verborgenen Ort außerhalb der Umfassungsmauer. Im Grunde konnte jeder, der hier eingesperrt war, den Guglhupf verlassen, wenn er von innen auf das Dach und von da den Weg zur Stiege fand. Nur wusste eben fast niemand davon.

Nachdem Grammer Kreutz die Position des geheimen Zugangs verraten hatte, musste dieser dem Pförtner nun nichts mehr vorlügen, um hier Zuflucht zu finden.

»Danke, dass du mir hilfst, Zeisel«, sagte er. »Und dass du mir alles über Grammer und die anderen gesagt hast.«

»Nein, Kreutz, es war umgekehrt. Ich habe Grammer von *dir* berichtet. Und dafür gesorgt, dass sie dich im Theater treffen können.«

»Dein angeblicher Onkel war aber nicht dort. Grammer sagte mir, er habe darauf gehofft, ihn endlich persönlich zu treffen. Alle rätseln, welchen seiner Gesandten Follen geschickt hat, um uns anzuleiten. Er gehört doch zum engen Kreis?«

»Ich weiß selbst nicht, wer das gewesen ist. Aber er muss uns wohlgesinnt sein. Er hat uns in den großen Plan eingeweiht, indem er mir den Weg zu dem alten Engländer wies. Und uns den Schlüssel zum Theater gab. Ob daraus etwas wird, weiß ich aber noch nicht. Es erscheint mehr wie eine Richtung. Es braucht noch viel zur Verwirklichung. Aber so konnte ich Grammer informieren. Und dich. Trotzdem habe ich ihm gegenüber die Maske des Wahnsinns nicht abgenommen.«

Kreutz nahm sich vor, dem Plan, von dem Zeisel sprach, noch einmal genau auf den Grund zu gehen. Ihm war ein Gedanke gekommen, der ihn erneut in das Theater führen würde.

Zeisel hatte den Blick gesenkt. Eine Welle der Verzweiflung schien ihn zu überwältigen.

»Ich verstehe nicht, was dich hier noch hält«, sagte Kreutz. »Bei allem, was man dir antut, und den Qualen, die du erleiden musst. Komm mit mir. Wir können gemeinsam kämpfen.«

Zeisels Wangen glänzten vor Tränen. Er schüttelte den Kopf. »Nein, mein Platz ist hier. Niemand ahnt, dass wir aus einem Narrenhaus heraus die Dinge lenken. Ich ertrage das schon. Das muss ich.«

Kreutz nickte und beschloss, es zu akzeptieren.

Eine Weile waren die beiden noch in den Anblick des Nachthimmels versunken.

»Ich muss nun zurück«, sagte Zeisel dann. Sie hatten ihn am Abend aus seiner Zelle gelassen, weil er an der Reihe war, beim Wasserverteilen mitzuhelfen. So konnte er eine gewisse Zeit fernbleiben, aber eben nicht zu lange.

Er öffnete die Falltür, ging ein Stück die Treppe hinunter und schloss die Klappe hinter sich. Kreutz war allein.

25

Donnerstag, 6. Mai 1824

Wenn Reiser die Wohnung verlassen wollte, musste er durch das benachbarte Zimmer, wo Schubert am Abend noch gearbeitet hatte. Von dort war nichts zu hören.

Er öffnete leise die Tür. Der kleine Komponist, immer noch in seinem braunen Rock und mit der Brille auf der Nase, lag halb lehnend schräg auf der Liege. Ein Notenblatt, an dem er gearbeitet hatte, war ihm aus der Hand gerutscht. Es balancierte auf der Bettkante und drohte jeden Moment auf den Boden zu sinken, wo schon eine benutzte Feder lag, die dunkle Flecken auf den Dielen hinterlassen hatte. Ruhige, gleichmäßige Atemzüge gingen von Schubert aus.

Reiser nahm die Feder und das Fass und schrieb ein paar Worte auf einen Zettel, den er von dem Arbeitsplatz am Flügel nahm. Als er ihn zusammenfaltete und eine gute Stelle suchte, damit Schubert die Nachricht fand, fiel sein Blick auf den Notenhalter über der Tastatur. Schubert hatte tatsächlich noch an dem Lied nach dem Gedicht von Eichendorff gearbeitet. Offenbar war die Sache aber nicht nach seinen Wünschen vorangegangen, und so hatte er die Skizze mit heftigen Linien wieder durchgestrichen.

Reiser legte das Blatt auf die Klaviertasten. Dann verließ er das Haus.

Der Trubel auf dem Josephsplatz zwischen dem Kaiserdenkmal und dem Redoutensaal war größer als gestern. Während er sich nach Beethoven umsah, drängte sich Reiser durch die Musiker und eine große Menge von Damen, die wahrscheinlich zum Chor gehörten. Diesmal waren auch Scharen von Knaben dabei, die ebenfalls Notenblätter trugen. Demnach kam erst heute, bei der letzten Probe, die ganze Besetzung zusammen.

Beethoven war nicht zu sehen, ebenso wenig Schindler und

auch die Solisten nicht. Wahrscheinlich würden sie wie gestern erst recht spät zur Probe erscheinen.

»Da bist ja«, rief Piringer, der auf einmal auftauchte. »Ich dachte schon, du kommst nicht.«

»Aber wieso nicht?«, fragte Reiser.

»Na, wegen des Zwists, den du mit dem Herrn van Beethoven hattest.«

Reiser stutzte. Piringer wusste davon?

»Hier, das ist für dich.« Er reichte Reiser den Bratschenkasten und einen zusammengefalteten Zettel, der mit einem roten Lacksiegel verschlossen war. »Herr Beethoven hat den Brief gestern bei mir abgegeben. Ich meine, der Karl van Beethoven, der Neffe. Die Beethovens wissen, dass wir uns kennen, aber nicht, wo du wohnst. Sie dachten, du würdest zu mir zum Üben kommen. Oder eben heute in die Probe.«

Reiser stellte den Koffer auf einem der Stühle ab und nahm das Schreiben. Sein Herz begann zu hämmern. Würde sich der Komponist seine Mitwirkung verbitten? Konnte er gleich wieder gehen?

Mein lieber Reiser,
bitte verzeihen Sie mir meine Unbeherrschtheit. Was vorgefallen ist, bedauere ich. Ich weiß, Sie sind ganz und gar auf meiner Seite und setzen sich für mich und meine Kunst – was dasselbe ist – ein. Ich schätze das sehr, und ich möchte Sie nicht im Zweifel darüber lassen, dass ich Ihnen zu Dank verpflichtet bin. Bitte lassen Sie in diesem Bestreben nicht nach. Wir alle, die wir die Kunst und das, was sie in der Welt vermag, lieben – wir alle, die wir zu einer brüderlichen Gemeinschaft derjenigen gehören, die auf bessere Zeiten hoffen –, wir alle finden uns in der Kunst zusammen.
B.

»Er ist manchmal arg unwirsch«, sagte Piringer. »Aber dann entschuldigt er sich, und es ist wieder gut. Das haben wir alle schon erlebt.«

Reiser steckte den Brief ein. Piringer drängte ihn in Richtung ihrer Plätze. »Heut ist hier alles ziemlich angespannt«, sagte er, »denn heute gilt's. Was heute nicht geht, geht auch morgen nicht. Und was heute gerade so geht, kann morgen leicht verfehlt werden.«

Die Aufregung, die Reiser beim Öffnen des Briefes gepackt hatte, blieb. Sie hatte durch die allgemeine Anspannung im Saal neue Nahrung erhalten. Er hatte ja nicht geübt. Würde er den Part meistern? Als er die Bratsche hinübertrug, lag kalter Schweiß auf seinen Händen. Er setzte sich und spielte probeweise ein paar Töne. Seine rechte Hand, die den Bogen führte, zitterte.

Piringer richtete das Notenpult aus und ordnete die Stimmen. »Wir machen's heute in der Reihenfolge wie morgen«, sagte er. »Hat der Umlauf schon gesagt. Erst die Ouvertüre, dann die Teile aus der Messe und dann die Sinfonie.«

Die Mitwirkenden strömten nur so in den Saal und auf das Podium zu. Um sie herum wuchs ein mächtiges Klanggewirr, wie es vor Orchesterproben üblich war. Jeder musste sich mit ein paar Tönen auf seinem Instrument einspielen. Aber hier war ja alles viel größer, viel lauter als alles, was Reiser bisher erlebt hatte. Dort das abgrundtiefe Grollen der Kontrabässe, da mahnende Fanfaren der Posaunen, dazu Trompetengeschmetter, Paukenwirbel, schwirrende Violinläufe.

Reiser erkannte in dem Durcheinander Motivfetzen der Kompositionen. Das Thema des Finales, eine virtuose Fagottstelle aus der Ouvertüre. Jeder probierte noch einmal schnell die heikelsten Stellen. Da durchbrach die Oboe von hinten mit ihrem lang gezogenen mahnenden A wie ein Sonnenstrahl das Durcheinander. Es war das Zeichen zum Einstimmen.

Als Reiser und Piringer, die Instrumente auf den Knien abgestützt, auf den Beginn warteten, öffnete sich die Tür des Saales. Der Tross der Solisten, Schindler, Beethoven und dessen Neffe erschienen. Stille kehrte ein. Umlauf nickte den Ankömmlingen zu, die in den Reihen Platz nahmen.

Reiser gelang es immer noch nicht, seine Nervosität zu bändigen. Während er nur mit halbem Ohr verfolgte, wie Umlauf alle begrüßte, versuchte er, Blickkontakt zu Beethoven aufzunehmen. Der Komponist war jedoch gerade in einen Dialog mit Schindler versunken. Der Adlatus schrieb konzentriert in das Heft, woraufhin sich das mächtige Haupt des Komponisten senkte und Beethoven leise irgendetwas sagte. Daneben saß der Neffe Karl und starrte mit leicht arrogantem Blick auf die Bühne.

Schließlich hob der Dirigent die Arme.

Ein paar Akkordschläge am Anfang der Ouvertüre, dann ein festlicher, geradezu heroischer Marsch, gefolgt von einer langen Strecke aus militärisch wirkenden Trompetensignalen mit Pauken. Das Tempo steigerte sich, während all die Klänge wuchsen und wuchsen und schließlich in einer Art sanften Rückerinnerung verhielten.

Nein, dachte Reiser, das ist keine Erinnerung. Es ist ... eine Erwartung. Ein Innehalten vor etwas Großem – etwas, das unaufhaltsam näher kommt, dem man sich unmöglich entziehen kann.

Wie in einem Ruck befreiten sich die Violinen aus dieser gespannten Haltung. Es war, als ob sie es nicht mehr erwarten konnten, ihrer Bestimmung entgegenzueilen. Welch ein Optimismus! Sie sammelten sich zu einem strahlenden Thema, das durch alle Register lief, hell und wohlklingend.

Nach der Ouvertüre kamen die Teile der Messe. Der Chor einschließlich der Knaben stand hinter dem Orchester. Neben dem Dirigenten hatten die Solisten ihre Plätze eingenommen.

Ein leuchtender, feierlicher Beginn. Aber schon nach ein paar Takten schlichen sich Disharmonien ein, das Geschehen wanderte in immer fremdere Tonarten, so als würde das Festhalten an den alten Werten des Glaubens keinen sicheren Weg mehr bieten, sondern in ein Labyrinth führen. Das Kyrie, der erste Teil, endete auch keineswegs zuversichtlich, sondern wie eine in Musik verwandelte Frage. Das Credo, der in jeder heiligen Messe von den Gläubigen gemeinsam aufgesagte Schwur, hatte ebenfalls Risse. Der enthusiastische, fast übertriebene Beginn konnte nicht darüber hinwegtäuschen, dass er im Inneren hohl war. Ein kranker Baum, der von außen noch stabil aussah, aber keinem Lüftchen mehr standhalten würde, geschweige denn einem Sturm. Als im »Patrem omnipotentem« die Allmacht Gottes heraufbeschworen wurde, kamen die Frauenstimmen angesichts der anstrengenden Höhe, in die Beethoven sie führte, ins Kreischen. An der Stelle, an der die Menschwerdung Gottes durch die Geburt Jesu Christi inszeniert wurde und die grausame Kreuzigung zur Sprache kam, fand man sich in einer Schreckensmusik wieder, so als sei Jesus Christus nichts anderes als auch nur ein normaler Mensch gewesen. Einer, mit dem man Mitleid haben musste wie mit jedem Opfer einer Schreckensherrschaft.

Beethoven hatte keine Sicherheit im Glauben komponiert, sondern den Zweifel daran und die daraus folgenden inneren Kämpfe. Und doch blieb noch eine Hoffnung – das »Agnus Dei« mit dem »Dona nobis Pacem«, der Bitte um Frieden.

Frieden – suchte man den in der Weltgeschichte nicht immer wieder mit Soldaten, Schlachten, grausamen Kämpfen?

Tatsächlich: Trompeten und Pauken führten mit tobenden Passagen der Solisten mitten hinein in eine solche Szenerie. Selbst ein unerbittlicher Marschtritt fehlte nicht, bis eine Abmilderung endlich so etwas wie eine Erlösung brachte – oder wenigstens den Wunsch danach.

Kaum war das sanfte Ende verklungen, kam ein erschöpfter Moment der Stille. Dann begannen die Musiker, an ihre Pulte zu klopfen. Das war der übliche Beifall für die Solisten durch die Orchesterkollegen. Gleichzeitig klang aber auch ein guter Teil Erleichterung darin mit, diese Programmpunkte einigermaßen gemeistert zu haben.

»Hast gut gespielt«, sagte Piringer. Er blätterte die Noten um. »Aber jetzt kommt noch das Schwerste.«

Vorne besprach Umlauf etwas mit den Solosängern. Auch Schindler war zur Bühne gekommen und mischte sich ein. Eine kleine Pause entstand, die Reiser nutzte, um seine Hände abzuwischen und sie zur Entspannung ein wenig auszuschütteln. All diese Bewegungen vollführte er mechanisch, denn in seinem Kopf rasten die Gedanken.

Dass er das erst jetzt ganz begriff!

Diese Akademie, dieses Konzert war keine wie sonst übliche zufällige Zusammenstellung von Werken, die einfach nur möglichst viele Überraschungen für das zahlende Publikum bereithalten sollten. Die Musik folgte einem großen Plan, alles war miteinander verbunden. Die Ouvertüre und die Teile der Messe bereiteten den Boden für die Sinfonie. Wie ein Vorwort eines philosophischen Traktats warfen sie Fragen auf, zeigten die bisherigen Antworten auf diese Fragen und zeigten, ja bewiesen, dass die alten Methoden, diese Fragen zu beantworten, zu nichts mehr nütze waren. Es brauchte neue Visionen, neue Ideen.

Am Dirigentenpult trennte man sich nach einvernehmlichem Nicken. Reiser fragte sich, ob Umlauf etwas aus der Ouvertüre oder der Messe wiederholen wollte. Und er hoffte tief im Inneren, dass er das nicht tat. Fast schmerzhaft war sein Verlangen, nun die Sinfonie zu spielen.

Der Kapellmeister ließ seinen Blick über das Orchester und den Chor schweifen, um sicher zu sein, dass alle bereit waren.

Die Sinfonie nun von ganz vorne.

Der erste Satz. Die Musik begann. Aber es war gar keine Musik. Es war ein nebliges Chaos aus unvollständigen Harmonien, aus seltsam ungeformten Flächen. Ein Nichts. Eine leere Leinwand, auf der erst noch etwas entstehen musste. Als wartete die Welt noch darauf, erschaffen zu werden. Als würde man hier und jetzt noch einmal ganz von vorne beginnen. Am ersten Punkt der Schöpfung.

Langsam formte sich etwas, nahm Kontur an, aber es drängte in die falsche Richtung. Gewalt schlich sich in die schicksalhaften, scharfkantigen Brocken aus einzelnen Tönen der düsteren Tonart d-Moll. Bald tobten wieder Kämpfe, die sich zwar irgendwann zum strahlenden Dur durchrangen, doch da zersägte eine grässliche Dissonanz das Geschehen, das sogleich ängstlich in einen resignierenden Trauermarsch zurücksank. Die Chance war verspielt, der Wille nach Kampf, nach erschöpfendem Ausleben der aufgestauten Energie war in der Welt. Und genau die entlud sich in einem Scherzo, das einem Naturereignis glich. Ein hektisches, gewaltsames Tanzen. Es war kein Tanz, an dem man sich erfreute. Eher der Tanz eines entfesselten Dämons.

Reiser drohten die immer gleichen Notengruppen vor den Augen zu verschwimmen. In den wiederholten Teilen waren manchmal die Anfänge nicht gleich wiederzufinden, es musste rasch geblättert werden. Dafür hatten Beethoven und Schindler die Papierreiter an den Noten angebracht.

Nicht nur die Musiker hatten in diesem Satz zu kämpfen. Auch ihr Kapellmeister verlor den Überblick. Ein Teil des Orchesters verfehlte den Rhythmus, das Klanggebäude bekam Risse und stürzte zusammen. Der Dirigent klopfte ärgerlich auf sein hölzernes Pult. Alles brach ab, begann von vorne. Beim zweiten Mal gelang es. Die Musiker meisterten sogar den widerwillig stolpernden Taktwechsel und die Rückkehr in den hüpfenden Dreivierteltakt.

Das Adagio. Ein Erwachen leiser Holzbläserakkorde wie das Klang gewordene Bild einer sich öffnenden Blüte in der Morgendämmerung. Tiefste Ruhe. Ein samtweicher Traum fließender Streichermelodien. Ein Rückzug aus der Welt. Nur nicht die Augen öffnen. Lieber in seligem Schlummer verweilen ...

Doch da rissen Trompetensignale den Schläfer brutal aus seinen Träumen heraus: Wach auf! Wach doch auf! Versinke nicht erneut! Nein, nein, bleib wach ... Denn sonst bist du nicht bereit für das, was kommt. Es weckt dich ...

Der Schreckensakkord!

Das Finale!

In der riesigen Besetzung donnerte der Beginn wie eine Urgewalt durch den Saal. Als wollte es die ehrwürdige Redoute sprengen, als sei selbst dieser gewaltige kaiserliche Raum zu eng für die Klangmassen, die auf Befreiung drängten. Kontrabässe und Celli begannen ihren eigenartigen düsteren Redeteil wie eine eindringliche Predigt in einer fremden Sprache, unterbrochen von Erinnerungen an die ersten drei Sätze. Der ungestaltete Nebel des Anfangs erschien wieder, ein kurzes Aufhüpfen des Scherzos, die blütensanften Akkorde des Adagios.

Reiser wusste, was das hieß.

Wollt ihr das alles noch einmal erleben? Blinde Gewalt, Exzesse, bewusstlosen Schlaf? Nein? Aber was dann?

Das, was jetzt beginnt. Das einfache, aber ergreifende Lied, das klang, als sei es schon immer da gewesen.

Fast unhörbar setzte es ein. So leise es war, so deutlich ahnte man schon die Kraft, die von ihm ausging. Die anderen Instrumente fügten sich ein, immer neue kamen hinzu. Drängten sich geradezu danach, dabei zu sein. Endlich stimmte das ganze Orchester noch ohne Sänger die Hymne an, in der so viel Verheißung lag. Doch der erste Versuch scheiterte, noch einmal schreckte die wüste Dissonanz alles auf. Dann hob der Bassist an und rief zur Ordnung: »Oh Freunde, nicht diese Töne! Sondern lasst uns angenehmere anstimmen und freudenvollere.« Und endlich, endlich wurde nichts mehr in Frage gestellt. Der Weg führte geradewegs in eine neue Welt. Eine Welt der Verbrüderung.

Fast am Ende, als sich der Chor in dem beinahe geflehten Wort »Brüder« zusammenfand, verharrte die Musik in einer großen Generalpause. Im weiten Saal der Redoute verlor sich in diesem Moment des Innehaltens das Echo. Umlauf hielt die Arme oben, wartete mehrere Atemzüge lang und gab dann den Einsatz für die Streicher, die nun die beiden Silben in festen, sanft leuchtenden Akkorden wiederholten.

An dieser Stelle spürte Reiser, wie ihm trotz der Wärme ein erregender kühler Schauer den Rücken hinunterlief. Angesichts der monumentalen Hymnen, der gewaltigen Steigerungen und tobenden, mitreißenden Strecken hätte man diesen innigen Moment fast als unbedeutend abtun können. Aber wie ergreifend war er.

Das Tempo zog an. Unterbrochen von mehreren Solisteneinschüben steigerte sich das Werk seinem allerletzten Schluss entgegen. Im großen Ausbruch, mit dem Glanz der Becken, der Trommel und der Triangel verklang der letzte Ton.

Alles war wie erstarrt.

Beethoven saß da, allein. Schindler und der Neffe waren fortgegangen. Doch neben der Eingangstür war in der Zwischenzeit eine Person erschienen, die Reiser noch nie gesehen hatte. Ein dunkelhaariger Herr, etwa Mitte dreißig, glatt rasiert und gut gekleidet. Bewegungslos stand er da, seinen Hut in den Händen, und blickte nicht zur Bühne hin, sondern richtete seine Augen nach unten, auf den Boden.

Im nächsten Moment löste sich die Anspannung. Die Musiker brachen in Jubel aus, die Instrumentalisten, auch Reiser, klopften wieder auf ihre Pulte, der Chor applaudierte. Diesmal galt es Beethoven. Der brauchte einen Moment, um zu begreifen, was auf der Bühne vor sich ging. Er stand auf und lächelte.

Der unbekannte Beobachter am Eingang war verschwunden. Fast glaubte Reiser, er habe ihn sich nur eingebildet.

»Wer war der Herr dort an der Tür?«, fragte er Piringer.

Piringer runzelte die Stirn. »Ich hab keinen gesehen.« Er lachte. »Ich hatte genug mit den Noten zu tun. Da hab ich keine Zeit zum Runtergucken.«

Mit dem ersten Durchgang war die Probe noch nicht beendet. Die schwierigsten Passagen mussten noch einmal durchgegangen werden. Aber man machte nun eine Pause.

Der Komponist war an das Dirigentenpult getreten. Wieder umgab ihn eine Traube von Menschen. Schindler und Karl van Beethoven kehrten zurück und beteiligten sich an den Fragen und Anmerkungen, die auf Beethoven einstürmten.

Reiser drückte sich am Rand der Gruppe herum und bekam Gesprächsfetzen mit. Der Dirigent schien noch immer große Schwierigkeiten zu haben, Details der Partitur zu verstehen.

»Komm mit an die frische Luft«, sagte Piringer zu Reiser.

Gemeinsam gingen sie nach draußen auf den Platz. Es herrschten milde Temperaturen, obwohl der Himmel von einer dichten Wolkendecke verhangen war.

»Magst?« Piringer holte ein zusammengebundenes Tuch aus der geräumigen Tasche seines Rocks. Weißbrot und ein paar Stücke geschnittenes Wurzelgemüse kamen zum Vorschein. Er hielt es Reiser hin, und der nahm dankbar an.

So standen sie an der Absperrung neben dem Denkmal und aßen. Reiser blickte auf die Menschen, die den Platz bevölkerten. Er hätte schwören können, dass Hänsel auftauchen würde, aber er war nicht zu sehen.

»Bist immer noch nervös?«, fragte Piringer.

»Nein, jetzt geht es.«

»Bist schweigsam.«

»Mir geht so viel durch den Kopf. Diese Musik ... sie birgt so viel Neues.«

Eigentlich hätte er erwartet, dass der alte Geigenlehrer die Bemerkung zum Anlass nähme, ein Gespräch über das Werk anzufangen.

»Du hast gesagt, dass wir noch mal über deinen Posten reden«, sagte Piringer stattdessen. »Du hast eine Stelle.«

»Ich kann darüber noch nichts sagen.«

»Warum nicht?«

Reiser biss, aß und schwieg.

»Weißt du«, sagte Piringer, »ich bin ja auch beim Staat angestellt. Und ich bin dankbar dafür. Ich möchte allen, denen wir unseren Wohlstand verdanken, die Treue halten – dem Kaiser und unserem Staatskanzler, dem Fürsten Metternich. Die beiden haben uns nach langen Jahren des Krieges in diese Zeit des Friedens geführt. Aber man muss immer Ross und Reiter nennen. Ich mag's nicht, wenn die Dinge im Verborgenen liegen. Es muss alles klar sein ... Ehrlichkeit ist wichtig, verstehst?«

»Natürlich«, sagte Reiser.

»Der Beethoven hat die Genehmigung für die Akademie. Er darf das Kyrie, das Credo und das Agnus der Messe spielen. Und er darf die Sinfonie mit dem Gedicht vom Schiller aufführen. Die Zensur hat alles erlaubt.« Piringer verstummte und betrachtete das Denkmal mit dem kaiserlichen Reiter. Joseph II. war hier im Kostüm eines römischen Monarchen zu sehen und trug sogar einen Lorbeerkranz auf dem Kopf. Eigentlich sah er eher aus wie Julius Cäsar. »Aber weißt du, Sebastian, es ist halt nicht so einfach. Übereifrige versuchen immer noch, die Akademie zu verhindern. Pass auf, dass sie dich nicht zu ihrem Werkzeug machen. Ich weiß, was einem für Gedanken in den Kopf kommen, wenn man diese Musik hört. Zum Glück muss man sie sehr genau hören, um das zu verstehen. Und diese Leute aus den Ämtern können das nicht. Sie sind praktisch taub.«

»Ich verstehe.« Reiser hatte an seinem Stück nur ein wenig herumgeknabbert. Jetzt verspürte er gar keinen Hunger mehr.

»Was machen sie also? Sie suchen sich Leute, die ihnen das erklären. Was von dieser Musik ausgeht. Was sie in den Menschen bewirkt. Sie wollen, dass man es ihnen mit Worten sagt. Worte, die sie aufschreiben können und die dann auch wieder verboten werden – mitsamt der ganzen schönen Musik. Aber solange sie diese Worte nicht haben, können sie nichts machen. Selbst wenn sie ahnen, was in dieser Musik verborgen liegt, können sie es nicht fassen, weil sie gewohnt sind, nur Wörter und schriftlich niedergelegte Ideen zu beurteilen und zu verbieten. Musik kann man nicht zensieren. Tu ihnen also nicht den Gefallen, ihnen mit Worten zu sagen, was in dieser Musik steckt. Es würde Herrn van Beethoven und uns allen schaden. Die Musik ist das Reich, in dem wir frei sind. Und in dem wir frei bleiben wollen.«

Aber was ist, dachte Reiser verzweifelt, wenn es in der Musik dann doch gegen den Kaiser geht? Wenn die Musik die Menschen in die Stimmung versetzt, die bestehende Ordnung aufzulösen? Nein. Diese Musik mochte einen Umsturz zum Ausdruck bringen, aber es war doch die Flamme der Brüderlichkeit, der Freundschaft, die darin flackerte. Kein Kampf, keine Gewalt. Es war ein Weg zum Frieden, der beschworen wurde.

Nicht diese Töne. Sondern andere, angenehmere ...

Piringer aß schweigend weiter und sah Reiser aufmunternd an.

Schließlich gingen sie in den großen Redoutensaal zurück.

»Heut geht's leider nicht mit dem Mittagessen bei uns«, sagte Piringer, als die Probe endlich zu Ende war. »Ich muss noch aufs Amt. Aber ich nehme an«, fügte er nach einem seltsamen Blick auf Reiser hinzu, »dass du auch anderweitig beschäftigt bist.«

»Ja«, sagte Reiser, »ich habe andere Verpflichtungen.«

»Komm, ich nehm die Bratsche mit. Wenn du später doch noch ein bisschen üben willst, bist du allzeit herzlich willkommen. Ich denke, ich bin gegen fünfe aus dem Amt zurück. Ansonsten bis morgen.«

Sie wandten sich dem Ausgang zu, wo ein Stau entstanden war. Herr van Beethoven stand vor dem Durchgang, verabschiedete jeden einzeln und sagte ihm oder ihr ein paar Worte. Und das in normaler Lautstärke – sicher hatte Schindler ihm verdeutlicht, was angemessen war. Er umarmte die Mitwirkenden sogar – Solisten ebenso wie jeden einzelnen

Instrumentalmusiker, jedes Chormitglied, ob Frau, ob Mann, und jeden der Knaben, die ihren schwierigen Part wacker gemeistert hatten.

Als hätten sie alle Freundschaft geschlossen, als hätten sie sich verbrüdert. Als wären sie eine verschworene Gemeinschaft, gegen die kein Metternich, kein Staat, auch kein Kaiser etwas unternehmen konnte.

Reiser kam an die Reihe. Beethoven sah ihm in die Augen, schüttelte ihm die Hand, drückte ihn an seinen massigen Körper. »Ich freue mich, dass Sie dabei sind«, sagte er. »Lassen Sie nicht nach in Ihren Bemühungen. Sie wissen, was ich meine.«

Reiser nickte nur. Er wusste nicht, was er sagen sollte. Beethoven hätte es ohnehin nicht gehört.

»Siehst?«, sagte Piringer, als sie weitergegangen waren. »Er zählt auf dich. Später kannst du sagen, du bist bei einem großen historischen Ereignis dabei gewesen.« Sie traten hinaus auf den Platz. »Wenn morgen diese Sinfonie erklungen ist«, sagte er, »haben wir eine neue Welt. Sie wird die Menschen ändern, davon bin ich überzeugt. Bessern.« Er beugte sich zu Reiser und ergänzte leise: »Befreien.«

Wie aufs Stichwort erschien hinter Piringer Hänsels Gestalt. Er lächelte vor sich hin und brachte dabei das Kunststück fertig, trotzdem mürrisch auszusehen. Wie eine heiße Flamme stieg in Reiser die Erkenntnis auf, dass er die letzten Worte des Lehrers gehört haben musste.

Piringer verabschiedete sich, wandte sich ab und ging mit den beiden Koffern davon. Er bemerkte den Konzipisten gar nicht, der Reiser ein Zeichen gab, ihm zu folgen.

Es war genau wie gestern. Wieder wartete Hänsel bei der Michaelerkirche, wo die beiden so nah beieinanderstanden, dass sie sich unbemerkt unterhalten konnten.

»Das müssen Sie mir erklären, Herr Reiser. Aber warten Sie noch, bis wir zu Tisch sitzen.«

Er musste wieder mitgehen – den Kohlmarkt hinauf, über die Tuchlauben zum Hohen Markt und dann in die winzige Gasse Fischerhof, wo in dem kleinen Zimmer des Gasthauses das Essen auf sie wartete.

»Ich habe das Vertrauen der Musiker gewonnen«, begann Reiser. »Es war nötig, gute Miene zu diesem Spiel zu machen.«
Hänsel rührte in seiner Suppe. »Zu diesem Spiel? Zu diesem *bösen* Spiel, wollten Sie wohl sagen. Sie haben doch nicht etwa selbst Gefallen daran gefunden?«
»Was werfen Sie mir vor? Ich sollte doch bei der Musik mitmachen, ich sollte einer von ihnen werden.«
»Sie verstehen sehr gut«, rief der Konzipist und warf den Löffel hin. »Es steckt doch etwas in dieser Sinfonie, das hat Herr Piringer gerade gesagt. Etwas, das man nur verstehen kann, wenn man Musiker ist. Es war die Rede von einer ›neuen Welt‹. Gerade eben. Was ich Ihnen vorwerfe, ist, dass Sie nicht mit der Sprache herauskommen. Dass Sie mich nicht an Ihren Gedanken teilhaben lassen. Dass Sie mir nicht sagen, was das alles bedeutet.«
Es war genau so gekommen, wie Piringer gesagt hatte. Hänsel wollte eine Übersetzung der Musik. Er wollte in Worten hören, was die Musik bedeutete.
»Was kann diese Musik?«, fragte Hänsel. »Sagen Sie es mir.«
Reiser verlegte sich auf Allgemeinplätze. »Sie kann erfreuen … trösten … Am Ende singt der Chor die ›Ode an die Freude‹. Genau genommen ist es ja keine Sinfonie, sondern eine Kantate. So wie die Kantate ›Der glorreiche Augenblick‹, die Herr van Beethoven damals zur Eröffnung des Kongresses schrieb.« Er räusperte sich. »Und womit er sich beim Staat und beim Kaiser ja große Verdienste erworben hat.«
»Kommen Sie mir nicht damit. Das ist ein Jahrzehnt her. Heute ist eine andere Zeit. Eine gefährlichere.«
Reiser versuchte, so gelassen wie möglich zu wirken, griff nach dem Brot und nahm sich Suppe. »Aber Herr van Beethoven will mit seiner Sinfonie daran anknüpfen. Er will uns vor Augen führen, in welch freudvoller Zeit wir leben. In der es den Menschen gut geht. In der ein guter Kaiser für sie sorgt.«
Reiser glaubte selbst nicht, dass er damit überzeugend wirkte. Und tatsächlich wurde Hänsels Blick immer finsterer.
»Ach, davon ist die Rede? Vom Kaiser? Vom Staat? Von der Ordnung? Wo denn, Reiser? Zeigen Sie es mir!« Hänsel

griff in die Tasche, zog ein Papier heraus und knallte es auf den Tisch. »Na los.«

Auf dem Blatt standen die Worte, die in der Sinfonie gesungen wurden. Die Teile des Schiller-Gedichts, die Beethoven verwendet hatte.

»Das hier wird morgen bei der Premiere der Sinfonie verteilt«, rief Hänsel erbost. »Vielleicht ist es Ihrer Aufmerksamkeit ja entgangen, dass Herr Schindler und Herr van Beethovens Neffe die Probe für etwa eine Stunde verlassen haben? Sie sind zu einer Druckerei gefahren und haben ihr den Auftrag erteilt, *das hier* herzustellen. Fünfhundert Exemplare. Sie hegen wohl die Befürchtung, dass das Publikum den gesungenen Text nicht gut genug verstehen wird. Auf diese Weise kann man ihn mitlesen. Und? Erhellen Sie mich. Wo steht das vom Kaiser und von der Ordnung und so weiter?«

»Es ist ja nur metaphorisch gemeint. Ein bildlicher Vergleich. Und es gibt nichts einzuwenden. Die Musik sagt das, was gesagt werden soll. Und das Gedicht ist nicht verboten. Ich glaube eben, dass ...«

»Ein bildlicher Vergleich? Ich kann Ihnen sagen, was ein bildlicher Vergleich ist. Wir betreten ›feuertrunken‹ das Elysium, heißt es da. Das Paradies. Feuertrunken. Feuer: Das bedeutet mit Brand und Kampf und Zerstörung, oder etwa nicht? Sie wollen mit den Waffen des Krieges ins Land der Seligen gelangen.« Er schnaubte verächtlich. »Was ist mit Kreutz? Sie wollten ihn suchen. Haben Sie ihn gefunden?«

»Noch nicht, aber ...«

»Es hat einen neuen Hinweis gegeben. Am Montag ist Herr van Beethoven mit einem verdächtigen jungen Mann zusammen gesehen worden. Im Fiaker. Sie fuhren zur Währinger Linie.«

Reiser schwieg nachdenklich. Er war es doch gewesen, der mit Beethoven gefahren war. Hänsel schien das nicht zu wissen, obwohl er die schriftlichen Unterhaltungen besaß, die Reiser auf dieser Fahrt mit dem Komponisten geführt hatte.

»Das war doch der Tag, an dem Sie Kreutz in der Universitätsbibliothek sahen, oder nicht?«

»Ja, das stimmt«, sagte Reiser und räusperte sich. »Aber

glauben Sie denn, Kreutz war mit Herrn Beethoven in der Kutsche? Das kann ich mir nicht ...«

»Ach nein? Einer meiner Leute schwört Stein und Bein, dass es so war. Nun gut, manche Konfidenten neigen leider dazu, etwas zu erfinden, um etwas vorzuweisen zu haben. Das ist ein Problem.« Er sah Reiser an. »Ein anderes ist, wenn sie gar nichts liefern.« Er aß ein paar Löffel und schob den Teller weg. »Ich sage Ihnen etwas: Ich glaube, dass Sie als Konfident nicht viel taugen.«

»Was?«

»Sie fragen zu viel. Sie liefern nichts.«

»Aber ...«

»Haben Sie einen Erfolg vorzuweisen? Einen einzigen? Haben Sie uns weitergebracht? Nützen Sie uns?«

»Aber ich stehe ja noch am Anfang.«

»Morgen ist die Akademie, und wir haben nichts in der Hand! Ich werde Sie entlassen. Das ausgezahlte Honorar können Sie behalten.«

Reiser biss sich auf die Lippen. »Ich habe noch einen Hinweis für Sie«, sagte er.

»*Noch* einen? Sie meinen, *endlich* einen.«

»Immerhin habe ich Kreutz erkannt. Und was ich jetzt sage, zeigt Ihnen, dass ich nicht untätig war. Es wird gesagt, Kreutz sei im Guglhupf untergekrochen.«

Hänsel grinste. »›Es wird gesagt‹? Woher haben Sie das denn?«

Reiser wollte nichts von Schubert verraten, daher entschloss er sich zu einer Lüge. »Jemand in der ›Ungarischen Krone‹. Ich habe mich dort umgehört.«

»Man hat Sie auf den Arm genommen.«

»Gibt es denn keine Demagogen, die im Guglhupf sitzen?«

»Wir wissen von einem. Zeisel. Hatten wir darüber nicht schon mal gesprochen?«

Ja, dachte Reiser. Das hatten wir. Allerdings war nur gesagt worden, dass dieser Zeisel krank sei. Davon, dass er im Tollhaus lebte, war nicht die Rede gewesen.

»Das ist natürlich Unsinn«, fuhr Hänsel fort. »Wer will da freiwillig hin? Wenn Kreutz im Narrenturm ist, soll er da von mir aus bleiben. So einfach kommt er auch nicht mehr heraus. Und wissen Sie was?«

»Was denn?«, fragte Reiser.

»Vorhin sagte ich, dass manche Konfidenten etwas erfinden, um uns gegenüber etwas vorzuweisen. Sie haben gerade das Gleiche getan. Daher wiederhole ich es: Sie sind entlassen.«

Reiser trat auf die Gasse. Seine Knie waren weich. Er fühlte sich unwirklich, fast federleicht. Auf der einen Seite kam es ihm so vor, als sei er eine Last losgeworden, die ihn die ganze Zeit gequält hatte und deren Existenz er nun, da sie fort war, erst wahrnahm. Aber sein Posten, die Stellung, die einem festen Posten zumindest ein wenig ähnelte – er hatte sie nicht mehr. Alles begann von vorne. Sogar seine Unterkunft hatte er verloren.

Über den Lichtensteg und die Bischofgasse erreichte er den Stephansplatz, ging dann in Richtung der Bastei und bog schließlich in die Kumpfgasse ab. Die Haustür stand offen. Am Eingang zur Wohnung des Barons blieb Reiser stehen. Lange brachte er nicht den Mut auf, zu klopfen. Da hörte er von drinnen Stimmen. Was gesprochen wurde, war nicht zu verstehen. Aber es waren mehrere Personen beteiligt. Also hatte der Baron Besuch. Mit seinem Diener Anton konnte er sich nicht unterhalten, der war ja stumm.

Der Zeitpunkt war schlecht. Der Baron würde ihn hinauskomplimentieren, wenn er keine Zeit hatte. Er würde nicht einmal selbst öffnen. Anton würde das übernehmen. Und das würde Reiser als weitere Niederlage empfinden.

Er musste später wiederkommen. Schon war er wieder auf der Stiege. Er ging und ging, bewegte einfach seine Beine und kam kurz darauf am Franziskanerplatz heraus, einer kleinen freien Oase inmitten des Gassengewirrs, die vom sogenannten Mosesbrunnen beherrscht wurde. Auf dem erhöhten Sockel inmitten eines der Wasserbecken stand eine Skulptur des alttestamentarischen Propheten. Links auf seinen Stab gestützt, die Hand abgespreizt, wandte er der angrenzenden Franziskanerkirche den Rücken zu. Er schien Reiser zuzusehen, wie der in der gegenüberliegenden Ecke des Platzes verstohlen seine Geldbörse herausholte und nachzählte, was er noch besaß.

Eine Weile konnte er sich damit über Wasser halten. Vielleicht eine Woche. Eventuell zwei. Aber was dann?

Seltsam, dass er noch nicht darauf gekommen war, Theresia um Geld zu bitten. Für die meisten schien diese Idee völlig abwegig zu sein. Eine Frau, die einem Mann Geld gab. Doch das war es nicht, was Reiser störte. Es hatte nichts mit dem Geschlecht zu tun. Natürlich auch nicht mit dem unterschiedlichen Stand, der spielte bei dem Baron ja auch keine Rolle.

Es lag eben daran, dass es Theresia war. Für sie wollte er stark sein. Für sie wollte er die Fäden in der Hand halten. Er wollte derjenige sein, der verhinderte, dass sie eine aufgezwungene Heirat eingehen musste. Er wollte ihr Retter sein. Sie heimführen. Wovon er schon so lange träumte.

Doch jetzt war es eben umgekehrt.

Er steckte das Geld zurück, zog wieder einen Zettel hervor und schrieb eine Nachricht, die er an die Comtesse von Sternberg adressierte. Als wäre er einer seiner letzten verbliebenen Freunde, nickte er dem steinernen Moses zu.

Als er an dem Brunnen vorbeiging, fiel ihm auf, dass das Wasserbecken achteckig war. Noch ein Oktogon. Es gab so etwas also nicht bloß einmal in Wien. Vielleicht war Kreutz Student der Mathematik und hatte einen Blick für so etwas.

Und veralberte einen damit.

In der Johannesgasse lief das gewohnte Ritual ab. Die Tür ging auf, und die Hand nahm aus dem Dunkel die Nachricht entgegen. Reiser schlenderte zur gegenüberliegenden Straßenseite und wartete, bis sich die Tür wieder öffnete.

Doch es kam keine Nachricht zurück. Als sich die Tür wieder öffnete, war nicht die Dame an der Pforte, sondern eine junge Frau trat aus dem Gebäude und auf die Gasse. Das Dienstmädchen, das Reiser zu dem Treffen mit Theresia gelotst hatte. Wie hieß es noch? Johanna.

Sie sah herüber, als sie mit einem Korb unter dem Arm den Weg in Richtung des Neuen Markts einschlug. Erst als sie am Ende der Gasse angelangt war, beschloss Reiser, ihr zu folgen.

26

Er hatte keine Antwort erhalten. Aber sie war erschienen. *Sie war also die Antwort.*

Sie machte auf dem Neuen Markt nicht halt, sondern setzte ihren Weg zum Graben fort. Hier herrschte jetzt am Nachmittag so viel Trubel, dass man in der Menge geradezu unterging. Und hier, wo gewisse Damen auf betuchte Herren warteten und genau zu diesem Zweck herumflanierten, fiel es nicht auf, wenn ein junger Mann ein Dienstmädchen ansprach.

»Johanna, kommen Sie von Theresia?«, fragte er, als sie wieder an dem Brunnen standen. Nach außen hin wirkte es, als versuchte Reiser eine kleine Annäherung, indem er eine Unterhaltung anfing.

Sie lehnte sich an das Bassin mit dem klaren Wasser. »Sie kann leider nicht«, sagte sie. »Es hat sich zum Schlechteren gewendet, seit der Herr vom Schloss gekommen ist.«

»Ich sah ihn zusammen mit einem Offizier das Haus betreten. Ist er derjenige, der ...« Er stockte. »Sie wissen doch, worum es geht, oder?«

»Ja, ich weiß.«

»Ist er derjenige?«

»Nein, es ist nicht der Offizier. Es ist noch jemand gekommen. Sie waren alle bei der gnädigen Frau im Zimmer.«

Nicht der Offizier? Es waren also drei Männer bei Theresia gewesen? Der Edle von Sonnberg, der Offizier und noch jemand? »Wer war dieser Dritte?«

»Ich habe ihn nicht gesehen. Ich sollte in meiner Kammer bleiben, bis mich jemand rief, aber es rief niemand, und so ...«

»Ist kein Name gefallen?«

»Ich war nebenan und habe die Stimmen gehört, aber nein, kein Name. Sie gingen nur herum, sprachen allerlei. Immer wieder klopfte jemand ungeduldig.«

»Also war da noch jemand? Jemand Viertes?«

»Nein, aber immer, wenn sie herumgingen beim Reden, da klopften sie auf das Holz. Ich glaube, der Offizier trat hart auf ... Aber gnädiger Herr ...« Sie wirkte verstört und ungeduldig. »Wollen Sie das alles so genau wissen?«

Dass sie ihn »gnädiger Herr« nannte, schmeichelte Reiser, und unter anderen Umständen hätte er sie darauf hingewiesen, dass es nicht nötig war. Hier gehörte es zu ihrer Tarnung.

»Und du bist sicher, dass es um die Sache ging?«, fragte er. *Die Sache.* Wie das klang! »Um Theresias Zukunft?«, fügte er hinzu.

»Ja«, sagte sie, »darum ging es. Und um lauter andere Sachen. Um ein Erbe. Einen Vertrag. Um ein Haus auch.«

Ja, dachte Reiser. So ist das, wenn man in höheren Familien eine Vermählung vorbereitet.

»Hat dir Theresia nicht gesagt, wer da noch bei ihr war? Wer ihr ... Du weißt schon.«

»Nein, das hat die gnädige Frau nicht.« Johanna sah ihn betrübt an. »Sie spricht ohnehin kaum und sitzt meist traurig in ihrem Sessel.«

Das Bild der unglücklichen Geliebten drohte Reiser zu überwältigen. Er bemühte sich, seine Gedanken zu ordnen. Was hatte ihm die Zofe gerade berichtet? Ach ja, es war um das Haus gegangen. »Das Haus, von dem sie sprachen«, überlegte er laut, »ist sicher das Schloss.«

»Nein, ein Haus in der Stadt«, sagte Johanna. »Ich habe es genau gehört. Sie sprachen von einer Nummer. Achthundertsiebenundzwanzig. Es ging darum, was nach der Heirat daraus werden soll. Eine Stadtresidenz vielleicht.«

Ja sicher, dachte Reiser. Die Häuser in der Stadt waren nummeriert. Er hatte ja selbst das Buch mit dem Katalog aller Adressen in der Hand gehalten, als er nach Informationen über das Müllersche Gebäude suchte. Die Nummern standen nur im Register, an den Häusern selbst nicht. Seltsam, dass sie diese Dinge in Theresias Gegenwart verhandelt hatten. Es konnte bedeuten, dass sie sich einmischte, dass sie sich sperrte, dass Leopold von Sonnberg nicht recht weiterkam und sie mit irgendwelchen Reichtümern locken wollte. Dass sie sturköpfig darauf beharrte, mit dem vermählt zu werden, den ihr Vater vorgesehen hatte. Gute Theresia! Sie gab nicht auf. Und genauso wenig durfte er aufgeben. Auch wenn der

Schmerz in ihm rasend rasch wuchs und ihn innerlich zu zerreißen drohte.

»Gnädiger Herr, ich habe nicht viel Zeit. Ich muss Ihnen etwas ausrichten. Von der gnädigen Frau.« Sie sah sich um. Etwas schien sie zu beunruhigen. »Nicht hier. Folgen Sie mir. Bitte mit Abstand.« Schon ging sie weiter und tauchte in der Menge unter. Reiser folgte ihr.

War diese Geheimniskrämerei nötig? Hatten sie denn wirklich zu befürchten, beobachtet oder belauscht zu werden? Ein kurzes Gespräch hier auf dem Platz war doch unverfänglich, nicht einmal Hänsel würde ihm daraus einen Strick drehen können. Nein, dachte er. Es geht gar nicht um dich, du Dummkopf. Es ist doch Theresia, die Schwierigkeiten zu befürchten hat, wenn man dich mit ihrer Zofe sieht. Wenn sie jemals verheiratet werden wollte, durfte der Wert der guten Partie, die sie darstellte, nicht dadurch geschmälert werden, dass sie ein »Gspusi«, wie man hier sagte, mit einem dahergelaufenen Bürgerlichen hatte. Sie durfte noch nicht einmal in den Verdacht geraten!

Während er sich noch über sich selbst ärgerte, lief Johanna bis zur Freyung und dann in den Tiefen Graben hinein. In dieser Straße empfand man die Enge der Innenstadt besonders deutlich. Blickte man nach oben, türmte sich die Stadt mit ihren gewaltigen Fassaden in doppelter Höhe auf. Der Tiefe Graben wurde von einer anderen Straße als Brücke überspannt. Mitten auf der Überquerung befand sich eine Kapelle, die wie ein kleiner Turm emporragte.

Johanna erreichte einen Marktstand, an dem sich weißer Karfiol stapelte. Wieder begann er das Spiel des jungen Mannes, der einem Dienstmädchen den Hof machte. Es lag ihm nicht, aber es musste sein. »Darf ich Ihren Korb tragen?«, fragte er. »Er ist doch sicher zu schwer für Sie. Ich bringe Ihnen die Einkäufe sehr gern nach Hause. Wo wohnen Sie denn?«

»Das ist sehr freundlich von Ihnen, gnädiger Herr«, sagte sie, woraufhin die Marktfrau in ihrem groben roten Gesicht ein verstohlenes Lächeln aufsetzte.

Reiser nahm den Korb und erkundigte sich pro forma nach dem Weg.

»Es reicht, wenn Sie ihn mir hinüber zur Freyung bringen«, sagte Johanna. »Dort werde ich von unserem Kutscher abgeholt.«

Der Gesichtsausdruck der Marktfrau ließ herbe Enttäuschung erkennen. In ihren Augen hatte eine Dienstmagd froh zu sein, wenn ein besserer Herr sie überhaupt beachtete. Und zeigte er ernsthaftes Interesse an ihr, war das ein Glücksfall.

Sie verließen den Tiefen Graben. Das Spiel war zu Ende, noch bevor es richtig begonnen hatte.

»Der alte Kajetan hat den gnädigen Herrn von Sonnberg nach Wien gefahren«, sagte Johanna leise neben ihm.

»Tatsächlich? War die lange Fahrt nicht zu anstrengend für ihn?«

»Oh ja«, sagte Johanna. »Und kaum waren sie angekommen, hat Herr von Sonnberg ihn entlassen. Er sagte, er könne so alte Leute nicht gebrauchen. Auf dem Schloss sind wohl noch mehr entlassen worden. Herr von Sonnberg wolle mit eisernem Besen kehren. Das waren seine Worte. Und das hat er auch getan.« Sie schüttelte traurig den Kopf. »Ich hatte mir das Leben auf einem Schloss auf dem Land immer so schön vorgestellt. Wissen Sie, ich bin noch nie aus Wien herausgekommen. Nur einmal war ich jenseits der Linie – als ich die gnädige Comtesse von Schernberg nach Schönbrunn begleiten durfte.«

»Sie waren im kaiserlichen Schloss?«, fragte Reiser erstaunt.

»Nicht darinnen. Ich musste den ganzen Abend bis in die Nacht draußen vor dem Tor warten.«

Die lange Fassade der Schottenkirche an der Freyung besaß einen Sockel, der mit einem schmalen Sims abschloss. Hier lehnte Johanna sich an und bedeutete Reiser, den Korb auf der kleinen Kante abzusetzen.

»Es ist in der Tat herrlich in einem Landschloss«, sagte Reiser. »Es ist eine ganz andere Welt als hier in der Stadt. Aber nur unter einer guten Herrschaft. Was ist aus dem alten Kajetan geworden?«

»Er hatte Glück im Unglück. Wenn einen das Schicksal ereilt, dann kommt von irgendwoher etwas Gutes.« Sie lächelte, als hätte sie ein Grundprinzip der Weltordnung zum Ausdruck gebracht. Reiser stieß die Bemerkung bitter auf. War das denn wirklich so? Die Herrschaften gingen mit einem um wie mit einem Stück Vieh. Und wenn man dann Glück hatte, war das gleich ein Naturgesetz.

»Hat er eine andere Herrschaft gefunden?«

»Das nicht. Er hat Familie in Klosterneuburg. Sein Neffe ist da Kutscher, und bei ihm lebt er jetzt. Arbeit hat er keine mehr.«

Einen Moment sah sie versonnen vor sich hin, dann schien ihr etwas einzufallen. »Aber das ist es nicht, was ich Ihnen ausrichten soll. Es sei wichtig, hat die gnädige Frau gesagt …«

»Was ist es denn?«

»Ich versteh's selbst nicht, aber sie hat gesagt, ich soll es einfach genau so sagen, Sie wüssten es dann schon.«

»Also sprich.«

Sie überlegte kurz. »Der alte Kajetan hat gesagt, an der Brücke sei etwas gefunden worden.«

Einen Moment war Reiser perplex. »Was sagst du?«

»Die gnädige Frau hat gesagt, Sie wüssten, welche Brücke gemeint sei.«

»Ich weiß es ja auch. Aber was wurde denn gefunden?«

Johanna besann sich auf die genauen Worte. »Es hat ein paar Tage geregnet. Dann hat man sich darangemacht, die Brücke wiederherzurichten. Der alte Kajetan musste Holz an die Baustelle bringen. Er hat mit den Bauern geredet, die helfen mussten. Einer von ihnen trug auf einmal ein seltsames Gewand. Die anderen redeten mit ihm darüber, wo er es herhatte.«

»Ein Gewand?«

»Der Bursche sagte, er habe es zu Füßen der Brücke gefunden. Bei den Trümmern. So soll ich es Ihnen sagen. Nein, nicht nur *bei* den Trümmern. *Unten* bei den Trümmern.«

»Das heißt, da lag so etwas wie ein Mantel, und einer hat ihn gefunden und an sich genommen?«

In Reiser galoppierten die Gedanken los wie wild gewordene Pferde, und da fügte Johanna hinzu: »Das Gewand war schwarz wie die Nacht. Es bestand aus dunklem, festem Stoff. Und es lag zu Füßen der Brücke, als hätte es jemand dort vergessen.«

»Danke«, sagte Reiser, »das ist eine wichtige Nachricht.«

»Ich versteh nicht, warum die gnädige Frau nicht einfach einen Brief schrieb, um Ihnen das mitzuteilen. Ich versteh auch nicht, warum sie gesagt hat, dass uns auf gar keinen Fall jemand sehen oder gar belauschen darf. Aber sie schien ihre Gründe zu haben. Ich hab doch alles richtig gemacht?«

»Natürlich«, sagte Reiser. »Sehr gut hast du das gemacht.« Er griff in die Tasche, holte zwei Drei-Kreuzer-Münzen heraus und gab sie ihr.

»Vielen Dank, gnädiger Herr«, sagte sie. »Jetzt, am Ende, soll ich Ihnen noch etwas sagen. Wieder etwas, das ich nicht verstehe, Sie aber schon, sagte die gnädige Frau.« Sie besann sich. »Ihr Herr Vater war immer in derselben Familie in Diensten. Niemals woanders.«

27

Reiser hatte also tatsächlich jemanden gesehen an dem Tag, an dem sein Vater und der Edle abgestürzt waren. Der Unbekannte hatte die Brücke manipuliert. Die alten Holzstreben angesägt.
Man hätte den Ort sofort genauer untersuchen sollen. Sägespuren wären zu erkennen gewesen. Doch darum hatte sich niemand gekümmert. Man hatte die Trümmer fortgeschafft und alles so rasch es ging erneuert. Der Übergang war zu wichtig. Ohne ihn war das Schloss praktisch abgeschnitten.
Und der Unbekannte hatte schwarze Kleidung getragen.
Die Schwarzen.
Waren es also diese Studenten gewesen, die gegen die bestehende Ordnung kämpften?
Trotz des Verdachts verstand Reiser ihre Ziele sogar. Hätte der alte Kajetan keine Verwandten mehr, die sich um ihn kümmerten, er hätte ins Armenhaus gehen müssen.
Reiser dachte an Hänsel und dessen Arbeit in der Staatskanzlei am Ballhausplatz. An den Flur mit den Briefen und Dokumenten, in denen ein Heer von Beamten herumschnüffelte. Das einfache Volk wurde niedergedrückt, überwacht und gegängelt.
Auf einmal wurde ihm klar, dass das nicht mehr lange gut gehen konnte. Dass die Fassade vom glücklichen Wien im seligen Dreivierteltakt mit Heurigem und Wurst, mit Gesang und einem Himmel voller Geigen, mit den Blumen auf dem Glacis und der herrlichen Umgebung mit Wienerwald und Donau einstürzen würde. Er schloss die Augen, und in seinem Inneren erschien das Bild des Umlands, wie es sich von der Bastei aus darstellte – ein strahlendes Gemälde, auf dem aber auf einen Schlag ein Spinnennetz von schwarzen Rissen erschien, begleitet von einem hässlichen Akkord, der welterschütternden Dissonanz, die am Beginn des letzten Satzes der neuen Sinfonie die Welt erweckte.
Wie ungerecht aber waren doch diese sogenannten Re-

volutionäre, ihren Zorn ausgerechnet gegen den Edlen von Sonnberg zu richten, der doch so ein freundlicher Dienstherr gewesen war. Und dann auch noch gegen einen seiner Diener. Andererseits …

Warum ein Anschlag im Verborgenen, abseits von jeder Öffentlichkeit, und dann auch noch als Unfall getarnt? Das passte doch überhaupt nicht zu Revolutionären und ihren spektakulären Attentaten. Sie benötigten ein Publikum.

Wie konnte es zudem sein, dass jemand bei der Tat ein schwarzes Wams trug und es dann einfach an Ort und Stelle zurückließ? Derjenige musste doch befürchten, dass man dadurch herausfand, wer dahintersteckte.

Wenn es nun doch nicht die Schwarzen gewesen waren? Wenn es nur so hatte aussehen sollen?

Wer könnte ein Interesse daran gehabt haben, den Edlen von Sonnberg loszuwerden? Doch nur der, der das Testament kannte und davon profitierte. Der wusste, dass die entscheidende Kleinigkeit, die Reiser als Nachfolger des Edlen fehlte, noch nicht eingetreten war: die Ernennung zum Schlossverwalter, die der Edle sicher bald vorgenommen hätte.

So war die Sabotage der Brücke eine scheinbar kleine, aber folgenreiche Änderung des Schicksals gewesen. Der alte Edle war beseitigt und der Weg für Leopold von Sonnberg frei, sich einen Kandidaten für Theresia zu suchen, der ihm genehm war. Reiser wurde er los, indem er ihn einfach fortjagte und ihm so die Möglichkeit nahm, eine solide Stellung zu finden. Reisers Unbescholtenheit war ebenfalls dahin. Denn man hatte ihn nicht nur aus dem Schloss entfernt, er war auch ungewollt in finstere Machenschaften verwickelt worden.

Die innere Stadt wurde ihm auf einmal zu eng. Er musste hinaus ins Freie, auf das Glacis, weg aus den von den Basteien zusammengedrängten Steinmassen.

Ganz in der Nähe lag das Neue Tor. Als er die dunkle Röhre betrat, sah er am Ende des Tunnels das helle Grün. Er beschleunigte seine Schritte, denn es zog ihn unwiderstehlich an.

Dann, endlich, trat er hinaus, atmete durch, aber die Befreiung wollte sich nicht einstellen. Denn alles, was ihn beschäftigte, sorgte für Qualen. Es war, als riebe er sich die Seele wund an diesem Verhängnis. Jede gedankliche Bewegung, jeder kleinste Versuch, das alles zu verstehen, brachte Schmerz hervor. Und doch nahm er es auf sich. Weil er nicht anders konnte.

Man kann nicht *nicht* denken, dachte Reiser.

Ob den Oberen der Zensurbehörde diese einfache Wahrheit bekannt war?

Ihr Herr Vater war immer in derselben Familie in Diensten.

Reiser hörte Johannas Stimme in seinem Inneren.

Theresia hatte das herausgefunden – durch irgendwen, dem sie in der Familie oder auf dem Schloss geschrieben hatte. Das hieß doch im Umkehrschluss nichts anderes als dies: Wenn im Jahre 1796 jemand Beethoven Böses gewollt hatte, dann war dieses Böse aus der Familie von Sonnberg selbst gekommen.

Reiser blieb stehen und wandte seinen Blick hinüber zur Donau. Das enge Gefühl blieb.

Welche von Sonnbergs kamen in Frage?

Wer von ihnen hatte zu dieser Zeit gelebt und war alt genug gewesen, um so etwas zu planen?

Reiser hatte gelegentlich Dokumente in der Hand gehabt, die Aufschluss über den Stammbaum der Familie von Sonnberg gaben. Jetzt kratzte er sein Wissen zusammen.

Er begann mit Leopold von Sonnberg.

Der war etwa 1790 zur Welt gekommen, er war also viel zu jung.

Und Theresias Vater?

Sein Geburtsdatum lag im Jahr 1762.

Dass er in die Sache verwickelt war, konnte jedoch nicht sein. Zum einen war er ja das Opfer, zum anderen widersprach es vollkommen seinem Charakter.

Weiter. Der Vater des Edlen.

Der war dreißig Jahre älter. Er hatte von Kaiser Joseph den Adelsstand erhalten. Kurz nach dessen Thronbesteigung 1765. Er hatte im Jahr des Anschlags aber schon nicht mehr gelebt.

Und noch weiter?

Die Frau des Edlen – Theresias Mutter.

Sie stammte aus einer reichen Linzer Kaufmannsfamilie mit viel Besitz in Linz und Wien. Ihre Mitgift hatte, neben den Geschäften des Edlen, die Familie in die Lage versetzt, Schloss Sonnberg zu kaufen und zu renovieren. Sie war deutlich jünger als ihr Gemahl gewesen. 1780 war sie zur Welt gekommen und mit einundzwanzig verheiratet worden. Sie war gestorben, als Theresia noch ein Säugling und Reiser ein kleiner Junge gewesen war.

Es gab keine verdächtige Person in der Familie. Der Vater musste den Auftrag, bei Scheiderbauer Gift zu besorgen, von jemand anderem entgegengenommen haben. Warum aber hätte er das tun sollen?

»Herr Reiser?«

Reiser war so in seine Überlegungen über die Sonnberg'schen Familienverhältnisse vertieft gewesen, dass er nicht gemerkt hatte, wie jemand an ihn herangetreten war. Der Mann hatte dunkle Augen. Seine untere Gesichtshälfte war von einem braunen Bart bedeckt. »Ja, bitte?«

Neben dem Mann schnalzte jemand. Es war ein Kutscher, der nun sein Fahrzeug vorfahren ließ. Es hatte wohl schon die ganze Zeit in der Nähe gestanden.

»Entschuldigen Sie, wenn ich Sie aus Ihren Gedanken reiße.«

War seine Versunkenheit so offensichtlich gewesen? »Was wünschen Sie?«

»Dass Sie mich begleiten.«

»Begleiten? Wohin?«

»Es ist dringend. Ich bin sicher, Sie haben dafür Verständnis.«

Von Sonnberg, ratterte es in Reisers Kopf. Er will mich sprechen. Er will mich noch einmal ermahnen, dass ich mich von Theresia fernhalten soll.

»Erklären Sie mir bitte erst, worum es sich ...«

Mit einer Hand öffnete der Mann die Tür, mit der anderen gab er Reiser einen so heftigen Stoß, dass der mit dem Oberkörper voran in die Kabine stürzte. Sofort hob der Mann Reisers Beine an und verfrachtete ihn vollständig ins Innere der Kutsche. Dann schloss er die Tür, stieg hinterher, und die Fahrt begann. Das Ganze hatte keine drei Sekunden gedauert.

Reisers Schulter schmerzte. Er war hart auf das Holz geprallt. Als er sich erhob, sah er, dass er mit dem Mann in der Kutsche allein war.

Was sollte das sein? Eine Entführung?

Er wollte die Tür öffnen und fliehen, doch der Mann fiel ihm in den Arm. »Nicht.« Der Griff war eisern. Reiser musste an den unbekannten Mörder von Dr. Scheiderbauer denken. »Ich habe Sie dringend gebeten, Herr Reiser. Ihnen wird nichts geschehen. Leider erfordern die Umstände, dass wir schnell handeln. Und ohne dass es auffällt. Daher diese Maßnahme.«

»Sie haben mich in die Kutsche gestoßen und entführt«, sagte Reiser empört. »Somit ist mir also schon etwas geschehen.«

»Ich entschuldige mich dafür.«

»Wohin bringen Sie mich? Wer sind Sie überhaupt?«

»Jemand möchte Sie sehr dringend sprechen. Vertrauen Sie mir.«

Wahrscheinlich ließ Leopold von Sonnberg Reiser in sein Domizil bringen, damit er das Testament vor seinen Augen zerreißen konnte. Vielleicht würde er ihm auch noch Theresias Bräutigam vorstellen. Um ihm noch mehr Qualen zu bereiten.

Der bärtige Mann hatte Reisers mürrisches Gesicht bemerkt. »Wenn Sie gleich eingestiegen wären, hätte ich Ihnen nichts getan«, sagte er. »Ich kann Sie nur noch einmal bitten, mir zu vergeben.«

Ein Diener Sonnbergs bat ihn um Vergebung? Das war eigenartig. Aber wer im Dienst eines so strengen Herrn war, bewahrte sich vielleicht seine Menschlichkeit.

Nach kurzer Fahrt zurück in die innere Stadt blieb die Kutsche stehen.

Genau vor dem Müllerschen Gebäude.

Der Bärtige führte Reiser hinein. Gleich hinter der Tür ging es in einen Gang, der an einer offen stehenden Flügeltür endete. Der Raum dahinter erinnerte Reiser an das Arbeitszimmer des Edlen auf Schloss Sonnberg, jedoch war die Ausstattung hier deutlich prächtiger. An den Wänden reihten sich Gemälde aneinander, das rötliche Holz des mächtigen Schreibtisches passte genau zum Farbton des kreuzweise gelegten Parketts.

Über allem hing ein gewaltiger Kronleuchter, in dessen Kristallglas sich das Licht brach, das durch die hohen Fenster fiel.

»Warten Sie«, hörte Reiser seinen Begleiter sagen. Dann war er allein. Für einen Moment herrschte Stille. Hier schlug noch nicht einmal eine Uhr wie in Hänsels Büroräumen. Kein Ton drang von draußen herein. Der Blick durch die Fenster reichte bis zu den beiden steinernen Röhren des Rotenturmtors. Reiser sah Kutschen, Spaziergänger, herumlaufende Dienstboten.

Von jenseits einer zweiten Tür hinter dem Schreibtisch ertönten Schritte. Die Tür wurde geöffnet, und jemand kam herein. Es war der Mann, der heute bei der Probe aufgetaucht und gleich wieder verschwunden war.

Aus der Nähe konnte Reiser ihn genauer ansehen. Markant war das schwarze Haar, das mit den ebenso dunklen Augen und den Bögen der Augenbrauen einen starken Kontrast zu dem feinen blassen Gesicht darstellte und es fast zu erdrücken schien. Zum Kinn hin verjüngte es sich, sodass über der Rundung nur wenig Platz für den kleinen Mund blieb. Von der spitzen Nase führten links und rechts breite Falten nach unten.

Wenn Reiser bedachte, was er über das Müllersche Gebäude wusste und was Herr Schubert ihm gesagt hatte …

Dieser Mann konnte nur einer sein.

»Euer Durchlaucht«, sagte er und verneigte sich leicht.

»Herzlich willkommen, Herr Reiser. Lassen Sie bitte die förmliche Anrede. Mein Name ist Lichnowsky.« Seine Stimme war sanft, aber bestimmt. Er setzte sich hinter den Schreibtisch und wies auf einen der Sessel, die davorstanden.

Das war also der Sohn des berühmten Förderers von Herrn van Beethoven. Der Sohn des Mannes, der Beethoven bei dessen Ankunft in Wien vor über drei Jahrzehnten selbst wie ein Familienmitglied behandelt hatte. Der mit der Bekanntschaft des großen Komponisten aufgewachsen war. Der für ihn wie ein großer Bruder sein musste …

»Sie sind nachdenklich, Herr Reiser? Ich glaube, ich weiß, in welche Richtung Ihre Gedanken gehen.«

Reiser räusperte sich. »Warum haben Sie mich kommen lassen? Und gerade auf diese Weise? Woher kennen Sie mich überhaupt?«

»Sie waren auf Schloss Sonnberg. Ich kannte den verstorbenen Edlen recht gut. Es hat mich sehr geschmerzt, zu erfahren, dass er umkam, noch dazu auf solche Weise. Ebenso wie Ihr Vater natürlich. Mein Beileid zu seinem Tod.«

Reiser bedankte sich. »Haben Sie das Schloss besucht? Wir sind uns dort nie begegnet.«

»Ich war bei der Einweihung zugegen. Ansonsten haben der Edle und ich uns hier in Wien getroffen. Ich konnte ihm einiges über die Bewirtschaftung von Landgütern erklären ... Er hielt viel von Ihnen. Und von Ihrem Vater, den ich vor längerer Zeit selbst einmal in Wien kennengelernt habe. Der Edle schätzte ihn sehr.«

»Vielen Dank.«

»Lassen Sie uns nun bitte zum Grund Ihres Besuches kommen. Herr Reiser, es tut mir persönlich leid, wenn die Art und Weise, wie ich Sie herbringen ließ, Ihnen unangenehm war. Ich versichere Ihnen, dass es eigentlich nicht meine Art ist, so zu handeln. Aber es geht um etwas von außerordentlicher Wichtigkeit. Bevor ich es Ihnen erkläre, lassen Sie mich bitte eine Ihrer Fragen an Sie zurückgeben: Woher wissen Sie von uns? Von diesem Haus? Sie waren hier, sind irgendwie hereingekommen, und ...«

»Ich weiß nichts«, sagte Reiser. »Oh, entschuldigen Sie, ich wollte Sie nicht unterbrechen.«

»Es ist gut«, sagte Lichnowsky. »Sie sind erregt, haben sogar Angst, scheint mir. Das ist unnötig. Behandeln Sie mich nicht als Fürsten. Behandeln Sie mich als Menschen.« Er machte eine Pause und sagte: »Alle Menschen werden Brüder. Das kennen Sie ja nun. Ein wenig von diesem Geist konnten Sie unter dem Edlen von Sonnberg erfahren. Bitte sagen Sie mir: Woher wissen Sie von uns? Was hat Sie bewogen, unsere Versammlung zu besuchen? Oder anders: Lassen Sie mich raten. Sie können mir dann sagen, ob ich richtigliege oder nicht. Sie arbeiten für Hofkonzipist Hänsel. Sie sind ein Konfident. Und als solcher versuchen Sie, gewisse geheime Treffen auszuspionieren.«

»Herr Hänsel hat mich schon wieder entlassen«, sagte Reiser. »Ich fürchte, auf dem beruflichen Feld habe ich gerade kein Glück.«

»Sie haben ihm also nicht von unserer Zusammenkunft berichtet?«

»Nein.«

»Sie hätten unsere Entdeckung als Erfolg weitergeben können. Glauben Sie mir, wenn Herr Hänsel von uns erführe, wäre das gut für ihn. Er würde es seinen Vorgesetzten melden. Das wäre für diese wiederum gut. Sie gäben es an ihre Vorgesetzten weiter, und so ginge es weiter. Irgendwann läge die Sache beim Staatskanzler Fürst Metternich auf dem Tisch – und der ...«

»Er ginge damit zum Kaiser«, vermutete Reiser.

»Das möchte man glauben«, sagte Lichnowsky. »Oder Fürst Metternich fütterte mit der Notiz seinen Kamin.« Seine Stimme hatte nun eine deutliche Schärfe. »Man weiß nie genau, was geschehen wird.«

»Verzeihen Sie«, sagte Reiser. »Aber das verstehe ich nicht.«

»Mein lieber Herr ... Das ganze Konfidentensystem ist ein einziger Schwindel. Fürst Metternich hat es vielleicht in bester Absicht aufgebaut, aber nun wird es benutzt, um dafür zu sorgen, dass die gesamte Gesellschaft, gerade hier in Wien, aber mittlerweile auch in allen deutschen Ländern, wie mit einem unsichtbaren Tunnelsystem durchlöchert wird.«

»Ein Schwindel? Aber es existiert doch.«

»Oh ja. Aber was ist es denn? Jeder bespitzelt jeden. Die Magd die Köchin, der Kammerdiener den Kutscher, der Registraturbeamte den Studenten in der Kammer nebenan, der Wirt die Gäste. Und andersherum. Sie können sich jedwede Kombination vorstellen. Bezahlte Spione bändeln mit Dienstmädchen an, damit diese zerknüllte Briefentwürfe ihrer Herrschaft aus dem Abfall holen. Versandte Briefe werden ohnehin abgefangen und gelesen.«

»Damit der Staat an wichtige Informationen kommt.«

»Für die das Metternich-System bezahlt. Und was ist das Resultat? Um an das Salär zu kommen, erfindet man. Geheime Treffen, nicht stattgefundene Gespräche, Briefe. Man stiehlt Notizen und andere Zettel, auf denen sich vermeintliche Hinweise finden. Die sich für passende Missverständnisse eignen. In der Staatskanzlei stapeln sich diese Dokumente einer angeblichen Gefahr. Ein Dokument zieht andere Verdachtsmomente nach sich und erschafft damit tausend weitere ... Können Sie sich vorstellen, was es für einen Staat bedeutet, auf diese Weise untergraben zu werden? Für das Staatswesen selbst und das Miteinander der Menschen?«

»Aber warum sind die Unsichtbaren davor gefeit, ebenfalls in das Visier zu geraten?«

»Jetzt haben Sie uns beim Namen genannt, Herr Reiser. Sie wissen also doch etwas. Ja, wir sind die Unsichtbaren. Wir sind allein durch meine Wenigkeit davor gefeit. Durch meinen Einfluss. Der Hass von Fürst Metternich auf die sogenannten Demagogen ist gewaltig. Der Student Sand, der den Dichter und Diplomaten Kotzebue erstach, hat den Staat blind gemacht. Zu diesem Zeitpunkt hätte es noch die Möglichkeit gegeben, einzulenken, Versöhnung herbeizuführen, aber nun muss diese Versöhnung von einer ganz anderen Seite kommen. Aus der Seele, aus der Tiefe der Seele eines großen künstlerischen Herzens. Aus der Seele eines Mannes, der vollkommen aus der Welt geraten ist. Durch eine Krankheit, die ihn so sehr in die Einsamkeit führte, dass er jenseits aller Schranken, die uns im alltäglichen Leben daran hindern, auf das Wahre, Unveränderbare zu blicken, genau dieses zu erkennen imstande ist.«

»Die unsichtbare Kraft der Musik«, sagte Reiser. »Deswegen nennen Sie sich die Unsichtbaren. Und deswegen erproben Sie diese Macht in vollkommener Dunkelheit – ohne jede Ablenkung.«

»Sie haben es verstanden«, sagte Lichnowsky. »Und weil Sie es verstanden haben, nahmen Sie Abstand davon, uns zu verraten. Sie sind also für unsere Sache empfänglich. Ja, wir bereiten uns durch diese besondere Art des Musikerlebens auf ein wichtiges Ereignis vor. Die Aufführung einer Sinfonie, wie es noch nie eine gegeben hat. Diese Musik wird ihren Weg in die Welt gehen. Wir müssen nur dafür sorgen, dass sie fruchtbaren Boden findet. So habe ich in langer Vorbereitung eine Gruppe von Männern der jungen Generation gesucht, nach Wien eingeladen und ihnen hier innerhalb weniger Tage vor Augen geführt, wozu Herr van Beethoven imstande ist. Wir versammeln uns im Dunkeln. Damit die Seele sich öffnen kann.

Wir hören seine Klänge – nur von einem Pianoforte gespielt, aber die Wirkung ist trotzdem einzigartig. All das zielt auf die die morgige Aufführung hin. Von ihr soll unter den so dumpf revolutionsbegeisterten Verirrten eine Wandlung ausgehen. Eine Wandlung, welche die jungen Burschen, wenn sie Wien wieder verlassen, in ihre widerständigen Gruppen tragen sollen. Und nicht nur dorthin. In die ganze Welt. Überall soll diese Sinfonie erklingen und ihre Botschaft verbreiten. Als Musiker oder Gelehrte sollen die jungen Männer später persönlich dafür sorgen, dass das, was ihnen die bevorstehende Premiere in die Seelen pflanzt, unsterblich wird.«

Der Fürst hatte sich in Rage geredet. Er ging vollkommen in seiner Idee auf, mit Beethovens Musik die Welt zu verändern. Reiser fragte sich, ob er damit nicht übertrieb. Konnte Musik wirklich das Allumfassende leisten, das Lichnowsky vorschwebte? Konnte eine Sinfonie ein neues Zeitalter der Brüderlichkeit anbrechen lassen? Und gewaltlos die Freiheit bringen? Weil es eine so große und außergewöhnliche Sinfonie war?

»Ich war mir zunächst nicht sicher, wo Sie stehen, ahnte aber die Wahrheit«, sagte der Fürst. »Nun weiß ich, dass ich mich nicht in Ihnen getäuscht habe. Und das ist ein Glück für uns. Ihre Mitwirkung bei der Akademie hat also nicht die heimliche Ausforschung der Musiker zum Ziel.«

»Ich sollte für Hänsel in den Kreisen der Musiker nach verdächtigen Elementen suchen. Aber ich konnte mich nicht gegen die Akademie stellen. Ich verehre Herrn van Beethovens Kunst zu sehr.«

»Das ehrt Sie. Aber wie haben Sie erfahren, welchen Namen unsere Gruppe führt? Wie haben Sie uns gefunden?«

So freundlich Lichnowsky wirkte – wie weit konnte Reiser ihm vertrauen? Scheiderbauers Mörder war in diesem Haus verschwunden und hatte ihn gewarnt, sich den Unsichtbaren zu nähern. Jemand anders hatte ihn eingeladen.

»Wieder so nachdenklich, Herr Reiser?«

Also gut, dachte er. Ich wage es. »Ein Unbekannter hat ihn mir genannt. Ein anderer – oder vielleicht war es auch derselbe – öffnete die Tür für mich. Er lockte mich hier in das

Haus. Ich ging hinein und wurde Zeuge Ihrer Zusammenkunft.«

Lichnowsky nickte. Er schien sich über das, was Reiser gesagt hatte, gar nicht zu wundern. »Konnten Sie ihn sehen? Können Sie ihn beschreiben?«

»Es war dunkel, und er hat mich überrumpelt.«

»Das passt zu dem, was wir erleben mussten.«

»Was heißt das?«

»Das heißt, Herr Reiser, dass nicht alle, mit denen wir unser Geheimnis teilten, meine Gastfreundschaft zu schätzen wussten. Es bereitet mir Schmerz, das zu sagen, aber wir haben einen Abtrünnigen unter uns. Einen, der sich einfach nicht belehren lassen wollte. Der uns verraten hat. Und von dem ich weder weiß, wo er ist, noch, was er vorhat. Ein seltsamer Mensch, mit dem man kaum vernünftig reden kann.«

»Sie meinen Theodor Kreutz«, sagte Reiser.

Lichnowsky runzelte die Stirn und sah verwundert drein. »Nein ... Diesen Namen habe ich noch nie gehört. Ich meine einen gewissen Julius Wellendorf. Er lebte zuletzt in Nürnberg.«

»Entschuldigen Sie, aber das ist ein Irrtum. Wellendorf und Kreutz sind ein und dieselbe Person.«

»Was sagen Sie da?«

Reiser berichtete, dass er Kreutz in der Bibliothek gesehen hatte und später in der Kanzlei dessen Beschreibung fand. »Er muss es sein. Auch Herr Hänsel und seine Beamten suchen ihn. Er war bei einem verbotenen Studententreffen in der Kanalstraße, wo man ihn beinahe festgenommen hätte. Er konnte jedoch fliehen.« Nun erzählte Reiser auch, womit sich Kreutz in der Bibliothek beschäftigt hatte. Mit dem Gunpowder-Plot des Guido Fawkes.

»Sind Sie sicher?«, fragte Lichnowsky.

»Ich habe die Seite in dem Buch gesehen, die er gelesen hat.«

»Nein, ich meine, sind Sie sicher, dass er es war? Haben Sie mit ihm gesprochen?«

»Ja, wenn auch nur kurz ... Ich war dabei, als die Beamten in Mariahilf tätig wurden, ich rannte ihm nach. Er lauerte mir auf und ...«

»Beschreiben Sie ihn«, verlangte der Fürst.
»Gelocktes Haar. Besonders auffällig rund gewölbte, sehr hohe Stirn.«
»Das ist er«, rief Lichnowsky. »Aber das verstehe ich nicht. Ich habe jeden Einzelnen der Gruppe vorher auskundschaften lassen. Ich habe genau ausgewählt, wen ich nach Wien einlade. Als wenn ich selbst so ein Hänsel wäre ... Aber es war nötig. Wir haben die Burschen nach bestimmten Eigenschaften ausgesucht. Es sind Schwärmer dabei, träumende Literaten, Philosophen, Theologen. Auch einige, die sich der Erfindung und Ausarbeitung politischer Systeme verschrieben haben – Systeme, die eines Tages unsere Adelsgesellschaft ablösen sollen. Aber keiner von ihnen sollte so verblendet sein, dass ihn die Botschaften aus der Musik nicht mehr erreichen. Ich habe ganz sicher niemanden eingeladen, der von den staatlichen Einrichtungen verfolgt wird. Und alle haben eine innere Verbindung zur Musik. Das eint sie auch untereinander, und es befähigt sie zu der Aufgabe, die vor ihnen liegt: die Idee dieser Sinfonie in die Welt zu tragen. Bis zur Akademie gebe ich ihnen Unterkunft. Sie sollen ihre Ideen diskutieren, bis sie dann in dem großen Werk des Herrn van Beethoven die Antwort auf alles erhalten.«
»Kreutz stammt aus dem Kreis der Gießener Schwarzen um Karl Follen«, sagte Reiser. »Er scheint besonders radikal zu sein.«
Der Fürst nickte. »Das passt zu seinem Vorgehen, sich unter dem Namen Wellendorf einzuschleichen. Der echte Wellendorf muss in Nürnberg geblieben sein, Kreutz ist an seiner Stelle der Einladung gefolgt.«
»Das klingt schlüssig.«
»Er hat immer wieder die Unterkunft verlassen, was ich eigentlich untersagt hatte, denn die Burschen sind ja streng genommen illegal in Wien. Leute wie dieser Hänsel verstehen einfach nicht, dass man diese Generation mit Seelenkräften heilen muss. Für ihn ist jede einzelne Versammlung strafbar. Er fragt nicht, worüber sich die jungen Leute Gedanken machen. Es reicht ihm schon, *dass* sie sich Gedanken machen.« Ihm entglitt ein Seufzen. »Ich kann zwar einigermaßen meine

schützende Hand über dies alles halten, aber nur bis zu einem gewissen Grad. Leute wie Hänsel bringen es fertig und schaffen es doch noch, die Akademie zu verbieten.«

»Das versucht Herr Hänsel auch«, sagte Reiser. »Meine Aufgabe war es, Gründe für dieses Verbot zu finden. Aber hätten Sie nicht dagegen einschreiten können, wenn es passiert wäre? Sie als Mitglied des höheren Adels?«

Lichnowsky schüttelte den Kopf. »Sie verkennen immer noch das Wesen dieses ganzen Zensurapparates, Herr Reiser. Sie denken, es gäbe klare Hierarchien, in denen man einfach gemäß den Vorschriften handelt. Sie glauben, die Macht käme von ganz oben und verteile sich dann in schöner Ordnung auf die unteren Instanzen. Wenn einer jemandem von oben aus etwas erlaubt, dann würden sich alle darunter danach richten.«

»Ja, das dachte ich eigentlich«, gab Reiser zu.

»Es ist komplizierter. Natürlich hat der Kaiser die Macht, und der Kaiser sorgt für die Vorgaben, wobei er manchmal auch auf kurzem Weg bis ganz nach unten durchgreift und etwas Bestimmtes regelt. Doch normalerweise geht das ja alles durch Instanzen, und auf diesem Weg verwässert vieles, weil die einzelnen Amtsträger nie alle Aspekte berücksichtigen können.«

Er las in Reisers Gesicht offenbar immer noch Unverständnis.

»Ein einfaches Beispiel. Fürst Metternich obliegen alle Aufgaben im Bereich der staatlichen Sicherheit. Nun versteht er selbst aber gar nichts von Musik. Er kennt Herrn van Beethoven natürlich, er schätzt es, wenn der Meister mit seinen Werken bestimmte Anlässe verschönert, aber in einem tieferen Sinne interessiert ihn das alles nicht. Sehr wohl schaut er dagegen auf das Verbot aller Elemente, die er für Feinde hält. Viele dieser Verbote hat er ja selbst in die Welt gesetzt. Unser oberster Zensor Herr von Sedlnitzky wiederum, der Metternich direkt untersteht, konnte davon überzeugt werden, die Akademie zu genehmigen. Sollte ein weiteres Gegenargument auftauchen, wird er sie jedoch verhindern. In seinem Fall völlig unabhängig von den politischen Dimensionen. Dass er zögerte, die Genehmigung zu erteilen, lag übrigens vor allem daran, dass Herr van Beethoven Teile einer Messe zur Aufführung bringen lässt – Musik also, die eigentlich in eine Kirche gehört und nicht in ein Theater. Der oberste Zensor arbeitet also eher im Sinne des Wiener Erzbischofs und weniger im Sinne des Staates. Ich wiederum könnte auch Herrn von Sedlnitzky, der in der Hierarchie des Adels weit unter mir steht, nicht beeinflussen.«

»Und was sagt der Kaiser dazu?«, fragte Reiser.

»Der Kaiser ist fern. Er ist nach Prag gereist. Er wird der Aufführung gar nicht beiwohnen.«

»Dann besteht wohl keine unmittelbare Gefahr, dass Kreutz und andere Unbekannte diesen Gunpowder-Plot hier inszenieren. Denn wenn sie es tun, werden sie sicher die höchste Instanz treffen wollen. So war es ja damals in London auch.«

Lichnowsky hob skeptisch die markanten Augenbrauen.

»Dieser Kreutz wird verschiedene Phantasien über Attentate und den Kampf gegen den Adel hegen. Aber ein solches Verbrechen, und das hier in Wien? Verzeihen Sie, das kann ich mir nicht vorstellen.«

»Steht nicht eine zweite Revolution bevor? Steuern wir nicht direkt darauf zu? Wie anders soll sie denn in Gang gesetzt werden, wenn nicht durch ein großes Fanal? Ein Ereignis, das alles Vorangegangene übertrifft? Überlegen Sie, was Kreutz getan hat. Er gab sich für einen anderen aus. Was ist wohl mit dem echten Wellendorf geschehen? Ich glaube, man kann davon ausgehen, dass er tot ist. Vielleicht hat Kreutz ihn ermordet, um die Einladung zu nutzen und nach Wien zu kommen. Warum hätte er das auf sich nehmen sollen, wenn er nicht etwas Großes, nie Dagewesenes vorhat?«

Jetzt hatte er es ausgesprochen. Kreutz könnte ein Mörder sein. Er war sogar recht wahrscheinlich ein Mörder ... Aber hatte er auf dem Weg nach Wien den Umweg über Schloss Sonnberg gemacht und dabei den Anschlag auf den Edlen verübt? Sozusagen als Probe?

Der Fürst sah immer noch ungläubig drein.

»Wann kam Kreutz als Wellendorf in Wien an?«, fragte Reiser.

»Er war seit vergangenem Donnerstag bei uns. Er reiste von

Nürnberg aus, wo Wellendorf hingegangen war. Die Fahrt ging über Regensburg.«

Am Tag, an dem der Edle von Sonnberg und Reisers Vater umkamen, war er also noch unterwegs gewesen. Die Strecke aus Regensburg lag weitab von Schloss Sonnberg. Kreutz konnte nicht der Mann an der Brücke gewesen sein.

Doch vielleicht hatte er auf dem Weg noch andere getroffen. Vielleicht gab es eine ganze Gruppe, die das Wiener Umland durchstreifte und Anschläge verübte. Vielleicht war es überhaupt der Plan, einzelne Landadlige zu beseitigen. Andererseits brachte das doch nichts. Für jeden toten Landherrn kam ein neuer – wie im Falle von Leopold von Sonnberg. Die Adelsschicht erneuerte sich selbst. Diese Burschen wollten doch viel eher das Volk auf ihre Seite ziehen – und das gelang nur, wenn sie diesem ihre Macht und ihre Ideen nahebrachten. Ein verstohlener Mord auf dem Land nützte da gar nichts.

»Sie haben Talent, Schreckensszenarien zu malen, Herr Reiser«, sagte Lichnowsky. »Sie würden auf Herrn von Metternich großen Eindruck machen. Vielleicht sollte ich Sie ihm einmal vorstellen. Auch er sieht in jeder Kleinigkeit die Vorbereitung eines neuen Sturms auf die Bastille. Nur dass es diesmal nicht gegen ein Gefängnis geht, sondern gegen … Ja, gegen was? Wie gesagt, da fehlt mir die Vorstellungskraft. Und müssen wir uns denn davor fürchten, harmlos auf der Straße herumzugehen? Uns der Öffentlichkeit zu zeigen? Selbst der Kaiser geht gelegentlich zu Fuß durch unsere Stadt wie ein ganz normaler Bürger. Ihm ist nie etwas geschehen. Und wenn jemand, wie Sie sagen, versuchen würde, zum Beispiel eine Sprengung vorzubereiten, mitten in Wien – das würde doch auffallen. Der Sprengstoff ist in den Händen der Artillerie, und dort wird er auch bleiben.«

Durch Reisers Gedanken huschte ein Bild. Er hatte doch einen Artillerieoffizier gesehen! Zusammen mit Leopold von Sonnberg, am Damenstift, auf dem Weg zu Theresia. Andererseits gab es in Wien viele Offiziere.

»In einem haben Sie recht, Herr Reiser«, fuhr der Fürst fort. »Theodor Kreutz muss gefunden werden. Sein Aufenthalt in Wien kann unsere Ziele gefährden. Ich gebe zu, in diesem

Punkt hat mein Plan leider versagt. Hoffen wir, dass alles andere gelingt.«

Ja, dachte Reiser. Der Plan, dass sich die Welt verändert, wenn morgen eine Sinfonie gespielt wird, vor gerade mal ein paar hundert Menschen … Wenn man hier in diesem Zimmer darüber nachdachte, wirkte es fast weltfremd. Hörte man dann aber die Musik, war man ganz und gar gefangen, und es erschien alles möglich.

»Haben Sie denn einen Hinweis, wo sich Kreutz aufhalten könnte?«, fragte der Fürst. »Ach nein, wahrscheinlich nicht … Wenn dem so wäre, hätten Sie das Herrn Hänsel gemeldet.«

»Ja«, sagte Reiser. »Ich hätte es getan … Das heißt, ich habe es sogar. Herr Hänsel hat mich jedoch nicht ernst genommen.«

Der Fürst blickte auf. »Soll das bedeuten, Sie wissen etwas?«

»Man kann es vielleicht wirklich nicht ernst nehmen, wie gesagt …«

»Bitte sprechen Sie!«

Reiser gab Kreutz' genaue Worte wieder. Dann legte er die Erklärung nach, auf die er mit Schubert gekommen war. »Ich habe gedacht, er könnte das Oktogon auf dem Narrenturm gemeint haben … Aber als ich darüber nachdachte, in welchem Ton er das gesagt hatte – da wurde mir klar, dass er es nur als Spott gemeint haben konnte.«

»Möglich«, sagte Lichnowsky. »Und vielleicht wollte er damit nicht nur Sie verspotten.«

»Wen denn sonst?«

»Unsere Gruppe. Die Unsichtbaren.«

»Vielleicht ist es nur ein Scherz. Aber es gibt einen anderen Studenten aus Follens Kreis, der im Narrenturm sitzt. Ein gewisser Zeisel.«

»Tatsächlich? Nun ja, ein Tollhaus macht vor Standesunterschieden nicht halt. Nicht vor Berufen, nicht vor dem Alter … Es gibt nur eine Möglichkeit, herauszufinden, ob sich Kreutz im Narrenturm versteckt«, sagte der Fürst. »Man muss nachschauen.« Er griff zu einem Blatt Papier und einer Feder und schrieb ein paar Zeilen. Dann betätigte er die Glocke, die auf seinem Tisch stand. Eigentlich hätte sich jetzt die Tür öffnen und ein Bediensteter erscheinen müssen, aber nichts geschah.

»Ach, ich vergaß«, sagte Lichnowsky. »Ich habe ihn fortgeschickt für eine Besorgung.«
»So fahren wir beide allein hin?«
»Weder ich noch Sie. Mein Bediensteter hat die Aufgabe, die Burschen zusammenzuhalten, und er wird diesen Kreutz schon herbringen.«
»Herr von Lichnowsky, bitte lassen Sie mich mitfahren. Zwei Leute können mehr ausrichten.«
»Sie meinen, Sie können etwas beitragen? Also gut ... Ich hatte eigentlich vor, Ihnen zu zeigen, was die Unsichtbaren tun. Aber das eine schließt das andere nicht aus. Wir müssen ohnehin noch eine Weile warten, bis er zurückkehrt.« Er faltete das Blatt zusammen und stand auf.

Reiser erhob sich ebenfalls – ganz nach den Regeln des guten Benehmens. »Eine Frage noch. Sie erwähnten vorhin meinen Vater ... Sie haben ihn kennengelernt. Wissen Sie vielleicht noch, wann das war?«

Lichnowsky sah ihn überrascht an. »Ist das wichtig?«
»Mein Vater hat einmal erwähnt, dass er Herrn van Beethoven kannte ... Ich kam leider nicht dazu, ihn nach den näheren Umständen zu fragen. Sie würden mich aber interessieren. Aus rein privaten Gründen. Ehrlich gesagt, es wundert mich, dass Sie sich an einen so geringen Bediensteten erinnern.«

Der Fürst setzte sich wieder. Reiser blieb stehen.
»Was Sie da sagen ... Jetzt fällt es mir wieder ein. Wissen Sie, als ich ein Kind war, ging Beethoven im Haus meines Vaters ein und aus. Er machte auf uns ungeheuren Eindruck. Er gab in unserem Salon seine ersten Konzerte hier in Wien. Viele umwarben ihn, weil sie hofften, seine Schüler zu werden. Einer unserer Gäste war ein Adliger aus Frankreich. Ich glaube, er gehörte zu den Unglücklichen, die durch die Revolution vertrieben worden waren. Er geriet mit Herrn van Beethoven aneinander, weil er alles, was von dieser Revolution kam, bekämpfte. Beethoven dagegen war unverhohlen ein Sympathisant der Franzosen. Das änderte sich erst viel später, als sich Napoleon die französische Kaiserkrone auf den Kopf setzte. Ich glaube, zu diesem Zeitpunkt begann sich in Beethoven etwas zu verändern. Erst da suchte er einen eigenen Weg, er

versuchte, den Schlüssel für alles, was in Menschen vorgeht, nur noch in der Musik zu suchen. Gleichzeitig schritt die Ertaubung, die damals begonnen hatte, voran, und …«

»Entschuldigen Sie«, sagte Reiser. »Aber was hat das mit meinem Vater zu tun?«

»Nun, dieser Comte de Vassé hatte einen jungen Bediensteten, der ihn stets begleitete. Er kam mit in den Salon, er war immer dabei. Wie ein Schatten, seinem Herrn vollkommen zugetan. Bis zu dem Tag, an dem Herr von Vassé zu Tode kam. Es war hier in Wien, in der Stadt. Der Comte ritt ein junges Pferd. Es gab einen Unfall mit einer Kutsche, bei dem ein lautes Knallen und Bersten zu hören war. Das Pferd des Comte ging durch, er stürzte auf das Pflaster. Man brachte ihn ins Haus des Edlen von Sonnberg. Dort starb er einige Tage später. Ich war damals acht, neun Jahre alt, aber über das Ereignis wurde noch lange gesprochen.«

»Wieso brachte man ihn gerade in das Haus der von Sonnbergs?«

»Ich glaube, es bestand eine weitläufige Verwandtschaft mit der Gemahlin des Comte«, sagte der Fürst. »Mehr weiß ich nicht. Sie wissen, diese familiären Zusammenhänge sind oft recht kompliziert.«

»Und wie hieß der Comte mit Vornamen?«

Der Fürst sah erstaunt drein. »Ich glaube, er hieß …« Er überlegte kurz. »Maximilian. Ja, genau, Maximilian de Vassé.«

»Und mein Vater …«

Lichnowsky lächelte. »Ihr Vater war der Bedienstete des Comte. Treu wie Gold. Diese Treue hat wohl dazu geführt, dass der verstorbene Edle Ihren Vater in seinen Diensten behielt.«

Auf Reiser war in kürzester Zeit eine ganze Flut von Erkenntnissen eingestürzt.

Dr. Scheiderbauer hatte, als er starb, nicht um »Wasser« gebeten, wie Reiser dachte. Er hatte den Namen des Comte ausgesprochen. Und das abgehackte »Ma…«, das aus dem Munde des Sterbenden gekommen war – es war der Beginn des Vornamens.

Maximilian.
Comte de Vassé.
Er war der Attentäter gewesen, der Beethoven beseitigen wollte. Weil er mit ansehen musste, wie der Komponist in seinen ersten Jahren in Wien die Ideen der Revolution unter die Menschen zu bringen versuchte – einer Revolution, die ihm seine Heimat und seine Familie genommen hatte. Nicht mit Worten, sondern mit den Mitteln der Musik. Einer bisher nie da gewesenen Musik, die selbst eine Art Revolution war.

Und dann ...

In den folgenden Jahren hatte die Weltgeschichte ein paar Wendungen erlebt, die endgültig alles aus den Fugen rissen. Beethoven reifte. Seine Taubheit entfernte ihn immer weiter von dem Lärm der Welt – mit der Folge, dass sich seine Musik nach und nach veränderte.

Letztlich hatte der Comte diese Entwicklung selbst ausgelöst. Sein Giftattentat hatte Beethovens Taubheit erzeugt – und diese erst die wahre Größe von dessen Kunst. Reisers Vater, der auf Geheiß des Comte an dem Attentat beteiligt gewesen war, hatte deswegen über Jahrzehnte ein schlechtes Gewissen gehabt. Er hatte die Episode mit Beethoven verdrängt, und das so sehr, dass er selbst seinem musikbegeisterten Sohn davon nichts sagte.

Während er grübelte, folgte Reiser dem Fürsten über Gänge und Stiegen hinab in die untere Etage des Hauses. Jeder Schritt brachte weitere Gedanken.

Mussten sein Vater und Dr. Scheiderbauer wegen ihres Wissens um diesen Anschlag sterben? Der Tod des Edlen wäre dann nur ein Begleitumstand gewesen. Doch wem konnte diese Geschichte jetzt, nach achtundzwanzig Jahren des Schweigens, so sehr schaden, dass er die beiden Einzigen, die sich noch daran erinnerten, beseitigte?

War Kreutz der Schlüssel zu der Antwort?

Sie erreichten die untere Etage. Hier brannte kein Licht mehr, nur ganz wenig der Dämmerung von oben erreichte dieses Stockwerk. Aber das war ja die Absicht, Musik im Dunkeln zu hören, wo man sich ganz und gar auf die Klänge konzentrieren konnte. Damit die Seele in der Lage war, sich zu öffnen.

Ein Klavier spielte. Wie bei seinem ersten Besuch an dem Versammlungsort der Unsichtbaren konnte Reiser nichts erkennen, aber er spürte auch diesmal die Anwesenheit der Zuhörer. Der Fürst drückte Reiser auf einen Stuhl und flüsterte ihm zu, dass man ihn abholen werde. »Denken Sie bitte daran«, fügte er hinzu, »dass Sie nun auch ein Unsichtbarer sind. Einer von uns. Sie haben die Anlagen dazu.« Damit entfernte er sich.

Wer immer dort Klavier spielte, beendete gerade einen rauschenden, sehr virtuosen Satz und begann sogleich etwas Neues.

Gebrochene Akkorde begleiteten den trägen Rhythmus eines Trauermarsches, kaum deutlich unter dem nebelartigen Verschwimmen der Klänge. Sie erzeugten in Reiser Bilder von einer nächtlichen Wanderung, auf der die Eindrücke der Landschaft im Mondlicht ineinanderflossen. Ein ruhiges Aufgehobensein in der schlafenden Natur, fern von allem Lärm und Trubel des Tages inmitten einer Welt, in der die Landschaft im Einklang mit der Seele des einsamen Wanderers war. Welches Werk war das? Reiser kannte es nicht, aber er vermutete, dass es sich um eine Klaviersonate von Herrn van Beethoven handelte.

Er schien mit den Klängen davonzuschweben. Und doch spürte er, dass er nicht einfach nur zuhörte. Die Musik setzte etwas in ihm in Gang. Sehr langsam, aber trotzdem unaufhaltsam schälte es sich aus der Tiefe seines Inneren heraus.

Zum ersten Mal in seinem Leben wurde ihm bewusst, dass die Töne, die sich vor ihm ausbreiteten, den Raum, in dem sie erklangen, erfahrbar machten. Reiser konnte den Raum nicht sehen, aber er wusste, wie groß er war. Die Musik erschuf ein Raumerlebnis.

Sinne können sich gegenseitig ersetzen, dachte Reiser. Man kann tatsächlich mit den Ohren sehen. Vielleicht kann man auch mit den Augen hören.

Und man kann mit dem Herzen verstehen!

Das war wohl der Schlüssel, den Beethoven entdeckt hatte. Musik konnte all die Pamphlete, all das Disputieren über eine Verfassung und all die Paragrafen, die sie enthalten sollte, das ganze taktierende Herumdrehen von Wörtern und Begriffen durch etwas Besseres ersetzen, etwas Reineres, Klareres als die Sprache.

Während Reiser weiter den Klängen lauschte, entstand in ihm der Plan, wie er weiter vorgehen musste.

Kreutz musste gefunden werden.

Und man musste ihn Hänsel ausliefern.

Mit ein wenig Geschick und mit Hilfe des Fürsten konnte Reiser damit bei dem Konzipisten alles wiedergutmachen. Und wenn das gelang, konnte Reiser auch ehrlichen Herzens auf den Edlen Leopold von Sonnberg zugehen, konnte an dessen Ehre als Gutsherr und Edelmann appellieren und ihn auffordern, dem Testament zu entsprechen.

Wenn er ganz und gar ehrlich war, so ehrlich wie die Klänge, denen er gerade lauschte, würde auch der Baron von Walseregg helfen, denn der konnte ja gar nicht anders. Er hielt große Stücke auf Reiser, das hatte er selbst gesagt. Ehrlichkeit war entwaffnend. Wenn alle Menschen ehrlich waren – und das hieß nichts anderes, als dass sie ihre Herzen öffneten –, dann wurde alles gut.

Reiser badete sein Inneres geradezu in dieser Vorstellung. Die Bilder, in denen auch Theresia eine Rolle spielte, waren ein wahres Labsal. Er sah den Aussichtspunkt über dem Michelsbach. Theresia im weißen Kleid. Sie lächelte ihm zu. Dann Theresia an ihrem Klavier im oberen Salon im Schloss. Und nun stellte er sich ihre Hände vor, die genau diese Klaviersonate spielten, der er gerade lauschte.

Die Töne flossen dahin. Die nächtliche Wanderung war zu Ende, sie wich einem drängenden Scherzo – nicht so attackierend wie das aus der Sinfonie, sondern eher wie ein Eilen zu einem unbekannten Ziel. Fast holprig und stolpernd, als könnte der Sehnsüchtige es nicht erwarten, anzukommen. Er überwand alle Hindernisse, die sich ihm in den Weg stellten, bis ...

Ja, bis sich auf einmal ein kantiges, karstiges Gebirge aus spitzen Läufen und hingeknallten Akzenten zeigte, das einem schier den Atem verschlug. Man hätte vor Schreck erstarren mögen, doch die rasenden Sechzehntelketten wurden zur Begleitung für eine enthusiastische, neue Melodie, die Reiser einen gewaltigen Schwall neuer Gefühle durch die Adern schickte.

Hoffnung. Zuversicht. Glauben an die eigene Kraft.

Da spürte er eine Hand auf seiner Schulter.

»Kommen Sie«, sagte eine Stimme.

28

Es war wieder der Bärtige. Er ging voran, während das Klavierspiel hinter ihnen immer leiser wurde und schließlich verschwand. Oben auf dem Platz angekommen, hob er kurz den Arm, und ein Fiaker kam herangefahren – eines von den öffentlichen Fahrzeugen. Reiser fragte nicht, was mit der Kutsche war, die dem Fürsten gehörte. Wahrscheinlich war Lichnowsky selbst damit unterwegs.

In Reiser klangen immer noch die Töne der Musik nach – dieses Landschaftsbild, das sich jedoch aufzulösen begann wie ein Traum. In einem Haus in der Nähe wurde etwas gerufen. Ein Fetzen Walzermusik wehte von irgendwo herüber.

Der Bärtige wandte sich an den Kutscher und nannte als Ziel die Fuhrmannsgasse am Alserbach. Sie stiegen ein und saßen sich nun gegenüber. Der Fiaker zog an. Der Bärtige schwieg. Sicher hatte Lichnowsky ihm beigebracht, nur so viel zu sprechen, wie nötig war.

So ein Bediensteter muss mein Vater auch gewesen sein, dachte Reiser. Bei dem Comte de Vassé.

Wer war dieser Mann gewesen, der fünf Jahre vor Reisers Geburt umgekommen war? Hatte der Comte Verwandte, die wussten, was er 1796 getan hatte? Und denen daran gelegen war, dass es niemanden gab, der das Geheimnis verraten konnte?

Die Kutsche fuhr auf dem nächtlichen Glacis in Richtung der Währinger Gasse. Auch auf dem freien Abschnitt zwischen Innenstadt und den Vorstädten leuchteten Laternen, deren gelblich glimmende Flammen in kleinen Glaskästen entlang der Wege eine lange Kette bildeten. Der Edle von Sonnberg hatte diese Erfindung immer gepriesen. Einmal hatte er erwähnt, dass es in der Stadt Wien über dreitausendfünfhundert Laternen gebe – allerdings fast nur auf dem Glacis und in der inneren Stadt. In den Vorstädten blieben die meisten Straßen dunkel.

So war es auf dem Weg zum Alserbach schwarz um sie

herum, und als sie in die Fuhrmannsgasse einbogen, kam es Reiser vor, als verschwinde die Kutsche in einem dunklen Loch. Die Räder rumpelten durch die Furchen roher Erde. Nicht nur die Beleuchtung war hier draußen Mangelware, auch die Wege waren nur auf den nötigsten Strecken gepflastert.

Im Schein der schaukelnden Fiakerlaterne war entlang der Straße eine Mauer zu erahnen. Gegenüber erhob sich als dunkler Klotz das Militärspital.

Die Kutsche hielt. Der Bärtige stieg sofort aus. Ein fauliger Geruch vom nahen Alserbach drang herein. Das Wasser darin besaß kaum Strömung und wurde zudem von den Bewohnern hier draußen mit allerlei Abfällen angefüllt – von Küchenresten bis zu den Dingen, die man im Nachttopf sammelte. Die Stadt war hier zu Ende. Überschritt man eine der kleinen Brücken, die über den Bach führten, gelangte man an die Ziegelöfen, die Reiser schon bei der Ausfahrt mit Beethoven gesehen hatte. Und dahinter lag die Linie.

Sie standen nun vor einer weiteren Mauer, die sich an das Militärhospital anschloss. Auf der Rückseite des verschlossenen Tores ragte ein dunkler Schatten auf, massiv und bedrohlich wie der Wehrturm einer Burg. In schmalen Fensterchen war hier und dort Licht zu erkennen.

Reiser wollte dem Bärtigen folgen, der sich anschickte, hinüberzugehen. Doch der wehrte ab. »Sie warten hier.«

»Aber wir müssen Kreutz gemeinsam ...«

Er packte Reiser an der Schulter. »Keine Namen. Noch einmal: Sie warten hier.«

»Der Fürst hat mich ebenso beauftragt wie Sie, hier ... den Besuch zu machen.«

Reiser wollte in Richtung des Tores gehen, aber der Mann streckte den Arm aus und hielt ihn auf. Obwohl er gar keine Kraft einsetzte, hatte Reiser den Eindruck, er stünde vor einer Wand.

»Es ist meine Aufgabe. Sie können mir helfen, wenn ich wieder herauskomme und hoffentlich das dabeihabe, was wir suchen. Warten Sie hier. Der Fiaker wird auch warten. Er soll uns ja zurückbringen.«

Reiser sah zu, wie der Bärtige zum Tor ging und eine Glocke bediente, die daneben angebracht war. Der metallische Schlag war überraschend laut.

Nichts rührte sich. Doch nach Sekunden der Stille, fast als hätte der Glockenklang es heraufbeschworen, vernahm Reiser ein seltsames Klanggemisch, das von weit her zu kommen schien. Ein Heulen und Jammern, an der Grenze zur Unhörbarkeit und daher umso grässlicher.

»Des san die Narrischen«, sagte der Kutscher hinter Reiser. Er war vom Bock gestiegen und zog eine weiß leuchtende Tonpfeife aus der Manteltasche. »Sie heulen und greinen. Niemand weiß, warum. Vielleicht tut ihnen der Schädel weh. Oder sie sehen was, was wir nicht sehen. Geister. Höllengespenster.« Er nahm mit einem Papierfetzen aus der Laterne an der Kutsche Feuer. Es flammte auf und beleuchtete sein Gesicht, während er sich die Pfeife anzündete.

Unterdessen läutete der Bärtige drüben ein weiteres Mal, und diesmal war von jenseits der Mauer eine Stimme zu hören. Es klang, als würde jemand laut fluchen und dann unwirsch vor sich hin brabbeln. Ein Teil des Tores ging auf. Licht fiel auf die Gasse. Ein Mann erschien. Er trug eine Lampe in der Hand. Der Bärtige zog ein Papier aus der Tasche. Es war wohl ein Schreiben des Fürsten.

Reiser hatte keine Lust, hier zu warten. Er wollte dabei sein, wenn sie Kreutz fanden. Er lief hinüber. Der Kutscher rief ihm etwas nach. Das warnte den Bärtigen, der sich umdrehte und sich Reiser entgegenstellte. Der Pförtner war noch mit dem Schreiben beschäftigt, das er in den Schein der Lampe hielt. Gerade inspizierte er die große Unterschrift, die fast die ganze untere Hälfte des Blattes ausfüllte.

»Können Sie nicht hören?« Reiser wollte etwas erwidern, doch da holte der Mann bereits aus. »Verzeihen Sie«, hörte Reiser ihn noch sagen. Im nächsten Moment traf ihn seine Faust an der Schläfe. Vor Reisers Augen schien ein weißer Blitz zu explodieren und wie ein Feuerwerkskörper in Bruchstücke zu zerbersten, die in vielen kleinen Punkten herabsanken. »Ich habe gesagt, dass Sie warten sollen.«

Als Reiser wieder deutlich sehen konnte, war das Tor verschlossen. Seine linke Gesichtshälfte brannte. Etwas rasselte im Inneren.

Der Kutscher lehnte drüben an seinem Fahrzeug. Er zog an seiner Pfeife, was an dem rot aufglühenden Glimmen zu erkennen war. Außer ihnen war niemand auf der Gasse. Bis zu den nächsten Wohnhäusern musste man mindestens zweihundert Schritte gehen.

»Seien S' doch froh, dass Sie da nicht hineinmüssen … Warten wir eben. Das Warten ist meine Profession. Sie lernen's auch noch.«

Er hielt ihn für einen Diener des Fürsten. Einen, der noch unter der Fuchtel des älteren Bärtigen stand. Und der deswegen einfach geschlagen werden durfte, wenn er nicht gehorchte.

In Reiser begann die Ungeduld zu toben. Er wäre gern dabei gewesen, wenn sie Kreutz fanden. Am allerliebsten hätte er ihn allein gefunden. Und allein mit ihm gesprochen. Um endlich alles zu erfahren. Er hätte einen Sieg bei Hänsel errungen. Wenn der Bärtige Kreutz nun einfach herholte und ihn in Lichnowskys Obhut übergab, würde nichts aus ihm herauszubringen sein. Jedenfalls nichts von den Dingen, die Reiser interessierten.

Ein Stück abseits war ein leises Plätschern zu vernehmen. Der Kutscher war hinüber zum Bach gegangen und erleichterte sich. Ab und zu glühte der Tabak in seiner Pfeife auf. Als sich Reiser wieder dem Narrenturm zuwandte, erschien am oberen Rand ein Licht. Offenbar hatte Lichnowskys Diener zusammen mit dem Pförtner die innere Stiege erklommen, und nun suchten sie auf dem Dach nach Kreutz.

Der Kutscher kam zurück. Der Geruch seines Tabakqualms linderte die Ausdünstungen des Alserbachs ein wenig.

Reiser drängte es, zu gehen, seine Beine zu bewegen. So marschierte er auf das angrenzende Grundstück mit der langen Mauer zu und kam auch hier an ein Tor. Es bestand aus hohen Eisenstäben, hinter denen sich ein unbebautes Gelände zeigte. Darauf waren niedrige, glatte Flächen, die wie Glas glänzten und in rechteckigen Einheiten angeordnet waren. Reiser fiel das kaiserliche Wappen auf, das an einem der beiden Torflügel prangte.

Er wusste, dass es in der Stadt mehrere botanische Gärten gab, in denen für den Hof verschiedenste Pflanzen gezüchtet wurden. Das hier war wohl einer davon. Warum er an dem schmutzigen Alserbach lag, war Reiser ebenso ein Rätsel wie die Nähe zum Krankenhaus und Narrenturm. Vielleicht ließ der Kaiser hier Heilpflanzen züchten, auf die die Ärzte des Hospitals dann zurückgreifen konnten?

Das Licht auf dem Turm war erloschen. Der Geisterchor der gequälten Wahnsinnigen drang nicht bis hierher.

Dafür gab es hinter dem Gitter, in dem kaiserlichen Garten, ein Geräusch. Es war ein leises Knarren wie das Ächzen eines Astes im Wind, gefolgt von einem Klappen. Dann hörte Reiser leise, schnelle Schritte.

Er starrte zwischen den Eisenstäben hindurch. Neben den Glasflächen erhob sich die dunkle Masse eines Gebäudes. Der Umriss erinnerte an eine kleine Kirche, und auf dem steilen Giebel reckte sich ein Kreuz in den Himmel. Es musste eine Kapelle sein.

Etwas bewegte sich von der dunklen Masse weg und verschmolz mit der Umgebung. War das ein Tier? Ein Fuchs vielleicht? Oder ein Marder? Nein, dazu war es zu groß.

Reiser hielt die Luft an und lauschte.

Drüben am Fiaker war der Kutscher nicht mehr zu sehen. Er hatte sich wohl auf den Kutschbock gesetzt und ging der Kunst des Wartens nach. Jetzt gab es auf der anderen Seite ein Tappen, dann ein Reiben von Stoff auf Steinen, ein Keuchen. Jemand erschien direkt neben Reiser auf der Mauerkrone.

Es war Kreutz.

Bei Reisers Anblick fuhr er erschrocken zusammen, fing sich aber sofort wieder und sprang nach unten.

Reiser versuchte, ihn zu packen, und erwischte Kreutz' Arm. Der Student riss sich mit erstaunlicher Kraft los und rannte. Doch der kurze Kampf hatte ihn aus dem Gleichgewicht gebracht. Er kam ins Torkeln, stolperte über irgendetwas, das am Wegesrand lag, und schlug lang hin. Reiser setzte ihm nach. Kreutz war sofort wieder auf den Beinen, schlug mit dem Ellbogen aus und traf Reiser am Kopf – an derselben Stelle, die der Bärtige erwischt hatte. Einen Moment lang sah

Reiser Sterne. Als sie verschwanden, war Kreutz weit hinten. Reiser folgte ihm.

Die holprige Straße verlief zwischen dem Graben des Alserbachs auf der linken und einer langen Häuserzeile auf der rechten Seite. Dann tauchte eine weitere Mauer auf, die die Reihe der Gebäude unterbrach.

Kreutz schien auf einmal zu erlahmen. Er blieb kurz stehen und krümmte sich, wohl vor Schmerzen. Er wollte weiterlaufen, brachte aber nur ein Humpeln zustande. Jetzt stand er, beugte den Oberkörper vor und legte die Arme auf die Oberschenkel. Er musste sich bei dem Sturz verletzt haben. Reiser holte auf und erreichte ihn, als sich Kreutz neben dem Weg an die Mauer gesetzt hatte. Er hatte seinen Stiefel ausgezogen und rieb sich den rechten Knöchel.

»Bleib mir vom Leib«, schrie er Reiser an. Der Student gab ein Schnaufen von sich und machte dabei eine abfällige Bewegung mit dem Kopf. Reiser staunte, wie jemand in so eine kleine Geste so viel Arroganz legen konnte.

»Ich tu dir nichts.«

»Du tust nichts? Du gehörst doch auch zu diesem Maecenas, der uns irremachen will mit seinen Ideen über die Musik. Der will, dass wir nicht mehr denken!«

»Du hast mir gesagt, wo ich dich finde. Also wundere dich nicht, dass du mich hier antriffst.«

Kreutz grinste. »Bist doch schlauer, als ich dachte. Den Waldschrat von den Kellermusikanten hättest du aber nicht mitbringen sollen.«

»Dabei warst du gar nicht in der Kaiserloge auf dem Dach. Du warst in der Kapelle in dem Garten. Auch ein gutes Versteck.«

»Man kann vom Turmdach hingelangen. Über eine bestimmte Stiege im Turm und dann durch einen Gang. Seltsam, dass das keiner mehr weiß. Vielleicht sollte man es den Verrückten sagen. Mit Sicherheit freuen sie sich, wenn sie mal wieder an der Donau spazieren gehen dürfen. Oder auf der Bastei.«

Schuberts Geschichte über den Narrenturm war also wahr. Reiser setzte sich ebenfalls an die Mauer. Jeden Moment konnte

Lichnowskys Helfer auftauchen. Noch war nichts zu sehen. Bis dahin musste er mit Kreutz sprechen.

»Du hast dich als Wellendorf eingeschlichen. Was hast du mit dem echten Wellendorf gemacht?«

»Ich? Gemacht? Was glaubst du denn?«

»Hast du ihn etwa …? Nein, dazu bist du nicht fähig.« Reiser sagte das nur, um besser an Kreutz heranzukommen. In Wirklichkeit war er sich da gar nicht sicher.

Kreutz nahm seinen Stiefel und versuchte, ihn anzuziehen. Der Knöchel war angeschwollen. »Wellendorf ist tot«, sagte er, biss die Zähne zusammen, zwang den Fuß in den Stiefel und erhob sich, indem er sich an der Mauer abstützte.

»Also doch …«

»Red keinen Unsinn. Getötet hat ihn die Krankheit der Armen. Die Krankheit, an der in dieser Welt kaum ein Adliger leidet, weil er nicht in feuchten Kellern hausen muss.«

»Du meinst die Schwindsucht.«

Kreutz stand nun und machte vorsichtig ein paar Schritte. Dabei biss er sich auf die Lippe.

So ein Unsinn, dachte Reiser. Es litten auch Adlige an der Schwindsucht. Aber das mit den feuchten Kellern stimmte natürlich.

Kreutz stöhnte auf.

»Lass mich dir helfen«, sagte Reiser.

»Hände weg. Ich kann allein gehen.«

»Ist ja schon gut. Aber wo willst du hin?«

»Der Waldschrat soll mich nicht finden.« Er setzte vorsichtig einen Fuß vor den anderen – weiter am Bach entlang in Richtung der Rossau, wo die Donau floss. Der Anblick war kläglich, aber man spürte, dass Kreutz einen eisernen Willen besaß.

»Ich habe mit dem Fürsten gesprochen«, sagte Reiser.

»Danke, aber das ist mir klar. Wobei ich eher glaube, dass *er* mit *dir* gesprochen hat. So ist das mit den hohen Herren. Du hast nichts zu sagen, wenn sie es nicht wünschen.«

»Du verkennst das. Die Unsichtbaren …«

»Bleib mir weg mit denen.«

»Aber sie wollen das Edle im Menschen erwecken. Mit den

Mitteln der Musik. Der Seelenkunst. Hättest du dich nicht entfernt und wärst weiter für sie der Wellendorf geblieben ... Du hättest es auch verstanden.«

»Du glaubst, ich komme nach Wien, um dieses Trallala zu hören? Und dann auch noch im Dienst eines Fürsten?«

»Nicht im Dienst ... auf Einladung. Ganz ebenbürtig.«

Kreutz war schneller geworden. Jetzt ging er, ohne zu humpeln. Es musste höllisch wehtun, doch Kreutz' Gesichtszüge entspannten sich, während er sprach. Anscheinend half es ihm über seine körperlichen Schmerzen hinweg, seine Gedanken auszubreiten.

»Ebenbürtig? Du bist ein Kind, wenn du an Ebenbürtigkeit glaubst. Vor allem, wenn du auch noch glaubst, dass die hohen Menschen sie selbst in die Welt bringen, diese Ebenbürtigkeit. Wenn sie es tun, was bedeutet, dass sie es *zum Schein* tun, wollen sie damit nur ihre Überlegenheit zeigen. Weil sie Ebenbürtigkeit *vortäuschen*.« Jetzt begann Kreutz auch noch zu gestikulieren. Dazu ahmte er die affektierte Sprache eines besonders eingebildeten Menschen nach. »Seht her, ihr Bürger, ihr Niedrigen der Welt, ich gebe euch die Ebenbürtigkeit. Denn ich bin so milde, ich bin so gerecht, ich bin so edel. Ja, und weil ich euch die Ebenbürtigkeit gebe, bin ich umso edler und gerade deshalb ganz und gar nicht ebenbürtig.« Er spuckte aus. »Kapierst du's? Oder bist du wie der Ball im Spiel, der nicht weiß, dass er ein Ball ist? Der sich frei fühlt, weil man ihn auf dem Spielfeld tanzen lässt?«

Reiser blickte sich um. Immer noch keine Kutsche. Das konnte nur bedeuten, dass sie vorne am Tor von Kreutz' Flucht und der Verfolgung nichts wussten. Oder nicht mitbekommen hatten, wohin er verschwunden war. Der Bärtige würde einfach nur glauben, dass Reiser davongelaufen war. Darum würde er sich nicht weiter kümmern. Er würde zurückfahren und dem Fürsten melden, dass der Gesuchte nicht im Narrenturm zu finden gewesen und Reiser eben auch verschwunden sei.

»Weißt du, auch ich war ein König«, sprach Kreutz weiter. »Für eine Nacht saß ich auf einem Thron.«

»Was?«, fragte Reiser, aus seinen Gedanken gerissen.

»Der Thron stand aber in einem Haus, in dem ein jeder König werden kann, Kaiser sogar. Auch so ein Blendwerk.«
»Ich verstehe kein Wort.«
Kreutz lachte. »Wenn du mich im Tollhaus gefunden hast, dann wirst du diesen Ort auch finden. Und dort lohnt sich's. Denn dort wird etwas Bombastisches geschehen.«
»Was?«
»Du wirst es bald wissen.«
»Bald? Wollt ihr so etwas tun wie jener Fawkes in England, vor über zweihundert Jahren?«
»Es ist etwas Bombastisches, das sag ich doch.«
Sollte das ein Ja sein?
Bombastisch, dachte Reiser. Bombastisch – wie Bombe. Pulver. Explosion.
»Warum sagst du nicht klar und deutlich, was du meinst?«
»Ich habe damit nichts zu tun«, wehrte Kreutz ab. Wahrscheinlich sprach er so verschwommen, weil sie in Wien waren. In der Stadt mit Ohren. Aber jetzt und hier, am Abend, wo niemand auf der Gasse war? Am Rande der Vorstadt Rossau? Die Straßen, die rechts in diesen Bezirk hinein abzweigten, waren verlassen.
»Uns hört hier niemand«, sagte Reiser. »Du kannst mir sagen, was du sagen willst. Was steht bevor? Die Pläne der anderen Studenten? Die Gruppe, die sich seit 1820 trifft? Die verbotene Verbindung? Bleib endlich stehen und sag es mir.«
Er packte Kreutz an der Schulter, aber der riss sich los. »Du hast über den Gunpowder-Plot gelesen, ich weiß es. Das muss doch einen Grund gehabt haben.«
»Weil ich darüber gelesen habe, wird es geschehen?«
»Natürlich. Die Studenten, das Treffen in der Kanalstraße. Wofür sollte das denn sonst gewesen sein?«
»Es wird zu etwas Bombastischem kommen, Kleiner. Ganz recht. Aber niemand weiß, wann genau. Es ist wie der Tag des Jüngsten Gerichts, weißt du? Man kennt kein Datum, keine Stunde. Aber er wird kommen. Als ich nach unserer letzten Begegnung noch einmal dort war, wo der Thron stand, wo ich ganz kurz Kaiser war, wo Könige ihre eigenen Siege besingen und im nächsten Moment keine Könige mehr sind … wo sie

den Menschen vorgaukeln, wie edel und groß der Adel ist, und den Kaisern und Königen einen falschen Spiegel vorhalten, in dem sie sich immer und immer wieder sonnen können, ohne die Wirklichkeit zu sehen ...«

Reiser hatte längst den Faden verloren. Hatte sich Kreutz doch schlimmer verletzt? Redete er im Fieber? Verlor er gerade den Verstand?

»... da sah ich«, schloss der Student, »dass schon alles vorbereitet ist. Aber nicht von uns. Verstehst du?«

»Nein«, sagte Reiser wahrheitsgemäß.

»Wie schade. Das Rätsel vom Tollhaus war nicht zu schwer für dich. Na ja, du wirst schon noch darauf kommen.«

Er ging auf eine dicke schwarze Barriere zu, die sich ihnen in den Weg stellte. Es war der Donauarm, von dem die Kälte des Wassers und der unverkennbare Geruch des Flusses herüberwehten. Die Straße wurde zu einem breiten Ufer. Kreutz marschierte weiter, als habe sich seine Verletzung in Luft aufgelöst. Die neue Brücke, über die man hinüber an den westlichen Rand der Leopoldstadt gelangte, kam in Sicht. Die Straße am jenseitigen Ufer führte direkt zum Augarten, der sich nördlich der Vorstadt über eine Allee mit dem Prater verband.

»Bitte bleib«, sagte Reiser. »Es ist wichtig.« Er packte ihn wieder am Arm. Diesmal ließ Kreutz es geschehen, behielt aber die Donau im Blick, so als läge dort sein geheimes Ziel.

»Kennst du einen Comte de Vassé?«, fragte Reiser.

Kreutz hatte nicht zugehört. »Was?«, fragte er.

»Comte de Vassé ... Sagt dir der Name etwas? Hast du ihn gehört, bei den Unsichtbaren oder in der Studentengruppe?«

»Frag diese Musikanten doch selbst. Frag den Fürsten. Wenn er dich als ebenbürtig ansieht, wird er gnädig mit dir sein und vielleicht geruhen, zu antworten. Vielleicht weil ihm sein Braten geschmeckt hat.« Seine Augen wurden schmal, sein Blick war weiter auf Reiser gerichtet. »Wer war dein Vater?«, fragte er.

»Du ... interessierst dich für meinen Vater?« Wusste Kreutz doch etwas über die Geheimnisse, die Reiser beschäftigten? »Mein Vater war Diener und Hofmeister. Bei ebendiesem Comte de Vassé. Und später bei den Edlen von ...«

Kreutz lachte, als hätte Reiser einen Witz gemacht. »Und

der Vater deines Vaters?«, rief er. »Was war der? Und deine Mutter? Was war sie?«

»Mein Großvater war ebenfalls Diener. Soweit ich weiß. Und meine Mutter war Köchin. Warum ...«

»Also, was willst du?«, schrie Kreutz. »Ebenbürtig? Das Wort kommt von dem Wort ›Geburt‹. Du willst als Abkömmling von Dienern und Köchinnen einem Fürsten ebenbürtig sein? Die Herren halten dich schon für niedrig, mein Freund, aber du bist noch niedriger, wenn du das wirklich glaubst.«

»Es ist nur ein Wort, Kreutz. Es geht nicht um das Wörtliche. Es geht um die Brüderlichkeit aller Menschen, es geht ...«

»Die Fürsten dulden keinen, der ihnen nicht wirklich ebenbürtig ist. Nur wenn einer wie der große Franzose Napoleon sie zwingt, indem er sich selbst zum Kaiser macht. Sie *zwingt*, hast du das verstanden? Er zwang sie mit Kampf und Schlachten. So müssen wir sie auch zwingen. Wo wir sie doch von Napoleon befreit haben. Und wir dachten, wir seien ein einig Volk im Kampfe. Doch dann war der selbst ernannte Imperator weg – und Metternich restauriert alles auf die Zeit zurück, wie sie vor der Revolution war. Das ganze Volk, verstehst du, das ganze Volk muss der Kaiser sein. Es wird geschehen. Bald.«

Damit lief Kreutz los. Reiser sah seine dunkle Gestalt die neue Brücke erreichen. Lag dort im Schatten des Übergangs ein Boot, zu dem Kreutz wollte? Nein, er lief auf die Brücke hinauf. Oben blieb er stehen und sah herüber. Reiser rannte los. Kreutz sah ihn kommen und lächelte. »Leb wohl, mein Freund.« Bevor Reiser etwas unternehmen konnte, schwang er sich über die Brüstung und verschwand.

Ein Klatschen kam vom Wasser. Reiser blieb an der Brüstung stehen und suchte den Fluss ab. Da vorne, in der Mitte, ein menschlicher Umriss. Ein paar Atemzüge lang glaubte Reiser, Bewegungen zu erkennen, so als ob der Student zu schwimmen versuchte. Doch die längliche dunkle Masse schien mit dem Wasser zu verschmelzen. Reiser rannte ans Ufer und ein Stück neben dem Fluss her. Da war etwas, das langsam dahinschwamm. Doch dann erkannte er, dass er einem dicken Ast gefolgt war, der in der Donau trieb.

Es war sinnlos, Kreutz noch länger zu suchen. Wahrscheinlich trieb er gerade im Schutz der Schiffe in der Strömung an Reiser vorbei – in Richtung Budapest.

Reiser lief stromabwärts bis zum Schanzel, wo sich zwischen dem Wasser und den mächtigen Mauern der Bastei der Donauhafen drängte.

Er ging zu der Stelle, an der er gestern Herrn Schubert getroffen hatte, und setzte sich. Hier herrschte eine ganz andere Atmosphäre als in der Vorstadt. Der Weg zwischen den Lagerbaracken und den gestapelten Kisten und Fässern war belebt. Flaneure waren unterwegs. Neben dem Kai schaukelten die flachen, langen Boote.

Hätte er dem Studenten helfen können? Aber wie? Reiser konnte nicht schwimmen. Und um Hilfe zu holen, war keine Zeit gewesen. Er hatte Kreutz ja selbst sofort aus den Augen verloren.

Entweder war dessen Tun eine besondere Art der Flucht gewesen – oder Selbstmord. Er hatte sich damit nicht nur dem Bärtigen, sondern auch einer drohenden Verhaftung durch Hänsels Leute entzogen.

Oder steckte mehr dahinter? Hatte es etwas mit dem »bombastischen« Ereignis zu tun, das angeblich bevorstand? Er sagte doch, es sei alles vorbereitet. Aber nicht von ihm. Wie konnte das sein? Hatte er gelogen?

Reiser hielt es nicht mehr auf der Bank. Er stand auf, ging weiter, um seine Gedanken anzutreiben. Er versuchte, sich Kreutz' Gerede über den Thron und den Ort, an dem der Student angeblich König oder Kaiser gewesen war, in Erinnerung zu rufen.

Er wurde daraus genauso wenig schlau wie vorher.

Was sollte das bedeuten, was Kreutz da zusammengefaselt hatte?

Ein Ort, an dem man den Kaisern und Königen einen Spiegel vorhielt ... Wo man den Bürgern vormachte, wie edel und gut die großen Menschen der Staatsführung angeblich waren?

Reiser überfiel eine lähmende Erschöpfung.

Ganz in der Nähe befand sich das Müllersche Haus. Sollte er hingehen? Sollte er Lichnowsky treffen?

Schon hatte er seine Schritte durch das schmale Schanzeltor gelenkt – und fand das Haus dunkel und verschlossen vor. Keine Kutsche stand am Eingang, nirgends brannte Licht.

Es war, als hätte es das Treffen mit dem Fürsten, den Ausflug zum Narrenturm und den Kampf mit Kreutz nie gegeben.

Er folgte dem Gassengewirr in Richtung der Wohnung dieses Huber. Ob er dort noch eine weitere Nacht bleiben konnte? Das war viel verlangt. Vielleicht stand der Schlafplatz ja auch gar nicht mehr zur Verfügung. Es konnte sein, dass Huber zurückgekommen war.

Zumindest musste er sein Gepäck holen. Und es war wichtig, Schubert zu fragen, ob er etwas mit Kreutz' Gerede anfangen konnte. Er hatte Reiser auf die Spur mit dem Narrenturm gebracht. Der Komponist hatte 1820 Kontakt zu den Studenten gehabt. Ihre eigenartigen Reden waren für ihn vielleicht gar nicht so rätselhaft.

Am Ende der Wollzeile bog er am Dominikanerkloster in die Gasse ein, die an der inneren Seite der Bastei entlangführte. Die Straße war sehr eng – und auf einmal war der Weg blockiert. Da wartete eine Kutsche, die die gesamte Breitseite einnahm. In Reiser regte sich die Ungeduld. Er war jetzt wirklich müde. Und nun musste er zurück und einen Umweg nehmen. Am besten über die parallel verlaufende Riemergasse.

Kaum hatte er sich umgewandt, stand ihm eine Gruppe von Männern gegenüber. Im Schein der nächsten Laterne erkannte Reiser Uniformen der Stadtpolizei. Aus ihrer Mitte trat ein dunkel gekleideter Mann hervor.

»Guten Abend, Herr Reiser«, sagte er.

»Herr Hänsel.«

Sie kamen auf ihn zu. Reiser spürte, wie ihm ein ungutes, kaltes Gefühl den Rücken herunterkroch.

»Sie wohnen nicht mehr bei der Witwe Gruber.«

»Nein, ich bin ausgezogen. Ich …«

»Suchen Sie eine Unterkunft?« Reiser beschloss, den Sarkasmus in der Stimme zu überhören.

»Durchaus.«

Nun stand der Konzipist vor ihm. Die Polizeimänner hielten sich zurück.

»Bei Ihrem Freund, Herrn Schubert, werden Sie heute nicht nächtigen. Sie kommen mit uns.« Er gab den Polizisten ein Zeichen. Sie nahmen Reiser in die Mitte. Jeweils zwei postierten sich an seinen Seiten. »Gehen wir«, sagte Hänsel.

»Wohin? Was wollen Sie von mir?«

Der Konzipist lächelte bitter. »Ich biete Ihnen eine Unterkunft, Herr Reiser. Als kleines Dankeschön für Ihre Unverschämtheiten.«

»Unverschämtheiten?«

»Wir haben Sie durchschaut. Es wurde ja auch langsam Zeit.«

Vorbeieilende Passanten wandten sich ab. Als sie auf den Hohen Markt kamen, sah Reiser hinüber zum Vermählungsbrunnen. Er lag im tiefen Schatten, aber das Licht der Laternen hob Teile des Figurenensembles aus der Dunkelheit. Und gerade dadurch wirkten die weißen Gestalten wie lebendig. Maria und Joseph reichten sich in einer scheuen Geste die Hand. Zwischen ihnen stand der mahnende Hohepriester. Joseph hielt einen Stab in der Hand, der schwach golden glänzte. Selbst die Engel an den vier Säulen schienen zu leben.

Wie eine Drohung erhob sich auf der anderen Seite das Holzgerüst des Prangers. Die Soldaten schoben Reiser voran. Offenbar war er unwillkürlich stehen geblieben. Hatte sich von dem Bild des Brunnens nicht lösen können. Dieser kleinen Theaterbühne, auf der eine so schöne Szene aus dem Neuen Testament dargestellt wurde. Damit sich die Menschen daran erfreuen konnten …

Eine Gedankenverbindung blitzte in Reiser auf. Das Theater! War das Theater der Ort, in dem Kreutz einmal Kaiser oder König gewesen war? Dort brachte man die Tugenden der hohen Herrschaften auf die Bühne. Das Gute siegte, weil eine hohe Macht eingriff und ihre Autorität geltend machte. Wie sollte das Gute siegen, wenn es eine solche Autorität nicht mehr gab? Wenn man sie buchstäblich vom Sockel riss? Wenn man nicht mehr auf die Kraft des Heiligen Geistes setzte, der in Gestalt der gottgegebenen Macht des Kaisers alles lenkte und …

»Hier entlang«, rief Hänsel und griff Reiser ebenfalls an den Armen. »Träumen können Sie nun bald lange.«

Die hässliche Stimme des Konzipisten brachte Reisers Denken aus dem Takt, und er verlor den Faden.

Es ging vom Hohen Markt in die enge Sterngasse, wo das Polizeihaus lag. Sie betraten es durch einen Seiteneingang. Ein paar Stufen führten hinab. Dahinter stand eine Eisentür offen. Ein kalter Lufthauch schlug ihm aus dem Loch entgegen.

Eine Laterne beleuchtete einen überraschend langen Gang. Die Schritte hallten auf dem Steinfußboden. Dunkle Rechtecke an den Wänden entpuppten sich im Vorbeigehen als Türen.

Hänsel war oben geblieben. Auch die Soldaten waren nicht mehr da. Ein einzelner Wärter oder Schließer, der einen Gestank nach Schnaps und Schweiß hinter sich herzog, trottete keuchend vor ihm her.

Ich muss hier raus, dachte Reiser. Kann ich nicht fliehen? Es ist doch nur noch dieser eine Mann hier. Wenn er mich erst in meine Zelle gebracht hat, ist es zu spät. Noch ist Gelegenheit. Ich müsste es machen wie Kreutz.

Reiser wurde klar, dass sich der Student nicht umgebracht hatte. Auf keinen Fall. Es war eine Flucht gewesen. Sein Fuß war verletzt, aber das hielt ihn ja nicht davon ab zu schwimmen. Die radikalen Studenten legten Wert auf Leibesübungen. Sie turnten und fochten. Warum sollten sie nicht auch schwimmen können? Es war sogar noch eine bessere Möglichkeit, als einfach davonzurennen, was mit dem verstauchten Fuß gerade gar nicht gegangen wäre. Man musste sich nur von der Strömung treiben lassen, ein paar Kilometer – und schon war man jenseits der Wiener Grenzen. Konnte sich dort irgendwie durchschlagen.

Reiser blieb einfach stehen. Der Wärter merkte es nicht. Er ging mit der Laterne weiter und ließ den Gefangenen in der Dunkelheit zurück.

Jetzt oder nie, dachte Reiser.

Er warf sich herum und rannte den Gang zurück. Es war nicht zu verhindern, dass seine Schritte hallten. Egal. In der

Finsternis streckte er die Hände aus, um nicht gegen ein Hindernis zu prallen. Da fand er die Tür, hinter der sich die Stiege hinauf zur Gasse befand.

Verschlossen. Natürlich.

Er konnte nicht mehr, sank an der Tür hinab. Schwach hob er die Faust, hämmerte dagegen. Wer sollte das hören? Wer sollte darauf reagieren? Die Wiener draußen auf dem Platz machten einen großen Bogen um dieses Haus, aus dem manchmal eigenartige Geräusche kamen.

Besser, man überhörte sie. Besser, man ging zu den Marktständen. Oder zum Brunnen. Erfreute sich an dem Bauwerk, das vor hundert Jahren ein Kaiser gestiftet hatte.

Schritte näherten sich. Das Licht der Laterne erfasste ihn. Mächtige Pranken zogen ihn nach oben.

»Zwecklos«, sagte eine Stimme mit Schnapsatem. »Ist doch wurscht, was d' machst ...«

Diesmal trieb der Wärter Reiser vor sich her. Bis sie ganz am Ende des Ganges waren. Bis Reiser in eine Zelle gestoßen wurde und sich die schwere Eisentür hinter ihm schloss.

29

Freitag, 7. Mai 1824

Maria und Joseph, der Hohepriester und sogar die Engel kamen von ihrem von Säulen umstandenen Podest anmutig zu ihm herabgeschwebt. Sie sprachen kein Wort, doch sie schienen zu spüren, was Reiser quälte. Das Gefühl, nicht mehr hinauszufinden aus diesen Mauern, die das Häusermeer wie ein steinerner Kreis zusammendrängte.

Seltsam, dass irgendwann nur noch die Engel und die heilige Maria übrig blieben. Maria besaß Theresias Züge. Und nun sprach sie sogar mit Theresias Stimme. »Komm«, sagte sie. »Du brauchst nicht zu fliehen. Eigentlich sollten wir da oben stehen zwischen den Säulen. Es ist doch unsere Vermählung ...«

»Aber du bist nicht ebenbürtig.« Das sagte Kreutz, der auf einmal neben ihm stand. »Wie man geboren ist, so viel Macht hat man. Und wenn die Hochwohlgeborenen ihre Macht nicht hergeben wollen, dann muss man sie zwingen.«

»Und die Könige, die das zu sehen kriegen in ihrer Loge, die freuen sich über sich selbst.« Wer war das? Ach, Herr Piringer. Eine seiner Tiraden gegen irgendeine Rossini-Oper. Man schaut dem Kaiser beim Regieren zu. Kulissen ... ein Thronsaal ...

Ein Schreck durchfuhr Reisers Glieder, und er war wach.

Die Wellen des Traums waberten noch einen Moment in ihm nach, wurden aber schwächer und schwächer. Er lag fröstelnd auf einer Pritsche. Stoffsäcke voller Stroh waren seine Kissen. Graues Licht rann durch eine längliche, kaum handbreite Öffnung. An der rohen Wand bildeten Feuchtigkeitsflecken die Umrisse scharfkantiger Kontinente wie auf einer Landkarte. Ein Schemel, ein kleiner Tisch. Darauf ein Blechteller mit einem Kanten Brot. Reiser hatte sich gestern Abend in der Dunkelheit darüber hergemacht – und dann alles wieder ausgespien, als er muffigen Schimmel schmeckte.

Etwas rumorte vor der Zellentür. Ein Schlüssel wurde klirrend herumgedreht und die Tür geöffnet.

Der Mann, der sich hereinschob, musste der Wärter von gestern Abend sein. In seiner geflickten Kleidung, mit dem speckigen Haar und dem blassen, unrasierten Gesicht sah er aus, als lebte er selbst hier unten.

»Da hast«, sagte er und legte etwas auf die rohen Bretter des Tischs. Ein weiterer Kanten Brot, ein zerstoßener Krug. Als er ging, schloss er die Tür nicht, sondern holte noch etwas Größeres herein. Einen hölzernen Eimer, dessen Gestank Reiser den Atem nahm. »Wirst gleich geholt.« Der Mann ging hinaus und verschloss die Tür.

Reiser wollte das Brot nicht anrühren. Er trank einen Schluck Wasser. Immerhin war es frisch. Vielleicht wurde es ja am Vermählungsbrunnen geholt.

Als der Polizeisoldat kam, wurde Reiser nicht außen über den Platz geführt, sondern es ging über eine enge Stiege zwischen den Zellen hinauf und dann in ein kleines Zimmerchen mit einem Tisch und zwei Stühlen. Auf einem davon saß Hänsel. Vor ihm lagen einige Papiere, in denen er gerade blätterte, als Reiser hineingedrängt und auf den zweiten Stuhl gedrückt wurde.

»Reiser, Reiser ...« Hänsel beachtete ihn gar nicht, sondern las etwas Handschriftliches. »Wie ich schon sagte, wir wissen nun, mit wem wir es bei Ihnen zu tun haben. Haben Sie etwa damit gerechnet, durchzukommen?« Er löste den Blick nicht von den Blättern, die vor ihm lagen.

»Ich habe nichts getan«, sagte Reiser. »Ich bin nach Wien gekommen und bemühte mich um einen Posten. Ich traf Sie, und ich traf meinen alten Geigenlehrer Herrn Piringer, der mich ins Orchester aufnahm. Sie haben mich zum Konfidenten gemacht, und dann ...«

Erst jetzt sah Hänsel von den Papieren auf. »Still«, sagte er. »Schweigen Sie. Es ist genug.«

Er richtete seinen Blick auf etwas hinter Reiser. Der Polizeisoldat war noch im Raum. Reiser spürte starke Hände auf den Schultern, die ihn niederdrückten. Mit ein paar Bewegungen durchsuchte der Mann Reisers Taschen. Alles, was er bei sich trug, wanderte auf den Tisch – gleich neben die Dokumente, die Hänsel studiert hatte.

Reisers Geld, dazu ein Papier. Der Brief von Herrn van Beethoven, in dem sich der Komponist entschuldigte.

Hänsel las ihn aufmerksam. Er wirkte ruhiger als sonst. Die Marotte, sich mit dem Taschentuch immer wieder über die Stirn zu wischen, hatte er sich wohl abgewöhnt. Das konnte nur einen Grund haben: Hänsel fühlte sich entspannt. Er war in seinem Element. Er hatte sein Ziel erreicht. Und das würde er seinen Vorgesetzten melden können.

»Ich dachte mir schon«, sagte der Konzipist, »dass Sie das alles erfunden haben. Aber dass Sie so weit gehen ... Das hat noch keiner gewagt.«

»Was meinen Sie?«

Hänsel sah ihn erstaunt an. »Sie geben es noch immer nicht zu?«

»Was denn?«

»Sie haben die Existenz dieses Studenten Kreutz in Wien erfunden. Er ist nicht in Wien und war auch nie hier. Sie haben über ihn in unserer Kartei gelesen. Sie wollten mir damit einen Erfolg vorgaukeln, den Sie nicht hatten. Wie es leider viele Konfidenten tun.«

»Aber ich habe Kreutz erkannt«, rief Reiser aufgebracht. »Ich ...«

»Wollen Sie endlich schweigen!«, schrie Hänsel.

Reiser gehorchte. Er konnte es ohnehin nicht beweisen. Selbst wenn er berichtete, was letzte Nacht geschehen war, Lichnowskys Diener konnte nicht als Zeuge dienen, denn er hatte Kreutz sicher auch nicht gesehen.

Hänsel begann, aus Beethovens Brief vorzulesen. Es waren die edelsten Worte, doch aus Hänsels Mund klangen sie hämisch. »›Wir alle, die wir die Kunst und das, was sie in der Welt vermag, lieben – wir alle, die wir zu einer brüderlichen Gemeinschaft derjenigen gehören, die auf bessere Zeiten hoffen –, wir alle finden uns in der Kunst zusammen ...‹« Er sah auf. »Fragen Sie immer noch, was wir Ihnen vorwerfen? Nachdem Sie *solche* Worte schriftlich erhalten haben? Das klingt für mich sehr danach, dass es die von mir vermutete Verschwörung um Herrn van Beethoven gibt und dass Sie sogar ein Teil davon sind. Denn sonst hätten Sie mich informiert. Die Geschichte mit Kreutz haben Sie erfunden, um davon abzulenken.«

»Sie ... ich meine, Ihre Soldaten haben Kreutz doch selbst in der Kanalstraße gesehen.«

»Meine Leute haben sich eben geirrt. Es war ein anderer Student, der ihm nur ähnlich sah. Aber der zweite, Herr Reiser, derjenige, der ihm zur Flucht verhalf ... Der sah nun wiederum Ihnen sehr ähnlich. Und Sie sind tatsächlich in Wien. Im Gegensatz zu, ich wiederhole mich, Kreutz. Die anderen Studenten werden das noch zugeben, verlassen Sie sich darauf. Und noch etwas: Wir wissen mittlerweile, wer Herrn Beethoven auf der Kutschfahrt zur Währinger Linie begleitet hat. Das waren ebenfalls Sie.«

»Es gibt keine Verschwörung. Herr van Beethoven, Herr Schindler und alle anderen verfolgen nur die edelsten Ziele. Und Kreutz habe ich wirklich gesehen. Gestern Abend habe ich sogar mit ihm gesprochen.«

»Und wo ist er dann?«

»Er ist ... wieder verschwunden.« Reiser fiel selbst auf, wie kläglich seine Stimme klang.

»Es hat keinen Zweck, was Sie da versuchen. Wir wissen, worum es Ihnen wirklich geht. Sie brauchen einen Posten – aus bestimmten Gründen. Schauen Sie nicht so, natürlich wissen wir von dem Testament. Sie müssen einen untadeligen Lebenswandel aufweisen, damit es nach der Trauerfrist zu Ihren Gunsten in Kraft treten kann. Damit ist es nun vorbei. Sie können also genauso gut gestehen. Umso milder wird vielleicht der Richter sein.«

Hänsel weiß wirklich alles, dachte Reiser, versuchte aber, sich davon nicht einschüchtern zu lassen. »Was in dem Brief steht«, sagte er, »war als Vergleich gemeint. Herr van Beethoven hat sagen wollen, dass wir alle gemeinsam der Musik dienen sollen. Damit das Werk gelingt. Die Sinfonie ist wie keine vorher. Sie ist schwer. Sie ist groß. Sie ist außergewöhnlich lang. Sie erfordert eine ungeheure Menge an Musikern, denen sie viel abverlangt. Herr van Beethoven hat nichts Unrechtes getan. Herr Schindler ebenso wenig. Und ich auch nicht.«

»Herr Schindler hat nichts Unrechtes getan? Das sehen wir aber anders. Er hat das Zeug zum Verschwörer. Das hat er schon bewiesen. Oh, das wussten Sie nicht? Wo Sie doch diesem Kreis so brüderlich verbunden sind.« Er nahm eines der Blätter aus den Akten zur Hand. »Sie verkennen immer noch, wie viel wir wissen, Herr Reiser. Und so sind wir über die Vorgeschichte des Herrn Schindler bestens im Bilde. Ja, Herr Reiser, ich meine den Mann, der sich heute in der Rolle von Herrn van Beethovens Sekretär versteckt.«

»Versteckt?«

»Und in der Funktion eines Musikus am Josephstädter Theater, der sein Geld auch noch als Helfer eines Advokaten verdient.«

»Das ist alles nicht verwerflich. Und strafbar erst recht nicht.«

»Das nicht. Aber schauen wir doch einmal in die Vergangenheit.« Hänsel nahm das Blatt. »Da erfahren wir, dass Herr Schindler vor elf Jahren aus seiner mährischen Heimat nach Wien kam und kurz darauf hier in der Kaiserstadt in der Zeit des Kongresses einige kriminelle Elemente kennenlernte. Italienische Studenten, die ein Attentat auf den Kaiser planten und festgenommen wurden.«

Reiser hörte von dieser Geschichte zum ersten Mal. Er kannte Herrn Schindler nicht, aber er spürte, dass er ihn in Schutz nehmen musste, dabei wusste er genau, dass das gar nicht ging, denn Hänsel hatte ihm alle Informationen voraus. »Er hat sie kennengelernt? Wenn er studierte, war das unausweichlich.«

»Als man ihn befragen wollte, floh er nach Mähren, wo sein Elternhaus steht. Unterwegs wurde er gefangen und in Arrest genommen.« Hänsel nickte bestätigend vor sich hin. »Da fällt mir auf … Es gibt Parallelen zu Ihnen, Herr Reiser. Herr Schindler hat die Rechte studiert. Sie ebenfalls. Herr Schindler schloss sich kriminellen Elementen an. Sie ebenfalls. Herr Schindler kam in Arrest … Sie ebenfalls.« Hänsel lachte bitter. »Fehlt nur noch, dass Sie uns entwischen, damit wir Sie wieder einfangen können.« Er lachte kalt. »Aber das werden wir natürlich zu verhindern wissen.«

»Das Studium der Rechte verbindet *uns* beide auch, Herr

Hänsel. Und Herr Schindler ist ja offenbar wieder in Freiheit gekommen. Er führt ein unbescholtenes Leben.«

»Sagen wir, er ist vorsichtiger geworden.«

»Als das, wovon Sie berichten, geschah, war ich gerade mal zwölf Jahre alt. Mit Herrn Schindler habe ich, seit ich ihn kenne, kaum ein paar Worte gewechselt. Und in der Kutsche bei Herrn Beethoven war ich ...«

»Wegen der Sache mit Ihrem Vater«, schnitt Hänsel ihm das Wort ab. Wieder griff er in die Papiere. Diesmal nahm er einen kleineren Zettel. Als Reiser ihn sah, schnitt es ihm ins Herz. Er kannte das Blatt. Es war das Papier, das er in der Nacht vor seinem Fortgang von Schloss Sonnberg entdeckt hatte. Und das in seiner letzten Nacht gestohlen worden war.

»Woher haben Sie das?«, fragte er.

Hänsel legte das Blatt hin und las laut die Zeilen, die Reiser schon kannte. »›Ich trage keine Schuld an dem, was Herrn Beethoven geschehen ist. Auch Herr Dr. Scheiderbauer nicht. Wir haben keine Schuld auf uns geladen. Keine.‹« Sorgfältig legte er das Blatt zurück. »Wir bekommen vieles zugetragen, Reiser. Von Konfidenten, die diese Bezeichnung verdienen.«

Reiser wusste nicht, was er sagen sollte. Er wusste noch nicht einmal, was er *denken* sollte. Was würde Hänsel noch aus diesem Papierstapel holen? Und tatsächlich – er griff wieder hinein und holte ein weiteres Schreiben hervor. Er zeigte es Reiser, dem sofort auffiel, dass er die Handschrift kannte. Es war derselbe Schreiber, der auch die Nachricht verfasst hatte, die Reiser bei Hänsel in der Mappe entdeckt hatte. Am Tag, als er die Karteien durchsah. Er sah die Zeilen noch genau vor sich: ... *ging der Betreffende dem erwähnten Doktor nach, und er ging wie dieser durch das Stubentor. Genau an der Stelle, an der später der erwähnte unglückliche Doktor ermordet aufgefunden wurde ...*

»Hier erfahren wir auch«, sagte Hänsel, »dass Ihr Herr Vater und Herr Dr. Scheiderbauer in Diensten eines gewissen Comte de Vassé standen. Der Comte, der 1797 durch einen Unfall verstarb, scheint sich gewisser Feinde gelegentlich mit Gift entledigt zu haben. Ein Vorgehen, das in Kriegszeiten vielleicht vorkam, aber trotzdem unter Bestrafung stand. In

Ihrem Vater und dem Arzt hatte der Comte zwei Helfer. Der eine suchte das Gift aus, mischte es wahrscheinlich sogar, der andere deponierte es – zum Beispiel in einem Wein- oder Wasserglas.« Hänsel sah Reiser lächelnd an. »Oder in einem guten Wiener Kaffee ... Raffiniert, nicht?«

Wer beobachtete da Reisers Schritte, schrieb alles nieder und schickte es Hänsel? Derjenige musste bis Schloss Sonnberg Einfluss haben, um in den Besitz der Notiz seines Vaters zu gelangen. Aber wie konnte er wissen, was Reiser mit Fürst Lichnowsky besprochen hatte? Von ihm hatte Reiser ja überhaupt erst von dem Comte de Vassé erfahren! Über Lichnowskys Gruppe hatte der Unbekannte dagegen nichts geschrieben. Warum nicht? Die Existenz der Unsichtbaren war doch genau das Argument, das Hänsel gebraucht hätte, um noch gegen Beethovens Akademie vorgehen zu können. Oder wusste Hänsel längst alles? Und verschwieg es nur? Würde er ihm gleich eine angebliche Mitgliedschaft bei der geheimen Gruppe der Unsichtbaren vorwerfen?

Reisers Gedanken verwirrten sich. Und auf einmal stieß in ihm wie heißer Dampf in einem Kessel kochenden Wassers eine Welle des Zorns auf. »Was soll das alles, Herr Konzipist?«, rief er. »Was wollen Sie? Ja, mein Vater hat diese rätselhaften Zeilen geschrieben. Ja, ich wollte wissen, was er damit meinte. Da er tot war, konnte er es mir nicht mehr sagen. Ich sprach mit Dr. Scheiderbauer darüber und mit Herrn van Beethoven ebenfalls. Das wissen Sie, ich habe es Ihnen selbst erzählt. Aber ich erfuhr nichts. Welche Ereignisse einer Zeit, in der ich lange nicht geboren war, sollen mich hier belasten?«

Hänsel war ruhig geblieben. »Vor Ihrer Geburt? Ich denke, der gewaltsame Tod des unglücklichen Herrn Dr. Scheiderbauer liegt nicht einmal eine Woche zurück?«

»Ich habe niemanden umgebracht.«

»Wie wir alle wissen, Herr Reiser, kamen Sie nach Wien, um eine Stelle zu finden, nachdem man Sie vom Schloss verjagt hatte. Ein gewaltiges Erbe steht in Aussicht, Sie brauchen einen ordentlichen Posten. Aber eine schlimme Sache aus der Vergangenheit befleckt die Familie – und Sie auch. Die Tatsache, dass Ihr Vater ein Mörder war.«

In Reiser zuckte wieder die Stichflamme auf. Hänsel sah es und zögerte. »Beherrschen Sie sich«, sagte er. »Ich warne Sie. Wenn Sie mich auch nur berühren, sind sofort meine Männer da.«

Reiser spürte, wie er zitterte. Hänsels Stimme drang wie durch Watte zu ihm durch.

»So dachten Sie, die alte Geschichte könnte den Antritt des Erbes gefährden«, fuhr der Konzipist so sachlich fort, als lese er aus einer Zeitung vor. »Ihr Vater, der von dem bevorstehenden Erbe wusste, hat mit diesen Zeilen versucht, seine Schuld abzustreiten. Damit Sie niemals unter dem dunklen Fleck in der Familiengeschichte zu leiden haben. Nun kam er aber ums Leben – und was blieb, war ein weiterer Mitwisser, der Ihnen und Ihrem Erbe womöglich nicht so wohlgesinnt war wie Ihr verblichener Herr Vater. Dr. Scheiderbauer. So war das Erste, was Sie in Wien unternahmen, ihn aufzusuchen und zum Schweigen zu bringen. Danach sprachen Sie mich an, um mich zu bitten, Ihnen einen Posten zu verschaffen. Sie hatten aber kein Zeugnis, konnten Ihre Fähigkeiten nicht belegen. Trotzdem nahm ich mich Ihrer an. Sie erfanden Kreutz' Anwesenheit in Wien, um auf mich Eindruck zu machen. Und Sie begaben sich in das Umfeld Herrn van Beethovens. Sie sind von der Musik des Herrn begeistert. Sie musizierten mit der jungen Edlen von Sonnberg im Salon des Schlosses schon vor längerer Zeit dessen Sonaten. Vielleicht wollen Sie Herrn van Beethoven auch helfen, weil Ihr Vater sich einst an ihm versündigte. Da gibt es einiges wiedergutzumachen … Nun, das sind Nebensachen, die wir auch noch herausfinden werden. Aber Sie …« Er sah Reiser an und schien fast zu bedauern, was er sagte. »Sie werden sich für den Mord an Dr. Scheiderbauer zu verantworten haben.«

Hänsel befahl ihm, aufzustehen. Reisers Knie waren weich, und seine Beine zitterten. An der Seite des Uniformierten wankte er die Treppe hinunter. Nun stand ihm der Gang durch die Stadt bevor.

Öffentlich würde man ihn als Verbrecher erkennen. Vielleicht begegnete er jemandem, den er kannte. Piringer zum

Beispiel. Oder jemandem aus der Ludlamshöhle. Oder der Witwe Gruber. Sie würde sich sofort in ihrem Verdacht, dass Reiser ein fragwürdiger Zeitgenosse war, bestätigt sehen. Dabei hatte noch kein Gericht über ihn geurteilt. Doch das war der Bevölkerung gleich. Wer neben einem Polizisten durch die Straßen ging, war abgestempelt. Auch Theresia würde davon erfahren. Aber sie würde hoffentlich nicht glauben, was Hänsel und seine Leute von ihm behaupteten.

Sie traten am Salzgries ins Freie. Gegenüber lag die Kaserne. Es war ein trüber Tag. Der Himmel war von Wolken verhangen. Das passte. Warum sollte sich die Natur freuen, wenn er ins Gefängnis kam? Eine Kutsche näherte sich. Für ihn? Ja, sie hielt. Es ging also nicht zu Fuß zur Schranne, gottlob. Wahrscheinlich befürchtete man, er würde fliehen. Aber warum fesselten sie ihn dann nicht einfach?

Reiser gab sich die Antwort auf diese Frage selbst. Bürger in Fesseln durch die Innenstadt zu führen, bot kein schönes Bild in einer Stadt, in der ein angeblich gnädiger und wohltätiger Kaiser regierte.

»Los, rein«, sagte der Soldat. Drinnen saß schon ein anderer Uniformierter. Er hielt einen Stock in der Hand. Sollte Reiser den geringsten Versuch machen, die Seitentür zu öffnen, um zu fliehen, würde der Beamte ihn gebrauchen.

Dann waren da nur noch die am Seitenfenster vorüberziehenden Fassaden.

Leise, wie aus weiter Ferne, kam Reiser Musik ins Bewusstsein. Die träumerischen Klänge von Herrn Schubert. Was mochte er wohl denken, wo Reiser geblieben war? Noch immer lagen seine Sachen in Hubers Wohnung.

Ach nein, dachte Reiser. Die hat Hänsel sicher abholen lassen. Dann fiel ihm ein, dass er heute Abend in der Akademie fehlen würde. Piringer würde sich nach ihm erkundigen. Irgendwie würde die Nachricht zu ihm durchdringen. Geflüstert, geraunt, leise auf einem Spaziergang im Glacis erzählt – oder in einer Kutsche, vielleicht auch vor einer Musikprobe, im letzten Moment, bevor eingestimmt wurde, oder mitten in diesem Wirrwarr aus Klang. Bei einer der Gelegenheiten, in denen Wien, die Stadt mit Ohren, für einen kurzen Moment taub war und man sich ungehört über Verdächtiges austauschen konnte.

Die Kapelle auf der Brücke über dem Tiefen Graben zog vorbei. Die Kutsche bog in die Renngasse ein. Hier war die Straße frei, und der Mann auf dem Bock trieb die Pferde an. Das war nicht der Weg zum Hohen Markt. Brachten sie ihn woandershin?

Nun kam die Herrengasse. Das Fahrzeug hielt an. Der Mann, der mit Reiser in der Kutsche saß, sah sich um. Spürte er auch, dass etwas nicht nach Plan lief? Er langte zur Seite und öffnete die Tür. Direkt davor befand sich eine Toreinfahrt, in der ein weiterer Fiaker wartete. Der Uniformierte deutete nach draußen.

»Geh'n S'«, sagte er nur.

Was war hier los? Wollte Hänsel sein seltsames Spiel noch weitertreiben? Wollte er Reiser eine Möglichkeit zum Entkommen geben, damit er ihn hinterher einfangen und sich mit seiner Leistung doppelt brüsten konnte? Wollten sie ihn vielleicht sogar auf der Flucht töten, damit er nichts mehr aussagen, sich nicht erklären konnte?

»Geh'n S'«, wiederholte der Mann, diesmal mit deutlicher Schärfe in der Stimme.

Reiser blieb sitzen. Diesen Sieg würde er Hänsel nicht gewähren. Wenn man ihn schon anklagte, dann wollte er auch vor einen Richter. Er wollte sich verteidigen.

»Das ist nicht die Schranne«, sagte er.

Ein furchtbarer Gedanke blitzte in Reiser auf. Dass er darauf nicht gekommen war! *Hänsel* war Scheiderbauers Mörder. Oder wenn nicht Hänsel, dann ein Helfer. Jemand aus dem Polizeiapparat. Oder vielleicht einer der Konfidenten. Wer waren sie? Jeder. Durch sie hatte Hänsel alles erfahren – vom Comte de Vassé und dem Attentatsversuch auf Beethoven bis zum Testament des Edlen von Sonnberg. Und weil er einen Erfolg brauchte, weil er vom Konzipisten aufsteigen wollte, vielleicht zum Kommissär oder sonst einem Rang, stellte er das, was ihm berichtet wurde, egal ob wahr oder erfunden, so zusammen, dass er am Ende Reiser als Schuldigen präsentieren konnte. Auch von den Unsichtbaren wusste er, aber die standen unter dem Schutz eines Fürsten, weshalb er sie nicht so offen angehen konnte. Wenn Reiser aber erst einmal angeklagt wurde, konnte man die Studentengruppe im Müllerschen Gebäude zur Sprache bringen ... Man konnte mit einem Schlag zeigen, auf welchem Pulverfass Wien angeblich saß – und er, der bis dato kleine Konzipist Hänsel, konnte sich als Retter aufspielen.

Die Gedanken ratterten nur noch so in Reiser. Und trotz seiner Lage waren es keine schmerzhaften Gedanken, denn er spürte, dass er auf der richtigen Spur war.

Der Uniformierte vor ihm hob seinen Stock. Im nächsten Moment spürte Reiser einen stechenden Schmerz am Bein.

»Jetzt gehen S' doch schon!«, zischte der Mann noch einmal.

Reiser sah zu der anderen Kutsche hinüber. Der Bedienstete, der jetzt vom Kutschbock stieg und herüberkam, war Anton.

Baron von Walsereggs stummer Diener.

Reiser verließ die Kutsche und sah aus den Augenwinkeln, wie Anton dem Soldaten auf dem Kutschbock und dem, der im Inneren saß, je einen Geldbeutel zuwarf. Die Gefängniskutsche fuhr los und verschwand in der Herrengasse. Anton bedeutete ihm handwedelnd, einzusteigen. Bevor der Diener die Tür von außen schloss, zog er die kleinen Vorhänge vor den Seitenfenstern zu.

Als sie hielten, konnte Reiser seine Neugier nicht mehr bezähmen und sah hinaus. Sie waren in der Kumpfgasse.

Was würde das nützen? Hänsel kannte doch Reisers Verbindung zu dem Baron. Er würde hier als Erstes nach ihm suchen.

Anton war sehr dicht an das Haus herangefahren. Reiser sprang hinaus, lief in das Gebäude und hastete die Stiege hinauf. Niemand begegnete ihm. Die Tür zur Wohnung des Barons stand offen. Von Walseregg stand im Vestibül – auf seinen Stock gestützt.

»Da sind Sie, junger Freund«, sagte er. »Ich bin erleichtert.«

Er wirkte nicht so souverän wie sonst. Offenbar war er aufgeregt.

Reiser blieb stehen und verbeugte sich. Am liebsten wäre er auf die Knie gefallen. »Ich danke Ihnen, Herr Baron. Sie haben mich aus einer Situation befreit, die mir durch eine große Ungerechtigkeit widerfuhr …«

»Ich weiß das«, sagte von Walseregg und winkte mit der freien Hand ab. »Es ist mir ein Vergnügen, der Gerechtigkeit zu dienen. Bitte schließen Sie die Tür hinter sich.«

Reiser gehorchte. »Danke, dass wenigstens Sie an meine Unschuld glauben«, sagte er dann. »Wie haben Sie von meiner Lage erfahren?«

»Uns fehlt die Zeit für lange Erklärungen. Ich habe meine Verbindungen. Und dass Sie kein Mörder sind, muss mir niemand erklären.«

»Herr Baron, leider ist es nicht damit getan, mich dem Kerker zu entziehen. Es ist eine große Intrige im Gang. Eine sehr große sogar. Im Moment ist nichts wichtiger, als dass ich Ihnen erläutere, was es damit auf sich hat.«

»Aber …«

»Ich bitte Sie ergebenst. Sie haben auf der Fahrt nach Wien meine Fähigkeiten gelobt. Ich habe versucht, diesem Anspruch gerecht zu werden, und nun hat sich alles gegen mich gewendet.«

»Das weiß ich doch.«

»Ich habe herausgefunden, dass in Wien etwas im Gange ist, das mit allen Mitteln abgewendet werden muss.«

Von Walseregg, noch immer im Vestibül auf den Stock gestützt, hob die freie Hand. Hinter Reiser wurde die Wohnungstür geöffnet. Er fuhr erschrocken zusammen. Aber als er sich umwandte, war da nur Anton. Er hatte Reisers Gepäck dabei, das er im Vestibül abstellte. Wo kam das jetzt her?

»Hat es etwas mit Herrn van Beethovens neuer Sinfonie zu tun?«, fragte der Baron.

»Es ist eine sehr weitreichende Verstrickung. Lassen Sie mich erklären.«

Im Salon nebenan schlug eine Uhr. Reiser zählte zehn Schläge. Von Walseregg sah skeptisch drein.

»Ich bitte Sie, Herr Baron.«

»Also gut. Kommen Sie. Ich glaube, Sie haben ohnehin eine Stärkung nötig, ehe wir Weiteres unternehmen.«

Anton tischte ein Frühstück auf, und während sie Kaffee und Semmeln genossen, berichtete Reiser alles, was ihm widerfahren war.

Er begann bei dem Treffen mit Theresia auf dem Aussichtspunkt in der Nähe von Schloss Sonnberg. Er schilderte, wie er Zeuge des Absturzes der Kutsche geworden war. Dann folgte die Geschichte von der Entlassung durch Leopold von Sonnberg. Obwohl von Walseregg diese Ereignisse kannte, erzählte er sie noch einmal. Er schilderte den Fund des seltsamen Schriftstückes im Geheimfach seines Vaters, den nächtlichen Einbruch, die Reise nach Wien. Auch seine Befürchtung, bei dem Unglück könne es sich nicht um einen Unfall gehandelt haben, ließ er nicht aus.

»Und auf der Fahrt hierher haben Sie die ganze Zeit dieses Geheimnis mit sich herumgetragen?«, unterbrach ihn von Walseregg und sah ihn ungläubig an. »Was das für eine Qual für Sie gewesen sein muss.«

»Was hätte ich tun sollen? Ich war mir bei der Beobachtung an der Brücke nicht ganz sicher, und ich hatte keine Ahnung, zu welchen Ereignissen es noch kommen würde.«

Nun kamen die Suche nach Scheiderbauer, gefolgt von dessen Ermordung im Tunnel des Stubentors, die seltsamen Hinweise des Doktors und die Entdeckung des Attentats auf Herrn van Beethoven, dazu die Unsichtbaren, die Anwerbung als Konfident bei Hänsel.

Viel Zeit verbrachte er damit, von Walseregg die Begegnung mit Herrn van Beethoven zu schildern. Die Wirkung seiner Musik. Auch den Abend in der Ludlamshöhle ließ er nicht aus. Diese Episode rief bei dem Baron ein skeptisches Anheben der Augenbrauen hervor. Reiser gestand, dass er heimlich Theresia getroffen und dass deren Zofe Johanna ihm von dem anderen Bräutigam berichtet hatte. Dann erzählte er von Kreutz, den Studenten in dem Haus in der Kanalstraße, dem Gespräch mit Lichnowsky. Dem Erlebnis beim Narrenturm. Wieder Kreutz – und dessen Verschwinden in der Donau. Schließlich Reisers Festnahme und die Anschuldigungen, die Hänsel gegen ihn vorgebracht hatte.

Als er endete, schlug die Uhr, als wolle sie sich an dem

Vortrag mit einem Kommentar beteiligen, ein weiteres Mal. Es waren zwei Stunden vergangen. »Nun wissen Sie alles«, schloss Reiser.

Von Walseregg hatte ihn bis auf den Einwurf am Beginn kein einziges Mal unterbrochen. Nun legte er nachdenklich die Stirn in Falten. »Sie haben gesagt, Sie hätten einen Verdacht, wer Scheiderbauers Mörder sein könnte.«

Reiser nickte. Bisher hatte er nur berichtet, was ihm widerfahren war. Es fehlte aber der Gedanke, der ihm in der Kutsche gekommen war. Noch immer zögerte er, ihn auszusprechen. Der Vorwurf war ungeheuerlich, denn damit griff er einen Beamten des Staates an. Doch er hatte keine andere Wahl.

Der Baron schien ihm seine Bedenken anzusehen. »Sprechen Sie frank und frei«, sagte er. »Wir sind hier unter uns. *Diese* Wände haben keine Ohren.«

Reiser wagte es und fasste das, was er glaubte, so plausibel zusammen, wie er es vermochte. Er erklärte, dass Hänsel ganz sicher ein doppeltes Spiel spielte, um beruflich voranzukommen. Und dass er all die Dinge, in die Reiser verstrickt war, selbst oder mit Hilfe seiner Leute inszeniert hatte, um einen Schuldigen präsentieren zu können.

Reiser hätte für diesen Verdacht einem Staatsbeamten gegenüber Widerspruch erwartet. Doch es kam ganz anders. Von Walseregg schüttelte ein paarmal den Kopf. Dann brach er in Gelächter aus.

»Finden Sie meine Gedanken komisch?«, fragte Reiser irritiert.

Der Baron stellte seine Tasse ab. »Entschuldigen Sie, aber ich lache keinesfalls über Sie. Ihre Gedanken sind brillant. Es ist nur ... Sie haben nicht nur eine gute Theorie entwickelt. Sie haben auch ein Grundprinzip dieses Staates erkannt. Etwas, über das niemand spricht, das aber alle empfinden, verstehen Sie? Weil jeder davon profitiert. Aber glauben Sie wirklich, Hänsel würde für seine berufliche Karriere einen Mord begehen, nur um dann einen falschen Täter zu präsentieren? Würde er so weit gehen?«

Ja, dachte Reiser. Es ist tatsächlich ein bisschen abenteuerlich. Und er hätte seine Leute ja auch aufs Schloss schicken müssen. Aber wer sagte, dass es dort nicht auch Konfidenten gab?

»Dennoch ist offensichtlich«, sagte Reiser, »dass jemand mich gezielt in Situationen brachte, in denen ich angreifbar war. Die mich verdächtig machten. Das fing mit dem Mord an Dr. Scheiderbauer an. Warum musste die Tat gerade dann verübt werden, als ich mit dem Arzt unterwegs war? Als ich einem Geheimnis auf der Spur war, das mit ihm und meinem Vater zu tun hatte? Warum hat mich der Täter so eindringlich vor den Unsichtbaren gewarnt? Dadurch hat er mich doch überhaupt erst auf deren Spur gebracht, absichtlich, wie ich vermute. War er es auch, der mir die Tür am Müllerschen Gebäude öffnete? Und mir Kreutz entgegenschickte? Es waren lauter Köder, sorgfältig ausgelegt, damit ich ihnen folge und mich immer mehr in alles verstricke. So sehr, dass ich stets gezwungen war, etwas zu verschweigen, damit ich schuldig wirke und Herr Hänsel am Ende möglichst viel gegen mich in der Hand hat. Oder warum sollte das sonst geschehen sein?«

»Aber Sie sind doch aus freien Stücken in die Bibliothek gegangen, wo Sie Kreutz trafen. Niemand hat Sie hingeschickt. Und dass er dort gerade in dem Buch las, welches das einst geplante Attentat von London beschreibt, war doch ein Zufall.«

Reiser starrte vor sich hin. Durch seine Erzählung hatten sich die Verstrickungen kein bisschen geklärt. Im Gegenteil. Ihm kam es vor, als seien sie noch verworrener geworden. Dabei musste es doch einen Schlüssel geben, der das Geheimnis aufschloss.

»Wissen Sie mittlerweile, wen die junge Frau von Sonnberg heiraten soll?«, fragte der Baron.

»Johanna wusste es nicht. Aber ich dachte, es wäre sicher ein Leichtes für Sie, es herauszufinden.«

»Das kann ich tun. Ich frage mich aber, ob es Ihnen nützt, es zu erfahren. Sie werden gesucht. Sie sind nicht unbescholten. Sie haben keinen Posten. Sie kommen als Erbe nicht mehr in Frage. Sie müssen die Hoffnung aufgeben, Nachfolger des Edlen von Sonnberg zu werden.« Er sah Reiser ernst an. »Das ist auch nicht Ihr Platz. Sie wissen, wie ich über die Klassen der

Bevölkerung denke. Und dies hier ist das beste Beispiel dafür, dass die alten Regeln gelten. Die göttlichen Mächte sorgen für diese Art von Gerechtigkeit. Die alte Ordnung siegt.«

»Die Familie von Sonnberg war auch nicht immer adlig«, wandte Reiser mit Bitterkeit in der Stimme ein. »Der Kaiser hat sie erst vor zwei Generationen nobilitiert.«

»Nun gut. Lassen *Sie* sich vom Kaiser nobilitieren, dann sprechen wir weiter darüber.«

Reiser ging nicht darauf ein. »Ich hatte mir überlegt, dass auch eine Erbschaftserschleichung dahinterstecken könnte. Jemand hat es auf Schloss Sonnberg und die Güter abgesehen. Er beseitigt den Edlen, sorgt dafür, dass ich nicht erben kann, indem er mich in diese Dinge verstrickt und schuldig scheinen lässt – und bekommt am Ende selbst die Mitgift.«

»Und dafür bringt er nicht nur den Edlen und Ihren Vater, sondern auch noch Dr. Scheiderbauer um? Wäre es für denjenigen nicht einfacher gewesen, anstelle des Arztes gleich Sie als Opfer zu wählen? Und das schon auf Schloss Sonnberg?«

Darauf wusste Reiser nichts zu sagen. Damit hatte der Baron natürlich recht.

»Eine Frage«, sagte von Walseregg. »Glauben Sie eigentlich, dass die Unsichtbaren heute Abend mit Fürst Lichnowsky die Akademie besuchen werden?«

»Aber ja. Das Treffen, das er so langwierig vorbereitet hat, sollte ja genau darauf zielen. Die Botschaft der neuen Sinfonie soll die Burschen beeinflussen. Sie sollen von dem neuen Gefühl der Brüderlichkeit angesteckt werden. Aber nicht nur sie. Alle Menschen, die heute Abend zugegen sein werden. Alle Klassen. Ob Adel oder Bürgerliche. Man setzt darauf, dass Beethovens Musik die Kraft hat, diese Regeln zu erneuern. Indem die Menschen in der Musik erleben, was Brüderlichkeit wirklich bedeutet.«

»Die Regeln zu erneuern? Sie meinen, sie zu *brechen*.«

»Nein, ich meine wirklich erneuern. Besinnen wir uns auf das Menschliche. Auf die Brüderlichkeit.«

Die Züge des Barons verhärteten sich für einen Moment. Reiser fürchtete, dass nun eine Diskussion folgen würde – und das mit seinem Retter. Er ärgerte sich, dass er es so weit hatte kommen lassen. Doch von Walseregg schnitt zum Glück ein anderes Thema an.

»Sprechen wir nun über die Gefahr, die uns Ihrer Ansicht nach droht. Ein Ereignis wie das vor zweihundert Jahren in London.«

»Wie gesagt, ich glaube, dass es in Wien derzeit zwei Studentengruppen gibt. Zum einen die, die Fürst Lichnowsky hergeholt hat. Die Unsichtbaren. Und dann diejenigen, die sich als Nachfolger der Gruppe von 1820 sehen. Diese zweite Gruppe ist die gefährliche. Niemand weiß, wie groß sie ist und was sie genau plant. Kreutz, der durch Lichnowsky unter falschem Namen nach Wien kam, hat zu dieser Gruppe Verbindung gesucht. Aber die Radikalen finden Herrn von Lichnowskys Ideen über Musik lächerlich.«

»Und deswegen hat Kreutz die Unsichtbaren verlassen?«
»So ist es.«

Der Baron schüttelte den Kopf. »Warum hat er sich dann auch der anderen Gruppe entzogen? Warum ist er in die Donau gesprungen? Wenn es einen Plan für ein Attentat gibt, müsste das doch in seinem Sinne sein. In einer solchen Situation sucht man nicht die Flucht. Man will doch dabei sein. Wäre es nicht möglich, dass Kreutz in den Reihen der Studenten für Lichnowskys Idee von der Macht der Musik werben wollte? Könnte es nicht sein, dass sich heute Abend auch die wirklich radikalen Studenten bei der Akademie einfinden?«

»Das glaube ich nicht«, sagte Reiser. »Wie gesagt, Kreutz hielt nicht viel von Fürst Lichnowskys Ideen.«

»So hat die Musik doch nicht diese magische Kraft, die ihr ihre Bewunderer zuschreiben?«

»Es ist nicht die Musik im Allgemeinen. Es ist diese eine Sinfonie. Von ihr soll alles ausgehen. Damit sie ihre Wirkung entfalten kann, muss man natürlich bereit sein, sie zu hören.«

»Wenn Sie mich fragen, ist das alles nur Schwärmerei. Und eigentlich kann das nur eines bedeuten ...«

»Was denn?«

»Es wird Sie in Gefahr bringen, wenn wir nicht schnell handeln.«

»Was meinen Sie, Herr Baron?«
»Ich bin sicher, dass Kreutz noch in Wien ist. Er ist irgendwo wieder an Land gegangen und hat ein neues Versteck gefunden. Was, wenn das, was diese radikalen Studenten planen, Wirklichkeit wird? Wenn sie dann gefasst werden – und das wird geschehen, daran zweifle ich nicht –, steht ein Name bei der Polizei an allererster Stelle. Und zwar derjenige, dessen Träger nicht bei den Verhafteten sein wird.«
»Sie meinen ...«
»Ganz recht. Es wird Ihr Name sein. Was wird man sagen? Man wird sagen, Sie hätten mit Kreutz gemeinsame Sache gemacht. Als gebürtiger Wiener und als jemand, der sich in unserer Stadt auskennt, seien Sie vermutlich sogar der Kopf der Bande, der Urheber des Attentats. Verstehen Sie mich nicht falsch. Ich spiele den Advocatus Diaboli und beschreibe nur, wie es für die Behörden aussehen wird. Man wird auch wissen, dass Sie einen mächtigen Helfer haben. Denn wer ist schon in der Lage, Polizeisoldaten so hoch zu bestechen, dass sie Sie mitten in Wien gehen lassen?«
»So habe ich Sie mit in die Sache hineingezogen«, sagte Reiser. »Es tut mir leid. Bereuen Sie, dass Sie mir geholfen haben?«
»Ganz und gar nicht. Sie haben mich zu nichts gezwungen. Es war meine Entscheidung, Sie herzuholen.«
»Aber Herr Hänsel weiß, dass wir uns kennen. Sie werden in Verdacht geraten.«
Wieder lachte der Baron. »*Ich* soll in Verdacht geraten, Aufrührern und Attentätern zu helfen? Das wird nicht geschehen, glauben Sie mir. Mein Leumund ist ohne Tadel. Sie wissen doch, dass ich zu denen gehöre, die im Kampf gegen diese Elemente stets wachsam sind. Jeder in Wien weiß das ebenfalls.«
»Aber wir haben doch über die Tücken des Systems gesprochen. Es kann sich gegen jeden wenden.«
»Lassen wir das jetzt. Kümmern wir uns um Sie. Sie müssen Wien sofort verlassen.«
»Damit man mir die Flucht zur Last legt? Sollte ich mich nicht lieber stellen? Sie haben gerade gesagt, dass Sie über

jeden Verdacht erhaben sind. Wenn Sie mir beistehen, muss sich doch alles zum Guten wenden.«

Der Baron nahm seinen Stock und stand ächzend auf. »Ich kann Ihnen helfen. Aber ich muss erst verstehen, wobei genau. Ich will Klarheit haben. Und die erhalte ich nur, wenn Sie in Sicherheit sind.«

Reiser sprang ebenfalls auf. »Glauben Sie mir etwa nicht?«

Der Baron atmete schwer vor Anstrengung. Er schien Schmerzen zu haben. Sofort tat es Reiser leid. Wie selbstsüchtig ich doch bin, dachte er.

»Ich bin nicht allmächtig, Herr Reiser. Lassen Sie uns endlich keine Zeit mehr verlieren.« Von Walseregg deutete ins Vestibül. »Hier sind Ihre Sachen. Anton hat sie bei Herrn Schubert abholen lassen.«

Woher hat der Baron gewusst, dass ich bei Schubert übernachtet habe?, dachte Reiser. Das habe ich doch eben erst berichtet. Aber er wusste ja auch, dass man mich verhaftet hat – und weswegen. Nur so hat er mir helfen können. Sicher hatte der Baron Freunde im Staatsapparat, die Hänsel auf die Finger schauten und ihm einiges von dem berichteten, was der Konzipist durch seine Beschattungen wusste.

»Nehmen Sie nur das Allernötigste. Ich werde unterdessen sehen, was ich hier für Sie tun kann. Es wird sich alles zum Guten wenden.«

»Aber wohin soll ich denn?«

»Ich lasse Sie an einen sicheren Ort außerhalb von Wien bringen. In der Zwischenzeit werde ich mit dem Fürsten sprechen.«

»Mit Herrn von Lichnowsky? Ja, das wäre hilfreich.«

»Aber nein«, rief der Baron ungeduldig. »Ich meine nicht Lichnowsky. Ich meine selbstverständlich Fürst Metternich. So, hier ...« Von Walseregg nahm einen Bogen Papier sowie Feder und Tinte. »Schreiben Sie«, forderte er Reiser auf. »Sie erhalten einen Passierschein für die Linie. Machen Sie schon.«

»Ich soll ihn selbst schreiben? Aber das geht doch nicht.«

Von Walseregg schüttelte den Kopf. »Bitte tun Sie mir den Gefallen.« Er hob seine rechte Hand. »Mich plagt die Gicht. Ich bin dazu im Moment nicht imstande. Aber ich werde natürlich meine Unterschrift daruntersetzen, außerdem mein Siegel. Darauf kommt es an.«

Von Walseregg diktierte ein paar Zeilen, die Reiser gehorsam aufschrieb und deren Inhalt er staunend zur Kenntnis nahm. Sie besagten, dass der Besitzer des Passierscheins, der junge Franz von Walseregg, in dringenden Familiengeschäften nach Linz unterwegs sei. Nebst Bedienstetem, der die Kutsche fuhr. Man habe ihn passieren zu lassen. Alles Weitere liege in der Verantwortung des unterzeichnenden Barons Joseph von Walseregg.

»Sie wollen mich als einen Verwandten ausgeben?«

»Nehmen Sie es nicht persönlich. Wenn die Flucht gelungen ist, wird Anton Ihnen das Blatt abnehmen. Nicht dass damit noch etwas wirklich Kriminelles geschieht.«

»Sie können mir vertrauen«, sagte Reiser.

»Das tue ich. Aber was legte schon der Weimarer Geheimrat Goethe dem Teufel in seiner Faust-Tragödie in den Mund? ›*Denn was man schwarz auf weiß besitzt, kann man getrost nach Hause tragen.*‹ Man weiß nie, was mit einem beschriebenen Blatt Papier geschieht. Es kann in der Zukunft dies oder jenes auslösen, was genau, entzieht sich unserer Macht. Ich denke, das haben Sie in den letzten Tagen selbst mehrmals erfahren müssen.«

Kam es Reiser nur so vor, oder blitzte in den Augen des Barons in diesem Moment etwas Hartes, ja geradezu Böses auf? Sogleich war es wieder verschwunden. Er kritisiert die Ungerechtigkeit des Überwachungsstaates, dachte Reiser. Er liebt sein Land, er liebt das Kaiserreich, und doch muss er zusehen, wie es durch diese Unmassen an Papier, an Berichten von Konfidenten, von Verleumdern und ihren niedergeschriebenen Behauptungen ausgehöhlt und zerstört wird. Wie es auch Lichnowsky beschrieben hat.

»Fügen Sie noch meine Adresse hinzu«, sagte der Baron. »Nur dann hat alles seine Richtigkeit, und man weiß an der Linie, dass ich es bin, der für Ihre Ausreise bürgt.«

Wieder diktierte er. Reiser schrieb. Kaum war der letzte Punkt gesetzt, nahm ihm von Walseregg das Papier weg, unterschrieb in einem großen Bogen, löschte die Tinte mit Sand und versiegelte das Schreiben. Dann forderte er Reiser auf, das nötigste Gepäck zu nehmen. »Keinen Koffer. Sie werden vielleicht oft Ihren Aufenthaltsort wechseln müssen. Hier, nehmen Sie das.« Er steckte Reiser drei Gulden in die Mappe mit den Papieren. Der entschloss sich, auch nur diese Mappe mitzunehmen. Sie enthielt alles, was ihm teuer war. Theresias Brief. Noten. Schriftstücke. Seine Zwischendiplome.

Reiser verabschiedete sich und dankte dem Baron so überschwänglich, dass von Walseregg ihn noch einmal zum Aufbruch drängen musste. Dann ging er mit Anton nach unten.

Er zog die Vorhänge der Kutsche zu und erlebte die ruckelige Fahrt im Dämmerlicht. Einmal wurde es für eine Minute ganz dunkel. Das war der Moment, in dem sie ein Tor passierten. Danach liefen die Räder der Kutsche glatter, und Anton beschleunigte das Tempo.

Wo ging es überhaupt hin? Der Baron war vage geblieben. Ein Ort außerhalb von Wien. Wie weit war er entfernt? Und was würde er dort vorfinden? Wer sagte, dass man nicht auch dort nach ihm suchte?

Reiser wagte einen Blick nach draußen. Es war dieselbe Strecke, die Reiser mit Beethoven gefahren war. Anton steuerte wohl die Währinger Linie an. Je nachdem, in welcher Richtung es dann weiterging, kamen die Dörfer Hernhals, Döbling, Grinzing oder sogar das noch weiter draußen liegende Heiligenstadt.

Gleich würde man ihn kontrollieren. Reiser nahm das Blatt aus der Mappe. Er staunte immer noch über das, was der Baron getan hatte. Er hatte ihn sozusagen geadelt, um ihm zur Flucht zu verhelfen. Das hätte er ihm nicht zugetraut. Vor allem nicht nach den Vorträgen über Standesunterschiede.

Sie erreichten die Linie. Die Wachsoldaten traten an die Kutsche. Reisers Puls beschleunigte sich. Wie würden sie reagieren?

Alles ging verblüffend schnell. Man las das Schreiben, betrachtete oberflächlich das Fahrzeug und wünschte dem gnädigen Herrn eine gute Reise. Schon ging es auf die Landstraße. Reiser hätte gern erleichtert aufgeatmet, aber in ihm regte sich ein schneidender Schmerz. Das Passieren der Stadtgrenze fühlte sich an, als wäre etwas von ihm abgetrennt worden. Als wäre der Abschied aus Wien ein Abschied für immer.

Dort hinten, hinter den Häusern, die im Rückfenster der Kutsche immer kleiner wurden – da war Theresia, da war Beethovens Musik, da war die Verheißung der neuen Sinfonie. Und die nun zerronnene Gelegenheit, bei der Premiere eines der größten Musikwerke mitzuwirken, von dem Reiser je gehört hatte.

Von dem die ganze Menschheit je gehört hatte, korrigierte er sich.

Dort hinter ihm schwelte auch, unsichtbar im Verborgenen, ein Knäuel aus Geheimnissen. Würde der Baron in der Lage sein, sie zu lösen? Hatte er genug Macht, um den Machenschaften Einhalt zu gebieten? Wenn es ihm mit Metternichs Hilfe gelang, war aber ja immer noch nicht klar, wer hinter alldem steckte.

Reiser fühlte sich auf einmal in die Zeit seines Studiums zurückversetzt. Damals hatte er die Lektionen und Vorlesungen an der Universität tapfer ertragen. Durch seine Begabung, ganze Buchseiten im Gedächtnis zu behalten, war ihm das Auswendiglernen leichtgefallen. Ganz anders das weite, schwierige Feld der juristischen Disputationen. Das hatte er sich mühsam aneignen müssen, und ebendiese Lektionen regten sich jetzt in seinem Kopf. Er ging alles, was er mit dem Baron besprochen hatte, noch einmal durch. Wie schade, dass er nicht zugegen sein konnte, wenn von Walseregg mit dem Fürsten Metternich sprach. Er hätte seine Sache gern selbst vertreten.

Er öffnete das Seitenfenster. Der frühlingshafte Duft von Wiesen und Blüten drang herein. Aber er konnte ihn nicht aus dem quälenden Gefühlsgemisch herausziehen, das ihn nun, da er hilflos dem Wohl und Wehe eines Barons und eines Fürsten ausgesetzt war, erfasst hatte.

Er schloss die Augen und versuchte sich zu entspannen, die Gedanken fließen zu lassen. Da erschien auf einmal das Gesicht von Kreutz vor seinem inneren Auge. Und er hörte ihn sprechen. Über die Aristokratie.

Wenn es ihnen beliebt, dann sehen sie uns als ebenbürtig an. Wenn es ihnen nicht beliebt ...
Hatte nicht der Baron mit seinem Schreiben, in dem er Reiser als Verwandten ausgab, genau das getan? Ja, er hatte beliebt, es zu tun. Aber der Baron war ein ehrlicher Mann, dem daran gelegen war, die Wahrheit zu ergründen. Dafür nahm er manches in Kauf. Nicht nur, einen Verwandten zu erfinden. Er lebte zum Beispiel in einer kleinen Wohnung. Seine Familie war demzufolge alles andere als reich. Der Edle von Sonnberg, der in der Rangordnung unter dem Baron stand und erst seit zwei Generationen zum Adel gehörte, war um einiges wohlhabender als von Walseregg.

Woher kamen diese Nachteile? Waren sie der Preis für seinen aufrichtigen Geist, der sich durch nichts in die Irre führen ließ und standhaft seinen Weg durch die Merkwürdigkeiten dieser Zeit suchte?

Nein, dachte Reiser, das war zu idealistisch gedacht. Adlige konnten auf die verschiedensten Arten um ihr Geld kommen. Sie konnten sich geschäftlich verspekulieren. Viele waren durch die Kriege der letzten Jahrzehnte verarmt. Wer kein Geld hatte, wandte sich an die Familie, um vom Fideikommiss zu profitieren, der vom Familienoberhaupt verwalteten Stiftung. Und Familie gab es immer. Sie bildete ein großes Netz. Alle Adelsfamilien waren irgendwie miteinander verwandt oder verschwägert, und sei es auch auf sehr ferne Weise. Das war nicht nur aus finanziellen Gründen wichtig, sondern auch für die Aufrechterhaltung von Macht und Einfluss.

Ja, dachte Reiser. So ist die Welt der Adligen.

Auf einmal mischte sich Kreutz' Stimme ein. *Woher weißt du, dass dein Baron die Wahrheit sagt? Wird er dir wirklich helfen?*

Warum sollte er denn lügen?, wandte Reiser ein.

Weil es ihm beliebt, Reiser. Und es beliebt ihm, weil es in seinen Plan passt. Ein Plan, den du nicht kennst. Weiß der Ball im Spiel, dass er ein Ball ist? Fühlt er sich frei, weil man ihn auf dem Spielfeld tanzen lässt? Ist er so dumm und freut sich noch darüber, dass andere seine Bahn lenken?

Reiser hätte gern etwas dagegen gesagt, aber er konnte es

nicht. Kreutz hatte in seinen Gedanken ein seltsames Eigenleben angenommen.

Und er hatte recht.

Tatsache war, dass Reiser das Gefängnis der Schranne gegen ein anderes eingetauscht hatte – das Gefängnis seiner Flucht. Das Gefängnis, nicht mehr nach Wien zurückkehren zu können. Das Gefängnis, nicht frei seine eigene Sache vertreten zu dürfen.

Alles, was er durfte, war hoffen.

Hoffen, dass der Baron etwas bei der Obrigkeit erreichte.

Hoffen, dass man gnädig war.

Das ist eben alles, was die Fürsten zulassen, sagte Kreutz. *Sie lassen uns hoffen. Hoffen, dass sie belieben, etwas für uns zu tun. Aber die Zeit vergeht und vergeht, während wir warten. Und wenn sie es tatsächlich tun, tun sie es doch nur für sich selbst.*

Die Kutsche schaukelte über die Landstraße. Reiser drängte die Gedanken beiseite. Er musste sich ablenken. Er öffnete die Schnalle seiner Mappe und nahm die Romanze heraus. Er las die Melodie. Sie brachte ihn zum Lächeln. Wie naiv doch war, was er da versucht hatte. Fast war es ihm peinlich, dass er es Meistern wie Beethoven und Schubert überhaupt gezeigt hatte. Er steckte die Noten wieder zurück in die Mappe. Am besten brachte er den Passierschein des Barons auch gleich dort unter.

Er versuchte, seiner Unruhe Herr zu werden, indem er die Papiere sortierte. Da war auch noch das Empfehlungsschreiben, das der Baron ihm für Hänsel gegeben hatte und das dieser nicht hatte nehmen wollen.

Vergebliche Mühe.

Reiser nahm es und las, was der Baron über ihn geschrieben hatte. Von seiner raschen Auffassungsgabe und seiner Verlässlichkeit war die Rede – und davon, dass der verstorbene Edle von Sonnberg große Stücke auf ihn gehalten habe, genau wie von Walseregg selbst, der schwungvoll mit seinem vollen Namen und Titel unterzeichnet hatte.

Reiser nahm den Passierschein, die Zeilen, die er selbst geschrieben hatte. Auch darunter befand sich die Unterschrift des Barons. Es war nichts als ein Schnörkel. Etwas tiefer kam dann noch die Adresse in der Kumpfgasse.

Es hatte seinen Grund, warum die Unterschrift nicht so deutlich und lesbar auf dem Passierschein stand wie auf dem Empfehlungsschreiben. Von Walseregg hatte Schmerzen in der Hand gehabt.

Ein Gedanke erwachte in Reiser. Nach und nach wurde das, was ihm eingefallen war, deutlicher. Er schloss die Augen, ließ einzelne Szenen wiederkehren. Er dachte an Hänsel. Und daran, wie er in dessen Kanzleiräumen gewesen war. Bei den Karteien der Verdächtigen.

Der Moment vor Hänsels Schreibtisch.

Dann war es, als würde er in einem Buch schnell nach hinten blättern. Alle Szenen rasten hintereinander weg, bis er bei dem Gespräch mit Johanna war. Sie hatte im Verborgenen das Treffen von Leopold von Sonnberg, dem Offizier und dem unbekannten Bräutigam belauscht. Ohne jedoch viel von dem, was gesagt wurde, zu verstehen.

Und da ...

Der Gedanke war wie ein Blitz, der bei einem Gewitter unsichtbare Adern am Nachthimmel aufleuchten ließ. Alle Verzweigungen flammten auf einen Schlag in großer Klarheit in ihm auf.

Eine Sekunde nur, dann war es vorbei.

Aber Reiser hatte verstanden.

Das Ruckeln der Kutsche wurde ihm wieder bewusst. Wo waren sie? Wie lange waren sie schon gefahren?

Er öffnete vorsichtig die Tür und streckte den Kopf hinaus. Das Fahrzeug schaukelte über die ausgefurchte Straße. So langsam, dass ein guter Läufer leicht hätte Schritt halten können. Anton saß steif oben auf dem Bock und drehte sich nicht um. Von vorne näherten sich entgegenkommende Fuhrwerke. Etwa zweihundert Schritte entfernt begann ein Waldstück.

Reiser zog sich wieder zurück, schloss die Tür und wartete auf eine günstige Gelegenheit. Er drückte die Mappe fest an sich.

Ein Schatten verdunkelte das Innere der Kutsche. Der Wald

begann. Die Räder kollerten lauter. Reiser öffnete vorsichtig die Tür, richtete sich auf, hielt sich noch einen Moment daran fest – und sprang.

Kaum dass er den Boden berührt und sein Gleichgewicht wiedergefunden hatte, drehte er sich zu Anton um, der glücklicherweise nichts bemerkt hatte. Die Kutsche rumpelte weiter und strebte einer Kurve zu. Die offene Tür schlenkerte in den Angeln hin und her. Sollte er hinterherlaufen, um sie zu schließen? Seine Flucht bliebe länger unbemerkt – vielleicht sogar, bis Anton am Ziel angekommen war. Doch dann war das Gefährt schon hinter der Biegung verschwunden.

Mit wenigen Schritten war Reiser im Wald. Er duckte sich ins Unterholz. Er würde nicht verhindern können, dass ihn Reisende sahen und beschreiben konnten. Trotzdem war es besser, so wenigen Zeugen wie möglich zu begegnen. Ein paar Fuhrwerke und Reiter ließ er vorbei.

Dann machte er sich auf den Weg.

Über die Landstraße zurück nach Wien.

30

Die Wachsoldaten, die ihn zuvor abgefertigt hatten, würden sich wundern, wie schnell er, der doch eigentlich nach Linz wollte, zurückgekehrt war. So verließ er die Strecke zur Währinger Linie und wählte den Übergang in Matzleinsdorf. Hier war er nach der Abreise aus Schloss Sonnberg mit dem Baron angekommen. Der Name von Walseregg war bei den Kontrolleuren bekannt.

Leider war es dann doch nicht ganz so leicht.

»Aus Linz?«, fragte der Soldat. »Ein großer Umweg, Herr Baron ... Und Sie haben keine Kutsche?« Sein Gesichtsausdruck wurde misstrauisch. »Auch kein Gepäck?«

»Wir hatten einen Radbruch«, behauptete Reiser. So etwas kam ja tatsächlich hin und wieder vor. »Draußen bei der Spinnerin am Kreuz. Mein Bediensteter ist dort und kümmert sich um alles. Er wird auch mein Gepäck mitbringen. Bei mir trage ich nur das hier.« Er hob die Ledermappe. »Keine Gefahr, dass ich etwas Verbotenes in die Stadt bringe.«

»Von der Spinnerin bis hierher zu Fuß?«

Aus der Stadt wehte das Schlagen einer Uhr herüber. Zwei Schläge. Halb ... ja, halb was? Reiser hatte auf dem langen Marsch durch die Felder und Gärten bis zur Vorstadt nicht gewagt, jemanden nach der Uhrzeit zu fragen.

Er seufzte. »Zu Fuß gehen schadet der Gesundheit nicht«, sagte er. »Im Gegenteil. Nun lass Er mich schon durch.«

Der Soldat bestand darauf, einen Blick in die Mappe zu werfen. Dann zog er ein Büchlein aus der Tasche und schrieb in großer Langsamkeit etwas aus Reisers Passierschein ab. Wahrscheinlich den Namen und die Adresse. Er hielt ihm das Blatt wieder hin. »Bitt schön«, sagte er nur.

Reiser konnte gehen. Aber als er die Matzleinsdorfer Hauptstraße hinunterblickte, überfiel ihn Beklemmung. Die Polizei suchte ihn. Jeder, der ihm begegnete, konnte ihn verraten. Und er lief hier schutzlos auf der Straße herum. Er hatte damit gerechnet, dass an der Linie freie Fiaker zu haben sein

würden, doch sosehr er sich auch umsah, es war kein Fahrzeug in Sicht.
»Wo kann ich hier eine Mietkutsche bekommen?«, fragte er den Soldaten, der vor dem Wachhäuschen auf den nächsten Reisenden wartete.
»Wenn S' keine sehen, ist keine da. Haben der Herr Baron nicht gerade das Spazierengehen empfohlen?«
»Unverschämter Kerl«, rief Reiser, der auf einmal das Gefühl hatte, seinem angenommenen Stand auch gerecht werden zu müssen. Er eilte die Straße hinunter. Eine Kutsche bog träge aus der Schaumburger Gasse ein. Reiser rannte los, um sie zu erwischen. Der Fiaker schien frei zu sein. »Zur Universität«, rief er dem Fahrer zu. »Aber schnell. Wie spät ist es?«
Als wäre der Mann mit dem Grenzbeamten verwandt, holte er in quälender Langsamkeit eine Taschenuhr hervor und machte ein Gesicht, als würde er zum ersten Mal in seinem Leben von einem Zifferblatt die Zeit ablesen. »Gleich drei viertel sechse«, sagte er.
Reiser erschrak. So spät schon! Bis sechs Uhr hatte die Bibliothek nur geöffnet.
»Ich zahle einen Gulden, wenn wir in einer Viertelstunde dort sind«, rief er.
Als er den horrenden Preis hörte, schien der Kutscher mit einem Mal aufzuwachen. Er trieb die Pferde an. Innerhalb von Minuten waren sie an der kleinen Allee am Obstmarkt, wo die Hauptstraße auf das Glacis mündete. Man hätte direkt hinüber zum Kärntnertor fahren können, doch der Kutscher machte als erfahrener Fiakerführer nicht den Fehler, den Weg durch die Stadt zu nehmen. Er trieb die Pferde noch weiter an und steuerte über die freie Fläche, auf der man viel schneller vorankam als in den engen Gassen. Reiser blickte durch das kleine Rückfenster und sah eine gewaltige Fahne aus Staub, die sie hinter sich herzogen. Spaziergänger wandten sich ab. Einige hoben drohend die Fäuste, als sie dem Fiaker nachblickten. Damen spannten die Sonnenschirme auf, um sich zu schützen.
Als sie an der Universität ankamen, schlug es von der nahen Kirche sechs. Reiser drückte dem Fahrer den Gulden in die

Hand, rannte zwischen den Studenten, die den Platz bevölkerten, um das Gebäude herum, dann die Stufen zur Bibliothek hinauf.

Die Tür war verschlossen.

Das konnte nicht sein. Sie wurde niemals so pünktlich auf die Minute zugemacht. Normalerweise begann in dem Moment, in dem die Uhr die sechste Stunde schlug, die Ermahnung an die Lesenden, alle Bücher zurückzubringen und alles zusammenzuräumen. Und bis es so weit war, vergingen mindestens noch zwanzig Minuten.

»Warum ist die Bibliothek nicht geöffnet?«, fragte Reiser den nächsten Studenten, der vorbeikam. Der wusste es nicht. Der nächste auch nicht. Reiser ging hinüber ins Hauptgebäude, suchte den Pedell und erfuhr, dass man pünktlich habe schließen müssen, weil der Herr Regierungsrat Riedler heute Abend eine Akademie im Theater am Kärntnertor besuchen wolle.

»Ich müsste dringend etwas nachsehen«, sagte Reiser. »Kann mir der alte Haffner nicht noch einmal kurz aufmachen?«

Der Pedell schüttelte den Kopf. »Der Haffner ist schon nach Hause gegangen.«

Reiser sah sich misstrauisch um. Hatte ihn jemand erkannt? Denk nach, dachte er. Dir bleibt nicht mehr viel Zeit.

Instinktiv hatte er den Weg in die kleine Schönlaterngasse eingeschlagen. Ein paar Studenten drängten sich an ihm vorbei und nahmen den Weg in den Heiligkreuzer Keller. Da kam Reiser eine Idee.

Er folgte ihnen. Während er ins Souterrain hinunterstieg, wehte ihm schon die Musik des Harfners entgegen.

»Ach, ist der Herr mal wieder bei uns?«, sagte der Wirt, der Reiser diensteifrig wiedererkannte. »Was darf's sein?«

»Diesmal nichts zu essen«, sagte Reiser. »Ich hab's eilig.«

»Wollen der Herr in die große Akademie heute Abend? Es ist doch noch Zeit zum Essen.«

»Sie hatten Bücher über Wien. Als ich vergangenen Samstag hier war, habe ich darin etwas nachgeschlagen.«

»Man muss nichts wissen. Man muss nur wissen, wo es

steht.« Das hatte er bei Reisers erstem Besuch auch gesagt.
»Kommen S'.«
Reiser ließ sich in einen Nebenraum führen, wo beeindruckende hundert bis hundertfünfzig Bände in Regalen nebeneinanderstanden. Ein wahrer Bücherschatz.
»Mein Bruder hat mit alten Büchern gehandelt«, erklärte der Wirt. »Ich hab sie geerbt. Manchmal kommen Studenten, denen beim Trinken plötzlich einfällt, dass sie was für ihr Kolleg nachschauen müssen. Oder sie streiten sich über irgendwas, was bei den Philosophen steht oder bei den Theologen. Dann können sie gleich nachschauen, wer recht hat. Ich selbst versteh ja nichts davon, aber meinen Gästen hilft's ...« Er lächelte. »Und umso mehr trinken sie.«
Reiser betrachtete im Licht einer Kerze die Buchrücken. Es dauerte fast zwanzig Minuten, bis er gefunden hatte, was er suchte. Er hatte kein Schreibzeug, um etwas zu notieren, aber er betrachtete die Seiten, um die es ging, sehr intensiv und malte sie in sein Gedächtnis ab.
Er hatte sich nicht geirrt. Es passte alles zusammen. Er hatte das Rätsel gelöst. Zumindest theoretisch. Nun galt es, die letzte Prüfung vorzunehmen.
Doch damit würde er sich in große Gefahr begeben.
Wenn jedoch stimmte, was er vermutete – nein was er bewiesen zu haben glaubte, dann ...
Dann galt es, eine viel größere Gefahr abzuwenden.
Er löschte die Kerze, verließ den Raum, ging durch die Schenke und ließ im Vorbeigehen dem Harfner, der gerade das Papageno-Lied aus der »Zauberflöte« zum Besten gab, einen Dreier da.

Als er am Spitalplatz um die Ecke bog, stieß er auf eine Menschenmenge, die sich auf der Fläche vor dem Theater drängte. Weiter hinten an der Bastei kamen ständig Fiaker an, die ihre Insassen entließen und dabei jedes Mal einen der beiden Tunnels des Kärntnertores zustellten.
Reiser drehte sich weg, als er zwei uniformierte Soldaten entdeckte. Sie waren damit beschäftigt, den Fiakerverkehr zu regeln, riefen den Kutschern etwas zu, die nach dem kurzen

Halt, bei dem sie ihre Passagiere entließen, in der kleinen Gasse zwischen Theater und Bastei verschwanden.

Reiser blieb auf der anderen Seite und drückte sich an der Häuserfront in die Gasse, die links vom Theater in die Kärntnerstraße führte. Immer wieder schweifte sein Blick über die festlich gekleideten Menschen. Die Damen trugen ausladende, mit farbigen Bändern geschmückte Hüte, die Herren wetteiferten in den Mustern ihrer Westen, Gehröcke und Hüte. Vor dem überdachten Eingang des Theaters herrschte besonders großes Gedränge. Durch eine der geöffneten Türen konnte Reiser den Kassentisch im Vestibül erkennen, wo unablässig Karten verkauft wurden. Beethovens Neffe Karl stand daneben. Er übergab die erworbenen Eintrittskarten nicht nur persönlich, sondern er begrüßte auch jeden Besucher und jede Besucherin einzeln und drückte jedem ein Blatt in die Hand. Reiser konnte es nicht erkennen, aber es handelte sich wohl um den Gesangstext aus der Sinfonie.

Immer wieder wurde er abgedrängt, denn auch von der Kärntnerstraße erreichte ein Strom aus Fußgängern und Fahrzeugen das Theater. Einmal musste er sich dicht an die Mauer pressen, weil sich eine Kutsche näherte. Sie strich nur eine Armeslänge von ihm entfernt an ihm vorbei, und im Innern saßen Theresia und die Comtesse von Schernberg. Sie sahen ihn nicht.

Konnte Theresia ihm helfen? Würde es nützen, mit ihr zu sprechen? Sollte er sie in dem Gedränge suchen? Nein, das war zu gefährlich. Einer der Uniformierten wies die Kutsche ein. Wenn er jetzt dorthin liefe und das Fahrzeug bestiege ... Er würde unvermeidlich auffallen.

Vor dem Eingang entdeckte er den kleinen Schubert, der in seinem braunen Rock nachdenklich durch die Menge spazierte und sich ans Ende der Menschenschlange vor dem Kasseneingang einreihte. Weitere Kutschen kamen aus Richtung der Krugerstraße heran. Eine trug ein Wappen wie das, welches Reiser auf dem Fiaker vor dem Müllerschen Haus gesehen hatte. Er hatte es an dem Abend nur kurz vor Augen gehabt, aber jetzt, da er es betrachten konnte, war er sich sicher, dass es dasselbe war. Auf dem Kutschbock erkannte er den bärtigen Mann. Es war also Lichnowsky. Wenn man genau hinsah, erkannte man in der Menge auch einige junge Männer, von denen sich einige an der Kutsche des Fürsten aufhielten, die jetzt angehalten hatte. Das waren wohl die Unsichtbaren.

Sogar eine Sänfte schob sich durch die Menschen. Vorne und hinten trug je ein Dienstmann den Sessel, in dem ein alter Mann saß und im Rhythmus der Schritte seiner Helfer mit dem Kopf wackelte. Er wurde an der Schlange vorbeigeführt. Die Menschen machten Platz. Karl van Beethoven verließ den Kassenraum, kam ihm entgegen, begrüßte ihn. Sofort wurde eine weitere Tür geöffnet, damit der gebrechliche Besucher schneller in das Theater kam.

Hier vorne konnte Reiser das Kärntnertortheater unmöglich betreten. Er musste es woanders versuchen.

»Sebastian, da bist ja.«

Wie aus dem Boden gewachsen stand Piringer neben ihm, zwei Instrumentenkoffer in der Hand, unter dem Arm die Noten.

»Was hast denn? Komm, es pressiert.« Er packte ihn am Arm und zog ihn weiter. »Kneifen gilt nicht«, sagte er und wandte sich in Richtung Kärntnerstraße.

Hier gab es die Tür für die Mitwirkenden. Einige Musiker, die Reiser schon vom Sehen kannte, standen dort in kleinen Gruppen herum und unterhielten sich. Vielleicht war es gar nicht schlecht, wenn er hier hinten hineinging.

Piringer schob ihn, nach verschiedenen Richtungen grüßend, auf einen schmalen Gang, der sich hinter der Bühne hinzog und von dem einige Räume abgingen. Die gewohnten Melodiefetzen von Trompeten, Geigen, Flöten und den anderen Instrumenten waren zu hören. Ein Fagott brummte, ein Horn stieß kurze Signale aus, irgendwo wurde gesungen. Einige der Knaben, die zum Chor gehörten, huschten über den Gang und wurden prompt von einem der Posaunisten ermahnt.

In den Räumen standen Tische, auf die man die Koffer legen konnte, um sie zu öffnen. Piringer legte die Kästen ab und hatte kurz darauf die beiden Bratschen in der Hand. Eine davon hielt er Reiser hin.

»Du sagst gar nichts. Bist aufgeregt, was? Das gehört dazu. Und das vergeht auch wieder, wenn's erst mal angefangen hat.« Er gab ihm noch den Bogen, nahm sein eigenes Instrument, prüfte kurz die Stimmung und spielte ein paar Tonleitern.

Reiser fühlte sich in diesem fiebrigen Chaos, in dem man mit jeder Faser die Aufregung vor der großen Akademie spürte, wie ein Fremdkörper. Er ließ seine Blicke schweifen, vermutete überall Zivilpolizisten, glaubte, Hänsel zu sehen oder Konfidenten, die nun wussten, dass er hier war, dass man nur zu kommen brauchte, um ihn festzunehmen.

Aber niemand hielt ihn an. Niemand betrachtete ihn genauer. Niemand nahm ihn fest. Niemand nahm ihn überhaupt zur Kenntnis. Reiser stand da mit seiner Bratsche, die anderen drängten sich vorbei, unterhielten sich, spielten ein paar Töne oder studierten noch einmal kurz bestimmte Stellen in den Noten. Piringer hatte sich inzwischen jemand anderem zugewandt. Einer Sängerin aus dem Chor.

Reiser fand einen Durchgang zur Bühne und wagte einen verstohlenen Blick hinaus. Alle Musiker würden auf der Bühne platziert sein. Nicht im Orchestergraben wie in einer Oper. Vorne wartete eine unglaubliche Menge von Notenpulten, ordentlich im Halbrund aufgestellt. Dahinter erstreckte sich der Zuschauerraum, wo buntes Gewimmel herrschte.

Immer mehr Menschen drängten herein. Schubert stand verloren oben auf einem der Ränge und sah versonnen herunter.

Reiser zog sich zurück. Schuppanzigh stand in seiner Nähe, er unterhielt sich mit einem anderen Geiger. Reiser wandte sich dem Bühneneingang zu, wo ihm eine Gruppe entgegenkam.

»Gleich siebene«, sagte ein schmaler Mann zu Reiser. Er war einer der Hornisten und hielt sein messingglänzendes Instrument in der Hand.

Reiser tat, als wollte er noch einmal hinaus, bevor es losging. Frische Luft war Mangelware in den Theatern, in denen Dutzende von Kerzen brannten und Hunderte von Menschen atmeten. Je länger ein Konzert- oder Opernabend dauerte, desto schlechter wurde die Luft. In den geschlossenen Räumen kam es gelegentlich sogar zu Ohnmachten, sodass sich vor allem die Mitwirkenden so spät wie möglich alldem aussetzten.

Er hatte eben den Ausgang erreicht und war ins Freie getreten, da bogen von der Vorderseite des Theaters her drei Männer um die Ecke. Es waren Hänsel und zwei Begleiter in Zivil. Reiser prallte zurück. Sein Herz raste. Hatten sie ihn gesehen?

»Holla, aufgepasst.« Bei seinem Sprung zurück in den Gang hatte er einen der Kontrabassisten angerempelt, der gerade sein Instrument auf die Bühne trug. Reiser, immer noch die Viola in der Hand, stammelte eine Entschuldigung.

Zum Glück war so ein Kontrabass nicht nur schwer und unhandlich, sondern auch groß. Er konnte einen Menschen verdecken. Reiser duckte sich und eilte den Gang entlang, der sich hinter der Bühne hinzog. Erst als er an dessen Ende angekommen war, wagte er einen Blick zurück. Hänsel und seine Leute waren hereingekommen und verschwanden gerade im ersten der Aufenthaltsräume.

»Siebene ist's«, rief jemand auf dem Gang. »Wir beginnen.« Reiser befand sich neben einem der Durchgänge zur Bühne. Aus dem Zuschauerraum tönte lautes Stimmengewirr herüber. Dazwischen war Gelächter zu hören. Hänsel und seine Leute traten wieder auf den Gang und steuerten den nächsten Raum an.

Auf die Bühne konnte er nicht. Da würden ihn Hunderte von Menschen sehen.

Er probierte die Klinken der nächstgelegenen Türen. Hinter der ersten standen die Sängerinnen Sontag und Unger. Sie besprachen sich gerade mit Herrn Umlauf, der sich verärgert umdrehte. Wieder musste Reiser eine Entschuldigung stammeln.

Die nächste Tür.

Hier herrschte Dunkelheit.

Irgendwo läutete eine Glocke. Die Musiker strömten aus den Räumen und überfüllten den schmalen Gang.

Er starrte immer noch in die Dunkelheit des Raumes vor ihm. Langsam schälte sich aus der Finsternis ein schmales Geländer heraus. Daneben Stufen, die in die Tiefe führten. Reiser ging hinein und schloss die Tür hinter sich.

Die Viola hätte er am liebsten irgendwo abgelegt. Aber er hatte keine Gelegenheit, und ein verwaistes Instrument hätte Hänsel womöglich erst recht auf seine Spur gebracht.

Da war eine kurze Wendeltreppe, der er tastend folgte. Sie führte unter die Bühne in einen Raum, der so niedrig war, dass Reiser sich bücken musste. Über seinem Kopf begann ein hartes Trampeln. Im Zuschauerraum brandete Applaus auf. Die Musiker betraten gerade die Bühne.

Der Boden war leicht abschüssig. Am Rand befand sich eine Öffnung in der Decke, durch die Licht aus dem Zuschauerraum hereindrang. Sie war etwa eine Armlänge breit, und darunter gab es eine schmale hölzerne Sitzgelegenheit. Es war der Platz des Souffleurs, der während einer Aufführung den Text leise mitlas und notfalls den Schauspielern auf die Sprünge half. In einer musikalischen Akademie war er natürlich nicht besetzt.

Kam man hier unten irgendwie weiter? Reiser tastete sich voran, während über seinem Kopf das Getrampel und das Klatschen anhielten und dann auf einmal verstummten. Er erstarrte. Eine Sekunde lang befürchtete er, dass man nicht beginnen würde, weil sein Platz leer war. Aber wen kümmerte schon das Ausbleiben eines kleinen Bratschisten am letzten Pult? Piringer vielleicht. Doch nur weil einer fehlte, konnte ja nicht die ganze Aufführung verschoben werden.

Ein paar Atemzüge lang herrschte noch Stille. Dann ertönten die markanten Orchesterschläge, mit denen die Ouvertüre begann. Es war, als wollten sie dem marschartigen, erhabenen Beginn des ersten Themas den Weg bahnen. Das ganze Theater schien zu erzittern.

In der vorderen Ecke gab es einen kleinen Durchgang, der über eine Treppe noch tiefer in die Kellerräume des Theaters führte.

Unten betrat Reiser einen Raum, dessen Ausmaße er nicht erkennen konnte. Die Musik war jetzt nur noch wie durch einen Schleier zu vernehmen. Gerade hatte der schnelle Teil der Ouvertüre begonnen, die rhythmischen Paukenschläge der Begleitung setzten dumpfe Akzente. Das Orchester spielte irgendwo weit hinter Reiser. Trotzdem war deutlich zu hören,

dass Umlauf die Musiker zu einem gewaltigen Crescendo antrieb. Alles endete in einem lärmenden Abschluss. Schon in die letzten Fanfaren und die tosenden Paukenwirbel mischte sich ein Rauschen. Der Applaus. Nur langsam ebbte er ab.
Reiser sah vor seinem geistigen Auge, was auf der Bühne geschah. Umlauf hatte den Beifall entgegengenommen, dann die Bühne verlassen, und nun kam er mit den Vokalsolisten zurück. Gleichzeitig füllte der Chor den Raum hinter der Bühne. Und richtig – wieder wurde applaudiert. Dann gab es eine Atempause. Als der erhabene erste Akkord der Messe das Theater erfüllte, wagte sich Reiser weiter in den Kellerraum vor.

Es roch nach Staub, altem Holz und Schimmel. Weiter hinten wurde es wieder etwas heller. Dort sickerte das letzte Tageslicht milchig aus vergitterten Oberlichtern. Es musste ein Lagerraum sein, den Reiser betreten hatte. Möbel und Kisten umgaben ihn, dazu jede Menge Krimskrams, Stoffe, Kleider – von der Bauerntracht bis zum Prinzessinnenkleid. An den Wänden lehnten Teile von Bühnenbildern, Bretter, Notenpulte. Hier konnte er endlich die Bratsche loswerden. Er legte sie auf eine von einem Tuch abgedeckte Kiste.

Weiter hinten, gleich neben einem der Oberlichter, gab es eine weitere Tür. Durch sie gelangte man zur Straße. Man konnte Gegenstände ohne Umweg durch das Innere des Gebäudes in das Lager bringen.

Requisiten, Bühnenbilder, Notenpulte.

Oder etwas, mit dem man das Theater zerstören kann, dachte Reiser. Etwas, das ein Artillerieoffizier leicht besorgen und mit ein wenig Geschick unerkannt durch Wien transportieren lassen kann.

Sprengungen mussten immer von unten her durchgeführt werden, die Explosionskraft ging nach oben. Das hatte schon der Attentäter aus London gewusst, der die Fässer zusammen mit seinen Verschwörern ja auch in einem Keller versteckt hatte.

Reiser drückte die Klinke nach unten. Die Tür war verschlossen.

Während wie in einer fernen, seltsam verfremdeten Klangwolke Beethovens Messe vorbeizog, tastete Reiser die Requisiten ab, öffnete Kisten, verrückte Regale, stellte Dinge zur Seite, wühlte in Bergen von Kleidern. Er erweckte Staubwolken zum Leben, riss Spinnweben herunter, musste, weil die Musik gerade besonders leise war, einen plötzlichen Hustenreiz unterdrücken ...

Die Klänge von Chor und Orchester brandeten in einem Fortissimorausch auf. Reiser hielt inne. Oben begann wieder das Rauschen. Die erste Hälfte der Akademie war zu Ende. Jetzt stand die Pause auf dem Programm. Dann würde die Sinfonie folgen.

Allein schaffte er es nicht, das Theater zu durchsuchen. Er hatte sich das alles leichter vorgestellt.

Sollte er die Viola nehmen und nach oben gehen? Er konnte seine Abwesenheit im ersten Teil mit vorgeschobener Übelkeit begründen. Wenn Hänsel ihn sah, würde er ihn vielleicht nicht gerade von der Bühne holen lassen, während die Musik lief. So konnte er wenigstens das große Werk noch mitspielen. Und dann sehen, ob er einen gnädigen Richter fand, der an seine Unschuld glaubte. Und an seinen Verdacht, der ihn hier heruntergeführt hatte. Obwohl ihm der Beweis fehlte.

Wenigstens musste er warten, bis die Pause zu Ende war. Wenn Hänsel ihn vor Beginn des zweiten Teils erwischte, würde er nicht zulassen, dass er auf die Bühne ging. Er würde ihn einfach verhaften.

Reiser lauschte auf die verworrenen Geräusche, die von der Bühne zu ihm herunterdrangen. Endlich war es so weit. Von fern ertönte die Klingel. Er nahm die Bratsche. Dabei rutschte der Stoff von der Kiste, auf der sie gelegen hatte. Etwas glänzte auf. Ein Stuhl, golden bemalt.

Nein, das war kein Stuhl.

Es war ein Thron.

Wahrscheinlich der Thron, der in der Rossini-Oper als Requisit zum Einsatz gekommen war.

Als ich nach unserer letzten Begegnung noch einmal dort war, wo der Thron stand, wo ich ganz kurz Kaiser war, wo Könige ihre eigenen Siege besingen und im nächsten Moment keine Könige mehr sind ...

Das hatte Kreutz gesagt. Und auf dem Thron, auf der Sitzfläche, lag eine Krone.
Und dahinter …
Eine hohe Holzwand schien an der Wand zu lehnen. Doch sie lehnte gar nicht. Sie stand auf dicken hölzernen Füßen. Große farbige Flächen bedeckten sie. Wahrscheinlich war sie Teil des Bühnenbildes der Oper.
Reiser erkannte gemalte Säulen vor blauem Himmel. Auf der Bühne bildeten sie die Illusion eines Tempels oder eines Palastes. Die Wand war nur ein Ausschnitt eines Dekorationsstücks, das viel größer war und wahrscheinlich aus mehreren Einzelteilen, die hier noch verstreut lagerten, zusammengesetzt wurde. Hier unten trennte sie einen großen Teil des Raumes ab.
Reiser schlüpfte hinein. Er musste wieder tasten, um sich zurechtzufinden, weil das Licht der schmalen Kellerfensterchen nicht bis hierher reichte.
Applaus brandete im Zuschauerraum auf. Was von dort aus dem Theater kam, klang wie aus einer anderen Welt.
Da spürten seine Finger eine Holzfläche. Während er sie abtastete, lauschte er weiter in die Stille, und nach und nach wurde ihm bewusst, dass die Sinfonie begonnen hatte. Er vernahm die samtweiche Schicht aus Tönen, den Nebel aus leeren Quinten, mit dem der erste Satz begann. Wie Felsen, die im Dunst nach und nach sichtbar wurden, bekam alles Kontur, mündete in das erste Forte.
Der hölzerne Boden der Bühne verstärkt den Schall, dachte Reiser. Deswegen ist die Musik deutlicher zu hören als der Applaus, der sich in der Weite des Theaterraumes verliert.
Jetzt spürte er kühles Metall. Darunter kam wieder Holz. Es war nach außen gewölbt.
Das war ein Fass.
Und es war nicht nur eins – Reiser zählte vier Stück, während weiter die Musik herüberzog, unerbittlich wie ein unabwendbares Schicksal.
Was hatte er sich noch vorgestellt bei diesen Klängen?
Erst eine Leere, eine völlig leere, ungeformte Welt, in der alles ganz neu zu beginnen schien. Ein neues Universum tat

sich auf. Nach und nach schlich sich in dieses Nichts ein Wille hinein, der formen und gestalten wollte, der sich aber in Kämpfen aufrieb – Kämpfen, die immer härter wurden, je mehr diese neue Welt an Kontur gewann.

Seltsam, dass Reiser sogar hier unten, wo alles matt und hohl klang, so von der Sinfonie gefangen war. Dass er die Fässer entdeckt hatte, schien auf seltsame Weise mit den Ideen, die in der Sinfonie steckten, verbunden zu sein. Als hätte es gar nicht anders geschehen können.

Dabei hatte er eben noch daran gezweifelt.

Er musste es Hänsel sagen. Oder besser Lichnowsky.

Der Fürst war nicht überzeugt davon gewesen, dass die Studenten so etwas planten. Wenn er ihm die Pulverfässer zeigte, würde sich alles aufklären – nicht nur, dass ein Attentat bevorstand, würde offenbar werden, sondern auch, wer wirklich dahintersteckte.

Aus der Tiefe des Lagerraumes hörte er durch die Musik hindurch ein Quietschen wie von einer Türangel, dann ein Schleifen, das schließlich in so etwas wie ein Klopfen überging. Dumpf und regelmäßig näherte es sich.

Da kam etwas über den steinernen Boden auf ihn zu.

Reiser strich ein Kälteschauer über den Rücken.

War das ein Mensch? Sicher gab es hier unten Ratten.

Nein, es waren Schritte. Langsam und vorsichtig setzte jemand einen Fuß vor den anderen. Und jedes Mal klopfte es, als wollte derjenige die Klänge der Sinfonie mit einem eigenen Rhythmus übertönen.

Der erste Satz war noch nicht einmal zu Ende, aber sie kamen jetzt schon. Natürlich. Das ergab sogar Sinn.

Er duckte sich in die hinterste Nische zwischen den Fässern. Die Schritte verstummten, das Klopfen verschwand ebenfalls.

Der erste Satz endete im Fortissimo. Nach einer kurzen Lücke von zwei, drei Atemzügen begann das Scherzo. Und Reiser blieb starr, bis der ganze Satz vorbeigezogen war. Am Ende ertönte das Rauschen des Beifalls. Reiser glaubte, sogar Bravo-Rufe zu vernehmen. Das Publikum konnte nicht an sich halten und machte seiner Begeisterung mit Applaus zwischen den Sätzen Luft.

Nun wurde es wieder ruhig. Es dauerte sehr lange, bis die zarten Klänge des Adagios den Weg nach unten in den Keller fanden. Und als es endlich so weit war, als Reiser den feinen Klanghauch wahrnahm, wurde im vorderen Teil des Raumes ein Licht entzündet. Reiser kauerte zwar immer noch hinter der Wand, doch er konnte die Helligkeit sehen, die über die Decke wanderte.

Dann rückte das Holz, das ihn verbarg, zur Seite. Eine Lampe blendete Reiser. Vor ihm standen zwei schemenhafte Figuren. Die eine war Baron von Walseregg, die andere Anton. Der Diener hielt die Laterne.

Der Baron stieß einen gewaltigen Seufzer aus, als er sah, wer sich da hinter den Fässern verbarg.

Reiser erhob sich langsam. Seine Glieder schmerzten, weil er so lange gekauert hatte.

»Ich hätte Ihnen nicht zugetraut, dass Sie mit Verbrechern gemeinsame Sache machen«, sagte von Walseregg. »Ich habe an Ihre Unschuld geglaubt.«

»Ich bin es, der sich getäuscht hat«, sagte Reiser. »Weil ich getäuscht wurde. Von Anfang an. Von Ihnen.«

»Wie bitte? Sie befinden sich am Ort eines geplanten Attentats. Eines Attentats, das kriminelle Studenten geplant haben. Zu denen Sie offensichtlich gehören. Sonst wären Sie nicht hier.« Er gab Anton ein Zeichen. Der hatte auf einmal ein Seil in der Hand, packte Reiser und begann, dessen Hände zu fesseln.

»Glauben Sie, ich laufe Ihnen hier unten davon, Herr Baron? Ich weiß, dass Sie hinter all dem stecken, was mir in den letzten Tagen widerfahren ist. Sie haben von Anfang an alles aus dem Verborgenen gelenkt.«

»Ich glaube, Sie haben sich alles selbst zuzuschreiben.«

Weit entfernt floss die Musik dahin. Der lyrische dritte Satz der Sinfonie.

»*Sie* haben den Bericht geschrieben und mich bei Herrn Hänsel verleumdet«, sagte Reiser. »Ich habe Ihre Handschrift wiedererkannt. Es ist die gleiche wie in Ihrem Empfehlungsschreiben. Und da Sie in Ihrem Brief über meine angebliche Beteiligung die Umstände des Mordes an Dr. Scheiderbauer erwähnt haben, müssen Sie entweder dabei gewesen sein, als er umkam, oder ...«

Reiser sprach es nicht aus. Der Baron war der Mörder des Doktors. Nein, der Auftraggeber. Der Mann in der Nacht am Stubentor hatte normal gehen können. Anton? Er hätte Reiser nicht davor warnen können, sich mit den Unsichtbaren zu befassen. Dann eben ein anderer Helfer, von denen von Walseregg sicherlich etliche zur Verfügung standen. Auch wenn er das Messer nicht selbst geführt, auch wenn er Reiser nicht selbst angegriffen hatte – er war der Kopf des Ganzen.

»Verkennen Sie nicht Ihre Lage«, sagte von Walseregg. Umso seltsamer, dass er jetzt persönlich hergekommen war. Hätte er Reisers angebliche Entdeckung nicht auch anderen überlassen können? Hänsel zum Beispiel? Aber wahrscheinlich wollte sich der Baron seinen persönlichen Triumph nicht nehmen lassen.

»Sie sind Theresias Bräutigam«, sagte Reiser. »Das Haus, von dem gesprochen wurde, als man sich bei Theresia traf, ist das Haus in der Kumpfgasse, in dem Sie wohnen. Die Nummer achthundertsiebenundzwanzig. Es gehört Leopold von Sonnberg. Heute Vormittag haben wir noch darüber spekuliert, welche Motive die Person, die den Edlen von Sonnberg, meinen Vater und Dr. Scheiderbauer beseitigt hat, haben könnte. Ein Motiv, das ich ansprach, war Theresias Mitgift. Sie wandten ein, dass der Mörder sich in diesem Fall ja gleich mich als Opfer hätte auswählen können. Den Erben aus dem Weg zu räumen, wäre einfacher gewesen.«

»Das gilt auch jetzt noch. Ja, ich gebe zu, ich bin der Bräutigam der jungen Edlen. Sie soll einen standesgemäßen Gemahl bekommen. Es tut mir leid, mein Freund, aber eine Edle zu heiraten, können Sie sich nicht herausnehmen.«

In Reiser flammte ein höllischer Schmerz auf. Er hatte es ja gewusst – in dem Moment, als er im Heiligkreuzer Keller im Häuserverzeichnis geblättert und erfahren hatte, um welches Haus es sich bei dem in dem Gespräch bei Theresia genannten handelte. Dazu Johannas Bemerkung über das Klopfen. Er hatte es erst nicht zuordnen können, aber dann war ihm ein Licht aufgegangen. Und eben hatte er es ja auch wieder gehört.

Es war von Walsereggs Stock, der dieses Geräusch verursachte. Er war der dritte Mann gewesen. Der Artillerieoffizier, den er zuvor mit Leopold von Sonnberg aus der Kutsche hatte steigen sehen, hatte eine ganz andere Aufgabe gehabt. Reiser sah zur Seite. Die Tür, die auf die Gasse führte, war geschlossen. Aber durch diese Tür waren von Walseregg und sein Diener hereingekommen. Der Baron hätte mit seinem kranken Bein niemals den langen Weg von dem Bereich hinter der Bühne bis hierher nehmen können.

»Doch auch wenn ich das gnädige Fräulein heirate«, fuhr von Walseregg fort, »was mir, da bin ich ganz ehrlich, finanziell einige Verbesserungen einbringt ... Warum hätte ich auf mich nehmen sollen, wessen Sie mich beschuldigen, nur um Sie aus dem Weg zu haben?«

»Weil es Ihnen eben nicht *nur* darum geht«, sagte Reiser.

»So? Was will ich denn Ihrer Meinung nach noch?«

»Sie wollen Rache.«

»Rache?« Von Walseregg presste die Lippen aufeinander.

»Ja, Rache. Ist es nicht schon allein dadurch bewiesen, dass Sie hier sind? Sie wissen von diesen Pulverfässern. Sie haben einen Schlüssel für die Tür dort drüben. Sie sind bestens vorbereitet. Sie haben mich nicht nur in ein schlechtes Licht gerückt, sondern Sie haben auch den angeblichen Anschlag vorbereitet ...«

»Angeblicher Anschlag? Die Fässer sind hier.«

»Sie wissen auch, dass sie echt sind, ohne sie genauer zu inspizieren? Wer sagt Ihnen denn, dass es keine Bühnendekorationen sind? Nun, ich schätze, das muss Ihnen niemand sagen. Sie haben sich mit dem Herrn Artillerieoffizier zusammengetan, und wahrscheinlich weiß Leopold von Sonnberg ebenfalls davon. Das taten Sie, um alles am Ende den Studenten anlasten zu können. Den Revolutionären. Es gibt doch einen Zusammenhang zwischen den Studenten und Ihnen, oder nicht?«

»Das wissen Sie doch. Ich bin der Ansicht, dass sie bekämpft werden müssen.«

»Ich meine einen persönlichen Zusammenhang. Hat es etwas mit Ihrer Familie zu tun? Mit dem Comte de Vassé?

Der Comte war der Mann, der einst Herrn van Beethovens Potenzial als musikalischer Revolutionär erkannte und deshalb versuchte, ihn zu beseitigen. Sein Anschlag war nur teilweise erfolgreich. Herr van Beethoven starb nicht, sondern er wurde taub. Der Comte kam kurz darauf selbst ums Leben. Er erlebte nicht mehr, wie die Taubheit, die er mit seinem Giftanschlag herbeigeführt hatte, Herrn van Beethoven auf seltsame Weise half – indem sie ihn in einen lebenden Mythos verwandelte. Und ihn in die Lage versetzte, Musik aus einem Reich zu schöpfen, das Hörenden versagt bleibt. Damals, bei Herrn de Vassé, hat er die Menschen mit einem Lied nach der ersten Fassung des Schiller-Gedichts aufgeschreckt. Er war ein junger Mann, gefeiert in Wien, gefangen im Getriebe der Mühlen der Musikwelt. Er wollte aufrühren, wollte zur Revolution reizen, provozieren.«

»Und niemand hinderte ihn daran«, rief der Baron aus, als würde ihn ein plötzlicher Schmerz plagen, senkte aber gleich wieder seine Stimme. »Niemand hinderte ihn.«

Warum ist er jetzt leise?, fragte sich Reiser. Wäre es nicht ganz in seinem Sinne, wenn hier unten ein Tumult entsteht? Wenn die Aufführung deswegen vielleicht sogar unterbrochen werden muss? Auf diese Weise könnte er aller Welt die Fässer zeigen – und mich als angeblichen Attentäter noch dazu. Stattdessen schützte der Baron die Musik sogar. Etwas stimmte da nicht.

»Die Adligen bewunderten ihn und gaben ihm Geld«, fuhr von Walseregg fort. »Diese dummen Wiener Adligen. Der alte Lichnowsky nahm sich seiner an. Und der Sohn des Fürsten setzt dies nun fort und versammelt Verblendete aus dem ganzen Reich, um ihnen die Musik dieses wahnsinnigen Tonsetzers nahezubringen.«

»Seine Gönner ahnten schon damals, dass Herrn van Beethovens Musik nicht nur den Aufruf zur Revolution darstellt, sondern auch das Potenzial zur Versöhnung besitzt. Dieser Comte de Vassé aber konnte das nicht sehen. Die Revolution hatte ihm seine Frau genommen. Er war voller Hass gegen alles, was aus Frankreich kam.«

»*Dieser* Comte de Vassé war nicht irgendwer. Er war mein

Vater.« Der Baron atmete schwer. »Er war mein Vater, und alles, was ich von ihm weiß, steht für den gewaltigen Verlust, den ich erlitten habe. Den die ganze gerechte Welt erlitten hat.«
»Ihr Vater«, wiederholte Reiser nickend. »Ich hätte mir so etwas denken können.«
»Sie sollen es wissen, Reiser. Ein wenig Zeit bleibt uns noch. Diese Sinfonie ist lang.« Er deutete nach hinten in Richtung der Bühne. »Sie kennen ja das Stück. Glauben Sie mir, ich kenne es auch. Herr Hänsel hat die Wohnung von Herrn van Beethovens Kopisten mehrmals durchsuchen lassen, und ich konnte mir für das hier …«, er deutete auf die Fässer, »… den richtigen Moment aussuchen.«

Natürlich, dachte Reiser. Er steckt auch mit Hänsel unter einer Decke. Und mit »das hier« meinte er …

Auf einmal überfiel ihn Panik. Er riss an der Fessel, aber es war nutzlos. Währenddessen begann der Baron mit seinen Erklärungen.

»Der Comte de Vassé, mit vollem Namen Maximilian de Vassé, heiratete mit einundzwanzig Jahren die bildhübsche siebzehnjährige Baronesse Marie de Bouchard, deren Mutter aus einer österreichischen Familie stammte. Es war das Jahr 1788, und ich kann Ihnen versichern, Herr Reiser, sie waren ein glückliches Paar. Die beiden hatten Verwandte in Österreich, unternahmen eine Reise nach Wien, kehrten aber bald darauf zurück. Marie, die Comtesse de Vassé, war guter Hoffnung, und das Kind sollte in Frankreich zur Welt kommen. Ich weiß nicht, wie gut Sie über die Abläufe der Revolution unterrichtet sind, Herr Reiser, aber Sie wissen natürlich, dass sie im Sommer 1789 begann. Am 17. Juni, kurz nach meinem Geburtstag, maßten sich Bürger in Paris an, sich zur sogenannten Nationalversammlung zu vereinen und sich damit offen gegen die herrschende Klasse zu stellen. Die Vassés waren fern von Paris, sie lebten auf einem Schloss in der Gegend von Mâcon. Vielleicht nahm mein Vater die Entwicklungen nicht ernst genug, vielleicht wähnte er sich so weit von der Hauptstadt sicher. Aber natürlich wurden die niedrigsten Elemente auch bei uns irre an dem Wahnsinn, der sich wie ein Flächenbrand ausbreitete. Wie eine Lunte an einem Pulverfass.«

Der Baron lächelte. »Ah«, sagte er und streckte den Zeigefinger nach oben. Wie ein Wink des Schicksals donnerte der dissonante Akkord los, der das Sinfoniefinale eröffnete. Von Walseregg horchte auf das ungeformte, sich anschließende Gedonner der Bläser. Wie düstere Schatten ächzten nun die Bässe mit ihrem Sprechgesang los.

»Viele denken bei der Revolution ja nur an die Ereignisse in den Städten«, fuhr der Baron fort, »vor allem in Paris. Aber auch auf dem Land gab es Aufstände. Es war die ›Grande Peur‹, die große Furcht. Die Bauern wüteten mit unvorstellbarer Grausamkeit. Sie erstürmten unser Schloss und setzten es in Brand. Sie zerrten meine Mutter hinaus und köpften sie mit einer Sense. Mein Vater musste es mit ansehen. Als die Reihe an ihn kam, konnte er mit Hilfe eines jungen Dieners, den er aus Österreich mitgebracht hatte und der ihm treu geblieben war, entkommen. Sie nahmen mich mit, ich war damals noch ein Säugling. Auf der dramatischen Flucht gab es einen Unfall, bei dem ich mir ein Bein brach. Mit den Folgen kämpfe ich heute noch. Wir flohen über das Rheinland nach Wien. Mein Vater schloss sich den Armeen gegen Frankreich an. Ich kam in die Obhut entfernt verwandter Familien. Später, nach dem Tod meines Vaters, adoptierte mich die Baronin von Walseregg, selbst kinderlos und weitläufig verschwägert mit jemandem aus der Familie der von Sonnbergs. Wie meine Mutter auch. Erst durch die Baronin erfuhr ich das ganze Schicksal meines Vaters und meiner Mutter, von dem ich bis dahin nur Bruchstücke kannte. Sie erzählte mir alles vor ihrem Tod im vergangenen Herbst. Mit dem einstigen Diener des Comte de Vassé konnte ich daraufhin auch noch sprechen ...«

»Dieser Diener, der dem Comte half, war *mein* Vater«, sagte Reiser. Natürlich, dachte er. Und weil mein Vater seinem Vater gedient hatte, bevor er zu den von Sonnbergs kam, war er von außen betrachtet immer in Diensten der Familie gewesen. Der Adel war eben eine große Sippschaft. Jeder hing mit jedem irgendwie zusammen, man war in vielen Verstrickungen verschwägert oder verbrüdert.

»Das Zünden der Fässer löst viele Probleme auf einmal«, sagte von Walseregg. »Man wird Sie für den Täter halten. Man weiß, dass Sie Kontakt mit den Studenten hatten. Ich habe es Hänsel gesagt. Ich bin auch ein Konfident. Ach, wussten Sie das nicht? Es gibt sie in allen Schichten, Reiser. Auch im Adel. Fürst Metternich wird nach dem Attentat sein Vorgehen gegen diese Elemente verstärken. Er wird endlich auch gegen liberale Adlige vorgehen – Menschen wie Lichnowsky, die nicht verstehen, zu welcher Klasse sie gehören. Ich werde Theresia von Sonnberg heiraten und so nach den erlittenen Raubzügen der Vergangenheit wieder zu Vermögen kommen. Natürlich werde ich die Wohnung in der Kumpfgasse aufgeben und endlich wieder in ein Schloss ziehen, wie es dem Namen von Walseregg gebührt. Leopold wird mir außerdem das Haus in Wien überschreiben, und ich habe meiner Braut versprochen, ihr die Mieteinkünfte großzügig zur eigenen Verfügung zu überlassen. Mag sie alle Annehmlichkeiten Wiens genießen. Sie wird es bei mir gut haben.«

In seinen Augen erschien wieder das böse Blitzen, das Reiser schon einmal gesehen hatte und das jetzt so gar nicht zu seiner Rede passte. »Darüber haben wir gesprochen, als wir im Damenstift waren. Von wo Sie sich bei des Edlen Ankunft wie ein Dieb davonschleichen mussten. Ja, Leopold hat Sie gesehen … Und noch dazu werde ich endlich das Werk meines Vaters vollenden. Ich werde diesen Komponisten da oben zum Schweigen bringen. Diese Sinfonie, Reiser, wird als ein Werk in die Geschichte eingehen, das für die Ideale der Demagogen steht. Man wird es verbieten und den Urheber verteufeln. Unser Kaiser ist geschützt, denn er weilt in Prag. Er hat wohl von Anfang an wenig von der Sinfonie gehalten. Aber er war nicht stark genug, ernsthaft dagegen vorzugehen. Er ist zu nachgiebig. Metternich ebenfalls, auch wenn er immer so hart tut. Es ist nur ein Schein, Reiser. Seine Mittel sind viel harmloser, als viele glauben. Er dachte tatsächlich, sein Fernbleiben würde schon genug Missachtung bedeuten.«

Von Walseregg gab Anton ein Zeichen. Reiser, über den angesichts dessen, was er soeben erfahren musste, eine lähmende Starre gekommen war, wurde zur Seite geschoben, ebenso die Holzwand. Nun konnte Anton, der über unglaubliche Kräfte zu verfügen schien, ächzend die Fässer in die Mitte des Raumes rollen – zwischen einen Haufen alter Kleider. Reiser musste zusehen, wie er im Schein der Lampe mit der Routine eines ehemaligen Soldaten die drei Fässer mit einer Lunte verband. Unterdessen raste oben die Musik. Das Orchester hatte sich zu der großen Freudenmelodie aufgeschwungen. Gerade war wieder alles in die Dissonanz gemündet, und nun stimmte der Bariton die Worte von den »freudenvollen Tönen« an. Der Chor fiel in froher Zuversicht ein, und die Musik riss in großer Steigerung alles mit sich fort.

»Ich werde an Hänsel weitergeben, was Sie mir heute Vormittag mitgeteilt haben«, sagte der Baron. »Oder jedenfalls Teile davon. Ich werde ihm auch nicht vorenthalten, dass der Passierschein, den Sie benutzten, gefälscht war. Er ist ja in Ihrer Handschrift geschrieben, nicht in meiner. Sie geben sich darin sogar als einer meiner Verwandten aus.«

Anton hob die Lampe. Er hatte ein zusammengerolltes Blatt in der Hand – einen sogenannten Fidibus, mit dem er die Lunte zünden würde. Aber noch wartete er. Offenbar hatte es der Baron darauf abgesehen, dass die Explosion an einer bestimmten Stelle der Sinfonie stattfand.

»Wenn der große Jubelchor kommt«, sagte von Walseregg, der Reisers Gedanken erahnte. »Diese Fratze der Gleichmacherei. Ach ja, ich vergaß ... Man darf Sie nicht gefesselt finden. Anton wird Ihnen das gleich wieder abnehmen. Aber lauschen wir doch noch ein wenig, bis es so weit ist. Ich hoffe, man wird von Ihnen noch etwas erkennen ...«

Die erste große Chorsteigerung war vorbei. Nun schien wieder Stille zu herrschen, doch das war eine Täuschung, denn der Marschabschnitt mit dem Tenorsolo war so komponiert, als käme er von sehr weit her. Triangel und Becken setzten ein. Der Tenor sang von freudigen Bahnen, von einem Helden, der zum Siegen aufbrach. Reiser konnte in den Zügen des Barons lesen, dass er sich mit dem imaginären Helden verglich. Obwohl dessen naives Wirken bald wieder in ein schauriges Getümmel mündete, ein ziellos umherirrendes Durcheinander aus hingehämmerten, rasenden Noten, eine Musik gewordene gewaltige Schlacht, an deren Ende nur noch Erschöpfung stehen konnte. Wie nach langem Kampf, nach nutzlosem Aufreiben. Es war aber der letzte Moment der Schwäche. Der letzte Moment des Schreckens, den man ertragen musste, bevor die Sinfonie endlich in die große Verheißung ihrer Botschaft mündete.

Der Baron nahm dem langen Anton Lampe und Fidibus ab und signalisierte dem Diener, Reisers Fesseln zu lösen. Anton packte Reiser so, dass er keine Möglichkeit hatte, sich zu wehren.

»Er wird Sie gleich niederschlagen, damit Sie nicht flüchten können. Ich kümmere mich um das Weitere. Die Lunten sind lang genug, dass wir es durch diese Tür da nach draußen schaffen. Sogar mit meiner kapitalen Einschränkung. Sie werden bewusstlos sein, wenn die Explosion Sie zerreißt. Lassen Sie mich am Ende noch sagen, dass ich es fast schade finde, Sie zu verlieren. Ich habe in dem, was ich auf unserer Reise nach Wien sagte, nicht gelogen. Sie haben nützliche Begabungen. Aber die Geschichte fordert ihre Opfer.«

»Sie machen einen Fehler«, ächzte Reiser unter dem Druck von Antons Griff.

»Ja, natürlich«, sagte der Baron. »In Ihren Augen muss es ein Fehler sein.«

Das letzte Kampfgetümmel steigerte sich. Gleich würde es abbrechen. Nur noch ein schwacher, pulsierender Hornton würde zurückbleiben. Ein Klang gewordener Herzschlag. Das leise, in Oktaven geführte, pochende Signal der Hörner. Der Vorbote des Jubelchors, in den sie gleich die Kraft eines einzigen Tones führen würde.

Der Baron entzündete an der Lampe den Fidibus. Die Flamme tauchte den Lagerraum in gelbes, flackerndes Licht. Reiser schnappte panisch nach Luft. Was sollte er tun? Was *konnte* er tun? Es musste doch etwas geben, womit er ihn aufhalten konnte!

Die Schlachtmusik endete in den erschöpften Oktaven.

»Theresia«, rief Reiser, gegen den Druck auf seinen Brustkorb ankämpfend. »Sie werden auch sie töten.«

Der Baron stand da, den brennenden Fidibus in der Hand.

»Sie töten? Warum?«

»Sie … ist im Publikum.«

Das Hornsignal kam. Die Holzbläser sandten eine leise Andeutung an die Freudenhymne. Vorsichtig, fast ängstlich, aber gleichzeitig auch mit einer Portion Ungeduld vermischt. Als trauten sie sich noch nicht zu, den entscheidenden Anlauf zu wagen. Umlauf hatte das Tempo gedrosselt. Verzögerte alles. Verdeutlichte es.

»Was reden Sie?«, sagte von Walseregg. »Sie darf das Stift nicht verlassen. Bis zum Ende der Trauerzeit.«

»Sie ist im Publikum«, wiederholte Reiser. »Sie besucht die Akademie mit der Comtesse von Schernberg. Sie wollte mich sehen – wie ich in Beethovens Musik mitspiele. Ich habe mit ihr gesprochen. Und ich habe sie vorhin vorfahren sehen. Es ist die Wahrheit.«

Der Baron erstarrte. Reiser wusste, was in ihm vorging. Was war wichtiger, Theresias Mitgift oder die Rache an Beethoven, an der Revolution, an den Studenten?

Zum Horn gesellten sich Streicher und Oboen. Es gab das gewaltige Crescendo innerhalb eines einzigen Atemzugs, und alles jubelte los. Sogar hier spürte man die Vibrationen dieses gewaltigen Ausbruchs.

Würde der Baron auf die Rache verzichten? Um Theresias Lebens willen? Natürlich nicht aus Liebe, sondern weil er sie für seinen Plan brauchte.

Der Chor umarmte die ganze Welt in seinem riesigen Freudentaumel, das Orchester tobte.

Anton riss Reiser zur Seite. Ihn traf ein heftiger Schlag am Kopf. In der Dunkelheit sprühten Sterne. Schwer fiel er zu Boden, ein eigenartiger Lärm herrschte um ihn herum. Trotzdem war es ihm immer noch möglich, der Musik zu folgen, die sich nun wie ein breiter Fluss Bahn gebrochen hatte. Reiser hörte die Posaunen bei »Seid umschlungen, Millionen«, dann erhob sich die ganze Menschheit in den fernen Himmel, an dem die Sterne in kosmischer Ordnung aufblitzten, und die Musik schien, um den ganzen Erdball rasend, die Menschheit zu vereinen.

31

Er kam zu sich, als ihm jemand auf die Wangen schlug. Sofort schreckte Reiser hoch. Er lebte!
Theresia … Was war mit ihr?
»Herr Reiser, erheben Sie sich. Los. Herr Reiser …« Einer der beiden Männer, die bei Hänsel gewesen waren, hatte sich über ihn gebeugt. Langsam richtete sich Reiser auf.
Wo war er?
Immer noch in dem Keller des Theaters. Der war von Talglichtern erleuchtet. Die Tür zur Gasse stand offen. Dahinter war es dunkel. Hänsel stand in dem Eingang und sprach mit irgendwem. Nein, sie sprachen nicht. Sie stritten.
Reiser gelang es endlich, aufzustehen. Jemand lag auf dem Boden. Es war Anton. Auf seiner Brust breitete sich ein großer roter Fleck aus.
Reiser wurde bewusst, dass die Sinfonie immer noch nicht zu Ende war. Die Musiker hatten eben den allerletzten Abschnitt erreicht. Er verfolgte, wie alles in den riesigen Schluss mündete, in den sich sofort Beifall mischte.
»Kommen S'.« Der Mann schob Reiser zu der Tür. Draußen fuhr soeben eine Kutsche los. Eine zweite stand bereit. Hänsel nahm Reiser in Empfang und gab ihm Zeichen, einzusteigen. Reiser gehorchte, noch immer benommen.
»Wurde ich niedergeschlagen?«, fragte er.
Hänsel hatte sich ihm gegenübergesetzt. Die Kutsche fuhr los. »Ja, es war der Diener des Barons. Geht es wieder?«
»Bin ich festgenommen?«
Natürlich war er das. Von Walseregg hatte immerhin einen Teil seines Plans verwirklichen können. Reiser war auf frischer Tat mit den Fässern überrascht worden. Aus dem Attentat war gottlob nichts geworden. Aber es reichte, dass er zurück in die Schranne wanderte. Und Theresia …
Reiser wurde von Erschöpfung übermannt und lehnte sich zurück. Wer wusste schon, wann er wieder einen so weichen Sitz würde genießen können?

Nach viel zu kurzer Fahrt hielten sie an.
»Wo wollen Sie denn hin?«, fragte der Konzipist. Als sie ausgestiegen waren, hatte Reiser seinen Schritt automatisch in Richtung der Schranne gelenkt.
Es ging wieder in die schmale Gasse Fischerhof. Wie schon zweimal zuvor betraten sie das Gasthaus und erreichten über die Stiege das kleine Zimmer. Der Tisch war leer. Diesmal war nichts aufgetragen.
»Sprechen wir«, sagte Hänsel.
»Warum hier?«, fragte Reiser.
Der Konzipist sah ihn lächelnd an. »Hier ist Wien taub.«
Warum war das wichtig? Sollte nicht jeder wissen, dass er der Kopf der Attentäter war? Dass man ihn mit den Fässern überrascht hatte?
»Sie sind frei«, sagte Hänsel. »Ist Ihnen das nicht klar?«
Reiser glaubte, sich verhört zu haben. »Wie bitte?«
»Ich will nur mit Ihnen sprechen, weiter nichts.« Er griff in die Tasche, holte ein Schriftstück hervor, faltete es auseinander und legte es auf den Tisch. »Das ist die Abschrift eines Briefes, den wir erhalten haben«, sagte er.
Reiser wollte danach greifen, aber Hänsel zog das Schreiben zurück. »Sie sind kein Konfident mehr, Herr Reiser«, sagte er. »Sie haben nicht die Berechtigung, das zu lesen.«
»Aber ...«
»Geduld. Bald werden Sie alles wissen.«

32

Mai 1874

Die Szene des kleinen Zimmers in der Schenke trat in den Hintergrund. Reiser fand sich in seinem Arbeitszimmer wieder. Im selben Raum, in dem er einst von Leopold von Sonnberg entlassen worden war.
Die Kerzen waren zu kurzen Stümpfen herabgebrannt. Das Holz im Kamin bestand nur noch aus dicken, glühenden Brocken.
»Was stand in dem Brief?«, fragte Franz. »Was für ein Brief war das überhaupt?«
»Der Brief war von Theodor Kreutz.«
»Also ist er nicht in der Donau ertrunken?«
»Nein.«
Reiser musste einen Moment pausieren. Die Erzählung hatte ihn angestrengt. Aber er musste seinem Enkel auch noch das Ende berichten.
»Kreutz konnte sich retten. Natürlich ließ er sich in Wien nicht mehr blicken. Wahrscheinlich suchte er nach Follen … Ihm war klar geworden, dass jemand die Pulverfässer in dem Theater deponiert hatte, um den Studenten einen Anschlag anzulasten. Schlau wie er war, wusste er auch, dass ich in dieser Intrige eine besondere Rolle spielen sollte. Die Rolle des Opfers. Vielleicht hätte er das Ganze so weiterlaufen lassen, wie es geplant gewesen war, wenn es sich für die Radikalen aus seiner Sicht gelohnt hätte. Aber bei der Akademie sei ja noch nicht einmal der Kaiser zugegen gewesen, schrieb er … Jedenfalls fasste er den Plan, sich in den Dienst der Gerechtigkeit zu stellen. Als er in Sicherheit war.«
»Indem er Herrn Hänsel schrieb?«
»Noch in der Nacht, in der er verschwand. Er fand jemanden, der den Brief am Ballhausplatz abgab. Das heißt, er schrieb nicht Hänsel direkt. Ihn kannte er ja gar nicht. Aber das Schreiben kam in die richtigen Hände. Er erklärte darin,

dass es einen Konfidenten geben müsse, der den Studenten einen Anschlag anlasten wolle, und dass dieser Anschlag bereits bis ins Letzte vorbereitet sei. Theresia schrieb er, dass ich unschuldig sei.«

Franz lächelte. »Die Großmama ist also nicht wie Fidelio in Männerkleidung in den Keller gekommen und hat dich gerettet?«

»Leider glaubte sie, dass alles verloren sei, als man ihr von Walseregg als Bräutigam präsentierte. Der Brief von Kreutz machte ihr wieder Mut, und sie hoffte, mich bei der Akademie sprechen zu können.«

»Und was unternahm Herr Hänsel, als er den Brief gelesen hatte?«

»Ich weiß bis heute nicht, ob er die Wahrheit schon kannte, als er mich nach der Nacht im Kerker verhörte. Wenn es so war, wollte er wohl beide Möglichkeiten, die Version von Kreutz und meine mutmaßliche Beteiligung an einem echten Anschlag, auf Herz und Nieren prüfen. Und auch wenn es anders war, konnte er nicht so einfach gegen den Baron vorgehen. Ihm fehlten Beweise. Also ließ er von Walseregg beobachten. Als Konfident unterlag der Baron ohnehin Hänsels Überwachung. Und der Konzipist hatte genug von den Berichten und Schriftstücken, aus denen er mühsam die Lügen herausfiltern musste. Er wollte endlich mit eigenen Augen sehen und mit eigenen Ohren hören. So nahm er das, was in dem Brief stand, ernst. Am Abend der Akademie stand das Theater sowieso unter Polizeiaufsicht, und er brauchte, nachdem er informiert worden war, dass der Baron mit Anton das Theater durch den Seiteneingang betreten hatte, nur mit seinen Leuten in den Keller zu gehen, wo er alles mit anhörte, was von Walseregg sagte. Als es so weit war, brauchten sie nur einzugreifen. Anton hat sich vehement gewehrt. Dabei kam er um.«

»Der Baron hat also das Attentat der Studenten inszeniert, um ihr Treiben schlimmer aussehen zu lassen, als es war?«

»Er hat die ganze Intrige gesponnen, von Anfang bis zum Ende. Er hat für den Tod des Edlen und meines Vaters gesorgt. Er hat in meiner letzten Nacht im Schloss von Anton die Notiz meines Vaters entwenden lassen. Er hat sich als mein Retter ausgegeben, dabei plante er schon vor seinem Aufenthalt auf dem Schloss Dr. Scheiderbauers Ermordung in Wien, in die er mich dann verwickeln wollte. Er hat das Attentat im Theater inszeniert, mit allem, was dazugehört. Er wusste, dass einige der Studenten über ihren damaligen Mitverschwörer Zeisel Kontakt hielten, der ja im Narrenturm saß. Einer seiner Leute gab sich als Zeisels Onkel aus und sorgte dafür, dass Hinweise auf das Attentat an die Studenten weitergegeben wurden, damit man sie später als Beteiligte überführen konnte. Und dass sie den Schlüssel zum Theater bekamen, als ein weiteres Beweisstück, das er später gegen sie verwenden wollte. Von Walseregg glaubte, auf diese Weise die beiden großen Ziele seines Lebens erreichen zu können: Rache an den revolutionären Elementen, denen er die Schuld am Tod seiner Familie gab. Und großen Reichtum, den die Revolution seiner Familie ja genommen hatte.«

»Also Rache an der Geschichte? Da hatte er sich aber viel vorgenommen ...«

»Hänsel untersuchte natürlich auch die Verbindungen zwischen dem Baron und Leopold von Sonnberg. Er bekam heraus, wer der Artillerieoffizier war, der von Walsereggs Plan unterstützte. Der Mann hatte keine Ahnung gehabt, dass wirklich eine Explosion geplant war. Er dachte, man bräuchte die Fässer nur als vermeintlichen Beweis gegen die Studenten. Er kannte von Walseregg und von Sonnberg sehr gut. An dem Tag, an dem Leopold von Sonnberg deiner Großmutter von Walseregg als Bräutigam vorstellte, hatten sie sich zuvor in Wien getroffen. Deshalb war er in der Kutsche und wollte auch Theresia begrüßen. Ich hielt ihn für meinen Rivalen. Dabei war er längst verheiratet ...«

»Was ist aus Herrn von Walseregg geworden?«, fragte Franz.

Reiser überhörte die Frage. »Kreutz dachte zuerst, der unsichtbare Follen würde hinter allem stecken«, sagte er. »Und er wollte begeistert mitmachen, nachdem ihn die Unsichtbaren enttäuscht hatten. Das galt wohl auch für Grammer und die anderen Studenten. Jeder glaubte jedem, dass etwas geplant war. Keiner überblickte das Ganze. Als es Kreutz doch noch klar wurde, floh er, indem er in die Donau sprang.«

»All die Dinge, die Kreutz erlebt hat – woher weißt du eigentlich davon?«

»Ich habe ihn noch einmal getroffen. Als ich zehn Jahre später nach Paris kam. Es hatte ihn kurz nach der Wiener Episode dorthin verschlagen. Er beteiligte sich an der Julirevolution von 1830, wurde danach Journalist und saß zufällig neben mir in einem Café. Ich habe ihn mit seinem Vollbart kaum wiedererkannt. Aber die Stimme hatte sich nicht verändert. Er erzählte mir damals, wie sich die ganze Sache für ihn dargestellt hatte.«

Im Haus schlug eine Uhr mit tiefen Gongschlägen fünf Mal. Auf einmal bemerkte Reiser, dass graues Licht im Raum stand. Die Nacht war fast vorbei. Etwas rumorte in der unteren Etage. Die Dienstboten waren aufgestanden und begannen mit ihrem Tagwerk.

»Geh nun schlafen, Franz. Mehr gibt es nicht zu erzählen. Vielleicht noch das hier.« Er griff nach der Mappe, die in Reichweite lag, und holte ein gelb-blaues Ordensband heraus, das mit einem vergoldeten Adler geschmückt war. »Das ist der Orden der Eisernen Krone«, erklärte er. »Ich bekam ihn, weil ich die Explosion im Theater verhinderte. Durch die Verleihung kam ich in den Ritterstand. Damit war ich Theresia ebenbürtig. Mit einem einzigen Federstrich.«

»Aber der Baron? Dass er entkam, gefällt mir nicht. Ich hätte eine große Hinrichtung an der Spinnerin am Kreuz erwartet ...«

»Er hat seine Strafe erhalten, glaub mir. Lass mich nun bitte etwas ausruhen.«

»Danke, dass du mir das alles erzählt hast«, sagte Franz. »Ich werde heute erst sehr spät am Tag üben, um dich nicht zu stören.« Damit ging er.

Reiser hing seinen Gedanken nach. Ein paar Tage nach der Akademie hatte er Beethoven noch einmal sprechen wollen. Er wollte ihm erklären, was er über den Comte de Vassé herausgefunden hatte. Doch der Meister hatte ihn nicht empfangen. Er befand sich in schlechter Stimmung. Das großartige Werk, auf das alle gewartet hatten, war zwar mit Begeisterung aufgenommen worden, aber die Akademie hatte dem Komponisten trotz des großen Zulaufs finanziell wenig eingebracht. Man munkelte sogar, Beethoven habe sich mit Schindler, Umlauf und Schuppanzigh zerstritten. Der Komponist soll ihnen in seiner unwirschen Art vorgeworfen haben, sie hätten ihn betrogen. Und das in aller Öffentlichkeit, in einem Restaurant im Prater.

Gut zwei Wochen nach der Akademie im Kärntnertortheater erlebte die Sinfonie eine zweite Aufführung. Um Publikum anzulocken, hatte man das übrige Programm geändert. Unter anderem hatte man eine Arie von Rossini eingebaut.

Wie elend, das anzusehen. Ein so großes Werk, von dem man sich so viel erhofft hatte, geriet in die Mühlen des profanen Musikbetriebes ...

Bei der zweiten Akademie hatte Reiser ebenfalls nicht mitgespielt. Als sie stattfand, weilte er schon nicht mehr in Wien. Er traf sich mit Leopold von Sonnberg, der jede Verwicklung in die Pläne des Barons von Walseregg weit von sich wies und damit auch durchkam. Er konnte der Umsetzung des Testaments nach den Wünschen des verstorbenen Edlen angesichts von Reisers Erhebung in den Ritterstand nichts mehr entgegensetzen. Reiser trat sein Erbe an. So bekam er nicht nur die Frau, die er liebte, nicht nur das Schloss und den ganzen Besitz – er bekam auch die Violine, die ihn in seiner Liebe zur Musik begleitet hatte und die Franz heute spielte.

Die Tür öffnete sich. Theresia erschien. Sie wirkte keinen Tag älter als in Reisers Erzählung. Sicher war sie gerade aufgestanden. Sie nahm auf dem gegenüberliegenden Sessel Platz.

»Du hast ihm die ganze Geschichte erzählt?«, fragte sie.

»Fast die ganze.«

»Was hast du verschwiegen?«

»Was aus von Walseregg geworden ist.«

Sie wusste wie er, dass der Baron zunächst verschwunden war. Hänsel hatte ihn nicht festgenommen, sondern ihn auf das Ehrenwort eines Adligen gebeten, Wien nicht zu verlassen. Eine Woche später fand man ihn tot in der Rotunde auf dem Narrenturm, wo er sich versteckt hatte. Es war ihm sicher nicht leichtgefallen, mit seinem steifen Bein dort hinaufzusteigen. Wie viele Tage er dort oben verbracht hatte, wusste man nicht. Der Arzt, der seine Leiche untersuchte, stellte fest, dass er Gift genommen hatte.

Später war Reiser noch einmal nach Wien zurückgekehrt. Hatte Piringer getroffen. War noch einmal mit ihm in die Ludlamshöhle gegangen. Hatte dann aber miterleben müssen, wie Metternichs Geheimpolizei die Versammlung sprengte und sie verbot.

Und dann ...

Ja, dann war die Zeit dahingerast. Es gab Eisenbahnen, gewaltige Fabriken entstanden. Die Zukunft, die der alte Edle von Sonnberg vorhergesehen hatte, die Zukunft der Kohle, war Wirklichkeit geworden. Und es gab Erfindungen, die man sich zu Beethovens Zeit kaum hatte vorstellen können. Zum Beispiel die Fotografie.

Die Bastei wurde abgetragen. Sie machte der prächtigen Ringstraße Platz, an der man gerade eine neue Universität und ein neues Rathaus baute. Seit sechs Jahren gab es in Wien auch ein neues Opernhaus. Im Theater am Kärntnertor hatte man vor fünf Jahren die letzte Vorstellung sehen können. Eine Oper von Rossini. Danach riss man es ab.

Reiser schloss die Augen. Wie ging das noch? Nebelhafte leere Quinten. Einzelne Motivbrocken wie scharfkantige Felsen im Dunst. Ein d-Moll-Akkord, dessen Töne zornig nach unten fuhren ...

Die Erinnerung an den weiteren Verlauf der Musik ließ ihn im Stich, aber er fühlte den Verwicklungen nach, spürte den grimmigen Tanz des zweiten Satzes, die süße, lähmende Verträumtheit des dritten, bevor der Schreckensakkord die Idylle hinwegfegte.

Und dann tauchte das Freudenthema auf.

Hatte die Sinfonie etwas bewirkt?

Hatte sie Freiheit gebracht? Verbrüderung?

Konnte eine Sinfonie so etwas überhaupt?

Nicht, wenn man sah, was in diesen Zeiten geschah. Es hatte weitere Revolutionen gegeben. In Frankreich und auch in Deutschland. Und danach? Gerade hatte man einen furchtbaren Krieg zwischen Frankreich und Deutschland erlebt. Das Deutsche Reich hatte nun einen eigenen Kaiser! Wenn man die Politik des deutschen Reichskanzlers Bismarck betrachtete, war zudem nicht ausgeschlossen, dass es bald zu einem neuen Krieg ...

Nein. Wenn man es so betrachtete, hatte die Sinfonie nichts bewirkt.

Bis auf das eine vielleicht – dafür zu sorgen, dass die Hoffnung niemals starb. Und im Moment ihres Erklingens den Traum zu teilen, dass alle Hoffnungen eines Tages erfüllt seien. Aber ein Traum war ja auch nur wieder eine Illusion ...

»Kommst du, Lieber?«, fragte Theresia und legte ihre Hand in seine. »Du musst endlich ein wenig schlafen.« Reiser genoss ein paar Atemzüge lang das warme Gefühl. Dann erhob er sich ächzend. Gemeinsam gingen sie hinüber in die Schlafgemächer.

Er war so müde, dass er kaum noch stehen konnte. Er setzte sich auf das Bett. Theresia betrachtete ihn liebevoll.

»Vielleicht könnten wir heute Nachmittag einen Spaziergang unternehmen?«, fragte er. »Hinüber zu unserem Platz an der Michelsklamm? Ich bin so lange nicht mehr dort gewesen.«

»Gewiss«, sagte sie. »Wenn es keinen Regen gibt.«

Nachwort und Dank

Was sagt uns Beethovens neunte Sinfonie?
Am 25. Dezember 1989 feierte der Dirigent Leonard Bernstein den Fall der Mauer in Berlin auf eine ganz besondere Art: Er dirigierte das Werk und ließ in Schillers Text, der im berühmten letzten Satz gesungen wird, das Wort »Freude« durchgängig durch »Freiheit« ersetzen.

Damit hat der amerikanische Dirigent eine Bedeutungsebene der Sinfonie verdeutlicht, die sie schon immer besaß – und die sich auch darin niederschlägt, dass das »Lied an die Freude« 1972 zur Europahymne wurde. Die »Neunte« entstand ja in einer Epoche, in der die Vision einer Verbrüderung der Menschen über politische Grenzen hinweg besonders aktuell war: in der Metternich-Ära, einer Zeit, geprägt von Repressalien gegen jegliche liberale Strömungen, bestimmt von Zensur und Unterdrückung. Dass in einer Welt, in der das öffentliche Wort einer ständigen Kontrolle unterlag, die »Seelensprache« Musik zu einem wichtigen befreienden Ausdrucksmittel werden konnte, zeigen viele historische Belege – allen voran E. T. A. Hoffmanns berühmte Schrift »Beethovens Instrumentalmusik«. Sie haben mich neben der persönlichen Bewunderung für das bekannte Werk zu diesem Roman inspiriert.

Ein besonders interessantes Beispiel für die Zusammenhänge zwischen Politik und Musikempfinden und die Rolle, die Beethovens Werke dabei spielten, ist die 1838 erschienene Novelle »Das Musikfest oder Die Beethovener« von Wolfgang Robert Griepenkerl. Vieles von dem, was die Figuren der Geschichte über Beethovens Musik äußern, hat mich auf die Gedankenwelt der »Unsichtbaren« gebracht (und der Name des Autors auf die ähnlich klingende Benennung von einem von ihnen). Auch die moderne Beethoven-Forschung geht natürlich auf das Thema ein. Aus der unübersehbaren Fülle an Literatur möchte ich vor allem diese Bücher herausheben: Jan Caeyers' Biografie »Beethoven. Der einsame Revolutionär« und Harvey Sachs' Buch »The Ninth. Beethoven and the World in 1824«.

Ausgerüstet mit diesen Schriften war es für mich ein besonders spannendes Abenteuer, bei der Vorbereitung des Romans immer weiter in Zeit und Thema einzutauchen, aber auch in die komplexe Partitur der »Neunten« selbst.

Was die historischen Fakten betrifft, war eine besonders wichtige Hilfe die Untersuchung »Die Uraufführungen von Beethovens Sinfonie Nr. 9 (Mai 1824) aus der Perspektive des Orchesters« von Theodore Albrecht. Der Musikwissenschaftler legt hier anhand von vielen Quellen (vor allem Beethovens legendären, weithin erhaltenen Konversationsheften) akribisch dar, wie die Monate, Wochen, Tage und sogar Stunden vor der Premiere abliefen. Meine (wenn auch fiktive) Geschichte gehorcht seinen Erkenntnissen, was Schauplätze, Uhrzeiten und Abläufe der Proben, Beethovens Termine an den betreffenden Tagen und viele andere Details betrifft. Albrecht hat auch eine Liste der mitwirkenden Musikerinnen und Musiker angefertigt, an der ich mich ebenfalls orientiert habe. Ihm verdanke ich die Erkenntnis, dass bei der Uraufführung der »Neunten« ein Knabenchor mitwirkte.

Wer die neunte Sinfonie von Beethoven gut kennt und sie vielleicht anhand meiner Beschreibungen aus Reisers Sicht mitverfolgt hat, wird eventuell über ein kleines, aber entscheidendes Detail gestolpert sein: die Generalpause im Finale nach dem äußerst emphatisch vom Chor vorgetragenen Wort »Brüder«.

Dieses Innehalten für einige Sekunden, in denen die ganze, auf ein einziges Wort komprimierte Botschaft des Werkes wie ein Nachhall auf alle Anwesenden wirken soll, hat wohl in der Uraufführung stattgefunden. Die Pause (Takt 747 des vierten Satzes) steht in der ersten handschriftlichen Partitur. Später hat Beethoven sie aus unbekannten Gründen gestrichen, und sie ist heute auch nicht zu hören. Die Aufnahme der »Neunten« mit dem Tonhalle Orchester Zürich unter der Leitung des Dirigenten David Zinman, der in seiner Einspielung der Beethoven-Sinfonien der wissenschaftlichen Beethoven-Ausgabe folgt, bildet eine Ausnahme.

Viele der handelnden Figuren des Romans waren reale Zeitgenossen. Neben Beethoven, Schindler, Karl van Beethoven, Piringer, Rzehaczek und Fürst Lichnowsky hat es auch alle genannten Mitwirkenden der Uraufführung wirklich gegeben. Ebenso einen Agenten namens »Haensl«, den wir aus den Konversationsheften kennen. Beethovens Schüler Carl Czerny beendete im Sommer 1822 abrupt eine halb schriftliche Unterhaltung mit dem tauben Komponisten, indem er ihm aufschrieb: »Ein andersmal, gegenwärtig ist der Spion Haensl hier.« Wahrscheinlich saßen die beiden in einem Kaffeehaus, Czerny kannte den Konfidenten und befürchtete, belauscht zu werden. Mehr als den Namen kennt man nicht. Ich machte mit schriftstellerischer Freiheit den Hänsel im Roman aus ihm.

Historisch belegt ist der Versuch von Wiener Studenten, im Andenken an Carl Ludwig Sand 1820 in Wien eine Burschenschaft zu gründen. Ich habe deren Namen zum Teil übernommen. Der in die Aktion verwickelte Student Johann Senn war mit dem Komponisten Franz Schubert befreundet, sodass dieser ebenfalls ins Visier der Staatsüberwachung geriet. Senn wurde wie beschrieben nach Tirol ausgewiesen. Das Gedicht »Zwielicht« von Joseph von Eichendorff hat Schubert niemals vertont. Es schien mir aber als lyrischer Kontrapunkt gut zur Handlung zu passen.

Der so oft erwähnte Karl Follen ist als Begründer der Urburschenschaft und des »Jünglingsbundes« eine weitere historische Persönlichkeit. Zur Zeit der Handlung war er auf der Flucht und hielt sich in der Schweiz auf, weshalb ich darauf verzichtet habe, ihn persönlich auftreten zu lassen. Seine Lieder und Texte waren unter den Studenten weit verbreitet. So habe ich sie auch bei der Zusammenkunft in Mariahilf verwendet.

Erfunden sind Reiser und sein Umfeld sowie Kreutz und die »Unsichtbaren«, obwohl die Existenz einer solchen Gruppe perfekt in die Zeit gepasst hätte. Fürst Lichnowsky habe ich sie angedichtet – ausgehend von dem Umstand, dass er und seine Familie zu Beethovens glühendsten Bewunderern gehörten.

Dass Josephine von Brunsvick, spätere Deym und Stackelberg, als Beethovens Geliebte und damit als Adressatin des berühmten Briefes an die »unsterbliche Geliebte« angesehen werden kann, ist eine Theorie, die als ziemlich gesichert gilt und der ich hier folge. Beethoven hat ihr einfaches Grab auf dem alten Währinger Friedhof regelmäßig besucht und hatte wahrscheinlich auch eine Tochter mit ihr. Der Brief, den man nach dem Tod des Komponisten in dessen Schreibtisch fand, lieferte den Beginn dieses berühmten Rätsels der Beethoven-Biografie. Ein anderes ist der bis heute nicht bekannte Grund für die Taubheit des Komponisten. Zu diesem Thema wurde eine Fülle von Literatur veröffentlicht. Mir ging es nicht darum, eine wirkliche Ursache dafür zu finden, sondern eine dramaturgisch wirksame. Die fiktiven Ereignisse, die ich im Roman schildere, enthalten allerdings eine historische Wahrheit, die jedoch wiederum auf einem weiteren Rätsel beruht: Beethovens bis heute ebenfalls nicht genauer benannte schwere Krankheit im Jahre 1796. Es ist nicht ausgeschlossen, dass sie mit der Ertaubung, deren Verlauf kurz darauf begann, zusammenhängt.

Manche wird es wundern, aber real war auch die »Ludlamshöhle« – samt allen (!) geschilderten Ritualen und auch den aufgeführten Namen der Mitglieder. Einen Bericht darüber, wie es in der Gruppe zuging, liefert Max von Weber, der Sohn des Komponisten Carl Maria von Weber, in der Biografie seines Vaters. Auch diese Gruppierung entging den Metternich-Verfolgungen nicht. Während Hänsel sie in meiner Geschichte noch für harmlos hält, witterten die Behörden zwei Jahre später dann doch eine Gefahr: In der Nacht vom 18. auf den 19. April 1826 wurde die Ludlamshöhle von staatlichen Ordnungskräften »gesprengt«. Etwa dreißig Polizisten stürmten das Gasthaus, in dem die Gruppe tagte. Die Mitglieder wurden verhaftet.

Natürlich ist der Ort ihres Treffens ebenso historisch exakt wie die anderen Schauplätze, von denen man etliche im heutigen Wien noch sehen kann, so zum Beispiel den berühmten »Narrenturm«. Auch das Feuerwerk im Prater gehört in die damalige Zeit. Allerdings habe ich keinen Hinweis gefunden, dass eine solche Veranstaltung am 1. Mai 1824 stattgefunden hätte. Ich habe mir die Freiheit genommen, sie zu erfinden.

Dass dieses Buch aber überhaupt entstehen konnte, verdanke ich einigen Helferinnen und Helfern, denen ich hier ausdrücklich danken möchte.

Zunächst dem bekannten amerikanischen Schreiblehrer James N. Frey, den ich auf dessen Europareisen gelegentlich treffe und der stets ein offenes Ohr für meine Romanideen hat. Dass ich diesen Krimi in Angriff nahm, habe ich auch seiner Ermutigung zu verdanken.

Sehr inspiriert hat mich meine Mitwirkung im Sinfonieorchester Bergisch Gladbach, dem ich als Amateurbratschist angehöre. 2015 führten wir anlässlich des fünfundzwanzigsten Jahrestages der Deutschen Einheit die »Neunte« auf. Die langen Proben im Vorfeld, in deren Verlauf sich mir viele Details des komplexen Werkes viel mehr ins Bewusstsein drängten als beim reinen Zuhören oder beim Partiturstudium, brachten mich auf so manche Idee, die später in den Roman einfloss. Auch die, Reiser den Bratschenpart übernehmen zu lassen. Zusammen mit den Erkenntnissen aus der Schrift von Theodore Albrecht wuchs dabei auch meine Bewunderung für die Musiker der Beethoven-Zeit: Ein solches noch völlig unbekanntes und obendrein die Normen der Zeit sprengendes Werk in so wenigen Proben aufführungsreif einzustudieren, war wirklich eine Glanzleistung. Die Schwierigkeit der Komposition war den Zeitgenossen natürlich bewusst. Äußerungen der Sängerinnen über die Probleme ihrer Parts sind überliefert. Der Dirigent Michael Umlauf, der bis zuletzt mit ihnen am Klavier probte, soll einer Äußerung Karl van Beethovens zufolge am Beginn der Aufführung vor dem Orchester ein Kreuzzeichen geschlagen haben. Die Premiere hatte also etwas von einem künstlerischen Himmelfahrtskommando.

Viel verdanke ich wissenschaftlichen Beraterinnen und Beratern.

Dr. Barbara Ellermeier unterstützte mich mit einer riesigen Fülle an Literatur und Quellenmaterial von der zeitgenössischen Speisekarte über Akten der Verhaftungen von 1820 bis hin zu Stadtplänen vom alten Wien.

Dr. Julia Ronge vom Beethoven-Archiv Bonn stand mir jederzeit per Mail für meine Fragen zur Verfügung – etwa bezüglich Schindlers Einfall, die Streicherparts zum schnelleren Blättern mit Papierreitern zu versehen. Die wenigen erhaltenen Orchesterstimmen aus der Uraufführung tragen heute noch Spuren davon.

Dr. Martina Winkelhofer-Thyri, Autorin mehrerer Bücher über den österreichischen Adel, half mir entscheidend, die Welt der fiktiven Familie von Sonnberg besser zu verstehen. Ihr verdanke ich außerdem Einblicke in die Finanzwelt der Aristokratie sowie in standesübliche Regeln mit vielen Details wie die Bedeutung eines Damenstifts für adlige Frauen.

Zum Thema Wien versorgten mich Dr. Martina Nußbaumer und Dr. Sandor Bekesi vom Wien Museum. Ihnen verdanke ich historische Bilder (wie etwa eines des Gasthauses »Zur Ungarischen Krone«) und Informationen über die Bastei sowie Details über die Währung der Zeit.

Der Musikjournalist Carsten Dürer stellte mir die entscheidenden Bände der wissenschaftlichen Ausgabe von Beethovens Konversationsheften aus seiner Privatbibliothek zur Verfügung.

Meiner Frau Claudia danke ich für die kritische erste Durchsicht des Manuskripts. Und dem Team vom Emons Verlag für die große Unterstützung, die dieses Romanprojekt vom allerersten Moment an erfuhr.

Besonderer Dank gilt meiner langjährigen Lektorin Marit Obsen, die sich in sorgfältiger Kleinarbeit durch die lange Urfassung des Manuskripts arbeitete und mir entscheidend half, es auf den richtigen Weg zu bringen.

O. B.

Oliver Buslau
111 WERKE DER KLASSISCHEN MUSIK, DIE MAN KENNEN MUSS
Broschur, 240 Seiten
ISBN 978-3-7408-0236-3

Die »Kleine Nachtmusik«, die »Neunte« oder »Die vier Jahreszeiten«: Klassik umgibt uns nicht nur im Konzertsaal, sondern überall – im Restaurant, in Werbespots oder in der Telefonwarteschleife. Viele Melodien sind so berühmt, dass sie jeder sofort wiedererkennt. Aber Sonaten, Konzerte, Sinfonien und Opernarien klingen nicht nur schön. Hinter ihnen verbergen sich auch interessante Geschichten: Wer war die geheimnisvolle »Elise« aus Beethovens bekanntestem Klavierstück? Mit welcher uralten »Klassik-DNA« züchten Produzenten noch heute Popmusik heran? Was ist eigentlich Zwölftonmusik? Und woher stammt die »Eurovisionshymne«? Spannende Geschichten und Entdeckungen aus dem Riesenreich der klassischen Musik – für alle, die schon immer mehr über Mozart, Vivaldi und Co. wissen wollten, aber nie zu fragen wagten!

www.emons-verlag.de